सफ़र ज़िंदगी का... एक राज़ !!

हेमन्त कुमार भट्ट

notionpress
.com
INDIA • SINGAPORE • MALAYSIA

ISBN 979-8-89446-801-3

पिताश्री स्व. श्री फूल शंकर जी भट्ट एवं माताश्री लक्ष्मी देवी भट्ट के श्री चरणों में समर्पित

साहित्य जीवन की यात्रा आरंभ करने का एक ही उद्देश्य जो मुझे प्रेरित करता है वो है मेरे पिताजी स्व. श्री फूलशंकर जी भट्ट। आपका साहित्य के प्रति विशेष अनुराग, आपके अभिप्रेरित और मंत्रमुग्ध करने वाले उद्बबोधन, आपकी वाकपटुता आपको औरों से अलग करती थी। विपरीत परिस्थितियों के कारण आप साहित्य सृजन नहीं कर पाए। वही आपका अधूरा कार्य अब मै पूर्ण करने जा रहा हूं। आपको और मां को उपन्यास "रिवेंज" समर्पित कर चुका हूं। अतिशीघ्र "विषामृत" काव्य संग्रह आपके श्री चरणों में प्रस्तुत करूंगा।

साहित्य की इस कृति "सफ़र जिंदगी का..एक राज!!" की पूर्णता के लिए मै अर्धांगिनी श्रीमती चेतना त्रिवेदी का आभारी हूं उनका सहयोग एवं संबल तो मिला ही, साथ में उपन्यास के कथानक में भी आपकी महत्ती भूमिका रही है। थैंक्स पापा, कृति की रचना में कलम मेरे हाथ में है लेकिन दिल आपका ही था। आपको अश्रुपूरित श्रद्धांजलि के साथ समर्पित...

लेखक की कलम से,

सफ़र : जिंदगी का... जीवन की वो दास्तां जो हर रंग से सरोबार है, पता नहीं कौन किस रंग में भीग जाए? क्योंकि रिमझिम छींटों के मायने सभी के लिए पृथक-पृथक है। उपन्यास के विभिन्न चरित्र प्रेम, करुणा, दया और श्रृंगार से ओतप्रोत है। रहस्य से भरपूर यह उपन्यास पाठक को रोमांच से भर देगा।

साहित्य की इस कृति की पूर्णता के लिए मै अर्धांगिनी श्रीमती चेतना त्रिवेदी का आभारी हूं उनका सहयोग एवं संबल तो मिला ही, साथ में उपन्यास के कथानक में भी आपकी महत्ती भूमिका रही है। थैंक्स पापा, कृति की रचना में कलम मेरे हाथ में है लेकिन दिल आपका ही था। आपको अश्रुपूरित श्रद्धांजलि के साथ समर्पित...

बहुत बड़े गेट के आगे चमचमाती काले रंग की कार आकर रूकी। कार के रुकते ही उस गेट के सुरक्षा गार्ड दौड़ कर आए और गेट खोल दिया। दोनों गार्ड ने कार में बैठे व्यक्ति को सैल्यूट किया। कार आगे की ओर चली गई, जैसे–जैसे कार आगे बढ़ती गई वैसे–वैसे विशाल गार्डन, फव्वारे को पार करते हुए कार हवेली के मुख्य पोर्च में आकर खड़ी हो गई। कार का ड्राइवर कार से नीचे उतरा और उसने अपने मालिक के लिए पीछे का दरवाजा खोला। दरवाजे के अंदर से 6 फीट का एक अधेड़ उम्र का व्यक्ति कार से नीचे उतरा। जो काले रंग का सूट, लाल रंग की टाई, काले पॉलिश्ड जूते पहने हुए था। जोशीला चेहरा, चेहरे पर युवा जैसी चमक बड़ी-बड़ी मूछें, बालों में हल्की सफेदी, मदमस्त चाल। यह व्यक्ति था उदयपुर का मार्बल व्यवसायी, जो भारत के दस बड़े व्यापारिक घरानों में से एक के मालिक शंकर रॉय। जिनका नाम ही काफी था। जितना बड़ा नाम उतना ही बड़ा व्यवसाय। भारत की मार्बल व्यवसाय की स्टोनेक्स इंडिया प्राइवेट लिमिटेड, ए क्लास मार्बल प्राइवेट लिमिटेड, कुशलबाग मार्बल, आर.के. मार्बल जैसी अनेक कंपनियों के मालिक रॉय एंड रॉय एंटरप्राइजेज के नाम से मशहूर थे। शंकर रॉय का मार्बल भारत में ही नहीं अपितु अनेक देशों में निर्यात होता था भारत के मार्बल व्यवसाय का एक बहुत बड़ा चेहरा। शंकर रॉय का मार्बल व्यवसाय में तो एकाधिकार था ही रोजमर्रा की ऐसी कोई वस्तु नहीं थी जो शंकर रॉय की कंपनी नहीं बनाती हो। लगभग तीन लाख करोड़ सम्पत्ति के मालिक थे शंकर रॉय। शंकर रॉय की जितनी पकड़ बिजनेस में थी उतना ही हस्तक्षेप राजनीति में था। वो सरकारों को बनाने और गिराने में सिद्धहस्त थे। रॉय एंड रॉय इंटरप्राइजेज ने भारत और विश्व में जो दबदबा बनाया था उसका पूरा श्रेय शंकर रॉय को जाता था। एक छोटी सी कंपनी को एक विशाल वट वृक्ष के रूप में स्थापित किया था शंकर रॉय ने। उनकी विशिष्ट आदत थी कि, अपने निर्णय पर अडिग रहना, चाहे वो गलत ही क्यों नहीं हो। शंकर रॉय के सिद्धांतों और नियमों के आगे किसी की नहीं चलती थी। रॉय इंडस्ट्री वन मैंन आर्मी बन चुकी थी।

शंकर रॉय जैसे ही कार से नीचे उतरे उनके मोबाइल की घंटी बजने लगी। शंकर रॉय ने कॉल रिसीव किया,

"मैं,,,,,,, मैं,,,,,,, विक्रम आनंद,,, क्या,,,क्या आप सुन पा रहे हो,,, मैं,,, विक्रम।

विक्रम आनंद का कॉल था वो शंकर रॉय से बात करना चाहता था लेकिन बात नहीं हो पा रही थी। विक्रम आनंद, शंकर राय का लंगोटिया यार था। सेंट मैरी स्कूल दिल्ली में दोनों क्लास मेट थे और हॉस्टल के कमरा नंबर 107 के रूम मेट भी। विक्रम आनंद क्लास का सबसे होनहार विद्यार्थी था। स्कूल टॉपर के साथ लॉन टेनिस का चैंपियन था। विक्रम आनंद न केवल पढ़ने में अव्वल था बल्कि लॉन टेनिस का स्टेट प्लेयर भी था। बहुमुखी प्रतिभा का धनी विक्रम आनंद जिस इवेंट में भाग लेता उसमे यह तय हो जाता था कि प्रथम स्थान उसी का होगा। कंपीशन अगले नंबरों के लिए होता था। उसका व्यवहार सामने वाले को बरबस आकर्षित कर लेता था। कम उम्र में ही उसने अनुशासन का ऐसा पाठ पढ़ा था कि विद्यालय स्टाफ उसकी मिसाल देते थकता नहीं था।

विक्रम आनंद के पिता केशव आनंद की आर्थिक स्थिति अचानक खराब होने की वजह से विक्रम आनंद अपनी स्कूल फीस भी भरने में भी असमर्थ हो गया। आर्थिक विपदा किस प्रकार से प्रतिभा को निगल लेती है उसका जीता जागता उदाहरण विक्रम आनंद था। सेंट मेरी स्कूल मैनेजमेंट ने विद्यालय से विक्रम आनंद को निकाल दिया था। विद्यालय स्टाफ और सेंट मेरी स्कूल का चहेता विक्रम अपने अधूरे सपनों की तिलांजलि देते हुए निकल रहा था। विक्रम आनंद पढ़ाई छोड़ कर मजदूरी करने को विवश हो गया। जिसने भविष्य के सपनों को सुखद बनाने के लिए अपने बचपन को संघर्ष के पसीने से सींचा लेकिन ये बेइंतहा संघर्ष ने उसका जीवन भर साथ निभाया। समय के साथ उसका संघर्ष, परेशानियां और विवशता कम होने की जगह लगातार बढ़ती ही जा रही थी। बचपन में मातृत्व से वंचित, लड़कपन में पिता की मृत्यु और जवानी में पत्नी का साथ छुटने के बावजूद भी सीना तानकर विपदाओं से लड़ रहा था विक्रम आनंद।

विक्रम आनंद पर बहुत बड़ी आर्थिक जिम्मेदारी आ गई थी जिसको वो सात जन्मों में भी पूरी नहीं कर सकता था। घर वालों की अत्यधिक जिद्द के बाद विक्रम ने हिम्मत जुटाई और शंकर रॉय, अपने अजीज़ मित्र को कॉल कर दिया। विक्रम की जीभ लडखडा रही थी, उसके हलक से शब्द निकल नहीं रहे थे। जो बात करना चाहता था वो कर नहीं पा रहा था। मुश्किल से मैं,,, मैं,,,, विक्रम बोल पाया था। इधर जैसे ही शंकर रॉय ने विक्रम आनंद का नाम सुना, शरीर सिहर गया, रोम-रोम खड़े हो गए मित्रता के वो अटूट पलों की फिल्म आंखों के आगे उतर आयी। शंकर राय धीरे से बोले "विक्रम" इतने में बरबस गला रूंध गया, आंखे भर आई। चाह कर भी बोल नहीं पा रहे थे। आज 42 वर्षो के बाद मित्र की आवाज सुनने को मिली थी।

ड्राइवर विक्टर ने देखा कि मालिक की आंखों से अश्रुधारा बह रही थी वो परिस्थिति को समझ नहीं पाया। उसने पहली बार मालिक को इस रूप में देखा था। ड्राइवर विक्टर दौड़ता हुआ शंकर रॉय के पास आया ओर व्याकुल होकर बोला "मालिक क्या हुआ? मैं आपके लिए क्या कर सकता हूँ।"

शंकर रॉय निःस्तब्ध। कोई जवाब नहीं आया। शंकर रॉय आगे–आगे, विक्टर पीछे-पीछे। शंकर रॉय पोर्च से होते हुए हवेली के अंदर प्रवेश कर गए "विक्रम मैं,,दुबारा,,कॉल करता हूँ।"

शंकर रॉय ने कॉल डिस्कनेक्ट कर दिया।

शंकर रॉय के पीछे–पीछे व्याकुल होते विक्टर ड्राइवर को दौड़ते देख हवेली के सभी नौकर चाकर दौड़ कर हवेली के भव्य विशाल ड्राइंग हॉल में इकट्ठे हो गए। ड्राइंग हॉल की सुंदरता व भव्यता उतनी थी कि आंखे भी शरमा जाए। फर्श पर ईरानी कालीन बिछा हुआ था ऐसा प्रतीत हो रहा था कि ये क्लार्क सिकल_लीफ कालीन हो। बिग एंटीक क्रिस्टल झूमर से पूरे हॉल में इंद्रधनुषी छटा बिखर रही थी। दीवारों पर मन को मंत्र मुग्ध कर देने वाली अनेक पेंटिंग्स लगी हुई थी, मेन गेट के सामने, हॉल के बीचों-बीच सीढ़ियां ऊपर की ओर जा रही थी जिस पर लाल रंग का कारपेट बिछाया हुआ था। सीढ़ियों के दायीं ओर गोल्डन टच फिनिशिंग वाले सोफे लगे हुए थे जिसके सामने बड़ी कांच की दीवार थी। सोफे से बाहर का सुहावना व्यू दिख रहा था, कल–कल की मंद–मंद आवाज के साथ झरना गिर रहा था। सोफे के पीछे से हवा का ठंडा झोखा आ रहा था जिसमें मोगरे की सुगंध से तन बदन तनाव मुक्त हो रहा था ऐसा लग रहा था कि मानो ध्यान से समाधि में चले गए हो।

शंकर रॉय दोनों हाथ फैला कर सोफे पर बैठ गए। नौकरों का समूह मालिक की आवभगत में लग गया लेकिन जब नौकरों ने सीढ़ियों से मालकिन को नीचे आते देखा तो सोफे से हट गए और अपने–अपने काम में लग गए।

"आप कब आए? सभी नौकर आपको घेर कर खड़े क्यों थे?"

कलावती ने शंकर रॉय से पूछा, कलावती शंकर रॉय की धर्मपत्नी थी। गहरी नीली आंखे, मस्तक पर लाल बड़ी बिंदिया, हाथों में कलकत्ती डायमंड गोल्ड कंगन के बीच पिंक चूड़ियां, दूध जैसे गोरे शरीर पर लाइट पिंक कलर की पाटन पटोला साड़ी से चेहरा खिल रहा था। छियासठ की उम्र में भी वो छब्बीस की लग रही थी। वो शंकर राय के पास आकर बैठ गई। शंकर रॉय कुछ जवाब देते उसके पहले ही उनकी हथेली को अपने दोनों हाथ के बीच रख दी। फिर उनके सामने जिज्ञासु भरी नज़रों से देखने लगी।

"विक्रम का कॉल आया था उसकी आवाज सुनकर मैं भावुक हो गया।"

शंकर रॉय ने कहा। ये सुनकर कलावती ने गहरी सांस ली और रिलेक्स होकर बैठ गई।

शंकर रॉय व कलावती सोफे पर रिलेक्स होकर विक्रम की चर्चा कर रहे थे उस बीच शंकर रॉय के मोबाइल की घंटी बज उठी,

"हेलो पापा, मैं चंद्रवीर अनंता को लेकर फॉर्टिस हॉस्पिटल आया हूँ।"

चंद्रवीर शंकर रॉय का छोटा दामाद था। ये उदयपुर के मित्तल परिवार से था। मित्तल परिवार भी जेवराती मार्केट का एक बड़ा नाम था लेकिन रईसी में रॉय घराने से तुलना करना बेमानी था। जहाँ रॉय परिवार देश का जाना माना परिवार था वहीं मित्तल परिवार उदयपुर के टॉप 10 परिवारों में से एक था। कल रात ही उनकी शादी की दूसरी सालगिरह बड़े धूमधाम से जगत निवास पैलेस होटल में मनाई गई थी। ये मैरिज एनिवर्सरी मित्तल परिवार एवं रॉय परिवार दोनों के लिए बहुत स्पेशल थी आज अनंता की मैरिज एनिवर्सरी के साथ गोद भराई / baby shower की रस्म भी थी। होटल जगत निवास पैलेस में आज देश व राज्य के नामी उद्योगपति, केंद्रीय मंत्री, राज्य के मुख्यमंत्री व मंत्रियों का जमावड़ा लगा हुआ था। उनकी आवभगत में संभाग के आला अधिकारी भी आए हुए थे। पूर्णिमा के चांद ने गार्डन में अपनी चांदनी की चादर फैला रखी थी, तारे टिमटिमा रहे थे ऐसा लग रहा था की पिछोला झील पर तारों की सजावट

की गई हो। होटल की दुधिया रोशनी से पिछोला झील जगमग कर रही थी। लाल चटक रंग की चेन्नई सिल्क साड़ी पहने छरहरी गौरी अनंता अपनी सहेली दुर्वा, साइली के साथ जैसे ही स्टेज पर आई, पार्टी में उपस्थित सभी लोगों की नजर अनंता पर टिक गई। उसकी नजाकत व सौंदर्य को देखकर पार्टी में लोग अचंभित रह गए। चंद्रवीर का दिल भी हिलोंरे भरने लग गया था वह अनंता की ओर जाने लगा उतनें में हवा के ठंडे जोखे से अनंता की रेशमी लटें उड़ कर उसके चेहरे पर आ गई। चंद्रवीर ने उसके चहरें पर आई लटों को हटा कर उसके गाल को चूम लिया। अनंता शरमा कर पीछे हट गई। बैक स्टेज से हम आपके है कौन मूवी का गाना "हम आपके, है कौन,,,,,,,,,,,,,,,,,,।" संगीत बज रहा था, चंद्रवीर ने अनंता के कान के पास आकर धीरे से बोला "हम आपके, आपके है कौन?" उतनें में अनंता ने चंद्रवीर की आंखों में देखकर धीरे से मुस्करा कर बोला,

"मेरी जान।"

यह सुनकर चंद्रवीर से रहा नहीं गया और अनंता को अपनी बाहों में भर कर ख्वाबों में खो गया। भूल गया की वो पार्टी में था। तालियों की गड़गड़ाहट की आवाज से उसका ध्यान भंग हुआ। वह मुस्कराकर पीछे हट गया।

दूर से शंकर रॉय व कलावती भी यह दृश्य देख कर मंद–मंद मुस्करा रहे थे। स्टेज पर केक काटने की रस्म पूरी होते ही गोद भराई की रस्म आरंभ होने को थी। स्टेज पर अनाउंसमेंट हुआ ओर सुप्रिया व उसके पति दिव्यांश को बुलाया गया। दोनों एक साथ स्टेज की ओर बढ़ने लगे। अनंता दोनों को देखकर बहुत खुश हो रही थी स्टेज पर आते ही उसने दोनों के चरण स्पर्श किए फिर अनंता ने सुप्रिया को गले लगा लिया।

"दीदी, मेरी प्यारी दीदी, मिस यू सो मच दीदी"

अनंता ने कहा। बोलते–बोलते अनंता की आंख भर आयी। सुप्रिया अनंता की बड़ी बहिन थी दिव्यांश सॉफ्टवेयर इंजीनियर था। दोनों अनंता की शादी के दो साल बाद अमेरिका से इंडिया आए थे। इधर सुप्रिया की आंखे भी लबलबा गई।

"अनंता तू काहे टेंशन ले रही है अब हम एक महीना यही इंडिया में ही है, तेरे साथ।" जियाजी दिव्यांश ने कहा। हंसी के साथ माहौल हल्का हो गया। अगला अनाउंसमेंट स्टेज से होता उसके पूर्व ही कमलनाथ रॉय व उनकी पत्नी शांति स्वरूपा स्टेज की ओर बढ़ने लगे। कमल नाथ शंकर रॉय का बड़ा बेटा था। पूरा बिजनेस का हैडल ही कमलनाथ करता था। उसके कार्य कौशल व व्यवहार से उसकी कर्मचारियों पर जबरदस्त पकड़ थी। कमलनाथ सिद्धांतवादी व्यक्तित्व था। सादगीपूर्ण जीवन जीना उसका स्वभाव था। वो दिखावे से कोसों दूर था।

शांति स्वरूपा और कमलनाथ ने अनंता को गले लगाया। कमलनाथ का छोटी बहन से विशेष लगाव था। कमलनाथ छोटी बहिन अनंता के लिए डायमंड नेकलेस लाए थे। भाभी शांति स्वरूपा ने अनंता को डायमंड नेकलेस पहनाया फिर दोनों स्टेज से नीचे उतर आए। दोनों के नीचे आते ही कमलनाथ के छोटे भाई रमेश रॉय अपनी पत्नी रजनी के साथ स्टेज पर पहुंचे। रमेश, कमलनाथ से छोटा व अनंता से बड़ा था। ये शंकर रॉय का दूसरा बेटा था। जैसे ही स्टेज की सीढ़ियां चढ़ रहा था उसके मोबाइल की घंटी बज उठी,

"हाँ हेलो,,,,,,,,,,अरे डियर कहाँ हो, मैं तुम्हारा कब से इंतजार कर रही थी। कॉल क्यों नहीं किया। आई लव यू रमेश, आई मिस यू।" रमेश सकपका गया तत्काल कॉल डिस्कनेक्ट कर मोबाइल को कोट की जेब में रख दिया। वो मन ही मन बोलनें लगा

"ये रिया भी,,,,,,।"

रिया रॉय इंडस्ट्री की मुंबई यूनिट की हेड मैंनेजर थी। "रमेश भैया आई लव यू वेनिस से कब आए?" अनंता ने रमेश के दोनों हाथ पकड़ कर कहा। रमेश ने छोटी बहन को गले लगाते हुए कहा,

"अनु बिजनेस डील फाइनल कर आज मॉर्निंग में ही आया हूँ। तेरी, चंद्रवीर जी व नए आने वाले मेहमान की टुअर की एडवांस बुकिंग भी करवा दी है।"

रमेश ने विजिट का पार्सल बहिन के हाथ में बतौर गिफ्ट दिया। अनंता ये सुनकर चहक गई।

"ये,,,,,,,,,, ऐ ये हुई न बात भैया।"

अनंता ने रमेश को चुटकी काटते हुए बोला।

"आउच,,,,,,,।"

स्टेज पर सभी एक साथ खिल खिलाकर हंस पड़े।

अनंता की गोद भराई रस्म आरंभ हुई सभी महिलाओं ने हार्मोनियम, ढोलक, मजीरो के साथ मेवाड़ी अंदाज में "समधन गोद भरो, समधी तिलक लगाओ, रस्म आज है गोद भराई, हीरे लाओ,,,,, मोती लाओ" एवं "मोहे जामुन मंगवा दो कारी करी,,,,," जैसे लोक गीत व नाच गान के साथ संपन्न हुआ। दोनों भाईयो को बुलाया गया। गोद को प्रांगण में स्थित मां कात्यायनी के मंदिर में जाकर खाली करवानी थी। मंदिर में गोद खाली करने के लिए अनंता आगे–आगे और दोनों भाई पीछे–पीछे चल रहे थे। मां कात्यायनी मंदिर की सीढ़ियों पर चढ़ते हुए अनंता का पांव साड़ी में फंस गया।

"धड़ाम......।"

की आवाज के साथ वो गिर पड़ी, दोनों भाई एक साथ चिल्ला उठे," अनंता,,,,,,,,,,,,।"

चंद्रवीर दूर से ये दृश्य देख बिजली की गति से अनंता की ओर पलक झपकते ही पहुँच गया। पार्टी में अचानक सन्नाटा छा गया, हर कोई स्तब्ध था। सभी अनंता को घेरे हुए थे। चंद्रवीर, कमलनाथ एवं रमेश ने अनंता को उठाया। अनंता दर्द से कराह रही थी। उसके कराहने की तेज आवाज गार्डन में गूंज उठी। चंद्रवीर जोर से चिल्लाया,

"अनंता को उठाकर गाड़ी में रखो, जल्दी करो।"

अनंता के दोनों बॉडीगार्ड दौड़कर उठाने आए। अनंता ने हाथों से रुकने का इशारा किया और खुद धीरे से खड़ी हो गई।

"ओह माई गॉड! मैं गिर कैसे गई? अब ठीक हूँ, चंद्रवीर आप टेंशन नहीं ले।" अनंता ने कहा। अनंता का हाथ पकड़कर दोनों भाई मंदिर की ओर जाने लगे। सभी ने अनंता को बिना दर्द के चलता देख राहत की सांस ली।

"हेलो,,, हेलो,,,,,,,हेलो पापा मैं, मैं चंद्रवीर,,,,,,,, मैं चंद्रवीर,,,,,,। आप सुन रहे है।" मोबाइल से लगातार चंद्रवीर की आवाज सुनकर शंकर रॉय गोद भराई की रस्म की पूरी घटना की याद से बाहर आए और ध्यान आया कि वो घर मैं अपनी धर्म पत्नी के साथ सोफे पर बैठे हुए थे।

"हाँ,,,,,, हाँ,,,,,, जमाई सा,,,,,,, फॉर्टिस क्यों,,,,,? शंकर रॉय ने पूछा।

"पापा; अनंता को दर्द हो रहा है डॉक्टर कैलाश जी को दिखाने आया हूँ।" चंद्रवीर ने कहा। शंकर रॉय ने अपने पर्सनल असिस्टेंट गौतम को कॉल किया;

"गौतम, डॉक्टर कैलाश को कॉल करो, बिना देरी किए वो अनंता को अटेंड करें।"

"जी मालिक", गौतम ने कहा।

गौतम ने बिना समय गवाए तत्काल डॉक्टर कैलाश को कॉल किया।

फोन पर गौतम का कॉल देखकर डॉक्टर घबराया। गौतम का रुतबा भी कोई कम नहीं था। मंत्री से लेकर संतरी गौतम की एक आवाज पर काम कर देते थे। सभी को अच्छी तरह से मालूम था की ये शंकर रॉय का पी.ए. था। डॉक्टर कैलाश ने कॉल रिसीव किया,

"डॉक्टर कैलाश, मैं गौतम बोल रहा हूँ। अनंता मैंडम आपके हॉस्पिटल आए हुए है इनको असहनीय दर्द हो रहा है उनको तत्काल अटेंड कर, मुझे रिपोर्ट करो।"

गौतम ने डॉक्टर कैलाश को कहा।

"हाँ गौतम जी, आप टेंशन नहीं लें। मैं प्रायोरिटी पर इस केस को देखता हूँ।"

डॉक्टर कैलाश ने कहा और फोन काट दिया।

डॉक्टर कैलाश ने इमरजेंसी सेल को कॉल कर स्वयं अनंता को अटेंड करने के लिए दौड़ पड़े। इमरजेंसी वार्ड में डॉक्टर कैलाश के पहुँचने से पहले ही टीम अपने काम पर लग गई थी। हेड ऑफ डिपार्टमेंट डॉक्टर कैलाश ने जैसे ही वार्ड में प्रवेश किया उनको तेज गति से आते देख डॉक्टरों की टीम मामले की गंभीरता को समझ गई थी। डॉक्टर, कंपाउंडर व नर्सेज तत्काल बेड से दूर हो गए।

"बॉस, पेशेंट को मॉनिटर विटल्स इक्विपमेंट लगा दिया है। पल्स रेट, ब्लड प्रेशर ठीक है लेकिन ब्लड ऑक्सीजन सैचुरेशन लो आ रहा है, ई.सी.जी. नॉर्मल है, एब्डॉमिनल पैन सीवियर है, सर।"

असिस्टेंट डॉक्टर ने डॉक्टर कैलाश को बताया।

"आइबुप्रोफेन या डाइक्लोफेनेक इंजेक्ट करो नेबुलाइजर के साथ ऑक्सीजन सप्लीमेंट देकर मुझे हर दस मिनट में रिपोर्ट करो।"

डॉक्टर कैलाश असिस्टेंट डॉक्टर टीम को गाइड कर इमर्जेंसी सेल से बाहर आ गए।

"गौतम सर, अनंता मैंडम आउट ऑफ डेंजर है, उनको अगले दस मिनट में रिलीफ हो जायेगा।"

डॉक्टर कैलाश ने गौतम को मोबाइल पर अनंता की जानकारी दी।

"थैंक गॉड, थैंक यू डॉक्टर।" गौतम ने गहरी सांस छोड़ते हुए कहा।

हॉस्पिटल फॉर्टिस के इमरजेंसी सेल में चंद्रवीर, अनंता के सिरहाने बैठा हुआ था, उसके चेहरे पर चिंता की लकीरें स्पष्ट नजर आ रही थी। चंद्रवीर बहुत चिंतित था लेकिन अनंता को हिम्मत दे रहा था। अनंता के सिर पर हाथ फेर रहा था अनंता की तबीयत धीरे-धीरे ठीक हो रही थी। अनंता ने चंद्रवीर की ओर देखकर कहने लगी,

"अरे,,,,,,,,,चंद्र क्यों चिंता कर रहे हो? मैं पहले से बेहतर हूँ, तुमको छोड़ कर कहीं जाने वाली नहीं हूँ। मैं चली गई तो तुम को परेशान कौन करेंगा"

अनंता ने मंद–मंद मुस्कराते हुए कहा।

चंद्रवीर यह सुनकर रुहाँसा हो गया ओर हल्की–सी मुस्कान के साथ अनंता को देखने लगा। इतने में डॉक्टर कैलाश अपनी असिस्टेंट टीम के साथ इमर्जेंसी सेल के रूम नंबर 109 में प्रवेश किया।

"हेलो अनंता मैंडम हाऊ आर यू फीलिंग।" डॉक्टर कैलाश ने अनंता से पूछा।

"आई फील बैटर नाउ सर।" अनंता ने मुस्करा कर डॉक्टर को जवाब दिया।

"चंद्रवीर जी हम आधे घंटे में मैंडम को डिस्चार्ज कर देंगे कोई मेजर इश्यू नहीं है।"

डॉक्टर कैलाश ने चंद्रवीर से कहा।

आधे घंटे के बाद अनंता को डिस्चार्ज कर दिया।

"पापा अनंता ठीक है डॉक्टर ने डिस्चार्ज दे दिया है। अब चिंता की कोई बात नहीं है। आप और मम्मी अनंता की जरा भी चिंता नहीं करें। हम घर पहुँच गए है।"

चंद्रवीर ने शंकर रॉय को आश्वस्त करते हुए,,,,, मोबाईल पर कहा।

"हाँ बेटा, थैंक गॉड! बड़ी चिंता हो रही थी मैं अनंता से बाद में बात करता हूँ। उसका ध्यान रखना, प्रॉपर रेस्ट देना। गुड नाईट बेटा।"

शंकर राय ने चंद्रवीर को जवाब दिया।

ऑल इंडिया मार्बल एसोसिएशन कॉन्क्लेव शिमला में आयोजित हो रहा था। ये कॉन्क्लेव महत्त्वपूर्ण था इसमें प्रेसिडेंट का चुनाव भी होना था। कॉन्क्लेव में भाग लेने के लिए कमलनाथ रॉय और उनका इकलौता पुत्र राजवीर रॉय दोनों शिमला एयर पोर्ट पर उतरे। पिता—पुत्र तेज चाल से एयर पोर्ट से बाहर आ रहे थे। जहाँ कमलनाथ छोटी कद के थे वहीं राजवीर का फिजिक आकर्षक, लोमहर्षक व सुडौल था। राजवीर लंबा चौड़ा व एथलीट जैसा फीट दिख रहा था। उसके चेहरे पर उत्साह व शालीनता की झलक भी दिख रही थी। पिता—पुत्र बातें करते हुए एयर पोर्ट से बाहर आ गए। बाहर ड्राइवर लेंबोर्गिनी कार के साथ उनका इंतजार कर रहा था। ड्राइवर ने दोनों को सैल्यूट किया फिर गेट खोलकर कर खड़ा हो गया। दोनों कार के अंदर बैठ गए। दोनों के कार के अंदर बैठते ही कार वाइल्ड फ्लावर रिजॉर्ट की ओर रवाना हो गई।

"पापा मैं कैरियर पर फोकस करना चाहता हूँ। कुछ माह बाद मुझे स्पैशल ट्रेनिंग लिए निकलना है, पापा सॉरी आई कांट इंटरेस्ट इन बिजनेस।" राजवीर ने मुस्कराते हुए कमलनाथ से कहा

"नो बेटा, इतने बड़े एम्पायर को संभालना भी तो है, शुरुआती एक्सपीरियंस भी तो मस्ट है बेटा। रॉय फैमिली की विरासत को सेफ हैड में देना भी तो जरूरी है। बेटा, एक बात याद रखना जीवन में दूसरा मौका कहानियाँ देती है, जिंदगी नहीं।"

कमलनाथ ने राजवीर के कान खींचते हुए कहा। फिर दोनों हँस पड़े। बातों ही बातों में वाइल्ड फ्लॉवर रिजॉर्ट आ गया। चंद मिनिट में दोनों अपने–अपने सूट में तैयार होकर कॉन्क्लेव के लिए निकल पड़े। कॉन्क्लेव शिमला के गेयटी थियेटर में रखा गया था। इसमें भाग लेने के लिए देश के नामी लगभग 180 से 200 उद्योगपति आए हुए थे। हॉल की सुंदरता एवं भव्यता

ऐतिहासिक थी। हॉल में राउंड टेबल के साथ शाही गोल्डन कलर की चेयर्स लगी हुई थी। प्रत्येक टेबल पर उद्योगपति की नेम प्लेट थी। स्टेज पर नवीन श्रीवास्तव एंकरिंग कर रहे थे वे एसोसिएशन के कोषाध्यक्ष थे। एसोसिएशन के अध्यक्ष मोहनलाल सिंघवी स्टेज पर आ चुके थे। कार्यक्रम लगभग शुरू होने को ही था, एसोसिएशन अध्यक्ष व एंकर नवीन श्रीवास्तव कमलनाथ का इंतजार कर रहे थे ताकि कार्यक्रम को आरंभ किया जा सके। कमलनाथ और पुत्र राजवीर ने कॉन्क्लेव हॉल के गेट में प्रवेश किया। कॉन्क्लेव मैंनेजमेंट के अटेंडेंट ने कमलनाथ रॉय को अटेंड किया। इनकी नेम प्लेट वाली टेबल की ओर ले जाने लगा। सभी की नजर कमलनाथ पर थी। कमलनाथ रॉय इंडस्ट्री का बड़ा चेहरा था उनके बिना कार्यक्रम आरंभ कर देने का कोई औचित्य नहीं बनता था। कमलनाथ साथी उद्योगपतियों को विश करते हुए अपनी नेम प्लेट वाली टेबल पर जाकर बैठ गए। उनके पास वाली चेयर पर राजवीर भी बड़ी उत्सुकता के साथ बैठ गया। ऐंकर नवीन श्रीवास्तव ने मंच परिचय, स्वागत भाषण एवं पिछले वित्तीय सत्र की उपलब्धियों पर संक्षिप्त में चर्चा कर वर्तमान अध्यक्ष मोहनलाल सिंघवी को उद्बोधन के लिए आमंत्रित किया। सिंघवी ने सभा को सम्बोधित करते हुए कहा,

"मैं आप सभी का आभार व्यक्त करता हूँ। आप सभी के सहयोग से आज मेरा तीन वर्षीय कार्यकाल निर्विघ्न रूप से पूर्ण हुआ। मैं आज प्रसन्न चित्त हूँ। कॉन्क्लेव में उपस्थित मेरे सभी साथीगण एवं कार्यकारिणी सर्व सम्मति से इस निर्णय पर पहुंची है कि इस बार एसोसिएशन के अध्यक्ष के चुनाव नहीं करवा कर, मनोनयन किया जाएगा। सभी की राय से एक ही नाम सामने आया है। वो है,

"श्री कमलनाथ रॉय"।

हॉल तालियों की गड़गड़ाहट के साथ गूंज उठा, तालियां रुकने का नाम नहीं ले रही थी, सिंघवी ने हाथ ऊँचा कर साइलेंस का इशारा किया। "अब मैं बिना समय गवाए स्टेज पर कमलनाथ रॉय को आमंत्रित करता हूँ।" अध्यक्ष सिंघवी ने कमलनाथ को आमंत्रित करते हुए कहा।

तालियां एक बार फिर गूंजने लगी। कमलनाथ स्टेज की ओर बढ़ने लगे। स्टेज पर पहुँचते ही सिंघवी ने कमलनाथ को गले लगाया। कमलनाथ ने दोनों हाथ जोड़कर सभी का अभिवादन किया। एंकर ने माल्यार्पण के लिए बारी—बारी से सभी को बुलाया। कमलनाथ भावुक हो गया थे चेहरा गुलाल से भर गया था। मालाओं से गला लदा हुआ था। कमलनाथ ने गले से मालाएं उतार कर टेबल पर रख दी। एंकर नवीन श्रीवास्तव ने कमलनाथ को उद्बोधन के लिए आमंत्रित किया। कमलनाथ ने कॉन्क्लेव को संबोधित करते हुए कहा,

"मैं मोहन जी सिंघवी एवं आप सभी साथियों का ह्रदय से आभारी हूँ कि आपने एसोसिएशन की परंपरा को बदलते हुए बिना चुनाव के मेरा मनोनयन किया। मैं परमेश्वर से प्रार्थना करता

हूँ कि आप सभी की अपेक्षाओं पर खरा उतर सकूं। मैं एसोसिएशन को 5 करोड़ एवं महावीर इंटरनेशनल (दिव्यांग सेवार्थ संस्थान) को 2 करोड़ सहयोगार्थ देने की घोषणा करता हूँ। "

(हॉल तालियों की गड़गड़ाहट के साथ गूंज उठा) कमलनाथ ने स्टेज से सामने बैठे अपने सी.एफ.ओ. (chief financial officer) गणपत को स्टेज पर बुला कर दोनों संस्थानों के नाम चैक काटा। फिर हस्ताक्षर कर श्रीवास्तव को बुलाकर दोनों चेक सुपुर्द किए। तत्काल कार्यवाही से कॉन्क्लेव में उपस्थित सभी उद्योगपति रामांचित थे। कमलनाथ स्टेज से नीचे आए। राजवीर ने गले लगा कर बधाई दी। सभी उद्योगपति व्यक्तिशः बधाई देने कमलनाथ के पास पहुँचने लगे। एंकर समापन की घोषणा के साथ सभी को लंच के लिए निवेदन कर रहा था।

शंकर रॉय का आज ऑफिस में पूरा दिन व्यस्तता में बीता, कंपनी के उच्च पदाधिकारियों के साथ मासिक बैठक में पिछले चार घंटो से व्यस्त थे। जयपुर जॉन की हेड रोमिला के आय–व्यय लेखा में भारी अनियमितता पाई गई थी इस विषय को लेकर शंकर रॉय अत्यंत खफा थे। रोमिला कुमावत चालीस वर्षीय महिला थी लेकिन बला की खूबसूरत। कंधो तक काले गहरे बाल, चेहरे के दोनों ओर कान के नीचे तक आती जुल्फे, छरहरा गठीला बदन, सुर्ख लाल होंठ, दूध जैसा कलर उस पर नशीली आंखें। बात करने का अनूठा अंदाज; बात के साथ आंखों की अदाएं; किसी भी पुरुष को बरबस उसकी ओर आकर्षित कर लेती थी। इसके बावजूद भी कंपनी के कार्मिकों में उसका ख़ोफ था। रोमिला के ऑफिस के अंदर जाने की हिम्मत किसी भी कर्मचारी में नहीं थी। वह सीधे मुंह किसी से बात नहीं करती थी। उसके घमंडी स्वभाव से जयपुर जॉन के कर्मचारी अत्यंत खफा थे। कर्मचारी उसकी शिकायत मैंन ब्रांच में करना चाहते थे पर किसी की हिम्मत नहीं थी। सभी कर्मचारियों को रोमिला व शंकर रॉय के छोटे बेटे रमेश रॉय के निजी संबंधों का पता था। रोमिला अति महत्वाकांक्षी औरत थी। अपनी महत्वाकांक्षाओं को पूरा करने के लिए वो किसी भी स्तर तक जा सकती थी। रमेश रॉय रंगीन मिजाज का व्यक्ति था। दोनों अपना वीकेंड एक दूसरे के साथ ही बिताते थे। रोमिला; रमेश रॉय के साथ दो–तीन माह में एक बार फॉरेन ट्रिप कर लेती थी। रमेश रॉय का फोकस बिजनेस पर कम और अपनी रंगरैलियों पर ज्यादा था। शंकर रॉय ने बेल बजाकर कंपनी के सीएफओ गणपत को अपने चेंबर में बुलाया। गणपत, मुंबई जॉन की हेड रिया के पिताजी थे।

"मैं आई कम इन सर।" गणपत ने चेंबर के गेट पर आकर कहा।

"आओ गणपत, बैठो। जयपुर जॉन हेड की पिछले पांच साल की ऑडिट करवाओ, उसकी रिपोर्ट मुझे अगले सप्ताह चाहिए, एनी हाऊ।" शंकर रॉय ने कड़क शब्दों में गणपत को कहा।

"जी सर, मैं आज ही ऑडिट टीम जयपुर के लिए रवाना करता हूँ।"

गणपत ने शंकर रॉय को आश्वस्त करते हुए कहा। फिर अपनी सीट से खड़े होकर बाहर की ओर जाने लगा।

विक्रम आनंद अपनी कुटिया के बाहर चिंतित मुद्रा में बैठा हुआ था। समय खुशियां मनाने का था पर वो चाहकर भी खुशी नहीं मना पा रहा था। पिछले एक माह से उसके घर पर

स्वजनों एवं ग्रामवासियों की बधाई के लिए होड़ लगी हुई थी। विक्रम आनंद के इकलौते पुत्र चेतन आनंद का मैंसाचुसेट्स अमेरिका के हॉर्वर्ड यूनिवर्सिटी में ह्मन मेडिकल रिसर्च में चयन हो गया था। विश्व के टॉप तीस विद्यार्थियों का मेडिकल रिसर्च के लिए यूनिवर्सिटी ने चयन किया था। जिसमें चेतन आनन्द भी एक था। विक्रम के अधूरे सपनें पूरे होने का समय आ गया था। वो ईश्वर को बारंबार धन्यवाद कर रहा था। वो सोच रहा था कि देर से ही सही पर प्रभु ने उसके परिवार की सुन ली। स्वयं प्रतिभाशाली होने के बावजूद भी उसकी विषम परिस्थितियों एवं आर्थिक तंगी ने उसको गरीबी में जीनें के लिए विवश कर दिया था। विक्रम के लिए चेतन आनंद का मेडिकल रिसर्च में चयन गहरे अंधेरे में एक जुगनू की तरह था। जीवन के अंतिम पड़ाव में वह सुख का सपना देखने लगा था। लेकिन रिसर्च की सालाना एक करोड़ की फीस जैसे ही उसको याद आती विक्रम दुःखी हो जाता। चिंता की लकीरें उसके चहरे पर उभर आती। उसे अच्छी तरह से पता था कि सालाना पचास हजार कमाने वाला व्यक्ति किसी भी स्थिति में फीस नहीं भर सकता था। पांच वर्षीय कोर्स की फीस भरना उसके लिए नामुमकिन था। चेतन की प्रतिभा ने जहाँ विक्रम के जीवन में नूतन सवेरा ला दिया था वहीं नामुमकिन फीस उसको गहरे अंधेरे के आगोश की ओर ले जा रही थी। जैसे–जैसे दिन पर दिन गुजर रहे थे वैस–वैसे विक्रम नैराश्य के घनघोर अंधेरे की ओर बढ़ रहा था। वो सोच रहा था कि

"मेरे पिता की असामयिक मृत्यु ने मेरे सपनों को कुचल दिया वहीं आज मैं जिंदा होकर भी चेतन के सपनों को पूरा नहीं कर पा रहा हूँ।" विचारों की बाढ़ में विक्रम बहता जा रहा था। उतनें में चेतन ने पीछे से आकर विक्रम के कंधे पर हाथ रखा, फिर धीरे से बोला,

"पापा, आपकी चिंता मैं समझ सकता हूँ। हर नया सवेरा नया अवसर लेकर आता है। पापा, हो सकता है कि मुझे इससे भी बेहतर अवसर मिले। मैं दिन–रात एक कर दूंगा। खूब मेहनत करूँगा। अगले सेशन में ऑक्सफोर्ड युनिवर्सिटी के लिए स्कॉलर बेस सीट अचीव करूँगा। पापा, कवि नीरज जी की वो पंक्तियां याद करो जिनमे उन्होंने कहा है,

"कुछ सपनों के मर जाने से जीवन नहीं मरा करता है।"

बेटे की कम उम्र में परिपक्व बातों को सुनकर विक्रम आनंद सिसक–सिसक कर रोनें लगा। बेटे को अपनी बाहों के आगोश में ले लिया। आंसू दोनों ओर बह रहे थे समझ नहीं आ रहा था कि कौन किसको समझा रहा था। फीस भरने की अंतिम तारीख के सिर्फ सात दिन बाकी थे। ऐसा भी नहीं था कि विक्रम ने अपने पुत्र के लिए फीस जुटाने की कोशिश नहीं की हो। उसने अपने चालीस साल पुराने मित्र शंकर रॉय को भी फोन किया था लेकिन विक्रम आनंद अपने मन कि बात बोलता उसके पहले ही शंकर ने उसका कॉल काट दिया। विक्रम समझ रहा था कि शंकर बहुत बड़ा उद्योगपति था। उसके पास इतना समय नहीं होगा कि मुझसे बात कर सके वैसे भी चालीस साल बाद रिश्तों में धुंधलापन आ जाता है। विक्रम इन्हीं विचारों के साथ अपने बेटे चेतन की पीठ सहला रहा था। दो शरीर में एक प्राण संचारित हो रहे थे। विवशताएं किस प्रकार से समझदारी में तबदील हो जाती है। इस बात को विक्रम आनंद समझ रहा था। पुत्र की

सिसकी कानों से होती हुई पिता के प्राण हरण कर रही थी। वहीं पिता की सिसकियां पुत्र को पौरुष्य, लक्ष्य समर्पण एवं कर्मनिष्ठा का पाठ सीखा रही थी।

विक्रम आनंद मन ही मन सोच रहा था,
पतझड़ में ऐसा सुखा,
फिर हरा न हो पाया मैं।
बिन छाया की काया मेरी,
अपनों का बसेरा न पाया मैं।
सुख कर कांटा हुआ,
दूसरों को फल नहीं दे पाया मैं।
खुद की जड़े अब बेबस हुई,
आज अपनों से पराया मैं। फिर हरा हो जाऊं,
अपनों का सहारा बन जाऊं मैं।
बन आशियाना किसी का,
फिर इठला जाऊं मैं।
हरियाली की खुशियां आए,
फलों की समृद्धि छाए,
अपनों के बीच फैल जाऊं मैं।
पर मैं,,,,, मैं,,,,मजबूर अपनी जड़ों से,
खुद का साथ न दे पाऊं मैं।
मिट्टी के साथ होकर भी,
मिट्टी में एकाकार हो न पाऊं मैं।
अपनों का सहारा न बन पाया मैं,
अपनों का सहारा न बन पाया मैं।

कंपनी के सी.एफ.ओ. गणपत ने जयपुर जॉन के लिए ऑडिट भेज दी थी। ऑडिट टीम अपना काम शुरू कर चुकी थी इस बात से बेखबर रमेश रॉय व रोमिला वीकेंड आउटिंग

के लिए गोवा गए हुए थे। गोवा के मैंजेस्टिक प्राइड क्रूस कैसिनो का लुत्फ उठा रहे थे। क्रूस की पांचवी मंजिल पर ओपन बार था जहाँ रोमिला और रमेश रोमांचित थे, तेज आवाज में म्यूजिक चल रहा था गेट के सामने बार काउंटर था। काउंटर के लेफ्ट में डांस शो हो रहा था। सामने राउंड टेबल के साथ चेयर लगी हुई थी। रमेश व रोमिला के हाथ में जाम छलक रहा था।

"रात भर जाम से जाम टकराएगा,

जब नशा छाएगा तब मजा आयेगा।"

संगीत बज रहा था।

रमेश रॉय ने बार टेंडर को इशारा कर अपनी ओर बुलाया,

"मेरे लिए बूडवाइजर और मैंडम के लिए ब्रुडॉग लेकर आ।"

रमेश ने बारटेंडर को ड्रिंक का ऑर्डर किया।

बार टेंडर ने रमेश रॉय से कहा,

"सर आप पहले से ही खूब ले चुके है। ये ओवर डोज हो जायेगा।"

इतना सुनते ही रमेश रॉय लाल – पीला हो गया ओर जोर से चिल्लाया,

"चुप! ह,,,,,,,,,,। अपना काम कर।"

बारटेंडर आंखे नीची कर अपने काम में लग गया। इधर बार गर्ल्स,

"चलाओ ना नेनो से बाण रै,

जान लेलो ना जान रे।"

गाने पर नाच रही थी, रमेश रॉय खड़ा होकर उनके बीच नाचने लगा। वो नाच कम रहा था लड़खड़ा ज्यादा रहा था। रमेश रॉय ने अपने कोट की जेब से नोट की गड्डी निकाली और उन लड़कियों पर उड़ाने लगा। नोटों की बारिश होते ही डांसिंग गर्ल्स और अधिक उत्साह व तीव्र गति से नाचने लगी। रमेश रॉय ने पेंट की जेब से दो हजार की नोट का बंडल निकाला। एक घुटना जमीन पर रखकर दूसरा घुटना मोड़ते हुए बायीं हथेली पर नोट का बंडल रखकर अंगूठे से नोट हवा में उड़ाने लगा। डांस फ्लोर पर नोटों की बरसात होने लगी। यह देख रोमिला खड़ी होकर डांस फ्लोर के पास गई। रमेश रॉय के कमर में हाथ डालकर संभालते हुए, उसको चेयर पर बिठाया।

"डार्लिंग! एंजॉय। क्यों रोक रही हो। चलो तुम कहती हो तो मैं रुक जाता हूँ। डार्लिंग थोड़ा कैसिनो को एंजॉय कर ले।"

नशे में धुत रमेश रॉय ने रोमिला से कहा। दोनों लिफ्ट में बैठकर फर्स्ट फ्लोर के कैसिनो हॉल में आ गए। यहाँ पिन ड्रॉप साइलेंस था। रमेश काउंटर पर गया वहाँ उसने दो हजार के दो

बंडल काउंटर पर रखे। नोटों को कैसिनो टोकन में एक्सचेंज किया। रमेश और रोमिला दोनों टोकन लेकर रूलेट व्हील गेमिंग टेबल की ओर गए। रमेश ने पचास हजार के टोकन क्रूपियर को दिए। रमेश बोला,

"उन्नीस।"

व्हील घुमा। दोनों की नज़रें व्हील के अंको पर थी। व्हील 36 पर रुकने के साथ ही दोनों एक साथ बोल पड़े "उफ्फ।"

"डार्लिंग! अब तुम दांव लगाओ, आज मेरा दिन नहीं है।"

रमेश ने रोमिला से कहा। रोमिला ने क्रुपियर को एक लाख के टोकन दिए और दांव लगाने के लिए अंक बोल रही थी उतनें में रमेश ने क्रूपियर को रोक कर कहा,

"नो,, नो तीन लाख का टोकन लगाओ। आज की शाम रोमिला के नाम। डार्लिंग अब डिजिट बोलो।"

रोमिला ने बोली,

"21"

व्हील घुमा, दोनों की नजर व्हील पर थी। व्हील की गति धीरे–धीरे कम हो रही थी पर दोनों की नज़रें व्हील पर टिकी थी। व्हील की गति और कम हुई खट खट खट की आवाज के साथ व्हील रूक रहा था। व्हील का ऐरो 17 पर आकर बहुत धीरे हो गया, खट खट खट की आवाज के साथ व्हील का एरो 20 पर रुक गया। दोनों निराश होकर चिल्ला उठे "शीट,,,,,,,,,,,।" दोनों ने अपनी पीठ निराशा से टेबल की ओर कर दी उतनें में ही एक खट की आवाज ओर हुई, ये सुनते ही दोनों एक साथ टेबल की ओर मुड़े। देखा कि व्हील का एरो 21 पर है दोनों एक साथ उछल पड़े, खुशी के मारे एक दूसरे से लिपट गए। रमेश जोर से चिल्लाया,

"रोमिला यू आर लक्की गाई, फॉर मी।"

क्रूपियर ने टोकन मनी को तीन गुना कर 9 लाख के टोकन रोमिला को दिए। रोमिला फूले न समा रही थी।

"डार्लिंग टोकन को एक्सचेंज कर लो, आज इतना ही।" रोमिला ने रमेश को समझाते हुए कहा। रमेश ने टोकन एक्सचेंज किए। नौ लाख का पैकेट रोमिला के पर्स में रखा। खुशी में दोनों का नशा उतर गया था। दोनों तीसरे फ्लोर पर गए जहाँ लजीज़ खाना लिया फिर दोनों सोने के लिए आठवें फ्लोर पर चले गए।

शाम का समय था राजवीर रॉय और आदित्य रॉय उदयपुर के फतेह सागर झील के किनारे सेवन लेक कैफे में बैठे हुए थे। दोनों किसी का इंतजार कर रहे थे। आदित्य रॉय रमेश रॉय का इकलौता पुत्र था। राजवीर और आदित्य सहपाठी और हम उम्र थे। आदित्य रॉय छरहरा होने के बावजूद भी अत्यंत सुंदर दिखता था। आदित्य रॉय उसके पिता के स्वभाव से बिल्कूल विपरीत था। आदित्य की वेशभूषा व रहन सहन से लगता ही नहीं था कि वो किसी बड़े घराने का हिस्सा हो। सहजता, सरलता व सादगी उसके स्वभाव का हिस्सा था। उसके विपरीत राजवीर बहुत तेज तर्रार और फैशनेबल था।

"हेल्लो ooooo, सॉरी यारों ट्रैफिक में फंस गया था ज्यादा इंतजार तो नहीं करवाया।"

हिमांशु ने राजवीर और आदित्य से कहा। हिमांशु शंकर रॉय के निजी सहायक गौतम का बेटा था। राजवीर और आदित्य का जिगरी दोस्त भी। हिमांशु के बिना इन दोनों की न शाम गुजरती थी न रात।

"तेरा इंतज़ार कर कौन रहा था।"

आदित्य ने मजाकिया अंदाज में हिमांशु को कहा।

ये सुनकर तीनों हँस पड़े।

"इंतजार तो डॉली का ही होता है क्यों आदित्य।" राजवीर ने मुस्कराते हुए आदित्य को कहा। आदित्य भी राजवीर को देखकर मुस्कराया। उतनें में कैफे के मैंन गेट पर कार आकर रूकी। कार से डॉली उतरी। डॉली का रंग–रूप, सौंदर्य किसी अप्सरा से कम नहीं था। हाई हील,पिंक रंग की शॉर्ट स्कर्ट, खुले बाल, हिरनी सी चाल देखकर फतेह सागर की पाल पर खड़े लोगों की नज़र उस पर ठहर गई। वे आपस में बतियाने लगे। जैसे ही डॉली कैफे के अंदर पहुंची राजवीर, आदित्य और हिमांशु ने अपने स्थान से खड़े होकर डॉली को विश किया। डॉली सीधे आदित्य के गले लगी फिर उसके सामने वाली चेयर पर बैठ गई। आदित्य उसकी मीन–सी नीली आंखों में डूबा जा रहा था। उसने डॉली के दोनों हाथ पकड़कर बोला,

"डॉली, सात दिन बाद मिल रही हो। ये सात दिन कितनी बैचेनी में निकले है, तुम क्या जानों। तुम बिन कहीं मन नहीं लगता है यार। न मोबाइल पर बात और न ही मिलना। ये रुखसत हमसे सही नहीं जाएगी यारा।"

"आग इधर भी इतनी ही है आदित्य पर मैं, क्या करती मोबाइल खराब हो गया था।" डॉली ने आदित्य से मुस्कराते हुए कहा।

"दोनों बातें ही करते रहोगे या कुछ ऑर्डर भी करोगे डॉली, मैं और हिमांशु भी यही है।"

राजवीर ने मुस्करा कर तंज कसते हुए कहा। उधर हिमांशु की नज़रें डॉली पर टिकी हुई थी वो डॉली में उतना मग्न हो गया था आपस में होने वाली बातों पर उसका कोई ध्यान नहीं था। हिमांशु दिलों जान से डॉली को चाहता था लेकिन उसको ये अच्छी तरह से पता था कि

आदित्य और डोली एक दूसरे को डेटिंग कर रहे थे। ऐसे में वो अपने प्यार का इजहार भी नहीं कर सकता था। साथ ही वह किसी भी स्थिति में आदित्य की दोस्ती भी छोड़ना नहीं चाहता था। उसको ये अहसास था कि अगर वो आदित्य और डॉली के बीच आ गया तो दोनों परिवार के बीच भू-चाल आ जायेगा। उसके पापा की नौकरी भी खतरे में पड़ सकती थी।

"हिमांशु,,,,, हिमांशु ऑर्डर करो यार।"

राजवीर ने तेज आवाज में हिमांशु को पुकारा।

"प्लीज मेरे लिए थोड़ा इंतजार कर लो राजवीर। मेरी सहेली स्नेहा आ रही है।" डॉली ने राजवीर की ओर देखकर कहा।

"ओह इट्स ओके सॉरी डियर।"

राजवीर ने डॉली से मुस्कराते हुए कहा।"

"अटेंशन प्लीज। डॉली आंखे बंद करो तुम्हारे लिए सरप्राईज गिफ्ट है।"

आदित्य ने सबका ध्यान आकर्षित करते हुए कहा। राजवीर और हिमांशु दोनों आदित्य की ओर जिज्ञासा से देखने लगे डॉली ने धीरे से आंखे बंद की।

"बोलो आदि क्या सरप्राईज गिफ्ट है।"?

डॉली ने उत्सुक होकर आदित्य से पूछा,

"रुको यारा, सब्र करो। आंखे मत खोलना जब तक कि मैं नहीं कहूँ।"

आदित्य ने डॉली से मजाक की। आदित्य ने टेबल से थोड़ा दूर जाकर अपने ड्राइवर को कॉल किया। आदित्य ने कॉल कर कार में पड़ा पार्सल कैफे में मंगवा लिया। गिफ्ट पैक को आदित्य ने डॉली के हाथ में रखकर बोला,

"आंखे खोलो डियर।"

डॉली ने धीरे से आंखे खोली। वो प्यार भरी निगाहों से आदित्य को देखने लगी। गिफ्ट पैक का व्रैप खोलने लगी। डॉली ने जैसे ही एप्पल आई फोन प्रो मैंक्स देखा। डॉली अपने स्थान से उछल पड़ी। उसने आदित्य को गले लगाया, फिर उसको चूम लिया। फिर डॉली जोर से चिल्ला उठी

"सो स्वीट आदि, थैंक यू डियर, लव यू सो मच।"

डॉली ने आदित्य को एक बार फिर चूम लिया। राजवीर और हिमांशु ने नए मोबाइल के लिए डॉली को बधाई दी। उतनें में स्नेहा भी दोस्तों के बीच आ गई उसने डॉली को गले लगाया, हाथ हिलाकर सभी का अभिवादन किया।

"डॉली, वाव! लेटेस्ट मोबाइल विथ लेटेस्ट फीचर्स, अमेजिंग।"

स्नेहा ने आश्चर्यचकित होकर डॉली से कहा। स्नेहा डॉली की हर दिल अजीज मित्र थी। स्नेहा आधुनिकता और दिखावटी दुनिया से कोसों दूर थी सुशीलता, शर्मीलापन, अपनापन, सादगी, सरलता व सहजता की प्रतिमूर्ति थी। भावुकता, सदाशयता एवम मासूमियत उसके हावभाव में झलकती थी। पारिवारिक जिम्मेदारी व आर्थिक बेहाली के बावजूद भी वो अपनी परेशानियों की परछाई अपने चेहरे पर नहीं आने देती थी। उसके परिवार में मात्र उसके पैरालाइसिस से ग्रस्त बीमार पिता थे। उसके जन्म के साथ ही मां गुजर गई थी। स्वयं की पढ़ाई, पिता की दवाई एवं घर का खर्च वो कॉलेज के बाद पार्ट टाइम जॉब के माध्यम से पूरा करती थी। सभी विपरीत परिस्थितियों के बावजूद भी सहज होना बहुत कठिन था लेकिन स्नेहा ने ईश्वर का प्रसाद मानकर उसको स्वीकार कर लिया था। स्नेहा मन ही मन आदित्य से प्यार करती थी पर उसको ये अच्छी तरह से पता था कि जमीन आसमान कभी मिल नहीं सकते। बस दूर से ही सही प्यार तो किया जा सकता था। मीरां उसकी आदर्श थी, वो मानती थी कि मीरां ने भी तो कृष्ण को अपना सब कुछ मान लिया था। वो सोचती थी कि, "स्नेहा रूक्मणी न सही, राधा न सही, मीरां तो बन सकती है। मैं अपने प्यार को मीरा–कृष्ण की तरह स्नेहा आदित्य में परिणत कर दूंगी।"

इसी उधेड़बुन में थी उतनें में डॉली स्नेहा की ओर देखकर बोली,

"किन ख्वाबों में खो गई हो स्नेहा।"

ये सुनते ही स्नेहा वास्तविकता के धरातल पर आ गई। उसने मुस्करा कर तिरछी नजरों से आदित्य को देखा। स्नेहा का रोम–रोम आनंदित हो रहा था। आदित्य के स्मरण मात्र से उसके रोंगटे खड़े हो गए थे। "डॉली, कोई ख्वाब नहीं देख रही हूँ में तो तेरा गिफ्ट देख रही थी।"

स्नेहा ने हंसते हुए कहा। सभी ने कैफे में एंजॉय किया। दुबारा मिलने के वादे के साथ अपने–अपने घरों की ओर लौट गए।

शंकर रॉय आज ऑफिस में समय के पूर्व ही पहुँच गए थे। शंकर रॉय का मूड ठीक नहीं लग रहा था। पूरी रात बैचेनी में गुजरी थी। शंकर रॉय के दिमाग में जयपुर यूनिट की बैलेंस शीट में जो गड़बड़ी थी वहीं बात चल रही थी। शंकर रॉय तेज चाल से चेंबर की ओर बढ़ रहे थे। उनका पी.ए. गौतम पहले ही ऑफिस में पहुँच चुका था। गौतम ने शंकर रॉय को प्रातः कालीन अभिवादन किया फिर उनके पीछे–पीछे चलने लगा। "गौतम, जयपुर यूनिट की ऑडिट रिपोर्ट आ गई क्या?" शंकर रॉय ने चिन्तित लहजे में पी.ए. गौतम से पूछा।

"जी सर, जी सर पता करता हूँ,,,,,,,,,,,।"

गौतम ने डरे–डरे से जवाब दिया।

"पता करता हूँ"

शब्द सुनते ही शंकर रॉय ने पीछे मुड़कर गौतम के गाल पर तमाचा रसीद कर दिया। ऑफिस का गलियारा तेज आवाज के साथ गूंज उठा। गौतम सन्न रह गया,

"सॉरी सर, वेरी सॉरी सर अगली बार में अपडेट रहूँगा। प्लीज सर,,,,,,,प्लीज सर।" गौतम गिड़गिड़ाते हुए शंकर रॉय के पैरों में गिर पड़ा।

"ओ.के. इट्स ओ.के. चेंबर में आ जाओ और गणपत से जयपुर यूनिट की रिपोर्ट मंगवाओ।"

शंकर रॉय ने चलते हुए गौतम को निर्देश दिए।

"जी सर,,,,,।" गौतम ने नज़रें नीचे करते हुए कहा। गौतम ने चेंबर से बाहर निकलकर सीएफओ गणपत को कॉल किया,

"गणपत सर, नमस्ते। जयपुर यूनिट की ऑडिट रिपोर्ट तत्काल साहेब के चेंबर में लेकर आ जाओ। साहेब का मूड ठीक नहीं लग रहा है, देरी मत करना, कम सून प्लीज।"

"हाँ। गौतम जी रिपोर्ट तैयार है। मैं लेकर साहेब के चेंबर की ओर ही आ रहा हूँ।"

गणपत ने गौतम से कहा। गणपत ने तेज गति से शंकर रॉय के चेंबर में प्रवेश करते हुए शंकर रॉय को विश किया "गुड मॉर्निंग सर।"

"हाँ, गणपत बैठो, तुम्हारा ही इंतजार था। जल्दी से रिपोर्ट के बारे में बताओ।"

शंकर रॉय अपनी चेयर पर सीधे होकर बैठ गए। दोनों हाथों की कोहनी टेबल पर टिका कर, दोनों हथेलियों को ठोड़ी नीचे रखते हुए गंभीर मुद्रा में गणपत की ओर देखते हुए कहा।

गणपत ने थोड़ा रुक कर ऑडिट की रिपोर्ट पढ़ते हुए बोला कि,

"सर, जयपुर यूनिट की ऑडिट रिपोर्ट में पिछले फाइनेंशियल ईयर में सात करोड़ पच्चीस लाख सताइस हजार और इस फाइनेंसियल इयर में दस करोड़ पचपन लाख बारह हजार का घोटाला मिला है।

"ओह माई गॉड! और आगे बोलो।"

शंकर रॉय ने तेज सांस छोड़ते हुए कहा।

"सर, ऑडिट रिपोर्ट टीम के साथ–साथ मैंने एक सर्विलेंस टीम को भी भेजा था उसकी रिपोर्ट भी मैं साथ लाया हूँ।"

गणपत ने कहा।

"गुड जॉब, गणपत डिटेल में बताओ।"

शंकर रॉय ने उत्सुक होते हुए गणपत से कहा।

"जी सर, सर,,,,,,,, ये पूरी राशि का घोटाला जयपुर यूनिट हेड रोमिला ने किया है। रोमिला की इतनी हिम्मत नहीं है कि वो इतना बड़ा वित्तीय हेर–फेर अकेले कर सके। रोमिला को कंपनी

में किसी बड़े व्यक्ति का सरंक्षण प्राप्त है जिस कारण उसने इतना बड़ा फाइनेंसियल स्कैंडल कर दिया,,,,,,,,,,,,।"

"कौन है वो, बड़ा नाम। बोलो गणपत, जल्दी बताओ।"

शंकर रॉय जोर से चिल्लाएं।

"साहेब,,,,,,,,,,, साहेब,,,,,,, सा,,,, मैं क्या बताऊं? वो,,,, वो,,,,,।"

गणपत की जीभ नाम बोलनें से लड़खड़ा रहीं थी वो चाहकर भी नाम नहीं बोल पा रहा था। शंकर रॉय ने जोर से टेबल पर अपनी हथेली ठोकी और जोर से चिल्लाएं, "बेवकूफ,,,,,,,, तुम्हें समझ नहीं आ रहा क्या? तुम्हें दिख नहीं रहा है क्या कि तुम्हारे सामने बैठा कौन है? गेट आउट फ्रॉम माय चेंबर।"

"साहेब जी,,,,,,,,,सर जी,,,,,, वो,,,,,,,वो,,,,,,, आपके छोटे बेटे र,,,,,,, र,,,,,,,रमेश जी सर है।" गणपत ने घबराते हुए धीरे से बोला।

"क्या बकवास कर रहे हो। तुम्हें पता भी है तुम किस का नाम ले रहे हो?"

शंकर रॉय ने जोर से चिल्लाते हुए कहा। "जी,,,,,,,, जी,,,,,,, सर,,, पर,,,,,,, पर रिपोर्ट पुख़्ता है साहेब। मुझे माफ़ करना,,,,,, साहेब।"

गणपत सिर झुकाए दोनों हाथ जोड़कर खड़ा था।

गणपत की बात सुनकर शंकर रॉय के पैरों के नीचे ज़मीन खिसक गई। वो अपनी चेयर पर पीछे की ओर झूल गए। शंकर रॉय ने तत्काल गणपत और गौतम को चेंबर से बाहर जाने का इशारा किया। इशारा पाते ही दोनों चैंबर से बाहर निकल गए। शंकर रॉय का शरीर शिथिल पड़ गया। आंखे ग्लानि से भर आई थी वहीं गुस्से से लाल हो गई थी। मन नफरत से उबल रहा था। वहीं चेहरे पर गंभीरता के बादल छा गए थे। चेंबर में शून्यता व सन्नाटा छा गया। शंकर रॉय को ऐसा लग रहा था कि वो घनघोर अंधेरे की ओर जा रहे हो। उसके बचपन से लेकर बुढ़ापे तक की फिल्म उसके दिमाग़ में चलने लगी। किस प्रकार से उसने संघर्ष कर एक छोटी-सी कंपनी को वर्ल्ड वाइड कंपनी में कन्वर्ट किया था। उसको लगने लगा कि उसकी मेहनत व्यर्थ गई। उस बीच उसकी यादों में उसके बचपन साथी विक्रम आनंद की तस्वीर उभर आई। विक्रम की याद आते ही कुछ दिन पूर्व विक्रम आनंद के कॉल का पुनः स्मरण हो आया। उसे याद आया कि वो भवावेश में विक्रम से ढंग से बात भी नहीं कर पाया था ओर उसे कॉल डिस्कनेक्ट करना पड़ा था। शंकर रॉय अब पश्चाताप की अग्नि में जल रहे थे। वो मन ही मन सोचने लगे कि,

"चालीस साल बाद मेरे मित्र ने मुझे याद किया और मैं उससे ढंग से बात भी नहीं कर पाया। मेरे सुख-दुख के साथी को मैंने ऐसे ही भुला दिंया। वैसे भी उसका बचपन आर्थिक तंगहाली में निकला, कक्षा में सबसे प्रतिभाशाली होने के बावजूद भी वो गरीबी के कारण अपनी शिक्षा पूरी नहीं कर पाया था। मैं एक मात्र इसका हरदिल अजीज मित्र था और मैं इतना खुदगर्ज बन गया

की मैंने उसको ढूँढने की कोशिश भी नहीं की। चलो वो सब तो ठीक है। उसका कॉल आए, आज कितने दिन निकल गए उसके बावजूद भी मैंने उसको दुबारा कॉल नहीं किया,,, उफ्फ! मेरे मालिक मुझे माफ करना।"

ये सोचकर शंकर रॉय ने अपना सिर पकड़ लिया। शंकर रॉय को विक्रम आनंद की चिन्ता सता रही थी दस मिनट पूर्व जयपुर यूनिट के फाइनेंसियल स्कैंडल का गुस्सा, विक्रम की याद में धुंधला पड़ गया। शंकर रॉय के लिए मित्र की अहमियत बहुत ज्यादा थी ये परिलक्षित हो रहा था। उसने तत्काल पी.ए. गौतम को चैंबर में बुलाया।

"गौतम आज से कुछ दिन पूर्व एक अननोन नंबर से कॉल आया था जो विक्रम आनंद नामक व्यक्ति का था। उस नंबर को फाइंड करो और जितना जल्दी हो सके मुझे बात करवाओ।"

शंकर रॉय ने जल्दबाजी करते हुए गौतम से कहा। गौतम यह महसूस रहा था कि मालिक आज दिन तक किसी से बात करने के लिए इतने व्याकुल नहीं हुए, जितने आज दिख रहे थे। आखिर ये विक्रम आनंद है कौन?

"जी साहेब। मैं अभी विक्रम जी से आपकी बात करवाता हूँ।"

गौतम ने शंकर रॉय को जवाब देकर, विक्रम की खोज बिन में लग गया। गौतम ने आई.टी. हेड विनोद मिश्रा को कॉल मिलाया। विनोद मिश्रा ने अपने मोबाइल स्क्रीन पर गौतम का कॉल देखते ही उसके माथे पर चिंता की लकीरें उभर आयी। बिना किसी देरी के उसने कॉल रिसीव किया।

"जी सर, जी सर आदेश कीजिएगा। मैं आपके लिए क्या कर सकता हूँ।"

विनोद मिश्रा ने गौतम से कहा,

"सुनो विनोद। साहेब के 9461574818 नंबर की पिछले दस दिनों की डिटेल खंगालो। उसमे पता लगाओ की विक्रम आनंद नाम के व्यक्ति का नंबर कौनसा है? और तत्काल मुझे रिप्लाई करो।"

गौतम ने भारी आवाज में विनोद को कहा।

"जी सर।" बोलकर विनोद बड़ी तीव्रता के साथ काम में लग गया। लगभग बीस मिनट के अंतराल के बाद विनोद मिश्रा ने विक्रम आनंद के नंबर पता कर लिया। नंबर मिलते ही विनोद मिश्रा ने गौतम को कॉल किया,

"सर नमस्ते। विक्रम जी का नंबर मेने आपको मैंसेज कर दिया है।"

"ओके, वेरी गुड"

गौतम ने कॉल डिस्कनेक्ट कर दिया।

पी.ए. गौतम ने बड़े उत्साह के साथ विनोद मिश्रा के मैंसेज को देखा। गौतम को आत्म संतुष्टि हो गई कि विक्रम आनंद का नंबर मिल गया। गौतम उत्साह के साथ शंकर रॉय के चैंबर में गया और मुस्कराहट के साथ शंकर रॉय को जानकारी दी,

"साहेब, विक्रम जी आनन्द का नंबर मिल गया है।

"बहुत अच्छे गौतम, नंबर मिलाकर मुझसे बात करवाओ।"

शंकर रॉय जिनका मूड आज सुबह से खराब था। पहली बार उनके चेहरे पर मुस्कराहट की लकीर दिखाई दी। गौतम ने लैंड लाइन से नंबर डायल किया।

"आपके द्वारा डायल किया गया नंबर उपयोग में नहीं है। कृपया डायल किए गए नंबर की पुनः जांच कर ले।"

इस रिस्पॉन्स को सुनकर गौतम निराश हो कर शंकर रॉय से बोला

"साहेब, विक्रम जी का नंबर बंद हो चुका है अब इस नंबर से बात नहीं हो सकती है।"

"उफ़! ये ठीक नहीं हुआ, गौतम। मुझे मेरे मित्र से केसे भी हो बात करनी है।"

शंकर रॉय ने निराश होते हुए कहा।

"मालिक आप चिन्तित न हो मैं पूरी कोशिश करता हूँ।" गौतम आश्वासन देकर चेंबर से निकल गया। निकलते हुए उसने मोबाइल निकाल कर विनोद मिश्रा को कॉल किया,

"विनोद, विक्रम आनंद का मोबाइल नंबर लग नहीं रहा है अब हम क्या कर सकते है? थोड़ा क्विक रिस्पॉन्स करो। मैं तुम्हारे पास ही आ रहा हूँ।"

"जी सर मैं देख लेता हूँ।" विनोद ने मोबाइल रख कर लैपटॉप पर काम करने लगा। थोड़ी देर में गौतम विनोद के चेंबर में पहुँच गया। ये देखकर विनोद अपनी सीट से खड़ा हो गया। गौतम ने विनोद को तपाक से कहा,

"अरे! नहीं। बैठो पहले काम निपटाओ।"

गौतम पास वाली चेयर पर जाकर बैठा। गौतम टकटकी लगाकर लैपटॉप स्क्रीन को देख रहा था। इधर साइबर एक्सपर्ट आई टी हेड विनोद मिश्रा पूरी तन्मयता के साथ तीव्र गति से अपना काम करने में लगा हुआ था परंतु आधे घंटे के प्रयासों के बावजूद भी विक्रम आनंद के नाम से कोई और नंबर नहीं मिला। अंतःतोगत्वा निराश होकर विनोद ने गौतम सर से कहा,

"सर विक्रम मिश्रा के नाम से कोई भी दूसरी सीम एलॉट नहीं हुई है उनका एक मात्र नंबर यहीं है जो फिलहाल बंद है अब मैं इस बंद नंबर की लोकेशन ट्रेस कर सकता हूँ।"

"हाँ! हाँ! जल्दी करो, कम से कम लोकेशन तो मालूम पड़े।" गौतम ने उत्साहित होकर विनोद की पीठ थपथपाई। विनोद ने लोकेशन ट्रेस करते हुए कहा,

“सर इनकी लोकेशन तो इंदौर मध्यप्रदेश की आ रही है।”

“नहीं, प्रॉपर लोकल लोकेशन ट्रेस करो विनोद।”

स्क्रीन की ओर देखते हुए गौतम ने कहा।

“जी सर, जस्ट मिनट। हाँ!,,,,,,,,,,,,,,,,,,,,,, मिल गई सर,

36, ओल्ड कसेरा बाखक,सर्राफा बाजार, इंदौर, मध्यप्रदेश,452002” उत्सुक हो कर विनोद मिश्रा ने पी.ए. गौतम को बताया। उसने तुरंत एड्रेस प्रिंट निकालकर गौतम के हाथ में थमा दी। गौतम ने बिना कोई प्रत्युतर दिए तत्काल शंकर रॉय के चेंबर की ओर रवाना हो गया। चेंबर में पहुँच कर गौतम ने विक्रम आनंद का एड्रेस शंकर रॉय के टेबल पर रख दिया।

“लीजिए साहेब, विक्रम जी का एड्रेस मिल गया है।”

लंबी सांस छोड़ते हुए गौतम ने कहा।

“गौतम इंदौर यूनिट हेड विवान को इनफॉर्म करो कि वह इस लोकेशन पर तत्काल पहुंचे और मुझे विक्रम से बात करवाएं।” शंकर रॉय ने बैचेन होते हुए गौतम को कहा। गौतम ने बिना किसी देरी के विवान को कॉल किया।

“सर, गुड आफ्टरनून।”

विवान आगे कुछ बोलता उसके पहले ही गौतम ने कहा,

“हेलो विवान, ध्यान से सुनो। मैं तुम्हें एक एड्रेस मैंसेज कर रहा हूँ। ये सर्राफा बाजार के आसपास की लोकेशन है वहाँ पहुँच कर मुझे विक्रम आनंद नाम के व्यक्ति से बात करवाओ।”

“सर जी, मैं अभी सर्राफा बाज़ार में ही हूँ, चंद मिनट में लोकेशन पर पहुँचकर आपसे बात करता हूँ।”

विवान ने कार में बैठते हुए कहा।

विवान ने एड्रेस को गूगल सर्च पर डाला और तेज गति से कार चलाने लगा। कुछ ही मिनटों में विवान विक्रम आनंद की लोकेशन पर पहुँच गया। उसने सड़क किनारे कार पार्क की तत्पश्चात् बायीं ओर संकरी गली की ओर तेज गति से बढ़ने लगा। विवान ने सामने से आते राहगीर को रोक कर विक्रम आनंद का घर पूछा। अजनबी ने इशारा कर बताया कि आगे दो गली छोड़ दायीं ओर मुड़ने के लिए बोला। विवान उसी प्रकार से आगे बढ़ता गया वो उत्साहित था कि गौतम सर से उसकी बात हुए। विवान उनकी दी गई जिम्मेदारी को चंद मिनटों में पूरा करना चाहता था इसी उधेड़बुन में वह गंतव्य स्थान पर पहुँच गया। विवान जिस मोहल्ले में पहुंचा वहाँ के सभी घर कवेलूपोश थे। आंगन में खटिया लगा कर एक बूढ़ा फटे हाल बैठा हुए था विवान बूढ़े व्यक्ति के खाट के पास जाकर धीरे से बोला,

"दादाजी विक्रम आनंद का घर कौनसा है उनसे मिलना है।"

बंद झोपड़ी की ओर इशारा करते हुए बूढ़े व्यक्ति ने कहा,

"बेटा तुम लेट पहुंचे हो,,,,,,,,,,,।" बूढ़ा ये बोलनें के साथ ही फफक-फफक कर रो पड़ा।

"क्यों? क्या हुआ दादाजी?,,,,,,विक्रम जी कहाँ गए है प्लीज मुझे बताए?" चिंतित एवं जिज्ञासु होकर विवान ने बूढ़े व्यक्ति से पूछा।

बूढ़े ने धोती से आँसु पोछते हुए कहा,

"बेटा, दो दिन पहले विक्रम भाई स्वर्ग सिधार गए।" बूढ़े ने सिसकते हुए कहा।

"ओह! माई गॉड, बीमार थे क्या?"

विवान ने पूछा।

"नहीं बेटा, उनको कोई बीमारी नहीं थी, सुबह तो खेत जोत कर आए थे।

विक्रम भाई तो आजकल बड़े खुश थे उनका बेटा किसी परीक्षा में पास हुआ था आसपास के सभी मोहल्ले के लोग उनको रोज बधाई देने आते थे।"

बूढ़े ने निराश स्वर में कहा।

"तो फिर उनका बेटा,,, कहां गया?"

विवान ने पूछा।

"बेटा, चेतन कल सुबह से बिना किसी को बताएं घरछोड़ कहीं चला गया। पता नहीं कहाँ होगा? कैसे होगा? कुछ खाया भी होगा या नहीं। "

बूढ़े व्यक्ति ने दुःखी होते हुए विवान को जवाब दिया। विवान ने बूढ़े को धन्यवाद बोलकर अपनी जेब से मोबाइल निकाला और गौतम को कॉल किया

"सर, मैं विवान,,,,,,,,,,,,,।"

"हाँ हाँ बोलो विवान। रुक क्यों गए।"

गौतम ने विवान को पूछा।

"सर, सर विक्रम जी की दो दिन पूर्व ही डेथ हो गई।" विवान ने रूदन स्वर में बोला।

"उफ्फ! मैं तुमसे बाद में बात करता हूं।"

गौतम ने कॉल डिस्कनेक्ट करते हुए कहा। उफ्फ! सुनते ही शंकर रॉय ने गौतम से पूछा,

"क्या हुआ गौतम?"

"साहेब,,,,,,,,,! साहेब,,,,,,,,, विक्रम जी नहीं रहे।"

गौतम ने उदास होकर शंकर रॉय से कहा।

“हे! भगवान। ये क्या हो गया, मैं मेरे अजीज से दिल की बात भी नहीं कर पाया। उसका कॉल मुझे आया था लेकिन मैं उसको रिप्लाई भी नहीं कर पाया। वो मुझसे कुछ कहना चाहता था लेकिन,,,,,,,, ईश्वर मुझे माफ नहीं करेंगा। हे! प्रभु। उसके घर में कोई और मेंबर है क्या?”

“हाँ साहेब, उनका बेटा है लेकिन पिता की मृत्यु से आहत होकर वो घर छोड़ कर चला गया है। उसकी कोई जानकारी नहीं है।”

गौतम ने निराश होकर शंकर रॉय से कहा।

“उस बच्चे की कोई जानकारी मिले तो मुझे देना गौतम। गौतम मेरी गाड़ी निकलवाओ मैं घर चलता हूँ।” शंकर रॉय ने चेंबर से बाहर निकलते हुए गौतम से कहा।

शंकर रॉय घर पहुँच तो गए थे लेकिन उनके दिल पर बहुत सारा बोझ था। विक्रम का बिछुडना, छोटे पुत्र रमेश का स्कैंडल और जयपुर यूनिट की नाकामियाबी को लेकर चिंतित थे। उसी चिंता को लेकर शंकर रॉय ने गणपत को कॉल किया,

“गणपत, ध्यान से सुनो। रोमिला के सस्पेंशन ऑर्डर निकालो साथ ही उस पर एफ.आई. आर. दर्ज कर रिकवरी की कार्यवाही भी करो। जस्ट एंड नाउ ओके।”

गणपत शंकर रॉय के गुस्से से परिचित था। शंकर रॉय का गुस्सा अभी ठंडा नहीं हुआ था अगला कॉल रमेश को किया,

“रमेश कहाँ हो,,,,,?”

“हाँ, पापाजी। मैं आउट ऑफ स्टेशन हूँ बताएं आप।”

रमेश ने सहज बेखबर जवाब दिया।

इतना सुनते ही शंकर रॉय का खून खोल उठा, गुस्से से आंखे लाल हो गई, शरीर कांपने लगा। शंकर रॉय ने जोर से चिल्लाते हुए कहा,

“आउट ऑफ स्टेशन, तुझे पता है तुने क्या किया है? मेरा नाम मिट्टी में मिला दिया तुने,,,,,,,,। मेरी परवरिश में क्या कमी रह गई,,,।” (बोलते बोलते शंकर रॉय रो पड़े।) तुम्हें किस बात की कमी थी,,,,जो तुम्हें कंपनी के कार्मिक के साथ मिलकर स्कैंडल करना पड़ा। मार्केट में हमारी क्या रेपुटेशन है तुम्हें पता भी है? (जोर से चिल्लाते हुए) कान खोल के सुन ले, आज से तुम्हारे सभी अकाउंट सीज। तुम्हारा चेहरा मुझे मत दिखाना। समझे या नहीं,,,,,,,वाहियात इंसान,,,,,,।”

शंकर रॉय ने मोबाइल को सोफे पर पटक दिया। गंभीर मुद्रा में सोफे पर बैठ गए। विक्रम की घटना को लेकर शंकर रॉय चिन्तित थे उसी चिंता और विचारों में शंकर रॉय को सोफे पर

ही नींद आ गई। इधर ये सुनते ही रमेश सन्न अवाक रह गया उसके होश उड़ गए। उसका खून जम सा गया। रमेश अपने पापा की जिद्द को अच्छी तरह से जानता था जो बोल दिया वो पत्थर की लकीर बन जाती थी। अपने निर्णय को कभी भी बदलते नहीं थे। इसलिए रमेश ज्यादा सहम गया था। वो दौड़ता हुआ दूसरे कमरे में गया जहाँ रोमिला बैठी हुई थी।

"क्या हुआ इतने घबराए हुए क्यों हो?"

रोमिला ने चिन्तित होते हुए रमेश से पूछा। रमेश हड़बड़ाते हुए उदास होकर बोला,

"रोमिला, पापा को हमारे दोनों के बारे में सब कुछ मालूम पड़ गया है। यहाँ तक कि कंपनी के अमाउंट को हमने यूज किया है वो भी। मुझे घर से बायकॉट कर दिया है मेरे सभी अकाउंट सीज कर दिए है। अब मैं क्या करू?"

बीच में ही रोमिला चिल्ला उठी,

"हमने नहीं पूरा पेमेंट तुमने यूज किया है। इस मामले मे मुझे मत घसीटो। मैं कंपनी को क्लियर कर दूंगी कि पूरा अमाउंट तुमने लिया है।"

"चुप भी करो, पूरा पैसा तुम पर ही तो खर्च किया है और बची राशि भी मैं तुमको ही तो देता था।"

रमेश गुस्से से तिलमिलाते हुए बोला। रमेश के इस रूप को देखकर रोमिला ने रमेश का गिरेबान पकड़ लिया। रोमिला आग बबूला होकर चिल्लाने लगी,

"निकलो मेरे घर से, निकलो अभी के अभी। मेरे घर में मुझे चुप करोगे,,,,,,,,,,।"

रमेश ने आव देखा न ताव उसने रोमिला के हाथ गिरेबान से छुड़ाकर उसके गाल पर जोर से तमाचा जड़ दिया। थप्पड़ पड़ते ही रोमिला हक्की-बक्की रह गई। रमेश जोर से चिल्लाया,,,,,

"तुम्हारा घर, अच्छा! ये घर तुम्हारा कब से हो गया। मैंने गिफ्ट किया है, मैंने।"

उधर से रोमिला ने भी रमेश के मुंह पर तमाचा रसीद कर दिया। रोमिला दौड़ कर दूसरे कमरे में गई। उसने रमेश की अटैची उठाई फिर उसे खिड़की के बाहर फेंक दिया। धड़ाम की आवाज आते ही रमेश ने जाली से बाहर झांक कर तो देखा कि उसकी अटैची सड़क पर पड़ी हुई थी। सारा सामान सड़क पर बिखरा पड़ा था। रमेश आगे कुछ बोलता उतनें में ही रोमिला ने धक्के मारकर रमेश को घर के बाहर कर जोर से गेट बन्द कर दिया। रमेश ने सड़क पर पड़ी अटैची का सामान समेटा। सिर झुकाए हाथ में अटैची पकड़े रोड़ लाइट के उजाले में धीरे-धीरे आगे बढ़ने लगा। दूर से आती टैक्सी को उसने हाथ दिया।

"एयरपोर्ट प्लीज।"

बोलते हुए रमेश टैक्सी में सवार हो गया। रमेश ने गौतम को कॉल किया, "गौतम मेरी नाईट की फ्लाइट जयपुर से मुंबई बुक कर मुझे इन्फॉर्म करो।"

गौतम ने विनम्रता के साथ कहा,

"हाँ रमेश बाबू। मैं आपकी टिकिट कन्फर्म कर इन्फॉर्म करता हूँ।"

गौतम ने अपने असिस्टेंट स्टाफ को टिकट बुक करने के लिए मोबाइल निकाला। जैसे ही मोबाइल ओपन किया गणपत के मैंसेज को देखकर गौतम अवाक रह गया जिसमें लिखा था कि अगले मैंसेज तक रमेश रॉय को कंपनी की कोई भी सुविधा नहीं दी जाए। ये मैंसेज पढ़कर गौतम ने टिकिट बुक करने का प्लान निरस्त कर रमेश रॉय को रिटर्न मैंसेज कर दिया। गौतम की इतनी हिम्मत नहीं थी कि वो रमेश रॉय को कॉल कर मना कर सके। रमेश रॉय के मोबाइल पर मैंसेज की बिप आते ही उसने राहत की सांस ली। अपनी टिकट कन्फर्मेशन को लेकर वो आश्वस्त था। लेकिन मैंसेज पढ़ते ही उसका मन उदास हो गया। अब एयरपोर्ट जाने का कोई मतलब नहीं था रमेश ने टैक्सी ड्राइवर के कंधे पर हाथ रखकर कहा,

"टैक्सी रोको भाई! अब एयरपोर्ट जाने का प्लान कैंसल है।"

ड्राइवर ने पूछा,

"आपको कहाँ छोड़ूं सर।" रमेश रॉय चिन्ता में था सोच रहा था अब मैं कहाँ जाऊं, अकाउंट भी सभी सीज है उतना कैश भी नहीं की मैं किसी बड़े होटल में ठहर सकूं। इन विचारों में वह ड्राइवर को नहीं सुन पाया।

"सर, सर आपको पूछ रहा हूँ। मैं आपको कहाँ छोड़ू?" ड्राइवर ने रमेश रॉय से दुबारा पूछा।

"हाँ,,,, हाँ,,,,, आसपास कोई इकोनॉमी क्लास की होटल में ले चलो।"

रमेश रॉय ने जवाब दिया।

उधर रोमिला ने रमेश रॉय को तो निकाल दिया लेकिन वो व्याकुल और चिंतित थी कि अब उसके साथ क्या होगा? कंपनी उसके विरुद्ध क्या स्टेप उठाएगी? उसकी नौकरी का क्या होगा? उसके मन में अनेकानेक प्रश्न उठ रहे थे। उसको लगने लगा कि इस परेशानी से उसको रमेश ही बचा सकता था लेकिन रमेश को तो उसने धक्के मारकर घर से निकाल दिया। वो अब किस मुंह से रमेश को कॉल करें। रोमिला ने जैसे–तैसे हिम्मत जुटाई और रमेश को वापिस बुलाने के लिए कॉल मिलाया लेकिन रमेश का मोबाइल स्विच ऑफ आ रहा था। रोमिला बिलख–बिलख कर रोनें लगी। वह रोते–रोते ही फर्श पर सो गई।

शंकर रॉय तैयार होकर ऑफिस के लिए निकल रहे थे कल का दिन उनके लिए खूब मायूसी भरा था। उनके चेहरे से दिख रहा था कि वो पिछले घटनाक्रम से अभी तक उभर नहीं पाए थे। उनकी कार पोर्च से निंकल गार्डन, फाउंटेन को पार करते हुए मैंन गेट की ओर बढ़ रही थी। मालिक की कार को आते देख, दोनों गार्डस ने मैंन गेट को खोलकर सैल्यूट किया। जैसे ही कार ने मैंन गेट को क्रॉस किया। कार के सामने अचानक से एक लड़का दौड़कर अपने दोनों हाथ फैलाए खड़ा हो गया। दुबला पतला अठारह–उन्नीस वर्षीय लड़का जिसके बाल बिखरे हुए थे। गंदे फटे कपड़े पहने हुए था। ऐसा दिख रहा था मानो बरसों से नहाया नहीं हो। उसके एक कंधे पर थैली लटकी हुई थी। इस दृश्य को देखते ही गार्ड डंडा लेकर उसकी ओर लपक पड़ा। वह कुछ समझ पाता उससे पहले ही गार्ड ने उसका हाथ पकड़कर कार के सामने से हटाते हुए, उसे धक्का दे मारा। लड़का पीठ के बल सड़क पर जा गिरा। ड्राइवर विक्टर ने कार को लड़के से बचाते हुए आगे बढ़ा दी। पलक झपकते ही कार मुख्य सड़क पर तीव्र गति से भागने लगी। शंकर रॉय की नज़र उस फटेहाल लड़के पर पड़ी। उतनें में उनके मोबाइल पर किसी का कॉल आया शंकर रॉय उससे बात करने में व्यस्त हो गए। उधर गार्ड उस लड़के को घसीट कर सड़क के दूसरी पार ले जा रहा था। लड़का गार्ड के पैरों को पकड़ कर गिड़गिड़ा रहा था लेकिन गार्ड उसकी एक सुनने को तैयार नहीं था।

“मैं पिछले दो दिन से आपको विनती कर रहा हूँ प्लीज मुझे साहेब से मिलने दीजिए। आप मुझे मिलने क्यों नहीं दे रहे हो? मेरे पर रहम करो अंकल! प्लीज,,,, प्लीज,,,,,, मुझे मत मारो। प्लीज मुझे एक बार अंदर जाने दो। सिर्फ एक बार, फिर मैं यहाँ से चला जाऊंगा।” लड़का गार्ड के पैर पकड़कर गिड़गिड़ा रहा था।

“तेरे जैसे कितने भीख मांगने वाले यहाँ आते जाते रहते है। उनको अंदर भेजना शुरू कर दे तो हमारे बच्चें भूखे मर जाएंगे। चल दूर हट यहाँ से। आयंदा गेट के आसपास दिखना नहीं चाहिए।”

लड़के को धक्का मारते हुए गार्ड ने कहा उधर शंकर रॉय की कार ऑफिस के पोर्च में आकर रुक गई। विक्टर ने ड्राइवर सीट से उतरकर मालिक के लिए कार का दरवाजा खोला। शंकर रॉय ने कॉल को डिस्कनेक्ट किया ही था उतनें में उनको कार के सामने आए उस लड़के का ध्यान आ गया।

“विक्टर,,,,! जल्दी करो घर वापिस चलो।”

शंकर रॉय ने कार में वापिस बैठते हुए कहा। विक्टर ने कार मुड़ाई ओर तेज गति से घर की ओर कार को भगाने लगा। विक्टर को कुछ समझ नहीं आ रहा था कि मालिक कभी भी ऑफिस जाकर तत्काल घर के लिए वापिस नहीं निकले थे, मालिक को आज ऐसा क्या हो गया जो तुरंत घर के लिए निकल रहे है लेकिन उसकी हिम्मत नहीं थी कि वो मालिक से प्रश्न कर सकें। इसी उधेड़बुन में शंकर रॉय की कार घर के सामने की मुख्य सड़क पर आ गई,

"विक्टर, कार को यही मैंन गेट पर रोक दो अंदर नहीं जाना है।"

शंकर रॉय के बोलते ही कार गेट पर आकर रुक गई। गार्ड दौड़कर गेट खोलते उसके पहले ही खुद शंकर रॉय अपनी कार का दरवाजा खोलकर बाहर आ गए। इतने में विक्टर और दोनों गार्ड शंकर रॉय के सामने हाथ जोड़कर खड़े हो गए। शंकर रॉय ने गार्ड से पूछा,

"वो लड़का कहाँ है? जो कार के सामने आ गया था?"

"जी मालिक उसको तो हमने यहाँ से भगा दिया है।"

गार्ड ने सिर झुककर जवाब दिया।

"तुम दोनों जाओ और उस बच्चें को तत्काल ढूँढ कर लाओ।"

शंकर रॉय ने दोनों गार्ड को चिल्लाते हुए कहा। दोनों गार्ड लड़के को ढूंढने के लिए सड़क के उस पार तेज गति से भागे। उस लड़के को इधर–उधर तलाश रहे थे उतनें में एक गार्ड की नज़र दूर पेड़ के नीचे बैठे हुए उस लड़के की ओर पड़ी। गार्ड दौड़कर उसके पास गया।

"प्लीज,,,,प्लीज अब यहाँ से चले जाओ। मैं दुबारा आपके गेट पर नहीं आऊंगा। मैं यहाँ से निकल रहा हूँ। प्लीज मुझे छोड़ दो।"

लड़के ने गिड़गिड़ाते हुए उस गार्ड से कहा।

"डरो मत बच्चे, मालिक तुम्हें बुला रहे है।"

गार्ड ने लड़के को समझाते हुए बोला। यह सुनते ही लड़का बिजली की गति से खड़ा हो गया और उनके साथ चल पड़ा। शंकर रॉय ने गार्ड के साथ बच्चें को आते देखा तब जाकर उन्होंने राहत की सांस ली। शंकर रॉय के चेहरे पर सुकून की झलक दिख रही थी। जैसे ही गार्ड और लड़का सामने आये। शंकर रॉय उत्कंठा से बोल पड़े,

"बेटा तुम,,,,,, विक्रम आनंद के बेटे हो,,,,,,बोलो।" सामने खड़े लड़के ने रुआसे होकर अपना सिर 'हाँ' में हिलाया। ये देख शंकर रॉय सड़क पर ही घुटने के बल बैठ गए दोनों हाथ लंबे कर बच्चे को पुकारने लगे। लड़का दौड़कर आया और शंकर रॉय के सीने से लग गया। दोनों ने एक दूसरे को बाहों में झकड़ लिया। दोनों की आंखो से अश्रुधारा बह रही थी। शंकर रॉय ने उस बच्चे को चूम लिया। जेब से रुमाल निकाल कर उस बच्चे के आंसू पोंछे।

"बेटा, विक्रम को कितना ढूंढा वो नहीं मिला। मेरा लंगोटिया यार था, यार। वो तकलीफ़ में जिया और मुझे पता तक नहीं पड़ने दिया। मेरा यार, मेरा हम दिल, मेरा अज़ीज़ आज इस दुनिया में,,,,,,,, (शंकर रॉय फिर रो पड़े) बेटा! आज से तुम मेरे बेटे हो, मेरे।"

शंकर रॉय का दिल फटा जा रहा था वो विलाप पे विलाप करते जा रहे थे। इस दृश्य को देख ड्राइवर, गार्ड और आते जाते राहगीर जो वहाँ खड़े थे सबकी आंखों में आंसू थे। शंकर रॉय भूल चुके थे कि वो सड़क पर है। वो खड़े हुए और हाथ पकड़ कर विक्रम आनंद के बेटे चेतन आनंद को कार में बिठाया। इतने में चेतन आनंद ने थैले से एक चिट्ठी निकाली और शंकर रॉय की ओर बढ़ा दी।

"अंकल ये चिट्ठी पापा ने आपके लिए लिखी थी। चेतन सुबक कर बोला। शंकर रॉय ने शीघ्रता से उस चिट्ठी को खोल पढ़ने लगे,

"मित्र शंकर,

मुझे महसूस होने लगा है कि मेरा समय नजदीक आ गया है। मुझे जाते हुए इस बात का सुकून है कि मैं तुमसे बात कर पाया। तुम्हारी आवाज सुन पाया। मेरा जीवन तो कठिनाइयों में बीता उसका मुझे कोई गम नहीं लेकिन मैं मेरे इकलौते पुत्र चेतन को भी कोई सुख नहीं दे पाया। जीवन के अंतिम पड़ाव में मुझे बेटे के रूप में ईश्वर का तोहफ़ा प्राप्त हुआ लेकिन ईश्वर को मेरी खुशियां मंजूर न थी। उसने मेरे हम सफ़र को छीन लिया। चेतन ने बिन मां के जीवन गुजारा है। बचपन से वो भी मेरे साथ संघर्ष कर रहा है लेकिन वो बहुत समझदार और मेहनती है। शंकर, बेटे चेतन का मैंसाचुएटस में बतौर बायो साइंटिस्ट के रूप में चयन हो गया है लेकिन भारी भरकम फीस होने की वजह से मैं उसका एडमिशन नहीं करवा पाया हूँ। ये टीस मेरे मरते दम तक रहेगी। मैंने तुमसे सहायता लेने के लिए कॉल किया था पर मेरी हिम्मत नहीं हो पाई की मैं तुमसे दोस्ती के नाम पर पैसा मांगू। फिर तुम व्यस्त हो गए। शंकर मुझे ये अच्छे से पता है कि तुम मेरे लिए कुछ भी कर सकते हो इसके बावजूद भी मैं तुमसे जिक्र नहीं कर पाया। मेरी मित्रता पर शक मत करना। पर मैं ऐसा ही हूँ,जो तुम भी जानते हो। मुझे ये कहने की कोई जरूरत नहीं है कि तुम चेतन का ध्यान रखना। तुम मेरे से ज्यादा जिम्मेदार हो मुझे ज्ञात है। मैं तुमसे गले मिलकर अपनी अंतिम सांसे छोड़ना चाहता था पर शायद ये ईश्वर को मंजूर नहीं था

अलविदा मित्र, अलविदा।

तेरा हरदिल अजीज़

विक्रम

पत्र पढ़ते पढ़ते शंकर रॉय की आंखों से अश्रुधारा बह रही थी। जैसे ही पत्र पूरा हुआ शंकर रॉय ने एक बार फिर चेतन को अपने सीने से लगा लिया। कार घर के पोर्च में आकर रुक गई।

"कलावती,,,, कलावती सुनती हो। देखो कौन आया है मेरे साथ?"

खुशी से झूमते हुए शंकर रॉय ने घर में प्रवेश किया। कलावती ने पीछे से आते फटेहाल गंदे लड़के को देखा तो एक बार उसे गिन्न आ गई लेकिन शंकर रॉय की खुशी के आगे उसने अपने भाव छिपा लिए।

"बड़े खुश नज़र आ रहे हो, ऐसा क्या लेकर आए हो? भगवान श्री नाथ जी मिल गए है क्या?"

कलावती ने हँसते हुए कहा।

"समझ लो श्री नाथ जी ही मिल गए है।"

शंकर रॉय खुश होते हुए कलावती के पास आए। फिर उन्होंने चेतन के कंधे पर हाथ रखते हुए कलावती से पूछा,

"पहचानो ये बच्चा कौन है?"

कलावती ने 'ना' में सिर हिला दिया।

आगे शंकर रॉय ने कलावती से कहा,

"ये विक्रम आनंद का बेटा है, चेतन आनंद। आज से ये हमारा बेटा है।"

चेतन ने कलावती के चरण स्पर्श किए कलावती ने उसे अपनी छाती से लगा कर उसके सिर पर हाथ घुमाते हुए कहने लगी,

"बेटा, विक्रम जी अचानक चले गए। तेरे अंकल ने उनको खूब ढूंढा पर आप लोग नहीं मिले। हिम्मत रखो बेटा। आज से इसे अपना ही घर ही समझना। (चेतन सिसकियां भरने लगा।) नहीं बेटा, चुप हो जाओ। इतना नहीं रोते, मेरा अच्छा बेटा। (कमरे की ओर इशारा करते हुए कहा) अब जाओ, नहा – धोकर तैयार हो जाओ। फिर भोजन कर लो बेटा।"

फिर कलावती ने कुक को कहा,

"राधे, जल्दी से बेटे के लिए थाली लगाओ।"

"जी मालकिन, बाबा के आते ही उनको खिला देता हूँ।"

राधे ने डाइनिंग टेबल को व्यवस्थित करते हुए जवाब दिया।

शंकर रॉय ने घर से निकलते हुए हाउस टेकर विट्ठला से कहा,

"विट्ठाला, चेतन को लंच के बाद बापू बाजार से उसकी पसंद के कपड़े व जरूरत का सामान दिलाओ उसके बाद उसको ऑफिस छोड़ जाना। मैं उसका वहीं इंतजार करूंगा।"

"जी मालिक।" विट्ठला ने हाथ जोड़कर जवाब दिया।

शंकर रॉय ऑफिस के लिए निकल गए। वो आज सुकून महसूस कर रहे थे। दोपहर बाद विट्ठला चेतन को ऑफिस लेकर पहुँच गया। चेतन राजकुमार की तरह दिख रहा था। उसकी खूबसूरती उसकी गरीबी के आवरण से बाहर आ चुकी थी वो जितना सुशील व समझदार था उससे कहीं ज्यादा सुंदर, मनमोहक व लोम हर्षक था। चेतन इतने बड़े एम्पायर को देखकर आश्चर्य चकित था। शंकर रॉय व कलावती के स्नेह, प्यार–दुलार व अपनत्व से उसे परायापन महसूस नहीं होने दिया लेकिन उसको अपने पिता की याद सता रही थी कि काश शंकर अंकल से पापा एक बार मिल लिए होते। इन विचारों की संलिप्तता में आगे बढ़ा जा रहा था। वो ख्यालों में डूबा हुआ था उसको ध्यान ही नहीं था कि अचानक सामने से आकर लड़की से टकरा गया। लड़की के हाथ से फाइल फर्श पर गिर गई,

"ओह माई गॉड, वैरी सॉरी प्लीज़, आई एम वैरी सॉरी। रुकिए आपका सामान में उठा कर देता हूँ, प्लीज रुकिए, गलती मेरी है।" चेतन ने क्षमा मांगते हुए फर्श पर बिखरी फाइल को समेटने लगा। "नहीं,,, नहीं गलती मेरी है सर, मुझे माफ कीजिएगा। मेरा ध्यान कहीं ओर था।"

ये बोलते हुए लड़की भी फर्श पर बिखरे सामान को समेटने लग गई। दोनों ने जब एक दूसरे को देखा तो दोनों की नज़रें एक दूसरे पर टिक गई। दोनों के अंदर एक अहसास कौंध सा गया। एक प्यार की सिहरन दोनों महसूस कर गए। दोनों रोमांचित थे लड़की ने शर्म से अपनी आंखे नीचे झुका ली। उसके बाल उसके चेहरे को ढक रहे थे उसकी खूबसूरती में चेतन डूबा जा रहा था। सामान यथा स्थान पड़ा था और दोनों एक दूसरे में खोए हुए थे। ये शीना अवस्थी थी। उतनें में सामने से शंकर रॉय के पी.ए. गौतम आ रहे थे। उनको देखकर ऑफिस के सभी कार्मिक अटेंशन की मुद्रा में आ गए। गौतम ने पास आकर कहा

"चेतन बाबा, मैं आपको रिसीव करने आया हूँ आइए साहेब आपका इंतजार कर रहे है।"

शीना ये सुन कर आश्चर्य में पड़ गई कि इस लड़के को इतना सम्मान क्यों दिया जा रहा है? आखिर ये कौन है? पहले तो कभी देखा नहीं। लेकिन उसको ये समझ आ गया था कि जो भी है बड़े घर का व्यक्ति है। शीना मन ही मन में चेतन को पहली नज़र में अपना दिल दे चुकी थी। चेतन ने एक बार फिर शीना से क्षमा मांगी लेकिन शीना शर्म से आंख ऊंची नहीं कर पा रही थी। वो मंद–मंद मुस्करा रही थी। चेतन उसके पास से होते हुए निकला तो शीना को ऐसे महसूस हुआ जाने ठंडी हवा का जोखा उसको स्पर्श कर चला गया हो। गौतम और चेतन शंकर रॉय के चेंबर की ओर जा रहे थे। पीछे से शीना उसे निहार रही थी। चेतन के चेंबर में प्रवेश करते ही शंकर रॉय भी उसकी पर्सनेलिटी को देखकर अचंभित हो गए।

"लुकिंग हैडसम बेटा, बहुत अच्छे लग रहे हो, पास वाली चेयर पर बैठ जाओ।"

शंकर रॉय ने चेतन को गले लगाते हुए कहा। चेतन को उनकी पास वाली सीट पर बैठा कर पानी पिलाया फिर शंकर रॉय ने कहा, "बेटा चेतन तुम्हारा मासाचुसेट्स युनिवर्सिटी में ऐडमिशन का क्या इश्यू है?"

"अंकल एडमिशन की डेट तो दो दिन पहले से ही निकल चुकी है। अब एडमिशन संभव नहीं है। मैं नेक्स्ट ईयर के लिए फिर से प्रिपरेशन कर लूंगा।"

चेतन ने उदास मन से कहा।

"उदास मत हो चेतन मैं कोशिश करता हूँ।"

शंकर रॉय ने चेतन को ढाँढस दिया।

"गौतम, अमेरिका में इंडियन एम्बेसी मे मंजीव सिंह पूरी को कॉल कर मुझसे बात करवाना। हाँ, कॉल रात को 9 बजे के लगभग मिलाना तब वहाँ का समय प्रातः 10 बजे के लगभग होगा। तब तक वे हमें ऑफिस में मिल जाएंगे।" शंकर रॉय के कहते ही गौतम ने डायरी में नोट कर लिया। रात को 9 बजते ही गौतम ने मंजीव सिंह पूरी को कॉल कर शंकर रॉय को कॉल कांफ्रेंस पर लिया।

"सर, गुड मार्निंग। मैं इंडिया से गौतम, रॉय एंड रॉय एंटरप्राइजेज श्री रॉय सर का पी ए। सर आपसे रॉय साहब बात करना चाहते है।" गौतम ने कहा।

"वेलकम, इट्स माय प्लेजर। शंकर सर से बात कराइए। मंजीव ने बड़ी विनम्रता से जवाब दिया।

" मंजीव जी, कैसे हो? शंकर रॉय को बीच में टोकते हुए मंजीव ने कहा, " रॉय साहेब आप मुझे जी मत कहिए। आपका मेरे जीवन निर्माण में बड़ा योगदान है। जी बताएं मैं आपके लिए क्या कर सकता हूँ। शंकर रॉय ने चेतन आनंद के एडमिशन को लेकर पूरी बात समझाई।

"यस सर, मैं आपको थोड़ी देर में रिप्लाई करता हूँ।" पूरी ने कॉल डिकनेक्ट करते हुए कहा।मंजीव ने मार्टी मिहान मैसाचुसेट्स युनिवर्सिटी प्रेसिडेंट से चेतन आनंद के एडमिशन को लेकर विचार-विमर्श किया। एडमिशन की तारीख निकल जाने के कारण मार्टी मिहाननेइस मुद्दे को पूरी तरह से नकार दिया। मंजीव ने निराश मन से शंकर रॉय को रिटर्न कॉल किया

"रॉय सर, नमस्ते,,,,,"

"हाँ पूरी जी बोलिए रूक क्यों गए।" शंकर रॉय जवाब सुनने को उतावले हो रहे थे।पास ही बैठा चेतन भी उत्सुक होकर उनके पास आ गया।

"सर मुझे खेद है मै आपका काम नहीं कर पाया। एडमिशन की डेट निकल चुकी है अन्यथा काम हो जाता।"

"कोई बात नही पूरी जी आपने हमारे लिए प्रयत्न किया उसके लिए आपको धन्यवाद।" बोलकर शंकर रॉय ने तत्काल दूसरा कॉल विदेश मंत्री जयशंकर को मिलाया। मामला अब हाई प्रोफाइल हो चुका था। शंकर रॉय ने प्रेस्टीज इशू बना लिया था। अब विदेश मंत्री स्तर पर दबाव बनाया गया।आखिरकार मिहान को झुकना पड़ा। उसने लेट फीस के साथ एडमिशन

को स्वीकार कर लिया। शंकर रॉय ने रात 11 बजे अपने घर सी.एफ.ओ. गणपत और उसकी टीम की बैठक बुलाई।

शंकर रॉय ने कड़क लहज़े में कहा,

"गणपत, चेतन आनंद के एडमिशन की प्रक्रिया आज रात को ही पूर्ण कर मुझे रिपोर्ट करो। इस साल की लेट फीस सहित 1.5 करोड़ और अगले चार वर्षो के चार करोड़ कुल मिलाकर 5.5 करोड़ युनिवर्सिटी को ट्रांसफर कर चेतन का एडमिशन कन्फर्म करो। साथ ही इसके पासपोर्ट बनाने की कार्यवाही भी कल से शुरू कर दो।"

"जी साहेब, मै पूरी टीम के साथ आया हूँ। सुबह तक काम हो जायेगा।" गणपत ने जोश के साथ जवाब दिया और अपनी टीम के साथ रवाना हो गया। पास ही बैठा चेतन फफ़क-फफ़क कर रो पड़ा। वो शंकर रॉय के पैरो से लिपट गया। "अंकल इतना तो, कोई अपना भी नहीं करता। आप मेरे भगवान है, पापा की आत्मा ये देख संतुष्ट हो गई होगी।" चेतन ने रोते हुए कहा।

"बेटा, चुप हो जाओ। इतना मत सोचो।" बोलते हुए शंकर रॉय ने चेतन को गले लगा लिया।

रमेश रॉय की जिंदगी बदतर होती जा रही थी। सभी अकाउंट सील हो चुके थे वो पैसे–पैसे का मोहताज हो गया था। पिता से माफ़ी मांगकर उदयपुर लौट आना चाहता था लेकिन उसे अपने पिता के निर्णय और उस पर अडिग रहने की प्रवृत्ति से भलीभांति परिचित था। शंकर रॉय के फेमिली रूल्स व रेगुलेशन अत्यधिक गोपनीय एवं कठोर थे। इतने बड़े एम्पायर को संभालने के लिए ये जरूरी भी था। रमेश ने अपने बड़े भाई कमलनाथ से सहायता लेने की सोच रहा था। एक वहीं था जो उसका कठिन समय में उसका सहारा बन सकता था। रमेश ने हिम्मत जुटाकर बड़े भाई कमलनाथ को कॉल किया,

"भाई साहब, मैं,,,,,।

"हाँ रमेश बोलो क्या बात है? रमेश तुमने ठीक नहीं किया।"

कमलनाथ ने नाराजगी भरे अंदाज में अपने छोटे भाई रमेश रॉय को कहा।

"भाई साहब माफ़ कीजिएगा। इस मामले में मेरी कोई भूमिका नहीं है। मुझे इस मामले में गलत फसाया जा रहा है।"

रमेश ने नादान बनते हुए बात को टाल रहा था। कमलनाथ ने रूष्ठ होते हुए कहा,

"देख रमेश, पिताजी आधी अधूरी जानकारी के आधार पर कोई भी कार्यवाही नहीं करते है इसलिए तू ज्यादा भोला मत बन। वैसे भी तू हमेशा अपनी जिम्मेदारियों से भागा ही है। तूने अपना जीवन अय्याशी में ही निकाल दिया। अब तो तू समझ जा, बच्चे भी बड़े हो गए लेकिन तू

नहीं सुधरेगा। अब फोन रख। अगर पिताजी को मालूम पड़ गया कि मैंने तुझसे बात की है तो वो मुझे भी परिवार से बायकॉट कर देंगे।"

"ज्यादा भाषण मत सुनाओ भाई साहब। मुझे हमेशा के लिए बायकॉट नहीं किया है। एक बात ध्यान से सुन लो। मैं चार माह या अधिक से अधिक छह माह तकलीफ़ सहन कर लूंगा। लेकिन आपका मेरे प्रति जो रवैया है वो ठीक नहीं है।"

रमेश ने गुस्से के साथ फोन काट दिया। वो तिलमिला गया था। अब उसका अंतिम सहारा मुंबई यूनिट हेड रिया ही थी उसने रिया को कॉल मिलाया,

"हाँय डार्लिंग!!!!! कैसी हो। तुम्हारी बहुत याद आ रही है। बहुत दिनों से तुमसे मिलने की ख्वाइश थी पर व्यस्तता के कारण मिल नहीं पाया। सोच रहा हूँ कुछ महीने तुम्हारे प्यार के साए में ही गुजार दूं। डार्लिंग, तुम बिन लाइफ रूखी-रूखी हो गई है।"

"वेलकम डार्लिंग, मैं तुम्हारा इंतजार करूंगी। आ जाओ जल्दी से खूब मजे करेंगे। मि यू रमू, बिना देर किए आ भी जाओ।"

रिया ने मदहोश होते हुए कहा। रिया भी रमेश के आने का इंतजार कर रही थी। रिया रमेश के ख्यालों में डूबी जा रही थी। रिया चेयर पर बैठकर अपने बालों को सहलाते हुए मंद-मंद मुस्करा रही थी।

अगले दिन चेतन अपने आप को रोक नहीं पाया और शीना से मिलने सीधा ऑफिस चला गया। चेतन को अच्छे से पता था कि कुछ ही दिनों में उसे अमेरिका जाना है। चेतन प्राइवेट कैब कर शीना को मिलने बिना सूचना के ही ऑफिस पहुँच गया था जैसे ही गेट पर एंट्री करने गया उसकी कैब को गेट पर ही रोक दिया। ऑफिस में उसको कोई जानता नहीं था। चेतन के पास न तो शीना का नंबर था न ही गौतम का। सीधा शंकर अंकल को कॉल करने की उसको हिम्मत थी नहीं। चेतन ने गेट कीपर से अंदर जाने की अनुमति के लिए निवेदन किया पर बिना कार्ड के गेटकीपर ने उसको अनुमति नहीं दी। शीना को मिलने के लिए वो व्याकुल हो रहा था दूसरी ओर उसको ये भी चिंता भी सता रही थी कि क्या शीना भी उससे मिलना चाहती है या नहीं? आखिर चेतन ने निर्णय लिया की वो शीना का गेट पर ही इंतजार करेंगा। चाहे इसके लिए उसे शाम को 7 बजे तक का ही इंतजार क्यों न करना पड़े। वो गेट के पास ही पेड़ की छाया में बैठ गया। उसे आशा थी कि लंच करने या किसी भी काम से शीना बाहर आएगी। अगर वो नहीं भी आई तो वह शाम की सात बजे के लगभग तो अवश्य मिल लेगा। लगभग घंटा बीत गया चेतन वहीं बैठा रहा। गेटकीपर भी पिछले एक घंटे से उसे देख रहा था उससे रहा नहीं गया वो सीधा चेतन के पास आकर चिल्लाते हुए बोला,

"ए छोरे, तेरे को समझ नहीं आता क्या? भाग यहाँ से या डंडे से ही मानेगा।"

"अंकल, मैं आपको कहाँ डिस्टर्ब कर रहा हूँ। मैं चुपचाप ही तो बैठा हूँ।" चेतन ने बड़ी विनम्रता के साथ गेटकीपर को जवाब दिया।

"जबान लड़ाता है। भाग यहाँ से।"

चिल्लाते हुए गेटकीपर ने चेतन को जोर से डंडा दे मारा।

चेतन ने उसके प्रहार को हाथ से ही रोक दिया और चुपचाप वहाँ से जाने लगा। उतनें में सामने से काले रंग की ऑडी चेतन के पास आकर रुक गई। गेटकीपर दौड़ कर उस कार के पास आ गया। कार ड्राइवर ने गेट खोला उससे गौतम बाहर आया। गौतम ने दूर से गेट कीपर की करतूत को देख लिया था।

"चेतन सर आप यहाँ, आपने बता दिया होता मैं आपको रिसीव कर लेता।" गौतम ने अदब के साथ चेतन से कहा। जब गेटकीपर ने देखा कि गौतम सर खुद उस लड़के को सर बोल रहे है तो उसके हाथपांव फूलने लगे। उसको पता था कि बदतमीजी के कारण उसकी नौकरी भी जा सकती थी।

"अरे सर नहीं, ऐसे ही आया था। सोचा ऑफिस को अच्छे से देख लू।"

चेतन आनंद ने विनम्रता से गौतम से कहा।

"आप कार में बैठिए, मैं इस चौकीदार को थोड़ा देख लेता हूँ।"

गौतम गेट कीपर के पास गया और उसके गाल पर जोर से एक थप्पड़ रसीद कर दिया।

"सर माफ कीजिए,,,,,, दुबारा,,,, ऐसी गलती नहीं होगी।"

"गिड़गिड़ाते हुए गेट कीपर गौतम के पैरों से लिपट गया।"

"इस तरीके से पेश आते है बदतमीज, कल से तू यहाँ दिखना मत। ऐसे बदतमीज लोगों की हमारे यहाँ कोई जरूरत नहीं है।"

गौतम ने जोर से चिल्लाते हुए उसको अपने पैरों से दूर किया। यह देख चेतन कार से नीचे उतर कर गेट कीपर के पास गया। चेतन ने हाथ देकर उसको खड़ा किया। फिर चेतन, गौतम के सामने हाथ जोड़कर निवेदन करने लगा, "सर मेरी गलती की सजा आप इन्हें मत दीजिए। प्लीज आप इन्हें नौकरी से मत निकालिए। मेरा आपसे निवेदन है।"

चेतन के सरल व सहज स्वभाव से गौतम बहुत प्रभावित था। वो सोच रहा था कि कम उम्र में भी ये बच्चा मानसिक रूप से कितना परिपक्व है। गौतम ने चेतन आनंद के कंधे पर हाथ रख मन ही मन शाबाशी दी। "चेतन जी कार में बैठे, मैं आपको ऑफिस की विजिट करा देता हूँ।" विनम्रता के साथ गौतम ने चेतन को आग्रह किया।

"जी सर थेंक्स।"

हल्की –सी मुस्कराहट के साथ बोलते हुए चेतन कार में बैठ गया।

चेतन की ऑफिस स्टाफ द्वारा मालिक के पुत्र की तरह सम्मान व आवभगत की गई। चेतन आनंद सामान्य परिवार से था उसको इस प्रकार की औपचारिक मीटिंग की आदत नहीं थी। वो स्वयं को असहज महसूस कर रहा था लेकिन वो अच्छे से जानता था कि उसे शंकर अंकल के कारण ये सम्मान मिल रहा है।

"चेतन जी आपकी अनुमति हो तो मैं आपको ऑफिस विजिट करवा दूँ।"

गौतम ने चेतन आनंद से कहा। चेतन इसी पल का बेसब्री से इंतजार कर रहा था। वो पलक झपकते ही अपनी सीट से खड़ा हो गया,

"जी सर, बिल्कूल। क्यों नहीं।"

चेतन गौतम के साथ–साथ चलने लगा। गौतम एक सेल से दूसरी सेल परिचय करवाता हुआ आगे बढ़ रहा था। लेकिन चेतन आनंद को कोई इंट्रेस्ट नहीं था उसकी आंखे किसी ओर को खोज रही थी। गौतम ने पूरे एरिया की विजिट करवाते हुए वापिस अपनी ऑफिस की ओर आने लगा। पर चेतन को कहीं पर भी शीना नहीं दिखी। जिस उद्देश्य को लेकर वो यहाँ आया था वो पूरा होता दिख नहीं रहा था। दूसरी ओर चेतन आनंद को उसका नाम भी याद नहीं था। जानकारी लेता तो भी कैसे? मायूस मन के साथ वह गौतम की ऑफिस की ओर बढ़ने लगा।

"मैं एक बार अमेरिका चला गया उसके बाद मैं उस लड़की से कैसे संपर्क कर पाऊंगा? न मुझे उसका नाम पता है और न ही उसका एड्रेस। लगता है वो लड़की मेरे लिए सपना बनकर ही रह जाएगी। क्या करूं,,,,,,,,,, समझ नहीं आ रहा।"

चेतन आनंद मन ही मन सोच कर आकुल–व्याकुल हो रहा था। लड़की का प्रतिबिंब उसके मन मस्तिष्क पर इस प्रकार छा गया था कि उसको गौतम की बातें भी ठीक से सुनाई नहीं दे रही थी। जुलसे मन के साथ वो ऑफिस की ओर निस्तेज होकर बढ़ रहा था।

"चेतन जी आइए, आप अंदर चैंबर में बैठे।"

गौतम ने चेतन आनंद से आग्रह किया।

"सर आपका ह्रदय से आभार। आपने अपने व्यस्त शेड्यूल में मेरे लिए समय निकाला। थैंक्स अलोट सर। आपकी सह्रदयता मुझे हमेशा याद रहेगी मैं निकलता हूँ। घर पर मेरा इंतजार हो रहा होगा। मैं बिना बताएं ही निकल आया था।"

चेतन आनंद बोलते हुए दोनों हाथ जोड़कर झुका और ऑफिस के बाहर से ही निकल गया। गौतम के मन में चेतन आनंद की छवि एक नेक इंसान के रूप में उभर रही थी। चेतन के निकलते ही गौतम ने ऑफिस में प्रवेश किया। सामने से लड़की दौड़ उनके सीने से लग गई।

"पापा कब से आपका इंतजार कर रही हूँ।" शीना ने गौतम से नाराज होते हुए कहा।

"सॉरी बेटा। मैं चेतन आनंद को ऑफिस का विजिट करवा रहा था। रूक रूक,, आता हूँ।"

गौतम दौड़कर ऑफिस से बाहर आ गया और जाते हुए चेतन को जोर से आवाज लगाई,

"चेतन जी, चेतन जी,,,,,,,,"

चेतन ने पीछे मुड़कर देखा तो पाया कि पी.ए. गौतम सर उसको बुला रहे थे।

"जी सर, बताए।"

चेतन उनकी ओर जाने लगा।

"आप ऑफिस में वापिस आइए मुझे किसी शख्स से आपको रूबरू करवाना है। आइए,,,।"

गौतम ने उत्सुक होकर चेतन आनंद को वापिस बुलाया।

चेतन जैसे ही ऑफिस में गया उसकी बेजान आंखो में चमक उभर आई,

"आप यहाँ,,,,,,,,,,,,,,।" आश्चर्य से चेतन ने शीना की ओर देखते हुए कहा। गौतम ने तपाक से चेतन को परिचय देते हुए कहा,

"ये मेरी बेटी शीना है। मेरे बेटे हिमांशु की लाडली। (हँसते हुए कहा) बेटा शीना, ये ब्रिलियंट साइंटिस्ट चेतन आनंद, शंकर सर की फेमिली से।"

"अरे नहीं,,,, नहीं सर। मैं कहाँ साइंटिस्ट,,,,,,,,। इस दिशा में अभी पहला कदम बढ़ाया है।"

चेतन ने मुस्कराते हुए कहा।

"आप दोनों गुफ्तगू करो इतने मैं आता हूँ।"

गौतम ने ऑफिस से बाहर जाते हुए कहा।

"जी नमस्ते,,,,। मैं चेतन आनंद। कल आपसे सॉरी भी नहीं मांग पाया था। पता नहीं आपसे कैसे टकरा गया? सॉरी अगेन प्लीज,,,,,।" चेतन आनंद, शीना की आंखों में झांकते हुए बोल रहा था। चेतन उसकी आंखो में देख रहा था लेकिन स्पंदन ऐसे हो रहा था मानो ठहरे हुए पानी में किसी ने कंकड़ डाल दिया हो।

"हाँ,,,,,, हाँ,,,,,,कोई बात नहीं।" शरमाते हुए शीना ने नज़रें नीची कर ली।

"आपने अपना परिचय नहीं दिया। कब से मन सुनने को बेताब हो रहा है मैंडम जी।" चेतन थोड़ा– सा आगे बढ़कर बोला।

"मैंडम नहीं, शीना, शीना अवस्थी। आप मुझे शीना बोल सकते है। कल "डॉटर्स डे" था इसलिए पापा मुझे ऑफिस लेकर आए थे, मुझे उनकी ऑफिस अच्छी लगी तो आज फिर आ गई।" शीना के शब्द चेतन को झंकृत कर रहे थे। दोनों एक दूसरे में डूबा महसूस कर रहे थे। दोनों बोल कम रहे थे। उनकी आंखे ज्यादा बोल रही थी। बिन कहे एक दूसरे के प्रति एक अलग

अहसास दोनों ओर से हो रहा था। ऑफिस में चुप्पी थी पर दिलों में सागर की लहरें उफ़ान पर थी। इस बीच चेतन आनंद ने शीना से कहा,

"क्या मैं आपका मोबाइल नंबर जान सकता हूँ?"

"हाँ,,,,, हाँ क्यू नहीं। मैं आपको चेतन नहीं। आनंद के नाम से बुलाऊंगी। चलेगा,,,,,।"

शीना ने अपना मोबाईल नंबर देते हुए कहा।

"इट्स माय प्लेजर शीना।" चेतन ने हँसते हुए कहा।

इतने में गौतम की ऑफिस में आने की आहट से दोनों ने चुप्पी साध ली।

"चेतन जी आपको जाना था।"

"जी सर।" चेतन ने विनम्रता से जवाब दिया।

"बेटा शीना,,,,। आप चेतन को ड्रॉप करते हुए निकलो। मैं ऑफिस मीटिंग में जा रहा हूँ।"

गौतम ने ऑफिस से निकलते हुए, शीना से कहा।

"हाँ, पापा।" शीना ने अपने बालों को ठीक करते हुए जवाब दे रही थी।

शीना और चेतन दोनों कार में बैठ कर रवाना हो गए। आज चेतन अपने जीवन में एक अलग खुशी महसूस कर रहा था। उसके जीवन का ये पहला अहसास था। इस प्रकार की फीलिंग्स उसे पहले कभी महसूस नहीं हुई थी। बातें बहुत सारी थी पर शुरू कहाँ से करें। दोनों का मन एक साथ ऐसा सोच रहा था। जी भर एक दूसरे को देखना चाहते थे लेकिन एक दूसरे की ओर देख नहीं पा रहे थे। इस बीच शीना के हाथ पर चेतन ने अपना हाथ रख दिया। शीना स्पर्श से सिहर गई।

"सॉरी,,,,,, शीना,,,,,,,,।"

चेतन ने धीरे से बोला।

शीना ने झुक कर चेतन की आंखों में देख मुस्कराई। एक चुभन–सी कंपन दोनों ने महसूस की।

कार का ब्रेक लगा,,,,,,।

"मैंडम, साहब का विला आ गया है।"

आधे घंटे का सफर कुछ पलों में केसे बीत गया। दोनों को पता ही नहीं चला। दोनों ने एक दूसरे की ओर देखा।

"आनंद कल इवनिंग को कामा रेस्टोरेंट मिले।"

शीना ने चेतन को ऑफर देते हुए कहा। चेतन ने मुस्कराहट के साथ हामी भर दी। चेतन ने हाथ हिलाते हुए विदाई ली। चेतन, शीना की जाती हुई कार को एक टक नजर से देख रहा था। शीना से दूर होना उसे अच्छा नहीं लग रहा था। वहीं शीना ने कार का शीशा नीचे उतारा। अपना मुंह विंडो बाहर निकाल कर उसे एक नज़र से निहार रही थी। विदाई का ये आलम दोनों को चुभ रहा था।

आज शंकर रॉय की आंखों में चमक, दिल में सुकून था। विक्रम आनंद की दी गई जिम्मेदारी आज पूरी होने वाली थी। चेतन आनंद की अपनी रिसर्च व आगे की पढ़ाई के लिए अमेरिका जाने की टिकट आज शाम की थी। शंकर रॉय ने एक बार में ही पांच साल की एडवांस फीस भर दी थी। वो नहीं चाहते थे की चेतन की पढ़ाई में किसी प्रकार की बाधा आए। चाय की चुस्कियां भरते हुए शंकर रॉय ने कलावती को पुकारा,

"अजी सुनती हो।"

"हाँ, बाबा सुबह– सुबह आप मत बुलाया करो खूब काम रहते है। हाँ अब बोलो क्यों बुला रहे थे?"

कलावती बोलते हुए शंकर रॉय के पास आ गई।

"बैठो भी। इतना व्यस्त मत रहो।"

मुस्कराते हुए शंकर रॉय ने कलावती का हाथ पकड़ कर पास बिठाया, फिर कहा,

"सुनो, आज मुझे असीम सुकून मिल रहा है।"

"अच्छा। हमें भी तो बताओ, ऐसा क्या हुआ। जो आपको ऐसी अनुभूति हो रही है।"

उत्सुक हो कर कलावती ने शंकर रॉय की ओर देखा।

"आज मेरे मित्र विक्रम की आत्मा को शांति मिलेगी, बेटा चेतन आगे की पढ़ाई के लिए आज शाम को अमेरिका निकल रहा है। मैं आज विक्रम को अनुभूत कर रहा हूँ, कला।"

बोलते–बोलते शंकर रॉय की आंखे भर आई। शंकर रॉय की आंखों में आंसू देख कलावती भी अपने आप को रोक नहीं पाई।

"रमेश (शंकर रॉय को कलावती अपने बेटे के नाम से बुलाती थी) मेरा जीवन सफल हो गया है, आप जैसा इंसान की अर्धांगिनी जो हूँ। आप दिल से बहुत अच्छे हो रमेश। मुझे हर जन्म में आपका साथ मिलता रहे। श्रीनाथ जी से मेरी यही प्रार्थना है। आप दुनिया के लिए कठोर हो पर वास्तव में कितने जिम्मेदार व्यक्तित्व हो कोई मुझसे पूछे। आपके संग से मेरा जीवन सफल हो गया रमेश।"

कलावती ने अपना सिर शंकर रॉय के कंधे पर रख दिया। शंकर रॉय कलावती से सिर पर हाथ फेरने लगे। इतने में चेतन दोनों के कदमों में आकर बैठ गया। "अंकल,,,,,,,,,,,,,,,,,,,,। कोई अपने मित्र को इस हद तक भी प्यार कर सकता है। मुझे उसका अहसास आज हुआ। मैं अपने जीवन में ऊऋण कैसे हो पाऊंगा?"

सिसकते हुए चेतन ने कहा।

"ऐसा नहीं बोलते बेटा। मैं तेरी मां समान ही हूँ।" कलावती ने चेतन को कहा।

"मैंने अपनी मां को तो नहीं देखा। पर मां कितनी खूबसूरत होती है आज मालूम पड़ा। मैं आपको "मां" ही बोलूंगा आज से। मां,,,,,,,,,,,,,,,,,,,।"

चेतन कलावती के पैरों से लिपट गया। कलावती ने चेतन को बाहों में भर लिया।

शाम होने को थी चेतन की फ्लाइट का टाइम हो चुका था। चेतन को असीम खुशी भी थी वहीं दूसरी ओर पिता की कमी महसूस भी हो रही थी। चेतन सोच रहा था काश आज मेरे पिताजी इस पल के साक्षी हो पाते। चेतन, रॉय परिवार को ह्रदय से आभार व्यक्त कर रहा था। विदाई के ये पल उसको विचलित कर रहे थे। आज रॉय परिवार की अहमियत चेतन के लिए बहुत ज्यादा थी। पहली बार पूरा परिवार चेतन को सी ऑफ करने जा रहा था। शंकर रॉय, कलावती, कमलनाथ, राजवीर और आदित्य, चेतन को छोड़ने उदयपुर के महाराणा प्रताप एयरपोर्ट पर उसके साथ गए हुए थे। फ्लाइट के जाने का समय हो गया था। रॉय परिवार के सभी लोगों की आंखें नम थी। चेतन आनंद को छोड़ कर परिवार उदयपुर की ओर रवाना हो गया था। उतनें में शंकर रॉय के मोबाइल की घंटी बजी।

रॉय परिवार अब असीम आनंद व सुकून महसूस कर रहा था। चेतन की विदाई का गम जरूर था लेकिन दिल सुकून से सराबोर था। परिवार चेतन से विदाई लेकर घर आ रहा था। रास्ते में शंकर रॉय के मोबाइल पर घंटी बजी। कॉल छोटी पुत्री अनंता के पति चंद्रवीर का था। चंद्रवीर खुशी से पागल हुआ जा रहा था,

"पापा, मैं चंद्रवीर,,,,,,,,,,,,,,,"

"हाँ,,,,,, हाँ,,,,,,बोलो जमाई–सा,,,,,,,।"

शंकर रॉय ने उत्सुकतावश पूछा।

"पापा, अनंता को डिलिवरी का दर्द शुरू हो चुका है, फोर्टिस हॉस्पिटल में एडमिट करवा दिया है। (खुश होते हुए) खुश खबरी कभी भी मिल सकती है,,,,,,,,पापा। आप नाना बनने वाले है।"

चंद्रवीर की खुशी रुके ना रुक रही थी। उसकी खुशी को फोन पर भी महसूस किया जा सकता था।

"हाँ बेटा, हम अभी हॉस्पिटल पहुँचते है। " शंकर रॉय ने जमाई चंद्रवीर से कहा।

शंकर रॉय ने कमलनाथ को कॉल मिलाया,

"जी पापा।"

"कमल। ध्यान से सुन, अनंता की डिलेवरी होने वाली है उसको फोर्टिस में एडमिट किया है। मैं वहीं जा रहा हूँ। तू भी हॉस्पिटल आ जा।"

शंकर रॉय ने पुत्र कमलनाथ को कहा।

"जी पापा, बहुत खुशी की बात है। हाँ, मैं राजवीर और आदित्य को लेकर सीधे हॉस्पिटल ही पहुँच रहा हूँ।" कमलनाथ ने प्रसन्न होते हुए कहा।

शंकर रॉय ने पी.ए. गौतम को वहाँ पहले ही भेज दिया था। गौतम ने अनंता के लिए उदयपुर के बेस्ट डॉक्टरों की टीम को पहले से ही काम पर लगा दी थी। रॉय परिवार फोर्टिस पहुँच चुका था।

"पापा, ममा,,,,,,,,, खूब पैन हो रहा है।,,,,,,,, आह,,,,,, उफ्फ,,,।"

अनंता ने कराहते हुए अपने मम्मी–पापा से कहा।

"बेटा ये लेबर पेन है, पगली ये खुश खबरी की निशानी है।"

मां कलावती ने अनंता के सिर पर हाथ फेरते हुए कहा। अनंता कि आंखो से आंसू बह रहे थे।

"बेटा थोड़ी हिम्मत रख,,,,,,, ऐसे नहीं करते।"

कलावती ने रुहाँसे,,,,,,, होकर कहा।

"प्लीज, आप सभी पेशेंट से दूर हो जाए। पेशेंट को लेबर रूम में ले जाना है। सर– मेम प्लीज।"

असिस्टेंट नर्स स्टाफ ने रॉय फेमिली को बाहर बैठने का निवेदन कर अनंता को लेबर रूम की ओर ले गए। शंकर रॉय व कलावती लेबर रूम से अटैच वेटिंग रूम की ओर चले गए।

"आप भी,,,,,,,,, ठीक करते हो। इतना तनाव,,,,,,आपके स्वास्थ्य के लिए ठीक नहीं रमेश (शंकर रॉय को कलावती अपने छोटे बेटे के नाम से पुकारती थी)। थोड़ी देर मे आपका आपका मुंह मीठा करवाती हूँ,,,। देखो अभी श्रीनाथ जी जैसा लाला अपने घर आएगा। प्लीज इतनी टेंशन मत लो। देखो न, कमल की डिलेवरी तो घर पर हुईं थी। अभी तो हम हॉस्पिटल में है और इतने सारे डॉक्टरों के बीच।"

कलावती ने हल्की चिंता युक्त मुस्कराहट के साथ शंकर रॉय को सांत्वना देते हुए कहा।

कमलनाथ, राजवीर और आदित्य के साथ वेटिंग रूम में आ गया।

"जी पापा,,,,, अब हम सभी यही है आप और मम्मी घर जाकर आराम करो। आपको मैं गुड न्यूज देता हूँ। आप दोनों निकलो।"

कमलनाथ ने अपने पिता शंकर रॉय से कहा।

"नहीं बेटा,,,,,,, नहीं। मेरा मन नहीं मानेगा। मैं यही पर बैठ इंतजार करता हूँ। अनंता को लेबर रूम में ले गए है। वैसे भी अब ज्यादा टाइम नहीं लगेगा।"

शंकर रॉय ने लंबी सांस छोड़ते हुए कहा।

"जैसा आपको ठीक लगे, पापा। मैं अनंता की खबर लेकर आता हूँ।"

कमलनाथ पिता से बात कर अनंता की खबर लेने के लिए एच.ओ.डी. सेल की ओर तेज चाल से जाने लगे।

जैसे ही कमलनाथ एच.ओ.डी. सेल की ओर जाने के लिए निकले। उनके पीछे–पीछे राजवीर और आदित्य भी बुआ जी की खबर लेने निकल पड़े। सामने की विंग से एक युवा तेज गति से भागता हुआ आ रहा था। लग रहा था की वह खुद के नियंत्रण में नहीं है। भीड़ में भी ऐसा भाग रहा था जैसे की मैंदान में धावक। तेज भागते इस आदमी ने सामने से आ रहे कमलनाथ को जोर से टक्कर दे मारी। कमलनाथ धड़ाम से फर्श पर गिर पड़े। दूर से ये दृश्य देख राजवीर चिल्ला पड़ा,

"पापा,,,,,,,,,,, पागल रुक, अंधा है क्या?"

और उस आदमी की ओर लपक पड़ा। आदित्य सीधा कमलनाथ के पास पहुँच कर उनको खड़ा करने लगा,

"ताऊजी,,,,,,,,,,,आप ठीक हो न। आपको चोट तो नहीं लगी।

"ओह माई गॉड, ठीक हूँ बेटा,,,,,, ठीक हूँ।" कमलनाथ ने खड़े होते हुए कहा।

राजवीर की आंखे गुस्से से लाल हो गई थी उस आदमी का गिरेबान पकड़ जोर से उसके मुंह पर घुसा दे मारा। आदमी सीधा फर्श पर ढेर हो गया।

"प्लीज मुझे माफ कर दो, मुझे जाने दो प्लीज। अगर टाइम पर मैं ब्लड नहीं ला पाया तो तो मेरा बच्चा मर जाएगा प्लीज जाने दो। मुझसे गलती हुई है, पता है मुझे। फिर भी अभी माफ कर दो। जितना भी मारना हो मुझे बाद में मार लेना।" गिड़गिड़ाते हुए वह अनजान व्यक्ति राजवीर के पैरों में गिर पड़ा।

इतने में आदित्य और कमलनाथ भी राजवीर के पास आ गए।

"बेटा, छोड़ भी दो। इस व्यक्ति ने मुझे जानबूझकर तो टक्कर मारी नहीं है। लगता है ये किसी इमरजेंसी में है।"

कमलनाथ ने राजवीर को समझाते हुए कहा।

अजनबी को हाथ देते हुए कमलनाथ ने कहा।

"खड़े हो जाओ। क्या बात है? इतने भाग क्यों रहे थे?"

"सर, थैंक्स। थैंक्स अ लॉट। मेरे बेटे का एक्सीडेंट हो गया है वो ऑपरेशन थियेटर में है। इसको ब्लड की जरूरत है। हर जगह पता कर लिया मेरे बेटे के लिए 'ओ' नेगेटिव ब्लड मिल ही नहीं रहा है,,,।" अजनबी फूट–फूट कर रोनें लगा।

"अगर अगले 10 मिनट में ब्लड नहीं मिला तो मेरा बच्चा मर जाएगा मैं क्या करूं,,,,हे! प्रभु कुछ समझ में नहीं आ रहा है।"

अजनबी फिर विलाप करने लगा।

"भाई साहब, आप चिंता नहीं करें। भगवान ने आपकी परेशानी का समाधान दे दिया है और वह समाधान मेरा बेटा राजवीर ही है। बोलो कहाँ चलना है हम आपके साथ चलने को तैयार है। कमलनाथ ने अजनबी से कहा।"

"मैं समझा नहीं भाई साहब,, आपकी बात समझ नहीं पाया।"

अजनबी ने कमलनाथ की ओर देखते हुए कहा। कमलनाथ ने अजनबी के कंधे पर हाथ रखते हुए कहा।

"ओ नेगेटिव ब्लड ग्रुप रेयरेस्ट है भाई साहब, ऐसे नहीं मिलेगा। मेरे बेटे राजवीर का ब्लड ग्रुप ओ नेगेटिव ही है। आप चिंता नहीं करें वो ब्लड देने को तैयार है।"

यह सुनते ही अजनबी कमलनाथ के पैरों में गिर गया।

राजवीर ने बिना देरी किए ऑपरेशन थिएटर में ब्लड देने के लिए चला गया।

"सॉरी प्लीज। पापा को गिरते देख मैं अपना आपा खो बैठा था। सॉरी अगेन,,,,।"

राजवीर ने अजनबी से माफ़ी मांगते हुए कहा।

"इट्स ओके सर,,,।"

अजनबी ऑपरेशन थिएटर की ओर जाने लगा।

ये अजनबी मिस्टर आर.पी. सिंह थे। जो उदयपुर में जज के पद पर आसीन थे। आपत्तियां किस प्रकार से व्यक्ति को विवेकहींन व परिस्थितियों की गुलाम बना देती है। राजवीर की बदत्तमीजी का वो तत्काल जवाब दे सकते थे लेकिन अपने बच्चे को बचाने की विवशता पैरों में गिड़गिड़ाने पर मजबूर कर गई। मिस्टर सिंह उच्च पद पर होने के बावजूद भी आम पब्लिक से सलीके से पेश आते थे। सिंह सिद्धांतवादी व्यक्तित्व थे। इनके पंद्रह वर्षीय पुत्र रेहान को क्रिकेट खेलते हुए सिर पर गंभीर चोट लगी थी। चोट इतनी गंभीर थी रेहान को अस्पताल लाते हुए खूब खून बह चुका था। इमरजेंसी ऑपरेशन की जरूरत पड़ गई थी। रेहान जीवन और मौत के बीच अपनी अंतिम सांसे गिन रहा था। पिछले पांच घंटे से ऑपरेशन चल रहा था पर खून की कमी से डॉक्टरों ने हाथ ऊंचे कर दिए थे। रेहान का ब्लड ग्रुप ओ नेगेटिव था जो काफी प्रयत्न के बावजूद भी मिल नहीं रहा था। उसी जद्दोजहद में मिस्टर आर.पी. सिंह कमलनाथ से टकरा गए थे। सिंह भगवान को धन्यवाद कर रहे थे की समय रहते राजवीर मिल गया नहीं तो रेहान को बचाना मुमकिन नहीं था।

कमलनाथ, चंद्रवीर, राजवीर और आदित्य चारों चीफ़ मेडिकल ऑफिसर के चेंबर में पहुंचे। चीफ़ रॉय परिवार से परिचित था। उसने ने इशारा कर चारों को बैठने का निवेदन किया।

"जी सर, मैं आपके लिए क्या कर सकता हूँ?"

चीफ़ ने विनम्रता से कमल नाथ को पूछा।

"आप बहन अनंता के बारे में जानकारी देवे। उसको लेबर रूम में ले गए लगभग चालीस मिनट हो गए है। अभी तक हमें कोई अपडेट नहीं मिली है।"

कमलनाथ ने चीफ़ से कहा। उतनें में चिंतित स्वर में चंद्रवीर बीच में ही बोल पड़ा,

"सर, प्लीज इमिडिएट, बहुत चिंता हो रही है।"

"नॉर्मल डिलीवरी केस है आप चिंतित नहीं हो। जस्ट वेट, आपको अपडेट देता हूँ।"

चीफ़ ने आश्वासन देते हुए संबंधित स्टाफ को कॉल मिलाया।

"What is the condition of Ananta, who is in the labour room number 7, and how much time will it take for delivery."

सामने से डॉक्टर ने जवाब दिया,

"Sir, she suffers from pre eclampsia and infection also, besides it everything is normal. Good news is not far away. Ok sir"

"जी सर, क्या न्यूज है।"

राजवीर ने उतावले होकर पूछा।

"सर नो टेंशन, गुड न्यूज आपका इंतजार कर रहे है।"

चीफ़ ने मुस्कराते हुए कहा।

"राजवीर तुम और आदित्य दोनों यही रहो। मैं और चंद्रवीर जी पापा के साथ वेटिंग रूम में है।"

कमलनाथ ने दोनों को वहीं बैठाकर चंद्रवीर के साथ वेटिंग रूम की ओर जाने लगे।

"खूब टाइम कर दिया कब से तेरा इंतजार कर रहा हूँ, अनंता के क्या न्यूज है?"

शंकर रॉय ने चिंतित स्वर में कमलनाथ को देखते ही पूछा।

"पापा, सब ठीक है। आप चिंता नहीं करें। राजवीर व आदित्य को वहीं बैठाकर आया हूँ अभी शुभ समाचार आयेंगे।"

कमलनाथ ने मुस्कराते हुए कहा। कमलनाथ अपनी बात पूरी करते इसके पहले ही गेट पर राजवीर और आदित्य तेज चाल से आते दिखे।

"फूफाजी,,,,,,,,,,,,,,,,, (खुशी से झूमते हुए।) अपने घर लक्ष्मी आई है,,,,,,,,,आप पापा बन गए।"

राजवीर ने गेट से ही तेज आवाज में खुशी का इज़हार किया। राजवीर और आदित्य दोनों चंद्रवीर से गले मिले।

"श्रीनाथ जी की जय हो।" कलावती ने जोर से उदघोष किया।

सभी चंद्रवीर जी को बधाई देने लगे। हंसी-खुशी के ठहाको के बीच एक दूसरे को बधाई दे रहे थे।

"बेटा कमल,,,,,। रॉय इंडस्ट्री के सभी कर्मचारियों के लिए बोनस की घोषणा करो। आज मैं खुश नहीं, अत्यन्त खुश हूँ। जय हो श्रीनाथ दादा की।"

शंकर रॉय ने खुशी से दोनों हाथ फैलाते हुए कहा।

नर्स ने नवजात बेबी को नानी कलावती के हाथों में सौंपा,

"मेरी नन्हीं-सी परी, दूध जैसी, मेरी छोटी अनंता,,,,,,,। लू,,,लू,,,,,,,, लू,,,,,देख तेरे नानाजी तेरे को कैसे निहार रहे है।" चूमते हुए कलावती ने छाती से लगा लिया।

"नन्हीं परी को मुझे भी दो, पूरा प्यार तुम ही करोगे क्या? थोड़ा हमारे लिए भी रहने दो।"

हँसते हुए नानाजी शंकर रॉय ने कहा। कलावती ने गुदड़ी में लिपटी बच्ची को शंकर रॉय की गोदी में दे ही रही थी इतने में शंकर रॉय ने बीच में ही कलावती को टोका,

"रुको,,,,,,,,,रुको ज़रा।"

सभी की नज़रें आश्चर्य से शंकर रॉय पर आकर ठहर गई। सभी स्तब्ध थे,,,,,,,। उतनें में शंकर रॉय ने अपने गले में पड़ी सोने की चैन को नन्हीं परी के गले में डाल कर फिर उसे गोदी में लिया। सभी ने तेज सांस छोड़ते हुए राहत की सांस ली।

"अ,,,लू,,,,लू,,,,,,,,,,लू,,,,,लू अ,,,,,लू,,,,,,,,,,लू,,,,,लू, मेरी प्यारी बिटिया, छोटी अनु को खाली हाथ कैसे ले सकता हूँ? अब वो मेरी गोदी में आएगी। ऊ लू,,,,,लू, ऊ लू,,,,,,लू, मेरा रूई का गोला,,,,,,, मेरा छोटा लला,,,,,मेरी नन्हीं परी,,,,,,,,,,,,, मेरी छोटी अनंता।"

शंकर रॉय नन्हीं परी को चूमते हुए बहुत खुश थे। बारी-बारी से नए मेहमान की सभी आवभगत कर रहे थे। तभी शंकर रॉय के मोबाइल की रिंगटोन बज उठी,,,,,,।

"सर प्लीज,,,, आप,,,,,आप सभी। (पी.ए. गौतम अटकते हुए)

"क्या आप–आप कर रहा है, जल्दी और स्पष्ट बोल क्या बात है?"

शंकर रॉय ने गौतम को फटकारते हुए कहा।

"सर,,,,, सर,,,,,आप सभी को आई.सी.यू. में बुला रहे है,,,,,,,।"

गौतम ने हिम्मत कर अपनी बात पूरी की।

खुशियों के बीच पूरे परिवार में सन्नाटा छा गया। सभी आईसीयू की ओर भागने लगे। तेज तर्रार शंकर रॉय निस्तेज लग रहे थे पैर आगे बढ़ नहीं रहे थे। कलावती की सांसे थम–सी गई थी। जैसे–तैसे हिम्मत कर पूरा परिवार अनंता के पास पहुंचा। अनंता को बेसुध देख सभी की टेंशन ओर बढ़ गई। टीम के हेड डॉक्टर ने आगे बढ़ कमलनाथ के पास आया,

"सर मेम की हमने नॉर्मल डिलीवरी तो करा दी पर now she is in eclampsia,,,,,,,,.."

शंकर रॉय ने बीच में चिल्लाते हुए कहा,

"मतलब,,,,,,,,,,।"

"सर,,,,,, सर पेशेंट हाई ब्लड प्रेशर की स्थिति में है। शी इज़ इनफेक्टेड आल्सो।"

डॉक्टर ने समझाते हुए कहा।

"किंतु परंतु नहीं,,,,,, बिटिया को संभालो,,,,,,,।"

जोर से चिल्लाते हुए शंकर रॉय ने डॉक्टर को धमकाया।

"येस सर,,,,,,,,,,,।"

डॉक्टर टीम के साथ आईसीयू में अनंता का गहन निगरानी में लग गए। रॉय परिवार को बाहर वेटिंग रूम की ओर जाने लगा। शंकर रॉय एक बार फिर अनंता को देखने आईसीयू में गए, अनंता की आंखे खुली देख शंकर रॉय बोले,

"बेटा ठीक तो है न,,,,। मैं यही हूँ,,, टेंशन मत लेना।"

अनंता ने,मुस्कराते हुए धीरे से कहा,

"पापा,,,,,,, ठीक हूँ।"

"प्लीज सर,,,,,,,, प्लीज सर पेशेंट को अभी डिस्टर्ब नहीं करें।"

डॉक्टर ने शंकर रॉय से निवेदन किया।

शंकर रॉय बाहर की ओर जाने लगे। शंकर रॉय को बाहर आते देख कलावती दौड़ती हुई उनके पास आई,

"अनु कैसी है,,,,,, आपकी क्या बात हुई,,,,, जल्दी से बताओ।"

शंकर रॉय का हाथ पकड़ते हुए कलावती की आंखे भर आई थी।

"ठीक है,,, ठीक है। मेरी उससे बात हुई है।"

शंकर रॉय ने कुर्सी पर बैठते हुए कहा।

रॉय परिवार के सभी सदस्य वेटिंग रूम में बेठे हुए थे। सभी अनंता को लेकर चिंतित थे। चेहरे पर मायूसी व चिंता की लकीरें स्पष्ट देखी जा सकती थी लेकिन एक दूसरे से अपनी चिंता को प्रकट होने देना नहीं चाहते थे। कुछ मिनिट पूर्व जो खुशी की लहर थी वो पूर्णतया नदारद थी। घर का कोई भी सदस्य किसी से बात नहीं कर रहा था। सभी का मन उद्देलित व चिंतित था पर शांत होकर बेठे हुए थे। कलावती शंकर रॉय के बांए कंधे पर सिर रख के बैठी हुई थी। चंद्रवीर चहल कदमी कर रहा था खिड़की से दरवाजे की ओर, फिर दरवाजे से खिड़की की ओर। कमलनाथ,पिताजी के दाएं हाथ की हथेली पर अपना हाथ रख बैठा था। राजवीर ओर आदित्य एक दूसरे से सटकर बेठे थे। जहाँ वेटिंग रूम में पिन ड्रॉप साइलेंस था वहीं सभी के मन में भय व चिंता का तूफ़ान था।

उस बीच राजवीर के मोबाइल पर घंटी बज उठी। सभी की नज़रें राजवीर पर आकर ठहर गई।

"Yes sir I am Rajveer from Udaipur,,,,,,,,,,, yes sir,,,,, I leave home tonight and join u, tomorrow evening. I will contact you then."

"No, no you do not contact me. I will call you and meet you. You have to follow my instructions.

सामने से जवाब आया ओर फोन डिस्कनेक्ट हो गया।

राजवीर खड़े होकर तुरंत कमलनाथ के पास गया,

"पापा आपसे मेने इस बारे में बात की थी। आज रात तक मुझे निकलना पड़ेगा।"

"क्या बात है कमल,,,,,?"

शंकर रॉय ने पूछा।

"पापा, राजवीर गवर्नमेंट जॉब करना चाहता है। मैंने उसे खूब समझाया पर वो है कि,,,,,,।"

"नहीं कमल। बच्चे से जोर जबरदस्ती नहीं करते। उनको अपने जीवन में रुचि अनुसार काम करने दो। बेटा अपने पैरों पर आगे बढ़ना चाहता है, ये तो हमारे परिवार के लिए गौरव की बात है। वेरी गुड बेटा, राजवीर। खूब मेहनत करो, खूब आगे बढ़ो। गॉडब्लेस यू बेटा।"

शंकर रॉय अपनी बात पूरी करते उसके पहले ही राजवीर अपने दादा के गले पड़ गया।

"दादा जी लव यू,,,,।"

राजवीर ने दादा शंकर रॉय को बांहों में कसते हुए कहा।

शंकर रॉय राजवीर के सिर पर हाथ फेरते हुए बोले,

"मूलधन से ब्याज ज्यादा प्यारा होता है बेटे। तू मेरा ब्याज है।"

गमगीन माहौल में सभी के चेहरे पर मुस्कराहट थी।

हॉस्पिटल के वेटिंग रूम में रॉय परिवार चिंतित होकर बैठा हुआ था। पोता राजवीर और दादा शंकर रॉय एक दूसरे का हाथ पकड़कर बैठे हुए थे। उतनें में वेटिंग रूम का दरवाजा खुला सामने चीफ़ मेडिकल ऑफिसर उनकी ओर आ रहे थे। ये देख सभी खड़े हो गए,,,,,,,।

"सर, एव्रीथींग इज़ अण्डर कन्ट्रोल, मेम अनंता जी की तबीयत पहले से बेहतर है। उनको आईसीयू से हटा लिया है। कल उनको डिसचार्ज कर देंगे। आप सभी मेम से मिल सकते है।"

सीएमओ ने शंकर रॉय से कहा।

सभी ने राहत की सांस ली, सभी के चेहरे खिल उठे थे। शंकर रॉय ने आंखे बंद कर सिर ऊपर उठाया। ईश्वर को धन्यवाद कर उन्होंने डॉक्टर के कंधे पर हाथ रखा, फिर धीरे से मुकराकर बोले,

"थैंक्स डॉक्टर,,,,, मैं आपका ये ऋण कैसे चुका पाऊंगा?

सभी ने अनंता की कुशलक्षेम पूछी। चंद्रवीर अनंता के सिरहाने बैठकर सिर पर हाथ घुमाते हुए बोला,

"होश उड़ा दिए थे अनु, कांग्रेच्युलेशन यार।"

"आपको भी चंद्र।"

अनंता ने धीमी आवाज में मुस्कराते हुए जवाब दिया।

अनंता ने पास सोई हुए गुड़िया के सिर पर हाथ फेरते हुए उसे प्यार किया।

दोनों मुस्करा रहे थे।

"पापा आप सभी घर जाकर आराम करें। मैं यहाँ अनंता के पास रहूँगा।"

चंद्रवीर ने शंकर रॉय से कहा।

"हाँ, बेटा हम चलते है, जरूरत पड़ने पर हमें कॉल कर देना। ज्यादा सोचना मत।"

शंकर रॉय ने हॉस्पिटल से निकलते हुए कहा।

कमलनाथ, राजनाथ और आदित्य एक ही कार में घर के लिए रवाना हो गए। कमलनाथ ने राजवीर से कहा,

"बेटा, आज ही निकलना पड़ेगा क्या? कुछ दिन और रुक नहीं सकता।"

"नहीं पापा, आज नाईट को निकलना ही पड़ेगा। कल मुझे उपस्थिति देनी है।"

राजवीर ने कहा।

आदित्य ने हँसते हुए राजवीर को पूछा, "राज, मुझे ये बता कि ऐसा कौनसा जॉब है जो तुझे अपने बिजनेस से भी ज्यादा अच्छा लग रहा है।" "आदि जब तक कि मेरा जॉब के लिए फिजिकल कन्फर्मेशन नहीं हो जाता तब तक मैं ये सब डिस्क्लोज नहीं कर सकता हूँ। सब बता दूंगा यार।"

राजवीर के जवाब देते ही दोनों हंस पड़े। वहीं कमलनाथ के चेहरे पर चिंता की लकीरें देखी जा सकती थी।

राजवीर के घर पहुँचते ही मोबाइल की रिंग एक बार फिर बज उठी। अननोन नंबर से एक कॉल आया,

"मिस्टर राजवीर, आपकी महाराणा प्रताप एयरपोर्ट उदयपुर से 8PM की फ्लाइट है फ्लाइट बुकिंग का एस.एम.एस. आपको कर दिया गया है आगे की गाइडलाइन के लिए आपसे दुबारा संपर्क कर लेंगे।"

"येस सर।"

राजवीर यस सर शब्द पूरा करें इसके पहले ही कॉल डिस्कनेक्ट हो गया। रॉय परिवार की चिंता बढ़ती जा रही थी। राजवीर कहाँ जा रहा था और क्या काम करने वाला था उसका कोई आइडिया नहीं लग रहा था। कमलनाथ ने अपनी मां कलावती को राजवीर के पास भेजा, ताकि वो राजवीर को समझा सके। कमलनाथ चाहते थे कि राजवीर अपने निर्णय पर एक बार फिर सोच ले। दादी कलावती राजवीर को मनाने की कोशिश कर रही थी,

"बेटा, राज,,,,,,,।"

"हाँ दादी,,,, बताए।" राजवीर ने दादी के पास जाते हुए बोला।

दादी ने राजवीर को पास बैठाते हुए कहा,

"तेरी मम्मी, पापा हम सब को तेरी चिंता हो रही है बेटा, एक बार फिर सोच ले। ऐसी कैसी नौकरी है जो तू हमें बताना नहीं चाहता है। बेटा ये नोकरी छोड़ दे।"

बोलते–बोलते दादी की आँखें भर आयी।

राजवीर ने दादी को बाहों में भरते हुए कहा,

"मेरी प्यारी दादी,,,,,,,! ऐसे मत कर दादी। ऐसा करोगे तो मेरे पैर ठहर जायेंगे।"

"बेटा मान भी जाओ, रॉय एम्पायर को आप सभी को आगे भी तो बढ़ाना है।"

दादी ने राजवीर को समझाते हुए कहा।

"बेटा दादी की बात को मान लो।"

राजवीर की मां शांति स्वरूपा ने राजवीर का हाथ थामकर कहा।

आदित्य ने राजवीर को इशारा कर घड़ी की ओर ध्यान दिलाया। राजवीर के जाने का समय हो गया था। राजवीर को कम समय में निर्णय लेना था कि आखिरकार उसे करना क्या है? सिर्फ दादाजी शंकर रॉय व आदित्य को छोड़कर पूरा परिवार राजवीर को रोकने पर लगा हुआ था।

राजवीर सभी को समझाने कि कोशिश कर रहा था पर परिवार मानने को तैयार ही नहीं था।

राजवीर को पता था कि दादाजी की बात पत्थर की लकीर होती है। अगर उन्होंने फैमिली को आदेश दे दिया तो वो सभी को मानना ही पड़ेगा। राजवीर को जॉब के लिए जाने की अनुमति दादा जी ने हॉस्पिटल में ही दे दी थी। इसलिए राजवीर ने अंतिम दांव खेला। राजवीर ने दादाजी शंकर रॉय के पास आकर गिड़गिड़ाने लगा,

"दादाजी आप ही दादी, मम्मी व पापा को समझा सकते हो। मेरी बात मानने को कोई तैयार ही नहीं है। प्लीज आप कुछ बोलो न।"

शंकर रॉय ने सभी को कहा,

"कमल और सभी ध्यान से मेरी बात सुनो। इस बच्चे से ज्यादा जिद्द मत करो। (आगे शंकर रॉय ने खुश होते हुए कहा) मुझे खुशी है कि मेरा पोता भी मेरे जैसा दृढ़ निश्चयी है। मैं उसके निर्णय से खुश हूँ। (राजवीर की ओर देखते हुए कहा–) पर राजवीर तुम भी एक बात ध्यान से सुन लो। अगले दस दिन में तुम हमें जॉब की जानकारी दोगे। अगर वो जॉब मुझे समझ में नहीं आया तो, तुम्हें रॉय परिवार से वापिस जुड़ना पड़ेगा।"

"जी दादाजी मुझे मंजूर है। अगर आपको जॉब पसंद नहीं आया तो मैं रिजाइन कर वापिस आ जाऊंगा।"

राजवीर ने तपाक से प्रत्युत्तर दिया।

"बहुत अच्छे बेटा। हम सभी तुझे एयरपोर्ट छोड़ कर आते है।"

शंकर रॉय ने राजवीर से कहा।

"दादाजी नहीं। आप सभी थक गए है। मुझे आदित्य छोड़ देगा।"

राजवीर ने कहा।

रॉय परिवार से विदाई लेकर राजवीर और आदित्य एयरपोर्ट की ओर रवाना हो गए।

राजवीर और आदित्य एयरपोर्ट के लिए रवाना होते ही, शंकर रॉय ने पी.ए. गौतम को कॉल किया,

"गौतम ध्यान से सुनो, अभी–अभी राजवीर और आदित्य एयरपोर्ट के लिए रवाना हुए है तुम राजवीर की सिक्योरिटी के लिए सिक्स प्लस वन ब्लैक कमांडो टीम लगा दो। जो राजवीर की 24 ×7 निगरानी करें। गौतम राजवीर को इस बात का पता नहीं लगना चाहिए।"

"जी सर, आप चिंता नहीं करें। मैं अपनी बेस्ट टीम को इस काम के लिए रवाना करता हूँ। साथ ही आपको समय–समय पर अपडेट भी करता रहूँगा।"

गौतम ने कहा।

गौतम ने शेरसिंह के नेतृत्व में ब्लैक कैट कमांडो टीम राजवीर की सिक्योरिटी व निगरानी के लिए तत्काल रवाना कर दी। ये सात कमांडो बिना हथियार के भी सौ लोगों को चंद सेकेंड में ढेर कर सकते थे। हथियार के साथ तो ये कमांडो किसी बटालियन को मिनटों में निपटा देने की क्षमता रखते थे। राजवीर जैसे ही एयरपोर्ट पर पहुँचा उसको एस.एम.एस. नोटिफिकेशन मिला जिसमें उसकी टिकट थी। आदित्य पता लगाना चाहता था कि राजवीर कहाँ जा रहा है? उसने राजवीर के मोबाइल में आए एस.एम.एस. को ध्यान पूर्वक देखा। जिसमें डेस्टिनेशन जैसलमेर दिख रहा था। उसने अपनी नजरें ऐसे फिरा ली जैसे उसने एस.एम.एस. पढ़ा ही नहीं हो। राजवीर से विदा होकर आदित्य घर के लिए रवाना हो गया। रास्ते में आदित्य के मोबाइल पर शेर सिंह का कॉल आया,

"सर गुस्ताफी माफ़ करना। मुझे आपसे संपर्क करना पड़ा। आप मुझे बता पाएंगे कि राजवीर सर कहाँ के लिए डिपार्ट कर रहे है।"

"शेरू भाई क्यू नहीं। मैं आपकी वफादारी से वाक़िफ हूँ। राजवीर की फ्लाइट जैसलमेर के लिए है।"

आदित्य ने सहजता से जवाब दिया।

"थैंक्स सर जी।"

शेर सिंह ने ज्यादा कुछ बोले बिना कॉल डिस्कनेक्ट कर दिया। शेर सिंह अच्छी तरह से जानता था कि उसको दिया गया कार्य कितना महत्वपूर्ण है। राजवीर की फ्लाइट के साथ

कमांडो टीम रवाना हो गई। राजवीर को इसकी कोई जानकारी नहीं थी। रात की लगभग एक बजे राजवीर की फ्लाइट जैसलमेर एयरपोर्ट पर लैंडिंग हुई। लैंडिंग होते ही उसके मोबाइल पर एस.एम.एस. आया कि,

"बाहर RJ –15 CB 2100 आपका इंतजार कर रही है।"

पी.ए. गौतम ने शेर सिंह के जैसलमेर पंहुचने से पहले ही पूरी व्यवस्था करवा दी थी। शेर सिंह व उसकी टीम के एयरपोर्ट के बाहर आते ही उसे व्हीकल व इक्विपमेंट दे दिए गए। राजवीर एयरपोर्ट से बाहर इंतजार कर रही कार में सवार हो गया। कार में बैठे व्यक्तियों को देख राजवीर डर गया। उनके हाथों में हथियार थे। उनमें से एक व्यक्ति वेल सूटेड था। राजवीर के कार में बैठते ही कार तेज गति से भागने लगी। शेरसिंह की टीम राजवीर की कार को फॉलो करने लगी। कुछ दूरी तक पीछा करने के बाद शेरसिंह हक्का–बक्का रह गया। उसने देखा कि एक ही नंबर व एक ही रंग की चार कारे बाई पास रोड से आकर मिल गई। अब शेर सिंह के लिए ये जानना मुश्किल हो गया था कि किस कार में राजवीर सवार है। पांचों कारों का ये काफ़िला तेज गति से भाग रहा था। अचानक शेर सिंह ने देखा कि पांचों कारें अलग–अलग दिशा में जाने लगी। अब उसे किस कार का पीछा करना है ये समझ नहीं आ रहा था। वो आगे कुछ समझ पाता उतनें में पांचों कारें उसकी आंखो से ओझल हो गई। रात का समय और इन रेत के टीलों में ये गाड़ियां कहाँ गायब हो गई उसे कोई समझ नहीं आ रहा था। शेर सिंह ने अपने जीवन में बडे–बडे केस निपटा दिए थे। उसे आज पहली बार नाकामी मिली थी। शेर सिंह ने निराश होकर अपनी कार को साइड में पार्क किया।

रात को दो बजे शंकर रॉय के मोबाईल की घंटी बज उठी। मोबाइल की रिंग बार–बार बज रही थी लेकिन शंकर रॉय की नींद नहीं खुल रही थी और न ही कलावती की। अगला कॉल कमलनाथ का बज उठा। देर रात आए कॉल को देखकर कमलनाथ डरे हुए थे। सिरहाने पड़े मोबाईल को उठाया देखा तो बहनोई चंद्रवीर का कॉल था। कॉल रिसीव करते कुछ बोलते उसके पहले ही,

"भाई साहब जल्द से जल्द हॉस्पिटल आ जाओ,,,,,।"

कमलनाथ आगे कुछ पूछते उसके पहले ही कॉल डिस्कनेक्ट हो गया। कमलनाथ शंकर रॉय के बेडरूम की ओर दौड़ पड़ा।

"पिताजी,,,,पिताजी (दरवाजा खटखटाते हुए) पिताजी दरवाजा खोलो, माताजी,,,,,,।

"कमल इतनी रात को जोर से दरवाजा क्यों पीट रहा है? क्या हुआ? अरे बोल भी।" शंकर रॉय ने व्याकुल होकर पूछा।

"पिताजी चंद्रवीर का कॉल था हॉस्पिटल बुलाया है।"

कमलनाथ ने घबराते हुए कहा।

पूरा परिवार चंद मिनटों में हॉस्पिटल पहुँच गया।

शंकर रॉय और कलावती आगे–आगे पीछे पूरा परिवार।

जैसे ही शंकर रॉय ने अनंता का कमरा खोला।

चंद्रवीर अनंता के सिरहाने बैठा हुआ था। अनंता के ऊपर सफ़ेद चादर देख शंकर रॉय के पैर दरवाजे के पास ही थम गए। आंखे फटी की फटी रह गई। कलावती पीछे से दौड़ कर चित्कार उठी,

"बेटी iiiiii iiiiiii,,,,,,,,, अनु,,uuuuuuu,,,,,,,, ये क्या हो गया। कलावती अनंता की बॉडी से लिपट गई। शंकर रॉय वहीं गिर पड़े। पीछे से आ रहे कमलनाथ ने शंकर रॉय को पकड़ लिया और उनसे लिपट जोर–जोर से विलाप करने लगे। चंद्रवीर दौड़ कर शंकर रॉय व कमलनाथ के गले पड़ कर फूट फुटकर रोनें लगा। कमलनाथ की पत्नी शांति स्वरूपा सासुमा कलावती को संभालने के लिए दौड़ पड़ी। अश्रुओं का सैलाब आ गया था। शंकर रॉय अनंता से लिपटकर विलाप करने लगे,

"बेटा अनु, ए बेटा एक बार तो आंखे खोल,,,,,,, खोल न बेटा,, देख कौन आया है,,,,,,,,, अरे देख भी ले,,,,,,,। (दोनों हाथों से सिर पीटते हुए) बेटा,,,,,,,,,,,, बेटा ऐसी भी क्या जल्दी थी,,,,,, तुम ने ही तो मुस्कराकर कहा था,,, कि मैं ठीक हूँ।,,,,,पापा आप घर जाओ। मैं,,,,,,,,, मैं,,,, पागल तुझको छोड़कर क्यों घर चला गया,,,,ए,,,,,बेटा,,,,,ए,,,,,,बेटा,,,,,,,,अब मैं कैसे जीऊंगा मैं तेरे बिना,,,,,,,,,,,,,,,,कैसे जीऊंगा बेटा,,,,,,,,,, जाने की उम्र तो मेरी है बेटा,,,,,,,, तू,,,,,तू,,,,,, मेरी अनु,,,,,, मेरी अनंता,,,, मेरे जिगर का टुकड़ा,,,,,, तू मेरे आगे क्यों चल पड़ी। बोल न बेटा,,,,,,,मेरे आगे क्यों,,,,,, चल पड़ी। हे नाथ,,,,,,, हे प्रभु तूने ये क्या कर दिया,,,,,,,, तूने मेरी सांसे छीन ली,,,,,,, मेरा जीवन छीन लिया,,,, मेरे जीवन का मकसद छीन लिया,,,,,,प्रभु,,,,, मेरे गुनाहों की सजा,,,,,, मुझे क्यों नहीं दी,,,,,,मेरे बच्चों को,,,,, ये तो ठीक नहीं,,,,,,,, ये तो ठीक नहीं,,,,, हे राम मुझे ले ले,,,,,,है श्री नाथ जी तूने ये क्या क,,,,,,, र,,,,,,,, दिया। " शंकर रॉय अपना शब्द पूरा करते उसके पहले ही मूर्छित हो गए। चंद्रवीर जोर जोर से सिर पीट रहा था,

"अनु,,,,,,, ऐ अनु,,,,,,,, तूने तो सात जन्म तक साथ निभाने की कसमें खाई थी,,,,,, उन कसमों का क्या हुआ,,,,,, तुझे बेटी चाहिए थी न,,,,,,,, अब बेटी आ गई,,,, तो उसे क्यों छोड़ दिया रे,,,,,,, बेटी के वास्ते तो रुक जाती,,,,, मुझे बीच मझधार में छोड़ कर क्यों चली गई,,,,, क्यों चली गई,,,,,, हे राम तूने मेरे प्राण क्यों हर लिए,,,,मेरे दिल के टुकड़े को क्यों छीन लिया,,,,,,,,ऐसी क्या गलती हो गई,,,,,, अनु,,,,,, अनु,,,,,,,, अनु,,,,,,।" चंद्रवीर बिलख-बिलख कर रोनें लगा। कौन किसको सांत्वना दे,,,, सांत्वना दे भी तो कैसे,,,,। मातम दुःख का सैलाब रुकने का नाम नहीं ले रहा था

रूदन सुन प्रकृति भी रो पड़ी,,,,,, बाहर मूसलाधार बारिश शुरू हो गई। परिवार में कोई चुप कराने वाला नहीं था,,, रूदन,,,,, रूदन,,,,,,, रूदन,,,,,।

इतने में शांति स्वरूपा जोर से चिल्ला उठी,

"कमल दौड़ो, डॉक्टर को बुलाओ,,,,,,मम्मी जी के मुंह से झाग निकल आए है, कुछ बोल नहीं रहे है, मम्मी जी,,,,,,, मम्मी जी,,,,,,,।"

कलावती बेसुध हो गई थी, मुंह से झाग निकल रहे थे, आंखे ऊपर चढ़ गई थी, हाथ–पैर ठंडे पड़ चुके थे। शांति स्वरुपा ये देख चीत्कार करने लगी,,,,,, पापा,,,,, कमल दौड़ो,,,,,,,। डॉक्टर को बुलाओ,,,,,,। परिवार विवेक शून्य हो गया था कुछ समझ नहीं आ रहा था। कमल नाथ तेज आवाज में चिल्लाया,,,,,,

"डॉक्टर,,,,,,, डॉक्टर,,,,,,,, डॉक्टर,,,कोई है।"

इतने में शांति स्वरूपा को ध्यान आया कि कमरे में बेसिक फोन है जिससे में इमरजेंसी सर्विस के लिए कॉल कर सकती हूँ। उसने कॉल मिलाकर स्टाफ को इनफॉर्म कर दिया।

इधर,,,,

,,,, विंग से गुजरते हुए नर्स स्टाफ ने कमलनाथ के चिल्लाने की आवाज सुनी,,,,,। उसने अंदर आकर देखा तो वो भी हतप्रभ रह गया, कमरे में जितने भी लोग थे सभी की स्थिति नाज़ुक थी। नर्स ने तत्काल कलावती को अटेंड किया। उनकी क्रिटिकल स्थिति को देख तेज गति से मेडिकल स्टाफ रूम की ओर भागा। उसके सूचना देते ही पूरी मेडिकल टीम कलावती को अटेंड करने दौड़ पड़ी। साथ ही साथ इमरजेंसी सर्विस डॉक्टर टीम भी आ गई। डॉक्टर ने स्थिति को समझ लिया था कलावती को तत्काल मॉनीटर पर चढ़ा दिया जैसे ही रीडिंग स्टार्ट हुए, डॉक्टर जोर से चिल्लाया,

"जल्दी से मुझे डिफाइबीरिलेटर दो,,,,,,, डॉक्टर,,,,, इमीडियेटली,,,,,, इट्स अ कार्डियाटिक अरेस्ट,,,,,,,।"

टीम पुरजोर से कलावती को बचाने पर काम करने लगी।

"नर्स जल्दी से पेशेंट के फैमिली मेंबर को बुलाओ।"

डॉक्टर ने सांस छोड़ते हुए कहा।

तत्काल कमलनाथ को बुलाया गया, कमलनाथ को देखते ही सर्जन डॉक्टर ने बिना समय गवाए कहा,

"सर मेम को ओपन हार्ट सर्जरी की जरूरत है, इसके बिना,,,,,,मुश्किल है,,,,,,, स्थिति क्रिटिकल है ऑपरेशन के दौरान रिस्क फेक्टर ज्यादा है प्लीज आप अपना डिसीजन जल्दी ले,,,,, टाइम कम है,,,,,,।"

डॉक्टर की बात सुनते ही कमलनाथ का सिर चकराने लगा,,,,, अश्रुधारा बह उठी,,, एक ओर बहन कि लाश हॉस्पिटल से अभी उठी नहीं थी दूसरी ओर मां की ये स्थिति,,,, शब्द निकल नहीं रहे थे कमलनाथ ने हामी में अपना सिर हिलाया। स्टाफ फॉर्मेलिटी के लिए कमलनाथ को ऑपरेशन थिएटर से बाहर ले गया। इधर अनंता कि बॉडी सुपुर्दगी की फॉर्मेलिटी चल रही थी। विपत्ति के इस भंवर में रॉय परिवार दुःख के सागर में डूबा जा रहा था। चंद्रवीर, अनंता को रॉय परिवार से दूर, एक बार फिर लेकर जा रहा था। इस बार की दूरियां अपरिमित थी, अलांघनीय थी, अस्वीकार्य थी। रॉय फैमिली का दिल तड़फ रहा था, दुःख से बिलख रहा था। चाहकर भी साथ जा नहीं पा रहे थे। मां मृत्यु शैय्या पर थी। बहिन जीवन के उस पार थी। पूरा परिवार जो कुछ क्षण पूर्व बिलख रहा था, चित्कार रहा था, रूदनमय था। अब एक जगह ऑपरेशन थियेटर के दरवाजे पर आंख गढाए बैठा हुआ था। दिल रो रहा था आंखे सिर्फ गवाही दे रही थी। आवाज विलुप्त थी। चित्कार, रूदन खामोशी में परिवर्तित हो गया था।

"बिलख उठी है सारी नगरी

बिलख रहे है सब नर–नारी

शानवीर के कंधो पर,

दानवीर के कंधो पर,

जनक नंदिनी का बोझ है भारी।

जनक नंदिनी का बोझ है, भारी।

चंद्र—अनंता

कला—अनंता

दिल तोड़ बलिहारी

दिल तोड बलिहारी।"

शेर सिंह और उसकी टीम की नज़रों के सामने राजवीर की कार अचानक विलुप्त हो गई, ये चिंता का विषय था। शेर सिंह ने जीवन में पहली बार मात खाई थी। उसको ये चिंता सता रही थी कि वो पी.ए. गौतम को क्या जवाब देगा? राजवीर की सुरक्षा को लेकर इतनी बड़ी ग़लती

को वो स्वीकार नहीं कर पाएंगे, सभी की नौकरी तो खतरे में थी ही। अगर राजवीर को कुछ हो गया तो शेर सिंह को अच्छी तरह से पता था कि उसका जीवन भी खतरे में है रॉय फैमिली हम सभी कमांडो को ही मरवा डालेगी। शेर सिंह की टीम एक बार फिर मुस्तेदी के साथ राजवीर को ढूंढने में लग गई। शेर सिंह ने अपनी गाड़ी पास ही ढाबे पर रोकी, पूरी टीम के साथ चाय नाश्ता करने के लिए ढाबे के बाहर लगे पलंग पर बैठ गए। यहाँ नाश्ता करना तो एक बहाना था। शेर सिंह चाहता था कि राजवीर का कोई क्लू मिल जाए। "वेटर चाय नाश्ता लेकर सर्व करने आया शेर सिंह ने वेटर से पूछा,

वेटर यहाँ से RJ—15—CB—2100 नंबर की ब्लैक कार को जाते देखा है क्या? उसमे मेरा छोटा भाई था। उसका मोबाईल भी स्विच ऑफ आ रहा है। कोई आइडिया है तुझे।"

वेटर जवाब देना चाहता नहीं था। उसे बहुत अच्छे से पता था कि बॉर्डर एरिया है यहाँ अधिकांश लोग आर्मी से होंते है या संदिग्ध व्यक्ति। वेटर को शेर सिंह की भाषा से मालूम पड़ गया था कि ये लोग लोकल के नहीं है।

वेटर ने कोई जवाब नहीं दिया और जाने लगा। उतनें में शेर सिंह ने उसकी कलाई को जोर से पकड़ा, उसकी हड्डियां चरमरा के बोल उठी।

वेटर कराह के चिल्ला पड़ा,

"मैं ना ज़ाणु, तू है कोण?"

ये सुनते ही शेर सिंह ने गिरेबान से ऊँचा कर बिजली की गति से उसे जमीन पर जोर से पटक दिया। पटकते ही रेत का गुब्बारा हवा में बिखर गया। ये देख ढाबे का मालिक और इसके बीस–पच्चीस नौकर शेर सिंह की तरफ दौड़ पड़े। शेर सिंह ने अपने साथी छह कमांडो को गाड़ी में बैठने का ऑर्डर दे कर, वह स्वयं अकेला वहीं खड़ा रहा। बीस से पच्चीस नौकरों ने एक साथ शेर सिंह पर धावा बोल दिया। शेर सिंह ने हवा में कलाबाजी करते हुए जोर से लात घुमाई, चार लड़के मुंह के बल जमीन पर ढेर हो गए। शेर सिंह ने दांया पैर आगे कर दोनों मुट्ठियां कसते हुए दौड़ कर सामने आ रहे लड़कों के मुंह पर मुक्का मारा। प्रहार इतना जबरदस्त था कि लड़के का जबड़ा ही टूट गया उसके धक्के से आठ से दस लड़के जमीन पर औंधे मुंह गिर पड़े। शेर सिंह ने पीछे मुड़कर दोनों हाथ फैलाते हुए अपना बायां पैर जोर से घुमाया पांच छह लड़के जमींदोज हो गए। कुछ सेकण्डों में आधे से ऊपर लड़के चारों ओर जमीन पर गिरे पड़े थे। दो चार तो नज़ारा देखकर भाग गए। शेर सिंह हाथों को झटकते हुए कार की तरफ़ जाने लगा। दूर दो तीन लड़के थे पर ये दृश्य देखकर उनकी हिम्मत नहीं थी कि वो शेर सिंह के पास भी आ सके। शेर सिंह के कार में सवार होते ही कार द्रुत गति से भागने लगी। शेर सिंह ने अपने साथियों से कहा,

"दोस्तों कुछ अलग करना पड़ेगा। लगता है कि मार–पीट से मामला बनेगा नहीं।"

साथी कमांडो जैकी ने शेर सिंह से कहा,

“दादा एक काम करते है टायर की हवा कम कर किसी पेंचर वाले से इन्फॉर्मेशन लेते है। बातों–बातों में वो कुछ ऐसा उगल दे जो हमारे काम आ जाए।”

“क्या बात है जैकी, बात में दम है।”

शेर सिंह ने उत्साह के साथ हामी भरी।

शेर सिंह राजवीर की खोज में निकल चुका था पर उसे कोई क्लू नहीं मिल रहा था। राजवीर की खोज में शेर सिंह की टीम जैसेलमेर की रेत खंगाल रही थी। शेर सिंह की कार द्रुत गति से आगे बढ़ रही थी उतनें में साथी कमांडो ने शेर सिंह से कहा,

“दादा जरा इधर देखना।”

“हाँ! बोलो क्या बात है?

शेर सिंह ने पीछे देखते हुए पूछा।

दादा हमारी गाड़ी के साथ–साथ ये ड्रॉन भी उड़ रहा है, कहीं हमें ये ट्रेस तो नहीं कर रहा है।”

साथी कमांडो ने संदेह व्यक्त करते हुए कहा।

कमांडो जैकी बोल पड़ा,

“दादा मुझे भी लग तो रहा था कि ये ड्रॉन हमारे साथ— साथ उड़ रहा है। पर मैंने गौर नहीं किया। हाँ, मुझे लगता है कि ये ढाबे से लगातार हमारे ऊपर ही उड़ रहा है।”

“अच्छा, केटी (साथी कमांडो जो कार ड्राइव कर रहा था।) गाड़ी रोको, देखते है कि ये हमारा पीछा कर रहा है या नहीं।”

केटी ने कार को साइड में रोक दिया। सभी कमांडो कार से बाहर निकल कर ड्रॉन कि ओर ध्यान से देखने लगे। कार रुकते ही ड्रॉन भी रुक गया। साथी कमांडो का शक सही साबित हो गया था। ड्रॉन के रुकते ही शेर सिंह ने साथी कमांडो को तत्काल कमांड दिया,

“शूट डाउन द ड्रॉन,,,,,,,।”

सभी ने अपनी पिस्टल निकाल एक साथ ड्रॉन पर गोलियों की बौछार कर दी। ड्रॉन वहाँ से भागे उसके पहले ड्रॉन को मार गिराया। सभी शीघ्रता से गाड़ी में सवार होकर वहाँ से निकल गए।

“साथियों ये बात फाइनल हो गई कि हमारा पीछा किया जा रहा है। दुश्मन ताकतवर है सभी अलर्ट मोड़ पर रहें। थोड़ी भी लापरवाही हमेंमहंगी पड़ सकती है। केटी गाड़ी को तेज भगा, इस एरिये से हमें जल्दी निकलना होगा।”

शेर सिंह ने साथी कमांडो को आगाह करते हुए कहा। गाड़ी दो सौ प्लस की स्पीड से हवा से बातें करने लगी। सामने से बस्ती आती देख, शेर सिंह ने जैकी से कहा,

“जैकी पीछे के टायर की हवा कम कर दे अब पंचर की दुकान आने की संभावना है।”

जैकी ने कार के पीछे के टायर की हवा का प्रेशर थोड़ा कम कर दिया। फिर कार आगे की ओर बढ़ गई। थोड़ी देर में महमूद पंचर साइन बोर्ड दिखा वहाँ केटी ने कार रोक दी। शेर सिंह नीचे उतर कर पंचर वाले से बोला,

“भैया जरा देख लेना, लगता है गाड़ी के पीछे का टायर पंचर है।”

“जी साहेब, आपकी गड्डी बड़ी है पांच सौ रुपए लगेंगे।”

पंचर वाले ने कहा।

“हाँ, हाँ कोई बात नहीं आप तो पंचर बना दो।”

शेर सिंह ने पास पड़े मूढ़े पर बैठते हुए कहा। साथ में केटी को आवाज मारी,

“केटी मुझे पानी के बोतल देना।”

केटी पानी की बोतल लेकर आया ओर पास के मूढ़े पर आकर बैठ गया।

“यार केटी, मुझे रास्ते में एक ही नंबर की दो गाड़ियां दिखी। लगता है मुझे कोई भ्रम हुआ है।”

शेर सिंह ने इतना जोर से बोला कि पंचर वाला उसकी बात को सुन सके।

“अजी कोई भ्रम वम नाही है यहाँ तो ये आम बात है। आपने तो एक ही नंबर की सिर्फ दो ही गाड़िया देखी है हम तो पूरा का पूरा काफ़िला देखते है।”

हँसते हुए पंचर वाले ने कहा।

पंचर वाले से लिंक जुड़ते देख शेर सिंह उसके पास जाकर खड़ा हो गया।

“इस एरिये में ऐसा क्यों भैया?”

शेर सिंह ने नादान होकर पूछा।

“हमें भी पता नहीं भाई साहेब। पर सुना है, ये गाड़िया पोकरण रेज से आती है। बाबूजी लोग तो ये भी कहते है की उस एरिये में जाकर ये काफ़िला एक साथ गायब हो जाता है। पता नहीं क्या जादू है। अपने क्या मतलब,,,,,,, अपने तो रोजी रोटी निकल जाए वहीं खूब है।”

पंचर वाले ने कहा।

“हाँ,,,, हाँ सही बात है भैया अपने क्या मतलब।”

शेर सिंह ने हामी भरते हुए कहा।

“भाई साहब, टायर में पंचर तो नहीं लग रहा है लगता है हवा कम हो गई थी। आप मुझे सौ रूपिये दे दो।”

पंचर वाले ने शेर सिंह से कहा।

शेर सिंह ने पंचर वाले को पेमेंट कर वहाँ से निकल गए।

रॉय फेमिली ऑपरेशन थिएटर के गेट पर आंखे गढ़ाये बैठी थी। शंकर रॉय ने कमलनाथ से कहा,

"बेटा तुम सभी अनंता के अंतिम संस्कार में जाओ मैं यही हूँ,,,,,,,,,,।"

शंकर रॉय सिसक—सिसक रो पड़े।

"नहीं पापा, एक बार मम्मी का ऑपरेशन हो जाए फिर निकलूंगा। मैंने आदित्य को चंद्रवीर के साथ भेज दिया है।"

कमलनाथ ने रोते हुए कहा।

"कमल, राजवीर की कोई न्यूज़।"

शंकर रॉय ने कमलनाथ से पूछा।

"नहीं पापा, उससे बात नहीं हुई है।"

"अगर तुम्हारी उससे बात हो, तो भी अनंता के बारे में सूचना मत देना। नहीं तो वो अपना जॉब छोड़ कर चला आएगा।"

शंकर रॉय ने राजवीर के भविष्य की चिंता करते हुए कहा।

कमलनाथ ने हामी भरते हुए अपना सिर हिलाया।

"अरे हाँ। कमल,,,,, तू रमेश को घर बुला ले। पता नहीं उसे अनंता कि सूचना है भी या नहीं।"

शंकर रॉय ने रमेश की सजा को समाप्त कर घर बुला लिया।

शंकर रॉय अपनी बात पूरी करते उतनें में ऑपरेशन थियेटर का दरवाजा खुला। दरवाजा खुलता देख, रॉय परिवार के सभी लोग खड़े हो गए। डॉक्टर की टीम बाहर आयी। डॉक्टर ने शंकर रॉय से कहा,

"Congratulations sir, the operation has been successful."

दोनों हाथ जोड़कर शंकर रॉय ने अभिवादन किया कमलनाथ ने कॉल कर चीफ़ मेडिकल ऑफिसर को अपने पास बुलाया फिर कहा,

"ऑफिसर, पूरी फैसिलिटी के साथ मदर को आज ही हमारे घर शिफ्ट कर दे। इस बात का ध्यान रखे कि डॉक्टर की बेस्ट टीम अप्वाइंट हो।"

पूरा परिवार कलावती को मिलकर अनंता के अंतिम संस्कार के लिए निकल गया।

शेर सिंह ने पंचर वाले से बातों ही बातों में पता कर लिया था कि आगे की जानकारी उनको पोकरण रेंज में जाने पर ही मिलेगी। शेर सिंह ने गूगल मैंप से पोकरण रेंज का मैंप सेट कर दिया। पोकरण रैंज मात्र दस किमी दूर था।

"साथियों बी अलर्ट, पोकरण रेंज ज्यादा दूर नहीं। सभी साथी पिस्टल के साथ पोजीशन में आ जाए। गाड़ी से तब तक नहीं उतरना है जब तक कि मैं ऑर्डर नहीं करूं।"

शेर सिंह ने साथी कमांडो को आगाह किया।

कार तेज गति से भाग रही थी, बस्ती एरिया निकल चुका था। जहाँ तक नज़र जाए हर तरफ बालू के टीले ही दिखाई दे रहे थे। पोकरण रेंज एरिया आरंभ हो चुका था। गाड़ी पोकरण रेंज में आगे बढ़ रही थी। ड्राइवर कमांडो केटी ने कहा,

"दादा, सामने देखो रोड़ पर बेरिकेट रखे है।"

"गाड़ी रोकना मत, बेरिकेट को उड़ा कर आगे बढ़ो।"

शेर सिंह ने केटी को ऑर्डर किया।

केटी ने जैसे ही बेरिकेट को तोडते हुए आगे निकला। सड़क पर अचानक कील बेरिकेट उभर आए। केटी ब्रेक मारता उसके पहले ही कार के चारों टायरो में लंबी—लंबी कीले घुस गई। गाड़ी के चारों टायर जमीन पर बैठ गए। गाड़ी जस की तस वहीं सड़क पर धंस गई।

"केटी ऐसे कैसे गाड़ी चलाता है, तुझे नेल बेरिकेट दिखते नहीं क्या?"

शेर सिंह ने ड्राइवर केटी को डांटते हुए कहा।

"दादा, ये कील वाले बेरिकेट पहले तो नहीं थे, ये पूरी सड़क पर अचानक उभर आए है। पता नहीं अचानक कैसे उभर आए?"

केटी ने आश्चर्य व्यक्त करते हुए कहा।

जैसे ही शेर सिंह कार से नीचे उतरने के लिए गेट खोला। उसने जोर से आवाज सुनी,

"सभी हाथ ऊपर कर गाड़ी से बाहर आ जाए।"

ये सुनते ही शेर सिंह ने शीघ्रता से गेट बंद कर दिया। सभी कमांडो पिस्टल के साथ पॉजिशन ले ली। बाहर से स्पीकर पर सरेंडर करने की लगातार अपील की जा रही थी पर कमांडो उसे नज़र अंदाज़ कर रहे थे। कुछ मिनटों तक अपील चली उसके बाद अचानक गाड़ी पर फायरिंग होने लगी। फायरिंग इतनी जबरदस्त थी कि सेकण्डों में ही सब निपट जाते लेकिन गाड़ी बुलेट प्रूफ होने की वज़ह से सभी कमांडो सुरक्षित थे।

"साथियों पिस्टल को शूज में रखो ओर सरेंडर होने का नाटक करो। जैसे ही मैं ऑर्डर करू दुश्मन पर टूट पड़ना।"

सभी कमांडो हाथ ऊंचे कर बाहर की ओर आ गए। उनके सामने कोई ओपोनेंट नहीं दिख रहा था। सिर्फ स्पीकर पर आवाज़ सुन पा रहे थे। उनको ये समझ नहीं आया कि फायरिंग हुई कहाँ से थी। कोई भी व्यक्ति आस पास दिख नहीं रहा था। स्पीकर पर फिर अपील हुई,

"पच्चास कदम आगे चलकर, सीर घुटनों के बल नीचे कर बैठ जाए, ज्यादा होशियारी नहीं दिखाए।"

कमांडो स्पीकर पर की जा रही अपील को फॉलो कर रहे थे। कमांडो घुटनों के बल बैठ गए थे उतनें में रेत से दो व्यक्ति गन के साथ निकलते हुए कमांडो के सामने खड़े हो गए। पहले गन मेन ने दूसरे से कहा,

"जाओ, इन सभी के हथियार ले लो।"

जैसे ही उन दोनों की नज़र कुछ पल के लिए हटी शेर सिंह मौका पाकर हवा में उछलते हुए दोनों की छाती पर लात से जोरदार प्रहार किया। दोनों गन मेन जमींदोज हो गए। उनकी गन हाथ से छुट दूर गिर गई। उतनें में अचानक रेत के धोरों से चालीस पचास यूनिफॉर्म धारी राइफल मैंन एक साथ निकल आए। सातों कमांडो को ग़ैर लिया था सभी यूनिफॉर्म धारी राइफल के साथ पॉजिशन लिए हुए थे। थोड़ी भी हलचल होने पर शरीर को छलनी कर देते।

ये देख शेर सिंह ओर साथियों ने हाथ ऊंचे कर लिए। कमांडो के सामने एक व्यक्ति आया और कहने लगा,

"हम चाहते तो तुमको बिना अलर्ट किए ढेर कर देते पर हम तुम्हें जिंदा पकड़ना चाहते थे। ढाबे पर तुमने जो हरकत की थी उसके बाद तुम सभी हमारी सर्विलेंस पर थे, अब चलो हमारे साथ।"

अनंता की अंतेष्टि के बाद रॉय फैमिली रुक सी गई थी। साथ ही कलावती का ओपन हार्ट सर्जरी के बाद रॉय विला में शिफ्ट कर दिया था। शंकर रॉय ने छोटे बेटे रमेश रॉय

को बुला लिया था। कंपनी की जिम्मेदारियां उसे वापिस सौप दी गई थी। कंपनी के कार्यों का सिस्टेमेटिक डिस्ट्रीब्यूशन था। कमलनाथ को स्वयं के जॉब चार्ट को तो देखना ही था साथ ही पिताजी शंकर रॉय के काम की समस्त जिम्मेदारी को भी निर्वहन करना था। शंकर रॉय ने अपने काम की जिम्मेदारी कमलनाथ को सौप दी थी। शंकर रॉय चाहते थे कि अपना अधिकतम समय पत्नी कलावती को दे। शंकर रॉय सोफे पर बैठे हुए थे उनको राजवीर की याद आयी। सोचने लगे,

"राजवीर की कोई खैर खबर नहीं है, न ही उसका कोई कॉल आया।"

शंकर रॉय ने मोबाइल निकालकर पी.ए. गौतम को कॉल मिलाया,

"गौतम राजवीर की क्या खबर है?"

"जी,,,,,,, जी सर,,,,,,,।

मैं आपको अभी अपडेट देता हूँ।"

गौतम ने कहा।

गौतम ने शेर सिंह को कॉल मिलाया। शेर सिंह का मोबाइल स्विच ऑफ आ रहा था। अगला कॉल जैकी को मिलाया उसका मोबाईल भी स्विचऑफ। उसी प्रकार से टीम के सभी सदस्यों के कॉल मिलाए लेकिन किसी का भी मोबाइल ऑन नहीं था। यह देख गौतम चिंता में पड़ गया। उसने जैसलमेर यूनिट के स्टाफ हेड को कॉल मिलाया,

"मिस्टर,,,, शेर सिंह की क्या अपडेट है?"

सामने से जवाब आया,

"सर, हमने आपके आर्डर पर सभी फैसिलिटीज प्रोवाइड करवा दी थी। उसके बाद की कोई जानकारी हमें शेर सिंह के द्वारा नहीं दी गई है। न ही, उन्होंने हमसे कोई संपर्क किया है।"

"ओके"

गौतम ने कॉल रखते हुए कहा।

गौतम की चिन्ता बढ़ती जा रही थी कि वो मालिक को क्या जवाब देंगे। लेकिन हिम्मत जुटा कर शंकर रॉय को वापिस कॉल किया,

"हाँ बोलो गौतम।"

शंकर रॉय ने कॉल रिसीव करते हुए कहा।

"सर,,,,,,, सर,,,,,शेर सिंह और पूरी टीम का मोबाईल स्विच ऑफ आ रहा है। लगता है किसी बड़ी परेशानी में पड़ गए है? सर,,,,, जानकारी मिलते ही मैं आपको अपडेट देता हूँ।"

"गौतम, किसी भी प्रकार कि लापरवाही मुझे पसंद नहीं। मुझे राजवीर की अपडेट चाहिए और वो भी जल्दी से।"

शंकर रॉय ने गौतम को फटकारते हुए कहा।

राजवीर को जैसलमेर एयरपोर्ट से एक कार जिसमें दो शूटर भी थे रिसीव कर अपने गन्तव्य स्थल की ओर रवाना हो गई थी। राजवीर को रिसीव करने जो कार आयी थी उसका पीछा ब्लैक कैट कमांडो जो शंकर रॉय द्वारा राजवीर की सुरक्षा व निगरानी के लिए भेजे गए थे उनको भ्रमित कर अपने लक्ष्य की ओर रवाना हो गई। कार में दो शूटर को देख राजवीर को एक बारगी भय भी लगा पर वो जिस जॉब के लिए आया था उसकी गंभीरता को वो अच्छे से समझता था। साथ ही उसको पूर्व में ही निर्देश मिल चुके थे कि किसी भी स्थिति में उसे अपने जॉब कार्य को डिस्क्लोज नहीं करना है। अगर उसने ज्वाइनिंग से पहले निर्देशो का पालन नहीं किया तो उसका जॉब स्वतः निरस्त माना जाएगा इन शर्तो से वो वाकिब था।

राजवीर की कार पोकरण रेंज की ओर बढ़ रही थी। चारों ओर रेत ही रेत के टीले थी। दूर—दूर तक कोई बस्ती नहीं दिख रही थी। थोड़ी देर में सामने बेरीकेट आए। बेरिकेट आते ही कार के ड्राइवर ने लैंडलाइन नंबर पर कॉल किया, कॉल पर पासवर्ड पूछा, सही पासवर्ड बोलते ही बेरिकेट ऑटोमेटिकल खिसक गए। बेरिकेट हटते ही कार मुख्य रास्ते को छोड़ बायीं ओर रेत के टीलों की ओर मुड़ गई। राजवीर कुछ समझ नहीं पा रहा था। रेत के इस बियाबान में जैसे कार आगे बढ़ी रेत का एक टीला खिसक गया, टीले के खिसकते ही सामने एक सुरंग दिखी जिसमें कार प्रवेश कर गई, कार के सुरंग के अंदर घुसते ही टीला वापिस खिसक गया और प्लैन रेतीली जमीन के रूप में परिवर्तित हो गया। कार सुरंग से आगे बढ़ती जा रही थी। जैसे ही सुरंग खत्म हुई, सामने विशाल भवन दिख रहा था जिस पर किसी भी प्रकार का साइन बोर्ड नहीं था। कार भवन के पोर्च में आकर रुक गई, राजवीर को रिसिव करने आयी टीम बिल्डिंग के मेन ऑफिस की ओर ले गई।

राजवीर पूरे एरिये को देखकर आश्चर्य चकित हो गया। उसने सोचा ही नहीं था कि रेत के टीलो के बीच कोई सुरंग का रास्ता होगा। आम लोगों से दूर छिपा हुआ कोई इतना बड़ा डेवलप्ड एरिया। बड़े—बड़े मैंदान जो ट्रेनिंग सेंटर के रूप में दिख रहे थे। मैंदान के साथ लगा हुआ विशाल पानी का होज जो बहुत बड़ा और गहरा दिख रहा था। रेगिस्तान में इतना विशाल होज होगा कोई कल्पना नहीं कर सकता था। साथ ही दूर हेलीपैड था जहाँ लाइन से हेलीकॉप्टर व अत्याधुनिक एयर व्हीकल खड़े थे। हर मैंदान के साथ विशाल बिल्डिंग थी। लगता था कोई

शहर बसा हो। पर हर चीज सिस्टेमेटिक दिख रही थी। प्रत्येक बिल्डिंग पर साइन बोर्ड तो थे पर वो डिजिटल व अल्फ़ाबेटिक कोड के रूप में थे। देखने पर समझ नहीं आ रहा था कि कौनसा भवन किस उद्देश्य के लिए है। प्रत्येक मैंदान के साथ गार्डन लगा हुआ था। सब कुछ अनुमान से परे लग रहा था। राजवीर ने एक निगाह में पुरे एरिये को जज कर लिया था।

राजवीर को रिसीव करने आयी टीम, हेड ऑफिस की ओर ले जा रही थी। रिसीविंग टीम का एक व्यक्ति राजवीर के आगे—आगे चल रहा था और दोनों गन मैंन राजवीर के पीछे—पीछे। आगे चल रहा व्यक्ति ऑफिस के मैंन गेट पर रेटीना स्कैन डिवाइस के सामने खड़ा हो गया। उसकी रेटीना स्कैन होते ही ऑफिस का गेट स्वतः ही खुल गया।

गन मैंन गेट के बाहर ही खड़े रहे, राजवीर और उसका रिसीवर दोनों ऑफिस के अंदर गए। रिसीवर राजवीर को अंदर छोड़ कर बाहर आ गया। ऑफिस का हॉल बहुत बड़ा और वेल इक्विप्ड था। बहुत बड़े टेबल के सामने की ओर सुइटेड व्यक्ति बैठा हुआ था। टेबल के साइड में दो व्यक्ति और बैठे हुए थे।

"मैं आई कम इन सर।"

राजवीर ने ऑफिस में प्रवेश के लिए अनुमति मांगी।

"यू आर वेल कम मिस्टर राजवीर रॉय इन इंटेलिजेंस ब्यूरो ऑफ इंडिया।"

आई बी ब्यूरो के डायरेक्टर के.के. गुप्ता ने मुस्कराते हुए कहा। साथ ही सामने की कुर्सी पर बैठने का इशारा किया। राजवीर तीनों के सामने लगी कुर्सी पर बैठ गया। डायरेक्टर गुप्ता जी ने दांयी ओर बैठे स्पेशल डायरेक्टर पी सी वर्मा ने राजवीर को बधाई देते हुए कहा,

"राजवीर बिग कांग्रेट्स, यू आर दी पार्ट ऑफ आई बी। राजवीर देश के चुनिंदा लोगों मे से एक हो जो देश सेवा में लगे है। तुम इतने बड़े बिजनेस घराने के होने के बावजूद भी देश सेवा में आना चाहते हो ये काबिल-ए-तारीफ है। राजवीर आप हमारे नॉर्म्स पर खरे उतरे हो। आपने पद की गोपनीयता को बनाए रखा। सीक्रेसी इस पद के लिए पहली अनिवार्यता है।

आपका सीधा डेप्युटी सैंट्रल इंटेलिजेंस ऑफिसर पर चयन आपकी एक्सट्रा आर्डिनरी काबिलियत को दिखाता है। आपको इस पद पर रहते हुए क्या और कैसे काम करना है उसकी जानकारी मेरे असिस्टेंट एडिशनल डॉयरेक्टर मिस्टर त्रिवेदी बताएंगे।"

आगे वर्मा जी ने मिस्टर त्रिवेदी को आगे की प्रोसेस के बारे में बताने के लिए कहा।

डायरेक्टर के बायीं ओर बैठे एस सी त्रिवेदी जो आई.बी. में एडिशनल डायरेक्टर थे उन्होंने राजवीर को कहा,

"राजवीर रॉय कांग्रेचुलेशन। तुम्हें आई.बी. का परफेक्ट ऑफिसर बनाने के लिए अगले एक साल तक ट्रेंनिग चलेगी अगर तुम ट्रेनिंग में सफल रहे तब ही आपको पद पर बिठाया

जाएगा अन्यथा आपको अपने पद से डिमोट कर दिया जाएगा। आपको ये ट्रेनिंग टेकनिकल स्किल, इंटेलिजेंस गैदरिंग टेकनिक्स, सर्विलेंस मैंथड, आर्टिफिशियल इंटेलिजेंस और फिजिकल ट्रेनिंग में आपको मार्कोस कैमांडो और गरुड़ कमांडो लेवल की ट्रेंनिग क्लियर करनी पड़ेगी। आपकी ट्रेनिंग पूरी हो जाने के बाद आपको छह माह फील्ड में रह कर अपने आप को प्रूव करना पड़ेगा। आर यू रेडी फॉर इट।"

"यस सर"

राजवीर ने जोश के साथ कहा।

"राजवीर ब्यूरो में आप आर.आर. 03 के नाम से जाने जाओगे। आपकी व्यक्तिगत पहचान नहीं रहेगी। आपको नई सिम व इंस्ट्रूमेंट प्रोवाइड करवाया जायेगा बहुत जल्द आपकी पुरानी सिम डिस्ट्रॉय कर दी जाएगी। एक बार आप फैमिली से बात कर लें इसके बाद नई सिम से अनुमति नहीं होगी। गोपनीयता और सतर्कता ब्यूरो का पहला उद्देश्य है।"

ब्यूरो डॉयरेक्टर के के गुप्ता ने कहा।

राजवीर ने अपने क्वार्टर पर जाकर अपना मोबाईल निकाला। पहला कॉल दादा जी शंकर रॉय को मिलाया,

शंकर रॉय हॉल के सोफे पर बेठे थे। कम्पनी की जिम्मेदारी बड़े बेटे कमलनाथ को कुछ समय के लिए दे दी थी। शंकर रॉय चाहते थे कि वो पत्नी कलावती को अधिकतम समय दे सके। इसीलिए शंकर रॉय घर पर थे।

"दादा जी, आई लव यू,,,,,,,।"

उत्साहित होते हुए राजवीर ने दादाजी को कहा। राजवीर को घर में आयी विपत्ति की कोई जानकारी नहीं थी।

शंकर रॉय ने अपने गम को छिपाते हुए कहा,

"लव यू बेटा, खूब चिंता करवाते हो। तुम्हारी कोई खेर ख़बर ही नहीं। हमें तुम्हारी खूब चिंता हो रही थी। कैसे हो बेटा?"

"दादा जी मैं तो अच्छा हूँ, नन्हीं परी और बुआ जी कैसे है?" राजवीर के पूछते ही शंकर रॉय की आंखो मे आंसुओं की झड़ी लग गई। वो नहीं चाहते थे कि राजवीर को अनंता के बारे में और न ही दादी कलावती के बारे में कुछ भी पता चले। वो जानते थे कि अगर राजवीर को ये सब मालूम पड़ गया तो वो सब छोड़कर घर पर आ जायेगा। वो जानते थे कि राजवीर के लिए फैमिली फर्स्ट है। शंकर रॉय किसी भी स्थिति में राजवीर के सपनों को बिखरते हुए देखना नहीं चाहते थे। शंकर रॉय ने खुद को संभालते हुए राजवीर को कहा,

"बेटा नन्हीं परी भी अच्छी है, तेरी बुआ भी। हॉस्पिटल से डिस्चार्ज मिल गया है। घर पर सब ठीक है। मेरे से किए वादे का क्या हुआ बेटा?"

"दादाजी,,,,,, मैं अपने वादे पर कायम हूँ। मैंने आपसे कहा था न कि अगर मेरी जॉब आपको पसंद नहीं आएगी तो मैं जॉब से रिजाइन कर लौट आऊंगा।

दादाजी,,,,,,, आप अपनी कुर्सी की पेटी को बांध लीजिए,,,,, खुशी से आप उछलने वाले है।"

राजवीर ने हँसते हुए कहा।

"अब बता भी दे, ज्यादा पहेलियां मत बुझा।"

शंकर रॉय ने उत्साहित होते हुए बोला। राजवीर ने खुश होते हुए कहा,

"दादा जी मेरा सिलेक्शन इंटेलिजेंस ब्यूरो में डिप्टी सैंट्रल इंटेलिजेंस ऑफिसर के रूप में हुआ है। दादाजी ये पद सिर्फ प्रोबेशन तक है जब मैं अपनी ट्रेनिंग पूरी कर लूंगा उसके बाद असिस्टेंट डायरेक्टर के रूप में काम करूंगा। जो बहुत बड़ा पद है।" ये सुनते ही शंकर रॉय सोफ़े से खड़े हो गए,,,,

"वॉव,,,,,,, क्या बात है बेटा,,,,,,,लव यू बेटा,,,,,बहुत सुंदर,,,,,बहुत अच्छे,,,,,,, लव यू अगेन। मुझे तेरे पर गर्व है बेटा,,,,,,,। तूने परिवार का नाम रोशन कर दिया है। तू देश सेवा में जा रहा है उससे बढ़कर क्या हो सकता है। देश की सेवा हमारा पहला धर्म है। मैं बहुत खुश हूँ बेटा। ऐसे जॉब के लिए दुनिया का कोई भी पैरेंट्स अपने बच्चे को रोकेगा नहीं। आई एम प्राऊड ऑफ यू बेटा,,,,,,,। पूरी शिद्दत के साथ अपनी ड्यूटी पूरी करना बेटा। अपने कर्तव्यों से कभी पीछे मत हटना। मुश्किलें तो आएंगी बेटा,,,,, उनसे घबराना नहीं,,,,,,डट कर मुकाबला करना। गॉड ब्लैस यू बेटा,,,,,,।"

"दादा जी,,,,, लव यू,,,,,,, दादाजी आई मिस यू,,,,,,,,।"

(राजवीर की आंखें भर आयीं थी।) दादाजी,,,,मेरी सिम व मोबाइल बंद होने जा रहा है। अब मेरा नाम आर.आर. 03 है आप मुझे सीधा संपर्क नहीं कर पाएंगे। दादाजी अगर मेरे बारे में कोई जानकारी भी लेनी हो तो इस नाम से आप ले पाएंगे।"

"ठीक है बेटा, तुझे बधाई। तेरे पापा से भी बात कर ले सब तेरी चिंता कर रहे है।" शंकर रॉय ने कहा।

"दादाजी एक बार दादी जी से भी बात करवा दो।"

राजवीर ने दादी कलावती से बात करने की ईच्छा जाहिर की। शंकर रॉय जानते थे कि कलावती अभी बात करने की स्थिति में नहीं है इसलिए शंकर रॉय ने बहाना बनाते हुए कहा,

"बेटा, दादी आज बहुत दिनों बाद मार्केट गई है, लगता है कोई सप्राइज पार्टी की तैयारी कर रही है। आते ही बात करवाता हूँ। अपना ध्यान रखना बेटा। यहाँ की चिंता मत करना। खूब आगे बढ़ो मेरे लाला। बाय बेटा,,,,फोन रखता हूँ।"

"बाय दादा जी,,,,,,लव यू।"

राजवीर ने फोन रखते हुए कहा।

डॉली के मोबाईल पर हिमांशु का व्हाट्सएप मैंसेज आया,

"डॉली आज इवनिंग का क्या प्लान है?"

डॉली आदित्य रॉय की गर्ल फ्रेंड थी। हिमांशु, आदित्य, राजवीर, स्नेहा सभी क्लोज फ्रेंड थे। हिमांशु शंकर रॉय के पी.ए. गौतम का बेटा था। हिमांशु मन ही मन डॉली को बहुत पसंद करता था लेकिन उसका इजहार कभी डॉली से नहीं किया था। वो जानता था कि डॉली आदित्य की गर्ल फ्रेंड है, अगर आदित्य को थोड़ी भी भनक लग गई तो आदित्य की दोस्ती से हाथ धोना पड़ेगा साथ ही पिताजी की नौकरी भी खतरे में पड़ सकती थी। लेकिन दिल है कि मानता नहीं। हिमांशु डॉली से बार– बार मिलने की कोशिश करता था। डॉली भी हिमांशु को नापसन्द नहीं करती थी लेकिन आदित्य मालिक था, हिमांशु मालिक के नौकर का बेटा।

"बस कुछ खास नहीं, इवनिंग को घर पर ही हूँ।"

डॉली ने व्हाट्सएप पर हिमांशु को रिप्लाई किया। फिर दोनों व्हाट्सएप पर चैटिंग करने लगे,,,

"चलो, कहीं आउटिंग कर आते है। बोलो चलोगे या नहीं।"

हिमांशु ने कहा।

"अरे यार चलूंगी पर, आदित्य को मालूम पड़ गया तो,,,,।" (डॉली)

"नहीं चलेगा बाबा, आ भी जाओ" (हिमांशु)

"नहीं, हिमांशु फिर कभी।" (डॉली)

"प्लीज यार मना मत बोलो, येस कम ऑन।" (हिमांशु)

"इतनी जिद्द कर रहे हो, मेरे लिए कोई गिफ्ट लाए हो क्या?" (डॉली)

"गिफ्ट,,,,,,, जान हाजिर है,,,,,,।" (हिमांशु)

"तुम्हारी जान तुम्हारे पास ही रहने दो मुझे नहीं आना।" (डॉली)

"अरे यार बुरा मान गए, मजाक कर रहा था। गिफ्ट लाया हूँ, सप्राइज है।" (हिमांशु)

"ओके, कितने बजे और कहाँ?" (डॉली)

"पांच बजे दूध तलाई पर, मैं तेरा तेरा इंतजार करूंगा।" (हिमांशु)

"हाँ, मैं आ जाऊंगी,,,,।

बाय" (डॉली)

"बाय,,,।" (हिमांशु)

हिमांशु ने गिफ्ट के लिए हामी तो भर दी थी लेकिन ये उसके लिए तनाव का विषय था। वो जानता था कि डॉली की अपेक्षाएं छोटी नहीं होती, छोटा गिफ्ट उसे पसंद नहीं आता। डॉली अपर मिडिल क्लास से थी पर अति महत्वाकांक्षी। हिमांशु को कुछ समझ नहीं आ रहा था।

मिलना भी था और महंगे गिफ्ट से बचना भी। वैसे हिमांशु के पिताजी गौतम, शंकर रॉय के पी.ए. थे इस कारण उनका अच्छा खासा पैकेज था साथ ही शहर में रसूख भी। हिमांशु, डॉली की अनलिमिटेड डिमांड को जानता था। शाम होते ही डॉली दूध तलाई पहुँच गई, वहाँ हिमांशु पहले से ही उसका इंतजार कर रहा था।

"हाय, डॉली,,,, कब से तुम्हारा इंतजार कर रहा था। "

हिमांशु ने जोश के साथ हग करते हुए कहा।

"मिस यू हिमांशु।"

डॉली ने भी टाइट हग किया।

"डॉली मैं तुमको पसंद करता हूँ,,,,,,।" हिमांशु की जीभ प्रपोज करते हुए लड़खड़ा रही थी।

"पसंद–वसंद तो छोड़ो मेरे लिए गिफ्ट क्या लाए हो ये बताओ।"

डॉली ने एटीट्यूड दिखाते हुए जवाब दिया।

"सप्राइज है,,,,,,,।" हिमांशु ने कहा।

"अरे यार क्या सप्राइज–सप्राइज कर रहे हो बता भी दो।"

इस बार डॉली थोड़ा हाइपर हो रही थी।

"आओ मेरे साथ, मैं तुम्हें गिफ्ट दिखाता हूँ।"

हिमांशु, डॉली को दूध तलाई में पीछे बनी हुई सिटिंग छतरी में ले गया। हिमांशु, डॉली से सटकर बैठ गया और जैकेट से तीन लिफाफे निकाले। तीन कवर देख डॉली चौंक गई, उसका मुंह देखने लायक था। फिर भी उसने कोई रिएक्शन नहीं दिया। वो पुरे माजरे को देखती रहीं। हिमांशु ने पहला लिफाफा खोला फिर डॉली का कहा,

"देखो इन तीनों लिफाफों में कार के कॉटेशन है, तुम्हें कौनसी कार पसंद है बताओ।"

कार का नाम सुनते ही डॉली का चेहरा सूरजमुखी की तरह खिल उठा। उसकी नाराजगी छु मंतर हो चुकी थी। उसका रंग ढंग बदल चुका था। उसने हिमांशु का हाथ अपनी छाती से लगा लिया। हाथ को चूमते हुए डॉली ने कहा,

"तुम कितने अच्छे हो, मैं तुम्हें गलत समझ गई थी। सॉरी यार,,,,।"

हिमांशु, डॉली के रिएक्शन से बहुत खुश था पहली बार लग रहा था कि वो डॉली के बहुत क्लोज हो गया है। हिमांशु कोटेशन दिखाने लगा,

"ये टाटा हारियर इसमें ई.वी. मॉडल पसंद है या डीजल मॉडल। क्या तुम्हें ह्डई क्रेटा एन लाइन पसंद है? वेट, तुम तीसरा कोटेशन देख कर ही डिसाइड करो। देखो ये है एम.जी. हेक्टर प्लस।"

"वोव्व, एक से बढ़कर एक गाड़िया है (फ्लाइंग किस देते हुए।) ऊम,,,, ऊम,,,, उम,,,, कौनसी लूं,,,,,, कौनसी लूं,,,,,।

फाइनल,,,,,,,, टाटा हारियर ई वी मॉडल,,,,,,,,, डन,,,,,,,।"

एक्साइटेड होते हुए डॉली बेंच से उछल पड़ीं।

"डॉली तुम्हारी चॉइस अच्छी है,,,,,,,।"

हिमांशु ने हँसते हुए कहा।

दोनों एक दूसरे के कंधे पर हाथ रख, दूध तलाई से पिछोला झील की ओर चहल कदमी करते हुए ढलान से उतर गए।

डॉली आदित्य की गर्ल फ्रेंड थी लेकिन स्नेहा भी आदित्य से प्रेम करती थी। आदित्य को इस बात का अहसास नहीं था। आदित्य स्नेहा को अच्छे मित्र के रूप में मानता था। आदित्य के मन में स्नेहा के लिए प्यार नहीं अपितु सम्मान था। स्नेहा के सरल, सादगी युक्त जीवन से आदित्य प्रभावित था। स्नेहा अपने आत्मसम्मान को सबसे ऊपर रखती थी। उस पर घर की जिम्मेदारी थी। घर में उसके अलावा उसके पैरालाइज्ड पिताजी थे जो लंबे समय से बिस्तर में थे। घर खर्च, स्वयं की पढ़ाई और पिताजी की दवाई का आर्थिक बोझ के साथ-साथ पिताजी की सेवा में किसी भी प्रकार कि कोताही नहीं रखती थी। जिम्मेदारियों के बावजूद भी कॉलेज टॉपर में उसका स्थान था। कॉलेज टाइम के बाद वो पार्ट टाइम जॉब करती थी ताकि अपनी जिम्मेदारियों को अच्छे से निभा सके। इतनी कठिन परिस्थितियों में वो अपना जीवनयापन कर रही थी लेकिन आज दिन तक किसी भी सहपाठी या मित्र को इस बात का पता नहीं पड़ने दिया। पड़ता भी तो कैसे चेहरे पर जिम्मेदारियों, गरीबी व विवशता का भाव कभी प्रकट होने ही नहीं दिया। संघर्ष ने जीवन जीना और उससे उभरना सीखा दिया था। रोजी-रोटी की व्यवस्था के साथ जीवन में आगे बढ़ना उसके लिए बहुत बड़ी चुनौती थी। आज कॉलेज जाने में उसे थोड़ी देरी हो गई थी।

"पापा मैं लेट हो गई हूँ, आपका टेबल पर खाना, पानी और दवाइयां रख दी है। टाइम पर खाना खा कर दवाइयां ले लेना। आज जीवा नहीं आएगा अगर कोई जरूरत पड़े तो मुझे कॉल कर देना। अच्छा पापा में चलती हूँ।"

पिताजी के पैर छूते हुए स्नेहा ने कहा। स्नेहा ने पिताजी गोवर्धन की सेवा के लिए जीवा नाम के एक लड़के को रखा था जो स्नेहा की गैर हाजरी में गोवर्धन का ध्यान रखता था।

"हाँ बेटा, मेरी चिंता मत करना। अपना ख्याल रखना।"

गोर्वधन ने छत की ओर टक टकी लगाते हुए कहा।

स्नेहा के घर से कॉलेज जाने के लिए पब्लिक ऑटो का इस्तेमाल करती थी। स्नेहा तेज गति से ऑटो स्टैंड की ओर जा रही थी इतने में पीछे से कार आकर उसके पास रूकी तो स्नेहा चौंकते हुए साइड हो गई।

"डर क्यों रही है, आजा बैठ।"

डॉली ने स्नेहा को बुलाते हुए कहा।

"थैंक गॉड, तू मिल गई नहीं तो आज मेरी क्लास मिस हो जाती। थैंक यू यार,,,,।"

स्नेहा ने गाड़ी में बैठते हुए कहा।

"स्नेहा, अब तो तुझे रोज—रोज थैंक्स देना पड़ेगा,,,,,।"

डॉली ने हँसते हुए कहा।

"डॉली, थैंक्स नहीं, बिग थैंक्स देंगे पर ऐसा तू क्या करने वाली है यह भी तो बता दे।"

स्नेहा ने डॉली की ओर मुस्कराते हुए पूछा।

"ये तो पापा की कार है, अब मेरे लिए भी कार आने वाली है अब हम कार में रोज साथ–साथ कॉलेज जाएंगे।"

डॉली ने एक्साइट होते हुए कहा।

"कांग्रेचुलेशन यार,,,,।"

स्नेहा ने डॉली से ताली मिलाते हुए कहा। डॉली जैसे ही कॉलेज पहुंची, "हाय,,,फ्रेंड्स,,,,,ब ताओ,,,,,बताओ,,,, मुझे,,,

गेस व्हाई डॉली इज़ वॉकिंग प्राउडली टुडे?"

ऐसा बोलकर डॉली इतरा कर चलने लगी। डॉली सभी को यही चर्चा कर रही थी।

डॉली कॉलेज में हमेशा सेंटर ऑफ अट्रैक्शन थी। लेकिन सिर्फ अपनी सुन्दरता को लेकर। कुछ फ्रेंड्स को तो डॉली का इस प्रकार इतराना पसंद नहीं आ रहा था। सभी को ये पता था कि वो आदित्य की गर्ल फ्रेंड है और आदित्य उसे कुछ भी दिला सकता है।

इतने में डॉली की एक क्लास मेट से रहा नहीं गया उसने डॉली से बोल ही दिया,

"डॉली कार तो आदित्य ही दिला रहा होगा।"

"ऐ,,ऐसा कुछ नहीं है,,, क्या मैं नहीं खरीद सकती हूँ,,,,

चिढ़ते हुए डॉली ने कहा और वहाँ से निकल कर लाइब्रेरी में जाकर बैठ गई। डॉली का मूड खराब हो गया था। डॉली की कोई भी नई चीज आती तो सभी को पता होता था कि वो आदित्य के द्वारा ही गिफ्ट की गई होगी। डॉली मोबाइल निकालकर हिमांशु को मैंसेज किया,

"हिमांशु,,,,,,,,"

"हाय डॉली,,,,,,,,,," (हिमांशु)

"अरे यार तुम्हें कुछ कहना था।" (डॉली)

"बोलो भी,,,,, (हिमांशु)

"यार तुम मुझे कार दिला रहे हो उसकी भनक किसी को भी नहीं लगनी चाहिए,,,प्लीज यार,,,। (डॉली)

"अरे यार,,,,, इतनी सी बात,,, घबरा क्यों रही हो। मैं इसका जिक्र किसी से भी नहीं करूंगा।" (हिमांशु)

"यू आर सो नाइस,,,, थैंक यू," (डॉली)

"डॉली मैं थोड़ा बिज़ी हूँ बाद में बात करता हूँ।"

हिमांशु ने बहाना बना कर व्हाट्सएप बंद कर दिया।

हिमांशु की टेंशन बढ़ती जा रही थी। हिमांशु सोच रहा था,

"कार कोटेशन तो दिखा दिया है अब मैंनेज़ कैसे होगा?"

हिमांशु चाहता था कि कैसे भी जुगाड़ कर डॉली को कार गिफ्ट कर दे ताकि डॉली के दिल में वह अपनी जगह बना सके। इधर डॉली अनमने मन से घर की ओर निकल गई।

स्नेहा का कॉलेज टाइम समाप्त होते ही होटल 'द लीला पैलेस' की कार स्नेहा को लेने आ गई। उदयपुर शहर की शानदार होटलों की श्रृंखला में टॉप लेवल की होटल है जो अरावली की मनोरम और मनहरणीय उपत्यकाओं के बीच बनी है इसका परिदृश्य पिछोला झील के बीच होने से ओर आकर्षक बन जाता है ये होटल बॉलीवुड के सितारों के लिए भी आकर्षक का केंद्र है जो मेवाड़ भूमि को भव्यता प्रदान करता है।

स्नेहा को लेकर कार द लीला पैलेस की ओर चल पड़ी। स्नेहा बोट के रास्ते होटल परिसर में गई जहाँ का एरिया कुमुद, वंडर फ्लावर, मोगरा एवं नीलगिरी जो बारह वर्षो में एक बार खिलता है के फूलों की सुगंध से सरोबार हो रहा था। हवा का झोंखा मदहोश कर देने वाला था।

द लीला को देखते ही आंखे ठहर गई पारंपरिक कारीगर शिल्प और उत्कृष्ठ अलंकरणों युक्त बड़े स्तंभों में सुंदर दर्पण वाली मोजेक कला दर्शनीय थी। इस होटल को लब्जो से नहीं आंखों से ही वर्णित किया जा सकता था। स्नेहा ने होटल के ड्रेसिंग रूम में गई जहाँ उसने होटल की यूनिफॉर्म को पहना।

स्नेहा द लीला पैलेस में रेस्टोरेंट की रिसेपनिस्ट की पोस्ट पर काम करती थी। स्टाफ के किसी कार्मिक के छुट्टी पर होने पर वो उसके काम को भी कुशलता से कर लेती थी। अपनी कार्य गुणवत्ता के कारण होटल मैंनेजर निशांत अग्रवाल की वो चहेती थी। आज स्नेहा को जल्दी निकलना था उसके पापा आज घर पर अकेले थे जीवा भी छुट्टी पर था।

स्नेहा निशांत के पास गई,

"सर गुड इवनिंग।"

"गुड इवनिंग स्नेहा।"

निशांत ने जवाब दिया।

"सर एक निवेदन था,,,,,,।" स्नेहा ने मासूमियत से कहा।

"हाँ बताए,,,,, क्या बात है?

प्लीज, जल्दी, मुझे निकलना है।"

स्नेहा को सुनने के लिए निशांत चलते हुए रुक गया।

"सर मुझे आज घर जल्दी जाना है पापा घर पर अकेले है।"

"स्नेहा सॉरी आज संभव नहीं है।"

निशांत मना बोलते हुए वहाँ से निकल गया। स्नेहा मायूस मन से उसे जाते हुए देख रही थी। उसके पापा के अकेलेपन की चिंता उसे सता रही थी। मन चिंता की गुत्थियों में उलझ गया फिर वो अपने काम में लग गई।

उधर डॉली का मूड अपने क्लास मेट के कमेंट्स से खराब हो गया था। अपने बेडरूम में सोते–सोते कार के बारे में ही सोच रही थी। वो मन ही मन सोच रही थी कि," कार जितनी लेट आयेगी, उतना ही मेरा इंसल्ट होगा। मुझे जल्द से जल्द हिमांशु से कार गिफ्ट ले लेनी चाहिए।"

उसने अपना मोबाइल निकाला और हिमांशु से व्हाट्सएप चैट करने लगी।

"हाई हिमांशु, क्या कर रहे हो?"

डॉली का मैंसेज देखते ही हिमांशु तनाव में आ गया।

"बस घर पर हूँ।" (हिमांशु)

"अरे हाँ,,,,,,हिमांशु हारियार बुक करवा दी क्या?" (डॉली)

"कहाँ यार, टाइम ही नहीं मिला।" (हिमांशु)

"टाइम नहीं मिला, ये क्या बात हुई। गिफ्ट देना भी है या मुझे बेवकूफ़ बना रहे हो।" (डॉली)

"क्यो नहीं,,,,,,,, बिल्कूल देना है,,,,,, नहीं देना होता तो मैं तुझे कोटेशन ही क्यो दिखाता।?" (हिमांशु)

"सो नाइस ऑफ यू,,,,,,बोलो कल कॉलेज टाइम में शो रूम चले।" (डॉली)

"हाँ,,,, हाँ,,,, कल चलते है तुम तैयार रहना।" (हिमांशु)

"ओके सी यू, कल मिलते है" (डोली)

"बाय" (हिमांशु)

हिमांशु की टेंशन अब बढ़ गई थी। इतना बड़ा अमाउंट वो कैसे मेनेज करेंगा उसे समझ नहीं आ रहा था। हिमांशु सोच रहा था,

"किसी भी तरह से अगर दस लाख की भी व्यवस्था हो जाए,,,,,,, शेष अमाउंट तो मैं अपनी पॉकिटमनी से भर दूंगा, इंस्टॉलमेंट फैसिलिटी यूज कर लूंगा,,,,,,, पर,,,,, दस लाख,,,,, कैसे,,,,?"

हिमांशु की चिंताएं बढ़ती जा रही थी। उधर स्नेहा की चिंताएं भी बढ़ती जा रही थी जैसे ही उसका टाइम पूरा हुआ उसने पिछोला झील से पर्सनल ऑटो हायर किया और घर के लिए निकल गई। आज उसे ऐसा लग रहा था कि ऑटो वाला बहुत ही कम स्पीड से ऑटो चला रहा हो।

स्नेहा द होटल लीला पैलेस से ऑटो हायर कर अपने घर पहुंची। जैसे ही स्नेहा ने घर का दरवाजा खोला वो भौचकी रह गई वो चिल्ला कर दौड़ पड़ी,

"पापा,,,,,,,,,,,।"

उसके पिताजी गोवर्धन फर्श पर पड़े – पड़े कराह रहे थे।

"पापा,,,, बिस्तर से कैसे गिर पड़े,,,,, सॉरी पापा,,,,, पापा सॉरी,,,, आयंदा ऐसी ग़लती नहीं करूंगी,,,,,, मैं आपको अकेले छोड़ कहीं नहीं जाऊंगी,,,,।"

स्नेहा रोते हुए उसके पिताजी को उठा कर बिस्तर पर रखने का प्रयास कर रही थी। उसके लिए बहुत मुश्किल था पर जैसे–तैसे उसके पापा को बिस्तर पर वापिस लिटाया।

फिर स्नेहा ने मोबाइल पर नंबर डायल किया,

"हेलो जीवा,,,,,, कल कब आओगे।"

"जी दीदी,,,, मैं कल सुबह नहीं आ पाऊंगा,,,,, बाहर आया हूँ कल शाम को अंकल जी के पास आ जाऊंगा।"

जीवा ने स्नेहा को कहा। कहने को वो सेवक था पर स्नेहा उसे भाई जैसा मानती थी। जीवा इस दुनिया में अकेला था। अनाथ आश्रम में पला बड़ा हुआ था। जीवा भी स्नेहा को बड़ी बहिन मानता था। जीवा दो चार मरीजों की सेवा कर अपना गुजारा करता था। जीवा स्नेहा की तकलीफ़ समझता था जब कभी भी स्नेहा जीवा को समय पर पेमेंट नहीं कर पाती तो भी जीवा वेतन को लेकर जिद्द नहीं करता।

डॉली आज कॉलेज जाने को लेकर बहुत उत्साहित थी। हिमांशु उसे कॉलेज टाइम में टाटा शो रूम चंबल मोटोकॉर्प लेकर जाने वाला था। डॉली कॉलेज के लिए जल्दी निकल गई थी। चेहरे की खुशी देखते बनती थी। हिमांशु के साथ मार्केट जाना था इसलिए डॉली बिना व्हीकल के ऑटो हायर कर कॉलेज के लिए निकल पड़ी। कॉलेज गेट पर उतरते ही कबीरा अपने बीस पच्चीस बाइक राइडर दोस्तों के साथ कॉलेज के अंदर घुसा। ये सभी कॉलेज के फैलियर स्टूडेंट्स थे जिनका काम सिर्फ दादागिरी और लड़कियों पर धोंस जमाना था। कॉलेज में इनसे भिड़ना कोई पसंद नहीं करता था। ये सभी रईसजादों की संतान थी जो टाइम पास के लिए कॉलेज आती थी। ये इतने रसूखदार भी थे कि इनके विरुद्ध की गई शिक़ायत को कोई सुनता नहीं था। कबीरा इनका लीडर था। कबीरा की एक आवाज पर उसके दोस्त मरने मारने के लिए तैयार हो जाते थे। कॉलेज प्रशासन भी उतना ही परेशान था जितना कि कॉलेज के विद्यार्थी। कॉलेज गेट को क्रॉस करते समय कबीरा की नजर डॉली पर पड़ी, उसने आगे जाकर अपनी बाइक मुड़ाई ओर पूरा ग्रुप डॉली की तरफ बढ़ने लगा। डॉली कबीरा को आपनी तरफ आते देख डरी, लेकिन डॉली का भी कॉलेज में रुतबा अलग था। अपने आप को संभालते हुए उसने दोनों हाथ कमर पर रख सीधे खड़ी हो गई। कबीरा का ग्रुप उसका गोल–गोल चक्कर काटने लगे, डॉली आंखे ग़ाड़े कबीरा को एक नज़र घूर रही थी। कबीरा ने डॉली के निकट अपनी बाइक रोकी,

"ऐ चिकनी,,,,,, किसको घूर रही है?"

कबीरा ने डॉली के गाल को खींचते हुए कहा। डॉली की आंखो मे खून उतर आया था पर अकेली लड़की कर भी क्या सकती थी? डॉली आए संकट को टालते हुए जैसे ही थोड़ा आगे बढ़ी साथ–साथ कबीरा भी चलने लगा।

"रानी पैरों में छाले पड़ जायेंगे,,,, तेरी कार का क्या हुआ?"

कबीर के तंज कसते ही पूरा ग्रुप खिल खिलाकर हंस पड़ा। फिर कबीर गाना गाने लगा,,,

"आजा मेरी बाइक के पीछे बैठ जा,,,,,, आजा मेरी बाइक के पीछे बैठ जा,,,,, लांग ड्राइव जाएंगे,,,, फुल स्पीड में जायेंगे,,, कहीं रुकेंगे न हम।"

सभी बाईकर साथी साथ—साथ गाने लगे।

डॉली गुस्से से लाल–पीली हो रही थी उसने जोर से कबीरा के गाल पर थप्पड़ जड़ दी,,,।

कबीरा का चेहरा लाल सुर्ख हो गया। कबीरा गुस्से से डॉली के बाल पकड़ने गया ही था,,,,।

हिमांशु ने डॉली को गिफ्ट का वादा क्या किया ये वादा उसके गले का फंदा बन गया था। वह पूरी रात करवटें लेता रहा पर उसे नींद नहीं आयी। हिमांशु इतना बड़ा पेमेंट एक ही व्यक्ति से प्राप्त कर सकता था वो पहले और अंतिम व्यक्ति उसके पिताजी ही थे। हिमांशु के लिए चिंता का विषय यह था कि वह इतना बड़ा पेमेंट किस बहाने से प्राप्त करें। सुबह उठते ही हिमांशु हिम्मत जुटाकर अपने पिताजी गौतम (शंकर रॉय का पी.ए.) के पास गया। संकोच करते हुए हिमांशु ने अपनी बात शुरू की,

"पापा आपसे काम था,,,,,,।"

पिता गौतम ने हिमांशु की बात पर कोई ज्यादा तवज्जो नहीं दी। ऑफिस जाने का टाइम हो गया था वो उसी की तैयारी में लगे थे।

"हाँ बोल बेटा, क्या बात है?"

जूते के फीते बांधते हुए गौतम ने हिमांशु से पूछा।

हिमांशु ने हिम्मत जुटाकर बोल ही दिया,

"पापा पेमेंट की जरूरत थी अगर हो सके तो,,,,,।"

पेमेंट का नाम सुनते ही गौतम सीधे खड़े होकर हिमांशु से बात करने लगे,

"हेमु मेरे लाले,,,,,, तेरे पर सब कुछ न्यौछावर है तू बता तो सही तुझे कितना अमाउंट चाहिए।"

ये सुनते ही हिमांशु की बाहें खिल उठी, हिमांशु अपने आप को रोक नहीं पाया, और तपाक से बोल पड़ा,

"पापा,, दस,,,लाख।"

"दस ला,,,,,,,,,,,, ख़"

गौतम का मुंह दस लाख सुनते ही खुला का खुला रह गया। चेहरे की रौनक अचानक फीकी पड़ गई, भौहें तन गई। टेढ़ी नजरें कर गौतम ने हिमांशु से गंभीर मुद्रा में पूछा,

"इतना बड़ा अमाउंट किस लिए,,,,?"

हिमांशु के पास कहने को कुछ बचा नहीं था, पिताजी के चेहरे को देखकर उसकी हिम्मत भी नहीं हो रही थी कि वो अपने पापा को ये बता सके कि दस लाख किसी को गिफ्ट देने के लिए चाहिए थे। हिमांशु के चेहरे की हवाईयां उड़ गई थी। वो कुछ बोल नहीं पा रहा था। जब हिमांशु ने कुछ जवाब नहीं दिया तो उसके पापा का गुस्सा सातवें आसमान पर था। वे गुस्से में हिमांशु पर बरस पड़े,

"सुन रहा है या नहीं,,,,, तेरा दिमाग खराब तो नहीं हो गया है। तुझे पता भी है, तू कितना बड़ा अमाउंट मांग रहा है।"

हिमांशु ने खुद को संभालते हुए नई कहानी गढ़ ली।

हिम्मत कर उसने अपने पापा से कहा,

"पापा मेरे फ्रेंड के पिताजी हॉस्पिटलाइज्ड है इमरजेंसी के लिए पेमेंट चाहिए वो बाद में हमें लौटा देंगे।"

"ओह,,,,, सो सॉरी बेटा,,,,,,, मैं,,, तुम पर फालतू में गुस्सा कर रहा था। एक काम करो तुम मुझे पेशेंट और हॉस्पिटल का नाम व्हाट्सएप कर देना मैं मेनेजमेंट से बात कर कंसेशन करवा दूंगा। साथ ही तुम्हारे दोस्त को भी बोल देना कि हमें कुछ भी रिटर्न पे करने की जरूरत नहीं है। वैरी गुड बेटा,,,, मैं चलता हूँ।"

गौतम ऑफिस जाने के लिए रवाना हो गए।

हिमांशु सिर पकड़कर बैठ गया। मित्र,,,,पापा,,, पेशेंट ये सब तो बहाना था। उसको लग रहा था कि हॉस्पिटल का नाम लेते ही उसके पापा पेमेंट दे देंगे पर उसकी चाल उल्टी पड़ गई। हिमांशु सोच रहा था कि वो अब डॉली को क्या जवाब देगा? हिमांशु खुद के बाल नोचने लगा। और खुद को डॉली से बचाने की प्लानिंग बनाने लगा।

हिमांशु के साथ कॉलेज टाइम में टाटा शो रूम जाने के लिए डॉली कॉलेज पहुँच चुकी थी, कबीरा उसे परेशान कर रहा था। कबीरा, डॉली के बाल पकड़कर घसीटना चाहता था। जैसे ही डॉली के बालों को पकड़ने के लिए कबीरा ने अपना हाथ बढाया ही था इतने में पीछे से डीन की गाड़ी आ गई,

"डॉली,,,,, आज तो तू बच गई,,,,,,, लेकिन मैं तुझे छोड़ूंगा नहीं,,,,,,,, ये थप्पड़ तुझे बहुत महंगा पड़ेगा,,,,, हाँट थू,,,,।"

गुस्सा करते हुए कबीरा अपने दोस्तों के साथ वहाँ से निकल गया।

डॉली की खुशी छु मंतर हो गई। वो बड़बड़ाते हुए क्लास रूम की ओर जाने लगी उसका क्लास में जाने की ईच्छा नहीं थी। वो क्लास रूम पोर्च को क्रॉस कर लाइब्रेरी कक्ष की ओर बढ़ गई। वो लाइब्रेरी में बैठकर हिमांशु का इंतजार करना चाहती थी। उसने मोबाइल निकाल कर हिमांशु को मैंसेज किया,

"हिमांशु मैं लाइब्रेरी में तेरा इंतजार कर रही हूँ। मिस यू,,,,,, यार।"

मैंसेज कर डॉली ने मोबाइल अपने पर्स में रख दिया। फिर वो अखबार पढ़ने लगी। उसका उद्देश्य सिर्फ समय व्यतीत करना था। अखबार राजस्थान पत्रिका के पेज मेवाड़ राजस्थान की हेडलाइन पर उसकी नज़र गई,

"द लीला पैलेस में पुष्पा 2 : द रूल की शूटिंग"

उसकी डिटेल पढ़ने में डॉली व्यस्त हो गई। लाइब्रेरी में आए उसे एक घंटा होने को था। उसने मोबाइल को निकालकर हिमांशु के साथ की व्हाट्सएप चैट को देखा। हिमांशु ने उस चैट को अभी तक सीन भी नहीं किया था। डॉली का पारा बढ़ गया। वो तेज गति से लाइब्रेरी से बाहर आई फिर हिमांशु को कॉल किया। रिंग पर रिंग बजती रही पर हिमांशु कॉल रिसीव करने को तैयार ही नहीं था। धीरे-धीरे उसको हिमांशु का माजरा समझ आने लग गया था। डॉली से दिल्लगी इतनी बड़ी महंगी पड़ेगी उसका आइडिया हिमांशु को नहीं था। डॉली आज जिस अपेक्षाओं व खुशी के साथ आज घर से निकली थी उस पर पानी फिर गया था। उसकी खुशियां धूमिल हो गई थी ऊपर से कबीरा का दुर्व्यवहार से वह बहुत आहत थी। डॉली ने सब कुछ छोड़ आदित्य को कॉल मिलाया,,,,

"आदि कहाँ हो यार तुम्हारी जरूरत थी।"

"आवाज से बहुत दुःखी और मायूस लग रही हो ऐसा क्या हुआ?"

आदित्य ने डॉली के दुःखी मन का अहसास करते हुए कहा।

"आदि,,,,,,,कबीरा,,,,,,,।"

बोलते हुए डॉली सुबक-सुबक कर रोनें लगी।

हैलो गौतम सर, शहर में तीस लड़कों का एक बाईकर ग्रुप है जिसका लीडर कबीरा है सभी कॉलेजिएट है। आज शाम इनका पता लगाओ। इन सब को सबक सिखाना है, सबक भी ऐसा कि वो जिंदगी में किसी के साथ भी बदसलूकी नहीं करें, विशेष कर कबीरा को। गौतम जी इनके सिर्फ हाथ–पैर ही टूटे ज्यादा कुछ नुकसान नहीं हो। इस बात का जरूर ध्यान रखे की किसी भी स्थिति में ये डिस्क्लोज नहीं हो।"

आदित्य ने गौतम को निर्देश देते हुए कहा।

"आदित्य सर काम हो जायेगा। किसी को कानों कान खबर भी नहीं लगेगी आप निश्चिंत रहे। इन तीस जनों के लिए तो हमारे चार मार्शल ही काफी है। मैं काम निपटा कर आपको रिपोर्ट करता हूँ।"

गौतम ने कबीरा की टीम को ढूंढने व सबक सिखाने के लिए अपने मार्शल को काम पर लगा दिया। शाम होते होते गौतम की टीम ने पता लगा लिया की ये बाईकर उदयपुर मुंबई हाईवे पर स्थित काया रेस्टोरेंट गए हुए थे। पी.ए. गौतम के मार्शल टीटू, कात्या, हाफिज और बाबा चारों काया रेस्टोरेंट की ओर रवाना हो गए। चारों मुस्टंडे थे एक मुक्के में जमीन से पानी निकाल दे। विशालकाय फिट शरीर, मजबूत 56 इंची सीना, सिक्स पैक्स टी शर्ट से झलक रहे थे। इनके बाइसेप्स व ट्राइसेप्स से बांहे फटी जा रही थी। इनके मस्कुलर फिगर को देख कर कोई भी इनसे भिड़ने की हिम्मत नहीं करें। चारों तेज गति से काया रेस्टोरेंट की ओर बढ़ने लगे। काया रेस्टोरेंट के बाहर विशाल गार्डन लोन था जो पेड़ की हरियाली से सुंदरतम दिख रहा था बाहर लोन में टेबल व कुर्सियां लगी हुई थी शाम का टाइम था काया की सभी टेबल फुल थे। म्यूजिक तेज गति से बज रहा था,

"हवा-हवा, ए हवा खुश्बू लुटा दे

कहाँ खुली? हाँ, खुली ज़ुल्फ़ बता दे

अब उसका पता दे, ज़रा मुझको बता दे

मैं उससे मिलूँगा, एक बार मिला दे

यार मिला दे दिलदार मिला दे

यार मिला दे दिलदार मिला दे,,,,,,,,,,,,,,,।"

काया के बाहर मार्शल की जिप्सी आकर रूकी। चारों ने गेट में प्रवेश किया। टीटू सीधा रिसेप्शन पर गया जहाँ एक लेडी बैठी हुई थी,

"मैंडम, आप बता पाएंगी इनमे से कबीरा कौन है?"

तेज म्यूजिक में रिसेप्शनिस्ट सही–सही सुन नहीं पा रही थी,

"क्या हुआ जनाब?"

"कबीरा, क,,,, बी,,,,,, रा"

जोर से टीटू ने बोला।

"ओह कबीरा,,, ये तो हमारा रेगुलर कस्टमर है।

महिला ने कबीरा की ओर इशारा कर बताया।

टीटू कबीरा की ओर बढ़ा, कबीरा को कोई संपट लगे उसके पहले ही टीटू ने जोर से लात मारी, कबीरा कुर्सी से उछल हवा में लहरा गया। कबीरा चीख पड़ा,

"ओ बाप रे रे,,,,,,,अबे,,,,,, साले,,,,,, तु,,,,है कोण?"

कबीरा को चिल्लाते सुन उसके सभी बाईकर साथी अपनी–अपनी कुर्सियों से खड़े हो गए लेकिन मार्शल बाबा, हाफिज और कात्या पहले से तैयार थे। एक ज़ोरदार माहौल में, लड़ाई शुरू होते ही उस जगह की हवा तनावपूर्ण हो गई। दोनों पक्षों के बीच की तनावपूर्ण स्थिति सृजित हो गई लड़ाई की शुरुआत होते ही, जोरदार पंच, कूदने, और मारों की आवाजें गूंज रही थी। टीटू कबीरा के ऊपर टूट पड़ा उसको समझ नहीं आ रहा था कि वो मार से बचे कैसे? इधर कबीरा के दोस्त उसे बचाने दौड़ पड़े लेकिन बाबा के एक वार से आठ– दस लड़के टेबल से टकरा कर जमीन पर गिर पड़े। हाफिज और कात्या के मुक्को से लड़कों के जबड़े हिल गए थे। चारों ओर घायल लड़के चीख रहे थे शुरू के कुछ क्षण तो टक्कर देने की कोशिश की लेकिन वो इन चार मार्शल के आगे टिक नहीं पाए। अब टीटू और उसके साथी मार्शल ने कबीरा को घेरा और फुटबॉल की तरह उछालने लगे। बाबा ने अपने दोनों हाथ फैलाकर तीनों मार्शल को रोका और खुद ने उछल कर कबीरा की जांघ पर जोरदार पंच मारा दूसरे ही पल घुटने से प्रहार कर कबीरा की जांघ तोड़ डाली वो चीख रहा था, चिल्ला रहा था लेकिन इसको कोई बचाने वाला नहीं था। चारों मार्शल हवा–हवा, ए हवा खुश्बू लूटा दे गाते हुए वहाँ से निकल गए।

सुबह–सुबह आदित्य के मोबाइल की घंटी बजने लगी। आदित्य ने उबासी लेते हुए कॉल रिसिव किया,

"हैलो गुड मॉर्निंग डॉली। हाउ आर यू?"

“गुड मॉर्निंग आदि, पूरी रात नींद नहीं आई, तुम्हारी खूब याद आ रही है इसलिए इतना जल्दी कॉल किया।”

डॉली ने रोमांटिक मूड में कहा।

“यार तुम कभी भी कॉल कर सकती हो। कल कबीरा को सबक सीखा दिया है हॉस्पिटल में है अब तो तुम खुश हो न।”

आदित्य ने करवट बदलते हुए कहा।

“बहुत खुश, can’t describe in words, लव यू आदि,,,,, □,,,,,, मुझे तुमसे मिलना है वो भी आज ही। मैं अपने आप को रोक नहीं पाऊंगी। प्लीज,,,,।”

डॉली ने प्यार भरा आग्रह किया।

“डॉली तुम भी यार, मिलना क्या बड़ी बात है। बोला न कभी भी, कहीं भी मिल सकती हो। बोलो कहाँ जाना है मैं आ जाता हूँ।”

आदित्य ने बिस्तर से उठते हुए कहा।

“आदि ऐसा करें पुष्पा 2 की शूटिंग द लीला पैलेस होटल में हो रही है। मिल भी लेंगे और शूटिंग का एंजॉय भी करेंगे। आज का डिनर वहीं करते है।”

“येस व्हाई नोट, मैं अभी रेस्टोरेंट की टेबल बुक करवा देता हूँ तुम इवनिंग को तैयार रहना पिछोला पर मिलते है। बाय डॉली।”

“बाय आदि थैंक यू यार, मिस यू।”

डॉली ने फोन डिस्कनेक्ट करते हुए कहा।

होटल द लीला पैलेस के लोन में पुष्पा 2 का सेट तैयार था डायरेक्टर सुकुमार अगले शॉट के लिए अभिनेता अल्लू अर्जुन, अभिनेत्री रश्मिका मंडाना और रश्मिका की सहेली के रूप में सह अभिनेत्री को गाइड कर रहे थे। सीन को बार–बार रि-टेक किया जा रहा था। सह अभिनेत्री की डायलॉग डिलीवरी व अभिनय से सुकुमार नाराज हो रहे थे। आखिर थक हार कर निर्देशक सुकुमार अपनी चेयर पर बैठ ही रहे थे उनकी नज़र स्नेहा पर पड़ी,

“Hello receptionist, will you try this act. Your height and face fit our character, let’s try once.”

“Yes sir, it is a matter of pride for me, how can I refuse your request? Thank you sir.”

स्नेहा ने खुश होते हुए हामी भरी।

सुकुमार ने पूरे शॉट सीक्वेंस को समझाया। स्नेहा ने एक्शन बोलते ही अभिनय आरंभ कर दिया ये देख सुकुमार अपने आप को रोक नहीं पाए,

"Wonderful madam, your acting and dialogue delivery is praiseworthy, you can play this role well. Our shooting will start from tomorrow in Ramoji Film City, you come with us."

सुकुमार के ये शब्द सुनते ही स्नेहा उछल पड़ी और डॉयरेक्टर सुकुमार के कदमों में गिर पड़ी। उपस्थित दर्शकों व पुष्पा टीम ने स्नेहा के शानदार अभिनय को देखकर तालियां बजाई। स्नेहा बहुत खुश थी। वह महसूस कर रही थी, सोच रही थी कि,

"जिंदगी में आशाओं का नवीन सवेरा हो रहा है। कहते है कि ईश्वर के दरबार में देर है, अंधेर नहीं। आज फलीभूत होने जा रहा है। मेरे जीवन का संघर्ष अब समाप्त हो जायेगा। अमावस्या की रात चाहे कितनी भी लंबी क्यों न हो पर सूरज उगता जरूर है। प्रभु मैं तुझे किन शब्दों से धन्यवाद अर्पित करूं। इतने बड़े डायरेक्टर के सानिध्य में मुझे काम मिल गया। थैंक गॉड, थैंक गॉड।"

दोनों हाथ जोड़ आंखे बंद कर स्नेहा ईश्वर से प्रार्थना कर रही थी। तभी अल्लू अर्जुन ने पास आकर स्नेहा का कंधा थप थपाया,

"वेल डन स्नेहा।"

स्नेहा अभिभूत थी उसकी आंखे खुशी के मारे फटी की फटी रह गई। स्नेहा अर्जुन को थैंक्स बोलती उसके पहले ही अल्लू अर्जुन अपने कमरे की ओर जा रहे थे। सुकुमार ने that's ऑल बोल कर। आज की शूटिंग समाप्त कर दी। अब फिल्म की अगली शूटिंग हैदराबाद के रामोजी फिल्म सिटी में होने को थी। आज शूटिंग समय पूर्व ही समाप्त कर दी थी।

डॉली पूरे रोमांच के साथ पिछोला झील पहुँच गई थी आदित्य का इंतजार उसे बैचेन किए जा रहा था। उसकी नजर पिछोला की पाल पर ही थी उतनें में उसे दूर रेंज रोवर आते दिखी। सामान्य तौर पर आदित्य बड़ी गाड़ी लेकर शहर में निकलता नहीं था लेकिन होटल द लीला पैलेस के लिए उसने रेंज रोवर को निकाला खास कर डॉली के लिए। आदित्य डॉली के चेहरे पर हमेशा खुशी देखना पसंद करता था।

आदित्य रेंज रोवर से नीचे उतरा, डॉल्से एंड गबाना के डार्क सनग्लास पहने, गहरे नीले रंग का सूट, बाए हाथ की कलाई पर ओमेगा की गोल्डन वॉच से अद्‌त लुक सृजित हो रहा था । डॉली दौड़कर आदित्य की बाहों में झूल गई। आदित्य ने उसे गले लगा लिया। दोनों एक दूसरे की बाहों में बाहें डाल द लीला पैलेस की ओर बढ़ चले।

"आदि,,,, डैशिंग यार,,,,,गजब लग रहे हो आज तो।"

डॉली ने आदित्य की ओर देखते हुए कहा।

"डॉली सिर्फ तुम्हारे लिए ही आज रेडी हुआ हूँ अन्यथा मुझे सिंपल रहना ज्यादा पसंद है ये बात तुम अच्छे से जानती हो।"

आदित्य ने डॉली के दोनों गालों पर हाथ रखते हुए कहा।

"आदि, पहले शूटिंग का मजा लेंगे फिर खाना खायेंगे,,,आज जाने की जल्दी मत करना।"

दोनों बातें करते हुए लीला में प्रवेश कर गए।

द लीला पैलेस के बाहरी लोन में किसी भी प्रकार की चहल—पहल नहीं देख डॉली को संशय हुआ,

"आदि, पता लगाओ न यार, शूटिंग कहाँ है?"

डॉली ने चिंता व्यक्त करते हुए आदित्य से कहा।

"डॉली, शायद शूटिंग देरी से होगी इसलिए कोई तैयारियां नहीं दिख रही है। पहले रेस्टोरेंट में जाए फिर आराम से शूटिंग देखेंगे।

भुख लग रही है यार सुबह से कुछ नहीं खाया।"

आदित्य ने पेट पर हाथ रखते हुए डॉली से कहा।

मुझे, ऐसी भी कोई जल्दी नहीं है आदि, पहले डिनर को एंजॉय करते है फिर शूटिंग को। आज तो मजा आ जायेगा माय फेवरेट अल्लु अर्जुन को देखूंगी। तुम्हारा फेवरेट मनोज वाजपेई यहाँ कहीं दिखने वाला नहीं है, हाँ रश्मिका मंडाना पर ज्यादा डोरे मत डालना।"

डॉली ने हँसते हुए आदित्य को कहा।

दोनों एक दूसरे की बांहों में झूलते हँसते हुए रेस्टोरेंट की ओर जाने लगे। रेस्टोरेंट के अंदर जाते ही उनके स्वागत के लिए अटेंडेंट तैयार था। उसने आदित्य और डॉली पर को सुगंधित इत्र का स्प्रे के साथ स्वागत किया पूरा वातावरण अद्वितीय महक से सुगन्धित हो गया। डॉली का रोमांच बढ़ता जा रहा था। अपने हथेलियों की अंगुलियों को जो आदित्य के अंगुलियों से गुत्थी हुए थी कस कर दबा दी। अटेंडेंट ने झुककर निवेदन किया,

"वेलकम सर, मैडम। टेबल नंबर प्लीज़।"

"टेबल नंबर 14"

आदित्य ने जैसे ही टेबल नंबर बोला, दो वेटर बुके के साथ डॉली और आदित्य को टेबल तक रिसीव करने आ गए। दोनों ने कपल को बुके दिया फिर दोनों को टेबल की ओर ले गए। राउंड डाइनिंग टेबल अत्यंत सुसज्जित था। टेबल की सजावट स्पेशल थीम आधारित थी जिसमें पलाश, मोगरा व डार्क मेहरून गुलाब से अलंकरण किया गया था। फूलों की ताजगी मन को उत्तेजित कर रोमांच प्रदान कर रही थी। कैंडल्स, लैंप चमकदार गोल्डन कटोरे प्लेट्स जिन पर

मेवाड़ शैली का चित्रांकन उकेरा हुआ था। आदित्य ने डॉली को बिठाया फिर उसके पास खुद बैठ गया। दोनों के बैठते ही म्यूजिकल टीम टेबल के सामने खड़े होकर वायलिन के साथ संगीत की धुन बजाने लगी। सुर, ताल और धुन की लयबद्धता असीम आनंद प्रदान कर रही थी। गाना बाहर कम, मन के अंदर ज्यादा गुंजित हो रहा था,

"दो दिल मिल रहे है मगर चुपके–चुपके

सबको हो रही है, खबर चुपके–चुपके

साँसों में बड़ी बेक़रारी, आँखों में कई रत जगे

कभी कहीं लग जये दिल तो, कहीं फिर दिल न लगे

अपन दिल मैं ज़रा थम लूँ

जादु का मैं इसे नाम दूँ

जादु कर रहा है, असर चुपके चुपके

दो दिल मिल रहे है...।

गाना समाप्त होते ही वेटर स्वादिष्ट खाने की एक से बढ़कर एक डिश टेबल पर सर्व होने लग गई। ये आदित्य का टेबल बुकिंग के साथ ही किया गया ऑर्डर था। प्रत्येक डिश के ऑर्डर में डॉली की पसंद को ध्यान में रखा गया था। खाने की खुश्बू से ही इस बात का अंदाज लगाया जा सकता था कि वो काफी स्वादिष्ट था। डॉली बड़े चाव के साथ डिनर कर रही थी। तभी वहाँ मैंनेजर निशांत आदित्य की टेबल पर आया,

"सर मुझे बड़ी खुशी है कि आप हमारे रेस्टोरेंट में आए और आपने हमारा स्वादिष्ट भोजन लिया। मैं चाहता हूँ कि मॉकटेल में अपने हाथ से आपको सर्व करूं। "

निशांत ने दोनों ग्लास में मोकटेल सर्व की। निशांत आदित्य की आवभगत में कोई कमी रखना नहीं चाहता था। डॉली इतने बड़े होटल के मैंनेजर द्वारा आदित्य की आवभगत से अत्यंत खुश थी। निशांत शिष्टाचार भेंट कर वहाँ से निकल गया।

डिनर समाप्त होने को था।

"यार मैं तुमसे कुछ कहना चाहती हूँ।"

डॉली ने आदित्य की आंखो में आंखे डालकर बोला।

आदित्य डॉली की नशीली नज़रों में ही बहा जा रहा था।

"मुझे पता है तुम्हें शूटिंग देखनी है। चलते है बस अब हमारा डिनर भी हो गया है। चलो हम रेस्टोरेंट की रिसेपश्निस्ट से शूटिंग का शेड्यूल पूछ लेते है।"

डॉली कुछ ओर कहना चाह रहीं थी और आदित्य कुछ और समझ रहा था।

डॉली की हिम्मत नहीं हो रही थी कि वो आदित्य से कार गिफ्ट लेने की बात करें। अब डॉली दुसरे मौके के इंतजार में थी। उसने आदित्य की बात में हाँ में हाँ मिलाते हुए कहने लगी,

"हाँ शूटिंग का शेड्यूल पता करते है चलो यहाँ की रिसेपनिस्ट से जानकारी लेते है।

डोली आज आदित्य के साथ होकर बहुत खुश थी आदित्य और डॉली ने अपना डिनर पूरा कर लिया था। द लीला पैलेस होटल की रेस्टोरेंट रिसेप्शनिस्ट के पास पुष्पा 2 की शूटिंग शेड्यूल को जानने के लिए डोली और आदित्य जाने लगे। रिसेप्शनिस्ट पर स्नेहा बैठी हुई थी। स्नेहा ने रिसेप्शन काउंटर की ओर आदित्य और डॉली को आते देखा। स्नेहा स्वाभिमानी लड़की थी कॉलेज और उसके मिलने वालों में से किसी को ये भी ये पता नहीं था कि वो एक जरूरतमंद लड़की है। अपने जीवन को अपने दम पर आगे बढ़ना चाहती थी। दुनिया के आगे बेचारी बनकर जीवन यापन करना उसे गवारा नहीं था। वो सोचती थी कि कॉलेज के साथियों को अगर मालूम पड़ गया कि वो मामूली सी रिसेपनिस्ट के पद पर काम कर अपना गुजारा करती है तो लोगों का उसके प्रति नजरिया बदल जाएगा इसलिए वो अपने व्यक्तिगत जीवन को किसी भी स्थिति में शेयर करना नहीं चाहती थी। स्नेहा वैसे भी आज बहुत खुश थी पुष्पा 2 के निर्देशक ने उसे सह अभिनेत्री के लिए सिलेक्ट कर लिया था आज का दिन ही बचा था कल तो उसे हैदराबाद के रामोजी फिल्म सिटी जाना था। उसका जीवन नवीन करवट लेने वाला था। उसके काउंटर की ओर आदित्य और स्नेहा लगातार बढ़ रहे थे। अपनी पहचान की गोपनीयता को लेकर वो अत्यंत चिंतित थी। अंतःतोगत्वा उसने आदित्य और डॉली से छिपने की योजना बनाई। समय कम था उन दोनों के पास आने के पूर्व ही स्नेहा कुर्सी से उतर कर काउंटर के नीचे बैठ गई। आदित्य और डॉली ने काउंटर की चेयर को खाली देखा और वापिस जाने लगे। इस मौके का फायदा लेकर स्नेहा रेस्टोरेंट एरिये से निकल गई। उसकी चिंता बढ़ती जा रही थी अब उसे लग रहा था कि होटल में रहना ठीक नहीं, दूसरी ओर उसकी ड्यूटी उसको बाध्य कर रही थी। स्नेहा सोच रही थी कि अगर वह होटल से नहीं निकली तो उसकी जानकारी दोस्तों के बीच उजागर हो जायेगी। उसे तुरंत निर्णय लेना था। स्नेहा ने नौकरी की परवाह किए बिना, मैंनेजर निशांत को बिना जानकारी दिए वो होटल से निकल गई। उधर आदित्य और डॉली काउंटर को छोड़ कर दूसरी ओर जा रहे थे उतनें में मैंनेजर निशांत का सामना आदित्य से हो गया। आदित्य ने हँसते हुए मजाकिया अंदाज में निशांत को कहा,

"सर, कम से कम रिसेपनिस्ट की पोस्ट तो इतने बड़े होटल के लिए होनी चाहिए। उदयपुर की बेरोजगारी को दूर करने में इतनी तो हेल्प तो आप कर ही सकते है।"

रिसेपनिस्ट की कुर्सी खाली थी ये सुनकर निशांत का गुस्सा सातवें आसमान पर था लेकिन अपने गुस्से को आदित्य के सामने प्रकट नहीं होने दिया। उसने सॉरी फील करते हुए आदित्य को कहा,

"सर जी, बिल्कूल है, सॉरी सर, आई अपोलाइज पर्सनली।"

"अरे, नहीं,,,,, नहीं,,,,,, आप तो बुरा मान गए। जानता हूँ, मैं तो सिर्फ मजाक कर रहा था। अरे हां, सर आप बता पाएंगे कि पुष्पा 2 की शूटिंग आपके होटल के किस भाग में है और कब?"

आदित्य ने हँसते हुए निशांत से पूछा।

"सॉरी सर, पुष्पा 2 की शूटिंग तो आज समय से पूर्व ही समाप्त कर दी है। टीम अपना सामान पैक कर आज नाइट या मॉर्निंग को निकल जायेगी।"

मैंनेजर निशांत की बात सुन डॉली ने पैर को जोर से झटकते हुए कहा,

"ओह शट,,,,,।"

"कोई बात नहीं डॉली, टेंशन क्यों ले रही हो। रोमोजी चले जायेंगे। वहाँ देख लेंगे।"

आदित्य ने डॉली के कंधे पर हाथ रखते हुए कहा।

निशांत गुस्से में था वो शीघ्रता से निकल रेस्टोरेंट के रिसेपनिस्ट काउंटर की ओर जाने लगा। जब उसने वहाँ की चेयर को खाली देखा तो वो गुस्से से लाल-पीला हो गया।

उसने अपना मोबाइल निकालकर स्नेहा को कॉल मिलाया,

"कहाँ हो स्नेहा, जल्दी से काउंटर पर आ जाओ।"

चिल्लाते हुए निशांत ने स्नेहा को कहा।

"सर,,,, सर,,,,, मैं,, मैं,,,।"

स्नेहा इतनी घबरा गई थी कि वो जवाब नहीं दे पा रही थी।

"क्या मैं,, मैं कर रही हो। समझ नहीं आ रहा है क्या? जल्दी से काउंटर पर आ जाओ।"

निशांत ने नाराजगी और चिढ़ते हुए कहा।

"सर,,,, मैं होटल में नहीं हूँ,,,,,।"

हिम्मत कर स्नेहा ने जवाब दिया।

"ओह माय गॉड, इट्स टू मच। छुट्टी किस से ली?"

निशांत ने आग उगलते हुए कहा।

"सर,,,,, जरुरी काम था,,,,, इसलिए निकलना पड़ा। सॉरी सर मैं बिना आपको बताएं होटल से निकल गई।"

स्नेहा ने शालीनता से जवाब दिया। लेकिन इस जवाब के साथ ही निशांत स्नेहा पर फुट पड़ा,

"आप घर पर ही जरुरी काम को निपटाते रहे आपकी यहाँ कोई जरूरत नहीं है,,,, समझे,,,,। गैर जिम्मेदार,,,,, ब,,,,, सा,,,,,,।"

निशांत ने बड़बड़ाते हुए कॉल डिस्कनेक्ट कर दिया।

"आपकी जरूरत नहीं।"

ये सुनते ही स्नेहा की आंखे डब डबा गई।

द लीला पैलेस होटल के मैंनेजर निशांत ने गुस्से के साथ स्नेहा को आपकी जरूरत नहीं है ऐसा कह दिया था। स्नेहाअपनी नौकरी को लेकर बहुत चिंतित थी। इधर बिना शूटिंग देख आदित्य और डॉली होटल से वापिस निकल गए थे दोनों पिछोला झील में बोट से पाल पर जाने के लिए बोट में बैठे हुए पिछोला झील को पार कर रहे थे। पिछोला झील पर चारों ओर से लाइट्स का प्रतिबिंब बन रहा था जो अत्यंत सुंदर और रमणीय लग रहा था।

आज का दिन डॉली के लिए बहुत रोमांचित करने वाला था लेकिन डॉली के मन में एक बात अभी भी सताए जा रही थी। डोली आदित्य से बार-बार अपने गिफ्ट के बारे में बात करना चाहती थी लेकिन आदित्य इस बात को समझ नहीं पा रहा था। अब दोनों पिछला में अकेले थे, डॉली ने मौका देखा और आदित्य से कहा,

"यार आदि क्या,,,,,, यार,,,,सब अच्छा था लेकिन,,,,,।

"हाँ, सब अच्छा था। क्या तुम्हें मजा नहीं आया? ठीक है, शूटिंग तो कभी भी देख लेंगे लेकिन खाना बहुत शानदार था मजा आ गया बहुत सुकून वाला था तुम्हारे साथ जो दिन निकला, मजा आ गया शानदार,,,,,गजब,,,, आदित्य ने खुश होते हुए डॉली का हाथ अपने हाथ में लेते हुए कहा।

"वह तो है लेकिन आदि,,,,,, मेरी एक इच्छा थी,,,,,,यार,,,,। पापा रोज कार लेकर ऑफिस चले जाते है और मुझे बड़ी दिक्कत आती है यार,,,,पर कोई बात नहीं,,,,,सोच रही हूँ कार परचेज कर लूं या रहने दूं,,,,। समझ नहीं आ रहा है,,,,। जरूरत थी पर पता नहीं मैंनेज कैसे करूंगी? डॉली ने सरलता और मासूमियत के साथ नादान बनते हुए आदित्य से कहा।"

"इतना सोचने की जरूरत नहीं है डॉली। खरीद लो न, मैं मैंनेज कर दूंगा डोंट वरी। वैसे भी कार में हम दोनों ही तो घूमेंगे,,,,,,क्यों डोली?"

आदित्य के इस जवाब से डोली की आंखें चमक उठी। अब डॉली का पहला प्लान पूरा होता नजर आ रहा था डॉली चाहती थी कि वो महंगी लग्जरियस कार खरीदे ताकि कॉलेज में अपने दोस्तों के बीच अलग रूतबा लगे। आगे बढ़ते हुए डॉली ने कहा,

"यार आदि समझ नहीं आ रहा है तुम ही बताओ ना,,,,, कौनसी कार ठीक रहेगी?"

डॉली आदित्य के मुंह से बुलवाना चाहती थी।

"खरीद लो, जो भी,,, तुम्हें ठीक लगे। पर मुझे कार में बैठाना डॉली।"

आदित्य ने हँसते हुए डॉली से मजाक किया।

"टाटा हारियर ई.वी. मॉडल कैसा रहेगा आदि।,,, सुना है बहुत अच्छा है। मुझे तो,,,, तो,,,,, ब्लैक कलर ही पसंद है।"

डॉली ने मुंह बनाते हुए कहा।

"ब्लैक कलर खरीद लो, मुझे भी डार्क ब्लैक पसंद है पर डॉली तुम्हें परचेज कब करनी है?"

आदित्य ने डॉली को पूछा।

डॉली बोली,

"सोचती हूँ कल का दिन अच्छा है, कल ही ले परचेज कर लेती हूँ। तुम रेडी रहना आदि, सुबह दस बजे चंबल शो रूम पहुँच जायेंगे।"

"हेलो डॉली,,,,पर,,,, पर,,, कल मेरा बिजी शेड्यूल है। मैं पूरे दिन पापा के साथ बिजनेस मीटिंग में रहूँगा। कल तुम्हारे साथ आना संभव नहीं है।"

आदित्य ने सीधे-सीधे डॉली को मना बोल दिया। आदित्य की मना करते ही डॉली मुंह बनाकर बैठ और नाराज होकर कहने लगी,

"वा,,, रहने,,,,,,,, दो। मुझे कोई कार-वार नहीं खरीदनी,,,,,, चलेगा,,,,।"

"अरे,,,,यार तुम तो नाराज हो गई। मैं नहीं आ पाऊं तो क्या हुआ शो रूम जाकर मुझे कॉल कर देना। टेंशन खूब लेती हो यार,,,,।"

आदित्य ने डॉली को समझाते हुए कहा। कार एक्सपेंडिचर मैंनेज होते ही डॉली का चेहरा खिल उठा।

"डार्लिंग मिस यू, तुम कितने अच्छे हो आदित्य,,,, लव यू यार,,,,।"

डॉली ने आदित्य को बाहों में भरते हुए कहा।

"लव यू टू,,,,। " आदित्य ने डॉली के सिर पर हाथ फेरते हुए कहा रहा था।

डॉली जिस विषय को लेकर इतनी चिंतित थी वो काम चंद मिनटों में हो जायेगा इतना अनुमान नहीं लगाया था। उसे लग रहा था कि आदित्य से कार लेने के लिए उसे खूब मनाना पड़ेगा। डॉली बहुत ज्यादा खुश थी। आदित्य डॉली को तहदिल से चाहता था उसका प्रेम अक्षुण्ण, निस्वार्थ व निर्मल था। डॉली एक नहीं दस कारें मांगती तो भी वो उस पर न्यौछावर कर देता। डॉली को उसके घर ड्रॉप करते हुए आदित्य अपने विला की ओर रवाना हो गया।

उधर स्नेहा मायूस मन से घर की ओर लौट रही थी लेकिन उसके चेहरे पर नूतन विश्वास परिलक्षित हो रहा था आज की रात गुजरने का इंतजार था कल से टॉलीवुड के माध्यम से अपने सपनों को पूरा करना था। इसलिए वो निश्चिंत भी थी लेकिन वो आंतरिक रूप से खेद प्रकट भी कर रही थी कि उसे होटल से एक बार निकलने से पहले निशांत को बोलना चाहिए था। घर पहुँचते ही,

जीवा— दीदी, आज इतना जल्दी घर क्यों आ गए? लगता है होटल में कुछ काम नहीं था।

स्नेहा– जीवा, आज मेरे से गलती हो गई,,,

"आपसे और गलती संभव नहीं है। जीवा ने हँसते हुए कहा।

स्नेहा ने पछतावा करते हुए जीवा से कहा,

"आज मेरे दोस्त,,, होटल,,,,,, उनसे,,,,,,, मैंने निशांत को बिना बताए,,,,,,,।"

"दीदी जब आपने ठान ही लिया है कि मैं व्यक्तिगत जीवन को किसी के सामने प्रकट नहीं करूंगी फिर तो आपका ये निर्णय ठीक है। पर दीदी कल से आप घर कैसे,,,,,,,,?"

स्नेहा तपाक से बोल उठी,

"अरे हाँ जीवा,,,, मैं तुमसे खास बात करना तो भूल ही गई। देखो अब तुम दूसरों के वहाँ काम करने नहीं जाओगे।

जीवा हँसते हुए बोला,

"दीदी मैं काम नहीं करूँगा तो मेरा घर कैसे चलेगा,,,,।"

"अब तुम पूरा दिन मेरे घर ही रहोगे और जितना तुम कमाते हो उससे भी ज्यादा पेमेंट करूंगी।"

जीवा को आश्वस्त करते हुए स्नेहा ने कहा। जीवा को कुछ समझ नहीं आ रहा था।

"आपकी कोई लॉटरी लगी है क्या?"

जीवा ने विस्मत होते हुए स्नेहा से पूछा।

"अरे बाबा नहीं, तेरी दीदी अब अभिनेत्री बनने जा रही है,,,,,,,।"

"हीरोइन,,,,, गजब दीदी,,,,, क्या बात है दीदी,,,,, ये कैसे हो गया?"

जीवा ने आश्चर्य व्यक्त करते हुए स्नेहा से भ्रातृत्व भाव से लिपट गया।

स्नेहा ने जीवा को पूरी घटना बताई।

"जी दीदी, अब आपका क्या प्लान है?"

जीवा ने गंभीर होते हुए पूछा।

"कल सुबह मुझे हैदराबाद निकलना है, अब पापा की देख रेख तुम ही करोगे,,,, बोलो करोगे न।"

स्नेहा ने भावुक होते हुए जीवा से कहा।

"दी,,,,,,दी। क्यों नहीं, मैं अपनी जिम्मेदारी पूरी ईमानदारी से पूरी करूँगा। अंकल की सेवा में कोई कमी नहीं आने दूंगा। एक भाई का एक बहन को वादा है,,, दीदी।"

बोलते हुए जीवा की आंख भर आई। जीवा सुबह जल्दी आने का वादा कर वहाँ से निकल गया।

बेचेन मन स्नेहा को कैसे सोने देता। मन की उद्दीप्ता वो चाहे सुखद ही क्यों नहीं हो शारीरिक प्रतिक्रिया तो होनी थी। स्नेहा, पूरी रात भर करवटें बदलती रही पर उसे नींद नहीं आई। सुबह होने का इंतजार कर रहीं थी। आज की रात उसे अत्यंत लंबी लग रही थी। स्नेहा के विचार रुकने का नाम नहीं ले रहे थे।

"नींद नहीं आए तो कोई बात नहीं। पापा को अच्छे से निहार लूं। पता नहीं मुझे कितना समय हैदराबाद में निकालना पड़ेगा। पापा मुझे माफ़ करना, मैं आपको कुछ दिन के लिए छोड़ के जा रही हूँ।"

बिस्तर से उठ कर स्नेहा उसके पापा के सामने लगी कुर्सी पर दोनों पैर ऊंचे कर, घुटनों पर सिर रखकर बैठ गई। उसके पापा शांत चित्त होकर सोएं हुए थे। पिता के प्रति उसका प्रेम, अनुराग, कर्तव्य, श्रद्धा एवं सम्मान औरों की तुलना में उसे अलग बनाता था।

स्नेहा के पिताजी को जोर से हिचकी आई। यह देख स्नेहा दौड़कर पानी लेने गई। स्नेहा पानी लेकर आए उसके पहले एक ओर जोर से हिचकी आई और गोवर्धन के मुंह से पानी निकल गया। मुंह फटा का फटा रह गया। स्नेहा ने उसके पापा को पानी पिलाने के लिए गर्दन के नीचे हाथ डाल सिर ऊँचा किया और पानी पिलाने लगी। मुंह में जितना पानी उड़ेल रही थी उससे ज्यादा पानी उसके पापा के मुंह से निकल रहा था। उसको कोई समझ नहीं आ रहा था कि पापा के मुंह से लगातार पानी क्यों निकल रहा था। स्नेहा ने उसके पापा को हिलाकर पूछा,

"पापा, ओ पापा क्या हुआ, उल्टी हो रही है क्या? पापा अच्छे से पानी पी लो,,,।"

पिताजी की ओर से कोई जवाब नहीं आया, उनके मुंह से कोई शब्द नहीं निकल रहा था। स्नेहा ने सिर तकिए पर रख एक बार फिर उसके पापा को हिलाया पर उसके पिताजी कोई जवाब नहीं दे रहे थे। स्नेहा ने तत्काल जीवा को कॉल मिलाया। जीवा के मोबाइल पर रिंग जा रही थी पर वो भी कॉल को रिसीव नहीं कर रहा था। स्नेहा की घबराहट बढ़ती जा रही थी। स्नेहा ने एक बार फिर उसके पापा को पानी पिलाने को कोशिश की लेकिन पानी गले से उतर नहीं रहा था। स्नेहा दुबारा मोबाईल को ओर दौड़ी और जीवा को सहायता के लिए कॉल मिलाया। पर जीवा जो हमेशा एक रिंग में कॉल रिसीव कर लेता था आज उठाने को तैयार ही नहीं था। जीवा के मोबाइल पर घंटियां लगातार बजती रही पर उसने स्नेहा का कॉल रिसीव नहीं किया। स्नेहा रूआँसी हो गई, किंकर्तव्यविमुढ स्नेहा ने अपने पिता को इस प्रकार की स्थिति को कभी देखा नहीं था। वो दौड़ती हुई पड़ोस में सहायता मांगने के लिए गई। पड़ोसन का दरवाजा जोर से खटखटाने लगी,

"आंटी जी,,,,,,, आंटी जी,,,,, प्लीज दरवाजा खोलो,,,, आंटी जी,,,,।"

अंधेरा था दिन खुला नहीं था।

"आती हूँ,,,,, क्या बात है?,,,,रुको।"

पड़ोसन ने दरवाजा खोलते हुए कहा।

"आंटी जी प्लीज देखो न, पापा पानी नहीं पी रहे है, प्लीज आंटी जी,,,।"

स्नेहा ने बिना कोई देरी किए अपनी बात पड़ोसन आंटी को एक सांस में बोल दी।

"हाँ बेटा, बिल्कूल आती हूँ, घबरा मत।"

पड़ोसन ने स्नेहा को हिम्मत देते हुए कहा। पड़ोसन ने उसके पापा के हाथ की नब्ज को देखने लगी। गोवर्धन के शरीर में कोई विशेष हलचल नहीं हो रही थी।

"बेटा, आपके पापा को हॉस्पिटल ले कर जाना पड़ेगा। मुझे कुछ समझ नहीं आ रहा है। रुक मैं ऑटो लेकर आती हूँ।"

पड़ोसन आंटी अपने घर गई और थोड़ी देर में स्नेहा की झोपड़ी के आगे ऑटो लेकर आ गई। पड़ोसियों के सहयोग से गोवर्धन को ऑटो में लिटाया। पड़ोसन आंटी और स्नेहा ऑटो में बैठकर आर एन.टी. हॉस्पिटल चेतक सर्किल की ओर रवाना हो गए।

दिन खुल गया था। होटल द लीला पैलेस में पुष्पा टीम डबोक हवाई अड्डे के लिए निकल रही थी। होटल के कमरे से चेक आउट करने से पहले निर्देशक सुकुमार ने अपना मोबाइल निकाला और स्नेहा को सीधे एयरपोर्ट बुलाने के लिए कॉल मिलाया। स्नेहा का मोबाइल उसके घर छुट गया था। निर्देशक सुकुमार ने स्नेहा को कॉल मिलाया। स्नेहा के मोबाइल पर घंटियां जा

रही थी लेकिन वो कॉल रिसीव नहीं कर रही थी। दो से तीन बार कॉल करने पर भी स्नेहा की ओर से कोई रिस्पॉन्स नहीं आने पर सुकुमार कुर्सी पर बैठ गए। और स्नेहा की ओर से रिटर्न कॉल आने का इंतजार करने लगे। इतने में दरवाजे पर सुकुमार का पी.ए. उनसे मिलने आ गया,

"सर, हमें डबोक एयरपोर्ट के लिए निकलना होगा अन्यथा फ्लाइट मिस हो सकती है।"

"Yes wait a minute let me give the last call to Sneha"

सुकुमार ने एक बार फिर स्नेहा को कॉल मिलाया, जहाँ से प्रत्युत्तर आया,

"The mobile of the person you are calling is switched off."

स्नेहा का मोबाइल स्वीच ऑफ हो गया था।

यह सुनकर निर्देशक सुकुमार ने अपना मोबाइल जेब में रखकर डबोक जाने के लिए निकल पड़े।

जीवा स्नेहा के कॉल को रिसीव नहीं कर रहा था। इधर निर्देशक सुकुमार के कॉल को स्नेहा मोबाइल घर पर होने की वजह से रिसीव नहीं कर रही थी। स्नेहा के पिताजी को नाजुक स्थिति में पड़ोसन आंटी की सहायता से हॉस्पिटल के लिए लेकर निकले थे।

हॉस्पिटल के इमरजेंसी में स्नेहा के पिताजी गोवर्धन को लेकर गए। डॉक्टर की टीम गोवर्धन को अटेंड करने के लिए आ चुकी थी,

"प्लीज साइड में रहिए, पेशेंट से दूर,,,,हमें अपना काम करने दो। "

स्नेहा और पड़ोसन आंटी को पेशेंट से दूर करते हुए डॉक्टर ने कहा।

डॉक्टर स्टेथेस्कोप से गोवर्धन को चेक करने लगा, उसने इशारा कर दूसरे डॉक्टर को पास बुलाया उसने भी बड़ी गहनता से गोवर्धन को चेक किया।

"आप में से इस पेशेंट का रिलेटिव कौन है?"

"जी साहेब ये उनकी बेटी है।"

स्नेहा को आगे करते हुए पड़ोसन आंटी ने कहा।

"मीस, ही इज़ नो मोर,,,,,,,."

ये सुनते ही स्नेहा की आंखे फटी की फटी रह गई, निर्जीव ठूंट की तरह वो खड़ी की खड़ी रह गई इसके मुंह से न कोई आवाज, न हीं कोई चीख और न ही आंख से आंसू। स्नेहा स्तंभनुमा खड़ी थी शरीर न हिल रहा था न डुल रहा था और जिस प्रकार से सुखा पेड़ धड़ाम से जमीन पर गिरता है उस प्रकार स्नेहा धड़ाम से बेसुध होकर फर्श पर गिर पड़ी। डॉक्टर की टीम तत्काल

स्नेहा की सहायता के लिए दौड़ पड़ी। स्नेहा को बेहोश की स्थिति में अस्पताल में भर्ती कर दिया गया। डॉक्टरों की तमाम कोशिशों के बावजूद भी स्नेहा को होश नहीं आ रहा था शायद स्नेहा के जीवन का सबसे बड़ा आघात था जिसे स्नेहा सहन नहीं कर पाई थी। गोवर्धन की बॉडी स्नेहा के पड़ोसियों को सुपुर्द कर दी गई। गोवर्धन का अन्तिम संस्कार पड़ोसियों द्वारा कर दिया गया। स्नेहा बेहोश थी इसलिए वह अपने पिता के अंतिम संस्कार में भी भाग नहीं ले पाई।

उधर डॉली भी पूरी रात सो नहीं पाई थी उसने भी पूरी रात करवटें बदलते हुए गुजारी। समय पूर्व ही वो तैयार होकर टाटा के चंबल शो रुम पहुँच गई जहाँ पर विविधता में आकर्षक टाटा कारों की श्रृंगारिक प्रदर्शनी लगी हुई थी। टाटा के अपनी सभी नवीनतम मॉडल्स वहाँ रखे हुए थे, जिनमें उत्कृष्ट डिजाइन, सुगमता, और उन्नत तकनीकी विशेषताएं थीं। सभी कारें उत्कृष्ट फिट और फिनिश के साथ दिख रही थीं और विभिन्न कलर्स और आकर्षक फीचर्स के साथ उपलब्ध थीं। शो रूम के फ्रंट में ही टाटा नेक्सॉन, टाटा टिगॉर, और टाटा हरियर के मॉडल विभिन्न कलर में रखे हुए थे। इन सभी मॉडल्स की एक्सटीरियर और इंटीरियर डिजाइनिंग शांनदार थी। डॉली बरबस आकर्षित हो रही थी कि कब उसे ये सभी मॉडल जल्दी से दिखा दिए जाए,,,,, पर उसने अपनी भावनाओं को काबू में रखा था।

"वेलकम मैंडम आइए, आपका टाटा शो रूम में हार्दिक स्वागत है।"

शो रूम के मैंनेजर ने डॉली का स्वागत करते हुए कहा।

"आज का मुहूर्त अच्छा है इसलिए मैं सोच रही हूँ कि आज ही अपनी डील फाइनल हो जाए। मुझे आपके ई.वी. सिडान सिगमेट में थ्री बॉक्स कार देखनी है।"

डॉली ने टशन दिखाते हुए कहा।

"येस मैंडम, बैठिए आपको स्टाफ सभी मॉडल दिखा देता है, आप निश्चिंत रहे हमारे पास न्यूली लॉन्च मॉडल भी अवेलेबल है। "

मैंनेजर ने डॉली को सीट ऑफर की। डॉली गोल टेबल के साथ लगे सोफे पर जा कर बैठ गई। स्टाफ के दो साथी कार के ब्रोशर लेकर आए और डॉली को विभिन्न कारो के मॉडल और उसकी विशेषताओं के बारे में बताने लगे। इतने में डॉली की टेबल पर सॉफ्ट ड्रिंक के तीन केन रख दिए गए,

"मैंडम जी, आपकी पसंद का सॉफ्ट ड्रिंक,,, लीजिएगा,,,,,मैंडम ये कार आपको बाइस लाख,,,,,ये पच्चीस लाख,,,,,,,ये सत्रह लाख ऑन रोड पड़ेगी। मैंडम आपका बजट,,,,,,,।"

शो रूम स्टाफ के कार्मिक डॉली को वेरिएंट अनुसार गाड़ियों का वर्णन करने लगे। डॉली ने स्प्राइट की सिप ली फिर थोड़ा चिढ़ते हुए स्टाफ कार्मिकों को कहने लगी,

"आप सिर्फ कार के फीचर्स की बात करो, मेरे बजट की नहीं,,,, मुझे जो भी कार पसंद आएगी, मैं वहीं खरीदूंगी। बजट मेरे लिए कोई बड़ा इश्यू नहीं है।"

उसके चेहरे के भाव बिलेनियर जैसे थे। अब शो रूम स्टाफ के दोनों कार्मिक थोड़े सहमें हुए थे। डॉली पहले से ही कार का मॉडल व कलर तय कर चुकी थी लेकिन वो शो रूम और उपस्थित लोगों में अपनी अमीरी को दिखाना चाहती थी। वास्तव में डॉली के वॉलेट में दस हजार भी नहीं थे लेकिन जलवा अरबपतियों जैसा था।

"अब ज्यादा मत दिखाओ, मुझे ये वाला मॉडल पसंद है। वैसे भी मुझे कार,,,कौनसी पूरी जिंदगी रखनी है साल भर में दूसरा मॉडल खरीद लूंगी,,, चेजिंग कार इस माय पैशन,,,।"

डॉली इतराते हुए बोल रही थी।

"मैंडम जी, आपने सभी मॉडल देख लिए है फाइनली आप कौनसा लेंगी।"

स्टाफ ने डॉली से परेशान को कर पूछा।

"अ,,,,, म,,,,, हारियर ई.वी. टॉप मॉडल ब्लैक कलर। मुझे वो चाहिए।"

डॉली कार की तरफ इशारा करते हुए बोली।

"मैंडम सॉरी,,,, वो मॉडल आज सुबह ही बुक हो चुका है,,, हम आपको वो कलर नहीं दे पाएंगे। आप इसी मॉडल में कोई ओर कलर पसंद कर लीजिएगा,,,।"

स्टाफ ने तपाक से मना कर दिया। डॉली ने चिढ़ते हुए सेल्स मैंन से कहने लगी,

"आप बीस–तीस हजार ओन रख लो पर कलर मुझे वहीं चाहिए।"

"मैंडम संभव नहीं है, उस गाड़ी का फूल पेमेंट हो चुका है। हम आपको नहीं दे सकते। "

स्टाफ ने स्पष्ट शब्दों में डॉली को मना कर दिया। डॉली सोचने लगी अगर आज मैंने कार नहीं ली तो शायद कल आदित्य अपने वादे से मुकर जाएं,,,, उसके अंदर आवाजे गूंजने लगी,,,,,,

"डॉली ले ले,,,,, डॉली ले,,,, ले,,,, कलर का क्या,,,,, खरीद ले,,,,, खरीद ले,,,,,,,,ले ले डॉली,,,।"

"उफ,, हाँ व्हाइट कलर को फाइनल करो,,,।" डॉली ने अंतिम निर्णय स्टाफ का बता दिया।

"व्हाइट गाड़ी रेडी करवा दे, मैंडम,,, फाइनल।"

"येस फाइनल" डॉली ने कंधे उचकाते हुए कहा।

"मैंडम आप मैंनेजर सर को पेमेंट करें उतनें में हम गाड़ी को रेडी करते है।"

शो रूम स्टाफ अपने काम में लग गया। मैंनेजर डॉली के पास आया,

"मैंडम आप पेमेंट कैसे करेंगी?"

"मैं आपको अभी बताती हूँ कि मेरा मोड ऑफ पेमेंट क्या रहेगा?"

डॉली ने मैंनेजर से थोड़ी दूरी बनाई और आदित्य को कॉल मिलाया,,,,, आदित्य के मोबाइल पर रिंग जा रही थी लेकिन वो कॉल रिसीव नहीं कर रहा था। दूसरा कॉल,,,,,,, तीसरा कॉल,,,,, दसवां कॉल,,,,,, मोबाइल स्विच ऑफ।

"मैंडम गाड़ी तैयार हो गई है,,, आपका मोड ऑफ पेमेंट,,,।"

मैंनेजर ने डॉली के पास आकर पूछा।

एसी शो रूम में भी डॉली के चेहरे पर पसीने की बूंदे दिख रही थी। डॉली अत्यंत परेशान हो गई थी। वो बहुत गुस्से में थी पर करें तो करें क्या? आदित्य का मोबाइल स्विच ऑफ आ रहा था। मैंनेजर बार–बार मोड ऑफ पेमेंट वाक्य दोहरा रहा था। डॉली अब शो रूम से निकलने का प्लान कर रही थी उसका जो इंसल्ट होने वाला था उसके पूर्वानुमान से ही वो घबरा रही थी।

स्नेहा के पिताजी का अंतिम संस्कार हो गया था। स्नेहा अभी भी बेहोश की हालत मे अस्पताल में एडमिट थी। डॉली टाटा शो रूम में अपने आप को बिलेनियर के रूप में पेश कर रही थी। डॉली ने कार का फाइनल पेमेंट करने के लिए आदित्य को दस कॉल किए लेकिन आदित्य उसके कॉल को रिसीव नहीं कर रहा था। जैसे ही ग्यारहवां कॉल मिलाया आदित्य का मोबाइल स्विच ऑफ हो गया। डॉली अपनी होने वाली बेइज्जती की सोच भयभीत हुए जा रही थी। उसको समझ नहीं आ रहा था कि शो रूम से निकल तो निकले कैसे? डॉली के घबराहट के मारे पसीने छूटे जा रहे थे। वो अत्यंत गुस्से में थी। हर दो मिनट में मैंनेजर मोड ऑफ पेमेंट, मोड ऑफ पेमेंट कर रहा था। डॉली को मैंनेजर पर इतना गुस्सा आ रहा था कि वो उसकी नाक पर जोर से मुक्का मार दे। लेकिन ये उसके बस में नहीं था। पिछले तीन चार घंटो से डॉली ने स्टाफ को परेशान कर के रखा था। गाड़ी को तैयार कर शो रूम के मैंन गेट पर रख दिया था। पूजा व नारियल की थाली लेकर स्टाफ गर्ल कार के पास खड़ी थी। उसका साथी डमी "की" लेकर खड़ा था ताकि डॉली के साथ फोटो सेशन हो सके। डॉली को न कोई बहाना मिल रहा था और न ही भागने की जगह। बस वो गुस्से से लाल–पीली हो रही थी। वो गुस्से में सोच रही थी,,,,,ये तो हिमांशु से भी वाहियात आदमी है,,,, मैं आदित्य को छोड़ूंगी नहीं उसने मेरे साथ ये घिनौनी हरकत की है उसका तो मैं करारा जवाब दूंगी। मैं तो आदित्य को भोला समझ रही थी पर ये तो महा चीटर निकला। ये अमीर लोग भी बड़े चालू होते है दिखाते कुछ और है ओर करते कुछ ओर। पता नहीं,,,,, आदित्य को शायद ये मालूम पड़ गया होगा कि मैंने हिमांशु से कार की गिफ्ट मांगी थी,,,शायद इसलिए वो मेरा कॉल रिसीव नहीं कर रहा होगा। रिसीव तो ठीक पागल ने मोबाइल स्विच ऑफ कर लिया। ओह,,,,, शट,,,, माय,,, फूट,,,।"

डॉली की स्थिति को देखकर मैंनेजर डॉली के पास आया और कहने लगा,

"मैंडम लगता है, आपकी तबीयत कुछ ठीक नहीं लग रही है।"

"हाँ,,,,, हाँ,,,,आप बिल्कूल ठीक समझ रहे हो,,,,मुझे भी कुछ ऐसा ही लग रहा है,,,पता नहीं,,,,,मेरी तबीयत को अचानक क्या हो गया?"

डॉली के लिए मैंनेजर की बात डूबते को तिनके का सहारा थी,,,, और डॉली ने बात से बात जोड़ते हुए कहा।

"मैंडम, आप पसीना-पसीना हो गई हो, लगता है आपको बी पी की शिकायत है।"

मैंनेजर ने डॉली को सांत्वना देते हुए कहा।

"हाँ,,,, हाँ,, आपने बिल्कूल ठीक पहचाना,मुझे बी पी की शिकायत है, अब मुझे दवाई लेने के लिए घर जाना पड़ेगा,,,, उफ! डॉली को बहाना मिल गया था,,,वो बी पी के नाम पर अब शो रूम से कभी भी निकल सकती थी। अब वो थोड़ा राहत महसूस करने लगी।

"मैंनेजर वाटर प्लीज।"

"येस मैंडम,,,, येस मैंडम,,,,"

मैंनेजर ने पानी देते हुए कहा। डॉली अब तनाव मुक्त थी अब वो पानी पी कर निकलने ही वाली थी उतनें में ही शो रूम के बाहर रेंज रोवर आकर रूकी,,, जिसमें हैडसम, डेशिंग ब्लैक सूट में आदित्य उतरा,,, फर्राटे दार चाल से वो शो रूम में आया,,, पूरे स्टाफ की नज़रें आदित्य पर ठहर गई थी। डॉली पानी पीने में व्यस्त थी वो गेट के विपरीत दिशा में बैठी हुई थी इसलिए आदित्य को नहीं देख पाई थी लेकिन जब पूरा स्टाफ किसी के आने पर खड़ा हो गया था,, ऐसे में डॉली ने भी पीछे मुड़कर देखा,,,,,,, देखते ही वो अपनी सीट से उछल कर चिल्ला पड़ी,,,,, "आदि,,,,,,,,,,,,!!!!!!!! आदि,,,!!!"

आदि दिल वाले दुल्हनिया ले जाएंगे स्टाइल में खड़े होकर अपने दोनों हाथ फैला कर खड़ा हो गया। डॉली दौड़ती हुई आई और आदित्य के सीने से लिपट गई। पूरा स्टाफ यह देख सन्न रह गया,,, कुछ मिनिट पूर्व तो ऐसा लग रहा था कि मैंडम को हॉस्पिटल ले जाना पड़ेगा,,, और अब,,, फर्राटे से दौड़ रही है। साथ ही साथ सभी इस बात से भी आश्चर्य चकित थे कि ये लड़की इस अमीर लड़के की खास रिश्तेदार है।

"आदि,,,,,,, आदि,,,,,, मैं तुमसे नाराज़ हूँ,,,, भला ऐसा भी कोई करता है,,,,,,, तुमने तो मेरा दिल ही तोड़ दिया था,,, मेरे कॉल को रिसीव भी नहीं कर रहे थे और लास्ट में तो मोबाइल स्विच ऑफ कर लिया,,, आदि,,, तुम भी,,,,।"

कुछ ही सेकंड्स में डॉली ने अपना दुखड़ा आदित्य को सुना दिया। अपने गीले शिकवे को प्यार की मलाई में डूबो कर पेश करने में डॉली को महारथ हांसिल थी।

"अरे बाबा,,,,, मुझे बोलनें भी दोगे,,,,।" आदित्य ने मुस्कुराते हुए बोला।

"हाँ,,,बोलो।"

डॉली ने प्यार भरे अंदाज में कहा।

"सुबह से ही पापा के साथ स्पेशल मीटिंग में था मोबाइल तो गाड़ी में ही रह गया था,,, अच्छा वो स्विच ऑफ हो गया था मुझे तो पता ही नहीं है। शायद डिसचार्ज हो गया होगा। सॉरी डॉली,,, मैं आपका कॉल रिसीव नहीं कर पाया, अब बताओ कौनसी कार पसंद आई?"

आदित्य ने डॉली को समझाते हुए बोला।

"ये व्हाइट हारियर,,,,,।"

डॉली ने उदास होकर आदित्य को जवाब दिया।

"तुम्हें तो डार्क ब्लैक पसंद थी उसका क्या हुआ?"

आदित्य ने मुस्कराते हुए डॉली से पूछा।

"अरे यार,,, वो देखो शानदार ब्लैक मॉडल,,,,,मुझे तो वो लेनी थी,,,, पर पता नहीं कोई आज सुबह ही उसे कोई बूक कर के चला गया।"

डॉली ने शिकायत भाव से आदित्य को कहा। "सप्राइज,,,,,,,,सप्राइज,,,,, स,,,प,,,रा,,, ई,,,ज,!!!!!!!!!!!!!!!!!!"

आदित्य खुशी के मारे जोर से चिल्लाया,,।

"क्या?"

डॉली का मुंह फटा का फटा रह गया,,, क्या बोलते हुए डॉली की आंखे बड़ी होकर चमक रही थी।

"वो ब्लैक मॉडल ही तुम्हारा है,,, मैंने सुबह ही इसको तुम्हारे नाम से परचेज करवा ली थी।" आदित्य अपना वाक्य पूरा करें इसके पहले ही डॉली ने आदित्य को चूम लिया। और कसकर उसके सीने से लग गई।

"तुम कितने अच्छे हो आदि,,, लव यू,,,,, लव यू,, टू मच।"

स्नेहा के पिता को स्वर्गवास हुए दो दिन बीत गए थे। जीवा ने स्नेहा का कॉल रिसीव नहीं किया था लेकिन दो दिन बाद भी जीवा का कोई अता पता नहीं था। न ही उसका कोई रिटर्न कॉल आया और न ही वो आया। स्नेहा जिस केयर टेकर के सहारे हैदराबाद जाने को सोच रही थी वो खुद ही गायब हो गया था वो भी स्नेहा की सबसे कठिन परिस्थिति के समय। स्नेहा के किसी भी मित्र को उस पर आए संकट का पता नहीं था। अन्यथा सभी मित्र इस संकट की घड़ी में उसकी ढाल बन जाते। डॉली का गुमान अभी सातवे आसमां पर था उसने आदित्य से वादा लिया था कि उसके द्वारा दी गई गिफ्ट का इज़हार वो किसी से नहीं करेंगा। वैसे आदित्य स्वयं भी यही चाहता था कि हारियर कार की गिफ्ट की बात उन दोनों में ही रहे। दोनों की एक

ही इच्छा थी इसलिए ये कभी उजागर नहीं होने वाला था। डॉली ने अपने सभी दोस्तों को अपनी कार दिखा दी थी सिवाय स्नेहा के। डॉली ने स्नेहा को कॉल भी मिलाया लेकिन स्नेहा का मोबाइल स्विच ऑफ आ रहा था।

दो दिन बाद स्नेहा को होश आया। होश आते ही डॉक्टर व नर्स की टीम ने उसको संभाला,,,डॉक्टर चाहते थे कि स्नेहा उसके पिता की मृत्यु पर प्रतिक्रिया करें इसलिए उन्होंने पूरे घटना क्रम की जानकारी दी। साथ ही बताया कि उनके अंतिम संस्कार किए दो दिन बीत गए है। स्नेहाको होश आते ही वो बिस्तर पर बैठ कर जोर से चिल्लाई,

"पापा,,,,,,,, पापा,,,,,,,,, मेरे पापा,,,,,,,,,, ये क्या हो गया पापा,,,,, पापा,,, आप कहाँ हो,,,,,, मुझे छोड़ कर क्यों चले गए पापा,,,,,, मुझे मेरे पापा के पास ले चलो,,,,,,,,,, मुझे मेरे पापा के पास ले जाओ,,,,,,,। पापा,,, मैं आपके बिना कैसे जी पाऊंगी,,, पापा,,,,, मेरे पापा,,,,,,,,, मेरे जीवन का सूरज थे,,,,,, आप ही तो मेरी सांसों का आधार थे,,,,,,,,,, हे प्रभु! आपने मेरा सूरज छीन लिया,,,,,, आपने मेरी सांसे छीन ली,,,,,,,,, अब में जी कर क्या करूं,,,,,,,, पापा,,,,, पापा,,,,, आप तो कहा करते थे न कि,,,,,, डिकरी तो पारकी थापण केवाय,,,,,,, फिर आप इस थापण को यहीं छोड़कर क्यों चले गए,,,,,,,,, पापा,,,,,, पापा,,,,,,, आप तो कहा करते थे,,,,,, कि मैं मछली हूँ और बेटा स्नेहा तू मेरा जल,,,,,,,,, जिस दिन ये जल मुझे छोड़ देगा, मैं तड़प-तड़प कर मर जाऊंगा,,,,,,, पापा आपने तो उल्टा कर दिया,,,,,,,। स्नेहा रोती जा रही थी, अश्रुओं की झड़ी लगी हुए थी। अस्पताल में स्नेहा अकेली रो रही थी लेकिन पूरे वार्ड में उपस्थित मरीजों, डाक्टरों व नर्सो की आंखे नम थी। दिल से हर कोई रो रहा था।

चेतन आनंद और शीना (शंकर रॉय के पी.ए. गौतम की बेटी) का प्यार धीरे-धीरे परवान पर चढ़ रहा था। ये प्यार पारिवारिक रिश्ते भी उतनें ही मजबूत कर रहा था। चेतन आनंद की जितनी बात रॉय फैमिली से होती थी उससे गई गुना ज्यादा बात शीना और उसके परिवार वालों से होने लगी।

"हाय शीना,,,, कैसी हो,,,,, मिस,,, यू,, यार।"

चेतन आनंद ने कॉल पर शीना को कहा।

शीना– "मैं तुमसे नाराज हूँ चेतन,,,,,।"

"हजारों किलोमीटर दूर से ऐसी क्या गलती कर दी मैंने।"

चेतन ने हँसते हुए कहा।

शीना— "कल पूरा दिन आपके कॉल का इंतजार करती रही पर,,, आप है कि हमें याद करते ही नहीं,,,,।"

चेतन— "नहीं जी,,,,, कल देर रात तक लैब में था, रिसर्च पर काम कर रहा था। जब भी फ्री होता हूँ मेरा कॉल सीधा शीना को जाता है।"

"झूठे,,,,, कहीं के,,,,।

शीना ने हँसते हुए कहा।

चेतन— "ये हुई न बात। मैं इस चेहरे को सिर्फ मुस्कराता हुआ ही देखना चाहता हूँ।"

"सो स्वीट,,,, बातें बनाना तो कोई तुमसे सीखे। बड़े बातूनी हो।"

शीना ने मुस्कराते हुए कहा।

"अरे बेटा शीना किस से बात कर रही हो।" (दूर से गौतम ने बेटी शीना को पूछा)

"पापा चेतन का फोन है।"

"शीना मुझे भी अंकल से बात कराओ।"

चेतन ने शीना को कहा।

"हाँ,,, हाँ,,, बिल्कूल,,,क्यों नहीं, लो ये पापा आ गए। पापा से बात करो।"

"अंकल शुभ प्रातः,,,,

चेतन का अंकल को प्रातः कालीन वंदन। वैसे मेरे यहाँ नाइट है।"

चेतन ने हँसते हुए गौतम को विश किया।

"गुड मॉर्निंग, बेटा,,, अमेरिका में रहकर भी शुद्ध हिन्दी,,,,। आपका स्वास्थ्य कैसा है, स्टडी कैसी चल रही है?"

"ईस्ट और वेस्ट इंडियन आर द बेस्ट,,,,,। अंकल टॉप पर चल रहा हूँ। यहाँ के प्रोफ़ेसर मेरी रिसर्च वर्क के कायल हो गए है।"

"बहुत अच्छे बेटा,,, खूब आगे बढ़ो।"

"थैंक्स अंकल,,, मैं इवनिंग में आपको बात करता हूँ। बाय,,,।"

चेतन ने कॉल डिस्कनेक्ट करते हुए कहा।

"बेटा शीना, मैं सोचता हूँ कि कोई व्यक्ति इतना भी गुणवान हो सकता है क्या? गुणवान के साथ साथ मोस्ट इंटेलीजेंट भी। देखो अमेरिका में झंडे गाढ़ रहा है।"

गौतम ने चेतन की प्रशंसा में कहा।

"हाँ पापा,,, बाय नेचर खूब अच्छा इंसान है।"

शीना ने हामी भरते हुए अपना सिर हिलाया।

"बेटा शीना, जितना मैं उसे पसंद करता हूँ उतना तुम भी करती हो क्या?"

"पापा,,,,,।"

शीना शरमा कर वहाँ से चली गई।

"पापा,,, किससे बात कर रहे थे?"

हिमांशु ने गौतम से पूछा।

"चेतन आनंद की, जितना दिखने में सुंदर है उससे कई गुना बुद्धिमान है। उसके बात करने का तरीका,,,शानदार,,,,,शब्द कान में नहीं सीधे दिल में उतरते है। मैं तो कायल हो गया हूँ,,,,।"

"पापा,,,,, आपको नहीं लगता है कि थोड़ा ज्यादा हो गया। जुम्मे जुम्मे कुछ ही महीने हुए है उसे अमेरिका में। ऐसा बता रहा है कि वो वहाँ का ही सिटीजन हो।"

हिमांशु ने चिढ़ते हुए कहा।

"कुछ लोग तो पूरे दिन सोफा तोड़ते रहते है,,,, उसको देख कॉलेज में इंडिया के झंडे गाढ़ दिए है। बेटा हो तो चेतन जैसा। सूरज एक ही काफ़ी है,,, तेरे जैसे सौ दिए हो तो भी किस काम के? निट्ठल्ला।"

गौतम ने हिमांशु को फटकारते हुए कहा।

"दूर के ढोल हमेशा सुहावने ही लगते है,,,, पता नहीं इस लड़के ने आप पर क्या जादू कर दिया है। आपको हरा चश्मा पहना दिया है,,,, कांटे भी आपको हरे नजर आने लग गए है,,,,, जिस दिन ये चश्मा उतरेगा,,,,,, हरियाली गायब,,,।"

हिमांशु ने चिढ़ कर जवाब दिया।

"इतनी कम उम्र में अपने जीवन का आगाज कितने शानदार तरीके से किया है जो काबिल ए तारीफ़ है। तुझे ये नहीं दिख रहा है,,, हरियाली और चश्मे की बात करता है।"

गौतम ने चेतन की प्रशंसा करते हुए हिमांशु को कहा।

"तारीख की दीवार पर नाम उसी का होता है, जिसका आगाज के साथ-साथ अंजाम भी जबरदस्त हो। अभी तो अंजाम बाकी है पापा, किसी के मूल्यांकन में इतनी जल्दबाजी मत करो।"

हिमांशु ने अपने पिताजी को आगाह करते हुए कहा।

"अबे चुप रे,,,,,मुझे समझाने चला है,,,,, बहुत दुनिया देख ली मैंने। तू, तेरा काम कर।"

"आपसे तो बात करना ही बेकार है,,,,,, आपको मेरे मैं सिर्फ बुराइयां ही दिखती है आपके पास बैठना, मतलब दिन खराब करना।"

हिमांशु गुस्से में वहाँ से निकल गया।

रोमिला जयपुर यूनिट की हेड जो जमानत पर जेल से रिहा हुई। उसकी संपत्ति जब्त कर ली गई थी, उसको जॉब से निष्कासित कर दिया गया था। रोमिला सड़क पर आ गई थी। अब उसकी स्थिति बद से बदतर हो गई थी। उसे दुबारा रमेश के सहारे की जरूरत थी। लेकिन रमेश के साथ उसने बहुत बुरा बर्ताव किया था उसकी अटेची सड़क पर फेंक कर मध्य रात्रि घर से निकाल दिया था। रोमिला को ये अच्छे से पता था कि रमेश का दुबारा विश्वास जीतना लगभग ना मुमकिन था। तिनके को डूबते का सहारा लेकिन वो तिनका बनेगा कौन जो रोमिला को डूबने से बचाएगा। रोमिला को लगता था कि शंकर रॉय के पी.ए. गौतम या कंपनी के सी एफ ओ गणपत ही उसका तिनका, उसका सहारा बन सकते थे। रोमिला जितनी खूबसूरत थी उससे ज्यादा चालाक थी। वो अपनी अंगूलियों पर किसी को भी घुमा सकती थी।

"हाय,,, गूड़ मॉर्निंग,,गौतम सर मैं रोमिला,,।"

गौतम— "हाँ रोमिला,, गूड़ मॉर्निंग, आपका नंबर सेव है।"

रोमिला —"सर,, बहुत दिन हो गए आप से बात किए,,,, सर कभी जयपुर आइएगा, हमें भी कभी मेहमान नवाजी का मौका दो।"

गौतम —"अजी क्यों नहीं, आएंगे तो आपसे जरूर मिलेंगे।"

रोमिला — "आएंगे क्या? प्लान करो और आ जाओ। हमारे संग को, आप भी याद करेंगे।"

रोमिला ने रोमांटिक अंदाज में कहा।

गौतम—"मैं आपको मिलने आ गया तो रमेश जी नाराज हो जायेंगे। लगता है, आपको मेरी नौकरी पसंद नहीं आ रही है।"

गौतम ने हँसते हुए कहा।

रोमिला — "उसकी चिंता मत करो, जब से रमेश जी ने मुझे स्कैंडल में फसाया था तब से मैं उनसे, बात नहीं करती हूँ।"

गौतम— "हाँ सब कुछ अच्छे से पता है, अब बताओ मैं आपके लिए क्या कर सकता हूँ।"

रोमिला — "ऐसे मोबाइल पर नहीं। खूब जमेगा रंग, जब मिल बैठेंगे दो यार संग। तब आपको बताऊंगी।"

रोमिला ने हँसते हुए बोल रही थी। धीरे—धीरे गौतम रोमिला के प्यार के जाल में फंसता जा रहा था।

गौतम — "ठीक है जी, लगता है कि आप अपनी प्यारी–प्यारी बातों को सीधे मेरे कानों में ही उड़ेल दोगे,,,,।"

रोमिला को लगने लगा कि अब कि अपनी बात रख देनी चाहिए।

रोमिला — गौतम जी, जमानत से बाहर निकली हूँ, अभी कोई जॉब,,,,।

गौतम — "मैंडम अब आप जयपुर यूनिट की हेड तो बन नहीं सकती,,, आप भी इस बात को जानती है। हाँ, आपको किसी वर्क शॉप का मैंनेजर बना सकता हूँ।"

रोमिला—"इतना छोटा जॉब कैसे कर पाऊंगी,,, गौतम जी कुछ और देखो न,,, प्लीज।"

गौतम —"देखता हूँ, अब तो मुंबई यूनिट हेड की पोस्ट भी खाली पड़ी है,, मुझे थोड़ा टाइम दो।"

रोमिला— "वो कल की छोरी रिया,,,जो मुंबई यूनिट हेड थी, उसको तो प्रमोट कर सीधा साउथ जोन का हेड बना दिया है,, हम दोनों साथ से ही लगे थे। ऐसे कैसे हो गया गौतम जी?"

गौतम — (जोर से हँसते हुए) "सभी कार्मिक जानते है,, आपको पता नहीं है क्या?"

रोमिला— "बिल्कूल नहीं पता, ऐसा क्या किया रिया ने?"

गौतम — "रॉय साहेब ने रमेश जी को फैमिली से छह माह के लिए बायकॉट कर दिया था। उस टाइम रिया ने ही तो रमेश जी को संभाला था। प्लीज किसी को बताएं नहीं। वैसे भी रिया सी.एफ.ओ. गणपत जी की बेटी भी तो है।"

रोमिला —"अच्छा,,,,, अब मालूम पड़ा। इतने कम समय में उसको इतनी ग्रोथ कैसे मिली। मुझे तो रमेश जी और रॉय साहेब पर खूब गुस्सा है। छोडूंगी नहीं दोनों को।"

गौतम — गुस्सा थूक भी दो, मुझे थोड़ा समय दो,,आपकी जॉब हो जायेगी,, बस खुश।"

रोमिला— "पर अभी,,?"

गौतम — "आप चिंता मत करो,,, मैं आपके अकाउंट में पेमेंट ट्रांसफर कर देता हूँ, जॉब के बाद लौटा देना।"

रोमिला — "आप इतना आग्रह कर रहे हो तो मैं इसे ठुकरा कर आपकी तौहीन नहीं करूंगी। आप ऐसा ही करो।"

गौतम — "ओके बाय,,मिलते है।"

रोमिला — "बाय, मैं आपका इंतजार करूंगी,,पर आप चॉदहवीं का चांद मत बन जाना,,,,।"

हँसते हुए कहा।

गौतम — "पर हम आपको चांद नहीं कहेंगे?"

रोमिला — "भला क्यों?"

गौतम — "हम नहीं चाहते की पूरी रात आपको कोई ओर देखे।"

रोमिला — "क्या बात है इतने में, बिना मिले ही शायर बन गए। ओके बाय मिलते है गौतम जी।"

रोमिला ने हँसते हुए कहा। अब रोमिला को लगने लगा था कि वो दुबारा रॉय इंडस्ट्रीज में अपना पैर जमाएगी। रोमिला को मौका बनाना और उसे भुनाना अच्छे से आता था। अब उसका उद्देश्य नौकरी करना कम था रॉय फैमिली की तबाही उसका मुख्य लक्ष्य था।

"मे आई कम इन सर।"

राजवीर ने आई बी डायरेक्टर गुप्ता जी से उनके ऑफिस में आने की परमिशन मांगी।"

आई बी डायरेक्टर गुप्ता जी– "येस, येस व्हाई नोट, कम इन।"

राजवीर — "गूड़ मॉर्निंग सर।"

गुप्ता जी — "वेरी गूड़ मॉर्निंग आर.आर. 03."

राजवीर : "जी सर, आपने मुझे बुलाया,,,। सर मेरे लिए क्या आदेश है।"

गुप्ता जी : "वेल डन मिस्टर, आर.आर. 03, मैं आपके परफॉर्मेंस से बहुत खुश हूँ, आपने कम समय में ही इंटेलीजेंस गैदरिंग टेक्नीक्स और सर्विलेंस मैंथड पर महारथ हांसिल कर ली है ऐसा बहुत कम ट्रेनी कर पाते है आप ने फिजिकल फिटनेस जो हांसिल कीहै उसको देखकर मुझे लग रहा है कि आप बहुत जल्दी मार्कोस एवं गरुड़ कमांडो ट्रेनिंग भी पूरी कर लोगे। प्रशंसनीय RR, मोस्ट अप्रेशियलबल,,,,।"

राजवीर : "सर त्रिवेदी जी और वर्मा जी सर जी जान से लगे हुए है उनकी मेहनत देखकर मुझे परफॉर्मेंस देनी ही थी।"

गुप्ता जी : "क्या बात है अपनी उपलब्धियों की क्रेडिट भी दूसरों को।"

राजवीर : "थैंक्स सर, सर मुझे आर्टिफिशियल इंटेलिजेंस में थोड़ा टाइम लगेगा।"

गुप्ता जी : "बिल्कूल, पूरा टाइम लो, न्यू कॉन्सेप्ट है और इस पर महारथ हांसिल करना बहुत ज्यादा ज़रूरी हो गया है। जब तक हम क्रिमिनल से आगे नहीं रहेंगे तब तक अपना टारगेट पूरा नहीं कर पाएंगे और आज का युवा ए.आई. में एक्सपर्ट है।"

राजवीर : “येस सर, मेरा ए आई पर पूरा फोकस है।”

गुप्ता जी : “RR में तुमसे एक बात और कहना चाहता हूँ। जो तुम्हारा नेगेटिव आस्पेक्ट्स है।”

राजवीर : “वेलकम सर,, सर जब तक आप मुझे नहीं बताएंगे तब तक मैं अपने आप को परिमार्जित कैसे कर पाऊंगा?”

दोनों की चर्चा के बीच गुप्ता जी पर कॉल आ गया।

गुप्ता जी : “हाँ इनको मेरे सामने पेश करो, आज इस केस को फाइनल करते है।”

गुप्ता जी के ऑफिस का दरवाजा खुलता है, कुछ ऑफिसर्स गन मेन टीम के साथ शेर सिंह और उसके साथी कमांडो को लेकर गुप्ता जी के सामने पेश हुए।

ऑफिसर : “सर, ये छह लोग, जिन्होंने हमारी गाड़ियों का पीछा किया था, इतना ही नहीं सर,,,, ये हमारी आई बी रेंज में घुस आए,,,, हमारे बेरीकेट्स तोड़ डाले। लगता है इनका सम्बन्ध किसी देश की इंटेलिजेंस से है। सर ये छह लोग ये वेल इक्वीप्ड और ट्रेंड है। साथ ही इनका व्हीकल भी बुलेट प्रूफ था। काफी कोशिशों के बावजूद भी ये लोग अपना मुंह नहीं खोल रहे है। आगे की स्टेज के लिए सर हमें आदेशित करें।”

गुप्ता जी : “इनके डाटा वेरिफाई करो,,, अगर मुंह नहीं खोले तो थर्ड लेवल पनिशमेंट दो। फिर भी नहीं माने तो मैं फाइनल शूट आउट के ऑर्डर कर दूंगा। इनको अपनी बात रखने का एक मौका दे दो।”

शेर सिंह : “सर,,,,, प्लीज सर आप विश्वास करें। हमारा किसी भी फॉरेन इंटेलिजेंस से कोई संबंध नहीं है। ये बात पक्की है सर,आप हमारे डाटा वेरिफाई करवा ले। हम भी मजबूर है सर, उससे ज्यादा हम कोई जवाब नहीं दे पाएंगे, चाहे हमें शूट क्यों नहीं कर दिया जाए।”

गुप्ता जी : “अच्छा,,,वेरी कॉन्फिडेंट,,”

राजवीर : “सर अगर आप मुझे अनुमति दे तो मैं इस मैंटर में, मैं अपनी बात रखूं।”

गुप्ता जी : (हँसते हुए) “क्यों नहीं,,, बिल्कूल रखिए। आप हमारे काबिल ऑफिसर है।”

राजवीर : “सर,,, मैं बहुत खुश हूँ कि ये छह लोग मोस्ट लॉयल है, सॉरी सर मुझे ये नहीं पता कि ये यहाँ क्या कर रहे है और इन्होंने क्या गलती कि है पर मैं आपको इस बात के लिए हंड्रेड परसेंट आश्वस्त करता हूँ कि इनके तार फॉरेन इंटेलिजेंस से नहीं जुड़े हुए है।”

गुप्ता जी : “अच्छा, आपने दो मिनट में कैसे जज कर लिया? आप किस बेसिस पर ऐसा कह सकते है?”

राजवीर : "सर ये छह कमांडो मेरी ही कंपनी से है मैं इन सभी को व्यक्तिगत जानता हूँ। अगर आपकी अनुमति हो तो मैं इनके हेड शेर सिंह से एक कमेंट ले लूं।"

गुप्ता जी : "आपकी कंपनी के? आप आगे बताएं।"

राजवीर : "मिस्टर शेर सिंह, यहाँ क्यों और कैसे?"

शेर सिंह : "धन्यवाद सर, सर आप बिना जानकारी दिए निकल रहे थे तो हमें आपकी सुरक्षा के लिए आपके दादाजी रॉय सर ने आदेश दिया था कि हम आपकी समस्त जानकारी को गौतम सर के माध्यम से उन तक पहुंचाए साथ ही आपकी पूरी सुरक्षा करें।"

(गुप्ता जी की ओर मुंह करते हुए) सर सिर्फ राजवीर सर की सुरक्षा करना ही हमारा उद्देश्य था। हमें कोई जानकारी नहीं थी कि हम आई बी रेंज में पैरा मिलिट्री फोर्स से भीड़ गए है।

गुप्ता जी : "आपने हमें बताया क्यों नहीं?"

शेर सिंह : "सर, गोपनीयता के लिए, हमारी जान चली जाती तो भी हम किस के लिए काम करते है वो जानकारी नहीं देते। हमने राजवीर सर को कमरे में आते ही पहचान लिया था पर हमने जाहिर होने नहीं दिया। सर, अगर राजवीर सर ने हमारे बारे में नहीं बताया होता तो हम अपनी और से कुछ नहीं बोलते।"

गुप्ता जी: (हँसते हुए) "RR आपके कार्मिक तो हमारे ऑफिसर्स से भी बढ़ गए। अच्छा हुआ आर.आर. की संयोग से ही सही, पर आप यहाँ थे अन्यथा हम गलत दिशा में थे।"

राजवीर : "थैंक्स सर, आपने मुझे बात रखने का मौका दिया।"

गुप्ता जी : "ओके इट्स ऑलराइट। ऑफिसर्स आवश्यक फॉर्मेलिटीज के बाद इन सभी को फ्री कर दो।"

शेर सिंह : "थैंक्स सर जी"

राजवीर : "सर लॉट ऑफ थैंक्स, ये सभी छह कमांडो मेरे दादाजी के पर्सनल सुरक्षा में लगे हुए है। दादाजी ने अपनी सुरक्षा को छोड़, मुझे प्राथमिकता दी।"

गुप्ता जी : "व्हाट अ फैमिली, वेरी नाइस।"

राजवीर : "सर आप बता रहे थे मेरे नेगेटिव आस्पेक्ट्स,,,,।"

गुप्ता जी : "ओह, येस,,,। राजवीर तुम भावनात्मक रूप से बहुत सॉफ्ट हो। इतने इमोशनल रहोगे तो तुम अपने कर्तव्य को अच्छे से निभा नहीं पाओगे। अगर तुम्हें सफल बनना है तो तुम्हें कठोर बनना पड़ेगा। सरलता से हर किसी पर विश्वास कर लेना ये तुम्हारा नेगेटिव आस्पेक्ट्स है।"

राजवीर : "ओह सर, मैं तो डर ही गया था। सर मैं अपनी कमियों को दूर करने का पूरा प्रयास करूंगा।"

गुप्ता जी : "(हँसते हुए) वैसे आपने अभी शेर सिंह के मामले में ये प्रूव कर दिया कि आप बहुत ज्यादा इमोशनल हो। ओके आई एम प्राऊड ऑफ यू।"

राजवीर : "थैंक्स सर।"

गुप्ता जी : "आपकी मार्कोस ट्रेनिंग बहुत जल्दी आरंभ होने वाली है वैसे आपको देखकर लगता है आप इसे क्वालीफाई कर लोगे।"

राजवीर : "थैंक्स सर, मुझे बहुत खुशी है कि मैं अपनी तारीफ सबसे काबिल और सबसे बड़े लीडर से सुन रहा हूँ। जय हिंद सर।"

गुप्ता जी : "जय हिंद, नाऊ यू केन गो।"

राजवीर : "येस सर, जय हिंद।"

ट्रेनिंग सेंटर पर राजवीर के अधीनस्थ ऑफिसर भी राजवीर की काबिलियत की तारीफ करते थे। न केवल तारीफ करते अपितु उतना सम्मान भी देते थे। राजवीर सरल स्वभावी था सबसे मिलकर रहना उसकी प्रकृति में था। सभी ट्रेनी राजवीर के अच्छे दोस्त भी थे। लेकिन राजवीर की स्पेशल दोस्त थी उसकी अधीनस्थ ऑफिसर अवंतिका। अवंतिका और राजवीर दोनों ने कम ही समय में एक दूसरे का दिल जीत लिया था। राजवीर स्मार्ट और फिट था साथ ही साथ सभी ट्रेनी का आदर्श भी। लगभग सभी साथी ट्रेनी लड़कियां उस पर मरती थी। लेकिन राजवीर का दिल अवंतिका पर आ गया था। और अवंतिका भी राजवीर को उतना ही पसंद करती थी। अवंतिका का एक और क्लास दोस्त था अभिनव। जो अवंतिका के कारण राजवीर का भी दोस्त बन गया था।

अवंतिका : "राजवीर, क्या बात है डायरेक्टर सर तुम्हारे कायल हो गए है।" (मुस्कराते हुए)

राजवीर : "हम तो कुछ ऐसे ही है,,, कुछ लोग चौबीसों घंटे साथ रहते है फिर भी हमारे कायल नहीं होते है।" (राजवीर ने ठहाके मारते हुए कहा)

अवंतिका : "जाओ मैं तुमसे बात नहीं करती।"

राजवीर : "अवि,,,,, (राजवीर अवंतिका को अवि के नाम से संबोधित करता था) अरे यार तुम तो बुरा मान गई। मजाक कर रहा था। पहला पहला प्यार है इसलिए अनुभव नहीं है कि अपने साथी से कैसे बात करते है।" (राजवीर ने हँसते हुए कहा)

अवंतिका : "सबसे बड़ा झूठ,,, सफाई से झूठ बोलना कोई तुमसे सीखे। पहला पहला प्यार,,,, हाँ,,, हाँ,,,,, हाँ।"

राजवीर : "मत करो विश्वास, खुश।"

अवंतिका : "करती हूँ,,, पूरा विश्वास करती हूँ। ऐसे थोड़ी ही दिल दे दिया है। बड़ा जांच परख के दिया है।" (हँसते हुए)

राजवीर : "लव यू यार।"

तेरी खुश्बू से जो वाकिफ नहीं है,

वो फूलों से गुजारा कर रहे है।

जिसको हर वक्त देखता हूँ मैं,

उसको सिर्फ एक बार देखा है।" (हँसते हुए)

अवि: "वाह, वाह क्या बात है मेरे शायर,

कुछ ना कुछ बोलते रहो हमसे,

चुप रहोगे तो लोग सुन लेंगे।"

राजवीर : "समंदर तो उल्टा सीधा बोलता है,

सलीके से तो प्यासा बोलता है।

अवि हम तो तुम्हारे लिए समंदर है प्यासे नहीं समझे।"

(राजवीर ने मुस्कराते हुए जवाब दिया।)

अवि : "यार, राजवीर मेरा भी फर्स्ट लव ही है। हाँ, दोस्त बहुत बने लेकिन प्यार पहला।

आपके जैसा कोई मिला ही नहीं,

कैसे मिलता कहीं पर था ही नहीं।"

राजवीर : "थैंक्स यारा,,,,,।"

कोई दुनिया में चेहरा देखता है,

कोई चेहरे में दुनिया देखता है,

तेरी आंखों में बस ये देखता हूँ,

मेरी आंखों में तू क्या देखता है?

अवि : "तुम्हारी आंखो में सिर्फ वफा, एक ईमानदारी के साथ की गई वफा देखती हूँ। रियली यार।"

राजवीर : "जब कभी भी देख लू तुमको,

तो मुझे महसूस होता है,

कि

दुनिया खूबसूरत है।"

अवि : "थैंक्स राजवीर, लव यू यार टू मच। तुम्हारा अंदाज ही कुछ ऐसा है जो हमें बरबस तुम्हारी ओर खींच लेता है।"

अभिनव : "बीच रास्ते में दोनों ऐसी क्या बातें कर रहे हो जरा हमको भी तो बताओ।"

अभिनव अवंतिका का पुराना दोस्त था। वो अवंतिका को दिल से चाहता था लेकिन उसने अवंतिका को अपने प्यार का कभी इज़हार नहीं किया था। तीनों अच्छे दोस्त थे पर अभिनव को राजवीर और अवंतिका के बीच बनता प्रेम संबंध स्वीकार नहीं था। वो मन ही मन राजवीर से खफा था। खफा होना भी जायज था। अपना यार, अपना प्यार अपनी आंखो के सामने कोई छीन रहा था।

राजवीर: "अवंतिका है ही ऐसी, यार अभि। सब भूल जाते है जब आंखो में उनकी देखते है।"

राजवीर ने हँसते हुए अभिनव को कहा।

अभिनव : "वो इतनी मीठी बातें कर गया है,

बिस्तर चिटियों से भर गया है।"

अवि : "किस की बात कर रहे हो?"

अभिनव : "पहले लगता था तुम ही दुनिया हो,

अब लगता है तुम भी दुनिया हो

अरे बाबा,,, ऐसे ही बोल रहा हूँ। मजाक कर रहा था।"

वास्तव में अभिनव अवंतिका को तंज कस रहा था लेकिन अवंतिका उसे अपना दोस्त ही मानती थी उसने कभी प्यार की नजर से उसको देखा नहीं था।

राजवीर: चलो दोनों मेरे क्वार्टर पर, वहाँ चाय साथ में लेंगे।

तीनों हँसते हुए राजवीर के क्वार्टर की ओर जाने लगे।

राजवीर ने अवंतिका को कॉल मिलाया,

"क्या कर रहे हो, आ जाओ डाइनिंग हॉल में। मैं वहीं हूँ,,, मुझे भूल गई क्या? कल भी हमारा मिलना नहीं हुआ।"

अवंतिका: "मैं जिस दिन भुला दूं,

तेरा प्यार दिल से
वो दिन आखरी हो
मेरी जिन्दगी का
ये आंखे उसी रात
हो जाए अंधी
जो तेरे सिवाय देखे
सपना किसी का"

राजवीर : "वाह,,, क्या बात है।"
प्यार में दिल दे दिया
तुझको दिल जानी,
दीवाना, मैं दीवाना, दीवाना, मैं दीवाना

अवि : "ना जाने कैसे
दिन गुजारे है
तुम हमारे हो
हम तुम्हारे है"

राजवीर : "बाहों में तेरी
दिन–रात रहूँ
जग छोड़ दूं में
ओ तेरे साथ रहूं।"

अवि : "तेरा मेरा रिश्ता है कैसा?
एक पल दूर गवारा नहीं।"

राजवीर : "बिना पल गंवाए अब आ भी जाओ।"

अवि : "तुमसे मिलने की तमन्ना है
प्यार का इरादा है"

राजवीर : "मिली जब से नजर
तब से जाने जिगर

मैं हो गया दीवाना

मैं हो गया दीवाना

अब जाने क्या होगा

जाने जाना।

अब ज्यादा नहीं, आ भी जाओ।"

अवि: कुछ भी न कहते

हम तो हारे है

हम तुम्हारे है

तुम हमारे हो।

बस चंद मिनटों में आई। राज तुमसे बातें करने का मजा ही कुछ ओर है।

कुछ ही मिनटों में अवंतिका डाइनिंग हॉल में आ गई। राजवीर की नजर दरवाजे पर ही टिकी हुए थी। उसकी थाली सजी हुई थी लेकिन उसमें से एक कौर भी राजवीर ने नहीं खाया था।

अवि को आते देख राजवीर अपनी चेयर से खड़ा हो गया। दोनों हाथ फैलाकर जोर से बोला,

राजवीर : "जब तक जीयू मैं,

जीयू साथ तेरे,

फिर चांद बन जाऊं,

तेरी गली का।"

अवंतिका ने जब ये सुना बिना लाज लज्जा के दौड़ती हुई आई और राजवीर के सीने से लग गई।

डाइनिंग हॉल में सब लोग खड़े होकर ताली बजाने लगे।

अवि : "बहुत इमोशनल हो यार तुम। आखिर बुलाया क्यों है? "

राजवीर : "बताओ, अवि आज क्या स्पेशल है? "

अवि : "कुछ भी तो नहीं।"

राजवीर : "सोचो भी।"

अवि : "नहीं ध्यान आ रहा।"

राजवीर : "ओके मैं ही बता देता हूँ, आज हरतालिका तीज है।"

अवि : "तो क्या हुआ? "

राजवीर : "पूरे दिन से तुमने अन्न का दाना भी नहीं लिया और मैं खा लूं। ये मुझे गवारा नहीं।"

अवि : "आज मैं, पूरे दिन कुछ नहीं लेती। पता है ये व्रत करते क्यों है?"

राजवीर : "नहीं तो।"

अवि : "पागल, पति की लंबी उम्र की कामना के लिए। ये तुम्हारे लिए किया गया व्रत है।"

राजवीर : "अच्छा, अभी से। तुम मेरे बारे में जानती ही क्या हो? मैं कौन हूँ? कहाँ से हूँ? मेरा परिवार कौन है? "

अवि : "मैं सब जानती हूँ।"

राजवीर : "अच्छा सब जानती हो। हाँ, बताओ क्या जानती हो? "

अवि : "एक राज है जो सिर्फ मेरा है। इसके सिवाय मुझे जानना भी क्या है।"

राजवीर : "जब तुमने मुझे अपना मान ही लिया है तो मेरी बात भी मान लो।"

अवि : "हाँ बोलो, क्या चाहते हो।"

राजवीर : "मेरे साथ खाना खा लो। तुमने अभी तक कुछ भी नहीं खाया है।"

अवि : "मैं सब मानने को तैयार हूँ पर आपकी ये बात नहीं।"

राजवीर : "जब तुम व्रत मेरे लिए कर रही हो तो फिर मैं ही तो तुम्हें अनुमति दे रहा हूँ। अब तो मान जाओ।"

अवि : "ना, राज ना।"

राजवीर : "फिर तो मैं भी नहीं खाऊंगा।"

अवि : "ये क्या बात हुई। तुम्हारा कोई व्रत थोड़े ही है।"

राजवीर : "मेरी भी हरतालिका, तुम्हारे लिए। पार्वती जब शिव के लिए कर सकती है तो शिव पार्वती के लिए व्रत क्यों नहीं रख सकता।"

अवि : "तुम बहुत जिद्दी हो।"

अवंतिका की आंखो में आंसू थे। वैसी ही थाली छोड़कर दोनों डाइनिंग हॉल से बाहर जाने लगे।

डाइनिंग हॉल में लाइट म्यूजिक चल रहा था

"जहाँ तू है

वहाँ मैं हूँ,

मेरे दिल की

तू धड़कन है

मुसाफिर मैं

तू मंजिल है

मैं प्यासा हूँ

तू सावन है

मेरी दुनिया

ये नज़रें है

मेरी जन्नत

ये दामन है"

राजवीर और अवंतिका का प्यार परवान चढ़ रहा था दोनों हमेशा साथ रहना चाहते थे उन्हें दोनों के बीच थोड़ी भी दूरी गवारा नहीं थी। हर पल एक दूसरे के ख्यालों में डूबे रहते थे। राजवीर और अवंतिका को सिर्फ ट्रेनिंग पूर्ण होने का इंतजार था। जैसे ही ट्रेनिंग पूरी हो जाए वो अपने प्यार को पूर्णता प्रदान करना चाहते थे। दोनों चाहते थे कि शादी के बंधन में जल्दी से बंध जाए। राजवीर अवंतिका के कमरे पर आया था। जब भी मौका मिलता दोनों साथ ही रहते थे। दूर होना उनकी मजबूरी थी। दोनों की जोड़ी बहुत खूबसूरत थी।

राजवीर : "यार अवि,,,, ये ट्रेनिंग कब पूरी होगी। अब मैं ज्यादा इंतजार नहीं कर सकता हूँ।"

अवंतिका : "एक समय वो भी आएगा जब हमारी ट्रेनिंग पूरी हो जायेगी। इतनी भी क्या जल्दी है? "

राजवीर : "अवि,,,,,, समझती ही नहीं हो। जैसे ही ट्रेनिंग पूरी होगी मैं तुम्हारे मम्मी-पापा से मिलकर तुम्हारा हाथ मांग लूंगा।"

अवंतिका : "सिर्फ़ हाथ,,,,,, (हँसते हुए)"

राजवीर : "अरे बाबा,,, हाथ मिलेगा तो साथ मिलेगा न। (अवंतिका के पास जाते हुए)"

अवंतिका : "समझ रही हूँ मजाक कर रही थी।"

राजवीर : "जैसे ही ट्रेनिंग पूरी हो जाए,, तुम्हारे मम्मी-पापा से मिलकर जीवन भर के बंधन में बंध जाता हूँ।"

अवंतिका : "अगर मम्मी-पापा ने मना कर दिया तो क्या करोगे राज?" (अवंतिका ने हँसते हुए पूछा)

राजवीर : "ना क्यों बोलेंगे, दिखने मे अच्छा हूँ, खूबसूरत हूँ,,, और अच्छी पोस्ट पर हूँ। अपने दामाद में उनको ओर क्या चाहिए?"

अवंतिका : "ये भी तो हो सकता है राज कि तुम्हारे मम्मी-पापा मुझे स्वीकार नहीं करें। तब क्या करोगे?"

राजवीर : "तुमको भगाकर के जाऊंगा (हँसते हुए), चलोगी न मेरे साथ।"

अवंतिका : "सात जन्मों तक तुम्हारा पीछा नहीं छोड़ूंगी। प्यार किया ऐसे थोड़ी जाने दूंगी।"

राजवीर : (उसका हाथ अपने हाथ में लेकर) "अवि,,,,, मैंने कभी नहीं सोचा था कि तुम्हारे जैसा जीवन साथी मुझे मिलेगा।"

अवंतिका : "मैंने भी राज। वाकई जोड़ियां आसमान में तय होती है। मैं बहुत खुश हूँ राज बहुत खुश।"

दोनों हाथ फैलाकर अवंतिका गोल गोल घूमने लगी। फिर रुक कर राज की बाहों में आ गई।

राजवीर : "तुम्हें क्या बताएं तुम मेरे क्या हो,

मेरी जिन्दगी का तुम ही आसरा हो।"

अवंतिका : "कसम खुदा की,

यही कहूँगी,

तुम्हारे बिन मैं जी ना सकूंगी।"

अवंतिका ने राजवीर को जोर से धक्का दिया। सोफे पर अवंतिका राजवीर के ऊपर थी। अवंतिका ने दोनों कोहनियों को मोड़ते हुए राजवीर के सीने पर रखकर उसकी आंख में आंख डालकर देख रही थी। अवंतिका की जुल्फें लहराकर राजवीर के चेहरे पर आ गई थी। कमरे में खामोशी थी पर दोनों के दिलो में तूफ़ान था।

अवंतिका : "राज हजारों चेहरों में तुम दिल को अच्छे लगे। वरना न चाहत की कमी थी, न चाहने वालों की।"

राजवीर : "तुम्हें इन लकीरों में लिखा कर लाया हूँ अवि। लकीरें मिट सकती है मेरा प्यार नहीं। अवि ये मेरा तुमसे वादा है।"

अवंतिका : "वो तो समय ही दिखाएगा कि तुम मुझसे कितना प्यार करते हो।"

राजवीर : "बेइंतहा,,,, क्षितिज से भी आगे तक।"

अवंतिका : "लव यू राज,,,"

राजवीर : "लव यू टू।"

अवंतिका प्यार के नशे में डूबी जा रही थी। पलकें धीरे– धीरे बंद हो रही थी। भंवरा फूल का रसास्वादन करते हुए फूल की पंखुड़ियों मे समा रहा था। ऐसे मिल रहे थे जैसे कि समुद्र की दो लहरे, मिलकर एक हो गई हो। राजवीर कौंध सा गया अवंतिका को एक हाथ से दूर करते हुए सोफे से खड़ा हो गया।

राजवीर : "नहीं अवंतिका,,,, मैं तुम्हें टुकड़ों में नहीं पाना चाहता हूँ। मैं मेरी अवंतिका को पूर्णता में स्वीकार करना चाहता हूँ।"

अवंतिका : "सॉरी राज, मैं भावनाओं में बहती जा रही थी।"

राजवीर : "ओह इट्स ओके, इसमें सॉरी की कोई बात नहीं।"

अवंतिका : "राज, आज तुमने सिद्ध कर दिया कि तुम दिल के बहुत अच्छे हो। पहले में तुमसे बेइंतहा प्यार करती थी अब मैं तुम्हारा बेइंतहा सम्मान भी करती हूँ।"

राजवीर ने अवंतिका को अपनी बाहों में ले लिया।

अभिनव अवंतिका और राजवीर के बढ़ती नजदीकियों से बहुत आहत और दुःखी था। राजवीर दोस्त और सीनियर ऑफिसर था लेकिन उसको अपने प्यार में रोड़ा लगता था। दोस्ती और प्यार में, प्यार का तराजू ज्यादा झुका हुआ था। वो अवंतिका का प्यार पाना चाहता था चाहे उसके लिए दोस्ती की कुर्बानी ही क्यों न देनी पड़े। अभिनव ने अवंतिका को कॉल मिलाया।

"क्या कर रहे हो अवंतिका?"

"ए आई प्रिपरेशन चल रही है कल टेस्ट देना है। उसी में लगी हुई हूँ।"

अवंतिका लैपटॉप पर काम करते हुए बात कर रही थी।

"वेरी गूड़, यू आर वेरी सिंसियर, तुम्हारे पापा बहुत बड़े बिल्डर है तुम्हें इतनी मेहनत करने की कहाँ जरूरत है। वैसे भी तुम ऑफिसर तो बन गई हो।"

अभिनव ने बात घुमाते हुए कहा।

अवंतिका : "अभि परफेक्शन भी कोई चीज होती है। मैं जिस काम को करू उसमें मुझे पूर्ण दक्षता हो तब ही तो काम करने का आनंद अनुभूत होता है।"

अभिनव : "मजाक कर रहा हूँ तुम बिल्कुल सही बोल रही हो। हमारे जॉब में पहली डिमांड ही परफेक्शन है। मैं तुमसे एक बात शेयर करना चाहता हूँ।"

अवंतिका : "ऐसी क्या बात है?"

अभिनव : "वैसे कोई खास तो नहीं है पर मुझे लगा तुम मेरी अच्छी दोस्त हो इसलिए तुम्हें बताना जरूरी समझा। रुको मैं तुम्हारे कमरे पर आ रहा हूँ वहीं बैठ कर पूरी बात करता हूँ।"

अवंतिका : " जल्दी से आ जाओ, मैं तुम्हारा इंतजार कर रही हूँ।"

अभिनव अवंतिका के बोर्डिंग कमरे में पहुँच गया।

अवंतिका : "अब ज्यादा पहेलियां मत बुझाओ सीधे—सीधे बता दो।"

अभिनव : "मैंने अपने साथी मित्रों से राजवीर के बारे में जानकारी जुटाई है। उसका मामला कुछ ठीक नहीं है।"

अवंतिका : "ऐसी क्या जानकारी मिल गई है जिसके आधार पर तुम ऐसा बोल रहे हो।"

अभिनव : "राजवीर जैसा दिखता है वैसा है नहीं। तुम उससे दूर ही रहो, उसी में तुम्हारी भलाई है। देखो मेरे क्या, फिर कभी भविष्य में ये मत बोलना कि तुम मेरे दोस्त थे। तुमने मुझे आगाह क्यों नहीं किया? "

अवंतिका : "खुल कर बोलो ऐसा क्या है?"

अभिनव : "पास आओ, सुनो कुछ तो ऐसा भी बता रहे है कि हो सकता है राजवीर अंडर कवर एजेंट है जो किसी ओर देश के लिए काम करता है। देखो सुना है पक्का पता नहीं है। मैं तो सिर्फ तुमको आगाह कर रहा हूँ।"

अवंतिका : "पर मुझे तो कभी ऐसा नहीं लगा।"

अभिनव : " वो तुमको सामने से बताएगा क्या? हो सकता है वो तुम्हें प्रेम जाल में फँसा कर अपना काम निकाल रहा हो।"

अवंतिका : "डराओ मत,,,।"

अभिनव : "मैं डरा नहीं रहा हूँ जो सुना है बता रहा हूँ। थोड़ी सचेत रहना। साथ ही उससे दूरी बनाकर रखो।"

अवंतिका : "राजवीर ऐसा नहीं हो सकता। मेरा दिल कहता है।"

अभिनव : "तुम से बढ़ती नजदीकियां,,, वो भी कम समय में। मुझे तो अब अंदेशा होने लगा है।"

अवंतिका : "मेरा प्यार इतना बेवफा व खुदगर्ज नहीं हो सकता। ओह माई गॉड मुझे कुछ समझ नहीं आ रहा है। तुमने तो मुझे भ्रमित कर दिया है।"

अभिनव : "तुम उसकी अच्छी दोस्त हो न।"

अवंतिका : "हाँ बिल्कुल, उससे भी ज्यादा।"

अभिनव : "तो क्या तुम्हें, उसने अपनी व्यक्तिगत लाइफ, परिवार के बारे में कुछ भी बताया। बोलो,,,जबकि तुम्हारे बारे में, मेरे बारे में वह सब कुछ जानता है। अब मिले तो तुम उसकी व्यक्तिगत जानकारी लेने का प्रयास करना। शायद वो तुमको शेयर ही नहीं करेंगा। देखना,,,"

अवंतिका : "हाँ यार अभि, अभी तक मैंने इस बात पर कभी गौर ही नहीं किया।"

अभिनव : "अब गौर भी करो, सचेत रहो और उससे दूर भी।"

अवंतिका : "मैंने तो उसके संग जीवन के कितने सपनें बुने थे। पर तुम्हारी बातो से मुझे भी उस पर शक होने लगा है।"

अभिनव : "बिल्कुल सही दिशा में जा रही हो। बी केयरफुल।"

अवंतिका : "यार अभि मेरा मन रो रहा है, कुछ भी अच्छा नहीं लग रहा है क्या कोई ऐसा भी हो सकता है? क्या मेरे साथ धोखा हुआ है?"

अभिनव : "मुझे तो लगता है कि तुम्हारे साथ धोखा हो रहा है। अब आगे मिलो तो ध्यान से।"

अवंतिका की आंखो में आंसू आ गए। उसने अपना सिर अभिनव के कंधे पर रख कर रोनें लगी। अभिनव उसके सिर पर हाथ घूमा रहा था।

अभिनव : "मैं हूँ ना। तुम इतनी चिंता क्यों कर रही हो।"

अवंतिका : "मेरा मन क्यों नहीं मान रहा है,,,, मुझे कुछ समझ में नहीं आ रहा है। हे राम तूने मुझे किस दुविधा में डाल दिया। मुझे तो लगता था कि राजवीर जैसा कोई नहीं।"

अभिनव : "बिल्कुल, राजवीर जैसा गद्दार कोई नहीं।"

अवंतिका: "प्लीज अभि तुम राजवीर के बारे में ऐसा मत बोलो। मुझे नहीं लगता वो ऐसा है।"

अभिनव : "तुम्हें क्या लग रहा है ये महत्वपूर्ण नहीं है। तुम्हारा उससे सचेत रहना ज्यादा महत्वपूर्ण है।"

अवंतिका : "हाँ,,,,, मैं उससे दूर रहने की कोशिश करूंगी,,, संभव तो नहीं है फिर भी,,,,,,।"

अवंतिका अब अभिनव से गले लग, बिलख—बिलख कर रोनें लगी।

अभिनव ने अवंतिका के कान मे जहर उड़ेल कर पूर्ण रूप से भ्रमित कर दिया था। अवंतिका राजवीर को अपना सब कुछ मान चुकी थी। उसे अपना जीवन साथी बनाना चाहती थी लेकिन अभिनव की बातों ने उसे आहत कर दिया था। उसका मन उद्विग्न था दिल कह रहा था कि मेरा राजवीर ऐसा नहीं हो सकता है जबकि मन बार—बार उसे सचेत रहने के संकेत दे रहा था। अवंतिका ऐसे द्वंद्व में फंसी थी जिसका निराकरण वो स्वयं ही कर सकती थी। अवंतिका राजवीर से मिलकर अपने मन के दर्पण को साफ करना चाहती थी। अवंतिका अपने ही कमरे में चहलकदमी करते हुए सोच रही थी।

"राजवीर से बात करूं तो करूं कैसे? कुछ समझ नहीं आ रहा है,,,,,अगर मैं राजवीर से इस बारे में पूछ लेती हूँ,,,,पर,,,,,,पर,,,, अगर उसको बुरा लगा तो,,,,,,,। उफ्फ,,,,, बिना बात किए मन शांत भी तो नहीं होगा,,,,,, बात करूं और अगर वो आहत हुआ तो,,,,, मेरा प्यार मुझसे बिछड़ जाएगा,,,,, पर मुझे एक निर्णय पर तो पहुँचना पड़ेगा,,,,,, चलो बात कर ही लेती हूँ।"

अवंतिका ने मोबाइल निकालकर राजवीर को कॉल मिलाया,

"हेलो,,, राज,,, क्या कर रहे हो?

"अरे हाँ, अच्छा हुआ अवि कि तुम्हारा कॉल आ गया। मैं तुमको कॉल करने ही वाला था। मेरे मार्कोस कमांडो की ट्रेनिंग शुरू होने वाली है। मैं उसमे व्यस्त हो जाऊंगा। क्यों न हम एक बार मिल लें।"

"हाँ, मैं भी तुमसे मिलना चाहती हूँ। बोलो मैं तुम्हारे क्वार्टर पर आ जाऊं।"

अवंतिका रूखे हुए मन से बात कर रही थी।

"इससे बेहतर क्या हो सकता है अवि, ये भी कोई पूछना पड़ता है। जब मेरे दिल के दरवाजे तुम्हारे लिए खुले हुए है तो फिर इन दरवाजों की अहमियत ही क्या है?"

राजवीर ने हँसते हुए कहा।

"हाँ,,, हाँ,,, ठीक है,,, ठीक है,,,,,मैं आती हूँ।"

अवंतिका ने मोबाइल कॉल डिस्कनेक्ट करते हुए कहा। अवंतिका का मूड अच्छा नहीं था। उसके चेहरे पर छाई उदासी को सहज रूप से देखा व महसूस किया जा सकता था। तेज चाल से वो राजवीर के क्वार्टर पहुँच गई। उसने जोर से दरवाजा खट खटाया,

"वेलकम अंदर आ जाओ, दरवाजा खुला है।"

राजवीर ने आवाज देते हुए कहा।

मायूस मन था, चेहरा बुझा— बुझा था, मुंह लटका हुआ था फिर भी चेहरे पर हल्की—सी मुस्कान थी। अवंतिका राजवीर के सामने खड़ी थी।

"तुम इतना जो मुस्करा रहे हो, क्या गम है जिसको छिपा रहे हो।"

राजवीर ने मुस्कराते हुए अवंतिका को कहा।

"मेरा मूड ठीक नहीं है, तुम्हारी शायरियों को सुनने की मुझे जरा भी इच्छा नहीं है।"

अवंतिका ने नाराज होते हुए कहा।

"मेरी, अवि का मूड किसने खराब कर दिया,,,, अवंतिका एक बार उसका नाम बता दो, एक पंच में उसको ढेर कर दूंगा।"

अवंतिका के कान को पकड़ते हुए राजवीर ने कहा।

"बोलो क्या लोगे, ठंडा या गरम।"

"इतनी ज्यादा औपचारिकता मत दिखाओ।"

अवंतिका ने तंज कसते हुए कहा।

"बड़े गुस्सा हो, ऐसी क्या गुस्ताखी कर दी मैंने। मुझे अब लग रहा है कि तुम वास्तव में नाराज हो।"

राजवीर ने हाथ पकड़कर अवंतिका को सोफे पर बिठाया। फिर उसका हाथ, हाथ में लेकर बैठ गया। फिर राजवीर ने अवंतिका को धीरे से पूछा,

"हाँ अब बोलो,,, क्या बात है जो तुम मुझसे इतने ख़फा हो।"

"मैं आपसे कुछ जानना चाहती हूँ।"

"किस बारे में?"

"आपके परिवार के बारे में। आप कहाँ से हो? आप किस परिवार से हो? आपके मम्मी—पापा क्या करते है? परिवार में कितने सदस्य है?"

राजवीर ने हँसते हुए कहा,

"इतने सारे प्रश्न वो भी एक ही सांस में?"

"घबरा क्यों रहे हो, सीधा बता ही दो न।"

अवंतिका ने रूठे हुए अंदाज में बोली,

"ओह, इतनी सी बात और इतनी बड़ी नाराजगी,,, तुम मेरे जीवन का हिस्सा बनने वाली हो,,,, सही समय आने पर मैं तुम्हें सब कुछ बता दूंगा। इतनी भी क्या जल्दी है?"

"मुझे बातों में मत घुमाओ, जो पूछा है उसका ही सीधा—सीधा जवाब दो।"

अवंतिका ने राजवीर के हाथ से अपना हाथ झटकते हुए दूर कर लिया।

"अवि बता दूंगा,,,,।"

"अभी,,,,"

"परिवार के बारे में बताना कोई बड़ा इश्यू नहीं है पर,,,,तुम अच्छे से जानती हो कि मैं बड़ी और जिम्मेदार पोस्ट पर हूँ जिसमें मेरी व्यक्तिगत जानकारी किसी को साझा करना, रूल्स का उल्लंघन होगा। पर मैं तुम्हें इतना आश्वसत करता हूँ कि जब तुम्हें मेरे परिवार के बारे में जानकारी मिलेगी, तुम निराश नहीं होगी।"

"तुम्हारे लिए प्यार ज्यादा महत्वपूर्ण है या जॉब।"

अवंतिका ने गुस्से में बोला।

"जज्बातों से मत खेलो अवि,,,, दोनों बातें अलग-अलग है और दोनों ही महत्वपूर्ण है। मैं अपने स्वार्थ के लिए नियमों की तिलांजलि दे दूं ये भी तो गलत है। मैंने ये जॉब देश सेवा के लिए अपनाया है अन्यथा मुझे कोई जॉब करने की जरूरत नहीं थी। प्लीज़ इतनी छोटी बात को लेकर नाराज होने की जरूरत नहीं है। "

"छोटी बात आपके लिए होगी मेरे लिए नहीं, दूसरी बात, देश सेवा और कर्तव्य की जो बात कर रहे हो, ये शब्द आपके मुंह से जरा भी अच्छे नहीं लगते है। आप कौनसा अडानी–अम्बानी की संतान हो जो, जॉब अपनाने की बात कर रहे हो।"

अवंतिका ने गुस्से में कहा।

"यू क्रॉस योर लिमिट अवंतिका,,,,,,,, मैं तुमसे बाद में बात करता हूँ। अभी तुम गुस्से में हो जब तुम्हारा मन शांत होगा तब मैं तुमसे बात करूंगा।"

राजवीर भी गुस्से में आ गया फिर खुद को संभालते हुए अवंतिका को समझाने की कोशिश की। अवंतिका गुस्से में तिलमिलाती हुई, बिना कुछ बोले तेज गति से राजवीर के क्वार्टर से निकल गई।

ट्रिंग–ट्रिंग,,,,,,ट्रिंग–ट्रिंग,,,,,,,ट्रिंग–ट्रिंग,,,,,,,ट्रिंग–ट्रिंग,,,,,,,,, अवंतिका के मोबाइल की रिंग लगातार बज रही थी।

"कौन है? लगातार कॉल कौन कर रहा है?"

अवंतिका का मोबाइल चार्जिंग पर था। मोबाइल की रिंग को देखते हुए,

"ये राजवीर को भी कुछ समझ आता है या नहीं। लगातार फोन किए जा रहा है। मुझे कोई बात नहीं करनी,,,, जब मैं सामने से बात करने गई तब तो उल्टी–सीधी बातें करने लग गया। अपने आप को बड़ा बताने के लिए मुझे बोलता है,,,, जॉब अपनाया है,,,, वाह रे,,, अंबानी की संतान। (हँसते हुए) अभिनव मुझे सही बोल रहा था कि राजवीर किसी भी स्थिति में उसके परिवार के बारे में नहीं बताएगा। बताएं कैसे मन में चोर जो है। दाल में कुछ काला है,, अब तो मुझे भी ऐसा ही लगने लगा है। मैं राजवीर को समझ क्यों नहीं पाई,,,,, उफ्फ,,।"

राजवीर का कॉल लगातार आ रहा था परन्तु अवंतिका रिसीव नहीं कर रही थी। अवंतिका को एक ओर गुस्सा भी था तो दूसरी ओर आंखो में आंसू भी, अब उसे अभिनव द्वारा की गई बातो पर यकीन होने लग गया था। राजवीर के लगातार आते कॉल से परेशान हो कर अवंतिका ने गुस्से में कॉल उठा लिया,,,

"समझ नहीं आता है क्या? जब कोई सामने वाला कॉल रिसीव नहीं कर रहा है तो समझ जाना चाहिए की वो व्यस्त है। लगातार घंटी किए जा रहे हो। आयंदा मुझे कॉल मत करना समझे।"

अवंतिका ने कॉल डिस्कनेक्ट कर दिया। अब राजवीर अवंतिका की नाराजगी की गम्भीरता को समझ रहा था। राजवीर सोचने लगा,

"शायद, अवंतिका को कोई न कोई मिस अंडरस्टैंडिंग हुई है अन्यथा इतना रूखा व्यवहार तो उसने आज दिन तक नहीं किया। मुझे उसके पास जाना चाहिए,,,,।"

राजवीर अवंतिका से मिलने के लिए निकल गया।

"अवंतिका प्लीज ओपन दी डोर।" राजवीर ने दरवाजा खटकाते हुए कहा। अवंतिका ने गुस्से से दरवाजा खोला,

"बोलो क्या काम है? प्लीज मुझे कल के टेस्ट की तैयारी करनी है मेरे पास टाइम नहीं है।"

"अवंतिका शायद तुम्हें गलतफहमी हो गई है,,, अगर तुम मुझसे बात करना नहीं चाहती हो,,, या तुम मुझसे रिश्ता नहीं रखना चाहती हो तो कोई बात नहीं। पर ऐसा मैंने क्या कर दिया है? जिसको लेकर तुम इतना गुस्सा कर रही हो,,, आज के बाद मैं तुम्हारे दर पर कभी नहीं आऊंगा ये मेरा वादा रहा पर जाने से पहले मेरी क्या गलती है वो तो मुझे एक बार बता दो।"

राजवीर की गम्भीरता को देखकर अवंतिका के तेवर थोड़े कम हुए। अवंतिका ने राजवीर से कहा,

"अंदर आ जाओ, जब मैं आपसे बात करने आई थी तब मुझे आपने किसी भी बात का जवाब नहीं दिया,, ऊपर से आदर्श की बातें करने लग गए थे। मैं आप पर ट्रस्ट करती हूँ पर आप है कि किसी भी बात का जवाब ही नहीं देते ये क्या तरीका है? "

"आज मैं अपने उसुलों को साइड लाइन करता हूँ, पूछो क्या पुछना चाहती हो?"

राजवीर ने गंभीरता पूर्वक कहा।

"मुझे तुम्हारे बारे में जानना है वो भी डिटेल में।"

"मुझे ये वादा करो कि मैं जो जानकारी देने वाला हूँ वो तुम किसी के साथ भी शेयर नहीं करोगे। किसी भी परिस्थिति में।"

राजवीर ने अवंतिका से वादा लेते हुए कहा।

अवंतिका ने उत्सुकतावश पूछा,

"आप कहाँ के हो?"

"मेवाड़, उदयपुर से।"

"आपकी फैमिली?"

राजवीर ने मोबाइल निकाला उसमें उसके दादाजी शंकर रॉय की इमेज अवंतिका को दिखाते हुए बोला,

"इस व्यक्ति को आप जानती हो?"

अवंतिका मोबाइल की इमेज को ध्यान से देखते हुए बोली,

"ये तो राय इंडस्ट्रीज के मालिक, शंकर रॉय है। देश के टॉप टेन अमीरों में से एक। आप इनकी फोटो मुझे क्यों दिखा रहे हो?"

राजवीर ने धीरे से बोला,

ये मेरे दादाजी है, मैं उनके बड़े बेटे कमलनाथ जी की संतान हूँ।"

अवंतिका को एक बार फिर राजवीर की बातो पर विश्वास नहीं हो रहा था। संशय में उसकी आंखे फटी की फटी रह गई। राजवीर ने मोबाइल निकाला और दादाजी शंकर रॉय को वीडियो कॉल मिला दिया। राजवीर को बुआ अनंता की आकस्मिक मृत्यु और दादी जी के ऑपरेशन की कोई जानकारी नहीं थी। रॉय फैमिली भी नहीं चाहती थी कि राजवीर को इस बारे में कोई भनक भी लगे इसलिए सारे गम छिपाते हुए शंकर रॉय ने वीडियो कॉल रिसीव किया।

"दादाजी,,,,, आपकी तबीयत खराब है क्या?"

"नहीं तो बेटा, कितने दिन से तेरे कॉल का मैं इंतजार कर रहा था। तेरा चेहरा देखकर मुझे सुकून मिला बेटा, तू कैसा है?,,, तेरी खूब याद आती है राज।"

"दादाजी मेरी छोड़ो, आपका चेहरा बता रहा है कि आपकी तबीयत ठीक नहीं है बताओ आपको क्या हुआ है?"

राजवीर ने दादाजी शंकर रॉय से पूछा।

"बेटा काम की थकान।"

"इतना काम मत करो दादाजी,,, खुद के लिए भी समय निकालो।"

"हाँ बेटा, अब मैं ध्यान रखूंगा।"

"दादाजी, बुआ जी, दादी जी पापा, मम्मी सब कैसे है?"

"सब ठीक है बेटा, तुझे याद करते है। तू अपना ख्याल रखना। बेटा,,, मैं तेरे जज्बात को समझता हूँ पर तुझे थोड़ा भी उन्नीस-बीस लगे तो जॉब छोड़कर घर चले आना। मैंने तेरी भावनाओं की कदर कर अनुमति दी है।"

"हाँ, दादाजी जानता हूँ। आप मुझे मना करते तो मैं आपकी बात मान लेता। पर मेरे अच्छे दादाजी,,,,, मेरे प्यारे दादाजी मेरे को अच्छे से जानते है। मेरी भावनाओं को समझते है। लव यू दादाजी। "

"बेटा, खुश रहो,, खूब आगे बढ़ो।"

"दादाजी मैं अब फोन रखता हूँ। सभी को याद कहना, मैं आपको दुबारा कॉल करूंगा।"

राजवीर ने फोन डिस्कनेक्ट करते हुए कहा।

अवंतिका मोबाइल कैमरा से बचते हुए राजवीर और शंकर रॉय की पूरी बातचीत को देख व सुन रही थी। शंकर रॉय के साथ वीडियो कॉल होने के बाद उसके मन में द्वंद्व के बादल हट चुके थे। अवंतिका का मन ग्लानि से भर गया था। उसकी आंखो में आंसू थे,,, भरी हुई आंखो से अवंतिका राजवीर को कहने लगी,,,,,,,,,,,,,।

राजवीर और अवंतिका के रिश्ते को विच्छेदित करने का प्रयास अभिनव द्वारा किया गया जो लगभग निष्प्रभावी हो गया था। दोनों के बीच द्वंद्व, मिस अंडरस्टैंडिंग का कोहरा छट चुका था। जब राजवीर ने उसके दादाजी शंकर रॉय से वीडियो कॉल से बात की जिसको अवंतिका ने देखा। उसके मन में राजवीर के विरुद्ध जो जहर भरा था वो अश्रुओं के माध्यम से बाहर निकल गया था। अवंतिका रोते हुए राजवीर के कदमों में आकर गिर पड़ी। रोते हुए राजवीर से कहने लगी,

"राज मुझे माफ़ कर सको तो कर देना,,,,,, मेरी गलती अक्षम्य है,,,, मैं,,,,,,, बिना सोचे समझे तुम पर शक कर बैठी थी,,,,,,, आप बहुत सरल व सहज हो,,,,,इतने बड़े घराने का व्यक्ति होने के बावजूद भी कभी भी चेहरे पर आपने झलकने नहीं दिया,,,,,, आपने मुझे इतना प्यार दिया बदले में मैंने आप पर ही शक किया। मुझे माफ़ मत करो राज,,,, मैं आपकी माफ़ी लायक नहीं हूँ। आपको मैंने बिना सोचे समझे कितना अनर्गल बोला,,,, ईश्वर मुझे माफ़ नहीं करेंगा,,,,,,। "

अवंतिका लगातार राज के पैर पकड़कर रो रही थी। राज ने झुककर दोनों हाथों से खड़ा किया,,, फिर अवंतिका को अपने सीने से लगा लिया।

"होता है,,,,, इतना विलाप मत करो अवि,,,,, गलतियां सभी से होती है,,, और तुमने ऐसी कोई बड़ी गलती नहीं की है, तुम्हारा मन बहुत निर्मल है, अवि तुम्हें मेरे परिवार के बारे में जानने का तुम्हें पूरा हक है। डांट रिग्रेट,,,,प्लीज।"

"राज तुम बहुत अच्छे हो,,, इतने बड़े परिवार से होकर भी देश प्रेम का आपको जो जज़्बा है वो प्रशंसनीय है,,,मैं आपको सैल्यूट करती हूँ राज,,,,, सैल्यूट राज,,,, हाँ राज,,,तुम पर ये चरितार्थ होता है।

"वो अमीर अमीर ही क्या, जिसका दिल फ़क़ीर ना हो

वो फ़क़ीर फ़क़ीर ही क्या, जिसका दिल अमीर ना हो।"

राज तुम अमीर भी हो और फकीर भी, मैं तुम्हें पाकर धन्य हो गई। अब मुझे जितना जल्दी हो सके अपना जीवन साथी बना लो,,, मैं आपकी हो चुकी हूँ,,,, आपने मेरा मन, दिल जीत लिया है। थैंक गॉड आपने मुझे राज जैसा जीवन साथी दिया है,,,, राज,,,,मेरे राज,,,,।"

अवंतिका राजवीर के सीने पर सिर रख कर सिसक रही थी।

"अब शांत भी हो जाओ अवि,,,, मैं तुमसे कोई नाराजगी नहीं है। आज मैं तुमसे वादा करता हूँ कि मेरी जीवन साथी अवंतिका ही होगी। ये मेरा तुमसे वादा है अवि,,,,।"

राजवीर ने अवंतिका को ढाँढ़स बंधाते हुए कहा।

"थैंक्स माय डियर राज,,, मैं आज से आपकी ही हूँ,,, (हँसते हुए) हमारे बेटे का नाम अविराज रखूंगी।

अश्रुओं के बीच दोनों हंस रहे थे।

"अवंतिका मैं तुमसे कुछ दिन दूर रहूँगा,,, शायद मुझे तुमसे बात करने का मौका नहीं मिलेगा,,, मेरी मार्कोस ट्रेनिंग शुरू होने वाली है, अब मैं कंप्लीट मेन बनकर मिलूंगा।"

"राज आप तो कंप्लीट मेन ही हो, हाँ कुछ दिनों के लिए मैं आपको मिस करूंगी पर आप मेरे दिल में बसते हो। जल्दी से आ जाना। दोनों एक दूसरे को गले मिले फिर राज अपने क्वार्टर पर जाने लगा।

अगले दिन राजवीर मार्कोस ट्रैनिंग सेंटर पर पहुँच गया था। बिना औपचारिकता के मैंन ट्रेनर स्टेज पर आ गया, उसने सभी को संबोधित करते हुए अपना सेशन आरंभ कर दिया,

"आप सभी में से कुछ साथी ही ये ट्रेनिंग पूर्ण कर पाएंगे। आप जितने शरीर से मजबूत है उससे ज्यादा आपको मन से मजबूत होना पड़ेगा। कोई भी लड़ाई सबसे पहले अपने मन मस्तिष्क में जीती जाती है उसके बाद फील्ड पर," मन के हारे हार है मन के जीते जीत।" इसलिए साथियों अपने मस्तिष्क को, मन को आज, अभी ये कमांड दे दो कि या तो हम अपना लक्ष्य प्राप्त करेंगे या इस मिट्टी में मिल जायेंगे। ऐसी काया भी क्या काम की जो हमारे नियंत्रण में नहीं हो। मैं आपको विश्वास दिलाता हूँ कि आप यहाँ से सफल होकर निकलेंगे। मार्कोस सिर्फ कमांडो नहीं ये जोश है, जज्बा है, जो दुश्मनों के लिए खौफ है, भय है, सैलाब है जो पल भर में सब कुछ धराशाई कर देता है। मार्कोस कमांडो जब जोश के साथ निकलता है तो उसको अपने साथ शेर जैसी तेजी, बाज जैसे हौसले लेकर चलता है। सिर पर काली पट्टी बांधते ही यमराज को परास्त करने का जज्बा पैदा हो जाता है। आप में ऐसा जज्बा एक ऐसा आकार ले जो कि पहाड़ को तोड़ कर रास्ता बना ले। आपको सचेत कर दूं कि हर किसी के लिए मार्कोस ट्रेनिंग क्वालीफाई करना संभव नहीं होता। मार्कोस के नाम से ही दुश्मनों की रूह कांप जाती है। मार्कोस कमांडो, आप लोग मौत को मात देकर तैयार होंगे। आप में नेवी के स्पेशल कमांडो कैपिसिटी तो तैयार होगी ही साथ में आपकी ट्रेनिंग ऐसी होगी कि आप जमीन से लेकर आसमान तक दुश्मनों का खात्मा कर सकेंगे। आपकी ट्रेनिंग सिर्फ समुद्र में ही नहीं अपितु आपको अलग अलग जगह पर ट्रेन किया जाएगा आपको जैसलमर, तवांग, सोनमर्ग और मिजोरम ले जाकर ट्रेन किया जाएगा। आपकी शुरुआती ट्रेनिंग पांच हफ्तों की होगी। दिन मे सिर्फ चार घंटे की नींद आपको मिलेगी

ये ट्रेनिंग इतनी तकलीफ देय होती है कि लोग इसकी तुलना नरक से करते है। आपकी 'हाँ हो "और" हाँ लो "ट्रेनिंग उत्तराखंड में करेंगे। एयर ड्राइविंग के लिए आपको आगरा के पेरा ट्रूपर जंपिंग सेंटर पर और गोताखोरी के लिए कोच्चि के नौ सेना डाइविंग में ले जाएंगे। आपको ओपन एंड क्लॉस सर्किट डाइविंग, एडवांस वेपन स्किल, मार्शल आर्ट के साथ साथ बेसिक कमांडो स्किल, सब मरीन क्राफ्ट ऑपरेशन, एंटी टेररिस्ट ऑपरेशन इन सब पर हमको काम करना है, आर यू रेडी फॉर इट?"

"येस सर, वी.आर. रेडी टू सक्सीड।"

राजवीर ने मार्कोस ट्रेनिंग सफलता पूर्वक पूर्ण कर ली थी। मार्कोस ट्रेनिंग के बाद उसमे बहुत बड़ा परिवर्तन देखा जा सकता था। जितनी आर्टिफिशियल इंटीलीजेंस ओर इन्फोर्मेशन ट्रैकिंग में महारथ हांसिल थी उससे भी बढ़कर वो फाइटिंग स्किल में दक्ष हो चुका था। राजवीर था तो अकेला लेकिन किसी ट्रूप के बराबर की ताकत और दक्षता रखता था। बिना हथियार के भी किसी को भी चंद सैकंड़ो में निपटा सकता था। वो बिजली की गति से वार कर सकता था दस ब्लैक कमांडो को भी धूल चटाने की काबिलियत उसमे विकसित हो गई थी। फिल्मी स्टार की तरह वास्तविक जीवन का सितारा था। इतना सब होने के बावजूद भी उसके चेहरे पर सरलता व सहजता को देखा जा सकता था।

राजवीर मार्कोस ट्रैनिंग पूरी कर पोकरण सेंटर पर लौट आया था। पोकरण आते ही आई.बी. निदेशक गुप्ता जी ने राजवीर को ऑफिस में आने के लिए बुलावा भेजा।

"मैं आई कम इन सर।"

"कांग्रेटिलेशंस आर.आर. नॉट थ्री, ग्रेट,,,,, ग्रेट, अप्रेशिएबल,,,,, मैं आपसे बहुत खुश हूँ, इतने कम समय में मार्कोस जैसी ट्रेनिंग को पूरे करने वाले मेरी जानकारी में आप प्रथम हो। मुझे आपकी काबिलियत पर गर्व है,,,, पहले हमारे रूल्स व रेगुलेशन में आई बी ऑफिसर के लिए इस प्रकार की ट्रेनिंग नहीं हुआ करती थी लेकिन लेटेस्ट सर्विस रूल्स में आपको ये ट्रेनिंग करनी थी गवर्नमेंट अब चाहती है कि आई बी ऑफिसर जरूरत पड़ने एन.आई.ऐ और रॉ का भी काम कर सके। आर आर तुम लगभग ट्रेनिंग पूरी कर चुके हो बस अंतिम चरण का टेस्ट बाकी है मुझे विश्वास है उसे भी आप सक्सेसफुली क्लियर कर लोगे।"

निदेशक गुप्ता ने राजवीर को बधाई देते हुए कहा।

"थैंक्स सर,,, मुझे संतुष्टि है कि मैं आपके नॉर्म्स पर खरा उतर रहा हूँ। में आपके अंतिम टेस्ट में भी सफल होने की पूरी कोशिश करुंगा। कृपया मुझे गाइड लाइन प्रदान करें सर की मुझे करना क्या होगा?"

राजवीर ने विनम्रता से बधाई स्वीकार करते हुए आगे के लिए मार्ग दर्शन मांगा।

"आर.आर. नॉट थ्री अभी तक आपने जो सीखा है उसको रियल फील्ड अर्थात् समाज के बीच रहकर टास्क पूरा करना होगा। इसकी स्पेशलिटी ये होगी कि आपको अपनी गोपनीयता बना कर रखते हुए प्रत्येक पन्द्रह दिन में अलग-अलग टास्क दिया जाएगा। इसके निर्देश आपको मोबाइल पर मैंसेज के माध्यम से दिए जायेंगे। इस ट्रेनिंग के दौरान न तो आप अपने परिवार, न ही मित्रगणों से और न ही डिपार्टमेंट से किसी भी प्रकार का सहयोग प्राप्त नहीं कर पाएंगे। रियल टाइम टेस्ट में आपकी पहचान छुपाए रखना सबसे बड़ा टास्क रहेगा। आप किसी भी परिचित से मोबाइल पर कॉन्टैक्ट नहीं रखे इस बात का आप विशेष ध्यान रखेंगे। एक लास्ट निर्देश,,, आपको इस टाइम पीरियड में आपके बैंक अकाउंट पूर्ण रूप से सीज कर दिए जाएंगे। आपकी दैनिक खर्च के लिए आपको सेल्फ अरेंजमेंट करना होगा। आगे के निर्देश आपको मोबाइल पर बता दिए जायेंगे। आपकी रियल टाइम ट्रेनिंग रियल फिल्ड ट्रेनिंग दो दिन बाद आरंभ कर दी जाएगी।"

आई.बी. निदेशक गुप्ता जी ने राजवीर को काम की रूपरेखा बताई,, राजवीर अभी तक पूर्ण रूप से स्पष्ट नहीं था पर उसको ये अच्छे से मालूम पड़ गया था कि दो दिन बाद उसको निर्वासित और बिना पैसों को जीवन गुजारना है। वो चाहता था कि ये दो दिन अवंतिका के साथ गुजारे। वो एक पल भी गवाना नहीं चाहता था। बातें ज्यादा थी,समय कम था। वो अवंतिका की बाहों में रहना चाहता था। दोनों को मिले लंबा समय हो गया था। जैसे ही गुप्ता जी की ऑफिस से निकला दौड़ते हुए वो बिना समय गंवाए मोबाइल निकाला और अवंतिका से मिलने के लिए फोन मिला दिया,,,,

"हेलो,,,, हेलो,,, अवि मैं तुम्हारे कमरे पर आ रहा हूँ।"

राजवीर ने खुश होते हुए अवंतिका से बात की।

अवंतिका ने कॉल पर कहा,

"नहीं, मैं,,,,,,,,,,,,,,,,,,,,।"

गुप्ता जी की ऑफिस से निकलते हुए राजवीर ने अवंतिका को मिलने के लिए कॉल मिलाया। अवंतिका ने कॉल को रिसीव करते हुए कहा,

"नहीं, मैं अपने घर मुंबई के लिए निकल गई हूँ, आपकी ट्रेनिंग पूरी हो गई क्या?"

"अरे यार,,,,,,,, उफ्फ ट्रेनिंग पूरी कर आ गया हूँ लेकिन तुम,,,,।"

राजवीर ने निराश होते हुए कहा।

“वॉव राज क्या बात है, कांग्रेटुलेशन यू डिजर्व इट,,, मैं आज बहुत खुश हूँ,,,, आप ने सक्सेसफुली इतनी बड़े लेवल की ट्रेनिंग पूरी कर ली है। मेरा राज बहुत काबिलियत वाला है,,, मैं सप्ताह भर के लिए घर जा रही हूँ नेक्स्ट वीक आकर आपसे मिलती हूँ।”

“थैंक्स अवि ये तुम्हारा प्यार ही है जो मुझे हर काम पूरा करने का जुनून देता है। पर यार,,,,,।”

राजवीर ने अनमने मन से कहा।

“पर यार,,,,,,क्या हुआ ऐसा क्यों बोल रहे हो? क्या हुआ राज बताओ? ”

अवंतिका ने चिंता व्यक्त करते हुए कहा।

“मैं सिर्फ दो दिन के लिए ही यहाँ हूँ फिर मुझे रियल टाइम रियल फिल्ड ट्रेनिंग के लिए निकलना है। वो ट्रेनिंग कितने दिनों की रहेगी उसकी गाइड लाइन नहीं मिली है।”

राजवीर ने अवंतिका को कहा।

“अरे यार,,,,,,, हमारा मिलना,,,,,, कब होगा,,,,,,, सो सेड यार,,,,,,,, इतने दिनों से मैं तुम्हारा इंतजार कर रही थी। आप आए, मैं निकल गई,,,, मुझे भी आपसे मिलना है राज,,,,। मैं आपसे ज्यादा दूर नहीं रह पाऊंगी।”

अवंतिका भी राज से मिलने के लिए आतुर हो रही थी।

“तुम कैसे जा रही हो, अभी कहाँ तक पहुँच गए हो?”

“मैं बाय कार जा रही हूँ मैं अभी आबू रोड पर हूँ।”

“अवि एक काम कर सकती हो,,,,।”

“हाँ, बोलो।”

“क्या तुम माउंट आबू स्टे कर सकते हो,,,,,। अगर वहाँ स्टे करो तो मैं बाय फ्लाइट वहाँ आ जाता हूँ।”

राजवीर ने अवंतिका से माउंट आबू ठहरने के लिए कहा।

“सो नाइस ऑफ यू,,,, हाँ ये अच्छा रहेगा,,,,,मैं यही ठहर जाती हूँ आप यही आ जाओ।”

अवंतिका ने हामी भरते हुए कहा।

“अवि तुमने मेरे मन की बात सुन ली,,, मैं भी यही चाहता था कि तुम वहीं स्टे करो,,, लव यू अवि,,,,, मिस यू,,,,, मैं जल्दी पहुँच रहा हूँ।”

राजवीर ने आनंद विभोर होते हुए कहा।

अवंतिका माउंट आबू हिल स्टेशन के लिए निकल गई। राजवीर ने ऑनलाइन स्टर्लिंग माउंट आबू होटल में अपना सूट बुक करवा दिया। फिर राजवीर ने ऑनलाइन बुकिंग की डिटेल अवंतिका के मोबाइल पर सेंड कर दी।

प्राकृतिक विहंगम दृश्यावली को देखते हुए अवंतिका माउंटआबू पहुँच चुकी थी। वो अपने बुक्ड स्टर्लिंग माउंट आबू होटल जो अपनी प्राकृतिक सौंदर्य और शांति के लिएं प्रसिद्ध है। यहाँ का वातावरण शांत, हरियाली से युक्त प्राकृतिक सौंदर्य का आनंद अवंतिका ले रही थी। यहाँ के पहाड़ और जलवायु के खूबसूरत दृश्य मन को अद्‌त सुकून प्रदान कर रहे थे।

अवंतिका अपने सूट में ड्रेस चेंज कर राजवीर का इंतजार करने लगी। राजवीर शाम होते–होते उदयपुर एयरपोर्ट से होते हुए माउंट आबू पहुँच चुका था। स्टर्लिंग माउंट आबू सूट के दरवाजे को नोक किया। अवंतिका खुले बालों में नाइट गाउन पहने राजवीर का इंतजार कर रही थी। इन अर्द्ध पारदर्शी नाइट गाउन में अवंतिका का सौंदर्य, खूबसूरती स्पष्ट झलक रही थी। दरवाजा खोलते ही राजवीर अवंतिका के सामने था। अवंतिका की काया से सुगंध आ रही थी जो सीधे राजवीर को मदहोश कर रही थी। अवंतिका ने जिस राजवीर को पहले देखा था उससे भिन्न अब राजवीर शारीरिक गठन कहीं गुना आकर्षक हो चुका था। राजवीर खूबसूरत तो था ही लेकिन उसके मस्कुलर बदन से उसकी खूबसुरती कहीं गुना बढ़ गई थी। बहुत दिनों बाद दोनों प्रेमी-प्रेमिका एक दूसरे के सामने थे। अवंतिका दौड़ कर राजवीर के सीने से चिपक गई। राजवीर ने अपनी बाहों में भर लिया। फिर राजवीर ने अपने दोनों हाथों से अवंतिका को उठा लिया।

" राज,,,,,,, गिर जाऊंगी,,,,,,, मुझे नीचे उतारो। "

" यू आर इन सेफ हैड्स डोंट वरी,,,,,,मेरे पर विश्वास नहीं है क्या? "

राजवीर ने हँसते हुए कहा।

"खुद से भी ज्यादा"

इतने में राजवीर के मोबाइल की घंटी बजी,,,,मोबाइल को रिसीव करने के लिए राजवीर ने अवंतिका को धीरे से अपनी बाहों से उतार कर बिस्तर पर लिटा दिया। फिर वो मोबाइल की दिशा मे जाने के लिए मुड़ा। अवंतिका ने राजवीर का हाथ पकड़कर बिस्तर पर खींच लिया। राजवीर और अवंतिका कामदेव की शरण में आ गए थे। अवंतिका ने कामुक होते हुए राजवीर के टी-शर्ट को जोर से खींचा,,,,, टी-शर्ट दो भागो में बंट चुका था। राजवीर की गठीला पाषाण बदन चमक रहा था। राजवीर ने फटे टी-शर्ट को निकाल फेंका। राजवीर कामदेव के रूप में परिणत हो चुका था उसने अपने धनुष से पुष्प बाण का प्रहार कर दिया। बाण के प्रहार के साथ ही पराग कण बिखर चुके थे, बादल रिमझिम बरस पड़े,,,। ये बादलो का असीम प्रेम ही है जो प्यासी धरती से आलिंगन करने को बेताब है। दो रूह, दो बदन अनियोजित ही सही पर,एक हो

गए थे काम देव और रति एकाकार हो गए थे। समुद्र की लहरें शांत थी,,,,,, ठहराव था,,, मंद,,,, हो चुकी थी।

क्षितिज पर सूर्य निकल चुका था किरणे सीधे बिस्तर पर दोनों को स्पर्श कर रही थी। किरणों के आलिंगन से दोनों की अधखुली आंखे एक दूसरे से टकराई,,,, दोनों ने अपनी आंखे वापिस बंद कर दी। राजवीर ने अपना हाथ अवंतिका के सिर पर रखा,,,, जिसे अवंतिका ने अपनी ठोड़ी और कानों के बीच रख दिया। अवंतिका अपनी अंगुलियों से राजवीर के बालों को सहलाने लगी।

"राज,,,,,,,,,,,, क्या राज,,,,,,, मैं निःशब्द हूँ।"

"हम दोनों का अस्तित्व अब शब्द विहीन है अवंतिका। हम अब शब्दो के ध्वनियों से ऊपर उठ चुके है,,, हमारा एहसास ही,,,हमारे शब्द है। मैं अपनी ट्रेनिंग पूरी कर शादी के बंधन में बंधना चाहता हूँ तुम दिल्ली जा ही रही हो अपने मम्मी पापा को ये सूचना दे देना। अब हम एक हो चुके है,,, रीति रिवाज जल्दी पूरे कर देंगे।"

"हाँ, राज,,,, मैं रूह और काया दोनों तुमको समर्पित कर चुकी हूँ बस सामाजिक रीति का ही मुझे इंतजार है। मैं आपको पा कर बहुत खुश हूँ।"

"मैं भी अवि,,,,, अवि नहीं, अब तो अवंतिका रॉय के नाम से जाने जाओगे।"

दोनों एक साथ खिल खिलाकर हंस पड़े। दोनों ने एक दूसरे पर बाहें डाल दी।,,,,,

राजवीर माउंट आबू से पोकरण ट्रेनिंग सेंटर पर पहुँच चुका था। अगले दिन सुबह उसे रियल टाइम रियल फील्ड ट्रेनिंग के लिए जाना था। सुबह होते ही राजवीर के मोबाइल पर मैंसेज आ गया,

"पोकरण रेलवे स्टेशन 10 ए.एम. तक पहुँचना है जहाँ से आपको आगे के निर्देश दे दिए जायेंगे।"

राजवीर अपना बैग रात को ही तैयार कर चुका था। मैंसेज मिलते ही वो पोकरण रेलवे स्टेशन के लिए निकल गया। राजवीर समय पूर्व ही वहाँ पर उपस्थित था। रेलवे स्टेशन पर पहुँच कर वो अगले निर्देश का इंतजार करने लगा। ठीक दस बजे एक अजनबी आया और उसके हाथ में एक रेलवे टिकट और तीन हजार रूपये बिना कुछ बोले थमा कर चला गया। अजनबी के जाते ही राजवीर के मोबाइल पर एक मैंसेज दुबारा आया,

"आपकी टिकट मुंबई विरार की है, आपको अगले पंद्रह दिन विरार में गुजारने है। जहाँ आपको ब्लू कॉलर जॉब (लेबर कार्य) करते हुए अपना निर्वहन करना है। अपनी आय में से उतना अवश्य बचा कर रखे कि आगे का टास्क आप पूरा कर सके। आपको तीन हजार रूपया

अपनी अग्रिम व्यवस्था के लिए दिया गया है। आपकी अगले पंद्रह दिनों के लिए आपकी पहचान मोहन के रूप में होगी। इस हेतु आपके मोबाइल पर मोहन नाम का पहचान कार्ड सेंड कर दिया है। एक बात का विशेष ध्यान रखे की आप अपनी पहचान किसी भी परिस्थिति में उजागर नहीं होनी चाहिए।"

राजवीर पश्चिमी रेलवे की ट्रेन में सवार होकर विरार के लिए रवाना हो गया। उसके लिए ये मुश्किल टास्क था। मुंबई में रहने के लिए तीन हजार रूपया की राशि बहुत कम थी। राजकुमार की तरह जीवन जीने वाले राजवीर के लिए ये समय बड़ा मुश्किल था। जीवन में कभी भी बहतौर ब्लू कॉलर का कार्य नहीं किया था। अग्रिम तीन हजार बहुत कम राशि थी। जब तक उसे कोई काम नहीं मिलेता तब तक उसे तीन हजार से ही रहने व खाने की व्यवस्था करनी थी। ज्यादा कमाने के लिए वो व्हाइट कॉलर की नौकरी नहीं कर सकता था। उसको इस बात के स्पष्ट निर्देश थे। राजवीर रात की एक बजे चर्च गेट रेल्वे स्टेशन पर उतर गया। राजवीर चर्च गेट से विरार जाने के लिए लोकल ट्रेन की इनक्वायरी काउंटर पर गया। वहाँ से उसको जानकारी मिली कि मुंबई लॉकल ट्रेन सेवा प्रातः 4 बजे से आरंभ होगी। सुबह होने में अभी देर थी इसलिए राजवीर चर्च गेट रेल्वे स्टेशन से बाहर निकलकर पास के ही टैक्सी स्टैंड पर गया।

"टैक्सी प्लीज,,,,,,।"

"आपको कहाँ जाना है?"

"विरार।"

"बैठो"

"किराया क्या लोगे?"

"600 लगेगा साहेब।

टैक्सी ड्राइवर ने कहा। छह सौ रुपिए सुनते ही उसको ये चिंता सता सताने लगी कि मैं इतना बड़ा अमाउंट अगर इसे दे दूंगा तो आगे के दिन कैसे निकालूंगा?

"नहीं,,, नहीं रहने दो।"

"साहेब रात का टाइम है, चलो 500 फाइनल।"

राजवीर बिना कुछ बोले वहाँ से निकल गया और वापिस रेल्वे स्टेशन की ओर जाने लगा। उसने यह ठीक समझा कि चर्च गेट रेल्वे स्टेशन पर ही सुबह होने का इंतजार किया जाए।

राजवीर विरार पहुँच चुका था। अब उसे दो काम करने थे पहला काम था स्वयं के रहने की व्यवस्था करना दूसरा काम नौकरी की तलाश करना। राजवीर को विरार में रहने के लिए कमरे की तलाश थी। लेकिन काफी घूमने के बाद भी उसे उसे कोई सफलता नहीं मिली। थक हार

कर वो चाय पीने के लिए चाय की थड़ी पर रुका। चाय पीने वालों में से उसे एक व्यक्ति उसे स्थानीय लगा। उसके पास जाकर राजवीर ने पूछा,

"भाई साहब, मुझे यहाँ रहने के लिए कमरे की आवश्यकता थी। क्या आप बता पाएंगे कि मुझे सिंगल रूम कम किराए पर किस रोड पर मिलेगा?"

"भईला,,,, विरार में थोड़ा मुश्किल है,,,,,, यहाँ तो फ्लैट ही है। हाँ, एक काम करो,,, यहाँ ऐ टू जेड रोड पर चौल बने हुए है वहाँ पता करो शायद आपको मिल जाए। फ्लाई ओवर के लेफ्ट में जो रोड जा रहा है उसी को पकड़े रहना।"

"थैंक्स भाई साहब।"

चाय पीकर राजवीर ए टू जेड रोड पर जाने के लिए निकल गया। आगे जाने पर उसे चोल दिखे,,, चोल एक प्रकार के पुराने बने लकड़ी युक्त दो मंजिला घर थे जिसमें छोटे-छोटे कमरे होते थे। ये पूरी सोसायटी होती थी। चोल में मुख्यतया लेबर वर्ग के लोग निवास करते थे। अपने जीविकोपार्जन के लिये घर के एक–दो रूम किराए पर दे देते थे। चोल सुविधा विहीन थे यहाँ सामूहिक शौचालय होता था। नहाने की कोई पृथक व्यवस्था नहीं होती थी। यहाँ साफ-सफाई भी कोई विशेष नहीं होती थी। ये चोल जुग्गी झोपड़ी का परिमार्जित रूप था। राजवीर जो महलों में रहने वाला व्यक्ति था उसे ऐसे गंदे एरिये में आगे के दिन निकलना बहुत कठिन काम था पर वो दृढ़ निश्चयी था उसके लिए यहाँ रहना कठिन था ना मुमकिन नहीं। राजवीर ने चोल के गेट में प्रवेश किया वहाँ बाहर बालकनी में मराठी महिला कपड़े सुखा रही थी।

"बहन जी मुझे यहाँ रहने के लिए कमरे की आवश्यकता थी,,, कोई खाली रूम है क्या?

राजवीर ने उस मराठी महिला से पूछा।

"तुझं नाव काय आहे? कुठून आलात?"

"आंटी प्लीज हिंदी में।"

राजवीर ने हँसते हुए मराठी महिला को कहा।

"बेटा तेरा क्या नाम है? तू कहाँ से आया है?"

"आंटी जी मेरा नाम,,,,, हाँ,,, हाँ,,,,,, नाम मोहन है। मैं राजस्थान का हूँ। यहाँ काम की तलाश में आया हूँ।"

"हाँ, यहाँ, दिवू भाई की चोल में एक कमरा खाली है ऊपर सीढ़ियों से तीसरा घर है, पूछ ले।"

"आंटी जी आपको धन्यवाद।"

राजवीर चोल में दिवू भाई के घर की ओर गया। वहाँ जाकर दरवाजा खट खटाया।

दरवाजा खोलते हुए दिवू भाई ने राजवीर से पूछा,

"किससे मिलना है?"

"दिवू भाई से।"

"हाँ, बोल मैं ही दिवू भाई हूँ।"

"नीचे आंटी जी बता रहे थे कि आपके रूम किराए पर देना है।"

"हाँ, देना है, तुम कितने लोग हो?"

"अंकल जी मैं अकेला ही हूँ।"

"ठीक है, ठीक है,,,,। रूम मिल जायेगा पर यहाँ का किराया ज्यादा है।"

"कितना?"

"महीने का छह हजार, तीन हजार एडवांस, दे पाएगा।"

"मेरे पास अभी दो हजार रूपया एडवांस देने के लिए है, किराया आपको महीना होते ही पूरा दे दूंगा।"

"रुक जा, मैं अंदर तेरी आंटी भगवती को पूछ कर आता हूँ।"

थोड़ी देर बाद,

"ठीक है, चलेगा पर महीना पूरा होते ही किराया पूरा मांगता है। वहाँ तू बहाना–वहाना नहीं करेंगा।"

राजवीर को काफ़ी मशक्कत के बाद रहने की व्यवस्था होती देख चेहरे पर शांति का भाव था। उसने दिवू भाई के हाँ बोलनें के साथ ही तपाक से हामी भरते हुए कहा,

"हाँ,,,, हाँ,,,, अंकल जी किराया टाइम पर मिल जायेगा।"

दिवू भाई ने चोल की सिस्टम के बारे में बताते हुए कहा,

"देख छोरे या कुछ भी नहीं चलेगा,,,, समझा। सुबह उठ कर नीचे नल से पानी भर लेना। नल एक घंटा ही आते है उसके बाद अगले दिन पानी लेकर शौचालय में जाना पड़ेगा। पानी नहीं भरा तो शौचालय नहीं, नहाना भी नहीं, तुला समजले का?"

चोल की व्यवस्था सुनकर राजवीर की आंखे फटी की फटी रह गई। आगे कुछ और बोले उसके पहले ही राजवीर हाँ में हाँ मिलाता गया।

"तुझं नाव काय आहे?"

राजवीर कुछ नहीं बोला।

"तेरा नाम क्या है? "

"मोहन"

दिवू भाई ने चोल की बालकनी से गुटखा थूकते हुए कहा,

"ठीक है,, ठीक है। तेरा कमरा देख ले।"

छोटा सा कमरा था जिसमें बिछात के नाम पर एक चटाई और ओढ़ने की पतली चद्दर थी। राजवीर अपने जीवन में कभी भी जमीन पर नहीं सोया था। कठिन परिस्थितियों से मुकाबला करना राजवीर को आता था। दो हजार रूपये दिवू भाई को देकर राजवीर काम की तलाश में निकल गया।

राजवीर विरार के एक चोल में कमरे की व्यवस्था कर चुका था। रोजगार की तलाश में राजवीर भटक रहा था। मुम्बई जैसे महानगर में एक अजनबी के लिए नौकरी ढूँढना रूई के पहाड़ में सुई ढूँढने जैसा था। शर्तों के मुताबिक वो ऑफिस में सर्विस नहीं कर सकता था। दिन ढलते–ढलते पूरा एरिया खंगाल लिया लेकिन उसको काम नहीं मिला। पूरा दिन चाय पर निकाला था। भूख व थकान से बेहाल राजवीर सस्ते खाने की व्यवस्था में घूम रहा था। काफ़ी घूमने के बाद भी उसे कोई सस्ता भोजन उपलब्ध नहीं हुआ। उसके पास मात्र नौ सौ रूपये के लगभग राशि ही बची थी। विरार में मैंग्रेट मॉल के सामने ही उसे मिसल पाव की लोरी दिखी,उसे लगा कम पैसों में अपनी भूख को यही शांत किया जा सकता था। उसने पचास रूपये में एक प्लेट मिसल पाव खरीदी। जैसे ही उसने खाना शुरू किया उसकी नज़र मॉल के गेट पर आकर रूकी एक कार पर पड़ी। जिसमें शंकर रॉय के पी.ए. गौतम, सीएफओ गणपत, रोमिला और नॉर्थ जॉन की हेड और गणपत की बेटी रिया कार से उतरे। राजवीर ने संभलते हुए अपने आप को लॉरी के पीछे कर लिया। राजवीर उनको एक साथ देखकर चिंता में पड़ गया। दादाजी कभी भी पी.ए. और सी.एफ.ओ. को एक साथ छुट्टी देते ही नहीं है फिर ये दोनों एक साथ यहाँ क्या कर रहे है? राजवीर ने खाने की प्लेट साइड में रखते हुए छिपते छिपाते पीछा करते हुए वो मॉल में गया। चारों मॉल के मैंनेजर के साथ लगे कमरे में गए। राजवीर पीछा करते हुए उस कमरे में घुसा। जहाँ इन चारों के आलावा कुछ और लोग बैठे हुए थे। जिसको राजवीर नहीं जानता था। दूर से लग रहा था कि कोई पर्सनल मीटिंग चल रही थी। सिक्योरिटी ने जोर से राजवीर का हाथ खीच कर बाहर कर दिया।

"निकल यहाँ से समझ नहीं आता है क्या? यहाँ पर्सनल रूम में घुस रहा है।"

"माफ करना भाई साहब, मैं समझा कोई शॉप है इसलिए अंदर आ गया।"

"लगता तो पढ़ा लिखा है, पहली बार मॉल में आया है क्या?"

"पढ़ा लिखा लगता हूँ, हूँ नहीं। माफ़ करना, पहली बार ही मॉल देखा है।"

"चल निकल यहाँ से।"

राजवीर मॉल के बाहर बैठ कर उन लोगों के वापिस निकलने का इंतजार करने लगा। राजवीर नियमो से बंधा हुआ था अन्यथा पूरी गुत्थी को तत्काल सुलझा देता। बाहर बैठे वो सोचने लगा,

"गौतम अंकल और गणपत अंकल दादाजी के सबसे विश्वसनीय लोग है, शायद ये बिजनेस की या पारिवारिक मीटिंग के लिए आए होंगे? ये भी तो हो सकता है कि रिया को मिलने आए हो क्योंकि उसकी ऑफिस यही मुंबई में ही है। पता नहीं मैं इन पर संशय क्यों कर रहा हूँ? मिल कर पूछ भी नहीं सकता। चलो जो भी हो टास्क पूरा होने के बाद पूछ लूंगा।"

राजवीर सोच ही रहा था उस समय, उन चारों को लेकर कार मॉल से निकल गई। राजवीर उनको जाते हुए नहीं देख पाया। वो मूढ़े पर बैठा था पीछे से किसी ने उसके कंधे पर हाथ रखकर पूछा,

"राजवीर जी आप यहाँ?"

राजवीर ने पीछे मुड़कर देखा,

गौतम जी को अपने पीछे देखकर वो चौंक गया।

राजवीर ने ये अनुमान नहीं लगाया था कि ये लोग उसको देख लेंगे। उसकी आइडेंटिटी डिस्क्लोज हो गई थी लेकिन आंशिक रूप से। उसने अपनी भावनाओं को नियंत्रित करते हुए ये महसूस ही नहीं होने दिया की वो चौंक गया है। वो उसको कोई प्रश्न पूछे उसके पूर्व उसने ही प्रश्न दाग दिया,

"आप चारों यहाँ क्या कर रहे हो?"

"बेटी रिया के बर्थ डे था तो आना पड़ा। उसकी जिद्द के आगे झुकना पड़ा।"

गणपत ने आगे आकर राजवीर को जवाब दिया।

"हाँ, फैमिली फर्स्ट अंकल, आपको सामने से आना चाहिए था। गलत जिद्द करवाते हो।"

राजवीर ने हँसते हुए कहा।

"साहेब हम दोनों को एक साथ कहाँ छुट्टी देते है? आप भी जानते हो।"

गौतम ने कहा।

"पर राजवीर सर आप यहाँ,, मुंबई में,,,,,, और वो भी थड़ी पर?"

गणपत ने राजवीर से पूछते हुए कहा।

राजवीर असमंजस में पड़ गया कि इनको क्या जवाब दूं। उतनें में रिया साउथ जॉन हेड बीच में बोल उठी,

"सर आपने मुझे बता दिया होता, मैं सब अरेंजमेंट कर देती।"

राजवीर ने बात को संभालते हुए कहा,

"अरे,,,, हाँ,, आपको लगा होगा कि मैं यहाँ क्या कर रहा हूँ? (हँसते हुए बोला) मेरे दोस्त को मिलने आया हूँ, उसी के साथ थड़ी पर आया हूँ,,,,,वो अभी सामने दुकान पर गया है। दोस्ती में छोटा–बड़ा नहीं होता।"

"सर आपकी सोच बहुत बड़ी है, जितना बड़ा परिवार उतनी बड़ी सोच। धन्य है।"

गणपत ने कहा।

"सर, मैं आपकी क्या व्यवस्था करूं? प्लीज मुझे आप बता दीजिएगा।"

"श्योर, मैं अभी मित्र के घर ही हूँ कल निकल जाऊंगा। आप एंजॉय कीजियेगा।"

"ओके थैंक्स सर।"

चारों धन्यवाद कर वहाँ से निकल गए। अब राजवीर ने राहत की सांस ली। उसको ये ध्यान ही नहीं रहा कि उन चारों ने राजवीर को देख लिया था। समय ज्यादा हो गया था अब उसे कमरे के लिए निकलना था। सुबह जल्दी उठकर उसे काम की तलाश भी करनी थी।

राजवीर सुबह जल्दी उठकर काम की तलाश में निकल गया। उसने वेस्ट विरार को खंगाल लिया था पर उसे सफलता नहीं मिली थी आज उसने ईस्ट विरार को चुना।

यहाँ पहुँचते ही उसने देखा कि कालाचौकी चौराहे पर बहुत से आदमी एक साथ खड़े थे लोग मोलभाव कर उनको कहीं ले जा रहे थे। राजवीर उनके बीच जैसे ही गया आठ दस आदमियों ने घेर लिया,

"हाँ, साहेब मैं आपके साथ आने को तैयार हूँ, बोलो क्या काम है?"

"साहेब,,,,, मैं,,,, कोई भी काम चलेगा,,,दिन का पांच सौ दे देना।"

"साहेब मुझे ले चलो मैं चार सौ में चलूंगा,,,,।"

राजवीर को समझ आ चुका था कि सभी मजदूर काम की तलाश में है। और दैनिक मजदूरी चार सौ और पांच सौ के बीच है।

"भाईयो में भी काम की तलाश में ही हूँ,,,,।"

बोलते हुए राजवीर एक तरफ़ चला गया। आज उसको काम की नितांत जरूरत थी उसने धीरे से बोलना शुरू कर दिया,

"तीन सौ में पूरा दिन काम, तीन सौ,,,,,,।"

राजवीर की पर्सनैलिटी सबसे अलग थी वो सबसे लंबा व सबसे अधिक फीट दिख रहा था। एक व्यक्ति उसके पास आया,

"तीन सौ में पूरा दिन,,,,,।"

राजवीर ने कहा,"हाँ।"

राजवीर की मजबूरी थी उसको काम चाहिए था इसलिए दूसरों की तुलना में कम मजदूरी रखी थी।

"खड्डा खोदना है, कर लोगे।"

"हाँ जी, बिल्कूल कर लूंगा।"

"मेरे स्कूटी के पीछे बैठो।"

राजवीर ने बिना कोई प्रश्न किए अजनबी की स्कूटी के पीछे बैठ गया। दस मिनिट के अंतराल के बाद स्कूटी वाला एक रेस्टोरेंट के सामने आकर रुक गया।

"जी मालिक, मजदूर ले आया हूँ, आप इसको काम बता दो,,,,,, सस्ते में लाया हूँ। मात्र तीन सौ रुपिए में।"

"क्या बात है अमरजी! तू तो बड़ा होशियार निकला, चल तू काम पर लग जा, मैं इसको काम बता देता हूँ।"

रेस्टोरेंट के मालिक जयन्ति भाई ने कहा।

"जी मालिक मुझे क्या करना है?" राजवीर ने जयंति भाई से पूछा।

"देख, सड़क के इस पार से उस पार तक पांच फीट गहरा खड्डा करना है। सामने से नल लाइन लेनी है।"

"जी साहेब, मुझे गेती फावड़ा और कस ला दो"

"लेकर नहीं आए हो।"

"नहीं साहेब,,।"

"उधर सीढ़ी पर बैठ जा, तब तक में मंगवा लेता हूँ।"

जयंती भाई वी वी रेस्टोरेंट एंड बार के मालिक थे। विरार का ये बहुत बड़ा और फेमस रेस्टोरेंट था। राजवीर रेस्टोरेंट के साइड में सीढ़ियों पर बैठकर सामग्री का इंतजार कर रहा था।

वो अभी भी चिंता में था कि काम मिला तो है पर अब आगे कैसे होगा? तीन सौ रूपये में तो सिर्फ एक बार ही खाना खा पाऊंगा। वो जल्दी काम निपटाकर जाना चाहता था ताकि वो काम की तलाश में जा सके। इसलिए वो सामग्री शीघ्र मिल जाए, यह कहने के लिए काउंटर की तरफ गया। जहाँ जयन्ती भाई बैठे हुए थे। वो काउंटर पर पहुँचता उसके पूर्व ही पांच आदमी काउंटर पर जयंती भाई के सामने आकर खड़े हो गए, जिनके शर्ट के कॉलर ऊंचे, गले मे रुमाल, हाथ में कड़ा, मुंह में पान। उनको देखकर ये अनुमान लगाया जा सकता था कि वे मवाली किस्म के लोग थे। उनका लीडर आगे आया और काउंटर पर बैठे जयंती भाई से बोला,

"समजत नाही का? मागच्या वेळीही तू आम्हाला वेड लावलेस, आता तुझा हफ़्ता दोन लाखांचा झाला आहे, निघून जा. तुम्ही निरुपयोगी आहाँत, तुम्ही देव भाई खरे यांच्याशी गडबड करत आहाँत, हे तुम्हाला महाँगात पडेल।"

(तुझको समझ में नहीं आता क्या? पिछली बार भी हमको पागल बनाया, अब अपना हफ्ता बढ़कर दो लाख हो गया है, चल बे निकाल। अबे,,,, तू फालतू मैं देव भाई खरे से पंगा ले रहा है तुझे बड़ा महंगा पड़ेगा।)

"दो लाख, बहुत बड़ा अमाउंट है देव भाई,,,,,,,, आपको अभी तीस हजार दे देता हूँ।"

"भिकारी, मागच्या वेळीही तू मला गोड बोलून आमिष दाखवले होतेस का?"

(भिखारी समझ रखा है क्या? पिछली बार भी तूने मीठी–मीठी बातों से मुझे चुना लगाया था।)

देव भाई का गुस्सा बढ़ता जा रहा था। राजवीर अपनी बात को कहने के लिए पास ही खड़ा था।

"चल, एक काम करा, आता एक लाख रुपये जमा करा आणि उरलेले एक लाख रुपये दोन दिवसांनी द्या."

(चल एक काम कर। अभी तू एक लाख रोकड़ा जमा करवा, बाकी का एक लाख दो दिन बाद दे देना।)

"एक लाख,,,,, तो,,,,, देव भाई,,,, नहीं,,,,।"

"तुझ्या आईचा,,,,,,।"

मवाली देव भाई ने जयंती भाई की गिरेबान पकड़ कर काउंटर से बाहर की ओर खीच लिया और जोर से मुंह पर मुक्का दे मारा। जयंती भाई के मुंह से खून की पिचकारी निकल पड़ी।

रेस्टोरेंट के सभी वेटर और कार्मिक काउंटर के पास आ गए लेकिन किसी की भी इतनी हिम्मत नहीं थी कि वो देव भाई से पंगा ले।

" देता हूँ,,,,, छोड़ दो मुझे,,,,, देता हूँ। "

"आता हाँ दर अडीच लाख रुपये झाला आहे."

(अब रेट बढ़कर ढाई लाख हो गया है।)

राजवीर से रहा नहीं गया,

"भाई साहब छोड़ दो, मारपीट करना अच्छी बात नहीं।"

"मधले हे डास कोण आहेत?"

(बीच में ये मच्छर कोन है? बे)

बोलते हुए देव ने राजवीर को जोर से धक्का मारा।

राजवीर पीछे जा पड़ा।

"भाई साहेब, आप ये ठीक नहीं कर रहे हो।"

"बरं झालं तुझं, जा इथून, हाँ निरुपयोगी डास मारला जाईल."

(तेरी ऐसी की तैसी, चल हट यहाँ से, फालतू का मच्छर मारा जायेगा)

देव ने जोर से राजवीर को लात दे मारी। राजवीर ने देव का पांव पकड़ कर हवा में उछाल दिया। यह देख दूसरे मवाली राजवीर की ओर दौड़ पड़े, राजवीर ने एक ही प्रहार में चित्त कर दिया। इनको मार गिराना राजवीर के लिए कोई बड़ी बात नहीं थी। राजवीर ने जमीन पर पड़े देव को उठा कर उसके मुंह पर एक जोरदार मुक्का दे मारा। देव गश खा कर गिर पड़ा, उसके मुंह का चोखटा हिल गया था। उसकी आंखो के आगे अंधेरा छा गया था। सभी फर्श पर पड़े–पड़े कराह रहे थे। राजवीर ने देव को एक बार फिर गिरेबान से पकड़कर ऊँचा कर दिया, अगला प्रहार करें उसके पहले ही देव चिल्ला उठा,

"सोडा भाऊ, सोडा,,,,, अजून काही हफ़्ता नाहीत,,,,,, मी या रेस्टॉरंट मध्ये पुन्हा येणार नाही,,,,,, हे माझे वचन आहे,,,, मला माफ कर,,,,

(छोड़ो भाई, छोड़ो,,,,,,,,,,मैं दोबारा इस रेस्टोरेंट में हफ्ता वसूली के लिए नहीं आऊंगा,,,, नहीं इसके सामने देखूंगा,,,,,,,यह मेरा वादा है,,,,मुझे माफ कर दो,,,,)

राजवीर ने उसका गिरेबान छोड़ दिया। वो धड़ाम से जमीन पर गिर गया। पांचों मवाली लगड़ाते हुए वहाँ से भाग निकले।

देव भाई और उसके साथी मवालियों के नाम से विरार का हर व्यापारी कांपता था। इन मवालियों का किसी ने विरोध करने की हिम्मत नहीं दिखाई थी आज पहली बार इन

मवालियों ने मुंह की खाई थी। राजवीर की पिटाई के बाद ये मवाली इतना घबरा गए थे कि हफ्ता मांगना तो दूर, दुबारा मुंह नहीं दिखाने की कसम खा कर गए थे।

राजवीर की बहादुरी देखकर रेस्टोरेंट के मालिक ने राजवीर के पास जाकर गले लगाते हुए कहा,

"आपका क्या नाम है बेटा? आप बहुत बहादुर हो, मेरे निकम्मे वेटर और नौकर ये नजारा देखते रहे जबकि तुमने मुझे बचाया। बोल तुझे ईनाम में क्या चाहिए,,,,, शाबाश बेटा,,, शाबाश।

"साहेब आप जैसे उम्रदराज व्यक्ति को वो लोग मारने को उतारू थे, मैं अपने आप को कैसे रोकता? मेरा नाम मोहन है साहेब। मुझे कोई ईनाम नहीं चाहिए। आप तो मुझे तगारी, गेति व फावड़ा ला दो ताकि मैं अपना काम पूरा कर सकूं।"

जयंती भाई ने काउंटर से पांच हजार निकाले,

"नहीं बेटा,,,,, ये पांच हजार रूपये रख लो, ये तुम्हारी बहादुरी का ईनाम है, मना मत करना,,,,,,,।"

"साहेब अगर आप मुझे ईनाम ही देना चाहते हो तो कोई काम दिला दो। ये मेरे लिए ज्यादा ठीक रहेगा।"

"अच्छी बात है, क्या तुम मेरे यहाँ वेटर का काम कर सकोगे।"

"जी साहेब, अवश्य कर लूंगा।"

दोनों हाथ जोड़ते हुए राजवीर ने रेस्टोरेंट मालिक जयंती भाई को कहा।

"बेटा, मैं तेरे को महीने का पंद्रह हजार ही दे पाऊंगा, तेरा काम अच्छा रहा तो तेरा पेमेंट बढ़ा दूंगा।"

"जी साहेब, मैं तैयार हूँ मुझे सिर्फ दोनों टाइम खाना खिला देना।"

"खाना तो सभी को मिलता है तुम्हें भी मिलेगा। ये तो पेमेंट के साथ मिलेगा ही।"

"ठीक है साहेब"

राजवीर ने हाथ जोड़कर बोल रहा था। रेस्टोरेंट के मालिक जयंती भाई ने दूसरे वेटर अमर जी को कहा,

"अमर जी, तुम मोहन को मार्केट लेकर जाओ और उसके लिए दो यूनिफॉर्म खरीद कर ले आओ।"

"जी मालिक"

अमर जी और राजवीर दोनों मार्केट जा कर राजवीर की साइज की दो वेटर यूनिफॉर्म खरीद कर ले आए। राजवीर ने एक यूनिफॉर्म पहन ली और साथ में दूसरी लेकर रेस्टोरेंट आ

गया। जयंती भाई ने राजवीर को टेबल नंबर 27 से 30 में फूड सर्विस की जिम्मेदारी प्रदान कर दी गई। राजवीर बड़े परिवार से था। परिवार में भोजन सर्विस घर पर बहुत बार अच्छे से की थी। उसी अनुभव का लाभ उसे मिला। वो कम समय में अच्छा काम लग गया। जयंती भाई राजवीर के काम को ध्यान से देख रहे थे। उनको ये लगता था कि क्या ये मजदूर अच्छे से सर्विस दे पाएगा या नहीं।

राजवीर के काम से जंयती भाई खुश थे। अगले दिन उसके सर्विस की टेबल बढ़ा दी। राजवीर अब सर्विस के साथ ऑर्डर भी लेने लगा। आज रेस्टोरेंट पर जयंती भाई के साथ वाली चेयर पर उसकी बेटी, जाहन्वी भी बैठी हुई थी। राजवीर की पर्सनैलिटी को देखकर वो उसकी ओर आकर्षित हूई वो मन ही मन सोचने लगी,

"ये लड़का कितना हैडसम है, बला की खुबसूरती भगवान ने इसको ही दी है। क्या हाइट है? क्या फिटनेस है? फिर भी वेटर का काम। भगवान ने खूबसूरती तो दी है लगता है दिमाग नहीं दिया इसलिए वेटर है।"

जाहन्वी ने उसके पिताजी जयंती भाई से पूछा,

"पापा ये वेटर तो मैंने पहले कभी नहीं देखा, क्या नाम है इसका?"

"बेटा ये मोहन है, कल देव भाई,,,,,,। इसी ने बचाया।"

"अच्छा बड़ा शूरवीर है।"

इतने में राजवीर काउंटर पर आया और कहने लगा,

"साहेब, टेबल नंबर 21,

मनचाउ सूप छह का आठ, पापड़ मसाला छह, वेज सेजवान फिंगर एक, पनीर हॉट गार्लिक एक, पनीर टिक्का बटर मसाला दो, मशरूम मटर एक, यलो दाल तड़का दो, वेज बिरियानी दो, रोस्टेड पापड़ आठ, फ्रूट रायता चार का छह, बूंदी रायता चार, कश्मीरी पुलाव एक, बटर मिल्क छह, हिमालयन वाटर बॉटल तीन। कुल मिलाकर 7825 रूपये विथ जीएसटी।"

ये सुनते ही जाहन्वी और जयंती भाई की आंखे फटी की फटी रह गई। जब जयंती भाई के मैंनेजर ने कंप्यूटर पर बिल निकाला तो राजवीर के बिल और कंप्यूटर के बिल में कोई अंतर नहीं था।

"शाबाश मोहन क्या बात है तुम तो बड़े होशियार हो। कहाँ तक पढ़े हो?"

जयंतीलाल ने राजवीर की प्रशंसा करते हुए कहा।

"जी साहेब, मैंट्रिक की है मेरी गणित अच्छी है हिसाब किताब कर लेता हूँ।"

राजवीर ने नादान बनते हुए कहा।

"मोहन तुमने कहीं ओर काम किया है क्या? इतने अच्छे से हैडल कर रहे हो।"

जाह्नवी ने राजवीर से पूछा।

"नहीं मेम, आपके यही सीखा है।"

"थोड़ा ओर पढ़ लेते तो तुम कितना आगे बढ़ते, दिखने में भी अच्छे खासे हो।"

"हाँ मेम, अब तो जो है ठीक है। आपका आसरा मिल गया है वो ही काफी है।"

जाह्नवी राजवीर से प्रभावित और आकर्षित होती जा रही थी। कभी–कभी रेस्टोरेंट आने वाली जाह्नवी रोजाना आने लग गई थी।

"पापा, मोहन का प्रमोशन क्यों नहीं कर देते हो। बड़ा होशियार और मेहनती बंदा है।"

बेटा तूने मेरे मन की बात बोल दी। मैं भी यही चाहता हूँ। उसको असिस्टेंट मैंनेजर के पद पर बैठा देता हूँ।"

"थैंक यू पापा"

"अमर जी, मोहन को काउंटर पर भेजो।"

"जी साहेब।"

मोहन बधाई हो, आज से तुम रेस्टोरेंट असिस्टेंट मैंनेजर के पद पर काम करोगे। तुम्हारा मंथली पेमेंट तीस हजार होगा।"

जाह्नवी ने राजवीर को बधाई देते हुए कहा।

"धन्यवाद मेम। मैं आपकी अपेक्षाओं पर खरा उतरूंगा।

सप्ताह भर में राजवीर वेटर से असिस्टेंट मैंनेजर बन गया था। जाह्नवी, राजवीर को पसंद करने लग गई थी। अपना पूरा समय वो राजवीर के साथ बिताना चाहती थी। रेस्टोरेंट में अपनी चेयर भी राजवीर के बगल में लगा दी थी। राजवीर ने जाह्नवी से कहा,

"मेम मैंरा, आपसे एक निवेदन है।"

"बोलो मोहन, मैं क्या कर सकती हूँ?"

"मेम में असिस्टेंट मैंनेजर का पद संभाल लूंगा पर वेटर का काम करते हुए।"

"बहुत बड़ा स्टाफ है, तुम्हें वेटर का काम करने की कोई जरूरत नहीं है मोहन।"

"मेम, अगर मैं वेटर स्टाफ के बीच रहूँगा तो मैंनेजमेंट की पकड़ रहेगी। उनकी समस्याओं को अच्छे से समझ पाऊंगा।"

"मोहन, बहुत अच्छे,,,,, तुम्हारी सोच को सैल्यूट। तुम्हें तो किसी बड़े पद पर होना चाहिए था। कोई बात नहीं तुम लाइफ मैं खूब आगे बढ़ोगे।"

"धन्यवाद मेम"

"मोहन मेरी भी तुमसे एक रिक्वेस्ट है।"

"जी मेम"

"तुम मुझे मेम नहीं, आज से जाह्नवी कहोगे।"

"ये कैसे संभव है मेम।"

"कोशिश तो कर सकते हो न।"

"जी मेम, कोशिश करूंगा।"

"मोहन तुम कहाँ रहते हो?"

"मेम चोल में।"

"ओह माई गॉड, चोल में कैसे रहते होंगे? तुम आज से हमारे घर के गेस्ट रूम में रहने आ जाओ। मैंने पापा से इस बारे में बात कर ली है। पापा भी यहीं चाहते है। आज शाम को शिफ्ट कर लेना।"

"मेम मैं लेबर हूँ, ये ठीक नहीं होगा। जमीन और आसमान कभी मिल नहीं सकते।"

"मैं कौनसा जमीन आसमान को मिला रही हूँ। मोहन तुम अब असिस्टेंट मैंनेजर हो वेटर नहीं। अपने आप को इतना नीचा मत मान लो।"

जाह्नवी ने राजवीर को समझाते हुए कहा।

"मेम प्लीज मैं आपके परिवार को डिस्टर्ब नहीं करना चाहता।"

"कोई डिस्टर्ब नहीं होता है। भैया, भाभी के साथ दूसरे फ्लैट में रहते है। घर में, मैं और पापा ही रहते है वैसे भी पूरा घर खाली पड़ा हुआ है।"

"मेम प्लीज।"

"कोई प्लीज नहीं, चुपचाप कल फ्लैट में रहने आ जाना। नहीं आओगे तो मैं तुमसे बात नहीं करूंगी। ये लो तुम्हारी पेमेंट का दस हजार एडवांस, वहाँ का रेंट क्लियर कर मेरे यहाँ शिफ्ट हो जाओ।"

जाह्नवी, राजवीर को पसंद करने लग गई थी। राजवीर से दूरियां अब उसे सहन नहीं हो रही थी।

राजवीर दस हजार लेकर चोल गया।

"अंकल नमस्ते, मुझे आपसे बात करनी है।"

"देख मोहन, तुझे आए और सप्ताह भर ही हुआ है। अब मैं कोई किराया कम करने वाला नहीं हूँ। रहना हो तो रहो अन्यथा तुम जा सकते हो।"

दिवू भाई ने राजवीर से कहा।

"अंकल, मैं किराया कम करवाने नहीं आया हूँ। मुझे कमरा खाली करना है।"

"ऐसी क्या तकलीफ़ पड़ गई तुझको? पूरे विरार में इतना अच्छा कमरा नहीं मिलेगा। वो भी इतने कम दाम में।"

"नहीं अंकल, ऐसी बात नहीं है। मुझे जहाँ काम मिला है वो एरिया यहाँ से दूर पड़ता है। इसलिए जा रहा हूँ। ये लीजिए आपके बाकी तीन हजार।"

"पूरे छह हजार चाहिए। महीने के बीच में रूम, तुम खाली कर रहे हो। इसलिए तुम्हारा एडवांस गया।"

दिवू भाई ने थोड़ा उग्र होते हुए राजवीर को कहा।

"सात दिन के छह हजार ये ज्यादा नहीं हो गए अंकल।"

"ये चोल का नियम है, पूरा देना पड़ेगा।"

"जैसा आपको ठीक लगे।"

राजवीर ने दिवू भाई को छह हजार रूपये देते हुए कहा।

राजवीर अपना बैग लेकर जाह्नवी के फ्लैट पर आ गया। राजवीर सोचने लगा,

"उफ्फ,,,, ये सात दिन,,,,, चटाई पर सोना,,,,,, माई गॉड पूरी पीठ अकड़ गई है। महानगरों में मानवता नाम की कोई चीज नहीं है। मेवाड़ की बात ही कुछ निराली है।"

राजवीर आलीशान फ्लैट में शिफ्ट हो गया था। लेकिन ये सुविधाएं राजवीर के लिए कोई मायने नहीं रखती थी। इस स्तर की सुविधाएं तो राजवीर के नौकरों के लिए होती थी।

"बेटा मोहन, मुझे अच्छा लगा कि तुमने हमारी बात मान ली।"

जयंती भाई ने राजवीर से कहा।

"साहेब, मैं कहाँ और आप लोग कहाँ।"

"तुम बहुत काबिल इंसान हो, तुम कम पढ़े हो अन्यथा,,,,, फिर भी तुम आगे बढ़ोगे मोहन।"

"जी साहेब।"

"तुम मुझे साहेब नहीं, अंकल बुलाया करो।"

"कोशिश करूँगा साहेब।"

"फिर साहेब।"

जयंती भाई ने हँसते हुए कहा।

इतने में जाह्नवी आ गई।

"पापा, मैंने भैया को फोन कर बुलाया है वो सन्डे के दिन डिनर अपने साथ करेंगे, मोहन तुम भी हमारे साथ डिनर कर लेना तुम्हारा भी भैया से मिलना हो जायेगा।"

"मेम प्लीज,,,,।"

"कोई प्लीज नहीं, तुम हमारे साथ डिनर कर रहे हो, देट्स फाइनल।"

राजवीर ने मन मारकर हामी भर दी। जाहन्वी को अपने जीवन साथी के रूप में जैसे इंसान की जरूरत थी वो सभी गुण राजवीर में नजर आ रहे थे। जयंती भाई भी राजवीर को पसंद करने लग गए थे। जाहन्वी राजवीर को अपने जीवन साथी के रूप में देखती थी अब सिर्फ अपने बड़े भाई के जवाब का इंतजार था जो रविवार के डिनर में राजवीर को देखने आ रहा था। राजवीर को अपने रियल टाइम रियल फील्ड टास्क को पूर्ण करने में ही व्यस्त था। जाह्नवी की नजदीकियों पर उसने ज्यादा गौर नहीं किया था।

राजवीर वी वी रेस्टोरेंट एवं बार में समय पर ड्यूटी देने के लिए समय पर घर से निकल ही रहा था। राजवीर को घर से निकलते हुए जाह्नवी ने देख लिया,

"मोहन रुको, मैं भी रेस्टोरेंट ही आ रही हूँ।"

"मेम आप आराम से आना मैं मेट्रो से चला जाऊंगा।"

"मेम नहीं, सिर्फ जाह्नवी।"

"ओके, जाह्नवी जी मैं चला जाऊंगा।"

"नहीं, हम दोनों कार में साथ ही जायेंगे। मैं ना नहीं सुनूंगी ओके।"

जाहन्वी ने हँसते हुए कहा।

"ठीक है मैं आपका इंतजार करता हूँ। आप तैयार हो जाओ।"

जाह्नवी तैयार होकर नीचे आ गई। दोनों कार में बैठकर रेस्टोरेंट के लिए रवाना हो गए। जाह्नवी ने मोहन से पूछा,

"मैं कैसी लग रही हूँ मोहन।"

"बहुत सुंदर, जाह्नवी जी, आप परी लग रही हो।"

"अच्छा, सही में।"

"वो भाग्यशाली कौन होगा? जो आपका जीवन साथी बनेगा।"

"मैं भी यही सोच रही हूँ कि वो भाग्यशाली कौन होगा?"

जाह्नवी ने राजवीर से हँसते हुए कहा।

"आप स्वभाव से बहुत सरल और सहज हो आपको अच्छा इंसान ही मिलेगा।"

"मोहन, मुझे तो तुम्हारे जैसा इंसान जीवन साथी के रूप में चाहिए।"

"जाह्नवी जी मेरे से भी अच्छा मिलेगा, आप देख लेना।"

कार विरार की तरफ बढ़ रही थी। ये जाह्नवी का डेली का रूट था। वो कार में रोज अकेली रेस्टोरेंट जाती थी। नुक्कड़ पर जाह्नवी की कार को देखते ही आठ दस मन चले कार के आगे आ गए। जाह्नवी ने जोर से ब्रेक लगाया। कार रुकते ही एक लड़का ड्राइविंग विंडो के पास आया, जाह्नवी ने कार का शीशा नीचे उतारते हुए पूछा,

"क्या बात है? आपको क्या प्रोब्लम है?"

"नीचे उतर, ज्यादा शान पट्टी नहीं,,,,,क्या!!!!"

"हाँ,,, हाँ क्या कर लेगा।"

जाह्नवी कार से नीचे उतर गई।

"ले ये उतर गई, क्या काम है?"

"ज्यादा इतरा मत, उस दिन तेरे वेटर ने तेरे बाप को बचा लिया,,,,,, आज तेरे को कौन बचाएगा? अच्छा साथ में गौरा बैठा है इसलिए नीचे उतर गई है। एक लप्पड़ में भाग जायेगा।"

सभी लड़के जोर-जोर से हंसने लगे। ये सभी लड़के मवाली देव भाई की गैंग के ही थे। गैंगस्टर देव भाई के साथ उस दिन रेस्टोरेंट में इनमे से कोई नहीं था इसलिए वे राजवीर को पहचान नहीं पाए। इनको उस दिन का बदला जाह्नवी से लेना था। जाह्नवी निश्चिंत थी हाँलाकि रेस्टोरेंट की घटना के दिन वो वहाँ नहीं थी लेकिन उसके पापा को राजवीर ने कैसे बचाया वो उसकी जानकारी में था। दूसरा लड़का जाह्नवी के पास आया और उसकी कलाई पकड़ कर मरोड़ दी।

"तेरी ये हिम्मत की मेरी कलाई मरोड़ दे।" जाह्नवी जोर से चिल्लाई और थप्पड़ मारने के लिए दूसरा हाथ आगे बढाया ही था कि लड़के ने उसका दूसरा हाथ भी पकड़ लिया। यह देख राजवीर कार से बाहर आया। उसने जाह्नवी का हाथ छुड़वाया।

"जाह्नवी जी, आप कार में बैठो, प्लीज।"

"नहीं, इनकी ये हिम्मत की मेरी कलाई पकड़े।"

"अबे ए, ज्यादा होशियारी नहीं, मैं क्या बोला,,,, चल यहाँ से भाग,,,, हमारे मामले में मत पड़,,, नहीं तो,,,।"

लड़कों ने चैन और चाकू निकाल ली। लड़के ने चाकू हवा में लहराते हुए राजवीर को कहा।

"भाई कोई भी गलती हुई हो तो माफ कर दो। बेचारी लड़की का इसमें क्या दोष है?"

"ज्यादा वकील मत बन, हमको समझा रहा है,,,,,।"

सभी लड़के हंसने लगे।

सभी लड़कों ने राजवीर और जाह्नवी को घेर लिया था।

"आप प्लीज कार में बैठो।"

राजवीर ने जाह्नवी से दुबारा रिक्वेस्ट की तो वो कार में जाकर बैठ गई। राजवीर चाहता तो उन सभी को चंद सेकंड्स में निपटा देता लेकिन वो अपना रियल टाइम रियल फील्ड टेस्ट को बिगाड़ना नहीं चाहता था। उसने पहली बार मार–पीट की थी उस गलती को दोहराना नहीं चाहता था। वो जानता था कि वो जितनी ज्यादा गलतियां करेंगा उसके टेस्ट का टाइम इतना बढ़ता जायेगा। राजवीर ने मौका देखकर ड्राइविंग सीट पर शीघ्रता से बैठ गया और तेज गति से गाड़ी दौड़ा दी।

"मोहन, सुना था तुम तो बड़े वीर हो। इन लड़कों ने मेरे साथ बदतमीजी की और तुम बिना सबक सिखाए वहाँ भाग निकलें।"

"जाह्नवी जी इनके हाथ में हथियार थे, फालतू की कहीं लग जाए, वहाँ से भागने में ही हमारी भलाई थी।"

राजवीर ने जाह्नवी को समझाते हुए कहा।

जाह्नवी का मूड खराब हो गया था। बीच रास्ते में उसने राजवीर से कोई बात नहीं की। दोनों रेस्टोरेंट पहुँच गए। राजवीर के पास वाली सीट पर जाह्नवी बैठी थी लेकिन उससे कोई बात नहीं की। राजवीर को जाह्नवी की नाराजगी का कारण समझ आ रहा था। दिन निकल गया लेकिन दोनों के बीच कोई बातचीत नहीं हुई। शाम होते होते वे सभी मन चले बाइक लेकर रेस्टोरेंट पर आ गए। जाह्नवी और राजवीर ने इन सभी को रेस्टोरेंट में आते ही पहचान लिया था। हाथों में चेन को लहराते हुए वे अनर्गल बोल रहे थे। वे सभी टेबल नंबर पच्चीस पर आकर बैठ गए।

राजवीर ऑर्डर लेने के लिए उनके पास गया,

"ए गोरे तू ऑर्डर लेगा,,,, चल लिख,,,,दो पनीर अंगारा,,,, तंदूरी विथ बटर,,,,,ये,,,,,, वो,,,,,,।"

"ओके सर, अभी रेडी तैयार करवाता हूँ।"

राजवीर ने उन मन चलो का ऑर्डर लेते हुए कहा।

लड़कों ने खाया कम और बिगाड़ा ज्यादा किया। उनके खाना समाप्त करते ही राजवीर ने विथ जीएसटी 11525 रूपये का बिल तैयार कर उनकी टेबल पर पेश कर दिया।

"इतना सारा पैसा, ऐ गोरे हमने इतना क्या खा लिया,,,, ऊपर से ये जीएसटी।"

सभी एक साथ हंसने लगे।

"चलो यारो,,लवकर,,लवकर, (जल्दी कर)।"

उनके लीडर ने साथी दोस्तों से कहा।

वो सभी मन चले बिना बिल चुकाए रेस्टोरेंट से निकल रहे थे। राजवीर गेट के पास गया फिर इनसे बोला,

"बिल तो आपको चुकाना पड़ेगा।"

"अबे ऐ,,,, नहीं दूंगा क्या कर लेगा?"

चाकू निकालते हुए उस लड़के ने राजवीर से कहा।

"ये खिलोने तेरी जेब में रख ले, घर पर खेलने काम आयेंगे।"

"ये गौरा मेरी रामपुरी को खिलौना बोल रहा है।"

सभी जोर-जोर के ठहाके मारने लगे।

उनके लीडर लड़के ने राजवीर के गले की ओर चाकू घुमाई।

राजवीर ने चीते की फुर्ती से उसका हाथ पकड़ा और जोर से उसकी छाती पर लात मार दी। वो मुंह के बल ज़मीन पर गिर पड़ा। राजवीर ने दूसरे को बाल पकड़कर उछाल दिया। तीसरा पास आए उसके पहले ही राजवीर ने उसकी जांघ पर वार किया। अगले को उल्टे हाथ से नाक पर मुक्का पड़ते ही उसके आंखों के आगे अंधेरा छा गया। राजवीर ने चंद मिनट में आठों लड़को को जमीन ढेर कर दिया था। किसी का हाथ टूट गया था तो किसी का पैर। कोई सिर पकड़ कर बैठा था तो कोई नाक पकड़कर।

"पूरा जीएसटी के साथ बिल दे रहे है,,,, बस भी करो,,,,।"

जाह्नवी राजवीर के पास आकर बोली,

"छोड़ भी दो इन्हें,,,,मोहन। ये काम तो तुम सुबह भी कर सकते थे।"

"कोई हमारी विनम्रता को हमारी कमजोरी समझ बैठे, तब उसको सबक सिखाना जरुरी हो जाता है।"

"मोहन, मैं तुम्हें गलत समझ बैठी थी। तुम्हारी सोच बहुत बड़ी है। मुझे माफ़ करना प्लीज।"

जाह्नवी ने राजवीर की ओर मुस्कराते हुए कहा।

दिन प्रतिदिन जाह्नवी राजवीर की ओर ज्यादा आकर्षित हो रही थी। न सिर्फ राजवीर का आकर्षक व्यक्तित्व बल्कि उसकी जीवन के प्रति सकारात्मक सोच भी उसके आकर्षण का बड़ा कारण था। जाह्नवी के पिताजी जयंती भाई भी राजवीर जैसे गुणवान और सज्जन दामाद की तलाश में थे। वे राजवीर में अपने दामाद का अक्स देखते थे। जाह्नवी अपने बड़े भाई को डिनर पर बुलाकर राजवीर को दिखाना चाहती थी। वो चाहती थी कि एक बार भैया हामी भर दे इसके बाद ही वो अपनी शादी का प्रस्ताव मोहन के सम्मुख रखे। मोहन अवंतिका से जन्म-जन्म के रिश्ते की कसमें खा चुका था। वो उससे वादा करके निकला था कि शादी करेंगा तो सिर्फ अवंतिका से। उधर अवंतिका राजवीर के आने का इंतजार कर रही थी वहीं जाह्नवी बड़े भाई की अनुमति की। जाह्नवी भी अत्यंत सुंदर और सुशील लड़की थी। उसको एक नजर में कोई भी पसंद कर लेता पर आज दिन तक मोहन जैसा व्यक्तित्व उसे मिला ही नहीं था। शाम होने को थी। जयंती भाई के घर का डाइनिंग टेबल सज चुका था। जयंती भाई अपने बड़े बेटे आशुतोष का इंतजार कर रहे थे। राजवीर और जाह्नवी सोफे पर बैठकर बतिया रहे थे। जयंती भाई अपने आप को काम में व्यस्त दिखा रहे थे पर इनकी एक आंख राजवीर और जाह्नवी की बातो में थी। वे उनकी बातें तो नहीं सुन पा रहे थे लेकिन दोनों के चेहरे के हावभाव का अवलोकन कर रहे थे। राजवीर से बात करते हुए जाह्नवी के चेहरे की चमक और खुशी जयंती भाई को असीम शांति और सुकून प्रदान कर रही थी। जाह्नवी की आंखो को देखकर कोई भी सहज अनुमान लगा सकता था कि जाह्नवी के दिल में राजवीर के लिए कितना प्यार था। इस बीच फ्लैट की डोर बेल बजी। जाह्नवी ने दौड़कर दरवाजा खोला,

"भैया, कितने दिन हो गए है आपको अपनी लाड़ली बहन की भी याद नहीं आती।"

जाह्नवी ने आशुतोष के पैर छूते हुए कहा।

"बहुत याद आती है जाह्नवी, पर क्या करूं कंपनी के काम से अधिकांश दिन एब्रॉड ही रहना पड़ता है। तेरी भाभी की भी यही शिकायत है।"

आशुतोष ने जाह्नवी को सिर चूमते हुए कहा।

आशुतोष ने पिताजी जयंती भाई के चरण स्पर्श किए।

"खुश रहो बेटा, खूब आगे बढ़ो।"

"पापा आपका स्वास्थ कैसा है?"

"अच्छा है, जाह्नवी रेस्टोरेंट संभालने में मदद कर देती है अन्यथा मेरे अकेले से संभव नहीं था।"

"आप अब घर पर ही आराम करो पापा, या मेरे साथ चलो। रेस्टोरेंट की पूरी जिम्मेदारी अब जाह्नवी के कंधो पर डाल दो।"

"बस एक बार जाह्नवी के हाथ पीले कर दूं फिर दामाद जी और जाह्नवी साथ मिलकर संभाल लेंगे। फिर मैं तेरे पास आ जाऊंगा।"

"पापा भैया को बैठने भी दो, बाद में पीले हाथ करना। मैं एक बार मोहन का परिचय करावा दूं।"

जाह्नवी, राजवीर के पास जाकर बोली,

"भैया ये मोहन है, रेस्टोरेंट में असिस्टेंट मैंनेजर का काम कर रहा है।"

"हाय मोहन, मैं आशुतोष, जाह्नवी का बड़ा भाई।"

"नमस्ते भैया, आपसे मिलकर खुशी हुई।"

"आओ मोहन, बैठो।"

आशुतोष, मोहन, जाह्नवी और जयंती भाई डाइनिंग टेबल पर बैठ गए थे। कुक डिशेज को सजा कर ला रहा था।

"भैया, आपके पसंद का खाना बनाया है।

"तेरी शादी के बाद मेरा इतना ध्यान कौन रखेगा?"

आशुतोष ने हँसते हुए कहा। आगे आशुतोष ने राजवीर को पूछा,

"अरे हाँ, मोहन तुम कहाँ से हो? तुम्हारे मम्मी-पापा क्या करते है।"

"भैया, मैं डूंगरपुर का हूँ।"

"कहाँ आता है ये डूंगरपुर?"

"ये उदयपुर के पास ही है। हमारे दो खेत है, घर चल जाए उतना मिल जाता है। हमारे परिवार के लिए बस यही एक आसरा है।"

"ओह, अच्छा,,,,वेरी क्रिटिकल,,,,,अच्छा हुआ तुम्हें यहाँ काम मिल गया। नहीं तो तुम्हारे लिए बहुत मुश्किल था।"

"जी भैया, मैं तो लेबर का काम करने मुंबई आया था लेकिन अंकल जी की कृपा मेरे पर हुई और मुझे इतना अच्छा काम मिल गया।"

"बेटा मोहन, कृपा मत बोलो, ये तुम्हारी काबिलियत है।"

जयंती भाई ने राजवीर की प्रशंसा करते हुए कहा।

"मोहन, तुम्हारी तो रातों रात किस्मत चमक गई। क्या बात है?"

अशुतोष ने राजवीर पर तंज कसते हुए कहा। आशुतोष को राजवीर दिखने में अच्छा लग रहा था पर मोहन की पारिवारिक स्थिति को देखते हुए वह नहीं चाहता था कि जाह्नवी की शादी उससे हो।

"नहीं भैया, मैं तो आज भी वेटर का ही काम करना चाहता हूँ लेकिन जाह्नवी जी मानते ही नहीं है इसलिए मुझे असिस्टेंट मैंनेजर का भी काम दे दिया है।"

"मेरी बहन भोली और सीधी है।"

"जी भैया, जाह्नवी जी बहुत सीधे है।"

राजवीर ने हामी भरते हुए कहा। राजवीर अपने आप को जितना गरीब बता रहा था उतना ही आशुतोष अपने आप को अमीर जता रहा था। राजवीर को तनिक भर भी बुरा नहीं लग रहा था वो जानता था कि आशुतोष जितना कमाता है उतना तो उसकी कंपनी के कर्मचारियों का वेतन होता है।

"भैया ये सब छोड़ो, आप भाभी को लेकर आते तो कितना अच्छा रहता।"

जाह्नवी ने आशुतोष से नाराज होते हुए कहा।

"तेरी भाभी का तो मेरे से भी ज्यादा टाइट शेड्यूल है, अभी उसका प्रमोशन क्या हुआ है? सांस लेने का टाइम नहीं मिलता है। जाह्नवी उसका पैकेज भी कंपनी ने बढ़ाकर फिफ्टी लेक कर दिया है।"

"वॉव क्या बात है भैया, इतना बड़ा पैकेज। भाभी किस कंपनी में है?"

"तुझे नहीं पता क्या? इंडिया की टॉप टेन कंपनी रॉय इंडस्ट्री में पोस्टेड है। अभी साउथ जॉन की हेड बना दिया है।"

ये सुनते ही राजवीर के कान खड़े हो गए। आशुतोष ने राजवीर से पूछा,

"मोहन तुमने तो कंपनी का नाम सुना होगा, इसके मालिक तो उदयपुर से ही है।"

राजवीर चौक गया,

"नहीं भैया, मैं तो डूंगरपुर से हूँ।"

"हाँ, ठीक है,,,,,, ठीक है।"

राजवीर को समझ आ गया था कि साउथ जॉन की हेड तो रिया है। रिया, आशुतोष की पत्नी थी। राजवीर को चिंता सताने लगी कि अगर रिया साथ में आ जाती तो उसकी सिक्रेसी उजागर हो जाती। अब राजवीर को लगने लगा था कि यहाँ रहना उसके लिए खतरा है।

सभी ने साथ में डिनर कर लिया था। राजवीर डिनर के बाद अपने कमरे में जा चुका था। जयंती भाई ने आशुतोष से पूछा,

"बेटा, मोहन जाह्नवी के लिए कैसा रहेगा?"

"पापा, इस फटेहाल लड़के को जाह्नवी से बांध रहे हो ये ठीक नहीं होगा।"

"बेटा, मोहन दिखने में भी सुंदर है और गुणवान भी।"

"पापा जहाँ पैसा चाहिए वहाँ पैसा ही चाहिए। गुणों का क्या करें? गोरे तो पत्थर भी होते है पर होते, किसी काम के नहीं।"

आशुतोष की बातें जाह्नवी को बुरी लग रही थी। पर वो भैया के सामने कुछ बोल नहीं सकती थी। वो गमगीन होकर चुपचाप सुनती रही।

जाह्नवी कल के डिनर के बाद मायूस लग रही थी। उसके भैया आशुतोष ने सीधा तो नहीं परंतु परोक्ष रूप से स्वीकृति प्रदान नहीं की थी। जयंती भाई भी यही चाहते थे कि जाह्नवी की सगाई राजवीर से हो जाए। लेकिन आशुतोष की मर्जी के विरुद्ध जाना नहीं चाहते थे। जयंती भाई और जाह्नवी के लिए, ताले की अंतिम चाबी उसकी रिया भाभी थी। जाह्नवी सोच रही थी कि अगर भाभी को मोहन पसंद आ जाए तो भैया हमारी बात मान लेंगे। इसलिए जाह्नवी ने भाभी रिया को व्हाट्सएप मैंसेज किया,

"भाभी, गुड इवनिंग, आप कैसे हो?

"मैं अच्छी हूँ जाह्नवी, तुम कैसी हो? टाइम निकालकर घर आया करो। मुझे तो टाइम मिलता ही नहीं है। तुम तो जानती हो।"

"जी भाभी, भैया ने बताया। आपको प्रमोशन की बधाई।"

"थैंक्स जाह्नवी।"

"भाभी, मुझे आपसे कुछ कहना था।"

"हाँ, बोलो। क्या बात है? "

"कोई खास नहीं, पर पापा ने मेरे लिए एक लड़के को पसंद किया है। आप उसे एक बार मिल लेते तो ठीक रहता।"

"तुम्हारे भैया ने क्या कहा?"

"उनको पसंद तो है पर वो ज्यादा पैसे वाला नहीं है।"

"पैसा तो हाथ का मेल है, कभी भी कमाया जा सकता है। उसका नेचर कैसा है? वो दिखता कैसा है?"

"भाभी उसका नेचर तो पापा जैसा है और दिखने में तो मस्त, जबरदस्त।"

जाह्नवी ने हँसते हुए कहा।

"जाह्नवी ठीक है मैं ज्यादा नहीं पर दस मिनिट के लिए शाम को आती हूँ, खुश।"

"बहुत खुश, मेरी प्यारी भाभी। मैं आपका इंतजार करूंगी। आपके लिए डिनर तैयार करवा लेती हूँ।"

"बिल्कूल नहीं, मुझे आज नाइट को कंपनी की वीसी अटैन करनी है। मेरा खाना वहीं है। हाँ, जाह्नवी एक बात ध्यान से सुनो, मेरे आने का जिक्र उस लड़के से मत करना।"

"क्यों भाभी?"

"अगर तुमने उसको बता दिया तो वो अनकंफर्ट महसूस करेंगा। "

"ओके ठीक है भाभी, जैसा आप कहे। मैं आपका इंतजार करूंगी। बाय,,,,।"

जाह्नवी और राजवीर दोनों कार से रेस्टोरेंट पहुँच गए। जाह्नवी को शाम होने का इंतजार था। राजवीर को चिंता सताए जा रही थी कि अगर रिया को मालूम पड़ गया कि मैं उनके ही घर पर हूँ तो मेरे लिए मुश्किलें खड़ी हो सकती है। मेरा मिशन फेल हो जायेगा। रियल टाइम रियल टास्क के दिन जितने आगे खिसकेंगे उतना ही मेरे फील्ड कार्यकुशलता पर प्रश्न चिह्न खड़ा हो जायेगा। अब वो रिया को लेकर सतर्क था। राजवीर,रिया के सामने नहीं आना चाहता था। लंच जयंती भाई, जाह्नवी और राजवीर साथ–साथ कर रहे थे।

"क्या सोच में पड़ गए मोहन?"

जाह्नवी ने राजवीर से पूछा।

"कुछ भी तो नहीं,,,,,,।"

राजवीर ने बात टालते हुए कहा। उतनें में राजवीर के मोबाइल पर मैंसेज की टोन बजी, राजवीर ने मोबाइल निकाल कर पढ़ा जिसमें लिखा था,

"आपको आज ही ट्रेन से दिल्ली के लिए निकलना है। टूर की संपूर्ण व्यवस्था स्वयं को करनी है। आगे के निर्देश आपको दे दिए जायेंगे।"

मैंसेज पढ़ते ही राजवीर के चेहरे पर रौनक आ गई। वो जितना जल्दी हो सके मुंबई छोड़ना चाहता था। उसने बिना समय गवाए जयंती भाई से कहा,

"अंकल मेरे भाई की तबीयत खराब है मुझे निकलना पड़ेगा?"

"तुम्हारा भाई।"

"मेरे अंकल का लड़का।"

"ओह, ऐसा क्या हो गया उसको?"

"पता नहीं अंकल पर उसे हॉस्पिटल में एडमिट किया है उनको मेरी जरूरत है।"

"अवश्य बेटा, मुश्किल वक्त में भाई, भाई के काम नहीं आए तो वो भाई किस काम का। मोहन तुमको जितना जल्दी हो सके निकलना चाहिए।"

"हाँ, अंकल में भी यही सोच रहा हूँ।"

"मोहन मैं तुम्हारे साथ चलती हूँ। रेस्टोरेंट पापा देख लेंगे।"

जाह्नवी ने राजवीर से कहा।

"नहीं,,,,,, नहीं,,,, जाह्नवी, जरूरत पड़ी तो मैं आपको बुला लूंगा। धन्यवाद जी,,,,।"

"मोहन तुमको रूपया टका की जरूरत पड़ेगी। बोलो कितना पेमेंट चाहिए।"

जयंती भाई ने राजवीर से पूछा।

"अंकल मेरा जितना पेमेंट बनता है उतना ही दो। जाह्नवी जी ने मुझे दस हजार दिए थे। मेरे सिर्फ पांच हजार ही निकलते है।"

राजवीर ने हिसाब करते हुए कहा।

"नहीं बेटा, तुम ज्यादा ले जाओ, पांच हजार से क्या होगा? अगर ज्यादा नहीं लेने हो तो कम से कम महीने का पेमेंट तो ले जाओ। बच जाए तो वापिस दे देना या अगले महीने के हिसाब में देख लेंगे।"

"नहीं अंकल मेरे पास बैलेंस पड़ा है। जरूरत पड़ी तो मैं आपको बता दूंगा। आप मेरे अकाउंट में डाल देना। बस,,,,।"

"ये भी ठीक है,,,,,।"

"जाह्नवी जी, मैं फ्लैट से अपना बैग लेकर निकलता हूँ।"

राजवीर ने जाह्नवी के पास जाकर दोनों हाथ जोड़ते हुए कहने लगा।

जाह्नवी की आंखे भर आई थी,,,,, उसका कंठ रूंध गया था। शब्द निकल नहीं रहे थे। हिम्मत कर राजवीर से बोली,

"मोहन,,,,,,,,मैं,,,,,,तुम्हें रेलवे,,, स्टेशन पर छोड़,,,देती हूँ,,,"

"जाह्नवी जी आप तकलीफ़ नहीं करें, अंकल जी को आपकी जरूरत है। मैं चला जाऊंगा।"

राजवीर रेस्टोरेंट से निकल रहा था। जाह्नवी की छाती भरी आ रही थी,

"मोहन, जल्दी आ जाना, मैं तुम्हारा इंतजार करूंगी,,,।"

रुआसे मन से जाह्नवी ने राजवीर से विदाई ली। उसके जाते ही जाह्नवी वाश रूम की ओर जाने लगी। उसको लग रहा था कि शायद ये आंसू पिताजी को बैचेन कर देंगे। राजवीर रेस्टोरेंट छोड़कर जा चुका था। ग्राहकों से भरा रेस्टोरेंट जाह्नवी को खाली प्रतीत हो रहा था। सब कुछ उसका था लेकिन अभी उसको पराया लग रहा था। विरह में ये आंखे आंसू बहा रही थी या ये दिल रिस रहा था उसको कुछ समझ नहीं आ रहा था। प्रेमिका की विरह वेदना उस समय ज्यादा बढ़ जाती है जब दुबारा मिलने का समय तय नहीं होता है।

जयंती भाई, जाह्नवी की स्थिति को देख भी रहे थे और समझ भी रहे थे। उनका भी मन जाह्नवी को देखकर मायूस हो रहा था। जयंती भाई ने मन ही मन निश्चित कर लिया था कि आशुतोष या रिया दोनों मना कर देंगे तो भी मैं जाह्नवी की ईच्छा पूरी करूंगा। बस एक बार मोहन आ जाए। पिता–पुत्री के बीच संवाद नहीं हो रहा था पर दोनों के दिल एक जैसी पीड़ा से गुजर रहे थे। उधर दिन ढलता जा रहा था इधर मायूस मन में अंधियारा बढ़ता जा रहा था। जाह्नवी भूल भी गई थी कि शाम को रिया भाभी को घर पर बुलाया है।

"पापा आज तबीयत कुछ ठीक नहीं है, घर चले,,,,।"

"हाँ बेटा, तूने मेरे मन की बात बोल दी। चल बेटा निकलते है।"

दोनों घर के लिए निकल गए। पार्किंग में कार खड़ी कर ही रहे थे पीछे से रिया की कार भी आ गई थी।

"पापा,,, आपकी तबीयत कैसी है?"

"ठीक हूँ बेटा, तुम कैसी हो?"

"भाभी जी आइए, अंदर चलते है।"

तीनों घर के अंदर गए। सोफे पर जाह्नवी और रिया साथ साथ बैठे थे और जयंती भाई सामने की चेयर पर।

"जाह्नवी, तुम्हारे मोहन को बुला लो, एक बार मैं भी उससे मिल लूं।"

"भाभी,,,,,, उसके भाई की तबीयत खराब होने के कारण उसको अचानक निकलना पड़ा। सॉरी भाभी में आपको इन्फॉर्म नहीं कर पाई।"

"कोई बात नहीं, जब वह लौट के आ जाए। तब तुम मुझे बता देना। मैं दुबारा आ जाऊंगी।"

"हाँ भाभी, मैं आपको कॉल कर दूंगी।"

"जाह्नवी मैं तुम्हारी उदासी को देखकर समझ सकती हूँ कि तुम्हें मेरी राय की जरूरत नहीं है। मैं तुम्हारे साथ हूँ। तुम्हारी पसंद, मेरी पसंद।"

"भाभी,,,,,,,!!!!!!!!"

"रिया मैं भी तुम्हारी बात से सहमत हूँ, तुम ठीक कह रही हो।"

जयंती भाई ने पुत्रवधु रिया से कहा।

"जाह्नवी तुम बार–बार मोबाइल की तरफ देखना बंद करो। मोहन के आते ही तुम्हारी बात फाइनल कर देंगे। तुम्हारा मोबाइल दिखाना, ये किस का फोटो है?"

रिया कुछ कमेंट करें, इसलिए जाह्नवी ने बोलना उचित नहीं समझा।

रिया ने मोबाइल को ध्यान से देखा फिर बोली,

"ये तो रॉय इंडस्ट्री के मालिक का बेटा है राजवीर रॉय है। मतलब मेरी कंपनी का मालिक।"

जाह्नवी और जयंती भाई दोनों स्तब्ध थे।

"जाह्नवी तुम इसे कैसे जानती हो?"

जाह्नवी की दुनिया हिल गई थी उसे कोई जवाब देते बन नहीं रहा था।

"भाभी ये मेरे फ्रेंड का फ्रेंड है। मैं इसे पर्सनली नहीं जानती हूँ।"

"अच्छा, अच्छा,,,, मेरे वीसी मीटिंग का टाइम हो रहा है मुझे निकलना चाहिए।"

"हाँ भाभी।"

"जाह्नवी मोहन के आते ही मुझे कॉल कर देना।"

रिया वहाँ से निकल गई परंतु पीछे जयंती भाई और जाह्नवी के लिए विस्मय छोड़कर।

जाह्नवी और जयंती भाई को समझ में नहीं आ रहा था कि जिस व्यक्ति को मजदूर समझ कर काम पर रखा वो देश का टॉप टेन बिलेनियर में से एक था। दोनों के मन में बहुत सारे प्रश्न चल रहे थे कि वो लेबर बनकर रेस्टोरेंट में क्यों आया? क्या वो जाह्नवी को पसंद करता था? क्या वो जाह्नवी से मिलने दुबारा आएगा? राजवीर मोहन के रूप में ही सही लेकिन सबके मन को हर लिया था। जाह्नवी और जयंती भाई के दिल में राजवीर के लिए इज्जत बढ़ गई थी। जाह्नवी राजवीर से दुबारा मिलना चाहती थी। जाह्नवी तो अपने दिल की बात भी राजवीर को शेयर नहीं कर पाई थी। इसके बावजूद भी राजवीर को अच्छे से पता था कि जाह्नवी उससे बेइंतहा प्यार करती है। राजवीर के बारे में सबकुछ मालूम पड़ जाने के बावजूद भी जाह्नवी व जयंती भाई ने इस बात का किसी से जिक्र नहीं किया।

राजवीर मैंसेज के अनुसार दिल्ली के लिए निकल गया था। मंगला लक्षद्वीप एक्सप्रेस में रिजर्वेशन नहीं मिलने के कारण लोकल डिब्बे की भीड़ में राजवीर को यात्रा करनी पड़ रही थी। ये राजवीर के जीवन का पहला अनुभव था। भीड़ में धक्का मुक्की हो रही थी लेकिन राजवीर के लिए सुकून था कि उसकी हाईट अधिक होने की वजह से सांस लेने में उसे कोई दिक्कत नहीं आ रही थी। कोच की स्क्रीन के ऊपर अगले स्टेशन का नाम लगातार आ रहा था जहाँ ट्रेन को रूकना था। यात्रियों को अगले स्टेशन पर कोच से नीचे उतरने के लिए भारी मशक्कत करनी पड़ रहीं थी। राजवीर भी तैयार था कि कोई यात्री उतरे और उसकी सीट पर बैठ सके। जैसे ही स्टेशन पर ट्रेन रूकी उतरने वालो से ज्यादा तो चढ़ने वाले लोग थे। लेकिन राजवीर ने मौके का फायदा उठाते हुए दरवाजे की सीट के पास आकर खड़ा हो गया ताकि अगले स्टेशन पर उसको बैठने का मौका मिल सके। राजवीर के पास खड़े एक लड़के की पीठ पर बैग था जिसमें से राजवीर को असामान्य सी स्मेल आ रही थी। राजवीर ने जैसे–तैसे उस भीड़ में लड़के से दूरी बनाकर कोच के दूसरे भाग की ओर आ गया। थोड़ी देर बाद राजवीर का ध्यान उस स्मेल पर फिर गया। वो सोचने लगा कि ये स्मेल कुछ जानी पहचानी है। पर,,,,,है,,,, किसकी? उसको कुछ समझ नहीं आ रहा था। राजवीर को उस लड़के पर शक होने लगा कि कुछ तो गड़बड़ है। राजवीर अपनी शंका दूर करना चाहता था उसके लिए दुबारा उस बैग वाले लड़के के पास जाना जरूरी था। पर भीड़ में उस तक पहुँचना टेढ़ी खीर थी। राजवीर दुबारा धक्का मारते हुए उस लड़के की तरफ बढ़ने लगा,

"आपका दिमाग खराब है क्या? सांस लेने की तो जगह नहीं है और आप बार–बार इधर–उधर आ जा रहे है।"

सह यात्री ने राजवीर पर चिल्लाते हुए कहा।

राजवीर ने बिना कोई जवाब दिए उस लड़के की ओर बढ़ रहा था। भीड़ ज्यादा होने की वजह राजवीर को समय लग रहा था। उस दौरान बैग वाले लड़के ने अपना बैग उतार कर लगेज कैरियर में रख दिया था। अब राजवीर के लिए उस बैग और लड़के को खोजना कठिन हो गया था। उस बीच स्टेशन आने से अधिकांश लोग कोच से उतर गए थे। अब भीड़ कम हो गई थी पर बैग वाला व्यक्ति और बैग का अता पता नहीं था।

राजवीर मंगला लक्षद्वीप एक्सप्रेस से दिल्ली जा रहा था। कोच में अजीब सी स्मेल वाला लड़का और बैग दोनों गायब थे। भीड़ छट चुकी थी, ट्रेन द्रुत गति से आगे बढ़ रही थी। राजवीर ने तय किया कि एक बार वो बैग की तलाश अवश्य करेंगा। राजवीर लगेज कैरियर को खंगालने लगा। काफ़ी कोशिश के बाद भी राजवीर को लगेज कैरियर से वो काला बैग नहीं मिला। सह यात्रियों की नज़र भी उस पर थी,

"अरे भाई, तेरा क्या गुम गया है?" एक यात्री ने चिल्लाते हुए पूछा।

"मेरा काला बैग देख रहा हूँ, लगता है कोई लेकर उतर गया है।"

राजवीर ने सहयात्री की जिज्ञासा को शांत करने के लिए झूठ का सहारा लिया।

"वहाँ कहाँ ढूँढ रहा है? देख तूने तो ये बैग सीट नीचे रखा है।"

राजवीर ने सीट नीचे झुककर उस बैग को जोर से सूंघा,,,,,,एक बार फिर सूंघा,,,,,,,,

"ओह माई गॉड,,,,, ये तो विस्फोट की स्मेल है।"

राजवीर ने मन ही मन बोला। उसने इस बात का यात्रियों को अहसास नहीं होने दिया कि कोच में विस्फोट है। राजवीर ने बिना कोई देरी किए मोबाइल निकाला और आई.बी. डायरेक्टर गुप्ताजी को कॉल मिला दिया,

"सर मैं, आर आर नॉट थ्री।"

"हाँ बोलो,,,क्या बात है?"

"सर मैंसेज को पढ़ो।"

"ओके।"

राजवीर ने मैंसेज कर पूरी जानकारी गुप्ता जी को दे दी।

अगला स्टेशन का इंतजार किए बिना ट्रेन को दूसरी लेन में लेकर उसे रोक दिया गया। बिना स्टेशन के ट्रेन रुकने से यात्रियों में खलबली मच गई।

सभी यात्रियों को स्क्रीन पर निर्देश दिए गए। साथ ही स्पीकर पर एनाउंस होने लगा कि "कृपया ध्यान देवे। यात्रीगण बिना किसी सामग्री को छुए, ट्रेन से नीचे उतर जाए।"

अनाउंसमेंट के साथ यात्रियों में अफरा तफरी मच गई लोग इधर–उधर भागने लगे।

"ये क्या हो रहा है?"

"ट्रेन में बम है क्या?"

"सुना है, ट्रेन में एक संदिग्ध काला बैग मिला है।"

"वो तो हमारी कोच में सीट नीचे था।"

"उस आदमी की शक्ल को देखकर कौन कह सकता है कि उसके पास बम होगा?"

"आतंकवादी है, आतंकवादी।"

"मासूम चेहरे के पीछे छिपा शैतान।"

"छोड़ना मत,,,,,, को।"

यात्रीगण सहमें हुए थे उनकी आपसी चर्चाओं का बाजार गर्म था। यात्रियों के ट्रेन से नीचे उतरते ही एक्सप्लोसिव डिटेक्शन K9 टीम आ गई जिसमें विस्फोट की पहचान करने वाले डॉग भी शामिल थे। उस टीम ने बैग को अपने कब्जे में लिया।

"साहेब वो लंबा आदमी आपके पास खड़ा है ये उसी का बैग है छोड़ना मत उसको पकड़ लो"

"ये बैग इनका नहीं है किसी ओर का है।"

टीम के हेड ने यात्री को जवाब दिया।

"इसका कैसे नहीं है, मैंने ही इसको पूछा था, तब तो ये काला बैग मेरा है ऐसा बोल रहा था।"

"हाँ ठीक है,,,,, ठीक है आप सभी ट्रेन में बैठ जाए। हम देख लेंगे।"

गुप्ता जी के निर्देशानुसार राजवीर की सुरक्षा के लिए उसे लोकल कोच से हटाकर एसी कोच में शिफ्ट कर दिया। ट्रेन दिल्ली के लिए रवाना हो गई। इतने में गुप्ता जी का कॉल राजवीर के मोबाइल पर आया,

"येस सर, आदेश करें।"

"वेल डन आर आर, नाइस जॉब। आज तुमने सैकड़ों यात्रियों की जान बचाई है। तुम्हारा काम काबिल ए तारीफ है। ये तुम्हारी परफेक्ट ट्रेनिंग का परिणाम है कि तुमने एक्सप्लोसिव को सूंघ कर एक्सेस कर लिया। ये आम इंसान के बस की बात नहीं थी।"

"थैंक्स सर।"

गुप्ता जी का कॉल डिस्कनेक्ट होते ही राजवीर के मोबाइल पर मैंसेज आ गया।

"आपको दिल्ली के जे.एन.यू पहुँचना है वहाँ आप एम.एस.सी. प्रीवियस के विधार्थी के तौर पर अध्ययन करना है। आपका एडमिशन मिलिंद राणा के नाम पर किया गया है। आपकी आई.डी. आपको मेल कर दी गई है। समय सीमा आवश्यकता पड़ने पर आपकी बता दी जाएगी। स्वयं की आइडेंटिटी डिस्क्लोज नहीं हो उस बात का विशेष ध्यान रखें।"

राजवीर का जेएनयू में बतौर विधार्थी मिलिंद राणा के नाम से एडमिशन लेना था। राजवीर को अचरज हो रहा था कि रियल टाइम रियल फिल्ड टेस्ट में उसका कॉलेज में ऐडमिशन देकर किस प्रकार से टेस्ट लिया जाएगा। जिस जॉब के लिए वो टेस्ट दे रहा था क्या इसके लिए कॉलेज में रहना उपर्युक्त था। राजवीर विचारों के द्वंद्व में फँसा हुआ था। राजवीर चाहता था कि

शीघ्रता से ये अंतिम टेस्ट पूर्ण कर अपने पद पर काम करें। राजवीर कॉलेज के गेट पर पहुंचा, जहाँ गेट कीपर ने राजवीर को रोका।

"पहले इस रजिस्टर में एंट्री करो फिर अंदर जाओ।"

राजवीर ने रजिस्टर में मिलिंद राणा के नाम से एंट्री की फिर गेट कीपर से पूछा,

"भाई साहब मुझे एमएससी में एडमिशन लेना है, मुझे किस ओर जाना है?"

"सामने से लेफ्ट चले जाओ।"

"थेंक्स।"

राजवीर जेएनयू के साइंस प्रभाग के एडमिशन सेल की ओर गया। जहाँ उसने इन्कायरी विंडो में जाकर पूछा,

"सर एम.एस.सी. साइंस एडमिशन।"

"अपना नाम और सब्जेक्ट बताओ।"

"सर मिलिंद राणा, एम.एस.सी. प्रीवियस फिजिक्स।"

"आपके एडमिशन फीस और प्रोसेस पूरी हो चुकी है। आप ये रिसिप्ट अपने क्लास टीचर जेनित सर को जमा करवा दे। मिस्टर राणा ये हॉस्टल की रिसिप्ट हॉस्टल वार्डन गोयल जी को दे देना। आपको डी विंग का रूम नंबर 7 अलॉट किया है जिसमें सिद्धार्थ, विजेश और अर्जुन आपके रूम पार्टनर रहेंगे।"

"ओके सर।"

राजवीर रिसिप्ट लेकर क्लास टीचर प्रो जेनित सर के चेंबर में गया,

"कम इन सर।"

"नो, बाहर खड़े रहो, मैं आपको अंदर बुलाऊं तब आना।"

"येस सर।"

राजवीर चेंबर के बाहर लगी सीट पर जाकर बैठ गया। लगभग आधा घंटा बीत जाने के बाद भी राजवीर को चेंबर में नहीं बुलाया तो राजवीर ने खड़े होकर ग्लेजिंग (दरवाजे में लगे ग्लास) से देखा। प्रोफेसर जेनित मोबाइल पर बतिया रहे थे। दो घंटे बीत जाने के बाद पिओन राजवीर को बुलाने आया,

"सर आपको चेंबर में बुला रहे है।"

राजवीर को प्रोफेसर पर गुस्सा आ रहा था। उसे बिना किसी कारण के उसे दो घंटे तक इंतजार करवाया था।

"सर, ये एडमिशन रिसिप्ट।"

"बाहर निकलो, पहले अंदर आने के लिए अनुमति लो। ये फटीचर टाइप के लड़के कहाँ से आ जाते है?"

राजवीर को काटो तो खून नहीं। प्रोफेसर का ये व्यवहार इसके गुस्से की आग में घी काम कर रहा था। राजवीर ने खुद पर नियंत्रण करते हुए चेंबर से बाहर निकल आया,

"मैं आई कम इन सर।"

"चेंबर में आयंदा पूछ कर आना, समझे,,,,।"

"येस सर।"

"तुम्हारा क्या नाम है?"

"मिलिंद राणा"

"आवाज नीचे,,,, मैं बहरा नहीं हूँ। कल से तुम्हारी क्लासेज स्टार्ट हो जाएगी। दस बजे क्लास में आ जाना। दस मींस दस, समझे। तुम जा सकते हो। "

राजवीर बिना कुछ बोले चेंबर से निकल गया। प्रोफेसर के अभद्र व्यवहार से राजवीर बहुत गुस्से में था। फिर हॉस्टल वार्डन गोयल सर को रिसिप्ट जमा कर रूम नंबर 7 की ओर बढ़ गया। राजवीर ने रूम के गेट को खटखटाया,

"कौन है?,,,,, बिंदास आ जा?"

किसी भी दृष्टिकोण से ये विद्यार्थियों का कमरा नहीं लग रहा था। टेबल पर पुस्तकों की जगह बीयर की बोतलें रखी हुई थी। एक बेड पर दो लड़के सिगरेट के कश लेकर हवा में धुएं का छल्ला बना रहे थे। दूसरे बेड पर कपडे और बहुत सारी चीजों का जखीरा था। उनका एक साथी कुर्सी पर बैठकर मोबाइल देख रहा था। राजवीर कमरे की दुर्दशा देखकर चिंता में पड़ गया। सोचने लगा,

"इन निकम्मों के साथ दिन कैसे गुजारूंगा?"

"बोल भाई किससे काम है?"

सिगरेट का कश खींचते हुए सिद्धार्थ ने राजवीर से पूछा।

"एक बार उसको अंदर तो आने दे?"

अर्जुन ने नाक से धुंआ छोड़ते हुए कहा।

"मैं मिलिंद राणा, आपका चौथा रूम पार्टनर।"

"आ जा,,,,,, मेरे गले लगा जा,,,,, विजेश माला लेकर आ, इसका भरपूर स्वागत करो।"

राजवीर बिना कुछ जवाब दिए विजेश के पास लगी कुर्सी पर बैठ गया।

"बोल क्या लेगा,,,, सिगरेट या वोटका।"

"कुछ नहीं।"

राजवीर ने सिद्धार्थ की ओर देखते हुए कहा।

"फटीचर तू आया कहाँ से है?"

"ढंग से बात कर,,,,समझा।"

राजवीर ने गुस्सा करते हुए सिद्धार्थ को कहा।"

"मुझको राणा जी माफ़ करना गलती मारे से हो गई,,,,,गुपचुप,,,, गुपचुप,,,,, गुपचुप,,,,,,गुपचुप।"

सिद्धार्थ और अर्जुन दोनों ठहाके लगा कर हंस पड़े। राजवीर ने गुस्सा पीते हुए चौथे खाली पड़े बेड पर अपना बैग रख कर जूते उतारने लगा।

सिद्धार्थ राजवीर के बेड के पास आकर बोला,

"देख राणा, ज्यादा होशियारी मत दिखा, पढ़ने आया है तो चुपचाप पढ़ ले। वरना,,,।"

"नया है भाई, आपको नहीं जानता है। क्यों फालतू में अपना दिमाग खराब कर रहे हो। मैं समझा दूंगा,,,,।"

विजेश ने बीच बचाव करते हुए कहा।

राजवीर चाहता तो एक पंच में ढेर कर देता पर वो अपनी ट्रेनिंग को बिगाड़ना नहीं चाहता था। अगले दिन राजवीर क्लास अटेंड करने के लिए समय पूर्व ही निकल गया। उसके मोबाइल पर मैंसेज की रिंग बजी,

"क्लास में प्रोफेसर के प्रश्नों का जवाब नहीं देना है।"

प्रोफेसर जितेश के क्लास रूम में आते ही पिन ड्रॉप साइलेंस हो गया। यूनिवर्सिटी में ऐसा रूतबा बना रखा था कि कोई भी विद्यार्थी उनके सामने आने से घबराता था। उनके मुंह से निकलने वाला प्रत्येक शब्द सामने वाले की तोहीन करता था।

"अपनी क्लास स्टार्ट करूं उसके पहले थोड़ा देख लूं कि तिलो में कितना तेल है। ए मिस्टर,,, मिलिंद,,, मुझे कल मालूम पड़ गया कि तेरी जीभ तो बहुत लंबी है देखते है तेरा दिमाग कितना बड़ा है। सुन नहीं रहा है,,,,,,, खड़ा हो जा,,,,,,,, ध्यान से सुन लेना क्वेश्चन एक बार ही बोलूंगा,

A forty kg girl climbs a vertical distance of five metre in twenty

Seconds at a constant velocity.how much work has the girl done?"

"Sir, I have no idea."

पूरी क्लास राजवीर पर हंस पड़ी। राजवीर इंसल्ट फील कर रहा था पर वो मजबूर था।

"Longer the men greater the fool"

प्रोफेसर के बोलते ही क्लास एक बार फिर राजवीर पर हंस पड़ी।

राजवीर ने सोचा था कि रियल टाइम रियल फील्ड टेस्ट में उसको कॉलेज भेजने की कहाँ जरूरत थी। राजवीर के सामने जो परिस्थितियां उत्पन्न हो रही थी उससे निपटना राजवीर के लिए दुभर होता जा रहा था। उसका धैर्य अब साथ नहीं दे रहा था। प्रोफेसर जितेश का व्यवहार राजवीर को आहत कर रहा था। लेकिन इन सब से ऊपर उठकर उसे टेस्ट क्लियर करना था। इसलिए परिस्थितियों पर उसकी पैनी दृष्टि थी। वो सोच रहा था कि किसी व्यक्ति को अपना अपमान इतना भी सहन नहीं करना चाहिए कि आत्मसम्मान ना रहे। राजवीर, प्रोफेसर जितेश की क्लास से बिना कुछ बोले बाहर आ गया। क्लास के बाहर सिद्धार्थ और अर्जुन पहले से ही घूम रहे थे।

"सिद् भाई, कल मैंने आपको गुस्से में कुछ उल्टा सीधा बोल दिया हो तो माफ़ करना।"

राजवीर ने मौका देखकर चौका लगाया।

"राणा तू मेरा रूम पार्टनर था अब तू दिल का पार्टनर भी बन गया। चल तुझे माफ़ किया।"

सिद्धार्थ ने राजवीर से हाथ मिलाते हुए कहा।

"भाई का दोस्त अपना भी दोस्त।"

अर्जुन ने हामी भरते हुए कहा।

"राणा गाड़ी में बैठ तेरे को दिल्ली घुमा लाता हूँ।"

"हाँ सिद् भाई, आज वैसे भी दिमाग खराब है। चलो निकलते है।"

सिद्धार्थ, राजवीर और अर्जुन तीनों युनिवर्सिटी परिसर से निकल गए।

"आज तेरे को मैं वेरी-वेरी स्पेशल चीज चखाता हूँ,, मैं तेरे पे बहुत खुश हूँ। जेब में माल है या फटेहाल है।"

"सिद् भाई,,,,,,पिताजी की मजदूरी से घर चलता है, फटेहाल ही हूँ।"

"टेंशन मत ले, सिद् की दोस्ती,,,,मतलब कुबेर से दोस्ती,,,अब तू पैसों में खेलेगा।"

"अच्छा भाई, मैं भी पैसों में खेलना चाहता हूँ,,, इस तंगी से बेहाल हूँ।"

"सबर रख,,, सबर रख,, बड़ा उतावला है तू।"

"आज हम तेरे को दिखाते है कि जिंदगी कैसे जी जाती है?"

सिद्धार्थ की गाड़ी ब्लू बार के सामने जाकर खड़ी हो गई।

"चल राणा, मेरे पीछे–पीछे आ जा।"

राजवीर, अर्जुन और सिद्धार्थ के पीछे–पीछे चलने लगे। सिद्धार्थ को देखते ही गेट पर खड़े बाउंसर ने सैल्यूट किया। सिद्धार्थ अपने दोस्तों के साथ रिसेप्शन काउंटर के पीछे वाले गेट से बेसमेंट हॉल में चला गया। यहाँ का नज़ारा देखते ही राजवीर गश खा गया। आधी युनिवर्सिटी यही थी। जिसमें लड़कों से ज्यादा लड़कियां थी। कुछ नशे में ध्युत थे तो कुछ नशा ले रहे थे। कोई एक नथुना बंद कर नाक से तो कोई जांघ पर इंजेक्शन लगा रहा था तो कोई सिगरेट के कश में ड्रग्स और स्मैक ले रहा था। सामने प्रत्येक टेबल पर हुक्का रखा हुआ था। हुक्का के माध्यम से गांजा पीने वाले नाच रहे थे उनकी पलकें उनके नियंत्रण में नहीं थी। हॉल में म्यूजिक चल रहा कुछ युवा थिरक रहे थे,कुछ लुढ़क रहे थे।

लैला मैं लैला, ऐसी हूँ लैला

हर कोई चाहे मुझसे मिलना अकेला

जिसको भी देखूँ, दुनिया भुला दूँ

मजनू बना दूँ, ऐसी मैं लैला

सिद्धार्थ, अर्जुन और राजवीर तीनों बीच वाली टेबल पर आकर बैठ गए। सिद् को देखते ही बार पर्सन ट्रे में हेरोइन और स्मैक की पुड़िया, चार–पांच सिरिंज, दो वायल लेकर आ गया। अर्जुन ट्रे देखते ही टूट पड़ा,

"रुक जा अर्जुन, फर्स्ट राणा,,,फिर तू।"

"सिद् भाई, टेबल पर आने के बाद ज्यादा इंतजार करता नहीं है,,,, राणा तुझे जो लेना हो,जल्दी उठा।"

"आप दोनों,,,,,, मैं अगली बार,,।" राजवीर ने बचने के लिए बहाना बनाया।

"रुक एक कश खीच लू,,,, फिर मेहमान नवाजी।"

सिद्धार्थ ने पुड़ी के पास नाक रख कर जोर से खींचा।

"स ररर र,,, या,,,, या,,,, हाँ, आआआ,,,,,जन्नत,,,,, राणा तू भी खीच ले।"

"नहीं, सिद् भाई,,,, मैंने कभी लिया नहीं है अगली बार।"

"सिद् का रूल है, वो अकेला नहीं लेता।"

"ठीक है आपकी बात मान लेता हूँ, उधर हुक्का ले लेता हूँ।"

"ओके डन"

अर्जुन और सिद्धार्थ टूट पड़े। राजवीर ने खुद को अलग करते हुए हुक्के के पास जाकर बैठ गया। घंटे भर बाद

तीनों बार से बाहर आने के लिए टेबल से खड़े हो गए।

"ऐ सुन,,,,,, हिसाब मेरे नाम से लिख देना।"

सिद्धार्थ ने काउंटर पर बैठे आदमी को कहा।

इतना नशा करने के बावजूद भी सिद् और अर्जुन होश में थे। तीनों कार से युनिवर्सिटी की ओर रवाना हो गए।

"राणा मजा आया,,,,लगता है न, कि जन्नत में आ गए है।"

"हाँ भाई, मजा आ गया।"

"यार अर्जुन एक काम करते है, राणा को छोड़कर हम हॉस्टल चलते है। अब मूड नहीं है।"

"ओके भाई, भाई ने कहा तो कहा।"

अर्जुन ने तुक बंदी करते हुए कहा।

क्लास रूम के बाहर राजवीर को छोड़कर दोनों हॉस्टल की ओर रवाना हो गए। अभी लंच टाइम चल रहा था सभी स्टूडेंट्स क्लास के बाहर ही थे। राजवीर को सिद्धार्थ और अर्जुन के साथ देखकर सभी आश्चर्य कर रहे थे। मौका देखकर राजवीर के साथ पढ़ने वाली निरंजना उसके पास आई,

"भैया, मैं निरंजना। सुबह जितेश सर ने आपका जान बूझकर इंसल्ट किया। फिर भी आप कुछ नहीं बोले। इससे मुझे लगा कि आप सज्जन व्यक्ति हो। मैं एक बात बोलूं, आप बुरा तो नहीं मानोगे।"

"आपने मुझे भैया कहा है, फिर तो आपको हर बात बोलनें का हक है। बोलो, मैं बुरा नहीं मानूंगा।"

"भैया आपकी सिद्धार्थ और अर्जुन के साथ दोस्ती ठीक नहीं। इसमें आप सब समझ जाओ।"

"सीस, थैंक्स। मेरी मजबूरी है, ये मेरे रूम पार्टनर है।"

"ओके माय गॉड, काजल की कोठरी में,,,,,।

इतने में विजेश राजवीर के पास आया,

"सॉरी मिलिंद, हम तुम्हारे सपोर्ट में कुछ नहीं बोल पाए। संभव भी नहीं था यूनीवर्सिटी में जितेश सर की तूती बोलती है, उनका विरोध मतलब,,, केरियर की बर्बादी। तुम भी इस बात का ध्यान रखना।"

"हाँ भैया, विजेश सही बात कर रहा है। यूनिवर्सिटी में आए दिन होने वाले फसाद की जड़ भी यही है। पर बोले कौन? इनका राजनेताओं से लिंक जो है।"

निरंजना ने राजवीर को समझाते हुए कहा।

"आप दोनों की बात का मैं ख्याल रखूंगा। थेंक्स बोथ ऑफ यू।"

राजवीर समय पूर्व क्लास में पहुँच गया था। राजवीर की आंखे निरंजना को ढूँढ रही थी। अभी तक वो क्लास में नहीं आई थी। राजवीर ने निरंजना की सहेली निकिता से पूछा,

"निकिता, निरंजना कहाँ है? क्लास में सबसे पहले आने वाली लड़की आज कहीं दिख नहीं रही?"

"उसके क्लास के अलावा दो ही ठिकाने है, लाइब्रेरी या लैब। किताबी कीड़ा है, पड़ा होगा किसी किताब में।"

निकिता ने हँसते हुए कहा।

सामने से विजेश और निरंजना आते हुए दिखे।

"मिलिंद सामने देखो दोनों क्लास टॉपर आ रहे है।"

निकिता ने राजवीर से कहा।

"निकिता यहाँ तो पास होने के भी लाले पड़े हुए है।"

राजवीर ने हँसते हुए कहा।

"हाय भैया, हाय निक्की कैसे हो।"

निरंजना ने दोनों को अभिवादन किया।

"मिलिंद तेरी सीस निरंजना को जितना मिलना हो मिल ले। कल से ये यहाँ नहीं दिखेगी।"

विजेश ने राजवीर से कहा।

"लगता है विदेश में कोई अच्छी कॉलेज मिल गई है। क्यों? निरंजना।"

"भैया आपके मुंह में घी शक्कर, काश ऐसा होता।"

निरंजना ने मायूस होते हुए कहा।

"तो फिर ऐसा क्या हो गया निरंजना?"

निकिता ने निरंजना को पूछा।

"वो कभी नहीं बताएगी, अरे यार उसके इकोनॉमिकल इश्यू है।"

विजेश ने बीच में बोलते हुए कहा।

"ऐसा क्या हो गया सीस।"

राजवीर ने निरंजना से पूछा।

"भैया, मेरे पापा नहीं है, मम्मी दूसरों के घरों में झाड़ू पोछा कर अपना घर चलाती है। मेरे तीन भाई बहिन और भी है। मम्मी उनका पेट भरे या मेरी पढ़ाई करवाएं। मेरे गांव के पास वाले कस्बे में आगे का एजुकेशन कर लूंगी।"

निरंजना की आंखो में मजबूरी, विवशता और बेबसी के अश्रु देखे जा सकते थे।

"ओह, इतनी सी बात।" राजवीर ने उत्साह के साथ बोला। इतने में सिद्धार्थ और अर्जुन उनके पास आ गए थे जिन्होंने राजवीर और निरंजना के बीच हो रही आधी अधूरी बात सुन ली थी।

"राणा तू खुद तो फांके मार रहा है और बातें तो ऐसी कर रहा है जानों बिरला की संतान हो।"

सिद् के ऐसा बोलते ही अर्जुन हंस पड़ा।

"सिद् भाई, ऐसा नहीं है कल मेरे मोबाइल पर एक जनरल नॉलेज कंपीटीशन का लिंक आया था जिसमें टॉपर के लिए दो लाख का ईनाम है। सीस निरंजना इसे क्लियर कर सकती है।"

"वॉव, अच्छा भैया। प्लीज,,,, प्लीज,,,मुझे वो लिंक भेज दो में ट्राई करती हूँ।"

निरंजना ने खुशी से उछलते हुए कहा।

"मुझे भी तेरे पर विश्वास है निरंजना तू कंपीटिशन की टॉपर ही रहेगी।" निकिता ने निरंजना पर विश्वास जताते हुए कहा।

"थैंक्स निक्की, माई बेस्ट फ्रेंड।"

"राणा ये सब होता रहेगा, चल निकलते है जन्नत हमारा इंतजार कर रहा है।"

सिद् ने बार जाने का प्रस्ताव रखते हुए कहा।

"नहीं भाई, आज मेरी तबीयत कुछ ठीक नहीं लग रही है। आप जा आओ।"

"एक दिन में ढेर, मुंह शेर का,,,, सियार की।"

सिद्धार्थ ने तंज कसते हुए कहा।

"प्रोफेसर आ गए है चलो क्लास में चलते है।"

विजेश ने कहा।

"आप सभी क्लास में जाओ मैं आता हूँ।"

राजवीर मोबाइल लेकर एक ओर गया। अकेले में शंकर रॉय के पी.ए. गौतम को कॉल मिलाया,

"गौतम जी।"

"जी सर बताए।"

"आप आई.टी. हेड विनोद मिश्रा से गूगल फॉर्म फॉर्मेट में एक जनरल नॉलेज कंपीटिशन पेपर बनवाए। उसमे कैंडिडेट के अकाउंट का ब्यौरा भी प्राप्त कर लेवे।"

"हाँ राजवीर जी अभी गूगल फॉर्म बनवा देता हूँ।"

"सुनो, गूगल फॉर्म सबमिट करने वाले के अकाउंट में दो लाख आज ही ट्रांसफर कर देना। मैं गणपत जी को कॉल कर देता हूँ।"

"येस सर।"

राजवीर ने कॉल डीस कनेक्ट करते हुए कहा।

राजवीर क्लास अटेंड करने के लिए चला गया। थोड़ी ही देर में गौतम ने राजवीर के मोबाइल पर गूगल फॉर्म का लिंक भेज दिया। उस लिंक को राजवीर ने निरंजना के मोबाइल पर सेंड कर दिया। राजवीर के लिंक भेजते ही निरंजना क्लास से निकल कर लाइब्रेरी की ओर रवाना हो गई। जहाँ बैठकर उसने चंद मिनटों में फॉर्म सबमिट कर दिया। शाम के छह बजने को थे ऑफिस टाइम समाप्त होने वाला था राजवीर ने गणपत को कॉल मिलाया,

"गणपत जी।"

"येस सर, मैं अकाउंट का कन्फर्मेशन कर रहा हूँ दो मिनिट में काम हो जायेगा।"

"ओके।"

राजवीर ने फोन रखते हुए कहा।

कुछ ही मिनटों में निरंजना के मोबाइल पर मैंसेज आ गया,

"Your account is credited with 200000 Rs"

निरंजना मैंसेज को देखते ही खुशी के मारे चिल्ला पड़ी।

उसने तत्काल मोबाइल निकालकर राजवीर को कॉल मिलाया,

"मिलिंद भैया, मैंने वो कंपीटिशन जीत लिया।"

"कौनसा?"

"भुल्लकड़ भाई, आपने जो लिंक भेजा था वो।"

"कोंगरेटुलेशंस सीस, क्या बात है।"

"इतना ही नहीं, मेरे अकाउंट में अमाउंट भी आ गया है।"

"अच्छा, पार्टी तो बनती है सीस।"

"बिल्कुल भैया।"

दोनों खुशी से हंस रहे थे।

अमावस्या की अंधेरी रात में आसमान अपनी अंधकार की गहराइयों में लिपटा हुआ था। अंधेरा इतना था कि हाथ को हाथ नहीं सूझ रहा था। रात की दो बजी थी। राजवीर हॉस्टल में गहरी नींद में सोया हुआ था। उसके साथी अर्जुन और सिद्द बियर बार गए हुए थे और विजेश पड़ोस के कमरे में अपने मित्र के साथ सोया हुआ था। तेज मूसलाधार बारिश के साथ बिजली भीषण रूप में गर्जना कर रही थी। बिजली ऐसी कड़क रही थी कि मानो इमारतों को ध्वस्त करना चाहती हो। बारिश के साथ तेज आंधी चल रही थी जिस कारण बारिश के छींटे खिड़कियों से राजवीर के बिस्तर तक आ रहे थे। बिजली तेज गड़गड़ाहट से राजवीर के रोंगटे खड़े हो गए। वो अपने बिस्तर पर बैठ गया। अंधेड के साथ आते पानी से बिस्तर गीला हो रहा था। इसलिए उठकर खिड़की बंद करने गया। राजवीर जैसे ही खिड़की बंद कर रहा था तेज प्रकाश के साथ बिजली चमकी, इस उजाले में उसे स्टाफ क्वार्टर से एक व्यक्ति भागता हुआ नजर आया जो उसकी खिड़की से लगे रास्ते से निकल रहा था। रात के दो बजे भीषण बारिश में भागते हुए अजनबी से राजवीर को संदेह उत्पन्न हुआ। अब राजवीर का पूरा ध्यान उस युवक पर था। युवक तेज गति से भागा जा रहा था। राजवीर की नजर उस भागते युवक पर ही थी। इतने में बिजली एक बार फिर गर्जना के साथ चमकी, तेज प्रकाश में राजवीर को उस युवक का चेहरा दिखा। उसको देखते ही राजवीर के दिमाग में विचारों की श्रृंखला आरंभ हो गई,

"इस युवक को कहीं देखा है,,,,,, कहाँ,,,,,,,

देखा,,,,,,,, इसको कहाँ देखा,,,,,,,, अरे यार,,,,,,,, कहाँ देखा,,,,,,, हाँ,,,,,,,, हाँ,,,,,,, ट्रेन में,,,,, गंदी स्मेल,,,, बैग। राजवीर भाग,,,,,,,,,,,, भाग।"

राजवीर तेज गति से कमरे से बाहर निकल कर छत की ओर भागा। छत की पाइप लाइन को पकड़कर वो छत से नीचे सड़क पर उतरा। फिर उस लड़के का पीछा करने लगा। उस

अजनबी युवक को भनक लग गई की कोई मेरे पीछे है वो द्रुत गति से भागने लगा। परंतु एक मार्कोस कमांडो को पस्त करना उसके बस की बात नहीं थी। राजवीर ने भागते हुए उसके ऊपर छलांग लगा दी। राजवीर की लात पड़ते ही वो युवक गिर पड़ा। उसने फुर्ती के साथ राजवीर पर चाकू से हमला कर दिया। राजवीर ने उसका हाथ पकड़ कर उसकी नाक पर जोरदार मुक्का मारा। युवक सड़क पर गिर पड़ा।

"बोल, यहाँ क्या कर रहा है? मैं तुझको पहचान गया हूँ तू वहीं है जिसने मंगला लक्षद्वीप एक्सप्रेस में विस्फोटक रखा था।" राजवीर ने चिल्लाते हुए कहा। युवक कुछ नहीं बोल रहा था। राजवीर ने दाएं हाथ की दो अंगुलियों से उसके कंठ पर वार किया। युवक दर्द से तिलमिला उठा,

बता रहा हूँ,,,,, दुबारा मत मारना,,,,, बता रहा हूँ।"

"जल्दी, एक सांस में बता यहाँ किससे मिलने आया था?"

"हाशिम अजीज मोहम्मद से।"

"ये कौन है?"

"यहाँ के प्रोफ़ेसर।"

"प्रोफेसर से मिलने क्यों आया?"

"अगले महीने,,,,,,।"

"हाँ, हाँ,, बोल,,।"

"कनाट प्लेस में भागवत कथा होने वाली है,,,,।"

"हाँ तो।"

"उसमे बम विस्फोट करना है। ताकि देश में दंगे हो।"

राजवीर ने जोर से लात मारी, युवक उछल कर दूर जा गिरा। मौके का फायदा उठाते हुए युवक तेज गति से भाग निकला। राजवीर ने एक बार फिर उसका पीछा किया। सड़क पर पानी बह रहा था। आगे–आगे युवक, पीछे–पीछे राजवीर। अचानक राजवीर का पैर गड्ढे में पड़ा, वो असंतुलित होकर गिर पड़ा। राजवीर के गिरते ही उस भीषण अंधियारे में वो युवक राजवीर की आंखो से ओझल हो गया। राजवीर खुद को संभालते हुए हॉस्टल आया। कपड़े बदले फिर सोने के लिए बिस्तर पर लेट गया लेकिन उसकी नींद उड़ गई थी। राजवीर सुबह होने का इंतजार कर रहा था। सुबह होते ही राजवीर का रूम पार्टनर विजेश आया,

"यार विजेश, जेएनयू में हाशिम अजीज मोहम्मद नाम का प्रोफेसर कौन है?"

“मिलिंद, मोहमद नक़वी, अली अजगर, रियान फैजल और जफर अली नाम के प्रोफेसर तो है लेकिन हाशिम अजीज नाम से तो कोई प्रोफेसर नहीं है।”

“ऐसा तो नहीं हो सकता, शायद तुझे पता नहीं होगा।”

“भाई बी.एससी. मैंने यहीं से की है डेढ़ सौ का स्टाफ है सभी को जानता हूँ लेकिन तू जो नाम बोल रहा है उस नाम का कोई प्रोफ़ेसर नहीं है। लेकिन तुझको करना क्या है?”

“नेट पर पढ़ा था कि जेएनयू के प्रोफ़ेसर हाशिम अजीज मोहम्मद की फिजिक्स बुक बहुत अच्छी आती है।”

“राणा तुझे नाम गलत याद रह गया है।”

“हो सकता है अब तो मुझे भी ऐसे ही लग रहा है कि मैं नाम मिस कर रहा हूँ।”

क्लास का टाइम हो गया था विजेश रूम से निकल रहा था।

“राणा क्लास में नहीं आ रहा है क्या?”

“नहीं यार, आज तबीयत कुछ ठीक नहीं है।”

“ठीक है, मैं निकलता हूँ।”

विजेश के निकलने के बाद राजवीर अपने कमरे में अकेला था। उसने बिना समय गवाए आई बी निदेशक गुप्ता जी को कॉल मिलाया।

“सर गुड मॉर्निंग।”

“वेरी गुड मॉर्निंग मिस्टर आर आर नॉट थ्री।”

“सर, मंगला लक्षद्वीप एक्सप्रेस में जिस बंदे ने विस्फोटक रखा था वो आज रात जेएनयू परिसर में था।”

“ये न्यूज कॉन्फिडेंसियल है या इसकी जानकारी किसी ओर को है क्या?”

“नो सर, सिर्फ मैं ही जानता हूँ, उस आतंकी से मेरी मुठभेड़ हुई लेकिन रात के अंधेरे में वो मेरे हाथ से निकल गया।”

“जेएनयू में आतंकी के आने का कारण मालूम पड़ा।”

“जी सर, यहाँ प्रोफेसर है जिनका नाम है हाशिम अजीज मोहमद है, वो आतंकी उनसे मिलने आया था।”

“उनका कोई टारगेट।”

"सर, अगले महीने दिल्ली के कनाट प्लेस में भागवत कथा होने वाली है जिसमें बम विस्फोट करना।"

"ओह,,,,,आर आर गुड जॉब।"

"थैंक्स सर, सर मैंने प्रोफेसर के बारे में जानकारी प्राप्त करने की कोशिश की थी पर इस नाम से जेएनयू में कोई भी प्रोफेसर कार्यरत नहीं है।"

"कॉल होल्ड पर रख रहा हूँ, वेट।"

गुप्ता जी ने हाशिम अजीज़ मोहम्मद की कुंडली निकलने के लिए साइबर सेल को निर्देशित किया।

"सॉरी आर आर, टाइम ज्यादा लग गया।"

"नो प्रोब्लम सर, एनी क्लू।"

"आप जिसका नाम बता रहे हो वो तो पुलवामा हमले का मिस्टर माइंड है। चैक किया, इस नाम से जेएनयू में कोई कार्मिक नहीं है ये न्यूज पुख्ता है।"

"सर इसका फोटो।"

"आर आर इसकी कोई इमेज हमारे पास नहीं है।"

"सर, जेएनयू के इतने बड़े स्टाफ में ब्लैक शीप ढूँढना मुश्किल है।"

"कोशिश करो, पर हमारे पास टाइम कम है। ध्यान रखे की छोटी सी भी गलती हमें भारी पड़ सकती है। स्टूडेंट यूनियन और मीडिया को जवाब देना भारी पड़ जाएगा।"

"येस सर, ओवर।"

राजवीर ने दिल्ली के आई बी सेंटर पर मैंसेज कर स्पेशल किट विथ गन और गाड़ी की डिमांड भेज दी। राजवीर ऑटो कर 108 हनुमान मूर्ति तक पहुँच गया जहाँ उसका कीट और गाड़ी तैयार थी। उसने गाड़ी ब्लू बार के ठीक पास वाले ढाबे पर पार्क कर दी ताकि बाउंसर और बार स्टाफ को भनक नहीं लगे। बार के गेट पर पहुँचते ही बाउंसर ने उसको रोक दिया।

"भैया, सिद् भाई का आदमी हूँ।"

"ठीक है, जा सकते हो।"

राजवीर काउंटर पर गया जहाँ बार मैंनेजर बैठा हुआ था। राजवीर ने उसके कान में धीरे से बोला,

"सिद् भाई का आदमी हूँ।"

"पता है दो दिन पहले आप आए थे।"

"नीचे लोअर बेसमेंट में आ जाओ, डिलेवरी इश्यू पर बात करनी है।"

मैंनेजर और राजवीर लिफ्ट से लोअर बेसमेंट में चले गए।

"सर, अंदर कमरे में चलो यहाँ पार्किंग स्टाफ है।" राजवीर ने मैंनेजर को कहा। दोनों जैसे ही कमरे में गए। राजवीर ने दरवाजा बंद कर दिया।

"ऐ,,,,,सा,,,,ये क्या कर रहा है?"

मैंनेजर ने मोबाइल निकालते हुए राजवीर को कहा। राजवीर ने पिस्टल निकाल कर मैंनेजर की कान पट्टी पर रख दी।

"प्रेम से बक देगा तो ठीक है, नहीं तो मुझे हलक में हाथ डालकर उगलवाने आता है। ज्यादा होशियारी दिखाएगा तो शूट करने में देरी नहीं करूंगा, मोबाइल नीचे रख।"

मैंनेजर ने मोबाइल को नीचे रख रहा था उतनें में ही राजवीर ने उसकी छाती पर लात से जोरदार प्रहार किया। मैंनेजर सीधा दीवार से टकरा गया।

"आपने तो मुझे कुछ पूछा ही नहीं उसके पहले ही मार रहे हो। जवाब नहीं दू तो मारना।"

"वेरी गुड, अब ये बता की बार में ड्रग्स की सप्लाई कहाँ से हो रही है। जल्दी,,,टाइम नहीं है मेरे पास।"

"आपका दोस्त ही तो सप्लाई करता है।"

"कौनसा दोस्त, नाम बोल।"

"सिद्‌ भाई,,,,। अब तो छोड़ दो।"

"ठीक है, चुपचाप मेरे साथ चल और पास के ढाबे तक मुझे छोड़ दे। थोड़ी भी होशियारी दिखाई तो पहली गोली तू खायेगा।"

"जी साहब।"

मैंनेजर और राजवीर दोनों बार के गेट तक आ गए। बाउंसर ने मैंनेजर को सैल्यूट किया। मैंनेजर पास के ढाबे तक राजवीर को छोड़ने गया। ढाबे पर आई बी की टीम तैयार थी।

"इसको सेंटर पर ले जाओ।"

मैंनेजर को गाड़ी में बैठाकर टीम रवाना हो गई। राजवीर ने मोबाइल निकाला और सिद्‌ को कॉल किया,

"सिद्‌ भाई, मैं मिलिंद।"

"बोल राणा, क्या काम पड़ गया?"

"भाई तंगी में नहीं रहा जाता, मुझे भी पैसों में खेलना है।"

"ये बच्चों का खेल नहीं है राणा। इसके लिए जिगरा चाहिए।"

"भाई जिगरा है बस एक बार सीखा दो, पीछे मुड़कर नहीं देखूंगा। वादा रहा,,,,।"

"एक काम कर तू वसंत विहार, सौ फीट रोड 11/81 फ्लैट में आजा।"

"जी भाई आया।"

राजवीर वसंत विहार पहुँच गया। उसने डोर बेल बजाई। दरवाजा खोलने आई लड़की के कपड़े देखकर राजवीर पलट गया और लड़की की ओर अपनी पीठ कर ली।

"सॉरी प्लीज, मैं गलत नंबर के फ्लैट पर आ गया हूँ। मुझे तो सिद्धार्थ भाई से मिलना था।"

"फिर तो तुम अंदर आ जाओ, हैडसम मैंन। सिद् भाई अंदर है।"

राजवीर फ्लैट के अंदर गया। सामने सोफे पर सिद् बैठा हुआ था जो एक लड़की के साथ बैठकर ड्रिंक कर रहा था।

"आओ, राणा,,,,,। भेड़िया शेर की खाल पहन पाएगा।"

"भाई, कोशिश तो कर सकता हूँ।"

"चल बैठ।"

"तुम दोनों बेड रूम में जाओ।" राजवीर ने दोनों लड़कियों को बेड रूम में जाने का इशारा किया।

"राणा,,, तू तो बड़ा होशियार निकला।" सिद् ने हँसते हुए कहा।

दोनों लड़कियों के बेड रूम में जाते ही राजवीर ने बाहर से दरवाजे पर कुंडी लगा दी। ये देख सिद् ने राजवीर पर पिस्टल तान दी। राजवीर ने हवा में उछल कर एक पैर मोड़कर दूसरे पैर से सिद् के हाथ पर किक मारी। सिद् की पिस्टल गिर कर कोने की तरफ चली गई। सिद् को राजवीर की स्फूर्ति और फाइटिंग स्किल का कोई आइडिया नहीं था। राजवीर ने बिजली की गति अपनी पिस्टल निकाली और सिद् के कपाल पर पिस्टल की नोक रख दी।

"ये क्या कर रहा है? राणा,,रुक,,,,रुक,, तू चाहता क्या है?"

"मैं तुझे शूट नहीं करूंगा। तू सिर्फ इतना बता दे की तेरे को ड्रग्स की सप्लाई कौन करता है?"

राजवीर ने सिद् के कान पर जोर से थप्पड़ जड़ दी। मार्कोस के हाथ की थप्पड़ से सिद् की आंख के आगे अंधेरा छा गया।

"राणा जी बस भी करो, बता रहा हूँ।"

"जल्दी बोल टाइम नहीं है,,"

"मुझे ड्रग्स की सप्लाई,,,,,,।"

राजवीर की एक थप्पड खाने के बाद सिद् ने उगल दिया,

"मुझे ड्रग्स की सप्लाई,,,,,, विजेश करता है।"

राजवीर ने कॉल कर आई.बी. की नीचे खड़ी टीम को ऊपर बुलाया,

"इसको भी सेंटर पर ले जाओ।" टीम सिद् को पकड़कर आई.बी. सेंटर पर ले गई। राजवीर ने अपनी गाड़ी आई बी स्टाफ को सौप दी। उसने वसंत विहार से ऑटो किराए पर लेकर जेएनयू हॉस्टल के लिए निकल गया। अब राजवीर को विजेश का इंतजार था। विजेश को किसी भी प्रकार का शक नहीं हो इसलिए वो अपने बिस्तर पर ओढ़ कर सो गया। थोड़ी देर बाद दरवाजा खुलने की आवाज आई। विजेश राजवीर के पास आया और उसके हाथ को पकड़ते हुए बोला," तुम्हें बुखार तो नहीं है, चलो डॉक्टर को दिखा आते है।"

राजवीर ने खड़े होकर रूम का दरवाजा बंद किया।

"क्या हुआ मिलिंद? दरवाजा बंद क्यों कर रहे हो?"

"रुको कोई सुन लेगा, तुमने सुना,,,।"

राजवीर ने दरवाजा बंद करते हुए कहा।

"क्या?"

विजेश के मुंह पर जोर से मुक्का मारा। मुक्का इतनी ताकत और रफ़्तार से था कि विजेश के चारों खाने चित्त हो गए।

"मुझे मार क्यों रहे हो मिलिंद, मैंने ऐसी क्या गलती कर दी?"

"बोल पहले मार खाएगा या जवाब देगा।"

"बात क्या है ये तो बताओ।"

"तूझे ड्रग्स की सप्लाई कौन करता है?"

"कैसा ड्रग, कौनसा ड्रग मैंने तो अपने जीवन में इसको कभी देखा तक नहीं है।"

राजवीर ने उसकी रीड की हड्डी पर ऐसा वार किया कि विजेश के मुंह से चीख निकल पड़ी। काफ़ी पिटाई के बावजूद भी वो कुछ बोल नहीं रहा था।

"भाई मिलिंद तुझे किसी ने मेरे बारे में गलत बताया है। तू यूनिवर्सिटी में किसी से भी पूछ ले। मैं एक शरीफ इंसान हूँ। ड्रग्स से मेरा कोई लेना देना नहीं है। मैं तो सिद्‌ से भी दूरी बनाकर रखता हूँ।"

राजवीर उसके दाएं हाथ की भुजा पर प्रहाँर किया। एक बार में ही उसका हाथ टूट कर लटक गया।

"भाई बस कर,,,, मुझे कुछ नहीं पता।"

राजवीर ने पिस्टल निकाल कर उसके सीने पर तान दी।

"देख, अब नहीं बोला तो मैं तेरे को शूट कर दूंगा। तू ये मत समझना कि हॉस्टल में मैं फायरिंग नहीं करूंगा। ये स्पेशल पिस्टल है आवाज नहीं आती है। "

राजवीर ने दूसरी ओर शूट किया। ये देख विजेश की सांस फूलने लगी।

"कोई बात नहीं अब तेरे से नहीं सुनना। मैं पता लगा लूंगा।"

राजवीर ट्रिगर दबा ही रहा था विजेश के हौसले पस्त हो गए,

"रुक जा भाई,,,,, बताता हूँ,,,, एक बार पानी पिला दे।"

"मूवी समझ रखी है क्या? कि मैं तेरे को मौका दूंगा। चुपचाप बोल या चुपचाप मर।"

राजवीर ने ट्रिगर दबाने का एक्शन किया।

"मुझे ड्रग्स की सप्लाई,,,सप्लाई,,,,जितेश सर करते है।"

"अब ध्यान से सुन, मेरे साथ साथ चल थोड़ी भी होशियारी दिखाई तो शूट कर दूंगा। पिस्टल मेरी जेब में है और ट्रिगर पर मेरी अंगुली।"

दोनों साथ-साथ हॉस्टल से बाहर आ गए। फिर जेएनयू परिसर के गेट बाहर चले गए।

"सामने खड़ी गाड़ी में बैठ जा।" विजेश को आई.बी. टीम को सुपूर्द कर वो हॉस्टल की ओर आ गया।

जेएनयू के ड्रग्स स्कैंडल के गिरोह को राजवीर ने दबोच लिया था। राजवीर ने एक ही दिन में तीन बड़ी कार्यवाही की लेकिन किसी को भनक तक लगने नहीं दी। ड्रग्स माफिया का सरगना जितेश प्रोफेसर बनकर जेएनयू में बैठा हुआ था। सरगना को दबोचने में रिस्क थी अगर यूनिवर्सिटी में किसी भी विद्यार्थी को खबर लग गई तो मामला सुलझने के बजाय उलझ सकता था। राजवीर ने पिस्टल जूते में छिपा रखी थी। रोज की तरह वो समय पूर्व कॉलेज पहुँच चुका

था। क्लास शुरू हो उसके पहले सभी दोस्त बाहर पोर्च में खड़े होकर बातें करते थे जब तक कि प्रोफेसर नहीं आ जाते। राजवीर के पास अर्जुन आकर बोला,

"राणा, कल से सिद् भाई और विजेश को नहीं देखा। वो दोनों रात को रूम में तेरे साथ थे क्या?"

"अर्जुन भाई आपने तो मेरे मुंह की बात छीन ली। मैं तो ये सोच रहा था कि दोनों आपके साथ है। क्या ये दोनों आपके साथ नहीं थे?"

"नहीं तो, मैं कब से कॉल लगा रहा हूँ, दोनों का मोबाइल स्विच ऑफ आ रहा है।"

"ज्यादा चिंता मत कर, दोनों बच्चे नहीं है, कहीं पार्टी कर रहे होंगे।"

"मेरे बिना तो सिद् भाई पार्टी करते ही नहीं है। विजेश तो इन पार्टियों से बहुत दूर है।"

"आज की क्लास हो जाने दे फिर पता करते है।"

इतने में निरंजना आ गई, "भैया, आपने लिंक अच्छा बताया। मेरा काम हो गया नहीं तो मुझे यहाँ से जाना पड़ता।"

"मुझे भी मेरे दोस्त ने सेंड किया था।" राजवीर ने बात बनाते हुए कहा। इतने में क्वांटम मैंकेनिक्स पढ़ाने के लिए ए के सिंह सर आ गए, सभी विधार्थी क्लास में जाकर बैठ गए सिवाय राजवीर के। राजवीर जितेश सर को ढूँढ रहा था। वो उनके चेंबर की ओर गया।

"भैया, जितेश सर कहाँ है? राजवीर ने चपरासी से पूछा।

"शायद लाइब्रेरी में वहाँ नहीं मिले तो लैब में अवश्य मिल जायेंगे।"

"धन्यवाद भाई।"

राजवीर लाइब्रेरी की ओर गया। राजवीर लाइब्रेरी में बुक लेकर पढ़ने बैठ गया। वहाँ बैठे–बैठे उसकी नज़रें प्रोफेसर जितेश को तलाश रहीं थी पर कहीं भी वो दिख नहीं रहे थे। इतने में किसी ने राजवीर के कंधे पर हाथ रखा। राजवीर ने पूछे मुड़कर देखा, उसके पीछे प्रोफेसर जितेश खड़े थे। प्रोफेसर ने झुक कर राजवीर के कान में बोले,

"डफोड़ लोग भी पुस्तकें पढ़ते है क्या?"

फिर तेज गति से बाहर निकल गए। राजवीर पर इन बातो का कोई फर्क नहीं पड़ रहा था। उसके दिमाग में कुछ और प्लानिंग चल रही थी। राजवीर प्रोफेसर जितेश के पीछे गया। प्रोफेसर लाइब्रेरी से लैब में गए। राजवीर वहाँ भी पहुँच गया।

"मैं, आई कम इन सर।"

"तू वास्तव में फटीचर ही है तू यहाँ क्यों आया है? नीचे तुम्हारी थ्योरी क्लास चल रही है।"

"मेरे क्या? मैं चला जाता हूँ, मैं तो आपको बताने आया था कि बाहर गेट पर आपको,,,, ठीक है मैं चला।"

"रुक,,, रुक,,, अंदर आ जा।"

राजवीर अंदर गया।

"अब बता क्या कहने आया था।"

"गेट के बाहर मुझे विजेश मिला था उसने मुझे कहाँ कि जितेश सर को बाहर भेज देना। यही बताने आया था। आपको नहीं जाना हो तो आपकी ईच्छा सर। मैं तो सिर्फ बताने आया था।"

"हाँ ठीक है,,,, ठीक है।"

राजवीर वहाँ से निकल गया वो पानी की टंकी के पीछे छिपकर जितेश सर के निकलने का इंतजार कर रहा था। राजवीर को विश्वास था कि प्रोफेसर विजेश से मिलने जरूर जायेगा। क्योंकि विजेश का मोबाइल स्विच ऑफ था। थोड़ी देर के बाद प्रोफेसर विजेश से मिलने गेट की तरफ निकले। प्रोफेसर के निकलते ही राजवीर ने आई.बी. स्टाफ को कॉल मिलाया,

"ब्लैक पेंट और ब्लू शर्ट में लगभग पचास वर्षीय व्यक्ति बाहर आ रहा है। उसके बाल सिल्वर व्हाइट है।"

जैसे ही प्रोफेसर जितेश गेट से बाहर निकले वो कुछ चिल्लाए, कुछ बोले उसके पहले ही दो व्यक्तियों ने उनको उठाकर कार में डाल दिया। कार सरपट आई.बी. ऑफिस के इन्क्वायरी सेल की ओर भागने लगी। राजवीर भी आई बी सेंटर के लिए रवाना हो गया। जितेश को इन्क्वायरी सेल ने लाया गया। इंक्वायरी सेल एक बड़ा हॉल था हॉल के बीचों बीच बड़ी मेज लगी हुई थी जिसके आमने सामने एक-एक कुर्सी लगी हुई थी। मेज पर हथकड़ीनुमा दो रिंग थी जिसका उपयोग आवश्यकता पड़ने पर विक्टिम के हाथ बांधने के लिए किया जाता था। विक्टिम की चेयर में इलेक्ट्रिक शॉट देने का सिस्टम लगा हुआ था। चेयर के ठीक ऊपर स्टीम देने के लिए सिस्टम लगा हुआ था। हॉल में बहुत सारे कैमरे लगे हुए थे जो ऑडियो वीडियो का सीधा प्रसारण कंट्रोल रूम में करता था। हॉल और कंट्रोल रूम के बीच कांच की दीवार थी। प्रोफेसर जितेश को इस हॉल के विक्टिम चेयर पर बैठा दिया,

"आप कौन हो? मुझे कहाँ लेकर आए हो?"

"ज्यादा उतावला मत बन थोड़ी देर में तेरे को सब कुछ मालूम पड़ जाएगा।" आई.बी. के असिस्टेंट स्टाफ ने प्रोफेसर जितेश को कहा।

थोड़ी देर के बाद राजवीर इंक्वायरी हॉल में आया उसको देखकर प्रोफ़ेसर जितेश खुश हो गया,

"अच्छा हुआ फटीचर तू आ गया। तू मेरे को यहाँ से बाहर निकाल सकता है।"

राजवीर जितेश के सामने लगी ऑफिसर चेयर पर जाकर बैठ गया। ये देख जितेश को आश्चर्य होने लगा।

"मिलिंद राणा तुम यहाँ।"

राजवीर ने जितेश के गाल पर एक फरटिदार थप्पड़ जड़ दी। थप्पड पड़ते ही जितेश की गर्दन से हड्डियो के चरमराहट की आवाज निकल आई। राजवीर ने बेल बजाकर असिस्टेंट स्टाफ को बुलाया,

"इसको टेबल पर लगी हथकड़ी पहना दो। अगले एक घंटे तक उसको थर्ड डिग्री रिमांड पर रखो। मैं आता हूँ।

प्रोफ़ेसर जितेश को बिना क्वेशनिंग किए ही थर्ड डिग्री टॉर्चर पर चढ़ा दिया था।

"अरे भाई,,,, मेरी गलती क्या है? ये गैर कानूनी है,,, आप मुझे मेरे वकील से मिलने दो,,, ये क्या लगा रखा है। बिना किसी कारण के आप मेरे को टॉर्चर कर रहे है। मुझे यहाँ क्यों लाया गया है? ये तो बता दो,,, मर गया,,,,,, उफ्फ,,,,, आप मेरे को जानते नहीं हो। मेरी ऊपर तक पहचान है,,,किसी को भी नहीं छोड़ूंगा,,,,,। अब रुक भी जाओ,,,,मेरी गलती,,"

"बस हो गया,,, साहब आ रहे है तेरी सब गलतियां बता देंगे। तू टेंशन मत ले।"

आई.बी. के सपोर्टिंग स्टाफ कर्मचारी ने जितेश से कहा।

राजवीर के हॉल में आते ही ही स्टाफ बाहर चला गया।

"तू स्टूडेंट तो नहीं है फिर तू है कौन?" जितेश ने राजवीर से गिड़गिड़ाते हुए पूछा।

"तूझे इतना मालूम पड़ गया वो काफ़ी है। तेरे को मेरे प्रश्नों के जवाब देने है या दूसरी टीम को भेजूं।"

"पूछ भी लो,,,।"

"तेरे को ड्रग्स की डिलेवरी कहाँ से होती है?" जितेश ने बीस सेकंड तक कुछ भी जवाब नहीं दिया तो राजवीर ने उसकी अंगुलियों पर हथोड़ी से जोरदार प्रहार किया। जितेश दर्द से चीख पड़ा।

"बता रहा हूँ, प्लीज,,,रुक जाओ।"

"जल्दी बोल।"

"केरल से और पाराद्वीप डॉकयार्ड से।"

राजवीर ने एक कदम आगे बढ़ते हुए पूछा,

"कनॉट प्लेस की धार्मिक सभा में बम विस्फोट के लिए तुमने कितने स्लीपर सेल लगा रखे है?"

"नहीं,,,, साहेब इसका मेरे से कोई संबंध नहीं है। ड्रग्स का काम किया जिसकी जानकारी मैंने आपको दे दी है।"

"हाशिम अजीज मोहमद उर्फ़ जितेश तेरा गेम ओवर हो चुका है?"

"साहेब,,, कौन हाशिम,,,, मैं किसी हाशिम को नहीं जानता हूँ। आपने गलत व्यक्ति को पकड़ लिया है।"

"ठीक है।"

राजवीर ने बेल बजाई और आई.बी. स्टाफ को अंदर बुलाया,

"इसको तब तक रिमांड पर रखो जब तक की ये अपने आप को हाशिम नहीं कहे।"

राजवीर कॉलेज के लिए निकल गया। जहाँ वो लंच टाइम में पहुंचा। निरंजना राजवीर के पास आई,

"भैया, आज लंच के बाद क्लास नहीं लगेगी।"

"क्यों?"

"जितेश सर, बाहर गए हुए है।"

"अच्छा, ठीक है रेस्ट करेंगे।"

राजवीर ने हँसते हुए कहा।

शाम को आई बी डायरेक्टर गुप्ता जी का कॉल राजवीर पर आया,

"आर.आर. जितेश तो टूट ही नहीं रहा है। वो ड्रग्स की बात तो कबूल कर रहा है पर अपने आप को हाशिम नहीं मान रहा है एक बार तुम कन्फर्म कर लो। मुझे संशय है कि ये हाशिम नहीं है।"

"सर मुझे ये जितेश ही हाशिम लग रहा है।"

"अगर ये हाशिम होता तो इतने में टूट जाता। लगता है आपने गलत व्यक्ति को पकड़ लिया है।"

"सर, मैंने जेएनयू के पूरे स्टाफ का बायोडाटा खंगाल लिया है। शक की सुई इसी पर आकर ठहर जाती है।"

"पर ये जितेश हाशिम नहीं निकला तो जवाब देना भारी पड़ जाएगा।"

"सर हाशिम की फाइल मुझे सेंड करो मैं उसकी प्रीवियस हिस्ट्री पढ़ता हूँ। शायद कोई क्लू निकल आए।"

"फाइल आपको भी सेंड कर रहा हूँ, इसका अध्ययन त्रिवेदी जी और वर्मा जी भी कर रहे है। पर अभी तक कोई क्लू मिला नहीं है।"

गुप्ता जी ने हाशिम की प्रीवियस हिस्ट्री राजवीर को भेज दी। गहन अध्ययन के बाद उसे एक क्लू मिला। क्लू मिलते ही उसने गुप्ता जी को कॉल किया,

"सर, एक क्लू मिला है जिससे ये ज्ञात होता है कि हाशिम चैन स्मोकर है। अगर उसके सामने सिगरेट पी जाए तो वो सिगरेट को देखते ही अन कंट्रोल हो जायेगा।"

"हाँ, अब आइडेंटिफाई करने यही तरीका बचा है। ये कोशिश करके भी देख लो।"

"येस सर।"

राजवीर इनक्वायरी सेल पहुंचा। जितेश के सामने सिगरेट जला कर पीने लगा पर जितेश ने कोई हलचल नहीं की। राजवीर का आखरी दांव भी खाली गया। उसने गुप्ता जी को रिपोर्ट की।

"आर.आर., जितेश पर ड्रग्स पैडलिंग का केस लगाकर कोर्ट में पेश करवाओ। हम हाशिम का पता लगाने के लिए दूसरी टीम जेएनयू भेज रहे है। "

"सर, थोड़ा टाइम और दे दो। मुझे लगता है कि यही हाशिम है।"

"देखो, तुम्हारे लगने से कुछ होने वाला नहीं है। तुमने गलत व्यक्ति को,,,,। कल मॉर्निंग में इसे आई.बी. से फ्री करो।"

"ओके सर।"

राजवीर ने जेएनयू स्टाफ की कुंडली एक बार फिर खंगाल ली, पर अंतःतोगत्वा शक की सुई जितेश पर आकर ही ठहर रही थी। राजवीर मजबूर था उसको उच्च अधिकारी के आदेश की पालना करनी थी। मॉर्निंग में राजवीर जितेश के पास पहुँच गया उसको सेल से रिलीज कर कोर्ट में पेश करना था। राजवीर, प्रो. जितेश को लेकर निकला ही था उतनें में ही आई.बी. ज्वाइंट डायरेक्टर त्रिवेदी जी का राजवीर पर कॉल आया।

"आर.आर., गुड जॉब।"

"सर सॉरी।"

"तुमने जो क्लू निकाला था वो परफेक्ट था हाशिम चैन स्मोकर है।"

"सर मैंने सब कुछ कर के देख लिया जितेश टूट ही नहीं रहा है। सिगरेट पर भी उसने कोई रिएक्ट नहीं किया।"

"जब मुझे गुप्ता जी ने बताया की जितेश ने सिगरेट देखकर भी रिएक्ट नहीं किया है तो मैंने सूत्रों से पता लगाया कि ये सिगरेट की स्पेशल ब्रांड ही पीता है। तुम एक बार उस ब्रांड को ट्राय करो अगर ये हाशिम होगा तो रिएक्ट अवश्य करेंगा।"

"येस सर।"

राजवीर ने जितेश को वापिस चेंबर में बिठाया। और स्पेशल ब्रांड की सिगरेट मंगवाई। जितेश के सामने अब स्पेशल ब्रांड की सिगरेट जलाई। सिगरेट जलाते ही जितेश अपना आपा खो बैठा और तत्काल राजवीर पर सिगरेट लेने के लिए झपट पड़ा।

"रुक जाओ हाशिम,,,,,।"

"हाँ,,, हाँ,,, मैं हाशिम हूँ मुझे एक बार ये सिगरेट मुझे सुपुर्द कर दो फिर मैं आपके प्रत्येक प्रश्न का जवाब दूंगा।"

"ये पैकेट पूरा तेरे को दिया।"

राजवीर ने जैसे ही प्रोफेसर जितेश को सिगरेट का पैकेट दिया। उसने एक के बाद एक सभी सिगरेट पी ली। पूरा पैकेट खत्म चंद मिनटों में समाप्त कर दिया।

"अब बिना रुके शुरू हो जा।" राजवीर ने चिल्लाते हुए कहा।

"मैं मूलतः बलुची हूँ, मेरा नाम हाशिम अजीज़ मोहम्मद है। पुलवामा हमले की रूपरेखा मैंने ही तैयार की थी। इंशा अल्ला वो मिशन मेरा सक्सेसफुल रहा। आलाकमान का कहना था कि मुझे दिल्ली में रहकर बड़े काम को अंजाम देना है। अगले माह कनॉट प्लेस में बम धमाके करवाने थे लेकिन आपने हमारे प्लान को चौपट कर दिया।"

राजवीर ने निदेशक गुप्ता जी को पूरी रिपोर्ट पेश कर दी। रिपोर्ट के देखते ही,

"आर.आर. नॉट थ्री, राजवीर मैं आपकी मेहनत, कौशल, योगदान की प्रशंसा करता हूँ। आपका रियल टाइम रियल फील्ड टेस्ट मैं आप पूर्ण सफल रहे हो। अब आपको ऑफिस में ज्वाइनिंग देनी है ताकि आपको प्लेसमेंट दिया जा सकें। कांग्रेचुलेशंस आर आर।

राजवीर रियल टाइम रियल फील्ड टास्क पूर्ण सफलता के साथ संपादित कर चुका था। आई बी डायरेक्टर गुप्ता जी ने पोकरण ट्रेनिंग सेंटर के लिए उसको बुला लिया ताकि उसको पोस्टिंग दी जा सके। राजवीर दिल्ली से निकल गया था। उसको जाह्नवी, जयंती भाई और निरंजना के साथ बिताया गया समय मस्तिष्क पटक पर प्रतिबिंबित हो रहा था। उसकी कटु यादों में यही लोग थे जिन्होंने उसको सुकून के पल दिए थे। राजवीर बीती यादों में खोया हुआ था इतने में उसके मोबाइल की घंटी बजी,

"हेलो भैया, मैं निरंजना। आप कहाँ हो? आप कल भी क्लास में नहीं आए। आज भी नहीं दिख रहे हो।"

"सीस, मैं अपने गांव के लिए निकल गया हूँ।"

"मुझसे बिना मिले और इतना अचानक क्यों?"

निरंजना ने नाराज होते हुए राजवीर को कहा।

राजवीर को यूनिवर्सिटी से जाने का कोई न कोई बहाना बनाना था इसलिए उसने बहाना बनाते हुए निरंजना से कहा,

"सीस निरंजना, मेरे पास इतना अमाउंट नहीं था कि मैं जेएनयू की पूरी फीस भर सकूं इसलिए मुझे निकलना पड़ा। वैसे भी मुझे यहाँ की पढ़ाई कुछ समझ में नहीं आ रही थी। आगे की पढ़ाई ओपन यूनिवर्सिटी से कर लूंगा।"

निरंजना नाराज़गी के साथ बोली,

"मैं तुमसे बात नहीं करती। आयंदा मैं तुम्हें कॉल नहीं करूंगी।"

"इतनी नाराजगी, ऐसा क्या हो गया सीस?"

"तुम अच्छी तरह से जानते तो कि मेरी फीस भरने के बाद भी मेरे पास एक लाख दस हजार रूपये पड़े हुए है ये किस काम के है भैया? आप इन्हीं पैसों से अपनी फीस भर देते।"

राजवीर को निरंजना की बातें दिल को स्पर्श कर रही थी।

राजवीर – "तुम्हारा दिल बहुत बड़ा है सीस। काश हर इंसान तुम्हारे जैसा होता।"

निरंजना – "तुम बड़ी–बड़ी बातें मत करो वापिस आ जाओ।"

राजवीर – "नहीं सीस मैंने अपना एडमिशन विड्राल कर लिया है। अब संभव नहीं है। थैंक यू,,,।

निरंजना – "मुझे पराया मत मानना जरूरत पड़े तो मुझे याद कर लेना भैया।"

राजवीर – "अवश्य, मिस यू सीस निरंजना।"

निरंजना – "सेम टू यू,, बाय भैया।"

दोनों की आंखे भर आई थी। राजवीर उसको मन ही मन नमन कर रहा था कि निरंजना गरीबी में भी कितनी अमीर है। राजवीर ने अगला कॉल जाह्नवी को मिलाया। राजवीर (मोहन) का कॉल देखते ही जाह्नवी अचंभित हो गई। उसने शीघ्रता के साथ कॉल रिसीव किया,

"मैं आपको मोहन नहीं बोल सकती राजवीर जी।"

राजवीर – "जाह्नवी कैसी हो? तुम्हारी ईच्छा थी कि मैं आपको जाह्नवी नाम से संबोधित करूं। आज मैंने आपकी ये ईच्छा भी पूरी कर दी।"

जाह्नवी – "वो सब तो ठीक है। आप कितने सारे प्रश्न छोड़कर यहाँ से गए हो।"

राजवीर – "इसीलिए तो कॉल किया है।"

जाह्नवी – "आप इतने बड़े घराने से हो फिर भी मोहन के रूप में आपको यहाँ काम करने की जरूरत क्यों पड़ गई?"

राजवीर – "मैं तुमसे मिलकर इस बारे में पूरी बात करूंगा। तुम मुझे ये बताओ की तुम्हारी भाभी को मेरे बारें मे मालूम पड़ गया है क्या?"

जाह्नवी – "नहीं राजवीर जी, ये बात पापा और मेरे तक ही सीमित है।"

राजवीर – "मेरा एक निवेदन है कि इस बारे में आप अपने भैया और भाभी से चर्चा नहीं करोगे।"

जाह्नवी – "बिल्कूल नहीं करेंगे। ये मेरा आपसे वादा रहा।"

राजवीर ने साहस जुटाते हुए आगे कहा,

"जाह्नवी मुझे माफ़ करना, मैं तुम्हारे जज्बातों के साथ, तुम्हारी भावनाओं के साथ खेला। मैंने तुमको आहत किया है, तुमको ठेस पहुंचाई है।"

"नहीं राजवीर जी, आपकी इसमें कोई गलती नहीं है। वो मैं ही थी जो कि आपके साथ जीवन के सपनें बुनने लगे गई थी।" जाह्नवी का दिल भर आया था शब्द दिल में ही ठहर गए थे।

"जाह्नवी,,,,,,, जाह्नवी,,, तुम्हारा प्यार निश्छल है, गंगा की तरह पवित्र है और आकाश की तरह असीम है। एक सामान्य इंसान, मजदूर से प्यार किया है तुमने। मैं मजबूर था कि तुम्हारे प्यार का सम्मान नहीं कर पाया। तुमने मेरी धन संपत्ति से नहीं, मेरे गुणों से प्यार किया है जाह्नवी, मैं ये जानता हूँ। अफसोस तुम्हें नहीं, मुझे होना चाहिए की मैं इस प्रेम से दूर हूँ।"

"राज,,,,, राज,,,,,,, आप और मत खुरेदो,,,,ये ज़ख्म और गहरे हो जाएंगे, रिस तो रहे है ज्यादा रिसने लगेंगे।"

"जाहन्वी,,,,,,, मैं मजबूर हूँ। मैं किसी ओर से प्यार करता हूँ उससे शादी का वादा करके आया हूँ।"

राजवीर ने सांस छोड़ते हुए कहा।

"हाँ, मैं तुम्हारी मजबूरियों को समझ रही हूँ पर मैं मजबूर नहीं हूँ। ये राधा अपनी अंतिम सांस तक कृष्ण को ऐसे ही याद करती रहेगी। कोई बात नहीं कि मैं रुकमणी नहीं बन सकती। मैं राधा के किरदार में भी बहुत खुश हूँ।"

"जाह्नवी,,,,,,।"

राजवीर ने लंबी सांस छोड़ते हुए कहा।

"मेरे दिल के तार कब से बेजुबान थे, स्वर विहीन थे। आज तुमने अपने हाथों से इन्हें तरंगित कर दिया है राज। जीवन जीने के लिए ये यादें कोई कम नहीं है।"

"तुम बहुत अच्छी हो जाह्नवी, मैं तुम्हारे जज्बातों, भावनाओं का सम्मान करता हूँ। काश मैं किसी ओर से प्यार नहीं कर रहा होता।"

"राज, तुमने मुझे एक दफा अपना कहकर पुकारा, इसके सिवाय कोई हसरत बची नहीं है थैंक्स राज। बातों ही बातों में राजवीर जी मैंने आपको कब राज बोला पता ही नहीं चला।"

"कोई बात नहीं जाह्नवी, ये तुम्हारा अधिकार है। ऑलवेज मिस यू। मैं आपसे मिलता हूँ।"

"ये जाह्नवी हमेशा आपका इंतजार करेंगी। मैं आपको मिस कभी नहीं करूंगी क्योंकि आप मेरे दिल मैं कृष्णा की तरह बसते हो। राज,,,,,,,,,।"

लंबी सांस छोड़ते हुए जाह्नवी ने मोबाइल रख दिया। इधर राजवीर ने आंखे बंद कर दोनों हाथ आंखो पर रख दिए।

जाह्नवी से बात कर राजवीर को अवंतिका की याद और सताने लगी। अवंतिका से दूर हुए लंबा समय निकल गया था लेकिन मिलने के क्षण जितने नजदीक आ रहे थे उतनी ही व्याकुलता बढ़ती जा रही थी। गुजरता हुआ हर पल उसे और अधिक बैचेन किए जा रहा था। राजवीर ने मोबाइल निकाला और अवंतिका को कॉल मिला दिया,

"हैलो अवि,,,,।"

"राज,,,,,,,,, तुम्हारे मुंह से मेरा नाम सुने अरसा बीत गया,,,,,, मेरे कान तरस रहे थे, दिल बेताब था आज दिन तक सिर्फ सुना था कि प्यार दरिया होता है उसकी गहराई होती है,,,,,,,, चकोर को चांद का इंतजार होता है अगर उसको चांद नहीं दिखता तो अपने प्राणों को उत्सर्ग कर देताहै,,,,,,,,, निसार-ए-शमा हो जाना परवाने की फ़ितरत क्यों है,,,,,,,,, आज महसूस हो रहा है कि ये बातें कितनी सारगर्भित है। ये मर्म वहीं समझ सकता है जिसने मेरी तरह किसी को दिल दिया हो।"

"अवि,,, सिर्फ स्थूलता ही मेरी है। ये दिल,,,,, ये सांसे,,, तुम्हारी है, ये दिल सिर्फ तुम्हारे नाम से धड़कता है। कब मैं,अवि में परिणत हो गया पता ही नहीं चला यार। मुझे आज अपने आप से ज्यादा अवि से प्यार है। दिल की ये बातें शब्दों में नहीं सिमट सकता हूँ, नहीं शब्दो मे पिरो सकता हूँ। "

"तुमसे प्यार क्या किया है राज, मेरा प्यार सूफियाना हो गया है तेरे बिना एक पल भी मुझे चैन नहीं है।"

"मुझे भी अवि।"

"राज गुड न्यूज है, पर तुम्हारे बाहों में रहकर सुनाऊंगी।"

"अच्छा ऐसी क्या न्यूज है जो सिर्फ मेरी बाहों के झूले में ही सुनाई जा सकती है अवि।"

"सुनोगे तब उसका महत्व जानोंगे राज। अब जल्दी से बता दो पोकरण सेंटर पर कितने बजे तक आ जाओगे।"

"मॉर्निंग सात बजे।"

पोकरण सेंटर पर अवंतिका का उसके दोस्त अभिनव से डाइनिंग हॉल में डिनर पर मिलना हुआ।

"अवंतिका आज तुम्हारा चेहरा सूरजमुखी की तरह खिल उठा है, ऐसा क्या स्पेशल है?" अभिनव ने अवंतिका से पूछा।

"चेहरा ही नहीं मेरा रोम रोम खिल उठा है। अभिनव तुम्हें पता नहीं है क्या? कल सुबह मेरा जीवन का सूरज राजवीर जो आ रहा है।"

"अच्छा, उसकी ट्रेनिंग पूरी हो गई क्या?"

"हाँ, अब वो मेरा होने आ रहा है?"

"मैं समझा नहीं अवंतिका।"

राज ने जिज्ञासा वश पूछा।

"अभिनव, राजवीर और मैं जन्म–जन्म के रिश्ते में बंधने जा रहे है।"

"अच्छा, दोनों को बधाई।" अभिनव ने मायूस होते हुए कहा। पर चेहरे पर भाव नहीं आने दिया। अवंतिका को बेसब्री से सुबह का इंतजार था। सुबह होते ही राजवीर के आने से पहले अवंतिका उसके गेट पर खड़ी उसका इंतजार कर रही थी। राजवीर जैसे ही कार से उतरा अवंतिका उसके सीने से ऐसे लिपट गई जैसे बेल पेड़ से लिपट गई हो।

"अवि, तुम बिन रहना बहुत मुश्किल था। जल्दी से अंदर चलो मुझे गुड न्यूज का इंतजार है।"

दोनों क्वार्टर के अंदर चले गए। अवंतिका राजवीर की गोदी में बैठ गई राजवीर ने अपने बांए हाथ से पीछे से उसको सहारा देते दांए हाथ से उसके चेहरे और बालों को सहलाने लगा। अवंतिका ने अपना हाथ उसके गले में डाल दिया।

"अवि बोलो,,,,,, ऐसा क्या कहने वाली हो? जो सिर्फ मेरी बाहों में ही कहाँ जा सकता है।"

"नहीं बोलती,,,,," अवंतिका ने मुस्कराते हुए मना कर दिया।"

"ओर न तरसाओ मेरी जान,,।"

"इतनी जल्दी भी क्या है? शाम तक इंतजार कर लो, डिनर के बाद पक्का।"

अवंतिका ने हँसते हुए कहा।

"इंतहाँ हो गई, इंतजार की,,,, बता भी दो।"

अवंतिका ने धीरे से राजवीर के कान में बोला।

"मैं प्रेगनेंट हूँ राज,,,।"

"रियली,,,,, अवि,,,, वॉव,,,,,, कांग्रेटुलेशन,,,,।"

राजवीर ने अवंतिका को बाहों में उठाकर गोल–गोल घूमाने लगा।

"बस भी करो बाबा,,,, चक्कर आ जायेंगे। " अवंतिका ने खुशी से चिल्लाते हुए कहा। राजवीर ने अवंतिका को धीरे से सोफे पर बिठाया।

"अवि, इतनी बड़ी बात तुमने मुझे नहीं बताई।"

"मैं तुम्हारी आंखों में देखकर बोलना चाहती थी राज। चेहरे के इन भावों से मैं वंचित होना नहीं चाहती थी।"

किसी ने बाहर से दरवाजा खटखटाया।

"कौन है?"

"अवंतिका मैं अभिनव।"

"अंदर आ जाओ अभि।"

"राजवीर, कांग्रेट्स यार, तुम्हारी ट्रेनिंग सक्सेसफुली कंप्लीट हो गई।" अभिनव ने राजवीर को बधाई देते हुए हाथ मिलाया।

"थैंक्स अभि, दो चार दिन में पोस्टिंग मिल जाएगी।"

"इतने बड़े पद पर जाकर हमें भूल मत जाना।" अभिनव ने हँसते हुए कहा।

"अरे यार संभव है क्या? तुम तीन-चार ही तो ऐसे दोस्त हो जो मेरे दिल के बहुत करीब हो।"

राजवीर ने मोबाइल में निरंजना का फोटो दिखाकर अवंतिका और अभिनव से कहा,

"ये मेरी बहिन, निरंजना ये भी मेरे दिल के बहुत करीब है तुम्हारी तरह।"

"राज मोबाइल दिखाना और कौन–कौन से दोस्त बने जरा मैं भी तो देखूं।"

"बिल्कूल देखो। अवंतिका, तुम और अभि दोनों मेरे दोस्तों को भी देखो और बातें भी करो। इतने में मैं नहाकर आता हूँ।"

अवंतिका मोबाइल में फोटो देखने लगी।

"अवंतिका, प्लीज चाय बना दो, सुबह से कुछ भी लिया नहीं है।"

"इतना बेचारा बनकर क्यों मांग रहा है? इसमें क्या बड़ी बात है अभी बनाकर लाती हूँ। राजवीर के भी मॉर्निंग टी बाकी है।"

अवंतिका राजवीर का मोबाइल सोफे पर छोड़कर चाय बनाने चली गई। अभिनव, मोबाइल में राजवीर के दोस्तों के फोटो देखने लगा पर मोबाइल में ज्यादा दोस्तों के फोटो नहीं थे। उतनें में अवंतिका राजवीर और अभिनव के लिए चाय बनाकर ले आई,

"राज तुम्हारे निकलने में कितनी देर है? चाय रेडी है।"

"अभी आया, तुम दोनों चाय पी लो इतने में।"

तीनों चाय पी रहे थे। राज अवंतिका को देखे जा रहा था।

अवंतिका का प्रेग्नेंट हो जाने के समाचार राजवीर के लिए खुशी के पल थे साथ-साथ बढ़ती जिम्मेदारी के भी थे। राजवीर, अवंतिका और अभिनव तीनों साथ-साथ मॉर्निंग टी ले रहे थे।

"राजवीर अब मैं चलता हूँ, मुझे क्लास अटेंड करनी है।"

अभिनव ने राजवीर के क्वार्टर से निकलते हुए कहा।

"ठीक है, शाम को मिलते है बाय।" राजवीर ने सी ऑफ करते हुए कहा।

"राज सब छोड़ो, अपनी बात करो।" अवंतिका ने राजवीर से कहा।"

"अवि मैं ये चाहता हूँ कि एक बार मेरी पोस्टिंग हो जाए फिर मैं शादी के लिए दादाजी और पापा से बात करता हूँ। तुम क्या चाहती हो?"

"राज ज्यादा दिन मैं इंतजार नहीं कर पाऊंगी, प्रेग्नेंट जो हूँ।"

"कल मेरी पोस्टिंग है और अगले सप्ताह हम दोनों शादी कर लेंगे। सिर्फ सप्ताह भर की बात है।"

"फिर तो कोई दिक्कत नहीं है पर,,,,"

"पर क्या?"

राजवीर ने आश्चर्य व्यक्त करते हुए पूछा।

"आपके दादाजी या पापा ने शादी के लिए मना कर दिया तो मैं तो कहीं की नहीं रहूँगी राज।"

"मैं अपने दादाजी और पापा को जानता हूँ वो मेरी मर्जी के विरुद्ध कभी नहीं जाते है फिर भी मैं तुमसे वादा करता हूँ कि अगर ऐसा हुआ तो हम दोनों कोर्ट मैंरिज कर लेंगे। मैंने तुमसे पहले भी वादा किया है, याद है या नहीं।"

"ओह, माय डियर राज, लव यू। मेरे जीवन साथी,,, मैं भाग्यवान हूँ कि आप जैसा पति पा रही हूँ थैंक्स राज।"

"नहीं अवि, तुमने मेरे पर विश्वास कर सर्वस्व न्यौछावर कर दिया है। साथ ही मैं तुमसे बेपनाह प्यार भी करता हूँ अब तुम बिन जीवन संभव नहीं है यार।"

अवंतिका आंखे बंद कर राजवीर के सीने से लिपट गई। राजवीर ने अवंतिका को बाहों में समेट लिया। रात को आई बी निदेशक गुप्ता जी का मैंसेज राजवीर के मोबाइल पर आया

"हार्दिक बधाई आर आर नॉट थ्री, आपके पोस्टिंग सेरेमनी आयोजित की जा रही है आप प्रातः ग्यारह बजे ऑडिटोरियम में पहुँच जाएं।"

राजवीर सुबह जल्दी उठ कर तैयार हो गया फिर पोस्टिंग सेरेमनी के लिए निकल गया। ऑडिटोरियम स्टेज पर चार चेयर लगी हुई थी जिस पर गुप्ता जी, वर्मा जी और त्रिवेदी जी बैठे हुए थे एक चेयर राजवीर के लिए थी। सामने अधीनस्थ सेवा के सभी ट्रेनीस बेठे हुए थे जिसमें अवंतिका और अभिनव भी शामिल थे। जैसे ही राजवीर स्टेज पर पहुंचा ऑडिटोरियम तालियों से गूंज उठा। निदेशक गुप्ता जी ने राजवीर को सीट पर बैठने का इशारा किया। राजवीर का सभी ने फूलमाला व तिलक लगाकर स्वागत किया। राजवीर का गला फूल मालाओं से लद गया था। ये देखकर सामने बैठी अवंतिका की अत्यंत खुश थी व स्वयं को गौरवान्वित भी महसूस कर रही थी। स्वागत भाषण के लिए असिस्टेंट एडिशनल डॉयरेक्टर त्रिवेदी खड़े हुए,

"मैं आज गौरवान्वित होते हुए कहना चाहता हूँ कि मैंने अपने कार्यकाल में राजवीर जैसा काबिल ऑफिसर आज दिन तक नहीं देखा। जिसने कम समय में अपनी ट्रेनिंग पूरी की है। राजवीर जिन्होंने डिप्टी सैंट्रल इंटेलिजेंस ऑफिसर के रूप में ज्वाइन किया था आज असिस्टेंट डायरेक्टर की पोस्ट पर काबिज हो रहे है। ये देश के पहले आई बी ऑफिसर है जो मार्कोस कमांडर भी है। (ये सुनते ही हॉल में बैठे सभी ट्रेनीज खड़े होकर तालियां बजाने लगे।) मैं एक बार फिर राजवीर को हार्दिक बधाई देता हूँ।" त्रिवेदी जी के बैठते ही डायरेक्टर गुप्ता जी उद्बोधन देने के लिए खड़े हुए,

"आप सभी का आदर्श, आप सभी का ऑफिसर, एक जिम्मेदार व्यक्तिव, एक काबिल ऑफिसर जिनको पोस्टिंग देते हुए मैं आज गौरवान्वित हूँ। ये पहला ऑफिसर है जो रॉ, एन

आई ऐ और आई बी तीनों के नॉर्म्स पूरा करता है जिसे तीनों विभागों में कार्य करने की स्पेशल प्रिविलेज दिया है। (ऑडिटोरियम में और स्टेज पर बैठे सभी अपनी–अपनी कुर्सियों से खड़े हो, बजती तालियां रुकने का नाम नहीं ले रही थी।) मैं आपको अंतिम बात और कहना चाहता हूँ आर आर नॉट थ्री ने अपनी ट्रेनिंग के दौरान ऐसे आतंकवादी को अरेस्ट किया जिसको आई.बी. पांच साल से ढूँढ रही थी।"

राजवीर की इतनी उपलब्धियों से अवंतिका भी अनभिज्ञ थी। खुशी के आंसू उसकी आंखो में देखे जा सकते थे। अब स्टेज पर राजवीर को उद्बोधन के लिए आमंत्रित किया। राजवीर ने विनम्रता पूर्वक सभी का धन्यवाद अर्पित किया। वो सहजता के साथ अपनी उपलब्धियों का श्रेय दूसरों को दे रहा था। इतने में एक अधिकारी स्टेज पर आकर गुप्ता जी के कान में कुछ बात कर रहा था। राजवीर का भाषण चल रहा था। गुप्ता जी के कान खड़े हो गए। गुप्ता जी ने इस अधिकारी से पूछा,

"क्या तुम आश्वस्त हो?"

"जी, सर। आपकी अंतिम अनुमति की जरूरत है।"

"क्या आपने इन्फॉर्मेशन को क्रॉस टैली कर लिया है?"

"जी सर, कर लिया है। कन्फर्म है।"

"तो आप आगे की कार्यवाही कर सकते है।" गुप्ता जी ने उस ऑफिसर को कहा। उधर राजवीर का भाषण चल रहा था। गुप्ता जी से बात कर ऑफिसर ऑडिटोरियम से बाहर गया और अपने साथ आर्म्ड फोर्स का जाब्ता लेकर स्टेज पर आ गया। ऑफिसर ने राजवीर की कनपट्टी पर रिवाल्वर तान ली,

"यू आर अंडर अरेस्ट।"

साथी सिक्योरिटी ने राजवीर के हाथों में हथकड़ियां और पैरों और गले में जंजीरे डाल दी। ऑडिटोरियम में हा, हा कार मच गया, सभी आश्चर्य चकित और अचंभित थे कि अचानक ऐसा क्या हुआ कि राजवीर के हाथों में हथकड़ियां डालनी पड़ी। अवंतिका की की सांसे थम गई,,,,, जड़ होकर देखने लगी। पूरे हॉल में पिन ड्रॉप साइलेंस था। किसी को कुछ भी समझ नहीं आ रहा था। सभी का एक ही प्रश्न था कि असिस्टेंट डायरेक्टर राजवीर के साथ ऐसा सलूक क्यों? खुशियों की महफिल मातम में तब्दील हो चुकी थी राजवीर ने साथी ऑफिसर से पूछा,

"ऐसा क्या हुआ ऑफिसर? मुझे रीजन बता कर अरेस्ट करो।"

"नो,,,, आप हमारे साथ चलो।"

राजवीर स्वयं भी ये समझ नहीं पा रहा था कि उसके साथ क्या हो रहा है? राजवीर को आर्म्ड फोर्स वहाँ से ले जा रही थी ये देखकर अवंतिकारोती हुई मूर्छित हो गई। हॉल में "गुप्ता

जी हाय,,,, हाय,,,," के नारे लगने लगे। गुप्ता जी अपनी सीट पर खड़े होकर हाथों से सबको शांत रहने का इशारा करने लगे। लेकिन ट्रेनी सुनने को तैयार ही नहीं थे। आखिरकार गुप्ता जी ने माइक लेकर बोलना शुरू किया,

"आप सभी शांत हो जाए,,,,, शांत,,,, मैं आपकी भावनाओं को समझ सकता हूँ,,,,,, एक बार आप शांत हो जाए। मैं आपको सब कुछ क्लियर करता हूँ"

ये सुनकर सभी ट्रेनी शांत होकर बैठ गए। सभी राजवीर की गिरफ्तारी के कारण को जानना चाहते थे। अभिनंदन ने अवंतिका के चेहरे पर पानी के छींटे मारें फिर उसको पानी पिलाया।

"अवंतिका, खुद को संभालो,,,,, इतना भावुक होना ठीक नहीं। अभी गुप्ता जी संबोधित कर रहे है हमें मालूम पड़ेगा कि राजवीर ने ऐसा क्या किया?"

"अभी मुझे मेरे राज पर विश्वास है वो ऐसा कुछ नहीं कर सकता। आई.बी. को कुछगलतफहमी हुई है। मेरा राज ऐसा नहीं है अभि।"

"सुनो गुप्ता जी इस बारे में चर्चा कर रहे है।"

अभिनव ने अवंतिका को चुप रखते हुए कहा।

"आप सभी की जानकारी के लिए बता दूं कि किसी भी अधिकारी की पोस्टिंग से पूर्व उसकी प्रोफाइल को आई.बी. खंगालती है। सब कुछ क्लियर होने के बाद ही उसको पोस्टिंग दी जाती है। राजवीर के मामले में उसके मोबाइल से आई.एस.आई से लिप्तता पाई गई है देश के महत्वपूर्ण छावनियों के नक्शे और गोपनीय दस्तावेज राजवीर के मोबाइल से आई.एस.आई. एजेंट को व्हाट्सएप किए गए है। राजवीर को हम अच्छा और काबिल ऑफिसर मान रहे थे लेकिन ये गद्दार निकला उसका हमको भी खेद है ओवर। ऑडिटोरियम में भीड़ छट चुकी थी ऑफिसर और ट्रेनी जा चुके थे। अवंतिका रो–रो कर बेहाल थी।"

स्नेहा पिता की मृत्यु के बाद अकेली पड़ चुकी थी। उसका मुंह बोला भाई जीवा भी इसको कठिन परिस्थिति में छोड़कर कहीं गायब हो गया था। स्नेहा ने इतनी बड़ी विपदा का सामना किया लेकिन उसकी भनक किसी को नहीं होने दी। स्नेहा का जॉब भी जा चुका था। उसके पास घर चलाने के लिए कोई स्रोत नहीं था उसने मजबूरी में उदयपुर दिल्ली हाईवे पर स्थित रामे रॉयल रिसोर्ट में बार अटेंडर की जॉब पर काम करना पड़ रहा था। स्नेहा बहुत दिन बाद कॉलेज के लिए निकली थी। आदित्य ने सुरजपोल चौराहे पर स्नेहा को देखा,

"स्नेहा,,,,,स्नेहा,,,,।"

आदित्य ने स्नेहा को आवाज लगाई पर स्नेहा ऑटो की तलाश में होने के कारण, आदित्य को सुन नहीं पाई। आदित्य अपनी बाइक लेकर स्नेहा के पास पहुँच गया,

"कब से आवाज लगा रहा हूँ, हमको भी सुन लिया करो।"

सॉरी आदित्य मेरा ध्यान ऑटो स्टैंड पर था।"

"कितने दिन हो गए तुम कॉलेज में दिखी ही नहीं।"

"बीमार थी इसलिए नहीं आ पाई।"

स्नेहा ने पिता की मृत्यु की बात छिपाते हुए कहा।

"आप मुझे बोल देते तो मैं घर पर लेने आ जाता।"

"मैं आपको परेशान करना नहीं चाहती थी आदित्य।"

"दोस्त हूँ, दोस्त। मुश्किल समय में दोस्त काम नहीं आएगा तो फिर वो दोस्त किस काम का। स्नेहा दोस्ती अमृत है, जिसने इस अमृत का रसास्वादन नहीं किया उसका जीवन व्यर्थ है।"

"पर मित्र पर भार बन जाना भी तो ठीक नहीं।"

"जो मित्र की परेशानियों को भार समझे वो फिर मित्र नहीं हो सकता। दोस्ती रिश्ता न सही परंतु सभी रिश्तों से ऊपर है, स्नेहा।"

"तुमको बातो में कोई हरा नहीं सकता।" स्नेहा ने हँसते हुए कहा।

"आजा मेरी गाड़ी पर बैठ जा।"

आदित्य ने मजाकिया अंदाज में स्नेहा को गाड़ी पर बैठने के लिए कहा। दोनों बाइक पर बैठकर कॉलेज के लिए निकल गए। रास्ते में तेज गति से डॉली ने आदित्य की बाइक को ओवर टेक किया। ये देखकर स्नेहा ने आदित्य से पूछा,

"आदित्य, डॉली ने नई कार कब खरीदी?"

"कुछ दिन पहले, मुझे भी बाद में मालूम पड़ा।"

आदित्य ने अनजान बनते हुए स्नेहा को कहा। कॉलेज पहुँचते ही डॉली से दोनों का मिलना हुआ,

"डॉली,,,, कांग्रेचुयुलेशनस क्या बात है, तेरी कार मस्त है जबरदस्त है।" डॉली को बधाई देते हुए स्नेहा ने कहा।

"ठीक है यार, कौनसी जिंदगी भर रखनी है, खरीद ली। तू इतने दिन कहाँ थी ये बता।" डॉली ने स्नेहा से पूछा।

"तबीयत खराब थी यार इसलिए कॉलेज नहीं आ पाई।"

"बोल देती, मैं तेरे को पीक करते हुए निकलती। तू भी यार हमको पराया समझती है।"

"नहीं तो, अब बोल दूंगी बस।"

"ये स्नेहा, अजीब लड़की है तुझे पता नहीं है क्या? किसी की मदद नहीं लेने का प्रण ले रखा है शायद।" आदित्य ने डॉली की हामी भरते हुए कहा। इतने में हिमांशु आ गया। हिमांशु को देखकर डॉली वहाँ से निकल गई। कुछ समय पश्चात् डॉली को अकेला पाते ही हिमांशु उसके पास आया,

"डॉली,,,,,, डॉली,,,,,।"

"चुपचाप यहाँ से चले जाओ, मुझे तुमसे कोई बात नहीं करनी है।" डॉली ने गुस्सा करते हुए हिमांशु को फटकारा।

"डॉली,,, माय बेस्ट यार,,,, तुम अभी तक नाराज़ हो। अब तो गुस्सा छोड़ों।" हिमांशु ने डॉली के पीछे–पीछे चलते हुए कहा।

"तुमने मेरे साथ जो किया है ऐसा तो कोई दुश्मन के साथ भी नहीं करता है।"

"सॉरी डॉली,,,,मेरी बात तो सुनो।"

"हाँ बोलो, क्या सुना रहे हो?"

"उस दिन पापा बाहर थे इसलिए पेमेंट की व्यवस्था नहीं हो पाई। तुम्हारे लिए मेरी जान हाजिर है डॉली।"

"तो मुझे बताया क्यों नहीं, तुम ये समझ रहे थे कि डॉली कार खरीद नहीं सकती,,, देख ले वो चमचमा रही है।"

"ऐसा नहीं है, मुझे पता है डॉली बोलती कम है, करती ज्यादा है।"

"तुम पर एक नहीं दस कारे न्यौछावर करता हूँ, कार ज्यादा या तुम्हारी दोस्ती। अब कभी भी कोई भी गिफ्ट चाहिए तो मुझे बे झिझक बोल देना। सॉरी यार,,,।"

"ठीक है,,,,, माफ़ किया,,, चल केंटीन पर जाकर आते है।"

"केंटीन खरीद लूं क्या?"

हिमांशु ने हँसते हुए डॉली को बोला। दोनों हँसते हुए कॉलेज केंटीन की ओर निकल गए।

रॉय विला में कलावती के सामने शंकर रॉय बेठे हुए थे,

"कला अब तुम्हारी तबीयत पहले से बेहतर है। मुझे तेरी खूब टेंशन हो रही थी पर अब तुझको देखकर दिल को तसल्ली है।"

"आप इतना तनाव मत लो रमेश (कलावती शंकर रॉय को उनके छोटे बेटे रमेश के नाम से संबोधित करती थी।) आप को तबीयत खराब हो जायेगी।"

"कला इतना बड़ा ऑपरेशन था टेंशन कैसे नहीं लूं।"

"परंतु आपकी तबीयत मुझे देखकर बिगड़े ये मुझे गंवारा नहीं।"

"पहले से अब तुम बहुत ठीक हो।"

"रमेश मुझे जीने की तमन्ना ही नहीं रही है जब से बेटी अनंता हमको छोड़कर चली गई है। मेरे जिगर का टुकड़ा,,, मेरी नन्हीं जान,,, उसके बिना जी कर करना भी क्या है? भगवान मुझे ले लेता, हमारे साथ श्रीनाथ जी ने अच्छा नहीं किया रमेश।" बोलते–बोलते कलावती की आंखो से आंसुओ का झरना बह उठा,,,,।

"कला,,,,, मैं समझता हूँ जब तक हमारी सांस में सांस है ये तब तक का दर्द है। हर पल, हर क्षण हमको छिलता रहता है। तुम ऐसे करोगी तो तबीयत फिर खराब हो जायेगी। मैं तुमको ये भी नहीं बोल सकता कि हिम्मत रखो।"

"रमेश, ऐसा हमने क्या गुनाह कर दिया जिसकी भगवान हमें इतनी बड़ी सजा दे रहा है?"

"चिंता की आग मनुष्य को अंदर ही अंदर खोखला कर देती है कला। अब बस भी करो। अगर तुमको कुछ हो गया तो,,,,,, तुम बिन, मैं ऐसे ही मर जाऊंगा,,,।" कलावती ने शंकर रॉय के मुंह पर हाथ रख दिया।

"खूब बोलते हो,,,,,मुझे पता है मैं सधवा ही जाऊंगी,,।"

"प्लीज कला, आगे मुझे कुछ नहीं सुनना। अब शांत होकर सो जाओ डॉक्टर के विजिट का भी टाइम हो गया है।" शंकर रॉय ने कलावती के माथे पर हथेली रखते हुए कहा। इतने में शंकर रॉय के मोबाइल पर चेतन आनंद का फोन आया,

"बेटा चेतन तुम कैसे हो? तुम्हारी पढ़ाई कैसी चल रही है?"

"आप मेरी छोड़ो, आंटी का स्वास्थ्य कैसा है?"

"बेटा वो ठीक है, पहले से उसकी तबीयत में सुधार है। डॉक्टर ऑब्जर्वेशन पर ही चल रही है।"

"जरूरी है, अभी वो जितना रेस्ट लेंगी उतनी जल्दी ठीक हो जाएगी। मेरा आंटी को चरण स्पर्श और याद बोलना।"

"जरूर बेटा।"

"अंकल मुझे आपसे एक रिक्वेस्ट थी।"

"चेतन तुम भी,,, मैं तुम्हारे पिता समान हूँ और तुम रिक्वेस्ट की बात करते हो।"

"अंकल पिता से भी बढ़कर, आप मेरे भगवान हो,,,,, आज मैं जो कर रहा हूँ वो सब आपकी ही देन है अंकल।"

"बहुत बड़ा हो गया है चेतन, इतनी बड़ी–बड़ी बातें मत कर। बोल तुझे क्या कहना है?"

"आप मुझसे वादा करो कि आप मेरी बात मानोगे।"

"अवश्य मानूंगा तू एक बार बोल तो सही।"

"अंकल मेरी ईच्छा है कि आप एक बार अमेरिका आकर दो चार दिन मेरे पास रहे। मुझे आपके साथ रहना है अंकल। आप देखे की मैं कैसी पढ़ाई कर रहा हूँ, मेरा रिसर्च कैसा है?"

"बेटा, तेरी आंटी को छोड़कर में कैसे आ सकता हूँ? तू जानता तो है कि उसके ओपन हार्ट सर्जरी हुई है।"

"हाँ, अंकल फिर भी दो दिन के लिए प्लीज, आपकी खूब याद आ रही है।"

चेतन का बोलते हुए गला भर आया था।

"अरे,,,, इतना भावुक मत बन चेतन।"

"आप भी गजब करते हो वो इतनी जिद्द कर रहा है तो जा आओ। वैसे भी अब मेरी तबीयत ठीक है। आज विक्रम भाई होते तो वो चेतन के पास रहने नहीं जाते।"

कलावती ने शंकर रॉय को बीच में टोकते हुए कहा।

"ठीक है बेटा, मैं ज्यादा नहीं रह पाऊंगा। एक दिन मुश्किल से।"

"कोई बात नहीं अंकल, आप यहाँ आ रहे हो मेरे लिए काफी है। आपके "हाँ" कहते ही मुझे पापा की याद आ गई।"

"चेतन, मैं विक्रम तो नहीं बन सकता लेकिन इसकी जिम्मेदारियों को बखूबी निभाऊंगा बेटा।"

शंकर रॉय ने फोन रखकर पत्नी कलावती को कहा,

"मेरी ईच्छा नहीं है कि मैं तुमको छोड़ कर जाऊं, कला।"

"छोटे बच्चे को तरह क्या जिद्द करते हो। बच्चे को ईच्छा है तो जाकर आ जाओ। वैसे भी आपको घर से निकले काफ़ी दिन हो गए है। यहाँ कमल, रमेश सभी है। आप निश्चिंत होकर जाओ, आपका मूड भी फ्रेश हो जायेगा।"

"तुम इतनी जिद्द कर रही हो अन्यथा मेरी ईच्छा बिल्कूल नहीं है कला।" शंकर रॉय ने उदास होते हुए कहा।

अजीज मित्र विक्रम आनंद की जिम्मेदारियों का अहसास, कलावती की जिद्द और चेतन आनंद के आग्रह के आगे शंकर रॉय को झुकना ही पड़ा। कलावती की तबीयत में सुधार था लेकिन वो बेड रेस्ट पर थी इसलिए शंकर रॉय अमेरिका जाने के लिए आनाकानी कर रहे थे। शंकर रॉय चेतन आनंद से मिलने मैंसाचुसेट्स अमेरिका के लिए रवाना हो गए।

डॉली ने आदित्य को कॉल करते हुए पूछा,

"आदि, क्या कर रहे हो?"

"कोई है जो ख्वाबों से बाहर आने ही नहीं देती। बस उसी को याद कर रहा हूँ।

विरासत में हूँ तेरे हसीन ख्वाबों की बस,

दुआ है कोई जमानत न करा दे हमारी"

आदित्य ने हँसते हुए कहा।

"जनाब हमें भी बताओ, ऐसा भाग्यवान कौन है?"

मुस्कराते हुए डॉली ने पूछा। डॉली भिज्ञ होकर भी अनभिज्ञ बन रही थी।

"मैं क्यों बताऊं? है एक पगली।"

आदित्य बोलते हुए मंद-मंद मुस्करा रहा था।

"उस पगली के बारे में कुछ अता पता भी है या सिर्फ उसके सपनों में ही खोए रहते हो।"

"उससे भी ज्यादा, उसके बारे मे मैं जानता हूँ।"

"अच्छा ऐसा क्या?"

"बिल्कूल, पूछ लो कुछ भी।"

आदित्य ने हँसते हुए डॉली से कहा।

"बता ही दो, एनी स्पेशल अबाउट हर?"

"इतना तो नहीं पता पर वो मेरी लाइफ में एंजल की तरह है।

चुपके से आकर इस दिल में उतर गई है, सांसो मे मेरी खुश्बू बनकर बिखर गई है।"

"बता भी दो, ज्यादा मत तरसाओ।" डॉली ने खिझते हुए कहा।

"उसका कल बर्थडे है, अब तो तुम खुश हो न।"

"मुझे लगा था कि तुम्हें मेरा बर्थडे भी याद नहीं है। आदि मेरी इस बर्थडे पर सिर्फ मैं और तुम। हमारे बीच कोई नहीं चाहिए।"

"क्या बात है, मेरे मन की बात कर दी तुमने तो।"

दोनों एक साथ हंस पड़ें।

"डॉली दो दिन के लिए मुंबई घूम आए, कैसा रहेगा मुंबई?"

"नेकी और पूछ–पूछ, दी बेस्ट, आज ईवनिंग को निकल जाए बोलो आदि।"

"ठीक है तुम रेडी रहना मैं पैकेज करवा देता हूँ।"

दोनों मुंबई के लिए बाय फ्लाइट से निकल गए। इंटर कंटाइन मरीन ड्राइव होटल में नाइट स्टे के लिए पैकेज में ही बुक थी। होटल से समुद्र का व्यू देखकर डॉली बहुत खुश थी।

"आदि, ध्यान से सुनो, समुद्र की लहरों से कैसे मधुर संगीत प्रतिध्वनित हो रहा है। क्या तुम भी सुन पा रहे हो? मैं इस सौन्दर्य को महसूस कर रही हूँ वैसा तुम भी कर पा रहे हो। वॉव मजा आ गया, थैंक्स यार तुमने मेरा बर्थ डे स्पेशल बना दिया।"

"हाँ बिल्कूल, दिल को सुकून देने वाले पल है। डॉली कल हम क्रूज से अलीबाग जायेंगे वहाँ तुमको और आनंद आ जाएगा।"

दोनों रात्रि विश्राम के लिए चले गए।

"हैप्पी बर्थ डे डॉली, मैंनी, मैंनी रिटर्न्स ऑफ़ द डे।"

"थैंक यू आदि। यू आर वेरी, वेरी स्पेशल फॉर मी। आदि, इससे ज्यादा और कितना करीब लाऊं मैं, कि तुझे दिल में रखकर भी मेरा दिल नहीं भरता।"

दोनों ने एक दूसरे को बांहों में भर लिया।

"डॉली और आदित्य तैयार होकर होटल से निकल गए। क्रूज से उनको गेट वे ऑफ़ इंडिया से अलीबाग जाना था। क्रूज के डिपॉर्ट टाइम में अभी एक घंटा ओर बाकी था इसलिए दोनों सुमद्र की ठंडी हवाओं का आनंद लेने के लिए फुटपाथ पर चहल कदमी कर रहे थे। फूटपाथ के सामने ही होटल ताज स्थित है। दोनों एक दूसरे के कंधे पर हाथ रखकर बातें करते हुए मोज मस्ती कर रहे थे। उतनें में आदित्य की नज़र होटल ताज के गेट पर पड़ी। जहाँ आदित्य के पिताजी रमेश रॉय कंपनी के साउथ जॉन की हेड रिया के साथ थे। यह देखकर आदित्य के होश उड़ गए। वो गुस्से से तिलमिला गया। आदित्य को अभी तक यह लग रहा था कि रोमिला केस के बाद दादाजी ने पापा को जो सजा दी थी उसके बाद उसके पापा सुधर गए होंगे लेकिन आज का दृश्य देखकर इसको पिताजी रमेश रॉय से घृणा होने लगी। उसने मोबाइल निकालकर उसके पिताजी रमेश रॉय पर कॉल किया,

"हेलो पापा कैसे हो,,,,।"

"हाँ आदित्य, क्या बात है बोलो?"

"पापा आपसे मिलना है वो भी अभी। ऑफिस आ जाऊं क्या?"

"नहीं बेटा, मैं अभी मीटिंग में व्यस्त हूँ फिर मुझे एक मीटिंग और अटेंड करने के लिए इंदौर निकलना है वापिस आकर मिलता हूँ।"

"ठीक है पापा, ओके।"

उसके पापा की झूठी बातें सुनकर आदित्य का गुस्सा सातवें आसमान पर था। लेकिन वो इस मुद्दे पर अभी बात करने के मूड में नहीं था। उसने रमेश रॉय और रिया का वीडियो बना लिया ताकि दादाजी के अमेरिका से आते ही उनको दिखा सके।

"अब मूड खराब मत करो हमारे क्रूज का टाइम हो गया है अब हमें निकलना चाहिए आदि।"

डॉली ने आदित्य को समझाते हुए कहा।

दोनों क्रुज में बोर्डिंग के लिए चले गए।

ऑल इंडिया मार्बल एसोसिएशन के कोषाध्यक्ष नवीन श्री वास्तव का एसोसिएशन के अध्यक्ष कमलनाथ रॉय पर कॉल आया,

"रॉय साहेब, कल भीलवाड़ा में एसोसिएशन का फैमिली गेट टू गेदर रखा है जिसमें आपकी उपस्थिति अनिवार्य है। ना मत बोलना आपकी गैर हाजरी फंक्शन को फीका कर देगी।"

श्री वास्तव ने हँसते हुए कहा।

"ठीक है मैं कोशिश करता हूँ।"

"कोशिश नहीं, आपकी मौजूदगी अनिवार्य है सर।"

"ठीक है आप मुझे पूरा शेड्यूल मेल कर दो।"

हामी भरते हुए कमलनाथ ने कहा।

सुबह का समय था कलावती अपने कमरे से बाहर गार्डन ओर आर्टिफिशियल झरने को निहार रही थी पक्षियों को कलरव और बहते झरने की कल–कल ध्वनि मानसिक शांति और आध्यात्मिक सुकून प्रदान कर रही थी। खिड़की से प्रकृति का ये अवलंबन कलावती को तृतीय से चतुर्थ आयाम की ओर धकेल रहा था। जो सिर्फ दिल की गहराइयों से महसूस किया जा सकता था। दृश्यावली और कलरव में डूबी कलावती का ध्यान अचानक आई आवाज से टूटा,

"मैंडम शुभ प्रातः, आज आप कैसा महसूस कर रहे है? आप नाश्ते के पूर्व ली जाने वाली दवाइयों का सेवन कर लीजिए।" कलावती को एस्सिस्ट करने आए डॉक्टर ने कहा।

"डॉक्टर साहब अब तो जीवन वैसे भी वीरान हो चुका है जब से मेरी चिड़ियां इस दुनिया से उड़ गई है। अब इस जीवन को दवाइयां आबाद नहीं कर पाएंगी।"

दवाई लेते हुए कलावती ने कहा।

ये रोज की चर्या थी कि प्रत्येक दो घंटे में कलावती को देखने, स्वास्थ्य निरीक्षण करने और दवाई देने के लिए डाक्टरों की टीम आती थी।

कलावती को शंकर रॉय की याद आ रही थी। ये जीवन का पहला अवसर था जिसमें वो उनके साथ नहीं थी। जब से कलावती का ओपन हार्ट ऑपरेशन किया था तब से ऑफिस की जिम्मेदारी पुत्र कमलनाथ और रमेश को सौंप कर वो अपनी पत्नी के साथ ही थे। कलावती को आज अकेलापन चुभ रहा था। कलावती को धीरे–धीरे नींद आ रही थी पलकें गिर रही थी लेकिन अचानक कलावती सीने में दर्द महसूस करने लगी। बढ़ती नींद उसको गहराइयों की ओर ले जा रही थी और तेज होता दर्द कलावती को बैचेन कर रहा था। वो सहायता के लिए बुलाना चाहती थी लेकिन नींद उसको बिस्तर से उठने नहीं दे रही थी। कलावती पसीने से तर थी, सीने का दर्द बढ़ता जा रहा था। उसके आस पास सहायता के लिए कोई नहीं था। डॉक्टर की टीम उसको अभी देखकर गई थी अगली टीम डेढ़ घंटे बाद आनी थी। जीवन और मृत्यु के बीच झूंझती कलावती बिस्तर पर तड़प रही थी। उसी दौरान बेसिक फोन की घंटी बज उठी। कलावती बेसिक फोन की बजती घंटियों को सुन पा रही थी लेकिन उसकी आंख ऊंची नहीं हो रही थी। सीने के दर्द से वो कराह रही थी। बेसिक फोन को उठाने के लिए उसने बिस्तर से अपना हाथ लंबा किया। उतनें में फोन की रिंग बंद हो गई। जीवन बचाने की अंतिम आस भी जा चुकी थी। उसको लगने लगा कि उसके प्राण निकल जायेंगे। इतने में बेसिक की घंटी दुबारा बजने लगी। कलावती ने हिम्मत जुटाते हुए वो बेसिक फोन की ओर खिसकी। भाग्य से उसका हाथ रिसीवर के ऊपर पड़ा और कॉल रिसीव हो गया,

"हैलो कला,, मैं,,,,।"

"आप,,, मैं,,,,, मैं,,,,,रमेश,,,,,,,, मैं मर,,,,,,,जाऊंगी,,,,,कुछ,,,, करो,,,,। कलावती को ये ज्ञात हो गया था कि ये शंकर रॉय का कॉल है।

"कला,,,,,,,, कला,,,,तुम्हें क्या हुआ,,,,,,,?,," शंकर रॉय चिंता से आकुल-व्याकुल हो गए थे। वो फोन पर फिर चिल्लाए,

"कला,,,,, कला बोलो तुम्हें क्या हुआ है?"

कलावती ने हिम्मत कर फिर जवाब देने की कोशिश की,

"रमेश,,,,,,,,, सीने में बहुत दर्द है,,, मैं मरे जा रही,,,, हूँ।" इतने में फोन कलावती के हाथ से छुट कर नीचे गिर गया। गिरते ही कॉल डिस्कनेक्ट हो गया। कलावती को तबीयत प्रति क्षण बिगड़ती जा रही थी। उधर अमेरिका में बैठे शंकर रॉय की सांसे फूल रही थी उन्होंने तत्काल कमलनाथ को कॉल मिलाया,

"कमल,,,सुन,,,,,,,बेटा तू कहाँ है,,,,,,।" शंकर रॉय ने घबराते हुए बेटे कमलनाथ से बात की।

"पापा क्या बात है? आप इतने घबराए हुए क्यों हो?"

"बेटा तेरी मम्मी को तबीयत बिगड़ गई है उसको जल्दी से हॉस्पिटल पहुंचाओ, नहीं तो वो मर जायेगी,,, जा बेटा,,,,,, जल्दी कर,,,।"

"हाँ, पापा मैं अभी मम्मी के पास पहुँचता हूँ। आप थोड़ी भी चिंता मत करना।" कमलनाथ ने पिताजी शंकर रॉय को हिम्मत देते हुए कहा।"

कमलनाथ भीलवाड़ा में आयोजित एसोसिएशन के गेट टू गेदर में भाग लेने के लिए फैमिली के साथ जा रहे थे। उन्होंने ड्राइवर से कहा,

"ड्राइवर, गाड़ी को वापिस घर की ओर ले चलो। मुझे ये बताओ कि हमें वापिस उदयपुर पहुँचने में कितना समय लगेगा।?"

"साहेब चालीस मिनट।"

ड्राइवर ने गाड़ी को उदयपुर की ओर मुड़ाते हुए कहा। "जितना भी जल्दी हो सके उतना जल्दी से घर ले चलो। कमलनाथ तेज गति से उदयपुर की ओर बढ़ने लगे। कमलनाथ ने रमेश को कॉल मिलाया ताकि मम्मी को जल्दी से हॉस्पिटल पहुंचाया जा सके।

"हैलो रमेश,,,,रमेश,, तुम जल्दी से घर पहुंचो मम्मी की तबीयत क्रिटिकल है"

"भाई साहब में बाहर आया हुआ हूँ, आदित्य को बोलता हूँ, वो चंद मिनटों में पहुँच जाएगा।"

रमेश ने आदित्य को कॉल मिलाया,

“आदित्य, तुम दादी के पास पहुंचो, उनकी तबीयत कुछ ठीक नहीं है।” आदित्य अपने पिताजी से बहुत खफा था जब से अपने पापा को रिया के साथ होटल ताज से निकलते हुए देखा था।

“पापा मैं मुंबई आया हूँ, आप तो घर के आस पास ही है आप मेरे से पहले दादी के पास पहुँच जायेंगे।

“अच्छा ठीक है।”

रमेश ने मोबाइल रखते हुए कहा। कलावती की स्थिति बद से बदतर होती जा रही थी। शंकर रॉय कलावती को कॉल मिला रहे थे लेकिन बेसिक फोन फर्श पर बिखरा पड़ा हुआ था। शंकर रॉय ने पी.ए. गौतम को कॉल मिलाया, “गौतम तुम डॉक्टर को फोन कर जल्दी से घर पहुंचो मैंडम की स्थिति बहुत खराब है।”

“जी साहेब, अभी पहुँचता हूँ।”

कमलनाथ ने घर पर काम कर रहे हेल्पर को कॉल मिलाया,

“हेलो, जी साहेब।”

“मैंडम के कमरे में जाओ और मैंडम को देखो उनकी तबीयत बहुत खराब है।”

“जी साहेब अभी देखता हूँ।”

नौकर दौड़ कर कलावती के कमरे में गया जहाँ वो बिस्तर पर तड़प रही थी।

“जी मालकिन मैं आ गया हूँ,

ये,,,, लो,,,, पानी पी लो,,,,,।” उसने कलावती को पानी पिलाकर, बाहर हॉल में डॉक्टर को कॉल लगाने के लिए बेसिक फोन की ओर दौड़ा। इधर कमलनाथ, “अरे,,,,, ऐसे कैसे गाड़ी चला रहा है? और तेज भगा।”

“साहेब डेढ़ सौ की स्पीड है।”

“बातें कम कर जल्दी से ओवर टेक कर आगे निकल।”

ड्राइवर ने तेज गति से आगे चल रहे ट्रक को ओवर टेक किया, वो जल्दबाजी में नहीं देख पाया कि सामने से डंपर तेज गति से आ रहा था। कमलनाथ की कार अनियंत्रित होकर डंपर में जा घुसी। डंपर और कार की जैसे ही टक्कर हुई तेज गति की आवाज के साथ विस्फोट हुआ। कार के पचक्कडे उड़ उड़ कर हवा में बिखर गए। टक्कर से उत्पन्न धमाका इतना तेज था कि आस पास के एरिये में सुनाई दिया। लोग दौड़कर रोड पर इकट्टा हो गए। चारों ओर हा-हा कार मच गया। कार की स्थिति को देखकर ऐसा लग रहा था कि इसमें कोई भी व्यक्ति बचा नहीं होगा। ड्राइवर की छाती में स्टेयरिंग घुस गई जिससे उसका मौके पर ही दम निकल गया।

पीछे कमलनाथ की पत्नी का सिर फट गया था। कमलनाथ की स्थिति भी नाजुक थी। लोगों ने बड़ी मुश्किल से गाड़ी से निकाल कर उनको एंबुलेंस में शिफ्ट किया। एम्बुलेंस कमलनाथ और उनकी पत्नी को लेकर उदयपुर की ओर रवाना हो गई। उधर पी.ए. गौतम डॉक्टर को लेकर कलावती के पास पहुँच गया। कलावती बेसुध होकर बिस्तर पर पड़ी हुई थी। डॉक्टर ने कलावती को ध्यान से देखकर कहा,

"गौतम जी, मैंडम को हॉस्पिटल लेकर जाना पड़ेगा मुझे कुछ ठीक नहीं लग रहा है।" कलावती को लेकर गौतम और डॉक्टर हॉस्पिटल पहुँच गए। कलावती की सहायता के लिए कोई उपलब्ध नहीं था इसलिए शंकर रॉय का गुस्सा सातवें आसमान पर था। साथ ही कलावती के तबीयत को लेकर वो अत्यंत चिंतित थे। उन्होंने गौतम को कॉल मिलाया,

"गौतम, मैंडम की क्या स्थिति है?"

"सर, मैं और डॉक्टर साहब मैंडम को लेकर हॉस्पिटल पहुँच गए है, मैंडम इमरजेंसी में है।"

"वेरी गुड गौतम, कमल कहाँ है?"

"सर मुझे उनकी जानकारी नहीं है।"

"मुझे पल –पल की रिपोर्ट करो।"

"जी साहेब।"

इमरजेंसी सेल में डॉक्टर्स की टीम कलावती के ट्रीटमेंट में लगी हुई थी। इधर शंकर रॉय का कॉल लगातार गौतम पर आ रहा था।

"गौतम मेरे कॉल को लाइव रखो, दूसरे मोबाइल से डॉक्टर टीम से संपर्क करो।"

"जी सर, डॉक्टर साहब का कॉल आ रहा है।"

"पहले उसको अटेंड करो।"

"डॉक्टर साहब बताए।"

"आप ऊपर फ्लोर नंबर तीन पर आ जाए हम वहीं आपका इंतजार कर रहे है।"

गौतम तीसरे फ्लोर पर गया जहाँ डॉक्टर्स खड़े थे। गौतम को देखते ही सभी डॉक्टर गौतम के पास आ गए,

"गौतम जी,,,,,,, आई एम वेरी सॉरी,,, मैंडम की डेथ तो हॉस्पिटल आने के पहले ही हो चुकी थी। आप बॉडी ले जा सकते है।"

दूसरा कॉल शंकर रॉय का लाइव चल रहा था। उन्होंने कलावती की मृत्यु के बारे में जैसे ही सुना अपनी जगह पर बैठ गए, वो निष्प्राण से हो गए। हाथ–पैर जवाब दे गए थे। वो विलाप करते हुए चिल्ला पड़े,,,,,,,,,,, कलाआआ,,आ,,,,,,,, कलाआ,,,,,, तुमने मेरे प्राण हर लिए, तुम मुझे

ऐसे छोड़कर चली जाओगी कभी सोचा नहीं था। ये क्या बात हुई,,,,,, कला। तुमको जाना ही था तो मुझे दूर क्यों भेज दिया,,,,,,,,,,? मैं,,,,, तुम्हारे बिना कैसे जी पाऊंगा,,,,,,, कला,,,,,, ये तो धोखा है,,,,, मैं तुम्हारे पास होता तो कुछ भी नहीं होने देता। हे प्रभु इतनी बड़ी सजा। अनंता के चिता की राख तो ठंडी भी नहीं पड़ी थी इतने में तूने ये क्या कर दिया? तेरा न्याय मुझे पसंद नहीं आया प्रभु,,,,,। तूने उसके बदले मुझे क्यों नहीं ले लिया,,,,,,। मैं तेरे को स्वस्थ छोड़कर आया था इतने में क्या हो गया? तूने मुझे अकेला छोड़ दिया,,,,,,, ये तूने गलत किया कला। कला,,,,,,,,,,,,, क,,,, ला,,,,,,,,,.।"

शंकर रॉय दूर अमेरिका में बैठे विलाप पर विलाप किए जा रहे थे। उनका दिल टूट गया था। आंसुओं का सागर बहने लगा। शादी से लेकर के आज तक की जीवन यात्रा का दृश्य शंकर रॉय की आंखों के आगे गुजर रहा था। अचानक उन्हें कुछ याद आया। खुद को संभालते हुए उन्होंने गौतम को कॉल किया।

रॉय फैमिली पर अचानक संकट के बादल छा गए थे। कलावती की आकस्मिक मृत्य ने शंकर रॉय को अंदर से तोड़ दिया था। ऐसी विपरीत परिस्थिति में कमलनाथ का कलावती के पास उपलब्ध नहीं होने से शंकर रॉय गुस्से से तिलमिला गए थे। उन्होंने पी.ए. गौतम को कॉल किया,

"गौतम कमल आया?"

"नहीं साहेब, मुझे उनकी कोई जानकारी नहीं है। मैंने उनको कॉल किया पर वो उठा नहीं रहे है।"

"मेरी निकम्मी संतान,,,,,,,,, मैंने उसको एक घंटा पहले घर पहुँचने के लिए कहाँ था,,,अगर वो समय पर पहुँच गया होता तो आज मेरी कला बच जाती,,,,,गौतम,,,।"

"जी सर।"

"मैं अमेरिका से निकल रहा हूँ मेरे आने से पहले गणपत को बोलकर मेरी समस्त संपत्ति से उसको बेदखल कर दो, उसके समस्त खाते सीज कर मुझे रिपोर्ट करो। अब मुझे कमल की कोई जरूरत नहीं। ये काम अभी, तुरंत हो जाना चाहिए। मेरे डिजिटल सिग्नेचर से ये काम पूरा करो।"

"जी साहेब।" गौतम ने हामी भरते हुए कहा।

"गौतम में अमेरिका से निकल रहा हूँ मेरे आने तक कला का दाह संस्कार मत करना।"

"जी साहेब, आप हिम्मत रखे। ईश्वर ने हमारे साथ ठीक नहीं किया।"

गौतम ने अगला कॉल सी एफ ओ गणपत को मिलाया और कमलनाथ को जायदाद से बेदखल और खातों को सीज करने का ऑर्डर कन्वे किया।

एंबुलेंस कमलनाथ और उनकी पत्नी शांति स्वरूपा को लेकर उदयपुर की ओर बढ़ रही थी। दोनों की स्थिति गंभीर थी। रॉय परिवार इस एक्सीडेंट से अनभिज्ञ था। लोगों की भीड़ में भी किसी ने कमलनाथ को नहीं पहचाना था। एंबुलेंस 108 उदयपुर के आर एन.टी. हॉस्पिटल के इमरजेंसी के सामने आकर खड़ी हो गई। कमलनाथ के चेहरे पर चोट आने से उनकी पहचान नहीं हो पा रही थी। आर.एन.टी. डॉक्टर्स ने दोनों को ईमरजेंसी वार्ड में शिफ्ट किया। काफ़ी खून बह जाने की वजह से डॉक्टर की टीम ने शांति स्वरूपा को मृत घोषित कर मोर्चरी में शिफ्ट कर दिया। कमलनाथ की बॉडी रेस्पोंड कर रही थी उनके चेहरे और सिर पर भयंकर चोटें लगी हुई थी। पूरा शरीर खून से लथपथ था। डॉक्टर की टीम ने कमलनाथ की गंभीर स्थिति को देखते हुए पैसिफिक हॉस्पिटल में ऑपरेशन के लिए रेफर कर दिया गया। पैसिफिक के डॉक्टर्स ने तत्काल आपरेशन करने का निर्णय लिया लेकिन कमलनाथ के साथ कोई नहीं था जो इस ऑपरेशन के लिए कंसेंट दे। ऑपरेशन मेजर था जिस पर बड़ी राशि खर्च होनी थी। बिना भुगतान के ऑपरेशन संभव नहीं था। पेशेन्ट के पास समय कम था। हॉस्पिटल के मैंनेजमेंट ने कमलनाथ के मोबाइल को खंगाला जिसमें कमलनाथ ने पी.ए. गौतम को अंतिम कॉल किया था ताकि वो उनकी मम्मी की सहायता के लिए पहुँच सके। लेकिन तब गौतम का कॉल शंकर रॉय के लिए लाइव रखा गया था इसलिए कमलनाथ की गौतम से बात नहीं हो पाई थी। मैंनेजमेंट ने कमलनाथ के मोबाइल से उसी नंबर पर कॉल मिलाया। हॉस्पिटल के मैंनेजमेंट ने गौतम से कहा,

"सर आप ये बता पाएंगे कि ये किसका मोबाइल है?"

"जी ये कमल सर का मोबाइल नंबर है।"

"सर, आपको इनके लिए पचास लाख की अभी व्यवस्था करनी पड़ेगी।"

गौतम ने बिना सोचे और आगे की जानकारी लिए बिना कहा,

"सर ये संभव नहीं है, कमल सर को मना बोल देना।"

और आगे बिना कुछ सुने ही कॉल काट दिया क्योंकि गौतम को डर था कि शंकर रॉय को इस बारे में मालूम पड़ तो उसकी नौकरी खतरे में पड़ सकती है। अचानक मोबाइल डिस्कनेक्ट होने से हॉस्पिटल मैंनेजमेंट परेशान हो गया। मैंनेजमेंट पेशेंट की जिंदगी बचाना चाहता था। मैंनेजमेंट ने खुद की रिस्क पर कमलनाथ के क्रेडिट कार्ड और एटीएम को खंगाला। हॉस्पिटल ने संबंधित बैंक को कॉल किया ताकि पेशेंट को जिंदगी बचाई जा सके।

"सर नमस्कार, मैंनेजमेंट पैसिफिक उदयपुर से।"

“सर आप परिचय नहीं दे, आपके हॉस्पिटल के अकाउंट हमारी बैंक से ही जुड़े हुए है। आप हमारे प्रेस्टिजियस कस्टमर है जी बताएं।” बैंक मैंनेजर ने मैंनेजमेंट से कहा।

“सर आप इस कार्ड का अकाउंट नंबर चैक कर हमें बताएं की उसका बैलेंस कितना है?”

“जस्ट मिनिट सर,,,। अभी चेक कर आपको जानकारी देता हूँ। सर इस अकाउंट का बैलेंस,,, तो,,, जीरो है।”

“ओके थैंक्स मैंनेजर साहेब।” हॉस्पिटल के मैंनेजमेंट डेस्क ने धन्यवाद देते हुए फोन रख दिया।

“ओह माय गॉड। हम चाहकर भी इतने बड़े ऑपरेशन के लिए नहीं जा सकते। इस बारे में आपका क्या कहना सेक्रेटरी सर”

मैंनेजमेंट हेड ने सेक्रेटरी से चर्चा करते हुए पूछा।

“सर, इतने बड़े अमाउंट का जोखिम हॉस्पिटल नहीं उठा सकता है। हमने मरीज के लिए पूरे प्रयास किए है। हम इस पेशेंट को बचाने के लिए हमारे हॉपिटल के सीएसआर फंड से सामान्य दवाई शुरू कर देते है।” सेक्रेटरी ने मैंनेजमेंट को अपनी राय दी।

“जी, सर हम भी आपकी सलाह से सहमत है।”

मैंनेजमेंट हेड ने कहा। कमलनाथ को जनरल वार्ड ने शिफ्ट कर दवाइयां शुरू कर दी।

सुबह की पहली फ्लाइट में शंकर रॉय चेतन आनंद के साथ अमेरिका से उदयपुर के डबोक हवाई अड्डे पर उतरे। गौतम उनको रिसीव करने के लिए हवाई अड्डे पर पहले से तैयार था। शंकर रॉय के एयरपोर्ट से बाहर निकलते ही मीडिया के लोग उनके सामने आ गए,

"सर राजस्थान पत्रिका की दुखद हेडलाइन सास–बहु का असामयिक निधन: प्राकृतिक मृत्यु या एक साजिश इस पर आपका क्या कहना है?" शंकर रॉय मीडियाकर्मी के प्रश्न से अचंभित हो गए और उनको जवाब देते हुए कहा,

"क्या,,,, क्या कहा आपने? सास बहु की असामयिक मृत्यु।"

शंकर रॉय ने प्रश्न करने वाले न्यूज रिपोर्टर पर गुस्सा करते हुए चिल्लाए,

"आप न्यूज चैनल की टी.आर.पी. के लिए कुछ भी अनाप-शनाप बकोगे। इट्स नॉट फाइन मिस्टर। आप सिर्फ मेरी पत्नी के निधन के बारे में बात करें। मेरी बहु को बीच में क्यों घसीट रहे हो?"

"सॉरी सर, आपकी जानकारी के लिए बता दे कि पुलिस थाना चेतक सर्कल के सीओ ने रात दो बजे मीडिया को जानकारी दी है कि उदयपुर दिल्ली हाई वे पर जिस रेंज रोवर का एक्सीडेंट हुआ था वो रेंज रोवर आपके फैमिली की है। जिसमें आपकी बहु की मौत हो चुकी है।"

"हे भगवान,,,,,,,, तू ये कैसी परीक्षा ले रहा है? गौतम मुझे सबसे पहले बहु के पास ले चलो, और कमलनाथ को कॉल कर पूछो की वो कहाँ है? "

"जी साहेब।"

गौतम ने कमलनाथ पर कॉल मिलाया, कमलनाथ का मोबाइल मैंनेजमेंट के डेस्क पर ही पड़ा था। उसको मैंनेजमेंट हेड ने उठाया,

"हैलो सर।"

"आप कौन? कमल जी सर कहाँ है? आप हमें उनसे बात कराइए।" गौतम ने कहा।

"सर मैं पैसिफिक हॉस्पिटल से बोल रहा हूँ। कमल जी का एक्सिडेंट हो गया है आप तत्काल हॉस्पिटल पहुंचे।"

बात सुनते ही गौतम को पिछले दिन उस पर आए कॉल की याद आ गई जिसमें पचास लाख की मांग की गई थी।

"गौतम मुझे पैसिफिक ले चलो।"

शंकर रॉय ने गौतम से कहा। कमलनाथ के एक्सिडेंट की सूचना मिलने पर शंकर रॉय का मन वेदना से भर गया। शोक संतृप्त शंकर रॉय विचारों के भंवर में गिरे हुए थे वे सोच रहे थे कि,

"पत्नी की मृत्यु का अवसाद जो मृत्यु शैय्या पर अग्नि के इंतजार में थी अभी तक उसके अंतिम दर्शन से मैं महरूम हूँ, मैं कमल को कैसे बता पाऊंगा कि उसकी अर्धांगनी इस दुनिया मे नहीं रही,,,,,, नहीं,,,,,,, नहीं,,,,,,, मेरी इतनी हिम्मत नहीं है कि मैं उसको ये दुःखद समाचार दे सकूं,,,,,,,,,,मैं उसको कैसे समझा पाऊंगा कि बेटा अब तू ममत्व से महरूम हो गया है,,,,, तेरे को मां का आंचल नहीं मिलेगा,,,,तेरी मां नहीं रही,,,,,,,,, कमल,,,,कमल।" ये सोच कर शंकर रॉय कार में फूट–फूट कर रोनें लगे।

"साहेब, हिम्मत रखे,,,,, बस हम हॉस्पिटल पहुँच ही रहे है।"

शंकर रॉय के पैरों में जान नहीं थी। वो जैसे तैसे हॉस्पिटल के अंदर गए। शंकर रॉय को देखते ही हॉस्पिटल मैंनेजमेंट एक्टिव हो गया।

"जी साहेब, आप यहां।

"कमलनाथ,,,,,मेरे सुपुत्र है,,, वो किस वार्ड में है?"

"ओह,,,,,, कमलनाथ,,,,, आपके सुपुत्र है? उनकी पहचान नहीं हो पाने के कारण उनको जनरल वार्ड में रखा गया है। सर उनके सिर और चेहरे सीवियर चोटें आई थी इसलिए ऑपरेशन की जरूरत थी लेकिन,,,,,,,।"

"लेकिन क्या?"

हॉस्पिटल मैंनेजमेंट हेड ने जवाब नहीं दिया और शंकर रॉय को बेड तक ले गया। जैसे ही शंकर रॉय की कमलनाथ पर नज़र पड़ी, उनके होश फाख्ता हो गए,

"हे प्रभु,,,, ये क्या?

कमलनाथ की मरणासन्न स्थिति को देखकर शंकर रॉय आक्रोशित हो गए,

"डॉक्टर्स, मेरे बेटे की क्या दुर्गति कर रखी है आप लोगों ने?"

"सर इनको ऑपरेशन की जरूरत थी लेकिन,,,।"

"आप लोग अब किसका इंतजार कर रहे हो,,,, जो भी करना है जल्दी करो।" शंकर रॉय ने तिलमिलाते हुए कहा। डॉक्टर्स टीम अलर्ट मोड़ पर आ गई,, उनको अच्छे से पता था कि ऑपरेशन समय पर नहीं होने से, रिस्क फेक्टर ज्यादा है फिर भी वे अपनी अंतिम कोशिश में लग गए। शंकर रॉय तनावग्रस्त, व्यथित अवस्था में ऑपरेशन थिएटर के बाहर बैठ गए।

कमलनाथ को ऑपरेशन थिएटर में ले गए थे। शंकर रॉय उसके ठीक होकर बाहर आने का इंतजार कर रहे थे। डॉक्टर्स टीम सर्जिकल इंस्ट्रूमेंट्स लेकर तैयार थी। एनेस्थीजिया मशीन रेडी थी। ऑपरेशन शुरू करने से पूर्व सहायक डॉक्टर ने मॉनिटर्स की रीडिंग पर गौर किया,

"सर,,,,, पेशेंट का ऑक्सिजन सैचुरेशन तो लो है ही साथ में पल्स रेट भी गिरी हुई है हमें थोड़ा इंतजार करना चाहिए।"

"यू आर राइट डॉक्टर,,,।"

सीनियर डॉक्टर ने हामी भरते हुए कहा। डॉक्टर्स बात ही कर रहे थे उतनें में पेशेंट को जोर से झटका लगा और स्क्रीन पर इलेक्ट्रो कार्डियाग्राम की लाइन सीधी हो गई,,,,,,,।

"उफ्फ,,,,,,,।" सभी डॉक्टर्स एक साथ बोल पड़े। ऑपरेशन के बाहर की रेड लाइट ऑफ हो गई। सीनियर सर्जन को ऑपरेशन थिएटर के बाहर देखकर शंकर रॉय खड़े हो गए,

"ऑपरेशन हो,,,,, गया,,,, क्या?"

"सॉरी सर, बिफोर ऑपरेशन,,, कमल जी,,, नहीं रहे,,,, सर।"

इतना सुनते ही शंकर रॉय के पैरों के नीचे की जमीन खिसक गई। वो बिलख पड़े,

हे प्रभु! ओर कितना दर्द देगा ये बता दे,,,,,, अब तू मेरी हस्ती ही मिटा दे,,,,, यूं घूंट घूंट जीने से तो मौत ही बेहतर है,,,,,,, मैं कभी न जागूं,,,, ऐसी मौत सुला दे,,,,,,। हे प्रभु,,,,, तू अब मुझे ही उठा ले। मैं,,,,, अकेला पड़ गया हूँ,,,,, ऐ मौत तू मेरा ही हाथ थाम ले,,,,,,।"

बड़े बेटे कमल की मौत शंकर रॉय को बहुत सदमा दे गई। वो लड़खड़ाते हुए जमीन पर गिर पड़े,,, गौतम,,,, चेतन आनन्द और डॉक्टर्स शंकर रॉय की ओर दौड़ पड़े,,,,,, शंकर रॉय को इमरजेंसी में ले गए,,,,,,।

"बॉस,,,, इनको माइनर पैरालिसिस स्ट्रोक है,,,,।" अधीनस्थ डॉक्टर ने कहा।

"गिव स्पेशल थैरेपी इमिडिएटली, डॉक्टर।"

"येस सर।"

शंकर रॉय को होश आया,

"डॉक्टर मुझे जाने दो,,,।"

"सर ये संभव नहीं है।"

"मेरे पी.ऐ. को अंदर बुलाओ।"

गौतम को अंदर बुलाया गया। शंकर रॉय ने गौतम को कहा, "मुझे शुरुआती ट्रीटमेंट देकर घर ले चलो।"

"साहेब उन्होंने मुझे बताया है कि आपके बांए हाथ और पैर में माइनर पैरालिसिस स्ट्रोक के लक्षण है। आप नहीं चल पाएंगे।"

"व्हील चेयर ही सही,,,,,, पर मुझे ले चलो गौतम। तुम्हारी मालकिन मेरा इंतजार कर रही है।" शंकर रॉय फिर बिलख–बिलख के रो पड़े।

गौतम के कहने पर शंकर रॉय को व्हील चेयर पर रॉय विला लाया गया। वहाँ मौत का मातम छाया हुआ था। मां बेटा और बहु तीनों के अंतिम यात्रा की तैयारियां हो चुकी थी। सभी शंकर रॉय का ही इंतजार कर रहे थे। उदयपुर शहर शोक संतृप्त था। शमशान घाट पर तीनों को एक साथ मुखाग्नि दी गई,,, सामने व्हील चेयर पर शंकर रॉय बैठे हुए थे शब्द विहीन, अश्रुविहीन,जीती जागती लाश की तरह।

तीनों जलती लाशों को देखकर शंकर रॉय का पीड़ित मन बोल रहा था

"मौत ने भी ना लगाया गले मुझे,

इसी बात पर शर्मिंदा हूँ,

देख तेरे जाने के बाद भी,

अभी तक मैं जिंदा हूँ।"

शंकर रॉय अंदर ही अंदर चित्कार पड़े।

दुःख के घनघोर अंधेरे में रॉय परिवार उभरने की कोशिश कर रहा था। शंकर रॉय बैठे–बैठे सोच रहे थे,

"इतने हिस्सों में बंट गया हूँ मैं,

मेरे हिस्से में कुछ बचा ही नहीं,

मेरे लिए जिंदगी से बड़ी कोई सजा ही नहीं,

और जुर्म है क्या?

पता ही नहीं।"

शंकर रॉय ने रमेश और आदित्य को अपने पास बुलाया,

"बैठो बेटा, तुम दोनों से मुझे बात करनी है।"

"जी पापा।" रमेश ने पास बैठते हुए कहा।

"सुनो बेटा रमेश, आदित्य तुम भी। तुम्हारी जिम्मेदारियां बढ़ गई है। आज मेरे से ज्यादा इस परिवार मे कोई पीड़ित नहीं फिर भी हमें एक बार फिर उठकर हिम्मत से आगे बढ़ना होगा। तेरी मम्मी,कमल और बहु की सच्ची श्रद्धांजलि यही होगी कि हम अपने आप को हिम्मत देकर, एक बार फिर उठ खड़े हो। बेटा, जब–जब जिंदगी नीचे की तरफ जाए, थोड़ा हौंसला बनाकर रखो, कुछ ही दिन की बात होती है, हर चीज कुछ ही दिन की होती है। बहुत अच्छे वक्त में और बहुत बुरे वक्त में एक बात कॉमन है बेटा, कुछ दिनों की बात है यह वक्त गुजर जाएगा। आदित्य बेटा हमेशा दिनकर की विपत्ति पर की गई वो बात अवश्य याद रखना जिसमें उन्होंने कहा है,

सच है विपत्ति जब आती है,

कायर को दहलाती है,

शुरमा नहीं विचलित होते,

क्षण एक नहीं धीरज खोते,

विघ्नों को गले लगाते है,

कांटो में राह बनाते है।

मुझे अब राजवीर की भी जरूरत है। उसको बुला लेता हूँ ताकि आप लोग मिलकर आगे बढ़ सको।"

"जी पापा।"

रमेश ने कहा।

इस बीच आदित्य ने शंकर रॉय से निवेदन किया,

"दादाजी मैं,,,।" आदित्य चुप हो गया।

"बोलो मैं क्या? बेटा।"

"दादाजी मैं पापा के साथ मिलकर काम नहीं कर सकता आप राजवीर को बुला लो हम दोनों मिलकर संभाल लेंगे।"

"क्यों आदित्य, रमेश ने ऐसा क्या कर दिया?"

"दादाजी मेरे मुंह से कहना ठीक नहीं पर,,,, पर,, दादी,,,, उस दिन घर पर अकेली थी। पापा रिया के साथ मुंबई में होटल ताज में थे। मैंने उनको देख लिया था।"

"ये रिया कौन है?"

"साउथ जॉन की हेड।"

"रमेश मैं ये क्या सुन रहा हूँ, तू अभी तक नहीं सुधरा। मुझे तुझसे ये उम्मीद नहीं थी। ठीक है आदित्य तुझे जैसे ठीक लगे। मैंने राजवीर से बात करने के लिए कल ही उसके चीफ का नंबर मंगवा लिया था। मैं राजवीर से बात कर लेता हूँ।"

शंकर रॉय ने आई बी ब्यूरो के डायरेक्टर गुप्ता जी को कॉल मिलाया,

"सर नमस्ते, मैं शंकर रॉय।"

"सर नमस्ते, आप पर आए संकट की जानकारी अखबार से मिली, मैं इस दुखद समय में संवेदना प्रकट करता हूँ।"

"धन्यवाद सर, मुझे राजवीर से बात करनी है। अब परिवार को उसकी जरूरत है।"

"सर वो मिशन पर है, जैसे ही वो मिशन पूरा कर आ जायेगा, मैं आपसे बात करवा दूंगा।"

गुप्ता जी ने राजवीर के जेल में होने की सूचना को गोपनीय रखते हुए कहा।

"ओके थैंक्स सर।"

शंकर रॉय ने फोन रख दिया।

"बेटा आदित्य, जब तक राजवीर घर नहीं आ जाता तब तक तू रमेश के साथ मिलकर ऑफिस संभाल ले। राजवीर के आते ही, मैं रमेश को ऑफिस के काम से मुक्त कर दूंगा। रमेश मेरी देखभाल करेंगा। अब मैं इस स्थिति में नहीं हूँ कि अकेला रह सकूं। रमेश तुम मेरे पास रहोगे या,,,।"

"पापा अवश्य, यह मेरे लिए खुश नसीबी होगी। मैं आपके पास ही रहूँगा।" रमेश ने हामी भरते हुए कहा। शंकर रॉय व्हील चेयर पर थे इसलिए राजवीर के आने तक आदित्य को रॉय कंपनी का हेड बना दिया। अब जो अधिकार शंकर रॉय के पास थे वो समस्त अधिकार आदित्य को हस्तांतरित कर दिए गए। कंपनी के सभी निर्णय आदित्य को लेने थे। रमेश को राजवीर नहीं आता तब तक ही ऑफिस जाने की अनुमति दी गई। राजवीर के आते ही रमेश पिता की सेवा की समस्त जिम्मेदारी का निर्वहन करने की सहमति बनी थी। गौतम को शंकर रॉय की जगह आदित्य का निजी सहायक बना दिया गया। शंकर रॉय चाहते थे कि उनकी उपस्थिति में उनके पोते कंपनी का समस्त कार्य सीख ले। जैसे ही डॉली को मालूम पड़ा कि आदित्य को रॉय घराने का हेड बना दिया है उसने आदित्य को कॉल किया,

"आदि, मैं आज कितनी खुश हूँ शायद तुम उसका अनुमान भी नहीं लगा सकते हो। मैंने कभी सोचा ही नहीं था कि तुम्हें कम उम्र में इतनी बड़ी जिम्मेदारी मिल जाएगी। कांग्रेट्स यार।"

"डॉली थैंक्स, मैं मजबूर हूँ हमारे परिवार पर आई विपत्ति को तुम अच्छे से जानती हो अन्यथा मैं इस जिम्मेदारी के लायक नहीं हूँ। जैसे ही राजवीर आ जायेगा मैं उसे हेड बना दूंगा।"

"आदित्य तुम भी आए अवसर को ठुकरा रहे हो, भाग्य का दरवाजा जीवन में बार–बार नहीं खुलता है।"

"नहीं डॉली, राजवीर मेरे से बड़ा है, दादाजी ने उसके नहीं होने पर मुझे ये जिम्मेदारी सौंपी है। मैं राजवीर के साथ मिलकर काम करना चाहता हूँ उसका हेड बनकर नहीं। वैसे भी मेरा मानना है कि भाग्य के दरवाजे पर सर पीटने से बेहतर है कर्म का तूफ़ान पैदा करूं, सारे दरवाजे खुल जायेंगे।"

डॉली आदित्य को स्वार्थ का पाठ पढ़ाने को कोशिश कर रही थी लेकिन आदित्य ने उनको नकार दिया। प्रकृति का भी नियम है कि महान शक्तियां बहुत सारी जिम्मेदारियां लेकर आती है। अब लगने लगा की आदित्य अपनी बात पर अडिग है तो डॉली ने बात पलटते हुए कहा,

"आदि तुम वाकई, जिम्मेदार और योग्य व्यक्ति हो मुझे तुम्हारी समझदारी पर गर्व है। तुम इस पद के लायक हो। जो व्यक्ति निश्चल भाव से काम करता है वो जीवन में खूब आगे बढ़ता है। बेस्ट विशेज आदि।"

"थैंक्स डॉली, मुझे तुम से यही उम्मीद थी।"

"सब छोड़ो आदि, अब मैं तुमसे ज्यादा दूर नहीं रह सकती। तुम जल्दी से मुझे अपना बना लो।"

"तुम मेरी ही हो डॉली, मैं भी यही चाहता हूँ कि मेरी परी हमेशा मेरे पास ही रहें।"

"थैंक्स आदि, मिस यू यार।"

"मिस यू टू डॉली, लव यू।"

अवंतिका आई बी डायरेक्टर गुप्ता जी से मिलने गई,

"सर, मैं पिछले कितने दिनों से आपसे निवेदन कर रही हूँ, पर आप मुझे,,,।"

अवंतिका ने राजवीर से मिलने के लिए गुप्ता जी से निवेदन कर रही थी लेकिन उसको अनुमति नहीं मिल रही थी।

"अवंतिका राजवीर कोर्ट ट्रायल पर था इसलिए आपको मिलने नहीं दिया है। आप स्वयं आई.बी. की कार्मिक है। मैं आपको अनुमति देता हूँ पर आपसे अपेक्षा रहेगी कि सूचनाओं गोपनीयता बनी रहेगी।"

"जी थैंक्स सर।"

अवंतिका धन्यवाद प्रेषित कर राजवीर से मिलने के लिए निकल गई। अवंतिका का दिल भारी था वो सोच रही थी कि,

"मैं राजवीर से कैसे बात करूंगी? मैं राजवीर को कैसे समझाऊंगी? हमारे बिखरते सपनों पर वो जब बात करेंगा तो मैं उसको क्या जवाब दूंगी?"

इन्हीं विचारों में उलझी अवंतिका राजवीर की सेल तक पहुँच गई थी। आई.बी. जेल कार्मिक अवंतिका को राजवीर तक छोड़ बाहर निकल गया। राजवीर सेल में मुंह नीचे कर के दीवार के सहारे बैठा हुआ था। सेल की सलाखों के दूसरी ओर अवंतिका राजवीर को देख रही थी, राजवीर के इस हाल को देखकर उसकी आंखो से अश्रुधारा बह उठी। उसको राजवीर के द्वारा कहीं गई बातें कान में गूंज रही थी,

"अवि, मुझे कल पोस्टिंग मिल जाएगी,,,,,,,, अवि,,,, हम अगले सप्ताह,,,,,, जन्म–जन्म के रिश्ते में बंध जाएंगे,,,,,,,,,,, अवि मिस यू,,,,,,, अवि,,,,,, अब तुम्हारे बिना रहना मुझे मुश्किल लगता है,,,,,,,,,, अवि,,,,,,,,,,,,, तुम कब राज में परिणत हो गई मुझे पता ही नहीं चला,,,,,,,,,,,,,,,, अवि प्यार दरिया से गहरा होता है,,,,, मुझे आज मालूम पड़ा,,,, अवि,,,,,।"

ये सब यादें अवंतिका के दिल को छलनी कर रही थी। अवंतिका ने राज को पुकारा,

"राज,,,,,, राज,,,,।"

लेकिन राजवीर का मुंह जमीन की ओर ही था उसने अपना सिर उठा कर नहीं देखा। जब राजवीर ने अपना सिर ऊँचा नहीं किया तो अवंतिका ने सेल की सलाखों को अपने कड़े से खट खटाया। आवाज सुनकर राजवीर ने ऊपर देखा,

"अवि,,,,,,,,,,,,,,,!!!!!!"

राजवीर दौड़ कर सलाखों के पास आ गया।

"अवि तुम,,,,,,,,।"

राजवीर अवि बोलनें के साथ रो पड़ा। शरीर से मजबूत राज बच्चें की तरह रो रहा था।

"राज,,,, मैं कब से तुम्हें पुकार रही हूँ।"

अवंतिका ने रोते हुए राज से कहा।

"अवि,,,,, मुझे ऐसा लगता है कि तुम मुझे बुला रही हो पूरे दिन तुम्हारी आवाजे मेरे कानों में गूंजती रहती है।,,, इसलिए नहीं सुन पाया। अवि तुम कैसी हो?

"राज दुनिया उजड़ गई है जब से ये हादसा हुआ है।"

"मैं जानता हूँ अवि हमारे दिल के तार प्रेम से, भावनाओं से बुने गए ऐसे ही टूटने वाले नहीं है। मुझे पता है मैं जिस तकलीफ़ में जद्दोजहद कर रहा हूँ उससे भी ज्यादा पीड़ा मेरी अवि झेल रही होगी।"

"राज,,,,,,,।"

अवंतिका ने सलाखों पर रखे राजवीर के हाथों पर अपने हाथ रख दिए।

"मैं तुम्हारें जीवन में बदनसीब बनकर आई हूँ, जब से तुमने मुझे अपनाया तब से तुम संघर्ष कर रहे हो।"

"नहीं अवि,,,, तुम अपने आप को दोष मत दो,

जिंदगी ये तेरी खरोंचे है मुझ पर,

या फिर तू मुझे तराशने की कोशिश में है,,,,,,।

अवि,,,, तुम्हें क्या बताएं तुम मेरे क्या हो,,,, मेरी जिंदगी का तुम्ही आसरा हो। तुम मेरे लिए भाग्यशाली हो आयंदा ऐसा नहीं बोलोगे।"

राजवीर ने अवंतिका से कहा।

"मैं तुमसे मिलने के लिए रोज ऑफिस जाती थी लेकिन मुझे अनुमति नहीं मिल रही थी राज। इसलिए इतने दिनों बाद मैं,,,,,,,,।"

"अवि मुझे खुद से ज्यादा तुम पर विश्वास है। लेकिन मैं तुमसे आज एक वादा चाहता हूँ बोलो दोगे,,,,,,।"

"जान हाजिर है राज,,,, वादा तो बहुत छोटी चीज है,एक बार आजमा कर तो देखो।"

"अवि,,,,,,,,,,तुम्हारी ये बातें दिल के आर पार हो जाती है। तुम्हारी गुफ्त गू से वफा की खुश्बू झलकती है, जहाँ तुम हो वहाँ मुझे जिंदगी लगती है। तुम मेरी परछाई हो अवि फिर भी मैं तुमसे,,,,,,,,।"

"बोलो राज, इतना मत सोचो, ये अवि तुम्हारी है,,, एक बार बोल दो।"

"अवि,,,, तुम्हारे पास ज्यादा समय नहीं है,,, तुम मां बनने वाली हो,,,,, मेरा कोई भरोसा नहीं है, मैं कब तक अंदर रहूँगा। प्लीज अवि तुम किसी ओर से शादी कर लो। ताकि बच्चें को पिता का नाम मिल सकें। वादा करो अवि की तुम शादी कर लोगी।"

"नहीं राज,,,,,,,, नहीं। मैं राज को धोखा नहीं दे सकती। मुझे दुनिया की कोई परवाह नहीं है। पर मैं तुम्हारा ये वादा नहीं निभा पाऊंगी राज,,,,,,, नहीं,,,,,,राज।"

अवंतिका फूट-फूट कर रोनें लगी।

"अवि,,,,,,, ये दुनिया तुम्हें जीने नहीं देगी। तुम्हें कुलटा, बदजलन घोषित कर देगी,,,,, दुनिया तुम्हें इतना गिरा देगी कि तुम खुद को आईने में भी नहीं देख पाओगी। क्या अपने प्यार के लिए इतनी कुर्बानी भी नहीं दे सकती हो?

"राज,,,, मांगा तो भी,,,,, मेरा दिल,,,,, कुछ ओर मांग लेते। तुमने सांसे मांगी होती तो, मैं एक पल भी नहीं रुकती राज।"

"अवि,,,,,,, मान भी जाओ।"

"नहीं राज,,,, मैं एड़ी चोटी का जोर लगा दूंगी। मैं तुम्हें इन सलाखों से अवश्य बाहर लाऊंगी मेरा तुमसे वादा है राज।"

"अवि, अब मेरा निकलना मुश्किल है। आई.बी. के रूल्स तुम जानती हो। मेरे साथ खुद के जीवन को बर्बाद मत करो, प्लीज।"

"राज,,,,,,।"

अवंतिका रोते हुए सलाखों के पास बैठ गई। राज उसके सिर पर हाथ रखे हुए था। इतने में जेल कार्मिक आया,

"मैंडम आपका टाइम खत्म हो चुका है आप जा सकती है।"

"अवि, अपने प्यार के खातिर,,,, मेरा ये वादा पूरा करना,,,,, तुम्हें राज की कसम है।"

"कसम दी तो भी उसकी जिसके नाम पर हम जिंदगी न्यौछावर कर दे,,,,,, राज,,,,तुम बिन ये जीवन,,,,, जीवन नहीं रहेगा,,,,,,।"

"अवि,,,,,।"

राजवीर ने अवंतिका से वादा तो ले लिया था लेकिन इसके दिल को जो तकलीफ थी वो शायद जेल के सलाखों के पीछे की पीड़ा से बहुत ज्यादा थी। उसका दिल गम में उस प्रकार से पिघल रहा था जैसे कि हिमखंड समुद्र में पिघल रहा हो। अवंतिका से किसी ओर से शादी का वादा उसको अंदर से चूर–चूर कर रहा था। अवंतिका के जाने के बाद राजवीर का मन कहीं लग नहीं रहा था उसने सुरक्षा में लगे कार्मिक से निवेदन किया,

सर, आपसे एक निवेदन था।"

"चुपचाप सेल में बैठो यहाँ निवेदन के लिए कोई स्थान नहीं है।"

"सर मुझे ज्यादा कुछ नहीं चाहिए। पत्र-पत्रिकाएं पढ़ने के लिए मिल जाती तो ठीक रहता।"

"रुक जा, साहेब की दराज में कुछ पड़ी तो है, देखता हूँ।"

पुरानी पत्र-पत्रिकाओं का ढेर पड़ा था उसको लाकर राजवीर को दे दिया। राजवीर अपने गम को भुलाने के लिए पत्र-पत्रिकाओं को पढ़ना आरंभ कर दिया। वो पत्र-पत्रिकाएं पढ़ रहा था लेकिन उसमे भी उसको अवंतिका ही दिख रही थी। उसका मन अवंतिका से हट नहीं रहा था इसलिए पत्रिकाएं बाद में पढ़ने के लिए कोने को ओर उछाल दी। जिसमें से एक पत्रिका के फ्रंट पेज पर उसे रॉय शब्द पढ़ने में आ गया। बड़े अक्षरों में छपे रॉय शब्द से राजवीर का ध्यान आकर्षित हुआ। वो उठकर कोने में पड़ी उस पत्रिका के पृष्ठ को लेने गया। उतनें में आई बी जेल के जेलर राउंड पर आए जो राजवीर की सेल को देखते हुए निकल रहे थे,

"ऐ मिस्टर, वो कौने में क्या रखा हुआ है?"

"सर, कुछ नहीं पुराने अखबार और पत्र-पत्रिकाएं पड़ी हुई है।"

"तुम्हारा दिमाग खराब तो नहीं है, इसकी अनुमति यहाँ नहीं है। ये तुमको किसने लाकर दिया? जरा नाम बताओ।"

"सर, मैंने जिद्द की थी आपके कार्मिक का कोई दोष नहीं है।"

"कल तो तुम कुछ भी जिद्द करोगे, क्या हम मान लेंगे?"

जेलर राजवीर को डांटते हुए आगे निकला फिर उसने अपने अधीनस्थ से कहा,

"उसकी सेल से ये रद्दी हटाओ और पता लगाओ की ये पत्रिकाएं इसको उपलब्ध किसने करवाई। उसको हम कारण बताओ नोटिस जारी करते है।"

"जी साहेब।"

अधीनस्थ कार्मिक ने राजवीर से कोने में पड़ी अखबार की रद्दी मांगी। राजवीर ने बड़ी होशियारी के साथ रॉय शब्द छपे पेज को अपने कपड़ों में छिपाकर बाकी रद्दी सुपुर्द कर दी। जेलर के जाने के बाद मौका मिलते ही राजवीर ने उस पृष्ठ को पढ़ने के लिए निकला। जैसे ही पत्रिका की हेडलाइन,

"रॉय परिवार शोक में" पर उसकी नज़र गई। राजवीर सिर पकड़कर नीचे बैठ गया। उसको लगा की घर में किसी व्यक्ति का निधन हो गया है। स्वयं को हिम्मत देते हुए उसने न्यूज को विस्तार पढ़ना आरंभ किया जिसमें दादी जी की मृत्यु के साथ कमलनाथ और उनकी धर्म पत्नी शांति स्वरूपा के कार दुर्घटना में मौत का समाचार पढ़ते ही राजवीर जोर से चिल्ला उठा,

"पापा,,,,,,,,,,,,, मम्मी,,,,,,,,,, दादी,,,,,,,,,,।"

जेल राजवीर की आवाज से गूंज उठा,,,,,,। राजवीर फूट फूट कर रोनें लगा,,,,,,,,,,,, "पापा,,,,,,, मम्मी,,,,,, मैं आपके बगेर जिंदा नहीं रह पाऊंगा,,,,,,,, पापा,,,,,,,मेरे पापा,,,,,आपने मुझे धोखा दिया है,,,,,,, पापा,,,,,, इतनी भी क्या जल्दी थी?,,,,,,,,, अपने बेटे को तो एक बार मिलने देते,,,,,,, मुझे यू वीरान कर,,,,, मुझे बेजान कर,,,,,, क्यों चले गए,,,,,,, पापा,,,,,,,,,,, आपका साया मुझसे यूं रूठ जायेगा मुझे ये पता नहीं था,,,,,,,,,, आपके बेटे के आने का इंतजार कर लेते,,,,,,, मम्मा,,,,,,,,,,,, तू तो रुक सकती थी न,,,,,,,,,,,,,,, तुझे ऐसी क्या जल्दी थी,,,,,,, मेरी प्यारी मम्मा,,,,,,,,,,, तेरे बिन मुझे नींद नहीं आती थी,,,,,,,, अब मैं कैसे सो पाऊंगा मां,,,,,,,,, तेरे हाथों के निवालों से वंचित कर तू क्यों चली गई,,,,,,,,,, मां,,,,,,,,,,,,,,,,,,, मैं तो आप दोनों की सेवा भी नहीं कर पाया,,,,,,,,,,,,, मां,,,,, मैं कितना अभागा निकला,,,,,,, मेरे कर्मो की सजा आप लोगों को क्यूं मिली,,,,,,,,,,,,,, मां तूने अपने आंचल से मुझे महरूम क्यों कर दिया,,,,,,,, मैं इतना तो बुरा नहीं था कि तेरे आंचल में रह नहीं सकूं,,,,,,,,,,, मम्मा,,,,,,,, एक बार जाने से पहले,,,, अपना,,,,, चेहरा दिखा दिया होता,,,,, बिन आंचल के,,,, बिन तेरे मैं कैसे जी,,,,,,, पाऊंगा,,,,,,,,,, मां,,,,,,,, थक गया हूँ इस जहाँ में,,,, मैं चलते-चलते,,,एक बार सोने दे अपने आंचल में बचपन की तरह,,,,,, मम्मा,,,,,,,, बहुत कुछ हांसिल कर लिया है,,,,,, जाने क्यूं चैन नहीं मिलेगा तेरे,,,,,,,, आंचल जैसा,,,,,,, मम्मा ये गाल तेरा,,,,,,, इंतजार कर रहे है,,,,,,, एक थप्पड तो मार दे,,,,,,,,,,,, मम्मा ये पीठ तेरा इंतजार कर रही है,,,,,,,,, एक थपकी तो लगा दे,,,,,,,,,, मां,,,,,,, तेरे हाथ से एक कौर तो खिला दे,,,,,,,,,,,, मम्मी,,,,,,,,,,, ये नज़रें ताक रही है तेरे इंतजार को,,,,,,,,, मम्मा,,,,,,,,, तेरे से थोड़ी दूरी भी गवारा न थी,,,,, वो जन्म जन्मांतर की दूरी को कैसे सहन कर पाऊंगा,, मां,,,,,,,, मेरे पास,,,,,, अब लफ्ज़ नहीं है जो मैं कुछ कह संकू,,,,,,,,, मां तेरे बिन मैं न रह सकूं,,,,,,, मम्मा,,,,,,,,, पापा,,,,,, मैं तुम्हें छोड़ देश सेवा को निकला था,,,,,, न मैं तेरा हो सका न मैं देश का,,,, दादी,, तूने क्या किया,,,,,, तूने मम्मी पापा को क्यों नहीं रोका,,,,,, क्या उन्होंने तेरा कहना भी नहीं माना,,,,,,,, तू तो समझा देती,,,,,,,, तू समझदार थी,,,,,,,, तू ना समझ बन, हमको किनारे क्यों छोड़ चली,,,,,, दादी,,,,,,, तुम

सभी को दादा की याद भी नहीं आई,,,,,,, तुम सब बिन क्या? वो जी पाएंगे,,,,,,, क्या वो अपने आंसू को सुखा पाएंगे,,,,,,,, मम्मी,,,,,,,,,,मम्मी,,,,,,,।"

राजवीर रोते रोते,,,,, विलाप करते–करते,,,, फर्श पर मूर्छित हो गया।

राजवीर ने अवंतिका से वादा नहीं अपितु जीवन मांग लिया था। वो जीवन जो अवंतिका राजवीर को कब से सुपुर्द कर चुकी थी। राजवीर की याद को अपने गर्भ में संजोए अवंतिका अपने क्वार्टर की ओर जा रही थी। वो द्वंद्व में उलझी हुई थी अगर राजवीर का वादा निभाती है तो वो अपने प्यार से वंचित हो जायेगी। वो राजवीर से कभी नहीं मिल पाएगी दूसरी ओर अगर वो राजवीर के दिए गए वादे से मुकर जाती है तो अपनी संतान पर नाजायज का ठप्पा लग जायेगा। अवंतिका राजवीर से वंचित नहीं होना चाहती थी साथ ही संतान के लिए पिता का नाम भी चाहती थी। इसी उधेड़बुन में वो चली जा रही थी।

"अवंतिका तुझे किसी भी स्थिति में राजवीर से वादा खिलाफी नहीं करनी है। क्या तू राज को दिए एक वादे को भी नहीं निभा सकती? क्या तू, इतनी स्वार्थी भी हो सकती है? नहीं, कभी नहीं,,,,, मैं वादा निभाऊंगी राज,,,,, मैं तेरा वादा निभाऊंगी।"

अवंतिका स्वयं को समझा रही थी। उसने अभिनव को कॉल मिलाया,

"अभि तुम कहाँ हो?,,, क्या तुम मेरे कमरे पर आ सकते हो?"

"मैं गार्डन मैं वॉकिंग करने आया हुआ हूँ थोड़ी देर में पहुँचता हूँ।"

"ठीक है, जल्दी से आ जाओ, मैं तुम्हारा इंतजार कर रही हूँ।"

अभिनव तत्काल गार्डन से निकल कर अवंतिका के कमरे पर आ गया।

"आओ अभि बैठो, मैं तुम्हारा ही इंतजार कर रही थी।"

"ऐसी क्या बात है अवंतिका?

अवंतिका ने मन मार कर अभिनव से कहा,

"अभि, तुम किसी से शादी क्यों नहीं कर लेते?"

अभिनव ने हँसते हुए जवाब दिया,

"उसके लिए लड़की की जरूरत होती है अवंतिका। कोई अच्छी लड़की मिलेगी तो कर लेंगे।"

"मुझे पता नहीं की वो अच्छी लड़की है या नहीं। पर तुम्हारे सामने भी एक लड़की खड़ी है क्या तुम उससे शादी करोगे?"

"मैं कुछ समझा नहीं अवंतिका खुल कर बोलो।"

"क्या तुम मुझसे शादी करोगे?"

"इतनी खूबसूरत लड़की से शादी के लिए कौन ना कहेगा, अवंतिका।"

"तो फिर तुम मुझसे शादी कर लो।"

"तुम तो राजवीर से शादी करने वाली थी, उसका क्या हुआ?"

"तुम वो सब छोड़ो, तुम मुझसे शादी कर रहे हो या नहीं। मुझे सिर्फ हां या ना में उत्तर चाहिए।"

"हाँ, हाँ, हाँ। अवंतिका, मैं तुमसे प्यार करता हूँ लेकिन उसका इज़हार नहीं कर पाया। बहुत बार बोलनें की कोशिश की लेकिन हिम्मत नहीं हुई। इतने में हमारे बीच में राजवीर आ गया। फिर तुम उसकी होकर रह गई। मेरा तुम्हारे लिए प्यार, एक तरफा बन कर रह गया। मैं तुमको दिलों जान से चाहता हूँ अवंतिका, मैं शादी के लिए तैयार हूँ। पर अचानक ये निर्णय,,,, मुझे कुछ समझ में नहीं आ रहा है।"

अभिनव ने संशय व्यक्त करते हुए पूछा।

"वो सब छोड़ो, पता नहीं राजवीर जेल से छूटेगा भी या नहीं और अगर छूटेगा भी तो कब तक? इसलिए मुझे यह निर्णय,,,।"

"अवंतिका आज मैं खुश हूँ,,,,, बहुत खुश। जिसकी तुम कल्पना भी नहीं कर सकती हो। आज मुझे मेरा प्यार मिल गया,,,,,।" अभिनव खुशी से अवंतिका को बाहों में उठाने के लिए उसके पास आ गया। अवंतिका ने अभिनव को दूर से ही रोक दिया,

"अभि,,,, तुम दूर रहो,,, मैं तुम्हारी बांहों में नहीं आ सकती हूँ। मैं किसी ओर की हो गई हूँ।"

"क्या बहकी-बहकी बातें कर रही हो, एक ओर तो शादी की बात कर रही हो। दूसरी ओर स्पर्श से भी मनाई। मुझे कुछ समझ में नहीं आ रहा है?"

"अभिनव,,,,,,,, मेरे गर्भ में राजवीर की अमानत है,,,,,,।"

"क्या,,,,,, तुम प्रेगनेंट हो?"

"हां,,,,,,, मैं प्रेगनेंट हूँ।"

"ओह, माई गॉड, मुझे लगा तो था कि अवंतिका अचानक मुझसे शादी करना क्यों चाहती है? अब मालूम पड़ा।"

"तो क्या तुम, मुझसे शादी नहीं करोगे?"

"नहीं,,,,,,बिल्कूल नहीं,,,, मुझे पागल कुत्ते ने काटा है क्या?"

"क्यों, तुम तो मुझसे प्यार करते थे न, उसका क्या हुआ?"

"मैं जिंदा मक्खी निगल लूं उतना भी पागल नहीं हूँ अवंतिका,,,आई,,, एम सॉरी।"

"अभि तुम मेरे अच्छे दोस्त हो, क्या तुम मुझे इतनी सहायता भी नहीं कर सकते?"

"शादी,,,और सहायता?"

अभिनव ने हँसते हुए कहा।

"हाँ अभि, मैं सही बोल रही हूँ। मैं सिर्फ तुम्हारा नाम चाहती हूँ ताकि मेरे बच्चे को कोई नाजायज नहीं कहे। मैं पति–पत्नी के रिश्ते में नहीं रहूँगी।"

"सिर्फ नाम की शादी, इसका मुझको क्या फायदा?"

"अभि,,, ना मत बोलो, प्लीज मुझसे शादी कर लो।"

"मैं तुमसे शादी कर लेता हूँ पर एक शर्त पर, तुम्हें मेरी पत्नी बनकर रहना होगा। बोलो मंजूर है।"

"नहीं अभिनव, ये संभव नहीं है। मैं तुम्हारी पत्नी बनकर नहीं रह सकती हूँ और न हीं तुम्हारे साथ।"

"मुझे ऐसी नाम की शादी में कोई रुचि नहीं है, तुम किसी ओर को ढूँढ लो।"

अभिनव तेज गति से कमरे से बाहर निकल गया। अवंतिका निराश होकर कुर्सी पर बैठ गई।

"हे प्रभु, तू ओर कितनी परीक्षा लेगा?"

अभिनव गुस्से में अपने हॉस्टल की ओर जा रहा था इतने में एक विचार उसके मन में कौंध गया,

"अभिनव,,, रुक जा,,,, यही मौका है अवंतिका को पाने का। कानूनी रूप से पति तो तू ही रहेगा,,,,,, हो सकता है कि अवंतिका कल तुझे अपना ले,,,,, अगर वो किसी ओर की हो गई तो तू उसको कभी देख नहीं पाएगा,,,,, जा,,,, जा,,, हाँ बोल दे। राजवीर को जब मालूम पड़ेगा कि तू उसका पति है, वो जलकर खाक हो जायेगा,,, इस अवसर को लपक ले अभि,,,,।"

अभिनव बीच रास्ते में रुक गया और अवंतिका के पास वापिस गया।

"अभि,,,,तुम,,,।"

"सॉरी,,, अवंतिका,,, मैं खुदगर्ज हो गया था। मैं तुम्हारा दोस्त हूँ। मैं मुश्किल समय में तुम्हारे काम नहीं आऊंगा तो फिर कौन आएगा? मुझे तुम्हारी सब शर्तें मंजूर है।"

"थैंक्स अभि,,, मैं तुम्हारा ये अहसान कभी नहीं भूलूंगी।"

अवंतिका ने अभिनव को गले लगा लिया। गले लगाते ही अभिनव सोचने लगा,

"अभि तू,,, सही दिशा में है,,, जो स्पर्श का का मना बोल रही थी वो तुझे गले लगा रही है।"

"कांग्रेचुलेशन अवंतिका"

अभिनव ने मैंरिज रजिस्ट्रेशन फॉर्म पर हस्ताक्षर करते हुए अवंतिका को कहा। ये सुनते ही अवंतिका की आंखे भर आई। उसने अभिनव की बधाई का कोई जवाब नहीं दिया।

"नवदंपति को हार्दिक बधाई, आप दोनों पास में खड़े हो जाए ये फोटो रजिस्टर में लगेगा।" रजिस्टार ने बधाई देते हुए कहा।

दोनों फूल-मालाएं पहने फोटो खींचने के लिए एक तरफ खड़े हो गए। अभिनव ने अवंतिका के गले में हाथ डालकर खड़ा हो गया। अवंतिका को ये सब कुछ अच्छा नहीं लग रहा था पर ये उसकी मजबूरी थी जिसको उसे झेलना ही था। अवंतिका का सिर्फ शरीर यहाँ कोर्ट रूम में था उसकी रूह, आत्मा, मन राजवीर में रमा हुआ था।

"अवंतिका, तुम्हारा ध्यान कहाँ है? यहाँ खड़ी क्यों हो, चलो कार में बैठो।" अभि ने अवंतिका को कार में बैठने के लिए बुलाया। दोनों कार ने बैठकर अभिनव के घर की ओर जाने लगे।

"ड्राइवर, मुझे यही उतार दो, मैं यही से अपने घर चली जाऊंगी।"

"मैंडम जी, शादी के बाद पति का घर ही अपना घर होता है, एक बार आप सर के घर पर चलो, फिर आपको जहाँ जाना हो, चले जाना बीच रास्ते में उतर जाना अशुभ कहलाता है।"

"अच्छी बात है, आप मुझे यहीं ड्रॉप कर दो।"

ड्राइवर ने कार रोक दी, अवंतिका कार से नीचे उतर रही थी उतनें में अभिनव ने उदास होते हुए अवंतिका से कहने लगा,

"अवंतिका मुझे तुम्हारी शर्ते मंजूर है, तुम मेरे घर पर रह सकती हो।"

"अभि, तुम मेरे अच्छे दोस्त हो, मैं तुम्हारा ये अहसान कभी नहीं भूलूंगी, थैंक्स यार।"

अवंतिका ने कार से उतरते हुए कहा। अभिनव मायूस हो रहा था।

उधर रिया का कॉल रमेश पर आया,

"हैलो,,हैलो,रमेश मैं रिया,,।"

"हाँ रिया बोलो, क्या बात है?"

“आप ने उस दिन मुंबई में जो मेडिकल टेस्ट करवाएं थे उसकी रिपोर्ट्स आ गई है। आपको मेल कर रही हूँ।”

“मुझे मेल करने की कोई जरूरत नहीं है, बुखार था इसलिए टेस्ट करवाएं थे, अब मैं ठीक हूँ।”

“आपको रिपोर्ट की जरूरत है।” रिया ने गुस्से में जवाब दिया।

“रिपोर्ट में ऐसा क्या है?”

“खुद ही देख लो।”

रिया ने रमेश रॉय को मेडिकल रिपोर्ट्स मेल कर दी जिसको रमेश ने देखा।

“रिया, ऐसा नहीं हो सकता रिपोर्ट्स गलत होंगी।”

“रिपोर्ट गलत नहीं, तुम गलत हो। एक बात कान खोलकर सुन लो, आयंदा मेरे पास मत आना। जब से तुम्हारी रिपोर्ट आई है तब से मैं टेंशन मे हूँ। मेरी तो निन्द उड़ गई है। अब मुझे रिपोर्ट करवानी पड़ेगी। अगर मेरे भी पॉजिटिव निकला तो रमेश मैं तुम्हें छोडूंगी नहीं।”

रिया ने रमेश पर अपना गुस्सा उतारते हुए कहा।

“मेरे पर विश्वास रखो रिया, ये रिपोर्ट गलत है, मुझे एड्स के कोई लक्षण नहीं है। होते तो क्या मुझे मालूम नहीं पड़ता?”

“तुम अभी कुछ मत बोलो उसी में ठीक रहेगा, अन्यथा मेरे मुंह से गाली सुनोगे। मैंने प्रिकॉशन रखा था फिर भी डर लग रहा है। तुम आज एक बार फिर रिपोर्ट करवाओ। फिर मुझे बताना।”

“करवा दूंगा, ऐसा कुछ नहीं आएगा तुम टेंशन मत लो रिया।”

“टेंशन की ऐसी की तैसी चुपचाप फोन रखो, तुम्हारे,,।”

रिया ने रमेश को गाली बोलते हुए फोन रख दिया।

रमेश रॉय भी टेंशन में आ गया था। अभी तक तो वो रिया को समझा रहा था कि उसकी रिपोर्ट नेगेटिव होगी। लेकिन अब उसे महसूस होने लगा था कि कुछ तो गड़बड़ है। वो रिपोर्ट करवाने के लिए चेतक सर्कल के डॉक्टर लाल पैथ लैब चला गया। शाम होते ही रिपोर्ट रमेश के मोबाइल पर आ गई, रिपोर्ट रमेश रॉय को निराश कर रही थी उसके होश फाख्ता हो गए थे। उसका चेहरा उतर गया था वो अपने आप को असहाय और निराश महसूस करने लगा। उसको भय सताने लगा कि वो समाज, परिवार और दोस्तों से अलग–थलग पड़ जाएगा। उसके परिवार और दोस्तों में ऐसा कोई भी व्यक्ति नहीं था जो इस मुश्किल समय में उसे समर्थन और संवेदनशीलता प्रदान करें। जिससे उसका मानसिक संतुलन बना रहे। बीमारी भी ऐसी

थीं जिसको वह किसी से साझा भी नहीं कर सकता था। उसे अब लगने लगा था कि उसका अनवरत संघर्ष आरंभ हो गया है।

रॉय विला, रात की आठ बज चुकी थी ड्राइंग हॉल में व्हील चेयर पर शंकर रॉय बैठे हुए न्यूज चैनल आज तक पर अंजना ओम कश्यप की रिपोर्ट देख रहे थे। रमेश की जब से बीमारी की रिपोर्ट आई थी वो शरीर से कम, मन से ज्यादा कमजोर हो गया था। आदित्य अपनी जिम्मेदारियों को बखूबी से निभा रहा था। पारिवारिक त्रासदी से शंकर रॉय आंशिक उभर गए थे। रोजमर्रा की जिंदगी पहले की तरह पटरी पर आ चुकी थी। रमेश और आदित्य के बीच बोलचाल नहीं के बराबर थी। दोनों एक दूसरे का चेहरा देखने को तैयार नहीं थे। ऑफिस आने और जाने में भी दोनों अलग–अलग कार का प्रयोग करते थे। ऑफिस कार्य से मुक्त होकर रमेश घर पर आ गया था। रमेश को देखकर शंकर रॉय की आंखे चमक उठी,

"बेटा, मेरे पास आकर बैठ सुबह से तेरा ही इंतजार कर रहा था।"

"जी पापा, चेंज कर आता हूँ।"

उतनें में आदित्य भी आ गया। आते ही उसने अपने दादाजी के पैर छुए। ऑफिस जाते और आते हुए शंकर रॉय के पैर छूना दिनचर्या का हिस्सा था। वो पैर छूकर अपने कमरे की ओर जा ही रहा था उतनें में शंकर रॉय ने आदित्य को आवाज दी,

"बेटा, ऑफिस में कोई दिक्कत तो नहीं आ रही है?"

"नहीं दादाजी, सब अच्छे से कर लेता हूँ। बेटा किसका हूँ,,,,आपका।"

आदित्य की बात सुनकर शंकर रॉय हंस पड़े।

"अच्छी बात है बेटा, पर हर चीज पर तेरी पैनी नज़र होनी चाहिए इस बात का ख्याल रखना।"

"हाँ दादाजी, मुझे सभी बिलों पर आपके हस्ताक्षर करवाने है ताकि फंड रिलीज हो सके।"

"तू कपड़े बदल कर नीचे आ जा फिर आराम से हस्ताक्षर कर दूंगा। मैं सोच रहा हूँ कि पॉवर ऑफ अटॉर्नी तेरे नाम से जारी कर दूं ताकि तू मेरे बिना साइन के भी सब काम मुक्त होकर कर सके।"

"नहीं दादाजी, ये मुझे स्वीकार नहीं है। जब मैं आपके हस्ताक्षर लेने आता हूँ तब मुझे आपका आशीर्वाद मिलता है, मैं उस आशीर्वाद से कभी भी वंचित होना नहीं चाहता। आपने बिसनेस को कितने गुना कर दिया है दादाजी, आपका अनुभव मुझे रोज चाहिए।"

"बेटा, अब तू बड़ी–बड़ी बातें करने लग गया है। आदि तू बड़ा हो गया है पुतर (पुत्र)।"

"दादाजी मैं आता हूँ।"

"हाँ बेटा, जल्दी आजा, हम साथ में खाना लेंगे।" आदित्य अपने कमरे की ओर चला गया। इतने में रमेश शंकर रॉय के पास आकर बैठ गया।

"हाँ पापा बोलो, आप कुछ कहने वाले थे।"

"बेटा, तू दिन ब दिन गल रहा है। मुझे देख तेरा बाप हूँ फिर भी मेरे चेहरे की चमक कितनी है। तू तो मेरा बाप दिखने लग गया है। अपना ख्याल रखा कर।"

"हाँ पापा ख्याल रखूंगा।"

"चिंता होती है बेटा पर,,, खुद को संभालना भी सीख। चिंता व्यक्ति को चिता में पहुंचा देती है। चिंता जीवन का दीमक है बेटा, तुम मेरा राइट हैंड हो। तू कमजोर हो गया तो मैं कैसे जी पाऊंगा। मेरे जीवन की आस ही तुम दोनों हो।"

"पापा, मम्मी और भैया की याद खूब परेशान करती है। इसलिए,,,।"

रमेश ने अपनी बीमारी को छिपाते हुए कहा।

"दुःख मुझे भी है लेकिन बेटा, जीवन में ईश्वर का सबसे बड़ा उपहार है, विस्मृति। अगर विस्मृति नहीं होगी तो व्यक्ति पागल हो जायेगा। तुझे विस्मृति के अवलंबन की जरूरत है।"

"जी पापा।"

इतने में आदित्य भी कागज़ात की फाइल लेकर शंकर रॉय के पास आ गया।

"दादाजी आप इन पेपर्स को थोड़ा ध्यान से देखकर साइन कर दो।"

"साइन तो कर दूंगा पर उसके पहले मैं तुम दोनों पिता–पुत्र से कुछ कहना चाहता हूँ।"

"जी पापा, बताए।" रमेश ने उत्सुकतावश पिताजी की ओर देखते हुए कहा।

"बेटा, मैं घर पर पूरे दिन अकेला रहता हूँ। ये अकेलापन मुझे काटने को दौड़ता है।"

"कल से मैं ऑफिस नहीं जाऊंगा पापा, आपके साथ रहूँगा।"

"नहीं, नहीं,,,, अभी ऑफिस को तेरी जरूरत है। राजवीर के आते ही तुझे मैं सामने से बोल दूंगा।"

"जी पापा, जैसा आप ठीक समझे।"

"बात तेरे रहने की नहीं है।"

"तो फिर आप क्या चाहते है?" रमेश ने एक बार शंकर रॉय से फिर पूछा।

"बेटा अब समय आ गया है कि राजवीर और आदित्य के हाथ पीले कर देने चाहिए।"

"पापा, आपने मेरे मन की बात कर दी। मैं भी यही चाहता हूँ। अब बहुएं घर संभाले और मैं आपको।"

"राजवीर के हेड से बात की थी लेकिन उन्होंने बताया कि वो मिशन पर है। एक बार वो आ जाए दोनों की शादी मेरे बैठे हो जाए। बस यही मेरी ईच्छा है।"

"आप एक बार और फोन कर पूछ लो ताकि हम आगे का प्लान कर सके।"

शंकर रॉय ने आई बी हेड गुप्ता जी को कॉल मिलाया,

"सर, गुड इवनिंग।"

"रॉय साहेब बताए, में आपकी क्या सेवा कर सकता हूँ।"

"सर, मुझे खेद है कि मैंने गलत समय पर आपको कॉल मिलाया।"

"कोई बात नहीं आप बताए।"

"सर, राजवीर से बात करनी थी। हम चाहते है कि वो अब घर पर आ जाए, अब परिवार को उसकी जरूरत है।"

"सॉरी सर, उस दिन मैंने आपको बताया था कि वो स्पेशल मिशन पर गया है, हमारा भी उसके कोई कॉन्टैक्ट नहीं है। जैसे ही मिशन पूरा होगा वो आ जायेगा।"

"मिशन में कितना टाइम लगेगा।"

"कह नहीं सकते, हो सकता है छह माह मे पूरा हो जाए, साल भी लग जाए।"

"उसका स्वास्थ कैसा है?"

"हाँ, मैं आपको ये जरूर बता सकता हूँ कि वो पूर्णतया अच्छा है। ये जानकारी मेरे पास है।"

"ठीक है, थैंक्स सर। जैसे ही वो मिशन पूरा कर ले। हमसे बात जरूर करवा दे।"

"बिल्कुल क्यों नहीं।"

"ओके थैंक्स सर।"

शंकर रॉय ने फोन रखते हुए कहा,

"रमेश, राजवीर का कोई फिक्स टाइम नहीं है कि वो कब आएगा, क्यों न हम आदित्य की शादी करवा देते है जैसे राजवीर आएगा उसकी शादी करवा देंगे। इस पर तेरा क्या विचार है?"

"जी पापा, आप सही बोल रहे है। आदित्य की शादी करवा देते है।"

"आदित्य, तेरे लायक वाडिया जी की लड़की है, स्टेटस मे वाडिया फैमिली भी हमसे कम नहीं है। मेरे इस बारे में वाडिया जी से बात हुई है। वो तैयार है एक बार तू लड़की से मिल लेता तो ठीक रहता।"

"जी दादाजी, मिल लूंगा। जैसा आपको ठीक लगे।"

"वेरी गुड माय सन, तुझसे मुझे यही उम्मीद थी।"

शंकर रॉय ने खुश होते हुए कहा।

रॉय फैमिली में लंबे अंतराल के बाद खुशियों ने दस्तक दी थी। शंकर रॉय ने निर्णय ले लिया था कि राजवीर का अभी इंतजार नहीं कर आदित्य की शादी कर दी जाए। शंकर रॉय वाडिया परिवार की बेटी से आदित्य की शादी करवाना चाहते थे। आदित्य ने अपने दादाजी का दिल तोड़ना नहीं चाहता था इसलिए उनकी हाँ में हाँ मिला दी थी। वो जानता था कि परिवार पर जो विपदा आई थी उससे दादाजी बड़ी मुश्किल से उभर कर आए है। दूसरी ओर वो अपने प्यार को खोना नहीं चाहता था। डॉली के साथ जीवन जीने के सपनें देखने वाला आदित्य को अपने सपनें बिखरते नज़र आने लग गए थे। आदित्य दादाजी के वचन के आगे अपने प्यार की कुर्बानी दे रहा था। आदित्य सुबह ऑफिस जाने के लिए तैयार हो गया था। उसने पूजन कक्ष में दीपक प्रज्वलित कर पुष्प अर्पित किए फिर दादाजी को चरण स्पर्श करने गया,

"खुश रहो बेटा, मैं तेरी दिनचर्या से बहुत खुश हूँ आदि। तेरी कार्य के प्रति लगन और बड़ों का सम्मान करने की जो आदत है वो तुझे जीवन में खूब आगे बढ़ाएगी। बेटा, मेरी वाडिया जी से बात हुई थी आज शाम का प्रोग्राम तय किया है तुझे शाम छह बजे की फ्लाइट से मुंबई निकलना है।"

"जी दादाजी, मैं ऑफिस से जल्दी आ जाऊंगा।" दादाजी को चरण स्पर्श कर आदित्य घर से निकल गया।

आदित्य का तनाव बढ़ता जा रहा था। आदित्य सोच रहा था कि,

मेरी एक 'हाँ' मुझे कितनी महंगी पड़ रही है। मुझे दादाजी को डॉली के बारे में बता देना चाहिए था। अगर बता दिया होता तो आज मेरा प्यार बच जाता।"

आदित्य को डॉली की चिंता भी हो रही थी और याद भी आ रही थी।

"ड्राइवर गाड़ी को भूपालपुरा को ओर ले चलो, आज ऑफिस जाना कैंसल।"

"जी सर।"

आदित्य ने डॉली को कॉल मिलाया,

"डॉली, कहाँ हो मुझे तुमसे मिलना है।"

"घर पर हूँ, पर ऑफिस टाइम में मुझसे मिलना।"

डॉली ने हँसते हुए कहा।

"हाँ डॉली, मिलना जरूरी है।"

"ठीक प्यार उमड़ आता है तुम्हें।"

"अरे यार, मजाक के मूड में नहीं हूँ एक बार तुम आओ तो सही।"

"ठीक है मैं तैयार होकर निकलती हूँ।"

"सुखाड़िया सर्कल आ जाओ, मैं वहीं मिलूंगा।"

आदित्य ने फोन रखते हुए कहा। आदित्य भूपालपुरा से सुखाड़िया सर्कल पहुँच गया वो अत्यंत तनाव में था। उसके मन में विचारों का तूफ़ान चल रहा था,

"मैं डॉली को कैसे बता पाऊंगा कि दादाजी मेरी शादी कहीं ओर करवा रहे है। क्या वो मानेगी? क्या वो मुझसे रूठ जाएगी? मैं भी तो उसके बिना नहीं रह सकता हूँ। मैं खुद को समझाऊं या उसको।" इतने में डॉली आ गई।

"आदि, अब तुम पागल हो रहे हो, अपने दादाजी से अपनी शादी की बात करो।"

डॉली ने मजाकिया अंदाज में आदित्य को कहने लगी। आदित्य बिना कुछ बोले उसकी ओर देखता ही रहा।

"कुछ बोलोगे भी या सिर्फ दीदार के लिए बुलाया है।" डॉली को आने वाले तूफान का जरा सा भी अंदाजा नहीं था।

"डॉली,,,,,दादाजी।"

"क्या दादाजी, दादाजी की तबीयत तो ठीक है न।"

"उनकी तबीयत तो ठीक है पर वो मेरी शादी,,,,।"

"कब यार, भगवान ने मेरे मन की सुन ली।"

"बहुत जल्द।"

डॉली खुशी से आदित्य के गले लग गई।

"आदि,,,,आदि,,,,,आज मैं बहुत खुश हूँ। क्या समाचार लेकर आए हो। तुम कितने अच्छे हो, ये बात फोन पर भी कर सकते थे लेकिन नहीं डॉली के रूबरू होकर ही, वॉव। लाइफ पार्टनर हो तो आदि जैसा।"

डॉली का प्रत्येक शब्द तीर की तरह आदित्य के दिल को चुभ रहा था। आदित्य की हिम्मत नहीं हुई की वो अपनी शादी की बात डॉली से कर सके। बिना कुछ बोले आदित्य ऑफिस के

लिए निकल गया। इधर डॉली खुशी से पागल हुए जा रही थी उसको लग रहा था की आदित्य उसकी शादी की बात करने आया था।

आदित्य, डॉली को बताने गया था कि इसकी शादी अतिशीघ्र होने वाली है लेकिन वो ये नहीं बता पाया कि किससे होने वाली है। डॉली के पैर जमीन पर नहीं पड़ रहे थे वो खुशी से पागल हुए जा रही थी कि वो रॉय फैमिली का हिस्सा बनने वाली है। आदित्य, डॉली को बिना कुछ बताएं सुखाड़िया सर्कल से निकल गया। आदित्य ऑफिस से जल्दी निकल गया क्योंकि उसे मुंबई की फ्लाइट पकड़नी थी। घर से निकलने से पहले वो दादाजी शंकर रॉय से मिलने गया।

"दादाजी मुझे आपसे कुछ कहना है।"

"आदि बेटा, तू कुछ कहे उसके पहले मेरी बात सुन ले फिर तुझे जो भी कहना हो मैं सुनने के लिए तैयार हूँ।"

"बेटा, जीवन में दोस्ती, दुश्मनी और रिश्तेदारी बराबरी के लोगों से करनी चाहिए। इस बात की गांठ बांध ले। इसलिए मैं तेरा रिश्ता वाडिया परिवार में करना चाहता हूँ।"

"हाँ, दादाजी।"

"अब तू बोल, क्या कहना चाहता था?"

"बस, कोई विशेष नहीं।" फिर आदित्य शाम की फ्लाइट से वाडिया फैमिली के प्रोग्राम को ज्वाइन करने निकल गया था। वो जीवनसंगिनी देखने जा रहा था लेकिन उसका चेहरा बुझा हुआ था। चेहरे की रौनक काफूर थीं।

"आइए, मिस्टर आदित्य जी, आपका हार्दिक स्वागत है।" आदित्य का स्वागत करते हुए नेस वाडिया ने कहा।

"थैंक्स सर।"

"आदित्य जी आप यहाँ बैठे रॉय साहेब से बात हुई, मुझे खुशी है कि हमारी दोस्ती रिश्तेदारी में तब्दील होने जा रही है। बस एक बार आप दोनों एक दूसरे से मिल ले।

"दादाजी आपकी तारीफ कर रहे थे।"

"आपके दादाजी का व्यक्तित्व अलग है दूसरों की प्रशंसा करने में वो कभी पीछे नहीं रहते है।" हँसते हुए नेस वाडिया ने कहा। शुरुआती आवभगत के बाद नेस वाडिया चाहते थे कि आदित्य का उनकी बेटी से मिलना हो जाए ताकि दोनों एक दूसरे के विचार और पसंद को जान सके।

"आदित्य जी, आप अंदर के ड्राइंग हॉल में जाए वहाँ मेरी बिटिया आपका इंतजार कर रही है। आप दोनों बैठकर बात कर ले।"

"जी सर, थैंक्स।"

आदित्य ड्राइंग हॉल में गया जहाँ सोफे खूबसूरत लड़की बैठी हुई थी जिसकी आँखें समुद्र की लहरों से कहीं गहरी और उसकी मंद-मंद मुस्कान सूरज की किरणों की तरह आकर्षक थी उसके बाल संगीत के स्वरों की तरह मनमोहक एवं स्वयं सिद्ध लजीजता और चमक से भरे थे। उसकी त्वचा कमल की पंखुड़ियों की तरह मुलायम और आकर्षक थी। उसके शारीरिक सौंदर्य में सरलता और गरिमा का मिश्रण होता दिख रहा था जो उसे अद्वितीय बना रहा था। आदित्य की आंखे चौंधिया गई। उसकी सुंदरता उसको बरबस आकर्षित कर रही थी। आदित्य ने सुंदरता के तिलिस्म को तोड़ते हुए खुद को संभाला,

"मेम गुड इवनिंग।"

"गुड इवनिंग, बैठिए सर।

"आप बुरा नहीं मानो तो मैं आपसे एक बात कहना चाहता हूँ।"

"जी, बताए।"

"आप बला की खूबसूरत है, आपको देखने के बाद बड़ी मुश्किल से खुद को संभाला है। आप जैसी हसीना को कौन पसंद नहीं करेंगा। पर,,,,,,,।"

"पर क्या,,,?"

"मैं आपसे शादी नहीं कर सकता हूँ, मैं किसी ओर से प्यार करता हूँ।"

ये सुनते ही लड़की के चेहरे पर रौनक आ गई। लड़की ने हँसते हुए बोली,

"मैं भी आपको एक बात बोलूं आप बुरा तो नहीं मानोगे।"

"बिल्कुल नहीं मेम, आप बताए।"

आदित्य ने मुस्कराते हुए जवाब दिया।

"आप हैडसम और डैशिंग है पर मैं किसी ओर की हो चुकी हूँ इसलिए मैं इस शादी के लिए हाँ नहीं बोल सकती हूँ। मुझे माफ करना। "

"थैंक्स मेम, मैं मेरे दादाजी को मना नहीं बोल सकता था इसलिए आना पड़ा।"

"मैं अपने पापा के दबाव में थी।"

"मेम मैं आपका नाम जान सकता हूँ।"

"क्यों नहीं, मेरा नाम अवंतिका है।"

"ओह, नाइस नेम।" आदित्य ने कहा।

"सर आपका शुभ नाम?

"मुझे आदित्य रॉय के नाम से जानते है।"

"रॉय,,, आप उदयपुर से है?

अवंतिका ने उत्सुकतावश पूछा।

हाँ, बिल्कुल।"

"राजवीर रॉय,,,,, आपके,,,

अवंतिका ने आदित्य से पूछा।

राजवीर का नाम सुनते ही आदित्य अपने स्थान से खड़ा हो गया,

"हाँ, मेरा बड़ा भाई है।"

ये सुनते ही अवंतिका खड़ी हो गई,

"क्या तुम राज के छोटे भाई हो?"

"जी हाँ, मैं राज का छोटा भाई हूँ। आप राज को कैसे जानते है?" आदित्य ने अवंतिका से पूछा।

"आप मेरे पास आकर बैठो।"

आदित्य खड़ा होकर अवंतिका के पास जाकर बैठ गया।

"आदित्य भैया, आप मुझसे ये वादा करो कि मैं आपको जो बताने का रही हूँ उसका जिक्र आप किसी से नहीं करेंगे।"

"जी हाँ, वादा रहा।" आदित्य ने अवंतिका को विश्वास देते हुए कहा।

"राज की अमानत मेरे गर्भ में है।"

"तो क्या आप मेरी भाभी है?" आदित्य ने आश्चर्य व्यक्त करते हुए कहा।

"धीरे बोलो, कोई सुन लेगा।"

"ओह,,, सॉरी,, सॉरी अभी राजवीर कहा है?"

आदित्य ने अवंतिका से पूछा।

"इसकी मुझे कोई जानकारी नहीं है।"

अवंतिका ने राजवीर के जेल में होने की सूचना को गोपनीय रखते हुए कहा।

"मुझे बहुत खुशी है भाभी जी की आप मेरे परिवार का हिस्सा हो।"

"मैं जब भी रॉय फैमिली का हिस्सा बनूंगी तो राजवीर के साथ ही आऊंगी। आप मेरा कभी भी किसी के साथ भी जिक्र मत करना और न हीं मुझसे मिलने की कोशिश करना। प्लीज ये मेरा आपसे निवेदन है।"

"आप मेरी ओर से निश्चिंत रहे भाभी जी।"

"एक अंतिम निवेदन और था आपसे।"

"देवर हो, आपका पूरा हक है, बताए।"

"मैं वाडिया परिवार से हूँ ये जिक्र आप राजवीर से मत करना। उनको भी मैंने नहीं बताया है।"

"जी भाभी जी, मैं आज बहुत प्रसन्नचित हूँ, कि आप जैसी भाभी मिली।"

"आदित्य भैया, मैं भी।"

आदित्य अवंतिका को अलविदा कर वहाँ से निकल गया।

आदित्य, अवंतिका से मिलकर उदयपुर के लिए निकल गया था। आदित्य दोहरी खुशी के साथ आ रहा था। उसको अवंतिका जैसी सुशील, जिम्मेदार और खूबसूरत भाभी मिल गई थी। उसकी खूबसूरती केवल रूप में ही नहीं थी अपितु उसकी आत्मा, व्यवहार और अपनत्व से भी प्रतिबिंबित हो रही थी। दूसरी ओर आदित्य अपने आप को संतुष्ट महसूस कर रहा था कि वो अपनी प्रेयसी को जीवनसंगिनी बनाने जा रहा था। शंकर रॉय आदित्य के आने का ही इंतजार कर रहे थे। सुबह होते ही शंकर रॉय ने सबसे पहले आदित्य को बुलवाया। दादाजी के चरण स्पर्श कर वो शंकर रॉय के पास जाकर बैठ गया।

"बोल बेटा, तेरा टुअर कैसा रहा? लड़की और तुम दोनों ने एक दूसरे को पसंद कर लिया क्या?"

"दादाजी, बहुत अच्छा परिवार है। लड़की जितनी खूबसूरत है उससे भी ज्यादा समझदार।"

आदित्य ने अवंतिका की भाभी के अक्स के रूप में प्रशंसा की जिसे शंकर रॉय दूसरे परिपेक्ष्य में समझ गए।

"बधाई बेटा, बधाई। जल्दी से शहनाई बजवाने का प्रबंध करो। मुझे तेरे पर विश्वास था कि तू सकारात्मक जवाब ही देगा।"

दादाजी की बात सुनते ही आदित्य सहम गया।

"दादाजी ऐसा नहीं,,,,, मैं ऐसा नहीं बोल रहा हूँ।"

शंकर रॉय अचंभित हो गए,

"मैं कुछ समझा नहीं।"

"दादाजी मैं,,,,,,, उस लड़की से शादी नहीं कर सकता हूँ।"

शंकर रॉय का चेहरा उतर गया आने वाली खुशियों का वो जो सपना देख रहे थे वो टूटता नज़र आने लग गया था। शंकर रॉय ने उदास होते हुए आदित्य से पूछा,

"क्यों? लड़की सुंदर है, सुशील है और तुम्हें पसंद भी है फिर तुम मना क्यों कर रहे हो।?"

"दादाजी उस लड़की ने मेरे से वादा लिया है इसलिए मैं आपको ज्यादा कुछ नहीं बता पाऊंगा।"

"तुम उसके दिए वादे पर कायम रहो, अच्छी बात है फिर भी बेटा।"

"दादाजी मैं इतना कह सकता हूँ कि वो अपने घर की ही बहु बनेगी।"

आदित्य की बात सुनते ही शंकर रॉय की आंखे खुशी से चमक उठी वो बीच में ही बोल पड़े,

"वो कैसे बेटा?"

"दादाजी मैं पूरी बात तो नहीं बता पाऊंगा पर,,,,,।"

"पर क्या बेटा, जल्दी बोलो।"

"दादाजी वो और राजवीर एक दूसरे को पसंद करते है। वो राजवीर से शादी करने वाली है।"

"वाह,,,,, बेटा,,,,,, वाह,,,, आनंद आ गया। तूने बहुत सुखद समाचार दिए, उस परिवार की बेटी हमारे घर आ रही है इससे ज्यादा क्या खुशी हो सकती है।"

"दादाजी इसका जिक्र वाडिया जी से भी मत करना।"

"बिल्कूल, निश्चिंत रहो बेटा, पर बेटा तेरे लिए अच्छी लड़की ढूँढनी पड़ेगी।"

"दादाजी आपकी अनुमति हो तो एक गुस्ताखी करूं।"

आदित्य ने धीरे से दादाजी शंकर रॉय को कहा।

"पहले तो मेरे पास आकर गले लग जा फिर जो गुस्ताखी करनी हो कर देना।"

शंकर रॉय ने खुश होते हुए कहा। आदित्य उनके पास गया। शंकर रॉय ने उसको गाल पर चूमा फिर गले लगाते हुए पूछा,

"बोल बेटा, क्या कहना चाहता है?"

"दादाजी,,,,, मैं एक लड़की से प्यार करता हूँ मैं उसी से शादी करना चाहता हूँ।"

"इतनी सी बात,,,,,,,,,। तुने तो लड़की ढूँढने की टेंशन ही खत्म कर दी। कल उसको और उसके मम्मी पापा को घर पर बुलाकर मुझसे मिलवा दे।"

"थैंक्स दादाजी।"

"पगले तुने मुझे पहले क्यों नहीं बताया, तेरी खुशी मे मेरी खुशी बेटा। चलो अच्छा हुआ नहीं बताया, नहीं तो तू भाभी को कैसे ढूँढ लाता।"

शंकर रॉय ने हँसते हुए कहा।

"हेलो,,,,, हेलो,,, हाँ बोलो आदि।" डॉली ने आदित्य के कॉल को रिसीव करते हुए कहा। कॉल पर खुशी से आदित्य गाना गाने लगा,

"जिसका मुझे था इंतज़ार

जिसके लिए दिल था बेक़रार

वो घड़ी आ गई, आ गई

आज प्यार में हद से गुज़र जाना है।"

"आदित्य गाना बंद भी करो, अब बता भी दो क्या हुआ? इतना खुश क्यों हो रहे हो?"

डॉली ने उत्सुक होते हुए आदित्य से पूछा।

"इंतजार की घड़ियां खत्म हुई डॉली, दादाजी ने आपको और आपके मम्मी–पापा को आज घर पर बुलाया है, अब दो दिलों को चुपके–चुपके मिलने की जरूरत नहीं है। बहुत हो गया, अब हम दो दिल एक जान हो जायेंगे डॉली।"

आदित्य ने खुश होते हुए डॉली को घर आने का निमंत्रण दिया।

"वॉव आदित्य, मेरे मन की मुराद अब पूरी होगी। मैं आदि की हो जाऊंगी हमेशा, हमेशा के लिए। ठीक है, मैं मम्मी –पापा को लेकर आती हूँ।"

"ज्यादा देरी मत करना डॉली।"

शाम होने से पहले ही डॉली अपने मम्मी–पापा को लेकर रॉय विला पहुँच गई लेकिन गेट पर उसकी कार को रोक दिया,

"मैंडम, आपको किससे मिलना है?" गेट कीपर ने डॉली से पूछा। डॉली ने बिना कुछ जवाब दिए आदित्य को कॉल कर दिया। आदित्य ने गेट कीपर को कॉल किया,

"इनको अंदर आने दे, ये तेरी होने वाली मालकिन है।"

"माफ़ करना साहेब, गलती हो गई।" गेट कीपर ने दौड़कर गेट खोला फिर डॉली को बोला,

"मेम साहिब, आप हमारी मालकिन हो, मुझे पता नहीं था, माफ़ करना।"

ये सुनते ही डॉली शेखी बघारने लगी, उसमें मालकिन की फीलिंग आने लगी।

"ठीक है, ठीक है आगे ध्यान रखना।"

डॉली ने रुतबा दिखाते हुए गेट कीपर को कहा।

"डॉली बेटा, हम मिडल क्लास लोग है, हम ये रिश्ता कैसे निभा पाएंगे। कहीं हमारी तौहीन नहीं हो, मुझे डर लग रहा है। मुझे तो लगता है कि रॉय साहेब ने कहीं हमको डराने धमकाने के लिए तो,,,,।" डॉली के पापा मणिलाल जी ने भयभीत होते हुए डॉली से कहा।

"पापा आप भी बहुत ज्यादा सोच लेते हो। आपको तो खुश होना चाहिए की आपकी बेटी इंडिया के टॉप टेन रईस परिवार में जा रही है। पापा आप बहुत छोटा सोचते हो, मम्मी, पापा को समझाओ प्लीज।"

डॉली ने गुस्सा करते हुए उसकी मम्मी को बोला।

"बेटा डोली, तू अपना पैर बड़ी साइज के जूते में डाल रही है, आगे चल नहीं पाएगी। ऐसा नहीं हो कि चलना तो दूर, ओंधे मुंह नीचे गिरना पड़े। एक बार सोच समझकर ये रिश्ता करना। हमारी औकात इनके आगे कुछ भी नहीं है।"

"मम्मा, पापा को समझाओ ना।"

"आप भी अब चुप रहो, शुभ काम में अशुभ बातें करते हो।" डॉली की मम्मी ने मणिलाल जी फटकारा।

"लगता है, आज अपनी खैर नहीं है, कहीं उल्टे पैर दौड़ना नहीं पड़े।" एक बार फिर मणिलाल जी ने अंदेशा व्यक्त किया। इतने में फव्वारे, गार्डन क्रॉस करते हुए कार रॉय विला के पोर्च में आकर खड़ी हो गई। जहाँ गेट पर आदित्य पहले से ही उनका इंतजार कर रहा था। आदित्य ने डॉली के मम्मी पापा के पैर छुए,

"अरे,,, नहीं,,,, नहीं,,, हम बहुत छोटे लोग है,,, आप हमारे पैर छुए ये हमें शोभा नहीं देता।" मणिलाल जी ने आदित्य के दोनों हाथ पकड़ लिए।

"आप मेरे धर्म के माता-पिता है, आपका आशीर्वाद लेना मेरा हक है। आइए आप अंदर पधारे। "आदित्य डॉली और उसके मम्मी-पापा को घर के अंदर लेकर गया। घर को देखते ही मणिलाल और उसकी पत्नी की आंखे चका चौंध हो गई वो सोचने लगे कि,

"क्या महलनुमा घर है, ऐसे भी घर होते है क्या? घर है या शीश महल।"

दोनों पति–पत्नी सहमें हुए थे।

"डॉली, मम्मी –पापा आप सभी बैठो मैं दादाजी को लेकर आता हूँ। गोपी तुम मेहमानों का ध्यान रखो।"

"जी साहेब।"

गोपी ने चंद ही मिनिट में टी टेबल पर फ्रूट्स, ड्राई फ्रूट्स, महंगी बेहतरीन मिठाइयां, ड्रिंक्स, सूखे नाश्ते विभिन्न प्रकार के जूस टेबल पर सजा दिए। डॉली और उसके मम्मी–पापा नाश्ते के इतने सारे आइटम देखकर झेंप रहे थे। वो चाहकर भी खाने के लिए अपना हाथ नहीं बढ़ा पा रहे थे। मणिलाल ने थोड़ी–सी हिम्मत कर नमकीन पिस्ते की ओर हाथ बढ़ाया ही था इतने में आदित्य व्हील चेयर पर शंकर रॉय को लेकर आ गया,

"रुक जाइए, एक मिनिट रुक जाइए।"

शंकर रॉय ने दूर से नाश्ता करते हुए मेहमानों को रोका। वो पहले से ही सहमें हुए थे और जैसे ही नाश्ते के लिए उनको रोक दिया तो उनकी हालत और खराब हो गई। मणिलाल ने अपना हाथ तत्काल खींच लिया। माहौल में तनाव और बढ़ गया था। डॉली के परिवार को नाश्ते के लिए रोकना, अपनी तौहीन लग रही थी। पर वो दुबके से चुपचाप बैठे रहे। शंकर रॉय के पास आते ही आदित्य ने कहा,

"आप मेरे दादाजी है।"

"साहेब नमस्कार, आपको कौन नहीं जानता साहेब।" मणिलाल ने खड़े होकर विनम्रता से कहा।

फिर मणिलाल की पत्नी ने शंकर रॉय का अभिवादन किया। डॉली खड़ी होकर शंकर रॉय के पैर छुने गई।

आदित्य, दादाजी शंकर रॉय को परिचय देने लगा,

"दादाजी आप दोनों डॉली के मम्मी–पापा है, ये डॉली है।"

"खुश रहो बेटा, आदित्य तेरी पसंद बहुत अच्छी है। मणिलाल जी माफ़ करना, मैंने आपको रोका, पर मैं चाहता हूँ कि आप सबसे पहले अपना मुंह मीठा करें। आदित्य पहले सभी का मुंह मीठा करवाओ।"

ये सुनते ही मणिलाल जी का तनाव दूर हुआ, उन्होंने राहत की सांस ली।

"नहीं साहेब, ऐसी कोई बात नहीं है।" मणिलाल ने सहज होते हुए कहा। डॉली के पिताजी ने आगे बढ़ते हुए शंकर रॉय से अपने मन की बात कहने लगे,

"साहेब, मुझे खुशी है कि इतने बड़े परिवार से हमारा रिश्ता जुड़ रहा है परंतु,....।"

"परंतु क्या समधी जी?"

शंकर रॉय ने पूछा।

"साहेब मेरी स्थिति ऐसी नहीं है कि मैं आपके मेहमानों का भव्य स्वागत कर सकूं।"

"इतनी–सी बात, आपको कुछ भी नहीं करना है सिर्फ डॉली को लेकर वेडिंग प्लेस पर आ जाना है।"

शंकर रॉय ने मुस्कराते हुए बोल रहे थे।

"नहीं साहेब, जो मेरे हैसियत में होगा वो दूंगा लेकिन बिटिया को खाली हाथ तो विदा नहीं करूंगा।"

डॉली के पिताजी ने अपना पक्ष रखा।

"अगले सप्ताह में जो भी अच्छा दिन मिले उस दिन डॉली और आदित्य की शादी करवा देंगे।"

"जी साहेब, आप भी अपना मुंह मीठा करें।"

मणिलाल जी ने शंकर रॉय को मिठाई खिलाते हुए कहा। उसके साथ ही सब हंस पड़े।

शंकर रॉय के घर पर ऑफिस स्टाफ की मीटिंग बुलाई गई जिसमें शंकर रॉय ने कहा, "सोमवार को आदित्य और डॉली की शादी उदयविलास पैलेस में रखी है, गणपत तुम सब प्रकार की व्यवस्था देखोगे। किसी भी प्रकार की कमी मुझे स्वीकार नहीं, डेकोरेशन से लेकर रिसेप्शन तक। गौतम तुम इन्विटेशन का काम देखोगे, जहाँ कठिनाई हो मुझे बता देना। रिया तुम मनीष महलोत्रा से एडवांस बूकिंग कर ड्रेसिंग को देख लेना। गौतम शादी की तैयारी के लिए असिस्टेंट स्टाफ को लगा दो। जिसमें कम से कम ग्यारह का स्टाफ डॉली को व सात का स्टाफ आदित्य के साथ लगाओ ताकि दुल्हा दुल्हन को किसी भी बात की कमी नहीं रहे। गणपत अगले सात दिन तक ऑफिस का स्पेशल वेकेशन रख दो। साथ ही हमारी कंपनी के सभी कार्मिकों को दो ग्राम गोल्ड कॉइन गिफ्ट करने का अरेंजमेंट कर दो। सालों बाद आज मेरे परिवार में खुशियों ने दस्तक दी है। इसको सभी एंजॉय करें। गणपत शादी का अरेंजमेंट का तुम्हारा क्या प्लान है?"

"जी साहेब, वेडिंग इवेंट मैंनेजमेंट रेड कार्पेट को ऑर्डर कर दूंगा। बेस्ट वन सर।"

"ठीक है, आप रेड कार्पेट को ऑर्डर कर दो। गौतम इन्विटेशन के लिए तुम्हारा कोई प्लान।"

"जी साहेब, श्रीनाथ जी का पांडाल बेस्ड इन्विटेशन तैयार करवाकर आपको दिखाता हूँ। अपने जोनल स्टाफ के माध्यम से अगले दिन वितरित करवा दूंगा।"

"बहुत अच्छे गौतम।"

"रिया, मुंबई वाडिया जी को स्पेशल इनवाइट करें।"

"जी साहेब।"

"गौतम, चेतन आनंद को आज ही इन्वाइट कर दो, साथ ही डॉली और आदित्य से लिस्ट प्राप्त कर लो। उनका एक भी मिलने वाला बिना निमंत्रण के नहीं रह जाए।"

"जी साहेब, आज ही लिस्ट प्राप्त कर लेता हूँ।"

"गणपत, शादी के लिए आज ही स्पेशल फंड जारी कर दो।"

"जी साहेब।"

"गणपत, अपने शेयर होल्डर्स को एक परसेंट बोनस की घोषणा कर दो।"

"साहेब, बहुत बड़ा व्यय हो जायेगा।"

"फॉलो द ऑर्डर।"

"सॉरी साहेब।"

"आप सभी, जा सकते है। आप अलर्ट मोड़ पर रहे किसी भी प्रकार की कमी मुझे बर्दास्त नहीं।"

शादी का दिन आ चुका था सभी व्यवस्थाएं शानदार तरीके से की थी। रॉय परिवार शादी के प्रत्येक कार्यक्रम का लुफ्त उठाना चाहता था। कार्यक्रम सुबह से आरंभ हो गया था देश विदेश के नामी व्यापारिक घराने और राजनेता शामिल हुए थे। डॉली और आदित्य का ही इंतजार हो रहा था। कार्यक्रम में जाने से पहले आदित्य डॉली के साथ रॉय विला में आया। पूजन कक्ष में दीपक प्रज्वलित कर फूल अर्पित किए फिर दादाजी शंकर रॉय को दोनों चरण स्पर्श करने गए।

"दोनों खुश रहो बेटा, सदा सुहागन रहो, दूधो नहाओ, पूतो फलो। दुनिया की सारी खुशियां तुम्हारे चरणों में रहे।"

शंकर रॉय ने दोनों को आशीर्वाद दिया।

"दादाजी, आप चलो, पूजा शुरू हो चुकी है हमारे जाते ही कार्यक्रम शुरू हो जायेगा।"

"नहीं बेटा, मैं घर पर रहूँगा, व्हील चेयर पर आने की ईच्छा नहीं है।"

"दादाजी प्लीज, मना मत करो आप के बिना मैं भी नहीं जाऊंगा।"

"समझा कर बेटा,,,,,,।"

"नहीं दादाजी, मैं आपकी एक नहीं सुनूंगा।"

"बेटा, तेरी दादी, कमल और बहु को गए ज्यादा समय नहीं हुआ है मेरा शादी में शरीक होना ठीक नहीं, जिद्द नहीं करते बेटा।"

"हाँ, दादाजी। जैसे ही शादी होगी मैं पहला चरण स्पर्श आपको करूंगा।"

"हाँ बेटा, ये ठीक रहेगा। तुम दोनों को बहुत सारा प्यार और आशीर्वाद।"

शंकर रॉय ने दोनों के हाथ चूमे।

"बेटा आदित्य, चेतन को कॉल मिला कर मुझसे बात करवा, वो कब तक आ जायेगा।"

"हाँ दादाजी।"

आदित्य ने दादाजी के मोबाइल से चेतन आनंद को कॉल मिलाया और शंकर रॉय को दे दिया।

"चेतन कितने बजे तक उदयपुर पहुँच जाओगे बेटा।"

"अंकल, चरण स्पर्श, अंकल मेरे एग्जाम होने की वजह से नहीं निकल पाया हूँ। आदित्य भैया को मेरी ओर से शुभकामनाएं।"

"ठीक है बेटा, कोई बात नहीं। पहले अपना कैरियर बनाओ। राजवीर की शादी में आ जाना।"

"हाँ अंकल, जरूर आऊंगा।"

शंकर रॉय ने फोन रखते हुए आदित्य से कहने लगे,

"बेटा आदित्य, चेतन के एग्जाम है इसलिए वो नहीं आ सकता है।"

"ठीक है दादाजी, मैं चलता हूँ सभी मेरा इंतजार कर रहे है।"

आदित्य और डॉली दोनों वहाँ से उसकी मम्मी के पास गए।

आदित्य की मम्मी, रजनी की नजर बहुत कमजोर थी वो घर से बाहर कोई विशेष परिस्थिति में ही निकलती थी। अंतिम बार वो अनंता की गोद भराई में गई थी उसके बाद से वह घर के अंदर ही थी। आज दुबारा मौका था जिसमें भाग लेने के लिए वो घर से निकल रही थी। रमेश रॉय रजनी को ज्यादा तवज्जों नहीं देते थे। रजनी के बिना ही वो शादी समारोह के लिए निकल गए थे।

"मम्मी चलो, अब आपका ही इंतजार है।"

"बेटा, मुझे कुछ ज्यादा दिखेगा नहीं, मैं आकर भी क्या कर लूंगी। तेरे पापा वहाँ है।"

"मम्मी ये कोई बात हुई, आप नहीं आओगे तो मैं भी आपके पास बैठा रहूँगा।"

"ठीक है मैं तैयार होकर आती हूँ तुम दोनों निकलो।"

"नहीं मम्मी, मैं आप हमारे साथ ही आ रहे हो। डॉली मम्मी को जल्दी तैयार कर दो।"

थोड़ी देर में तीनों उदयविलास के लिए निकल गए।

ओबेरॉय श्रृंखला का उदयविलास पैलेस भारत का सबसे बड़ा डेस्टिनेशन वेडिंग प्वाइंट है जहाँ की सुंदरता उसके आर्किटेक्चरल शैली, शानदार महल, रॉयल बाग़, और अद्वितीय संरचनाओं में निहित है। इसकी भव्यता और प्राचीनता आगंतुक को बरबस ही प्रेरित करती है यहाँ का शांतिपूर्ण वातावरण और परिसर इसे अद्वितीय बनाता है। आदित्य, डॉली और आदित्य की मम्मी रजनी उदयविलास पहुँच गए थे। भव्य डेकोरेशन ने सुंदरता में चार चांद लगा दिए थे। पारंपरिक म्यूजिक के साथ आदित्य और डॉली का स्वागत हुआ। मिरर कार्पेट जिस के दोनों ओर सुगंधित फूलों की कतार का प्रतिबिंब अत्यंत रमणीय और आकर्षक लग रहा था। आदित्य और डॉली बाहों में बांह डालकर धीरे–धीरे कार्पेट पर चलते हुए मुख्य पंडाल की ओर जा रहे थे। उनके आगे बढ़ने के साथ–साथ मिरर कारपेट के दोनों ओर लाइटिंग और फटाखों से स्वागत हो रहा था। फटाखे आसमान को आलोकित कर रहे थे। आसमां में रंगीन छटा ऐसा आभास पैदा कर रही थी मानो सभी लोग अंतरिक्ष में विचरण कर रहे हो। आदित्य और डॉली की जोड़ी अत्यंत सुंदर और आकर्षक लग रही थी हर किसी की नज़र उन पर ठहर गई थी। आदित्य का चेहरा प्रसन्नता से दमक रहा था। कारपेट के दोनों ओर पारंपरिक नृत्य चल रहा था। हर किसी का ध्यान अभी ब्राइड और ग्रूम की एंट्री पर था। एंट्री इतनी मनमोहक व जबरदस्त थी कि सभी मेहमान उसका लुफ्त उठा रहे थे। आदित्य और डॉली के सभी दोस्त हिमांशु, ख्याति, वीरा, डेज़ी, स्नेहा और हर्षल खुशी से चिल्ला रहे थे, नाच रहे थे। गणपत और गौतम व्यवस्थाओं में लगे हुए थे। दामाद चंद्रवीर सभी व्यवस्थाओं का मुआयना कर रहा था। साइड में बने स्टेज पर देश-विदेश के नामी गायकों और संगीतकारों ने सुरों की अद्वितीय ध्वनि ने वातावरण को रमणीय बना दिया था सभी का मन आह्लादित हो रहा था। दुल्हा–दुल्हन मंडप की ओर प्रस्थान कर रहे थे। मंडप की सजावट फूलों, पत्तियों, चमकीले लाइट्स और रंगीन कपड़े से की गई थी जो इसे एक रंगीन और शानदार अंदाज़ दे रहे थे। मंडप के आसपास की सजावट विशेष खूबसूरती प्रदान कर रही थी जो मंडप को अद्वितीय और अत्यंत रोमांचक बना रही थी। फूलों की खुश्बू और मधुर संगीत से खुशनुमा वातावरण का समा बन गया था। संगीत की तरंगें कानों को नहीं अपितु रूह को सुकून दे रही थी। शादी के मंडप में खड़ी यह एक जोड़ी नहीं थी बल्कि उसके पीछे आदित्य और डॉली के प्रेम का अद्‌त संगम था जो पूर्णता प्राप्त कर रहा था। पंडित जी के मंत्रोच्चारण के साथ शादी की रस्म आरंभ हो गई। आदित्य और डॉली ने एक दूसरे को अंगूठी पहनाई। एक दूसरे को फूलमाला पहनाने के लिए दोनों अपने–अपने हाथ में माला लेकर खड़े थे। पंडित जी ने मंत्रोचारण कर माला पहनाने का इशारा किया। आदित्य ने डॉली के गले में माला पहना कर उसे अपनी बाहों में ले लिया। दोनों पर फूलों की बारिश होने लगी। इस पल

से अभिभूत होकर सभी ने जोर से तालियां बजाई। अब माला पहनाने की बारी डॉली की थी। उसने आदित्य के गले माला डालकर दोनों घुटनों के बल बैठ गई और आदित्य के पैरों को स्पर्श किया। आदित्य ने तत्काल उसको उठा लिया और सीने से लगा लिया। माल्यार्पण के साथ ही, वाटिका पटाखों की आवाज से गूंज उठी। उदयविलास रोशनी की छटा से नहा उठा। शंकर महादेवन और कैलाश खेर का भक्ति संगीत इस पल को धार्मिक महत्व प्रदान कर रहा था। अगले पल आदित्य ने डॉली की मांग को सिंदूर से सजा दी। आदित्य ने उसके कपाल को चूमा। दोनों एक दूसरे की नजरों में डूब रहे थे। पंडित जी ने फेरों के लिए मंडप में आग प्रज्वलित कर दी। दोनों अग्नि के समक्ष सात फेरे लेने के लिए तैयार थे, पंडित जी ने मंत्रोच्चारण आरंभ किया,

"ओमेशा राजा वरुणा, राजा वरुणा, राजा वरुणा, राजा वरुणा,,,,,। आदित्य और डॉली ने अग्नि के चारों ओर फेरे लेने आरंभ कर दिए। सभी मित्र संबंधी इस पल को निहार रहे थे। पंडित जी मंत्र "सप्तपदी" का उच्चारण कर रहे थे। साथ ही युगल को बता रहे थे कि किस प्रकार जीवनसाथी को प्रेम, सम्मान, संयम, सहयोग, समर्थन और प्रसन्नता के साथ जीवन के प्रत्येक पड़ाव में एक दूसरे के लिए समर्पण करना चाहिए। आदित्य और डॉली बहुत खुश थे। छह फेरे पूर्ण हो गए थे, सातवां फेरा आरम्भ होने को था इतने में हिमांशु डॉली के पास आया और उसके कान में कुछ बोला।

डॉली चलते फेरो में रुक गई। ये देख, आदित्य ने उसके कंधे पर हाथ रखकर, आगे बढ़ने का संकेत किया। डॉली और आदित्य के बीच जो सफ़ेद कपड़ा था उसे डॉली ने फेंक दिया,

"क्या हुआ डॉली, तुम,,,,,।"

"पंडित जी, मंत्र बोलना बंद करो, मुझे कोई शादी–वादी नहीं करनी।" डॉली ने हाथ झटकते हुए कहा।

"क्या हुआ डॉली तुम इस प्रकार का व्यवहार क्यों कर रही हो?" आदित्य ने सहजता से डॉली को कहा।

"माई फूट, मुझे तुमसे शादी नहीं करनी।"

डॉली तेज गति से पांडाल से निकलने लगी।

"बेटा, ये क्या कर रही है? तेरी मति भ्रष्ट तो नहीं हो गई है।" डॉली के पिता मणिलाल जी ने डॉली को बुलाते हुए जोर से कहा।

"मेरी जगह आप फेरे ले लो।" डॉली ने इतराते हुए हिमांशु के साथ पंडाल से निकल गई। सभी मेहमान हक्के–बक्के रह गए। किसी को कुछ भी समझ में नहीं आ रहा था। आदित्य मंडप में खड़ा का खड़ा रह गया। डॉली के रवैये से वो भी अचंभित था। सभी मेहमानों के बीच खुसर–फुसर होने लगी। लेकिन कोई उत्तर देने की स्थिति में नहीं था। पंडित जी के पास आदित्य के पिता रमेश रॉय आ गए,

"पंडित जी अब,,,,।"

रमेश रॉय ने चिंता व्यक्त करते हुए कहा।

"शादी की रस्म आरंभ हो गई है दूल्हे की शादी इसी मूहर्त में पूर्ण करना अनिवार्य है अन्यथा अशुभ माना जाता है।"

पंडित जी ने रमेश रॉय को बताया। आदित्य के सभी मित्र उसके पास आकर उसको सांत्वना देने लगे और डॉली के करतूत की भर्त्सना कर रहे थे।

"आदित्य भैया, विनाश काले विपरीत बुद्धि, आप डॉली के पागलपन को अपने पर हावी नहीं होने दे।" आदित्य की फ्रेंड डेजी ने आदित्य को समझाते हुए कहा। आदित्य की दूसरे मित्र हर्षल ने कहा,

"आदित्य तुम्हें अभी शादी कर लेनी चाहिए, बोलो तुम्हें कौन पसंद है मैं उससे बात करता हूँ।" पर इस बात का आदित्य ने कोई जवाब नहीं दिया। रमेश रॉय, आदित्य के पास आए और आदित्य से पूछा,

"बेटा बोल आगे क्या करें? निर्णय तुझे ही लेना पड़ेगा।"

आदित्य पास में खड़ी स्नेहा के पास गया और उसके कान में धीरे से बोला,

"स्नेहा, क्या तुम मुझसे शादी करोगी?"

हिमांशु, डॉली को लेकर शादी समारोह से निकल चुका था। हिमांशु के पीछे-पीछे गौतम और गणपत दोनों भी निकल गए। मौका पाकर डॉली के माता-पिता और रिश्तेदार भी खिसक गए। सभी मेहमान स्थिति की गंभीरता को देखते हुए जा रहे थे। शादी का माहौल अचानक विषाद में परिवर्तित हो गया था। पंडाल में सिर्फ आदित्य के माता-पिता और कुछ दोस्त ही बचे थे।

"रॉय साहेब, मैं जाऊं क्या?" पंडित ने रमेश रॉय से पूछा।

"नहीं एक मिनिट रुक जाओ।" रमेश रॉय ने चिंतित होते हुए पंडित जी को रोका। रमेश रॉय की नज़र आदित्य पर थी। आदित्य ने एक बार स्नेहा से फिर पूछा,

"स्नेहा, क्या तुम मुझसे शादी करोगी?"

स्नेहा शुरू से आदित्य से मन ही मन प्यार करती थी लेकिन कभी भी अपने प्यार का इज़हार आदित्य से नहीं किया था साथ ही उसे अच्छे से पता था कि आदित्य डॉली को प्यार करता है। अपने प्यार को पाने का भाग्य ने एक बार फिर स्नेहा को मौका दिया जिसे वो खोना नहीं चाहती थी। उसने आदित्य को हां बोल दिया। स्नेहा के हां बोलते ही,

"स्नेहा, थैंक्स। मैं तुम्हें कभी भी दुःखी होने नहीं दूंगा। तुम मेरी अच्छी दोस्त थी आज से तुम मेरी जीवनसंगिनी हो। पंडित जी मंत्रोच्चारण करो और विधि विधान से शादी सम्पन्न करो।" आदित्य ने कहा।

सात फेरे होने के बाद स्नेहा ने आदित्य के चरण स्पर्श किए,

"साथ निभाने के लिए थैंक्स स्नेहा।" आदित्य ने स्नेहा को सीने से लगाते हुए कहा।

"मेरी दोस्ती, प्यार में बदल गई आदित्य। वो प्यार जो साथ जन्मों में पूरा होगा।" स्नेहा ने आदित्य का हाथ पकड़ते हुए बोल रही थी।

"मम्मी, मेरा दादाजी को वादा था कि शादी के बाद पहला आशीर्वाद उनसे लूंगा। इसलिए मैं दादाजी से मिलने जा रहा हूँ।" आदित्य ने अपनी मम्मी से कहा।

"हाँ बेटा, जाओ पहले दादाजी से आशीर्वाद लेकर आओ।" आदित्य और स्नेहा उदयविलास से बाहर पार्किंग की ओर गए लेकिन पार्किंग पूरी खाली थी। घर की एक भी गाड़ी उनको ले जाने के लिए उपलब्ध नहीं थी। यह देखकर आदित्य को कुछ समझ नहीं आ रहा था साथ में गुस्सा भी आ रहा था। उसने तत्काल कैब बूक करवाकर घर के लिए निकल गया। थोड़ी देर में कैब रॉय विला के गेट पर आकर रुक गई, आदित्य को अंदर जाना था लेकिन किसी ने गेट नहीं खोला। आदित्य का गुस्सा सातवें आसमान पर था। वो गुस्से से कैब से नीचे उतरा और गेट कीपर के पास जाने लगा। गेट कीपर बदल चुके थे। दूसरे गेट कीपर को देख,

"अबे हट, यहाँ से।"

आदित्य ने गेट कीपर को धक्का देते हुए कहा।

"आप कौन? किससे मिलना है?"

"मेरे घर मैं, मुझे जाने से रोकने वाला, तू है कौन?"

"हम तुम्हें अंदर नहीं जाने देंगे, मालिक के ऑर्डर है कि उनकी अनुमति के बिना किसी को अंदर नहीं आने दे।" गेट कीपर ने आदित्य को रोकते हुए कहने लगा। आदित्य ने मोबाइल निकाल कर दादाजी शंकर रॉय को कॉल मिलाया, लगातार घंटियां जा रही थी लेकिन वो फोन उठाने को तैयार नहीं थे। आदित्य ने अगला कॉल पिता रमेश रॉय को मिलाया,

"पापा,,,,,।"

"हाँ, बोलो बेटा, क्या बात है?"

"पापा आप जल्दी से घर आ जाओ।"

रमेश रॉय ने घर जाने के लिए कार के ड्राइवर को कॉल किया लेकर ड्राइवर का मोबाइल स्विच ऑफ आ रहा था। दोनों उदयविलास के बाहर आए, वहाँ पार्किंग में कोई भी गाड़ी नहीं

देखकर रमेश रॉय भी अचंभित थे। उन्होंने कैब हायर कर घर के लिए रवाना हो गए। थोड़ी देर में रमेश रॉय घर पर पहुँच गए जहाँ पर आदित्य और स्नेहा गेट के बाहर खड़े थे।

"क्या हुआ आदि? तू भी कैब में आया है क्या?"

"हाँ, एक भी गाड़ी पार्किंग में थी ही नहीं।"

"मैं भी कैब से आया हूँ, ड्राइवर का मोबाइल स्विच ऑफ आ रहा था।" रमेश रॉय ने आदित्य से कहा।

"वो सब छोड़ो, ये गेट कीपर हमें अंदर नहीं जाने दे रहा है और दादाजी मेरा कॉल रिसीव नहीं कर रहे है।" आदित्य ने गुस्सा करते कहा। इतने में आदित्य ने मोबाइल निकाला और पी.ए. गौतम को कॉल मिलाया। घंटिया जा रही थी लेकिन गौतम कॉल रिसीव करने को तैयार ही नहीं था। कैब वाला आदित्य से निवेदन करने लगा,

"भाई साहब मुझे फ्री करो।"

"बोलो कितना हुआ?" आदित्य ने कैब ड्राइवर से पूछा,

"दो सौ रुपया किराए का तीन सौ रूपये वेटिंग चार्ज। आप पांच सौ रूपये मुझे देवे।" आदित्य ने पांच सौ रूपये देने के लिए मोबाइल से स्कैन कर पासवर्ड डाला लेकिन पेमेंट नहीं हुआ। उसने जेब में कुछ पैसे पड़े हुए थे वो दोनों कैब ड्राइवर को देकर फ्री किया।

"ये क्या हो रहा है पापा?"

रमेश रॉय कहने लगे,

"मुझे भी कुछ समझ नहीं आ रहा है आदित्य, तुम एक बार गौतम को कॉल मिलाओ, मैं गणपत को कॉल मिलाता हूँ। ये सब कहाँ गायब हो गए?" रमेश रॉय गणपत को लगातार फोन मिलाता रहा लेकिन उसने कॉल रिसीव नहीं किया। इधर आदित्य गौतम को कॉल मिला रहा था, आदित्य गुस्से से लाल–पिला हो रहा था। इतने में गौतम ने जैसे ही आदित्य का कॉल रिसीव किया आदित्य भड़क उठा,

"गौतम,,,, तुम्हारा दिमाग खराब तो नहीं है,,,।" गौतम ने कोई विशेष प्रतिक्रिया नहीं की और बोला कि,

"आर एन टी हॉस्पिटल आ जाओ।" फिर इसने अपना मोबाइल रख दिया। आदित्य–स्नेहा और रमेश–रजनी तत्काल हॉस्पिटल पहुँच गए। जहाँ गेट पर गणपत और गौतम खड़े थे। आदित्य ने दोनों पर गुस्सा करते हुए कहने लगा,

"आज से तुम दोनों की छुट्टी कल से ऑफिस में कदम मत रखना।" आदित्य का वाक्य पूरा हो इसके पहले दोनों वहाँ से निकल गए। आदित्य और रमेश को कुछ समझ नहीं आ रहा था गुत्थी सुलझने के बजाय उलझ रही थी।

"मम्मी, पापा आप यही रुको, मैं और स्नेहा पता लगाकर आते है कि हमें हॉस्पिटल में क्यों बुलाया है?"

"नहीं आदित्य, स्नेहा और तेरी मम्मी यही रुकेंगे हम दोनों अंदर जाकर पता करते है।"

दोनों पिता–पुत्र हॉस्पिटल के अंदर तेज गति से जाने लगे। सामने से बहनोई चंद्रवीर दिखा, दूर से बहनोई को देखकर रमेश को राहत मिली की कोई तो है जो हमें सही जवाब देगा। जैसे ही उसके पास पहुंचे चंद्रवीर के साथ रोमिला को देखकर पिता –पुत्र आश्चर्य में पड़ गए,

"चंद्रवीर जी आप यहाँ, रोमिला आपके के साथ क्यों?"

रमेश ने बहनोई चंद्रवीर से पूछा।

"रमेश जी मैंने रोमिला से शादी कर ली है, माफ़ करना मैं आपको नहीं बता पाया।"

चंद्रवीर ने अपना अलग मिजाज दिखाते हुए कहा।

"फूफाजी, इस औरत से जिसने हमको धोखा दिया था, जिसने करोड़ो का गबन किया था। ये हमारी हितैषी कैसे हो सकती है।"

"आदित्य जबान संभाल कर बोलो। आप मेरी अर्धांगिनी है इनके विरुद्ध मैं एक शब्द भी नहीं सुन सकता हूँ।"

चंद्रवीर ने गुस्से से कड़क शब्दों में आदित्य को जवाब दिया।

पी.ए. गौतम ने रमेश रॉय और आदित्य रॉय को हॉस्पिटल बुलाया। आदित्य बहुत गुस्से में था उसने सी एफ ओ गणपत और गौतम दोनों की ऑफिस से छुट्टी कर दी। हॉस्पिटल में चंद्रवीर को देखकर आदित्य और रमेश रॉय को सुकून मिला की कोई तो है जो हमको ढंग से जवाब देगा। लेकिन चंद्रवीर के साथ रोमिला को देखकर दोनों आहत हो गए। रमेश और आदित्य चंद्रवीर को समझा रहे थे लेकिन चंद्रवीर उल्टा आदित्य को फटकारने लगा।

"फूफाजी, माफ़ करना गुस्से में बिना सोचे समझे आपको बोल दिया।"

आदित्य ने चंद्रवीर से माफ़ी मांगते हुए कहा।

"ठीक है, ठीक है, माफ किया।"

चंद्रवीर ने इतराते हुए जवाब दिया।

"चंद्रवीर जी आपको पता है क्या? गौतम ने हमको हॉस्पिटल क्यों बुलाया है?" रमेश ने चंद्रवीर से निवेदन करते हुए कहा।

"आपको अभी तक नहीं पता चला, मुझे लगा कि आपको सब कुछ मालूम है।"

चंद्रवीर के बात करने का टोन ही बदल गया था। इसके बदले रंग ढंग को रमेश और आदित्य ने भांप लिया था लेकिन चंद्रवीर की बात सुनकर पिता–पुत्र एक साथ बोल उठे,

"क्या?????"

"आपको नहीं पता,,, (हँसते हुए),, बूढ़ा अपनी पूरी संपति किसी ओर के नाम ट्रांसफर कर के चल बसा है। एक फूटी कोड़ी भी मुझे नहीं दी।"

"किसकी बात कर रहे हो?"

आदित्य ने सहमें हुए पूछा।

"शंकर रॉय की।"

चंद्रवीर ने घृणित भाव से नाम लिया।

शंकर रॉय का नाम सुनते ही रमेश रॉय और आदित्य को आघात लग गया। दोनों सिर पकड़कर ज़मीन पर बैठ गए।

"ज्यादा विलाप मत करो, तुम्हारे नाम से भी एक रुपया नहीं छोड़ा है, पूरी संपत्ति किसी अनजान व्यक्ति के नाम पर करके चल बसे है। तुम्हारी जेब में कोई इक्का-दुक्का रूपया पड़ा हो तो वो तुम्हारा है। अन्यथा तुमको रात सड़क पर ही निकालनी पड़ेगी। चलो मोर्चरी में मैं तुम्हें बूढ़े को दिखाता हूँ।" चंद्रवीर ने हँसते हुए कहा।

"नहीं, ये नहीं हो सकता,,,,, दादाजी के साथ कुछ गलत हुआ है,,,,, दादाजी ऐसा नहीं कर सकते है। मुझे लगता है कि उनको ये सब जबरदस्ती करवाया है। वो अचानक कैसे मर सकते है?"

आदित्य विलाप कर रहा था साथ ही किसी अनहोनी का अंदेशा भी जाहिर कर रहा था। मोर्चरी में शंकर रॉय के मृत शरीर को देखकर पिता-पुत्र बिलख-बिलख कर रो रहे थे। चंद्रवीर दोनों को मोर्चरी में छोड़कर वहाँ से चला गया। दुःख संतृप्त पिता पुत्र को चुप कराने वाला कोई नहीं था। बॉडी को प्राप्त करने के लिए दोनों डॉक्टर के पास गए,

"डॉक्टर साहेब, पिताजी की मृत्यु कैसे हुई है? मुझे अंदेशा है कि पिताजी की ये स्वाभाविक मृत्यु नहीं है।"

रमेश रॉय ने डॉक्टर से पूछा।

"पोस्टमार्टम रिपोर्ट आते ही मालूम पड़ेगा प्रथम द्दष्टा तो स्वाभाविक डेथ लगती है।" डॉक्टर ने रमेश रॉय से कहा। औपचारिकता पूरी कर आदित्य और रमेश रॉय शंकर रॉय को अंतिम संस्कार के लिए ले गए। अंत्येष्टि संस्कार के लिए ब्राह्मण को देने के लिए पिता पुत्र के पास कुछ बचा नहीं था दोनों के अकाउंट बैलेंस भी जीरो था। स्नेहा ने आगे बढ़कर ब्राह्मण को दक्षिणा दी। एक रात में भारत का टॉप घराना अर्श से फर्श पर था। जहाँ चौबीसों घंटे आगे पीछे घूमने वालों की भीड़ होती थी वहाँ शंकर रॉय की अंत्येष्टि में सिर्फ चार लोग थे रमेश,आदित्य, रजनी और स्नेहा। एक अमीर परिवार का अचानक रोड पर आ जाना लोगों के लिए एक अजीब और अद्‌त विषय था। इस घटना से पूरा परिवार अनिर्दिष्टता और अज्ञातता के अंधेरे में था। आलीशान महलों और आरामदायक कारों में चलने वाला रॉय परिवार अचानक सड़क पर था। मीडिया में इसी विषय पर चर्चा चल रही थी। अमीरी की भव्यता से गरीबी के अकेलापन की ओर बढ़ता रॉय परिवार देश के लिए कोतूहल का विषय बन गया था। जो किसी को भी समझ में नहीं आ रहा था।

"आदित्य, मम्मी-पापा को बोलो की मेरे घर पर चले। हम सब वहीं रहेंगे।" स्नेहा ने आदित्य को कहा।

"कहीं तो रात गुजारनी पड़ेगी हमारे पास दूसरा कोई विकल्प भी तो नहीं है।"

रमेश ने आदित्य के बोलनें से पहले ही जवाब दे दिया। चारों स्नेहा के घर पर चले गए। स्नेहा का घर एक कमरे की छपरी था। आस पड़ोस के सभी लोगों की नज़र इन चारों पर थी।

अचानक स्नेहा के साथ रॉय फैमिली। इस परिवार को कौन नहीं जानता था। रमेश और आदित्य को शर्म महसूस हो रही थी। ऐसी अभाव अभियोग वाली जिंदगी कभी नहीं देखी थीं ऊपर से लोगों की नज़रें उनको और जलील कर रही थी। जैसे–तैसे रात गुजरी सुबह होते ही आदित्य ने स्नेहा से कहा,

"स्नेहा, मुझे माफ़ करना मुझे नहीं पता था कि हमारा भाग्य हमसे इस प्रकार रूठ जायेगा। अन्यथा मैं तुम्हें दुःखी करने के लिए विवाह बंधन में नहीं बांधता।"

"आदित्य, ऐसी बातें मत करो, मैं तुम्हारी अर्धांगिनी हूँ, अगर सुख में हिस्सेदार थी तो दुःख में भी उतनी ही हिस्सेदार हूँ। आप ऐसा मत सोचो।"

"स्नेहा, मेरी एक इच्छा थी।"

"बताओ।"

"हम सभी उदयपुर को छोड़ कहीं ओर चले जाते है रॉय परिवार की आइडेंटिटी के साथ रहना मुश्किल होगा। हर व्यक्ति की नज़र हम पर ही है। हम ऐसे एरिये में चलते है जहाँ हमें कोई नहीं जानता हो।"

"हाँ, ये ठीक रहेगा।" स्नेहा ने हाँ में हाँ मिलाते हुए कहा।

"बेटा एक बार उदयपुर छोड़ने से पहले पुलिस के पास जाकर आते है। पिताजी की अचानक मौत और समस्त संपति किसी अनजान व्यक्ति के नाम हो जाना किसी साजिश का हिस्सा लगता है। बेटा हमें अपने हक की लड़ाई लड़नी चाहिए बजाय मैंदान छोड़ने के।" रमेश रॉय ने आदित्य को समझाते हुए कहा।

"ठीक है, हम आज ही एफ आई आर दर्ज करवाते है ताकि हमको न्याय मिल सके।"

आदित्य ने रमेश रॉय की बात से सहमति जताते हुए कहा।

पिता–पुत्र दोनों सायफन चौराहा पुलिस थाने पहुंचे। पिता–पुत्र को आते देख असिस्टेंट सब इंस्पेक्टर ने सर्कल ऑफिसर को कहा,

"साहेब दोनों आ गए है।"

ये सुनते ही सर्कल इंस्पेक्टर एक्टिव होकर चेयर पर सीधा बैठ गया।

"सर, शंकर रॉय की डेथ के सिलसिले में आए थे।"

रमेश रॉय ने ऑफिसर से कहा।

"उनकी डेथ तो नॉर्मल हुई है, पोस्टमार्टम रिपोर्ट से तो यही मालूम पड़ रहा है।"

"पूरी संपत्ति किसी अनजान व्यक्ति के नाम कर देना ये मामला कुछ समझ नहीं आता है सर।"

आदित्य ने बीच में बोलते हुए कहा।

"संपत्ति उनकी थी वो किसी के नाम भी कर सकते है। आप लोगों से वो खुश नहीं होंगे, इसलिए कर दी होगी।"

"मामला एक दो करोड़ का नहीं है पूरे तीन लाख करोड़ का है। आप मामले की गंभीरता को समझो।" आदित्य ने ऑफिसर को मामला गंभीरता से लेने के लिए निवेदन किया।

"तू मुझे सिखाएगा, हम गंभीरता से काम नहीं करते है, बहुत अच्छी बात है।"

ऑफिसर ने चिढ़ते हुए आदित्य को जवाब दिया।

"सर, ऐसी बात नहीं है। मान लिया की पिताजी की डेथ नॉर्मल हुई, पर किस व्यक्ति के नाम ये पूरी संपति ट्रांसफर हुई है उसकी जानकारी तो हमें होनी चाहिए।" रमेश रॉय ने आदित्य का बीच बचाव करते हुए कहा।

"मेरे दादाजी, मेरी जानकारी के बिना एक रूपया भी ट्रांसफर नहीं करते थे। पूरा काम ही मैं संभालता था।" आदित्य ने ऑफिसर को बताया।

"देखो, संपत्ति किस व्यक्ति के नाम जारी हुई है उसकी जानकारी हमारे पास भी नहीं है। क्योंकि उस व्यक्ति ने अपना नाम डिस्क्लोज नहीं हो उसकी अर्जी हाई कोर्ट में लगा रखी है। जैसे ही मालूम पड़ेगा आपको सूचित कर देंगे।"

"आप हमारी एफ.आई.आर. तो दर्ज करो।" रमेश रॉय ने ऑफिसर से निवेदन किया।

"आप किस बात पर एफ.आई.आर. लगाना चाहते है वो आपको ही स्पष्ट नहीं है।"

ऑफिसर ने बात की लीपापोती कर रहा था।

आदित्य और रमेश को ऑफिसर की बातों से समझ आ रहा था कि दाल में कुछ काला है। ऑफिसर की भूमिका भी संदिग्ध लग रही थी। रमेश रॉय ने पिता की संदिग्ध मृत्य और अवैधानिक रूप से संपति हस्तानांतरण पर एफ.आई.आर. दर्ज करवाकर वहाँ से निकल गए। दोनों को यह ज्ञात था कि ये ऑफिसर इस मामले में कुछ भी कार्यवाही नहीं करेंगा।

चेतन आनंद ने शीना से मोबाइल पर हालचाल पूछते हुए कहने लगा,

"हाय शीना, क्या कर रही हो?"

शीना: हम तुमको ही याद कर रहे थे।

चेतन आनन्द: अच्छा, ऐसा क्या विशेष कर रहे हो? अमेरिका आने की तो नहीं सोच रहे हो।

शीना: यार प्लान तो बुरा नहीं है, मुझे अमेरिका आ जाना चाहिए।

चेतन आनन्द: आ जाओ, तुम्हारा ही इंतजार है, रोज-रोज फोन करने की झंझट से मुक्ति मिलेगी।

चेतन ने मजाकिया अंदाज में कहा।

शीना: फालतू बातें छोड़ो मेरी बात ध्यान से सुनो।

चेतन आनंद: फरमाओ जी।

शीना: दो दिन बाद हिमांशु की शादी है तुमको आना है। मैं ना सुनना नहीं चाहती हूँ।

चेतन आनन्द: आ जाऊंगा शीना, अब तो तुम खुश हो।

शीना: आपने रॉय साहेब के बारे में सुना।

चेतन आनन्द: हाँ, बहुत दुःख हुआ, वो मेरे अंकल नहीं अपितु पिता समान थे। उनकी कमी कोई पूरी नहीं कर सकता।

शीना: आपके लिए तो उन्होंने जो किया वो कोई भी नहीं कर सकता।

चेतन आनन्द: शीना, अंकल मेरे दिल में बसते है वो दुनिया के लिए चल बसे है, मेरे लिए नहीं। मेरी यादों में वो हमेशा जिंदा रहेंगे।

चेतन ने कॉल डिस्कनेक्ट करते हुए कहा। हिमांशु, डॉली के पास बैठा था। दोनों की शादी की तैयारियां आरंभ हो गई थी।

हिमांशु: डॉली, मैं बहुत खुश हूँ, आखिरकार तुम मुझे मिल ही गई।

डॉली: हिमांशु थैंक्स यार, अगर तुम थोड़ी भी देरी कर देते तो मेरी तो जिंदगी बर्बाद हो गई होती। मैं मर–मर कर जिंदा रहना नहीं चाहती हूँ। गरीबी में तो बिल्कुल नहीं।"

हिमांशु: अब तुम मेरी हो, गरीबी तो बहुत दूर की बात है, मैं तुम्हारे कदम ज़मीन पर पड़ने नहीं दूंगा।"

डॉली: मेरे अच्छे दोस्त,,,,, तुम मेरे बारे में कितना सोचते हो। सुनो शादी का इन्विटेशन देने मेरे साथ चलोगे।"

हिमांशु: क्यों नहीं, डॉली। अवश्य चलूंगा। बोलो चलना कहां है?

डॉली: हिमांशु मुझे स्नेहा को इन्विटेशन देना है, तुम कॉल मिलाओ, शायद मेरा कॉल तो वो रिसीव नहीं करेंगी।

हिमांशु: ठीक है मैं स्नेहा से बात कर लेता हूँ।

हैलो, स्नेहा मैं हिमांशु, तुमसे मिलना था।

स्नेहा: हाँ बोलो क्या काम है?" स्नेहा ने हिमांशु से पूछा।

हिमांशुः काम ऐसा है जिसे मिलकर ही बताया जा सकता है अपनी लाइव लोकेशन भेजो मैं आता हूँ।

स्नेहा ने अनमने मन से हिमांशु को अपने घर की लोकेशन भेजी। वो नहीं चाहती थी कि उसकी छपरी उसके दोस्त देखे। थोड़ी देर बाद हिमांशु और डॉली स्नेहा द्वारा दी गई लॉकेशन पर पहुँच गए। उनको स्नेहा के घर का कोई अनुमान नहीं लगा पा रहे थे। वहाँ स्नेहा के पड़ोस के घर में पूछा,

"दीदी, स्नेहा का घर आपको पता है, यही आसपास रहती है।"

"वो सामने वाला घर स्नेहा का है।"

"वो छपरी, ऐसा घर,,, कभी उसने तो जिक्र ही नहीं किया। बाप रे! ऐसी टूटी छपरी में कोई कैसे रह सकता है,,, भगवान बचाए,,, मैं तो एक दिन नहीं रह सकती हिमांशु।"

डॉली ने घिन्न भाव से कहा। डॉली को स्नेहा का घर देखकर मन ही मन खुशी महसूस हो रही थी। जैसे ही छपरी का दरवाजा खोला अंदर आदित्य को देखकर डॉली झेंप गई। फिर भी हिमांशु और डॉली बिना रुके अंदर चले गए,

"स्नेहा, दो दिन बाद मेरी शादी में तुमको आना है।"

"डॉली तुम मेरी अच्छी दोस्त थी लेकिन तुम्हारी बचकानी हरकतों से मुझे तुमसे घृणा हो गई है, पहला तो तुमने आदित्य के साथ धोखा किया दूसरा तुम आदित्य को जलील करने के लिए यहाँ आई हो। वो मेरा जीवन साथी है उनकी तौहीन मुझे किसी भी स्थिति में बर्दाश्त नहीं है। डॉली तुम जा सकती हो। तुमको बुरा लग रहा होगा पर तुम्हारे जैसा खुदगर्ज इंसान मैंने जीवन में नहीं देखा।"

"ज्यादा भाषण मत दे स्नेहा, मुझे सीखाने की ज्यादा कोशिश मत कर। तेरे जैसे शादी में नहीं भी आएंगे तो मुझे क्या फर्क पड़ता है। समय अनुसार जब नदी अपना रास्ता बदल देती है, मैं तो इंसान हूँ। तुझे भिखारिन बनकर रहना है तो वो तेरा भाग्य, मैं क्या कर सकती हूँ।"

डॉली ने स्नेहा पर चिढ़ते हुए कहा।

"देख डॉली, नदी जब रास्ता बदलती है तो विनाश लेकर ही आती है,,, मुझे ज्यादा नहीं बोलना, मेरे लिए गरीबी कोई नई चीज नहीं है।"

"तू दोस्ती लायक नहीं है स्नेहा, चलो हिमांशु मुझे तो यहाँ आकर पछतावा हो रहा है।"

हिमांशु और डॉली चिढ़ते हुए स्नेहा के घर से चले गए।

"स्नेहा, रोजमर्रा जिंदगी चलाने के लिए, मुझे कुछ करना होगा। मुझे यहाँ सिटी में कोई काम देगा भी नहीं और मैं भी काम नहीं कर पाऊंगा। हमें ऐसे स्थान के लिए निकलना चाहिए, जहाँ हमें कोई नहीं जानता हो।"

आदित्य ने स्नेहा से मन की बात करते हुए कहा।

"आदित्य, आपके साथ-साथ मैं भी जॉब कर लेती हूँ ताकि आपको सहयोग मिल सके।"

"स्नेहा, मम्मी को कम दिखता है, तुम्हें उसके पास ही रहना चाहिए।"

स्नेहा और आदित्य की बातों को रमेश रॉय ध्यान से सुन रहे थे।

"बेटा, मैं घर पर बैठे-बैठे क्या करूंगा। कुछ काम करूँगा तो मेरा भी दिन निकल जायेगा।"

चारों मेवाड़ से बहुत दूर मुंबई के लिए निकल गए ताकि अपना जीवन यापन कर सकें। रॉय परिवार जो महलों में बसेरा करता था आज झुग्गी झोपड़ी का मोहताज था। जहाँ मुम्बई में रोजगार की अपार संभावनाएं है उतना ही कठिन जीवन यापन भी है। आदित्य को चिंता थी की परिवार के लिए रहने के लिए क्या जुगाड़ किया जाए? इतने में रमेश रॉय ने आदित्य से कहा,

"बेटा, धारावी मुंबई का सबसे सस्ता रिहायशी एरिया है, क्यों न हम सभी वहाँ रहे ताकि कम खर्च में घर की सुविधा मिल जाए। "

"धारावी, स्लम में।"

आदित्य ने नाक सिकुड़ते हुए पूछा। ऐसा देखकर रमेश रॉय आदित्य को समझाने लगे,

"बेटा, हमारे पास उतना बजट नहीं है कि, अभी किराए पर कहीं फ्लेट ले सके। थोड़े दिनों बाद अच्छे एरिये में शिफ्ट हो जायेंगे"

पिता-पुत्र की चर्चा स्नेहा सुन रही थी। स्नेहा ने आदित्य को समझाते हुए बोली,

"आदित्य, तुम्हें शिव मंगल सिंह सुमन की ये कविता जरूर याद होगी,

क्या हार में, क्या जीत में, किंचित नहीं भयभीत मैं, कर्तव्य पथ पर जो भी मिला, यह भी सही वो भी सही। जीवन में, प्रकृति में एक ही बात निश्चित है वो है, परिवर्तन। आदित्य हम मेहनत के बलबूते पर दादाजी के सपनों को आबाद करेंगे। रात कितनी भी अंधेरी क्यों नहीं हो, सवेरा अवश्य होता है। आशा और विश्वास पर ही तो जीवन का अवलंबन है। निराश नहीं होते आदित्य।"

"थैंक्स स्नेहा, दादाजी ने अपनी हथेली पर हमें रखा, जीवन के झोखों से कभी सामना ही नहीं हुआ, तकलीफें सहना तो दूर इस शब्द का अर्थ क्या होता है ये हमें मालूम न था। पर,,,,,,स्नेहा।

"पर,,क्या?"

स्नेहा ने आदित्य से पूछा।

"स्नेहा, विपत्ति आती है मान लिया। ये भी मान लिया कि ये हमारें कर्मो की सजा है पर हमने जीवन में ऐसा कोई काम किया ही नहीं। दादाजी की सीख थी कि दूसरों का दिल कभी दुखाना नहीं चाहिए। शायद हमने किसी का दिल नहीं तोड़ा, किसी को साथ धोखा नहीं दिया। फिर हमें किस बात की सजा मिल रही है?"

"हो सकता है कि ईश्वर आने वाले समय के लिए परिमार्जित कर रहा हो, इस समय को तुम ईश्वर का प्रसाद मानो आदित्य। यही समय है जो तुम्हें परख करना सीखा देगा कि कौन अपना है? और कौन पराया?"

"स्नेहा तुम्हारी सभी बातें सही है पर इन परिस्थितियों में ढलने में मुझे थोड़ा समय लगेगा।"

"कुछ लोग है जो वक्त के सांचे में ढल जाते है और कुछ लोग वक्त के सांचे ही बदल देते है। आदित्य में ढलने का नहीं बोल रही हूँ, सांचा ही बदल दो। जीवन अपने आप बदल जाएगा। मेहनत से तो पत्थर को भी पिघलाया जा सकता है।"

"स्नेहा, तुम नहीं होती तो मुझे इस कठिन समय में संबलन कौन देता? जीवन के रास्ते पर मुझे तुम्हारी पल-पल जरूरत रहेगी,,,मेरा हाथ थामे रखना,,,डगर कठिन है पर तुम हो न।"

आदित्य की आंखो में आंसू आ गए।

"मैं जानती हूँ आदित्य दुःख के बाद सुख में रहना सरल है परंतु सुख के बाद दुःख में रहना बहुत कठिन है। मेरे जीवन की अंधेरी रात बहुत लंबी है, अभी खत्म नहीं हुई है। आदित्य,,, मैं हूँ न इन अंधेरी रातों में तुम्हारा साथी पथिक जो लंबे अनुभव वाला है।"

स्नेहा ने आदित्य से कहा। स्नेहा अपने आंसू भी ऐसे पोछ रही थी कि किसी को भनक नहीं लगे। आदित्य और स्नेहा की बातें सुनकर रमेश रॉय और रजनी की आंखे भी नम थी। चारों पिछले कल को दफन करते हुए आने वाले कल के लिए धारावी की ओर जा रहे थे।

धारावी में एक टूटा-फूटा, जर्जर मकान जो कम किराए पर मिल रहा था वहाँ रॉय परिवार रहने लगा। धारावी में ऐसे घरों को खोली के नाम से जाना जाता था। सिर्फ कहने को ही ये मकान था आठ-दस लकड़ी के पटियो के सहारे टिकी ये केलु पोश छत जिसमें से सूर्य के दर्शन आसानी से किए जा सकते थे। दीवारें कब भरभरा के गिर पड़े कहा नहीं जा सकता था। कोनें में चरमर करती चारपाई पड़ी हुई थी। एक कोने में मिट्टी का चूल्हा बना हुआ था जिसके आसपास और ऊपर का पूरा भाग काले रंग से ऐसे चमक रहा था जैसे एशियन पेंट किया हो। यहाँ की फर्श से अच्छी सड़क थी। इतना बदतर स्थिति वाला आवास तो कभी रॉय फैमिली के नौकरों ने भी उपयोग में नहीं लिया था। मकान के पीछे नाला था वहाँ से ज्यादा बदबू यहाँ थी। लेकिन चारों

में से किसी ने उफ्फ तक नहीं किया। राशन के जुगाड़ के साथ–साथ घर में छोटी–मोटी सामग्री भी क्रय करनी थी। इतने में खोली / मकान का मालिक मोहित सांगले आया,

"मुझे खोली का किराया एक से पांच तारीख के बीच मंगता है, नहीं मिला तो खोली खाली करने का। समझा क्या?"

"सांगले साहब शिकायत का मौका नहीं देंगे बस एक बार कहीं नौकरी मिल जाए।"

रमेश रॉय ने सांगले से निवेदन करते हुए कहा।

"तुझे नौकरी मंगता है क्या? बाजू की सोसाइटी मे वॉचमैंन का काम है, कर लेगा क्या?"

"हाँ साहेब, कर लूंगा।"

"मैं बात करूं क्या?"

"करो साहेब।"

"पर तुझे जो मिलेगा उसका दस टका मुझे मंगता है, देगा क्या? देगा तो बात करूं।"

"बिल्कुल साहेब, अवश्य दूंगा।"

"आठ हजार पेमेंट है, दस टके के हिसाब से आठ सौ मेरा।"

रमेश रॉय को एक रेसिडेंशियल टॉवर में वॉचमैंन की नौकरी मिल गई। रमेश रॉय को वॉचमैंन की यूनिफॉर्म और काम का तरीका समझा दिया गया। रमेश रॉय को जीवन के असली मायने अब समझ आ रहे थे। उसने अभी तक ऐशो आराम के आलावा कुछ किया नहीं था। पहली बार परिवार की जिम्मेदारी वहन की थी। रमेश रॉय तब वापिस लौट के आया था जब तक उसका सब कुछ लूट चुका था। उसको पश्चाताप की अग्नि अंदर ही अंदर खाए जा रही थी। नाइट ड्यूटी से उसकी तबीयत दिनों दिन बिगड़ती जा रही थी। उसको एड्स होने की वजह से शरीर की प्रतिरोधक क्षमता नहीं के बराबर रह गई थी लेकिन रमेश रॉय ने अपनी बीमारी और बिगड़ती स्थिति का अहसास किसी को होने नहीं दिया। रेसिडेंशियल टॉवर के एंट्री गेट पर बैठा रमेश हमेशा इसी ताक में रहता था कि उसे कोई सज्जन व्यक्ति दिखे जिससे वो आदित्य की नौकरी की बात कर सके।

"साहेब काम था।" रमेश रॉय ने मोबाइल पर बात करते एक युवा जो लिफ्ट की ओर जा रहा था उसको रोकते हुए बोला।

उस अजनबी युवक ने रुक कर बोला,

"हाँ बोलो।"

"सर, मेरे बेटे को काम चाहिए था, किसी भी ऑफिस में काम मिल जाता तो ठीक रहता।" रमेश रॉय ने उस युवक से गिड़गिड़ाते हुए कहा।

"अरे यार,,,, गजब करता है, ये पागल तो नहीं है हटाओ यहाँ से।"

झल्लाते हुए वो युवक लिफ्ट में चढ़ गया।

आदित्य ऑफिस दर ऑफिस नौकरी के लिए भटक रहा था पर उसे कहीं काम नहीं मिल रहा था। सुबह काम की तलाश में निकलता शाम होते–होते वो थक कर चूर हो जाता पर उसे कहीं काम नहीं मिलता था।

"कहीं काम मिला?"

स्नेहा ने आदित्य से पूछा।

"नहीं स्नेहा, चप्पलें घिस गई है, कोई काम देने को तैयार ही नहीं है।" आदित्य ने निराश होते हुए बोल रहा था।

"आपकी अनुमति हो तो मैं कोई स्कूल जॉइन कर लूं। घर का सब काम निपटा कर जाऊंगी, आकर बचा काम कर लूंगी, मम्मी जी को कोई काम नहीं करने दूंगी, प्लीज आदित्य।" स्नेहा, आदित्य से निवेदन करने लगी।

"ठीक है, मैं कल एक बार और काम की तलाश करता हूँ। अगले दिन मैं मम्मी के पास रहूँगा तुम आसपास कि किसी स्कूल में पता कर लेना।"

"थैंक्स आदित्य, तुमने मेरे पर विश्वास किया।" स्नेहा ने प्रसन्न होते हुए कहा। आदित्य काम की तलाश में जा रहा था जहाँ से वो गुजर रहा था वहीं बहुमंजिला बिल्डिंग का काम चल रहा था वहाँ आदित्य रुक गया,

"भाई साहेब, इस साइट का सुपरवाइजर कौन है?"

"वो यलो हेलमेट, रेड शर्ट वाले मालवीया जी।"

साइट पर काम कर रहे मजदूर ने इशारा करते हुए बताया। आदित्य सुपरवाइजर के पास जाकर बोला,

"सर जी, मुझे काम की जरूरत थी।"

"बोल क्या काम कर लेगा?" "कुछ भी, कैसा भी काम कर लूंगा। मुझे काम नहीं मिला तो मेरा परिवार भूखा मर जायेगा साहेब।"

आदित्य ने गिड़गिड़ाते हुए सुपरवाइजर से कहा। आदित्य की आंखे छलक गई थी।

"देख तेरा काम, ग्राउंड फ्लोर पर पड़े बिल्डिंग मटेरियल को ऊपर के फ्लोर तक पहुंचाना रहेगा, बोल मजदूरी क्या लेगा?"

"सर जी, आपको जो ठीक लगे दे देना, धन्यवाद साहेब। आपका ये अहसान मैं कभी नहीं भूलूंगा।"

"ठीक है, ठीक है, कल से नौ बजे आ जाना।" आदित्य वहाँ से निकल गया। आज उसको सुकून मिल रहा था कि आखिरकार उसे काम मिल गया वो जानता था कि पिताजी की सैलरी से घर नहीं चलेगा। इसी उधेड़बुन में घर पहुँच गया। वो स्नेहा को कुछ बोले उसके पहले ही,,,,,,,।

आदित्य को कंस्ट्रक्शन साइट पर मजदूर का काम मिल गया था। वो स्नेहा को कुछ बताएं इसके पहले ही उसे चक्कर आ गए। वो फर्श पर गिरने वाली थी उतनें में आदित्य ने उसे दौड़कर पकड़ लिया,

"स्नेहा,,,,,,,।"

आदित्य, स्नेहा को पकड़ते हुए जोर से बोल पड़ा।

"पता नहीं मुझे अचानक चक्कर कैसे आ गए।"

"स्नेहा तुमने कुछ खाया नहीं होगा, अंदर डिब्बों में राशन है भी या नहीं।" आदित्य ने चिंता व्यक्त करते हुए स्नेहा को पूछा।

"रोटी खाई है आदित्य, मैं भूखे पेट नहीं हूँ।"

"चलो डॉक्टर को दिखा कर आते है।"

"आदित्य आप भी गजब करते हो, इतनी सी बात में कोई हॉस्पिटल जाता है क्या?"

"मैं कुछ भी नहीं सुनूंगा, अभी मेरे साथ चलो डॉक्टर को दिखा कर आते है।"

दोनों पास ही म्युनिसिपल हॉस्पिटल में बताने के लिए घर से निकल गए।

"आदित्य आप मुझे कुछ कहने वाले थे।"

"हाँ, मुझे काम मिल गया है।"

स्नेहा ने खुश होते हुए पूछा,

"आदित्य कहाँ?"

आदित्य ने झूठ बोलते हुए बोला,

"टाटा कंसल्टेंसी लिमिटेड में कंप्यूटर ऑपरेटर के पद पर काम मिला है।

"ये टाटा कंसल्टेंसी लिमिटेड का ऑफिस कहाँ पर है, आदित्य?"

स्नेहा के इस प्रश्न ने आदित्य को सोचने पर मजबूर कर दिया।

"बोल क्यों नहीं रहे हो? बताओ न।"

“अरे यार,,,, उस एरिये का नाम,,, कोलीवाड़ा है।” आदित्य के मन में जो नाम आया वो उसने बोल दिया। दोनों ही बातों–बातों में हॉस्पिटल पहुँच गए थे। वहाँ लेडीज डॉक्टर को दिखाया, ध्यान से देखकर फिर डॉक्टर ने स्नेहा से पूछा,

“साथ में कोई आया है क्या?”

“जी मैंडम, मेरे हसबैंड आए है। आदित्य अंदर आ जाओ।” स्नेहा ने आदित्य को अंदर बुलाने के लिए आवाज लगाई।

“जी डॉक्टर,,,।”

“आपको बधाई, आप पिता बनने वाले है।”

“वॉव बधाई, बधाई, बधाई। स्नेहा तुम्हें रॉय परिवार को वारिस देने के लिए थैंक्स। आदित्य ने स्नेहा को धन्यवाद देते हुए हग कर लिया। स्नेहा भी बहुत खुश थी। दुःखमय जीवन के बीच रॉय परिवार को एक आशा की किरण, एक खुश होने का कारण मिला था। घर के चारों सदस्य बहुत खुश थे।

“स्नेहा अब तुम्हें नौकरी करने की आवश्यकता नहीं है। तुम खुद का ध्यान रखो।”

आदित्य ने स्नेहा को समझाते हुए कहा।

“अब तो आपको अच्छी जॉब मिल गई है मुझे नौकरी करने की कोई जरूरत नहीं है।” स्नेहा ने आदित्य पर विश्वास जताते हुए बोली।

रमेश रॉय अभी–अभी अपनी ड्यूटी खत्म कर घर आए थे। वो बुखार से पीड़ित थे। लेकिन खुशखबरी सुनकर उनका आधा बुखार तो यूं ही छू मंतर हो गया।

“बेटा, आज बहुत दिनों बाद मन को ठंडक देने वाले समाचार मिले है।”

“पापा सब छोड़ो, यही पड़ोस में म्युनिसिपल हॉस्पिटल है आपको दिखा कर आते है।”

“ बेटा, अभी मुझे सोने दे बहुत थक गया हूँ। कल सुबह ले जाना, कल मेरा ऑफ है।”

“ठीक है पापा, आप सुबह तैयार रहना।” सुबह होते ही दोनों पिता–पुत्र हॉस्पिटल पहुँच गए,

“रमेश जी, मैं जो टेस्ट लिख रहा हूँ उसको आप करवाकर ले आए फिर मैं आपको दवाईयां लिखता हूँ।”

डॉक्टर ने रमेश रॉय को टेस्ट लिखते हुए कहा।

दोनों टेस्ट करवाने के लिए लेबोरेटरी की ओर जाने लगे। रमेश रॉय को डर था कि उसकी बीमारी की जानकारी सभी को हो जाएगी इसलिए वो आदित्य को कहने लगे,

“बेटा आदित्य, मुझे ठीक है, नाइट ड्यूटी थी इसलिए थकान के कारण बुखार आ गया था, फालतू पैसा टेस्ट में नहीं बिगाड़ना है।”

"पैसों की चिंता छोड़ो पापा, आज से मैं काम पर जा रहा हूँ। अभी टैस्ट करवा लो ताकि डॉक्टर दवाईयां लिख सके।"

आदित्य की जिद्द के आगे रमेश रॉय को झुकना पड़ा।

"पापा आप घर पर आराम करो, मैं दवाईयां लिखवाकर आता हूँ।"

आदित्य ने पिताजी रमेश रॉय को घर भेज दिया। थोड़ी देर के बाद टेस्ट की रिपोर्ट आ गई। रिपोर्ट देखते ही आदित्य की आंखे गुस्से से लाल थी तो वहीं आंखें आंसुओं से तर भी थी। आदित्य ने सोच रहा था "अगर एड्स की जानकारी पापा को मालूम पड़ गई तो वे घुट-घुट कर मर जाएंगे। मुझे इस बीमारी को छिपा कर रखना होगा।"

आदित्य इन्हीं विचारों में घर पहुँच गया।

"पापा, आपके सभी टेस्ट नॉर्मल है।" आदित्य की बात सुनते ही रमेश रॉय आश्चर्य में पड़ गया क्योंकि उसको बीमारी की जानकारी थीं। वो मन ही मन सोचने लगा, "बेटा तू टेस्ट गलत करवाकर लाया है, पर अच्छा हुआ टेस्ट सही नहीं आया।"

पिता और पुत्र दोनों बीमारी को छिपा रहे थे।

"स्नेहा, मैं ऑफिस चलता हूँ। तुम भी दवाई ले लेना और पापा को भी दे देना।"

"आप रोटी-मिर्ची खा लो फिर निकलना।" स्नेहा ने आदित्य से कहा। आदित्य जानता था कि दो ही रोटी पड़ी है अगर वो भी खा लेगा तो बाकी क्या करेंगे? अंदर राशन भी नहीं था ये उसे अच्छे से पता था। स्नेहा थोड़ी देर पहले उसे झूठ बता रही थी कि राशन के डिब्बे भरे पड़े है। आदित्य ने बहाना करते हुए बोला,

"मैंने तुम्हें नहीं बताया कि हमारे लंच की व्यवस्था है। मैं डेली वहीं लंच करूंगा।" आदित्य काम के लिए निकल गया।

आदित्य पिताजी रमेश रॉय और स्नेहा को दवाईयां देकर कंस्ट्रक्शन साइट पर मजदूरी करने निकल गया। साइट पर आदित्य का आज पहला दिन था। कंस्ट्रक्शन साइट पर पहुँचते ही वो सबसे पहले सुपरवाइजर से मिला,

"क्या नाम है तेरा?"

"साहेब, आदित्य।"

"नाम तो राजा महाराजाओं वाला है।" सुपरवाइजर ने हँसते हुए कहा। आदित्य को बहुत बुरा लग रहा था लेकिन उसने खुद को समझा दिया था कि लोगों के शाब्दिक बाणों से वह अपने आप को कभी आहत होने नहीं देगा। आदित्य चुपचाप सुनता रहा।

"ग्राउंड फ्लोर पर पड़ी ईंट, रेत, सीमेंट और गिट्टी को पांचवी मंजिल तक तुझे सीढियों से चढ़ाना है।"

"जी साहेब अभी चढ़ा देता हूँ।" आदित्य पड़ी हुई सामग्री के पास चला गया आदित्य के लिए ये कार्य अत्यंत कठिन था, संघर्ष बढ़ता जा रहा था। आदित्य हार मानने को तैयार नहीं था और परम सत्ता परीक्षा पर परीक्षा लिए जा रही थी। जीवन में तिनका नहीं उठाया था उसको पांचवी मंजिल तक सामान ढोना था। "मरता क्या न करता" राशन के डिब्बे खाली थे, पिताजी को बीमारी दस्तक दे चुकी थी, मां की क्षीण होती नज़रें बेबस थी, पत्नी गर्भधारण किए हुई थी। समस्त पीड़ा एक ही कंधे पर थी।

"सिर पर पटिया रख कर एक साथ बीस ईंटे ले जा, वो भी फटाफट।" सुपरवाइजर ने आदित्य को कहा।

"जी साहेब।"

आदित्य ने लकड़ी का पटिया सिर पर रखा दूसरे मजदूर ने उसके सिर पर ईंटे जमाना शुरू किया, हर बढ़ती ईंट के वजन से उसकी कमर में तेज दर्द बढ़ता जा रहा था पर वो सोच रहा था, "हिम्मत ए मर्दा मदद ए खुदा।" लड़खड़ाते हुए वो आगे बढ़ रहा था। हिम्मत कर एक-एक सीढ़ी ऊपर चढ़ रहा था, घुटने साथ नहीं दे रहे थे। शरीर में असहनीय दर्द आरंभ हो गया। इतना वजन की वो कभी भी गिर सकता था लेकिन वो हिम्मत के साथ ऊपर चढ़ रहा था। आंखो में दर्द से आंसू निकल आए थे। शरीर पसीने से तरबतर था। जैसे-तैसे आदित्य पांचवी मंजिल चढ़ा उसका शरीर शिथिल हो चुका था। तेज सांसे चल रही थी वो निढाल होकर सीढ़ियों पर विश्राम के लिए बैठ गया। इतने में सहायक सुपरवाइजर उसके पास आया,

"खड़ा हो जा जल्दी से, चल दौड़कर एक बोरी रेत लेकर आ।"

"जी साहेब, अभी लाता हूँ।"

आदित्य खड़ा होकर नीचे जाने लगा।

"इतने आलसी, कामचोर मजदूर को काम पर किसने लगाया है?"

सहायक सुपरवाइजर ने पास ही खड़े मजदूर से पूछा।

"कल सुपरवाइजर साहब ने काम पर लगाया है लगता है उनका कोई मिलने वाला होगा।" पास खड़े मजदूर ने जवाब दिया। आदित्य बड़ी मुश्किल से आधी बोरी रेत थैले में भरकर लाया।

"अरे यार तू तो हमारा भी बाप निकला, किस को बेवकूफ बना रहा है इतनी रेत तो छोटे बच्चे उठाकर लाते है।" सहायक सुपरवाइजर ने आदित्य को डांटते हुए कहा।

"साहेब अब पूरा थैला भरकर लाऊंगा। आदित्य ने विनम्रता के साथ जवाब दिया।

"भिखारी जैसा हुलिया बना रखा है, कल से व्यवस्थित होकर यहाँ आना।"

आदित्य सिर नीचा कर सुन रहा था। आदित्य की दाढ़ी बढ़ी हुई थी, बाल बिखरे और उलझे हुए थे। कपड़े घिस गए थे जो स्पष्ट रूप से गंदे नज़र आ रहे थे।

आदित्य ने धीरे से जवाब दिया,

"साहेब वेतन मिलते ही नए कपड़े खरीद लाऊंगा।"

"वेतन नहीं मजदूरी बोला कर।" सहायक सुपरवाइजर ने हँसते हुए कहा। सुपरवाइजर की बात सुनकर आसपास के मजदूर और कारीगर हंसने लगे। दूर बैठा एक मजदूर था जिसको आदित्य पर उड़ाई जा रही फब्तियां पर हंसी नहीं आ रही थी।

"जी साहेब।"

आदित्य ने धीरे से जवाब दिया।

शाम होने को थी आदित्य का शरीर निस्तेज हो गया था। वो सुपरवाइजर के पास गया,

"साहेब सुबह से अन्न का दाना भी पेट में नहीं गया है पांच सौ रुपये मिल जाते तो ठीक रहता।"

आदित्य ने दोनों हाथ जोड़कर सुपरवाइजर के सामने खड़ा-खड़ा गिड़गिड़ा रहा था।

"दिन तो तूने एक भरा है इतने में पैसे मांगने आ गया। तेरी ये बहाने बाजियां नहीं चलेंगी, कल थोड़े पैसे दे दूंगा।"

"ठीक है साहेब।"

आदित्य ने हामी भरते हुए आगे निकल गया। वो जानता था कि अगर वो पैसों की ज्यादा जिद्द करेंगा तो सुपरवाइजर उसे काम से निकाल देगा। शरीर अकड़ गया था। उससे चला नहीं जा रहा था। पास ही ड्रम में पड़े पानी से हाथ पैर धोकर बाल बनाए और अपने आप को व्यवस्थित कर घर के लिए निकल गया। उसको चिंता सताए जा रही थी कि कल घर के लोग क्या खाएंगे?

वो तो रो नहीं सकता था क्योंकि वो तो पुरुष जो था। घर पर जाकर आदित्य जमीन पर लेट गया,

"क्या हुआ? आपकी तबीयत तो ठीक है ना।" स्नेहा ने आदित्य से पूछा।

"ठीक है, थोड़ा लंच ज्यादा हो गया था इसलिए बैचेनी हो रही है।" आदित्य ने झूठ बोला ताकि वो रात के खाने का नहीं पूछे।

रमेश रॉय की नाइट ड्यूटी थी बुखार दिन प्रतिदिन तेज होता जा रहा था। रमेश रॉय की प्रतिरोधक क्षमता कम रही थी। शरीर तेज बुखार के साथ कंपन कर रहा था। ऐसी स्थिति में भी वो नाइट ड्यूटी करने गया। कुर्सी पर दोनों पैर चढ़ाकर रमेश रॉय बिल्डिंग की एंट्री पर बैठे हुआ

था। बुखार इतना तेज था कि उसकी आंख ऊंची नहीं हो रही थी। सोसायटी अध्यक्ष लिफ्ट से जैसे ही निकले उन्होंने रमेश रॉय को सोते देखा। वॉचमैंन को सोते पाकर सोसायटी के अध्यक्ष गुस्से से बौखला पड़े उन्होंने रमेश रॉय को जोर से हिलाया,

"यहाँ सोने आता है क्या?"

"नहीं साहेब, जग रहा हूँ।"

"किस को बेवकूफ बना रहा है?"

सोसायटी के अध्यक्ष ने फोन निकाल कर सोसायटी के सेक्रेटरी को कॉल किया,

"श्यामजी तुमने वॉचमेन सही नहीं लगाया है, अभी मैंने उसको सोते हुए देखा था।"

"आप तो उसको रवाना कर दो, ऐसे गैर जिम्मेदार व्यक्ति की हमें कोई जरूरत नहीं है।" सेक्रेटरी ने जवाब दिया।

सोसायटी अध्यक्ष ने रमेश रॉय की बांह पकड़ कर खड़ा कर दिया,

"निकल यहाँ से कल से काम पर मत आना हमे ऐसे नकारा व्यक्ति की कोई जरूरत नहीं है। तेरा जो पैसा बनता है सांगले तक पहुंचा देंगे।"

"साहेब गलती हो गई, माफ़ करना, ऐसी गलती दुबारा नहीं करूंगा।" रमेश रॉय गिड़गिड़ाते हुए सोसायटी अध्यक्ष के पैरों में गिर पड़ा।

"साहेब कल से कुछ नहीं खाया है, घर में सब भूखे है अगर आपने मुझे काम से निकाल दिया तो हम खाएंगे क्या?"

"चुपचाप निकल रहा है या सिक्योरिटी को बुलाऊं।" सोसायटी अध्यक्ष ने गुस्सा करते हुए कहा।

रमेश रॉय गिड़गिड़ाता रहा उसकी एक नहीं सुनी। वो इतना बीमार था कि उससे चला भी नहीं जा रहा था। उसको धक्के मारकर सोसायटी से निकाल दिया।

रमेश रॉय को सोसायटी वॉचमैंन की नौकरी से निकाल दिया था। उनका शरीर जवाब दे गया था। बुखार कम होने का नाम ही नहीं ले रहा था। दिन ब दिन स्थिति बदतर होती जा रही थी। गरीबी और बीमारी का शिकंजा कसता जा रहा था। मुसीबतें कम होने के स्थान पर बढ़ती जा रही थी। घर के सभी सदस्य अपनी पीड़ा से कम दूसरे की तकलीफ से ज्यादा तड़प रहे थे। रॉय परिवार पर त्रासदी और तिरस्कार बढ़ता जा रहा था। लाचारी और मजबूरी से पूरा परिवार विषादग्रस्त था आदित्य कंस्ट्रक्शन साइट पर काम करने के लिए रोज की तरह निकल गया।

"आज तेरा एक ही काम है, ये ट्रैक्टर की सभी ईंटे ऊपर पांचवी मंजिल पहुंचा दे फिर तू घर जा सकता है।" सुपरवाइजर ने आदित्य को काम सौंपते हुए कहा।

"जी साहेब, ट्रैक्टर की सभी ईंटे चढ़ा देता हूँ।" आदित्य ने हामी भरते हुए कहा। आदित्य अपने काम में लग गया। मुश्किल से सौ ईंटे ऊपर पहुंचाई होंगी उतनें में वो हांफने लगा। एक ट्रैक्टर में पंद्रह सौ ईंट आती है ये आदित्य को ज्ञात था। भूख से शरीर निर्बल हो गया था। पिताजी को जॉब से निकाल दिया था। जब तक आदित्य को दूसरा काम नहीं मिलता तब तक उसे मजदूरी करनी थी। आदित्य की छाती पर धड़कनों का बोझ कुछ और बढ़ गया था। सुबह से ही वह ईंटों का बोझ अपने कंधों पर उठाए, पांचवी मंजिल तक चढ़ा रहा था। पसीने से तरबतर, उसकी पीठ पर चिपकी हुई कमीज अब एक गीले कपड़े का टुकड़ा मात्र रह गई थी। हर ईंट का वजन उसकी आत्मा पर भी पड़ता था, जैसे वह अपने जीवन की सारी पीड़ाओं को उठाकर, ऊपर की ओर ले जा रहा हो। उसकी सांसें भारी हो चली थीं, कदम डगमगाने लगे थे, लेकिन वह रुका नहीं।

आदित्य की आँखों में बीते दिनों की छाया थी वह बड़ा सा महलनुमा रॉय विला, जहाँ दादाजी शंकर रॉय की छत्रछाया में किसी को आंच नहीं आती थी। राजवीर भाई कम दोस्त ज्यादा था। दुःख की परछाईं का सपना तक नहीं देखा था। हर ईंट के साथ उसकी यादें भी उठतीं, और हर कदम के साथ दिल में कसक थी। पाँचवी मंजिल की सीढ़ियाँ अब उसके लिए पर्वत समान थीं। वह हर कदम पर हिम्मत जुटाता, पर हर कदम उसे थोड़ा और थका देता। उसकी मांसपेशियाँ जैसे आग की लपटों में झुलस रही थीं, हर जोड़ चटख रहा था। पर, उसकी मजबूरी, उसकी जिम्मेदारियाँ उसे रोकने नहीं देतीं। आदित्य के लिए यह सिर्फ ईंटों का ढेर नहीं था। यह उसकी जिंदगी की कहानी थी, उसकी जद्दोजहद की निशानी। ईंटें रख-रखकर, वह जैसे अपनी उम्मीदों की इमारत बना रहा था, आदित्य को उम्मीद भी कोई विशेष नहीं थी सिर्फ परिवार को खाना मिल जाए। दोपहर तक आदित्य ने लगभग आधी ईंटे पांचवी मंजिल तक पहुंचा दी थी। आसमान की ओर देखा, तो उसे लगा जैसे सितारे भी उसकी मेहनत की गवाही दे रहे हों। लेकिन अगले ही पल, उसे पता था कि संघर्ष, वहीं जद्दोजहद उसकी प्रतीक्षा कर रहा है अभी आधी ईंटे ऊपर चढ़ानी बाकी थीं। आदित्य का जीवन एक अंतहीन संघर्ष था। वो थक कर चूर हो गया था। एक मजदूर आदित्य के पास आकर बोला,

"लगता है तूने पहले कभी काम नहीं किया है।"

यह वहीं मजदूर था जिसको आदित्य पर उड़ाई जा रही हंसी बुरी लग रही थी।

"काका, किया है, देखो आधी ईंटे मैंने चढ़ा दी है। शरीर मान नहीं रहा है थोड़ा विश्राम कर लूं फिर काम पर लगता हूँ।"

"बेटा, मैं तेरे को थोड़ा सहयोग कर देता हूँ, तू थोड़ा विश्राम कर ले तब तक तेरी ईंटे में चढ़ा देता हूँ।"

“नहीं काका, मैं चढ़ा दूंगा आप मेरे लिए परेशान न हो।”

“तेरे लड़खड़ाते पैर मुझे बता रहे है कि अब तेरे से काम होगा नहीं, रुक मेरी पोटली में दो रोटियां पड़ी है एक तू खाले, फिर काम करना।”

मजदूर रावजी भाई की बांते और उनके सहयोग से आदित्य की आंखे भर आई।

“अरे बेटा, तू तो बड़ा भावुक है, इस दुनिया में इतना भावुक इंसान दुखी हो जाता है। थोड़ा सा व्यावहारिक बन।” रावजी भाई ने जो रोटी दी थी वो आदित्य ने चुपके से अपनी जेब में रख दी फिर पानी पीकर मुंह पोछने लगा। मजदूर रावजी भाई को आदित्य की ईंटे चढ़ाते सहायक सुपरवाइजर देख गया,

“ए शाणें, अपना काम कर, ज्यादा होशियारी मत दिखा।”

“जा रहा हूँ साहेब, मैं अपना काम करने जा रहा हूँ।”

मजदूर रावजी भाई ने जाते हुए कहा। आदित्य के सामने ईंटो का बहुत बड़ा ढेर पड़ा हुआ था। वो हिम्मत कर दुबारा काम में लग गया लेकिन उसके पैर काम नहीं कर रहे थे। आदित्य के तन बदन में बहुत दर्द था कि लगता था टूट के बिखर जाएगा। सिर पर ईंटो को रखे ऊपर चढ़ रहा था कि उसका पैर लड़खड़ा गया वो सीढ़ियों पर असंतुलित हो गया और ईंटो सहित नीचे की ओर फिसल गया। आदित्य जोर से चित्कार उठा,

“मम्मी,,,,,,,,,,,,,,,,,,,।”

आदित्य का पैर सीढियों से फिसल गया, वो ईंटो के साथ गिर गया,

“धड़ाम,,,,,,!!!!!!!!!!!”

“दौड़ो, दौड़ो,,,, कोई गिर गया है,,,,,,।” पास खड़ा मजदूर जोर से चिल्लाया। आदित्य पहली मंजिल से सीधा नीचे गिरा पड़ा था, शरीर लहुलुहान था, उसके सिर से खून बह रहा था। मजदूरों ने पास में आकर इसको हिलाया लेकिन उसके शरीर में कोई हलचल नहीं थी।

“लगता है इसको मूर्छा आ गई है, दौड़कर पानी लाओ।”

एक मजदूर दौड़कर पानी लाया फिर उसके मुंह पर पानी के छींटे मारे परंतु आदित्य को होश नहीं आ रहा था। इतने में सहायक सुपरवाइजर आ गया,

“चलो सभी यहाँ से हट जाओ, मैं देखता हूँ। अरे ये तो वहीं कामचोर है। मैं बोल ही रहा था कि इसको किसने काम दे दिया। देख लिया ये किसी काम का नहीं था। मरा तो मरा,,लेकिन हमको मरवाकर गया। हम पुलिस को क्या जवाब देंगे?”

"साहेब फालतू बातें छोड़ो इसको एक बार हॉस्पिटल तो पहुंचाओ।" एक मजदूर ने गुस्सा करते हुए कहा।

"चलो सभी इसको उठाकर मेरी गाड़ी में रखो।"

मजदूरों ने आदित्य को गाड़ी में लेटाया। उसको पास ही स्थित मुंसिपल हॉस्पिटल में ले गए। डॉक्टर ने उसको तत्काल इमरजेंसी में ले लिया।

"इसके साथ कौन है?"

डॉक्टर ने उपस्थित मजदूरों से पूछा। किसी मजदूर ने कोई जवाब नहीं दिया। सहायक सुपरवाइजर डॉक्टर के सामने आकर बोला,

"डॉक्टर साहेब हम तो सड़क से गुजर रहे थे इसको सड़क पर लहुलुहान देखा तो दया आ गई और यहाँ लेकर ले आए। प्रत्येक मनुष्य में इतनी मानवता तो होनी ही चाहिए कि सड़क पर तड़फते व्यक्ति को हॉस्पिटल तक पहुंचाए, क्यों साहेब?"

"बहुत अच्छे इंसान जान पड़ते हो, बहुत बढ़िया।"

"इसके सिर पर चोट आई है और दोनों पैर फैक्चर हो गए है। शुरुआती ट्रीटमेंट हमने दे दिया है। सी टी स्कैन करने पर ही मालूम पड़ेगा कि सिर की चोट कितनी गंभीर है।"

"साहेब हम जाए,,,।"

सहायक सुपरवाइजर को वहाँ से भागने की जल्दी थी। वो अपने साथी मजदूर सहित वहाँ से निकल गया। रात हो गई थी लेकिन आदित्य को अभी तक होश नहीं आया था। आदित्य के घर पर इसके मम्मी–पापा और स्नेहा उसकी चिंता कर रहे थे।

"पापा, आदित्य रोज तो बहुत जल्दी आ जाते है पता नहीं आज इतने लेट क्यों हो गए है?"

"बेटा, मेरे से तो बिस्तर से उठा नहीं जा रहा है। तू पता कर कि आदित्य कहा है? मुझे भी उसकी चिंता सता रही है।"

"आप चिंता मत करो पापा, हो सकता है वो ऑफिस में ओवर ड्यूटी कर रहे होंगे।"

"तुम आसपास में पता करो, किसी से पूछो, ये आदित्य भी,,, उसको समय पर घर आ जाना चाहिए।"

स्नेहा ने पड़ोस में गई,

"भैया टाटा कंसल्टेंसी लिमिटेड ऑफिस का नंबर आपके पास है क्या?"

"आपको इस ऑफिस के नंबर की जरूरत क्यों है? भाभी जी।", पड़ोसी ने स्नेहा से पूछा।

"आदित्य वहाँ कंप्यूटर ऑपरेटर का काम करते है अभी तक घर नहीं आए है चिंता हो रही है।"

"मिल जायेगा, मेरा एक दोस्त वहाँ जॉब करता है। मैं उससे बात करता हूँ।"

"भैया कोहलीवाड़ा यहाँ से कितना दूर पड़ता है?"

"कोहलीवाड़ा के बारे में आप क्यों पूछ रहे हो?"

"टाटा कंसल्टेंसी लिमिटेड का ऑफिस तो वहीं है ना।"

"नहीं तो, इसका ऑफिस तो ईस्ट अंधेरी में है।"

"कोहलीवाड़ा में इसकी कोई ब्रांच होगी।"

"नहीं, नहीं भाभी जी इसका अंधेरी में एक ही ऑफिस है इसके अलावा कोई ब्रांच नहीं है।"

स्नेहा सोचने लगी,

"फिर मुझे आदित्य ने झूठ क्यों बोला?"

"ठीक है भैया, थैंक्स आप फोन मत करना।" स्नेहा पड़ोसी को धन्यवाद कर अपने घर आ गई।

"बेटा स्नेहा, तुम्हें आदित्य के बारे में कोई जानकारी मिली क्या?"

रमेश रॉय ने स्नेहा से चिंतित होते हुए पूछा।

"पापा, आदित्य ने हमसे झूठ बोला कि वो टाटा कंसल्टेंसी में काम करते है।"

"हाँ बेटा, कोई छोटा काम करता होगा इसलिए उसने हमसे छिपाया है।"

"हाँ पापा, मुझे भी ऐसा ही लग रहा है, पापा मैं रात को इतनी बड़ी मुंबई में ढूंढू तो भी कहा। एक बार उनको आने दो मैं आज उनको खूब डाटूंगी। स्नेहा ने आंसू पोछते हुए कहा। तीनों हताश होकर बैठे हुए थे। उनकी नज़रें दरवाजे पर थी कि अभी आदित्य आकर खोलेगा। उधर हॉस्पिटल में आदित्य बेहोश की स्थिति में ही था। मजदूर रावजी भाई काम से छुटकर आदित्य को देखने सीधा हॉस्पिटल आया था। उसने हॉस्पिटल के पूछताछ विंडो पर बैठी लेडी से पूछा,

"मैंडम जी एक लड़के को आज भर्ती किया है जिसको बहुत चोटें आई है आप बता सकते है वो किस वार्ड में है?"

"उसका नाम बताओ?"

"मैंडम मुझे उसका नाम नहीं पता।"

"तो फिर मैं कैसे पता करूंगी, मुश्किल है। आप एक काम करो आगे जाकर बांए इमरजेंसी वार्ड है वहाँ जाकर देख लो।"

"जी मैंडम।"

रावजी भाई इमर्जेंसी वार्ड में घूमने लगा, वो एक–एक चेहरे की पहचान कर रहा था ताकि वो आदित्य को ढूँढ सके।

"अरे भाई, तू बाहर निकल डॉक्टर साहेब राउंड पर है।"

नर्सिंग कार्मिक ने रावजी भाई को कहा।

"दो मिनट भाई, फिर मैं चला जाऊंगा।" रावजी भाई सभी मरीजों को देखता हुआ आगे बढ़ रहा था। एक बेड पर डॉक्टर और नर्स मरीज के पास खड़े थे इसलिए उसने दूर से उचक कर देखा। थोड़ी सी झलक से उसको वो आदित्य लगा। वो तेज गति से उस बेड के पास चला गया जहाँ आदित्य था। आदित्य के पास खड़े डॉक्टर ने रावजी भाई से पूछा,

"क्या इस मरीज के रिश्तेदार तुम हो।"

"जी साहेब, मैं ही उसका रिश्तेदार हूँ।"

डॉक्टर ने रावजी भाई को देर से आने के लिए खूब भला बुरा कहाँ पर रावजी भाई मुंह नीचा कर सुनता रहा।

"साहेब, इनका कोई सड़क पर एक्सीडेंट नहीं हुआ है। ये पास के ही टॉवर में काम करते हुए गिर गया है।"

"तुमको कैसे पता?" डॉक्टर ने रावजी भाई को पूछा।

"साहेब मैं इसके पास ही था। मैंने इसको गिरते देखा है।"

"अभी तो तुम इसका रिश्तेदार बता रहे थे अब उसका साथी मजदूर बता रहे हो।"

"वो तो आप मुझे मिलने नहीं दोगे ये सोचकर मैं नहीं बोला। साहेब मुझे तो इसका नाम भी नहीं पता।"

"बहुत अच्छी बात है कि तुम इस लेबर की चिंता कर यहाँ तक आए हो।"

"साहेब जब तक इसके घर वाले नहीं आ जाते तब तक मैं इसके पास रहूँगा।"

"अच्छा, बहुत खूब। ये होती है गरीबी में अमीरी।" डॉक्टर ने आश्चर्य व्यक्त करते हुए रावजी भाई की प्रशंसा की।

तीनों आदित्य की आस में पूरी रात इंतजार करते रहे लेकिन आदित्य नहीं आया। जैसे–जैसे समय निकला जा रहा था वैसे–वैसे उनकी चिंता बढ़ती जा रही थी। हॉस्पिटल में रावजी भाई आदित्य के पास बैठा रहा। आदित्य को धीरे–धीरे होश आ रहा था।

"बेटा स्नेहा, सूरज निकल आया है तुम आदित्य का पता लगाओ वो नहीं आया तो मेरे प्राण निकल जायेंगे, मैं,,,, मैं,,,,, उसके बिना नहीं रह पाऊंगा।" रमेश रॉय विलाप करते हुए स्नेहा से कह रहे थे।

"मेरे जीवन की रोशनी तो आदित्य ही है अगर उसे कुछ हो गया तो,,,,।" रजनी भी फूटफूट कर रोनें लगी।

"मम्मी चिंता तो मुझे भी हो रही है पर मेरा मन कहता है कि वो ठीक होंगे। मैं पास के पुलिस थाने में जाकर रिपोर्ट करवाती हूँ परंतु आप दोनों को अकेला छोड़कर कैसे जाऊं?"

"बेटी तू हमारी छोड़, तू जल्दी से आदित्य को ढूँढ कर ला। मुझे कुछ अच्छा नहीं लग रहा है।" रमेश रॉय स्नेहा से जिद्द कर रहे थे कि वो आदित्य को ढूंढने जाए। स्नेहा आदित्य को ढूँढने घर से निकल गई। रास्ते में जितने भी लोग दिखते उन सभी से आदित्य के बारे में पूछा लेकिन कोई भी व्यक्ति आदित्य को नहीं जानता था। स्नेहा पास के पुलिस स्टेशन पर गई और आदित्य के गुमशुदा होने की रिपोर्ट करवा आई। काफ़ी ढूँढने के बाद भी आदित्य के समाचार नहीं मिले तो स्नेहा निराश होकर घर की ओर लौटने लगी। स्नेहा के धैर्य का बांध टूट गया। वो जोर-जोर से रोनें लगी,

"आदित्य,,,,,, तुम कहाँ हो,,,, मेरे जीवन का एक तुम ही तो आसरा हो,,,, घर जा कर मम्मी-पापा को क्या जवाब दूंगी?,,,, ये कैसी परीक्षा है प्रभु!!!!!"

स्नेहा चलती जा रही थी, रोती जा रही थी। उसको चुप कराने वाला कोई नहीं था। घर का जैसे ही दरवाजा खुला,

"आ गया बेटा, मुझे तेरा ही इंतजार था,,,,,,, स्नेहा बोलती क्यों नहीं, कहाँ है आदित्य?" स्नेहा कुछ जवाब देती उसके पहले ही वो सिसकियां लेने लगी।

"क्या हुआ बेटा बता तो सही।" रमेश रॉय ने स्नेहा से पूछा। बिलख कर रोते हुए स्नेहा ने कहने लगी,

"पापा पूरे एरिये में पूछ लिया लेकिन किसी ने भी आदित्य को नहीं देखा (सिसकियां लेते हुए) पुलिस ने कहाँ है कि कल वापिस आना हम कोशिश करेंगे।"

ये सुनते ही रमेश रॉय की तबीयत और ज्यादा बिगड़ गई।

"बेटा आदित्य,,,, बेटा आदित्य,,,,,,,।" रमेश रॉय के मुंह से सिर्फ बेटा आदित्य शब्द निकल रहे थे जो व्यक्ति तेज बुखार से पीड़ित था उसके हाथ पैर ठंडे पड़ने लगे।

"पापा,,,,,,,, पापा,,,, आप हिम्मत रखो,,,,, पापा।" स्नेहा दौड़कर घर के बाहर गई,

"कोई है, कोई है अंदर आओ प्लीज पापा की तबीयत खराब हो गई है।"

पड़ोसी दौड़कर घर के अंदर आ गए,

"अरे,,,,, ये तो ठंडे पड़ गए है,,, जल्दी से इनको हॉस्पिटल ले चलो।" एक पड़ोसी ने रमेश रॉय की नब्ज को देखते हुए कहा।

"क्या हुआ उनको,,,, क्या हुआ,,, कोई मुझे तो बताओ।" रजनी रोते हुए चिल्ला रही थी। पड़ोसियों ने रमेश रॉय को लॉरी पर लेटाकर पास के ही मुंसिपल हॉस्पिटल ले गए जहाँ आदित्य एडमिट था। रमेश रॉय को इमरजेंसी वार्ड में ले गए। डॉक्टर ने रमेश रॉय को चैक किया,

"ही इज नो मोर,,,,,।"

रमेश रॉय ने पुत्र वियोग में प्राण त्याग दिए थे। स्नेहा फ़फक-फ़फक कर रोनें लगी,

"पापा,,,,,, आप आदित्य को तो आने देते,,, इतनी क्या जल्दी थी,,,,, हमारा ध्यान कौन रखेगा,,,,, पापा,,,,, आपने ये क्या किया,,,,,,?" स्नेहा का दारुण क्रंदन हृदय विदारक था।

"चलो,,,, चलो,, यहाँ मत चिल्लाओ,,,,।" नर्स स्नेहा को धक्का लगाकर वार्ड से बाहर निकाल रही थी। जैसे ही वो बाहर जा रही थी उसे बिस्तर पर आदित्य को देखा।

"आदित्य,,,,,,, तुम,,, तुम यहाँ,,,मेरे आदित्य को क्या हो गया?,,,,, आदित्य।"

स्नेहा आदित्य के पास जाकर सुबकने लगी। रावजी भाई ने स्नेहा को पूरी घटना बताई।

"काका,,,, आप नहीं होते तो इनका कौन ध्यान रखता?" स्नेहा ने रावजी भाई का आभार व्यक्त करते हुए कहा।

"बेटा, आप पर बड़ी विपत्ति आ गई है, जाओ उनका अंतिम संस्कार करो। मैं यहाँ हॉस्पिटल में रहूँगा।" रावजी भाई ने स्नेहा को समझा रहे थे। स्नेहा पड़ोसियों के सहयोग से रमेश रॉय के पार्थिव शरीर को लेकर दाह संस्कार के लिए चली गई। रमेश रॉय बड़े दुर्भाग्यशाली थे कि उनका इकलौता पुत्र भी पिता को मुखाग्नि नहीं दे पाया। रजनी की स्थिति पागलों जैसी हो गई थी। वो जिंदा होकर भी मृतप्राय ही थी। आदित्य को होश आने के बाद दोनों पैरों में प्लास्टर चढ़ा दिया था। स्नेहा, आदित्य को घर ले आई थी। स्नेहा ने आदित्य के कपड़े बदलवा रही थी तब उसे आदित्य के पेंट की जेब में रोटी मिली। यह देखकर स्नेहा संताप कर सोचने लगी,

"आदित्य आप खुद भूखे रहकर ईंटे उठाते रहे, एक रोटी मिली उसे भी आप घर लेकर आने वाले थे,,,। मैं आप जैसा पति पाकर धन्य हो गई हूँ।"

आदित्य के दोनों पैर फैक्चर होने के कारण वो बिस्तर में आ गया था। पिता रमेश रॉय का आकस्मिक निधन हो चुका था। माता रजनी की दृष्टि दिनों दिन क्षीण होती जा रही थी। स्नेहा गर्भवती थी वो गर्भावस्था के अंतिम चरण में थी। घर खर्च और दवाईयों के लिए तो पैसे नहीं थे साथ ही घर का किराए दिए तीन माह हो चुके थे। रॉय परिवार घुट–घुट के जी रहा था। घर की समस्त जिम्मेदारी स्नेहा पर आ गई थी।

“स्नेहा बेन खोली का किराया दिए तीन माह हो गए है, मेरे भी छोटे–छोटे बच्चे है, मुझे भी घर चलाना है, मैं और इंतजार नहीं कर सकता। मुझे किराया मांगता है।”

मोहित सांगले स्नेहा से किराया मांगते हुए बोल रहा था।

“भैया, आदित्य के ठीक होते ही पूरा किराया एक साथ दे दूंगी।”

“गेले नाही, नहीं चलेगा, मुझे भी किसी को देना है।”

“भैया किसी स्कूल में टीचर की जरूरत हो तो मुझे बोलना।”

“तुम्हारा फूल टाइम है तुम्हें नौकरी कौन देगा।”

“बच्चों का ट्यूशन कर लूंगी, आप मोहल्ले में बात करना।”

“बहना, ये धारावी है यहाँ खाने को तो पैसा नहीं है कौन ट्यूशन करवाएंगा। पास ही एक स्कूल है जाकर खुद पूछ लेना। कैसे भी करो मुझे किराया चाहिए।”

“हाँ, मैं,,, दे दूंगी,,, किसी के घर का झाड़ू बर्तन करना हो तो मुझे बता देना मोहित भाई बस आदित्य को पता नहीं चलना चाहिए।”

“बता दूंगा, पर मुझे जल्दी से किराया चाहिए, ये समझ लो।”

स्नेहा ने बचपन से संघर्ष किया था लेकिन ये जद्दोजहद समय के साथ बढ़ती जा रही थी एक निरीह प्राणी के लिए प्रतिरोध की भी सीमा होती है। लेकिन ईश्वर जिसके भाग्य में संघर्ष लिखता है शायद वो मृत्यु पर्यंत उसी संघर्ष में जीता है। जीवन में कभी–कभी शाश्वत सत्य भी झूठे और खोखले लगने लगते है जैसे कि अंधेरी रात के बाद उजाला आता है, तपस्या व्यर्थ नहीं जाएगी और कर्मण्येवाधिकारस्ते मा फलेषु कदाचन। ईश्वर पर विश्वास उठने लगता है। ऐसी किंकर्तव्यविमूढ़ स्थिति में जिस प्रकार से कृष्ण ने अर्जुन को राह दिखाई थी वैसे हर बार हर व्यक्ति के पास तो कृष्ण नहीं आएंगे। फिर इस द्वंद्व से निकालेगा कौन? ये भ्रम की धुंध कैसे हटेगी? या ये मान लिया जाए कि सत्ता है ही नहीं। रहम सिर्फ मनुष्य का मनुष्य के लिए ही है या इसका संबंध ईश्वर से मानव के लिए भी है। पड़ोसी भी स्नेहा के लिए दुआएं मांगने लग गए थे मजबूर तो वो भी थे मजबूर और पीड़ित तो पूरा धारावी है कौन किसको सहायता करें। सिर्फ देने के लिए दुआएं ही थी। क्योंकि प्रत्येक घर संघर्ष की एक गाथा लेकर चलता था। क्या ये ईश्वर नहीं जानता कि क्षितिज तो भ्रम है वैसा ही क्या स्नेहा के सुख के दिन भी क्षितिज समान थे। आखिरकार ये नन्हा जीव बचपन से ही क्यों तड़प रहा था और पुनः वो अपने अंदर जीव को समेटे हुए है फिर वहीं प्रताड़ना की कहानी। विपत्तियां स्नेहा का पीछा कर रही थी या स्नेहा जहाँ भी कदम रख रही थी विपत्तियां अंकुरित हो रही थी। ये समझ से परे था। स्नेहा के आंसू सुख चुके थे उन्होंने भी स्नेहा का साथ छोड़ दिया था वो भी कब तक साथ निभाते कहानी लंबी थी। जिस प्रकार से समुद्र में भंवर गहराइयों में चलता है किसी को दिखता नहीं, वैसा ही दुःख का भंवर स्नेहा के दिल पर चल रहा था। एक हाथ पेट पर रखकर कर्तव्यपथ पर निकल चुकी थी। काम

करने को तैयार थी लेकिन काम मिलने को तैयार न था। उसके मन मस्तिष्क पर डर हावी था अगर कुछ काम नहीं मिला तो दो असहाय को सड़क पर कैसे पालूंगी? अगर कुछ काम नहीं मिला तो पेट की अग्नि को कैसे शांत करूंगी? वैसे भी कब भरपेट खाया था वो रॉय परिवार को ठीक से याद नहीं था। सीढ़ियों पर पैर सिर पर भारीपन के कारण नहीं बल्कि पेट के खालीपन से लड़खड़ाए थे। रमेश रॉय की बीमारी की तीव्रता भी भूख ही थी। बिलखते मन से स्नेहा स्कूल की तरफ बढ़ी जा रही थी। उससे ठीक से चला भी नहीं जा रहा था। धारावी की तंग गलियों में उसके पेट पर धक्का लग सकता था। वो मासूम जिसने बाहर के संघर्ष को देखा नहीं था स्नेहा उसको ही सहजते बचाते आगे जा रही थी। अचानक स्नेहा के सामने एक बाइक वाला आकर रुक गया,

"दीदी,,,,।"

दीदी शब्द सुनते ही स्नेहा ने अपनी नज़र उस बाइक वाले पर डाली।

"जीवा,,, तुम यहाँ,,,।"

जीवा बाइक से उतर कर स्नेहा के पास आया।

"दीदी तुम यहा धारावी में।"

जीवा अपनी बात पूरी करता उसके पहले ही स्नेहा उसके कंधे पर सिर रखकर फ़फक-फ़फक कर रोनें लगी।

"दीदी,,, शांत हो जाओ दीदी,,, मैं हूँ न,,,,,। मैंने कितना ढूंढा आप मुझे मिले ही नहीं। इस दुनिया में एक, आप ही तो मेरे अपने हो। दीदी मत रोओ। अब चुप भी हो जाओ,,,दीदी आपका छोटा भाई आ गया है,,,,शांत,,शांत हो जाओ मेरी बहना।"

जीवा स्नेहा को चुप कराते हुए खुद भी रो रहा था। स्नेहा के दुःख और पीड़ा का गुब्बार इतना बड़ा था कि वो अश्रुओं के साथ बाहर निकल रहा था इसलिए समय तो लगना ही था।

"दीदी मैंने आपको कहाँ–कहाँ नहीं ढूंढा। आपके आस पड़ोस में पूछा, किसी ने नहीं बताया। आप उदयपुर से धारावी में कैसे? आपकी शादी कब हुई? किसके साथ हुई? ऐसी स्थिति में सड़क पर आप क्या कर रही हो?"

"एक साथ इतने सारे प्रश्न, रुक। मेरे से खड़ा नहीं रहा जाएगा, चल उधर इन सीढ़ियों पर बैठकर बात करते है।"

"पहले तू बता कि धारावी में क्या कर रहा है?"

"मैं आपको सब बताऊंगा पहले आप अपने बारे में बताओ।"

"उस रात तू चला गया, मैंने तेरे को बहुत बार कॉल मिलाया लेकिन तूने उठाया नहीं। उसी रात पापा चल बसे। फिर मेरी शादी रॉय फैमिली के छोटे बेटे आदित्य रॉय से हुई।"

"इतने बड़े घराने में शादी के बावजूद आप इस स्थिति में कैसे?"

"समय का ऐसा चक्र चला की सब कुछ ध्वस्त हो गया। शंकर रॉय, इनके दादाजी की संदिग्ध मृत्यु के साथ पूरा एम्पायर ही किसी ने हड़प लिया। पूरा परिवार सड़क पर आ गया। उदयपुर में रहकर जीवनयापन कठिन हो गया था इसलिए हम वहाँ से निकलकर धारावी में आ गए। आदित्य के दोनों पैर फैक्चर होने की वजह से बिस्तर में है। उसकी मम्मी को नहीं के बराबर दिखता है। घर की पूरी जिम्मेदारी मेरे पर है। दाने-दाने के मोहताज हो गए है। काम ढूँढने निकली थी पर काम मिल नहीं रहा है, जीवा।"

स्नेहा सिसक-सिसक कर रोनें लगी।

"दीदी आप चुप हो जाओ, आपकी तकलीफें असहनीय है दीदी।" जीवा ने स्नेहा को सांत्वना देते हुए कहा।

"तू अचानक कहाँ गायब हो गया था?

"दीदी जब मैं आपके घर से निकल रहा था तब ही एक बाइक वाले ने मुझे टक्कर मार दी। पता नहीं किस भले आदमी ने मुझे हॉस्पिटल पहुंचाया। हॉस्पिटल में ही मेरे पास वाले बिस्तर पर एक सज्जन देवेश भाई से मेरा परिचय हुआ वो एक एन.जी.ओ. से जुड़े हुए थे जो गरीबों और अनाथों के लिए काम करता था। मुझे भी उसी एन.जी.ओ. मे शामिल कर दिया। देवेश भाई ने मुझे धारावी में ऑफिस खोलकर यहाँ काम करने के लिए नियुक्त कर दिया है, दीदी। हर माह मुझे वेतन भी मिलता है और मेरे रहने की सुविधा भी एन.जी.ओ. ही करता है। मैं यहाँ धारावी के लोगों की सहायता व सहयोग के लिए जी जान से काम करता हूँ। उस एक्सीडेंट में मेरा मोबाइल भी गुम गया इसलिए मैं आपसे संपर्क नहीं कर पाया। जब हॉस्पिटल से ठीक होकर आया तब तक आप घर छोड़कर जा चुके थे। दीदी अब मैं आ गया हूँ आप रत्तीभर भी चिंता नहीं करें। आपको कोई काम नहीं करना है। चलो मैं आपको घर छोड़ देता हूँ।"

"नहीं जीवा, मैंने कभी भी आदित्य को तुम्हारा जिक्र नहीं किया है। अचानक तुम आ जाओगे तो उनको शक होगा वो मुझे गलत समझेंगे इसलिए तुम मेरे घर अभी मत आओ।"

"दीदी आपको जैसा ठीक लगे। आप यही रुको मैं राशन लेकर आता हूँ।"

जीवा पास की दुकान से राशन खरीदकर लाया फिर उसने स्नेहा को घर तक छोड़ दिया। वहाँ से निकलते हुए जीवा ने स्नेहा से कहा,

"दीदी, ये मेरा मोबाइल नंबर है कभी भी जरूरत पड़े तब मुझे बुला लेना। ये दो हजार आप रखो।"

"जीवा तूने राशन ला दिया है पैसों की कहाँ जरूरत है?"

"नहीं दीदी आप रखो मैं चलता हूँ।"

जीवा वहाँ से निकल गया।

स्नेहा को अपना मुंह बोला भाई जीवा मिल गया। जीवा ने उसके घर का किराया चुकता कर दिया साथ ही घर में राशन भर दिया ताकि उसकी दीदी को किसी भी प्रकार की तकलीफ नहीं पड़े।

"स्नेहा, इतना सारा राशन कहाँ से लाई हो?"

"आपको बताकर ही तो गई थी पास की स्कूल में मुझे टीचिंग का जॉब मिल गया है उन्होंने एडवांस दिया था तो मैं उन पैसों का राशन खरीद लिया।"

स्नेहा ने आदित्य को झूठ बोलते हुए कहा।

"स्कूल वालो का भला हो, नहीं तो हम क्या खाते? मुझे भी ठीक होने में एक दो महीने और लगेंगे, स्नेहा तुम ध्यान से काम करना। प्रेगनेंसी में तुम्हारा फूल टाइम है। मुझे माफ करना स्नेहा, मेरे कारण तुमको ऐसी स्थिति में भी कमाने जाना पड़ रहा है।"

"आदित्य, आप ऐसा मत बोलो। अब कुछ ही महीनों की बात है तब तक आप ठीक हो जाओगे,, आह,,,, आह,,,, उफ,,,, उफ,,,।

"क्या हुआ स्नेहा? बोलो स्नेहा,,,।"

"पेट में भयंकर दर्द शुरू हो गया है।"

स्नेहा ने कराहते हुए कहा।

"स्नेहा तुम बाहर जाकर आवाज लगाओ, कोई तो तुम्हारी सहायता के लिए आएगा।"

स्नेहा दर्द से चीखती हुई घर से बाहर निकल गई। सामने ही खोली के मालिक मोहित सांगले खड़े थे।

"क्या हुआ बहन,,, बोलो।" सांगले दौड़कर स्नेहा के पास आ गया।

"भैया, मुझे हॉस्पिटल ले चलो।"

स्नेहा ने दर्द से चित्कारते हुए कहा।

सांगले, स्नेहा को बाइक पर बैठाकर हॉस्पिटल ले गया।

"ये डिलीवरी का दर्द है, जल्दी से लेबर रूम में ले चलो, मैं आ रही हूँ।" डॉक्टर, नर्स को निर्देश देते हुए आगे बढ़ गई।

थोड़ी ही देर में स्नेहा की डिलेवरी हो गई।

"बधाई हो आपके जुड़वां बच्चे हुए है।" डॉक्टर ने स्नेहा के सिर पर हाथ फेरते हुए बोला।

"थैंक्स डॉक्टर।" स्नेहा ने मुस्कराते हुए जवाब दिया। सांगले भी तब तक हॉस्पिटल में ही था। वो स्नेहा को बधाई देकर आदित्य को समाचार देने के लिए घर निकल गया।

"आदित्य भाई, आपके जुड़वां बच्चे लड़का–लड़की हुए है, आपको बधाई।" सांगले ने आदित्य को बधाई देते हुए कहा। अगले दिन स्नेहा की हॉस्पिटल से छुट्टी हो गई।

"स्नेहा, तुमको खूब–खूब बधाई, कितने सुंदर बच्चे है तुम पर गए है।"

आदित्य ने खुश होते हुए स्नेहा से कह रहा था।

"नहीं दोनों बच्चें उनके पर दादाजी पर गए है जरा ध्यान से देखो।" स्नेहा ने हँसते हुए जवाब दिया।

उधर अवंतिका ने अभिनव से शादी कर ली थी लेकिन दुबारा उससे मिलने कभी नहीं गई। जब से राजवीर जेल में था अवंतिका उसकी बेगुनाही के सबूतों को इखट्टा करने में लगी हुई थी लेकिन उसको सफलता नहीं मिल पा रही थी। अवंतिका आई.बी. की क्राइम ब्रांच में कार्यरत थी। राजवीर का जेल में लंबा समय हो गया था उसे लगने लगा था कि वो कभी भी जेल से रिहा नहीं हो पाएगा। अवंतिका एक ही बार राजवीर से मिली। उसके बाद वो मुड़कर दुबारा राजवीर के पास नहीं गई। अवंतिका जानती थी कि जितना वो राजवीर से मिलेगी उतना ही उसको तकलीफ होगी लेकिन राजवीर को बाहर निकालने के लिए उसने दिन–रात एक कर दिए थे। राजवीर समझ रहा था कि अवंतिका ने शादी कर ली होगी। शादी के बाद उसकी अपनी मर्यादा होगी जिस कारण अवंतिका उससे मिलने नहीं आई। आईबी निदेशक गुप्ता जी सहित पूरा ब्यूरो आश्चर्य चकित था कि राजवीर जैसा सक्षम ऑफिसर अपनी बेगुनाही साबित नहीं कर पा रहा था। एक दिन अवंतिका ऑफिस में काम कर रही थी अचानक,

"ख्याति, देखो इस इंक्रप्ट मैंसेज को डीकोड करो, जल्दी।"

अवंतिका ने अपने अधीनस्थ ऑफिसर को निर्देशित करते हुए कहा।

"जी मैंडम, अभी दो मिनिट में करती हूँ, साइबर एक्सपर्ट जो हूँ।" ख्याति ने हँसते हुए जवाब दिया।

"मैंडम ये कन्वर्सेशन तो आईएसआई और उसके इंडिया में स्थित किसी एजेंट के बीच चल रहा है।"

"डिकोड एंड फुली रिकॉर्ड ईट।"

"जी मैंडम, सिस्टम ऑटो रिकॉर्ड कर रहा है।"

"इट्स ओके"

"मैंडम वेट,,,,,, वेट,,,,, दिल्ली और मुंबई में आतंकी हमले की बहुत बड़ी साजिश हो रही है।"

"ओह, माई गॉड,,,,।"

"मैंडम इंडिया से लोकेशन फाइल्स सेंड हो रही है ताकि आतंकी प्रॉपर हमला कर सके।"

"जल्दी से ट्रेस करो, सेंडर का एड्रेस डीकोड करो।"

"मैंडम मुश्किल है उसका आई.पी. एड्रेस ट्रेस करना, उसका मैंसेज सीधा रिसीवर को जाने के बजाय किसी अननॉन आई.पी. एड्रेस से लिंक होकर जा रहा है।"

"ख्याति तुम तो साइबर एक्सपर्ट हो,,, कोशिश करो, एक्सक्लूसिव इन्फॉर्मेशन है, देश की सुरक्षा के लिए मस्ट है, ट्राई इट।"

"येस मैंडम,,,।"

"ख्याति जल्दी करो कन्वर्सेशन एंड हो गई तो हम कुछ नहीं कर पाएंगे, काफी लंबे टाइम बाद ये हमारी पकड़ में आए है।"

"मैंडम, ट्रेस,,,, ट्रेस,,,,।"

"कौन है सेंडर,,, जल्दी बताओ।"

"मैंडम अन बिलीवेबल,, आई.बी. का ही ऑफीसर है।"

"ओह माई गॉड ये ब्लैक शीप कौन है?"

"उफ्फ,,,, कन्वर्सेशन इज एंड नाऊ बट वी फाउंड इट एवरीथिंग।"

"बोलो ब्लैक शीप कौन है?"

"आपको बुरा लगेगा, आपका ही क्लोज फ्रेंड है।"

"क्या राजवीर है? जल्दी बताओ?"

"नहीं मैंडम, अभिनव।"

"ओह, नो,,, उसके मोबाइल और लैपटॉप का क्लोन तैयार कर मुझे उसकी पूरी इन्फॉर्मेशन अभी चाहिए।"

"इसमें कौनसी बड़ी बात है मैंडम, आप एक मैंसेज अभिनव के मोबाइल पर सेंड करो, जो मैं आपके सेंड कर रही हूँ। तत्काल क्लोन तैयार।" ख्याति ने मुस्कराते हुए कहा। अवंतिका के मोबाइल पर ख्याति ने एक मैंसेज सेंड किया जिसे अवंतिका ने अभिनव को मेल कर दिया। जैसे ही अभिनव ने उस मैंसेज पर क्लिक किया। इधर ख्याति ने उसके लैपटॉप और मोबाइल का क्लोन तैयार कर दिया।

"मैंडम क्लोन इज रेडी।"

"ख्याति तुम वाकई जीनियस हो।"

"मैंडम,,,,,,,,,,,,,उसके सभी डेटा सिंक्रोनाइज कर लिए है, अमेजिंग इन्फॉर्मेशन,,,,,,।"

ख्याति अपनी सीट से खड़ी हो गई।

"क्या हुआ ख्याति? तुम इतनी खुश क्यों हो रही हो?"

"मैंडम मुझे आपसे गले मिलना है?"

"ये क्या बात हुई, अचानक मुझसे गले मिलना, पर क्यों?"

ख्याति ने अवंतिका को हग करते हुए बोली,

"मैंडम अभिनव के मोबाइल क्लोन से मालूम पड़ा कि राजवीर सर के मोबाइल से आई.एस. आई. को जो इन्फोर्मेशन ट्रांसफर की गई थी वो सभी इन्फोर्मेशन अभिनव के मोबाइल से राजवीर सर के मोबाइल में फीड की गई थी। ये बहुत बड़ा स्कैम था जिसमें राजवीर सर को फंसाया गया था।"

अवंतिका खुशी से उछल पड़ी,

"थैंक्स ख्याति,,,, मैं तुम्हारे इस एहसान को कभी नहीं भूलूंगी। मेरा दोस्त निर्दोष है अब साबित हो जायेगा।"

"मैंडम आपको बधाई, आप लंबे समय से इस पर काम कर रहे थे आखिरकार सफलता हाथ लग ही गई। साथ ही एक बहुत बड़ी आतंकी घटना को हम रोक पाएंगे।"

"हाँ, अब तुम पूरी रिपोर्ट तैयार कर डायरेक्टर सर पर मेल करो और साथ ही मुझे पैन ड्राइव में दो।"

ख्याति ने रिपोर्ट तैयार कर उसे मेल कर दिया। अवंतिका पेन ड्राइव में इन्फॉर्मेशन लेकर डायरेक्टर गुप्ता जी के पास गई।

"मैं आई कम इन सर।"

"आइए मैंडम, बताए।"

"सर, आपको अभी एक रिपोर्ट मेल की है उसे आप देख ले।"

गुप्ता जी ने पूरी रिपोर्ट को देखा,

"अमेजिंग ऑफीसर, आपने दो काम एक साथ किए है देश को बड़े आतंकी हमले से भी बचाया है और हमारे काबिल निर्दोष ऑफीसर को भी। हमें बिना देरी किए आर आर नॉट थ्री को फ्री कर देना चाहिए।"

"थैंक्स सर, देर है अंधेर नहीं।"

"ऑफिसर अवंतिका मुझे आपकी काबिलियत पर गर्व है।"

"थैंक्स सर, सर अभिनव की अतिशीघ्र गिरफ्तारी होनी चाहिए।"

"मैं चाहता हूँ ये काम राजवीर अपने हाथों से करें।"

डायरेक्टर गुप्ता जी और अवंतिका आई.बी. के कारागार में गए जहाँ राजवीर कैद था।

राजवीर दीवार की ओर मुंह कर के लेटा हुआ था,

"राज,,,,,,,,,।"

लंबे समय बाद राज शब्द राजवीर के कानों में गया था उसने तत्काल पलट कर पीछे देखा। अवंतिका और गुप्ता जी को एक साथ देखकर वो आश्चर्य में पड़ गया। वो उठ कर सलाखों के पास आया,

"आर आर नॉट थ्री,,,,।" गुप्ता जी अपनी बात पूरी करते उसके पहले ही राजवीर बोल उठा,

"सर इस आइडेंटिटी को मैं कब से भूल चुका हूँ दुबारा याद करना भी नहीं चाहता।"

"सॉरी राजवीर, तुम सही थे लेकिन एविडेंस के अभाव में तुम्हें यातना सहनी पड़ी।"

"क्या हुआ सर, मेरी बेगुनाई का कोई सबूत।"

"आर आर तुम्हें ऑफिसर अवंतिका को थैंक्स करना चाहिए जिनकी मेहनत से आप निर्दोष साबित हुए हो।"

"ओह माई गॉड,,,,,,।" राजवीर घुटनों के बल जमीन पर बैठ गया। उसने अपना सिर जमीन पर टेक दिया।

"सर, मैं जेल में था उसकी पीड़ा मुझे नहीं थी। मुझे दर्द अपने ऊपर लगे कलंक से था। मुझे मरना मंजूर है लेकिन कलंक के साथ नहीं। अवंतिका जी, मैं आपका शुक्रिया किन शब्दों में अदा करूं समझ नहीं आ रहा है।"

"आर आर आप ये नहीं पूछोगे कि आपको सलाखों के पीछे भेजने वाला कौन था?"

"जो भी होगा अपना ही होगा, लकड़ी को काटने के लिए हथौड़ी का हत्था भी लकड़ी का ही होता है सर। जीवन में जितना नुकसान अपने लोग करते है उतना पराए नहीं। फिर भी आप उसका नाम बताएंगे तो ठीक रहेगा।"

"अभिनव।"

"ओह,,,,,,,,,मित्र होकर पीठ में छुरा घोंपा।"

"हम चाहते है कि आप ही उसको अरेस्ट करें।"

"थैंक्स सर।"

"आप फ्री है, आदेश जारी कर दिए गए है, आप अभी इसी समय से हमारे सीनियर ऑफिसर हो। आप कभी भी अपनी कार्यवाही कर सकते है। मैं निकल रहा हूँ, ऑफीसर अवंतिका आप राजवीर सर की सहयोग में रहेंगी।"

"येस सर।"

अवंतिका के अथक प्रयास से राजवीर कारागृह से मुक्त हुआ उसे इंटेलिजेंस ब्यूरो के असिस्टेंट डायरेक्टर पोस्ट पर पदस्थापित किया। राजवीर लंबी यातना के बाद कलंक मुक्त हुआ था, लेकिन उसको कसक थी कि अपने मम्मी–पापा और दादी के वो अंतिम दर्शन नहीं कर पाया। उसको रॉय परिवार के पतन की भनक तक नहीं थी।

"मैंडम, आप अगले दस मिनिट में मेरे ऑफिस में आ जाओ, अभिनव पर कार्यवाही करनी है।" राजवीर ने अवंतिका को फोन पर सूचना दी।

"जी सर, मैं अभी आती हूँ।"

अवंतिका, राजवीर के चेंबर में गई।

"राज, तुम्हें क्या हो गया है? मुझे मैंडम बोलकर बुला रहे हो।"

"अब आप किसी ओर की अमानत हो। मैं आपको नाम से संबोधित नहीं कर सकता हूँ। आप मुझे अपने बच्चे के बारे में बताओ।"

"मुझे आप से कोई बात नहीं करनी। येस सर आपका आदेश हो तो अभिनव को अरेस्ट करने के लिए निकले।" अवंतिका ने गुस्से से औपचारिक बात करना आरम्भ कर दिया।

"चलिए मैंडम।"

दोनों अभिनव के ऑफिस में पहुँच गए। राजवीर को देखकर अभिनव चौंक गया,

"राजवीर तुम यहाँ?"

"आश्चर्य हो रहा है कि मैं जेल से बाहर कैसे आ गया, तुमने तो आजीवन कारावास में रखने की पूरी कोशिश की थी लेकिन मैंडम को धन्यवाद है कि उनके प्रयासों से दूध का दूध और पानी का पानी हो गया।"

"तुम्हें कुछ गलतफहमी हुई है,,।" अभिनव अपना वाक्य पूरा करें इसके पहले ही राजवीर ने उसके मुंह पर जोरदार प्रहार किया।

"मुझे सुन तो लो,,,,।"

दूसरे वाक्य के साथ ही राजवीर ने उसके नाक पर जोरदार मुक्का मारा। मुक्के का प्रहार इतना तेज था कि उसकी आंखो के आगे अंधेरा छा गया। उसके नाक से खून बहने लगा। अपने को संभालते हुए अभिनव एक बार फिर बोला,

"अवंतिका, तुम तो मेरी पत्नी हो। प्लीज मुझे बचा लो।"

राजवीर अगला प्रहार करें उतनें में रुक गया और अवंतिका की ओर देखने लगा। अवंतिका राजवीर से बहुत कुछ कहना चाहती थी लेकिन राजवीर सुनने को तैयार ही नहीं था। राजवीर और अवंतिका अभिनव को गिरफ्तार कर अपने साथ ले गए।

राजवीर डायरेक्टर गुप्ता जी से मिलने गया,

"सर, मुझे छुट्टियों की जरूरत है, मैं अगले कुछ माह परिवार के साथ बिताना चाहता हूँ।"

"अवश्य आरआर, आप ऑनलाइन एप्लीकेशन डाल दे। छुट्टियों के दौरान भी कोई भी जरूरत हो तो आप सिस्टम का सहयोग ले सकते है, यू आर सीनियर ऑफिसर।"

"थैंक्स सर।"

राजवीर अवंतिका को बिना मिले ही फ्लाइट से उदयपुर निकल गया। डबोक से वो अपने घर रॉय विला के लिए रवाना हो गया। डबोक से उदयपुर की दूरी भी उसे बहुत ज्यादा लग रही थी वो अपने दादाजी शंकर रॉय और आदित्य से मिलने को उतावला हो रहा था। वो सोच रहा था कि मित्र मंडली के साथ छूटियों को खूब एंजॉय करूंगा। उसकी कार रॉय विला के गेट पर रोक दी गई। उसे लगा कि गेटकीपर बदल गए होंगे इसलिए उसको पहचान नहीं रहे है। वो नीचे उतर कर गेट पर गया,

"ए मिस्टर गेट खोल।"

"रुको, मैं मालिक को फोन कर अनुमति ले लेता हूँ, आपका क्या नाम है? आप कहाँ से आए हो?" गेटकीपर ने राजवीर से पूछा।

"कहाँ से आए हो, वो तो छोड़। मेरा नाम राजवीर रॉय है।"

गेटकीपर ने कॉल मिलाकर पूछा,

"सर राजवीर रॉय नाम का कोई लड़का अंदर आना चाहता है।"

"नहीं किसी को भी अंदर आने की अनुमति नहीं है, मना कर दो। नहीं माने तो उसके पैर पर शूट कर दो।"

फोन के दूसरी ओर जो व्यक्ति था उसने गेटकीपर से कहा।

"सर आपको अंदर जाने की अनुमति नहीं है। मालिक मना बोल रहे है।"

"दादाजी मना बोल रहे है क्या?" राजवीर ने आश्चर्य व्यक्त करते हुए गेट कीपर से पूछा

"कौन दादाजी?"

"शंकर रॉय, यहाँ खड़ा है और तू उनको नहीं जानता।"

"शंकर रॉय का तो कब से देहान्त हो चुका है। अब तो ये विला किसी ओर व्यक्ति का है।"

"क्या!!!!!!!!!!!!!!!!!!"

राजवीर ने आश्चर्य व्यक्त करते हुए बोला।

"दादाजी का देहांत कब और कैसे हुआ?"

"वो सब मुझे नहीं पता आप यहाँ से जाइए।" दादाजी के देहांत के समाचार सुनते ही राजवीर के होश उड़ गए। उसे कुछ समझ में नहीं आ रहा था। किसी का कॉन्टैक्ट नंबर भी नहीं था। वो तत्काल वहाँ से निकल कर शंकर रॉय के पी.ए. गौतम से मिलने निकल गया। गौतम के घर पर पहुँचते ही गेट पर उसको हिमांशु मिला,

"हिमांशु, कैसा है तू। अरे यार सुन,,।"

हिमांशु राजवीर को देखकर सहम गया उसकी बात का जवाब दिए बिना घर के अंदर जाने लगा।

"तू, कोई रिप्लाई क्यों नहीं कर रहा है?"

राजवीर गेट के अंदर गया, हिमांशु के कंधे पर हाथ रखकर राजवीर ने हिमांशु से पूछा,

"यार वो गेटकीपर बोल रहा था कि दादाजी का देहांत हो गया है?"

"तेरे दादाजी मर गए है तो मैं क्या करूं,,,,,,।" हिमांशु के इस बेतुके जवाब से राजवीर को गुस्सा आ गया और जोर से एक मुक्का उसके मुंह पर दे मारा। हिमांशु का चौखटा हिल गया। आवाज इतनी जोर से थी कि घर के सभी सदस्य दौड़कर ड्राइंग रूम आ गए।

"डॉली तू यहाँ,,,,,,,,,।"

गौतम के घर पर डॉली को देखकर राजवीर द्वंद्व में पड़ गया।

"डॉली मैं तुमसे पूछ रहा हूँ?" राजवीर ने आक्रोशित होते हुए बोला।

मामले की गंभीरता को देखते हुए गौतम, राजवीर के पास आया,

"आप यहाँ बैठो, मैं आपके आक्रोश को समझ सकता हूँ परंतु आपको हिमांशु पर हाथ उठाने का कोई अधिकार नहीं है।"

"ये क्या मजाक लगा रखा है गौतम जी, क्या आप मेरे प्रश्नों का जवाब दे रहे या नहीं?"

गौतम ने इशारों ही इशारों में हिमांशु को बोल दिया को वो पुलिस को फोन कर बुला ले। हिमांशु वहाँ से खिसक गया और दूसरे कमरे में जाकर जिला पुलिस अधीक्षक को सुरक्षा के लिए कॉल कर दिया।

"राजवीर जी आप हम पर आक्रोशित क्यों हो रहे हो पहले आप ये बताओ। आपके प्रश्नों का जवाब हम दे या नहीं वो बाद की बात है।"

"आप ज्यादा बोल रहे हो, क्यों न आपको कंपनी के जॉब से बर्खास्त कर दिया जाए।"

राजवीर की बात सुनते ही गौतम खिलखिला कर हंसने लगा।

"मुझे जॉब से निकाल दोगे। पहले खुद का देखो।"

गौतम किसी भी बात का सीधा जवाब नहीं दे रहा था। राजवीर का क्रोध बढ़ता जा रहा था। इतने में गेट पर पुलिस को देखकर राजवीर चौंक गया।

"आपको दूसरे के घर में मारपीट और निजता भंग के अपराध में गिरफ्तार किया जाता है।" पुलिस ऑफिसर ने राजवीर को धमकाते हुए कहा।

"ये मेरी कंपनी का कार्मिक है, क्या मैं उनसे मिल भी नहीं सकता?" राजवीर ने बेधड़क जवाब दिया।

"आवाज नीचे,,,,,,,,, चुपचाप हमारे साथ चल।"

"किस अपराध में?"

"वो सब तेरे को थाने में बताएंगे।"

राजवीर को लेकर पुलिस चली गई। तब जाकर गौतम और उसके घर वालो ने राहत की सांस ली। पुलिस राजवीर की उदयपुर की पुलिस अधीक्षक के पास ले गए।

"मैंडम, आपके आदेश अनुसार इस अपराधी को लेकर आ गए है।"

"ठीक है, आप उसको मेरे समक्ष पेश करो। मैं भी देखूं ऐसा कौन है जो दिन दहाड़े लोगों के घर जाकर मारपीट करता है।"

राजवीर को आईपीएस जिला पुलिस अधीक्षक मैंडम के सामने ले गए। जैसे ही राजवीर और आई पी एस मैंडम आमने सामने आए,

"मिलिंद भैया,,, आप यहाँ,,,।"

"निरंजना तुम,,, यहाँ।"

(निरंजना जे एन यू की विद्यार्थी थी जिसके साथ राजवीर ने समय व्यतीत किया था) दूसरे सभी उपस्थित पुलिस ऑफिसर इस दृश्य को देखकर सकते में आ गए। वे सोचने लगे कि हम जिसको अपराधी समझ रहे थे वो तो मैंडम का रिश्तेदार निकला।

"आप सभी बाहर जा सकते है ये मेरे मिलिंद भैया है।"

"मैंडम, आपको कुछ भ्रम हुआ है इसका नाम राजवीर है। ये मिलिंद नहीं है।"

"आप सभी बाहर जाओ, मैं उनसे बात कर लूंगी।"

सभी ऑफिसर चेंबर से बाहर आ गए।

"निरंजना तुम यहाँ, आई.पी. एस कब बनी? तुम्हें इस पद पर देखकर मुझे बहुत खुशी हो रही है।"

"मुझे बहुत बाद में मालूम पड़ा कि आपने वो प्रतियोगिता के माध्यम से दो लाख रूपये मेरे अकाउंट में ट्रांसफर किए थे वो आपकी व्यक्तिगत राशि थी ताकि मैं आगे पढ़ सकूं। इसका थैंक्स करने के लिए आपको कितना ढूंढा पर आप मिले ही नहीं। राजवीर और मिलिंद ये दो नाम का क्या फंडा है?" निरंजना ने हँसते हुए पूछा।

राजवीर ने निरंजना को अपनी पूरी कहानी सुनाई।

"अच्छा,,, मुझे मेरे आई.बी. ऑफिसर भैया पर गर्व है, ये मारपीट वाला क्या मामला है? भैया आप नहीं बताना चाहे तो मुझे कोई दिक्कत नहीं।"

राजवीर ने निरंजना को अपना पूरा परिचय दे दिया।

"ओह भैया, आप रॉय फैमिली के मेंबर है। बहुत बुरा हुआ है रॉय फैमिली के साथ।"

"निरंजना, मैं पहेलियों में उलझता जा रहा हूँ। मुझे विस्तृत से बता कि मेरी फैमिली के साथ क्या हुआ?"

"आपके पापा, मम्मी और दादी के देहांत का सदमा रॉय साहेब को ऐसा लगा कि उनके आधे शरीर पर पैरालाइसिस का अटैक हुआ। आदित्य की शादी के दिन वो घर पर ही थे। इस दिन उनकी संदिग्ध मृत्यु हुई।

"ओह माई गॉड, मेरे दादाजी नहीं रहे,,।" ये सुनते ही राजवीर को पीड़ा होने लगी।

"भैया हिम्मत रखो,,,।" निरंजना ने ढांढस देते हुए कहा।

"भैया रॉय साहेब की समस्त संपत्ति पर एक अजनबी ने पावर ऑफ अटॉर्नी के माध्यम से कब्जा कर लिया।

"उस व्यक्ति का नाम मालूम पड़ा जिसने हमारा सब कुछ हथिया लिया है।"

"नाम तो डिस्क्लोज नहीं हुआ है क्योंकि मामला कोर्ट में है। कोर्ट बहुत जल्द उस व्यक्ति का नाम जारी करेंगी। लेकिन संपत्ति को वापिस प्राप्त करना मुमकिन नहीं लग रहा है क्योंकि सभी डॉक्यूमेंट्स पर रॉय साहेब के सिग्नेचर है। मालिक का कहना है कि संपति रॉय साहेब ने स्वेच्छा से हस्तांतरित की है।"

"मेरे रमेश अंकल, आदित्य वो सब?"

"आपके अंकल–आंटी और आदित्य और उसकी पत्नी सभी उदयपुर छोड़कर कहीं अन्यत्र बस गए है। उनकी जानकारी हमारे पास नहीं है।"

"आदित्य की पत्नी!! उसने किससे शादी की?"

"शादी के दिन डॉली आदित्य को धोखा देकर मंडप से गायब हो गई। फिर आदित्य की शादी उसके क्लासमेट स्नेहा से हुई।"

"डॉली ने शादी किससे की?"

राजवीर ने उत्सुकता के साथ पूछा।

"डॉली ने हिमांशु के साथ शादी की।"

"ओह माई गॉड, सब कुछ तितर–बितर हो गया। निरंजना मुझे दादाजी की मृत्यु अस्वाभाविक लगती है। उनके साथ जबरदस्ती की गई है, उनका मर्डर हुआ है।"

"भैया मैं तुम्हारे साथ हूँ, इस मामले की छानबीन करती हूँ। हम पर्याप्त साक्ष्य के साथ कोर्ट में अपना पक्ष रखेंगे आप कुछ समय तक धैर्य बनाए रखना। अब आप मेरे क्वार्टर पर ही रहोगे। मैं ना नहीं सुनूंगी।"

"निरंजना,,, अच्छा हुआ तुम मिल गई मामला पेचीदा हो चुका है।"

"चलो घर चलते है।"

दोनों निरंजना के क्वार्टर पर जाने के लिए निकल गए।

राजवीर टाइम्स ऑफ इंडिया अखबार पढ़ रहा था जिसकी हेडलाइन पढ़ते ही वो खुश हो गया,

"निरंजना, आज के अखबार की हेडलाइन पढ़ी।"

"अरे कहाँ, टाइम ही नहीं मिला, बोलो भैया ऐसी क्या स्पेशल हेडलाइन है?"

"चेतन आनंद की क्रांतिकारी खोज: स्पाइनल मस्कुलर अट्रॉफी का सस्ता इलाज अब संभव"

राजवीर ने निरंजना को हेडलाइन पढ़वाते हुए कहा,

"चेतन आनंद को जानती हो?"

"इंडिया का है, बस इतना ही जानती हूँ।"

"बस इतना ही, ये टैलेंटेड बंदा पापा के अजीज़ दोस्त विक्रम आनंद का बेटा है।"

"अच्छा क्या बात है!"

"इसकी पढ़ाई का पूरा खर्च भी दादाजी ने ही उठाया था।"

"देखो भैया, अगर आपके दादाजी इसको सहायता नहीं करते तो लाखों लोगों का भला कैसे होता, इसका पुण्य तो आपके दादाजी को भी मिलेगा।"

"अवश्य निरंजना, इस बीमारी को ठीक करने के लिए जोलगेंसमा इंजेक्शन पंद्रह से बीस करोड़ रूपये में मिलता था वो अब मात्र दो करोड़ में मिलेगा। चेतन तो ये भी बोल रहा है कि अगले कुछ सालों में इसकी कीमत हजारों में कर दूंगा।"

"भला हो चेतन आनंद का, मानवता के लिए बहुत बड़ा कदम है भैया। ठीक है मैं ऑफिस चलती हूँ। कूक आ गया है आप अपनी पसंद का खाना बनवा लेना।"

"ठीक है तुम निकलो, मैं सब निपट लूंगा।

उधर स्नेहा अपने दोनों बच्चों को बैठाकर खिला रही थी। वो बहुत खुश नज़र आ रही थी।

"आदित्य मैं तुमसे कुछ कहना चाहती हूँ।"

"इसमें पूछने की क्या जरूरत है? तुम जो भी कहना चाहती हो बोलो।"

"उस दिन में जो राशन लाई थी,,,,।"

"हाँ, तो क्या हुआ?"

"मेरी कोई स्कूल में जॉब नहीं हुई थी और न ही मुझे स्कूल वालो ने कोई एडवांस पेमेंट दिया था।"

"तो वो किराए के पैसे वो सब कहाँ से आए थे?"

"वो राशन, किराए का पैसे वो सब मेरे मुंह बोले भाई जीवा ने दिया था और तभी से अपने घर का खर्च वहीं वहन कर रहा है।"

"मुंह बोला भाई कौन?"

"मैंने आपको एक बार बताया था कि पापा की सेवा के लिए एक अनाथ लड़का मेरे घर आता था वो ही जीवा है।"

"ओह, इतनी सी बात, वो हमारे लिए इतना कुछ कर रहा है और तुमने मुझे अभी तक मिलाया ही नहीं।"

"कहीं आप मुझे गलत समझोगे ऐसा सोचकर नहीं मिलवाया।"

"वो यहाँ क्या कर रहा है?"

"धारावी के किसी एन.जी.ओ. में काम करता है।"

"अब आए तो मुझसे मिलवाना।"

"ठीक है, वो राशन देने आता ही रहता है, वो आज शाम को राशन देने आएगा तब मैं मिलवा दूंगी।"

शाम को जीवा नुक्कड़ पर खड़ा स्नेहा का इंतजार कर रहा था। हर दो दिन में आकर वो स्नेहा की खबर लेता था। उसके आने का समय और स्थान सुनिश्चित था। स्नेहा भी ठीक समय पर जीवा से मिलने पहुँच गई।

"जीवा, माफ़ करना थोड़ा लेट हो गई।"

"दीदी ये राशन और ये कुछ पैसे।"

"अब तुमको यहाँ नुक्कड़ पर मेरा इंतजार नहीं करना पड़ेगा"

"क्यों दीदी, आप मुझसे मिलना नहीं चाहती हो, मुझसे कोई गलती हो गई है क्या?"

"तू तो मेरे भाई से भी बढ़कर है, इतना तो कोई सगा भाई भी अपनी बहिन के लिए नहीं करता है।"

स्नेहा ने जीवा का हाथ पकड़ते हुए कहा।

"दीदी मैं आपका सगा भाई नहीं हूँ आप ऐसा कभी नहीं बोलोगे।"

"जीवा,,,,,।"

स्नेहा ने जीवा को गले लगा लिया।

"पागल तेरे जियाजी ने तुझे घर पर बुलाया है इसलिए अब मुझे नुक्कड़ पर आना नहीं पड़ेगा।"

"ओह ऐसा बोलो न।"

दोनों स्नेहा के घर पर गए। जीवा ने आदित्य और उसकी मम्मी दोनों के चरण स्पर्श किए।

"आदित्य ये जीवा है, मेरा छोटा भाई।"

"जीवा तुम हमारे लिए इतना कुछ कर रहे हो और मुझे मिले ही नहीं।"

"ये सब दीदी की गलती है, मुझे आने ही नहीं दिया।"

जीवा ने हँसते हुए कहा।

"जीवा, अब मैं ठीक हूँ कोई जॉब हो तो बताना। मेरे से अब लेबर वर्क नहीं हो पाएगा।"

"जियाजी, हमारी ऑफिस में कंप्यूटर ऑपरेटर की पोस्ट खाली है, आप कल से ही क्यों नहीं आ जाते। आप रहोगे तो मेरे लिए भी अच्छा रहेगा।

"ठीक है कल से मैं ज्वाइन कर लेता हूँ बैठे–बैठे ही तो काम करना है।"

"ठीक है जियाजी मैं निकलता हूँ, आगे बी.एस.एन.एल. ऑफिस के पास ही मेरे एन.जी.ओ. का ऑफिस है आप सुबह आ जाना। ये सौ रूपये शिव को और ये सौ रूपये सलोनी को।"

"इनको पैसे देने की कहाँ जरूरत है।"

स्नेहा ने जीवा को कहा।

"शिव और सलोनी पर मेरा पूरा अधिकार है मेरे दो ही तो भानजे है।" जीवा मुस्कराते हुए बोला।

"जीवा कल से मैं तुम्हारा टिफिन आदित्य के साथ भेज दूंगी। तुम घर पर खाना मत बनाना।"

"दीदी के हाथ का खाया बहुत दिन हो गए है। जरूर, मैं आपके टिफिन का इंतजार करूंगा।"

जीवा वहाँ से निकल गया।

"आज पूरी रात सलोनी ने सोने नहीं दिया है अभी भी रो रही है पता नहीं इसको क्या हो रहा है?"

स्नेहा ने आदित्य से कहा। आदित्य के ऑफिस जाने का टाइम हो गया था लेकिन स्नेहा टिफिन तैयार नहीं कर पाई थी।

"स्नेहा, मैं निकलता हूँ तुम लंच में आकर मेरा और जीवा का टिफिन दे जाना। अभी तुम सलोनी को संभालो।"

"ठीक है आप निकलो, मैं दोपहर में लंच लेकर आती हूँ।"

आदित्य रोज की तरह ऑफिस चला गया।

"बेटा स्नेहा, सलोनी को मुझे सौंप दो। मैं उसको संभालती हूँ तब तक तुम घर का काम निपटा लो।"

चारपाई पर बैठे–बैठे रजनी ने स्नेहा से कहा।

"मम्मी शिव तो सो गया है, पर ये सलोनी आज खूब परेशान कर रही है।"

सलोनी को सौंपते हुए स्नेहा ने रजनी से कहा।

स्नेहा ने घर का काम निपटा कर, आदित्य और जीवा के लिए टिफिन भी तैयार कर लिया और टिफिन देने के लिए निकलने लगी,

"मम्मी में टिफिन देकर आती हूँ। आप सलोनी को संभालना शिव तो अभी तक सोया हुआ है।"

"शिव को कहाँ सुलाया है बेटा?"

"पंखे के नीचे गोदड़ी बिछाकर कर सुलाया है।"

"ठीक है तू निकल, जल्दी से आ जाना।"

"हाँ मम्मी में निकलती हूँ।"

स्नेहा टिफिन लेकर निकल गई।

"दीदी, आज तो आपको टिफिन देने आना पड़ा।"

जीवा ने स्नेहा से कहा।

"हाँ, आज सुबह नहीं उठ पाई।"

"आदित्य तुम दोनों पहले लंच कर लो फिर काम करना।"

"लंच के दस मिनिट बाकी है इतने में थोड़ा काम निपटा लेता हूँ।" आदित्य ने कंप्यूटर पर काम करते हुए स्नेहा से बोल रहा था।

"दीदी आप इधर आओ, मैं आपको मोनिका से मिलवाता हूँ।"

स्नेहा जीवा के पास गई,

"दीदी मोनिका जॉब छोड़कर जा रही है, आप इनकी जगह पर काम कर सकती हो।"

"मोनिका जी आप इतना अच्छा जॉब क्यों छोड़ रहे हो?" स्नेहा ने मोनिका से पूछा।

"भाभीजी मेरे गवर्नमेंट जॉब हो गया है इसलिए यहाँ से रिजाइन कर रही हूँ। आप ज्वाइन कर लो। ज्यादा वर्क लोड भी नहीं है और पेमेंट भी अच्छा है।"

"ठीक है देखती हूँ, अगर आदित्य अनुमति देंगे तो ज्वाइन कर लूंगी, आदित्य अनुमति दोगे या नहीं।" स्नेहा ने आदित्य के सामने हँसते हुए पूछा।

"आदित्य मैं निकलती हूँ घर पर मम्मी और बच्चे अकेले है।"

"बारिश शुरू हो गई है थोड़ी देर रुक जाओ, बारिश थोड़ी कम पड़े तब निकल जाना।"

आदित्य ने स्नेहा को रोकते हुए कहा।

"दीदी इतनी तेज बारिश में मत निकलो। आपको सर्दी हो गई तो मेरे भानजे बीमार पड़ जाएंगे।"

"ठीक है बारिश के रुकने का थोड़ा इंतजार कर लेती हूँ।"

बारिश रुकने के बजाय और तेज होती जा रही थी। कड़कड़ाती बिजली के साथ मूसलधार बारिश शुरू हो गई। कुछ ही मिनटों में सड़के नदी जैसी प्रतीत होने लगी।

"आदित्य बारिश तो रुकने वाली है नहीं। मैं चलती हूँ, पानी घर के अंदर गिर रहा होगा। मम्मी और बच्चे अकेले है।" स्नेहा ने चिंता व्यक्त करते हुए कहा।

"स्नेहा रुको मैं भी तुम्हारे साथ आ रहा हूँ इतनी तेज बारिश में अकेले कैसे जाओगे? पानी से सड़के भरी जा रही है।"

"दीदी मैं भी आपके साथ आ रहा हूँ।"

तीनों ऑफिस से निकल गए।

"अंदर से तो पानी कम लग रहा था ये तो कमर तक पानी है स्नेहा मेरा हाथ पकड़ों।"

"आदित्य जल्दी करो,,,, मुझे बच्चों की चिंता हो रही है।"

तेज बारिश में कुछ भी स्पष्ट दिख नहीं रहा था। सड़क पर तेज गति से बहते पानी से तीनों को आगे बढ़ने में दिक्कतें आ रही थी। जैसे–तैसे तीनों घर तक पहुँच गए। सड़क का पानी पूरा घर के अंदर तक था। पानी कमर से ऊपर तक बह रहा था। यह देखकर स्नेहा रोनें लगी

"आदित्य जल्दी करो।"

तीनों घर के अंदर गए, घर पानी से भरा हुआ था। रजनी के कमर के ऊपर तक पानी बह रहा था। रजनी के हाथ में सलोनी थी वो जोर–जोर से रो रही थी।

"कोई है,,, कोई है,,,,,, दौड़ो,,,,,, कोई है।" रजनी लगातार आवाजें लगा रही थी।"

"मम्मी शिव कहाँ है?" स्नेहा ने चिल्लाते हुए पूछा।

मुझे नहीं पता, तुने उसे कहाँ सुलाया था? मेरे पास तो सलोनी है।"

"आदित्य शिव कहाँ है,,,,,,,,,,,,,,,,,,,, शिव,,,,,,, बेटा शिव,,,,,,।" स्नेहा चित्कार उठी।

"मेरा शिव,,,, पानी के साथ बह गया,,,, मेरा शिव बह गया,,,,,,,, आदित्य मैं क्या करू,,,,, आदित्य मैं तो लूट गई,,,,,,।"

"जीवा दौड़कर बाहर पता करो,,,,,।"

आदित्य जोर से चिल्लाया। कहीं पर भी शिव नजर नहीं आ रहा था। स्नेहा को संभालना मुश्किल हो रहा था। स्नेहा टूट चुकी थी। नैराश्य के घनघोर अंधेरे में डूबती जा रही थी।

"स्नेहा, शिव का दुःख मुझे भी है लेकिन मेरा मन कहता है कि वो पानी में बहकर कहीं नहीं गया होगा, जहाँ भी होगा ठीक होगा। आज नहीं तो कल भी हमें अपना शिव अवश्य मिल जायेगा।"

"मैं शिव के बिना जिंदा नहीं रह पाऊंगी, मुझे ऐसा लगता है कि वो मुझे बुला रहा है।"

"ईश्वर हमको तिल–तिल कर क्यों मार रहा है, कुछ समझ नहीं आ रहा है स्नेहा। किसी एक परिवार पर इतनी सारी मुसीबतें। स्नेहा जीने का मकसद ही खत्म हो गया है। तुमने ही तो मुझे संभाला था और आज,,,, तुमने अपनी क्या दशा बना ली है। सलोनी के खातिर ही सही, अपने आप को संभालो।"

इतने में जीवा भी आ गया,

"जियाजी आपसे मेरा एक निवेदन है कि आप सभी मेरे फ्लैट पर रहने आ जाओ, बाढ़ के बाद ये घर रहने की स्थिति में भी नहीं है। जियाजी दीदी को यहाँ शिव की याद भी ज्यादा आएगी।"

"स्नेहा, जीवा सही बोल रहा है हमें यहाँ से जाना होगा।"

रॉय परिवार धारावी से दूर साइन के एक फ्लैट में जीवा के साथ रहने लगा। धारावी छोड़ने के बाद समय के साथ स्नेहा को शिव की यादें धुंधली होने लग गई थी। वो सलोनी को बड़े करने में ही व्यस्त रहने लगी। आदित्य और जीवा दोनों ऑफिस का काम निपटा कर फ्लैट पर आ चुके थे।

"स्नेहा, ये सलोनी के कपाल पर चोट कैसे लगी?" आदित्य ने स्नेहा से चिंतित होते हुए पूछा।

"आदित्य, सलोनी चलते हुए अचानक गिर जाती है। वो कल भी गिर गई थी।"

"उसको घुटने में कोई दिक्कत तो नहीं है?" आदित्य ने स्नेहा से पूछा।

"डॉक्टर को दिखाने पर ही मालूम पड़ेगा।"

"ठीक है, कल मेरे छुट्टी है हम सलोनी को हॉस्पिटल ले जाएंगे।"

अगले दिन सलोनी को डॉक्टर के पास ले गए,

"मैंडम बच्ची को चला कर दिखाओ।"

स्नेहा ने सलोनी को चला कर दिखाया।

"सर वैसे चलने में तो कोई दिक्कत आती नहीं है पर कभी–कभी वो गिर जाती है।"

"मैं आपको कुछ टेस्ट लिख देता हूँ उन टेस्ट को आप करवा दीजिए इसके बाद ही मैं कुछ बोल पाऊंगा।"

टेस्ट करवाकर आदित्य और स्नेहा डॉक्टर के पास आए।

"देखिए, मैं आपको डरा नहीं रहा हूँ पर एक बार आप न्यूरोलॉजिस्ट को दिखा दो। रिपोर्ट तो सब ठीक आ रही है।"

दोनों हॉस्पिटल से निकलकर घर पर आ गए।

"जियाजी डॉक्टर ने क्या कहा?" जीवा ने आदित्य से पूछा।

"रिपोर्ट तो सब नॉर्मल आ रही है पर न्यूरोलॉजिस्ट को दिखाने के लिए बोला है। जीवा अगर तेरे पास पेमेंट हो तो मैं आज ही डॉक्टर के पास जाता हूँ। नहीं तो अगले माह दिखा देंगे।"

"जियाजी टेंशन मत लो ये ए टी एम कार्ड लेकर जाओ। सलोनी मेरी भी भानजी है।"

शाम का अपॉइंटमेंट लेकर आदित्य और स्नेहा, सलोनी को लेकर न्यूरोलॉजिस्ट के पास गए। जहाँ ब्लड टेस्ट, मसल बायोप्सी, ई.एम.जी. और जेनेटिक टेस्ट करवाएं जनेटिक टेस्ट की रिपोर्ट सात दिन बाद मिली। सभी टेस्ट को लेकर रॉय परिवार डॉक्टर के पास गया।

"सर, आपकी बेटी स्पाइन मस्कुलर अट्रॉफी बीमारी से ग्रसित है।"

"सर ये बीमारी क्या होती है?" आदित्य ने चिंतित होते हुए पूछा।

"एक समय बाद पेशेंट का चलना बंद हो जाता है। धीरे–धीरे पेशेंट बिस्तर में आ जाता है। इस बीमारी के कारण रोगी पच्चीस वर्ष से ज्यादा जीवित नहीं रहता।"

डॉक्टर की बात सुनते ही आदित्य और स्नेहा के आंखो में आंसुओं की धारा बह उठी, दोनों सिसकने लगे। स्नेहा आदित्य के कंधे पर सिर रखकर विलाप करने लगी।

"मैंडम, इसका इलाज है, आप इतना दुःखी क्यों हो रहे हो।"

डॉक्टर की बात सुनते ही दोनों की जान में जान आई।

दोनों एक साथ तपाक से बोल पड़े,

"डॉक्टर साहेब क्या इलाज है?"

डॉक्टर ने बताया,

"इसको ठीक करने के लिए जोलंगेसमा इंजेक्शन लगता है जिसमें मरीज ठीक हो जाता है लेकिन एक उम्र तक ही ये इंजेक्शन लगता है। आपकी बेटी को अगले तीन माह में ये इंजेक्शन

लग गया तो ठीक हो जायेगी। समय निकल जाने के बाद इंजेक्शन भी अपना प्रभाव नहीं दिखा पाएगा।"

"डॉक्टर साहेब, इंजेक्शन कहाँ मिलेगा?"

आदित्य ने उत्सुक होते हुए पूछा।

"जोलंगेसमा इंजेक्शन मिल तो जाएगा लेकिन इसकी कीमत बहुत ज्यादा है।"

"डॉक्टर साहेब, मैं बिक जाऊंगा उसकी चिंता नहीं है। बस एक बार बेटी ठीक हो जाए, इस इंजेक्शन की कीमत क्या होगी?"

"16 करोड़।"

"क्या????????????? 16 करोड़।"

आदित्य और स्नेहाँ की आंखे फटी की फटी रह गई।

"अब ये इंजेक्शन सस्ता भी मिल सकता है।"

"वो कैसे डॉक्टर साहेब?"

"आपने अखबार में नहीं पढ़ा, भारत के चेतन आनंद ने इस बीमारी के लिए सस्ता टीका बनाया है।"

"चेतन आनंद ने?"

आदित्य ने चेतन आनंद का नाम सुनते ही आश्चर्य व्यक्त किया।

"ठीक है, आप जा सकते है। सोलह करोड़ की व्यवस्था हो जाए तो आप मुझे मिलना।"

डॉक्टर ने आदित्य को कहा।

आदित्य और स्नेहा वहाँ से निकल गए।

"आदित्य, मुझे ईश्वर पर विश्वास उठ गया है। आज से मंदिर जाना बंद, घर में भगवान की एक भी तस्वीर नहीं रखूंगी। आदित्य आज दिन तक प्रभु ने मुझे तकलीफें दी तो मैंने उसे हँसते हुए उसे स्वीकार कर लिया लेकिन अब भगवान मेरे बच्चों के पीछे पड़ गया है। अब मैं ईश्वर को माफ़ नहीं करूंगी। ये सब ढकोसले है,,,, ईश्वर नाम की कोई सत्ता होती ही नहीं है।"

"स्नेहा, इतना निराश होने की जरूरत नहीं है। ईश्वर ने बीमारी दी है तो समाधान भी दे दिया है।"

"करोड़ों रूपये लाओगे कहाँ से?"

"स्नेहा शांत, डॉक्टर साहेब ने एक नाम लिया था। तुमने सुना था या नहीं।"

"चेतन आनंद।"

स्नेहा ने धीरे से बोला।

"जानती हो चेतन कौन है?"

"नहीं।"

"ये हमारा फैमिली मेंबर है।"

"क्या???? फैमिली मेंबर।" स्नेहा आदित्य के गले लग गई।

"हे प्रभु मैंने तुझे अनर्गल क्या-क्या बोल दिया। मुझे माफ करना प्रभु। आदित्य तुम जल्दी से चेतन के पास जाओ और इंजेक्शन की व्यवस्था करवाओ।"

"स्नेहा, चेतन अमेरिका में है। उसका मोबाइल नंबर लेने के लिए मुझे उदयपुर जाकर हिमांशु से मिलना पड़ेगा।"

"आप आज रात को ही उदयपुर के लिए निकल जाओ आदित्य। समय निकल गया तो,,,।"

आदित्य रात की बस से उदयपुर के लिए निकल गया।

आदित्य, बेटी सलोनी के इंजेक्शन की व्यवस्था करने लिए उदयपुर के लिए निकल गया था। वैज्ञानिक चेतन आनंद का नंबर हिमांशु के पास ही मिल सकता था। हिमांशु की बहिन शीना और चेतन आनंद की दोस्ती रिश्तेदारी में बदलने वाली थी। डॉली ने आदित्य के साथ धोखा कर हिमांशु से शादी की थी। अपनी बेइज्जती की परवाह किए बिना आदित्य अपनी बेटी के जीवन को बचाने के लिए किसी भी स्तर तक जा सकता था। आदित्य हिमांशु के घर पहुँच गया। घर के अंदर जाने के लिए आदित्य ने डोर बेल बजाई। बेल की रिंग सुनते ही गौतम ने गेट खोला,

"तुम यहाँ क्यों, आए हो? ये क़ोई पब्लिक प्लेस है क्या जो मुंह उठाकर दौड़े आते हो।?"

गौतम ने झल्लाते हुए आदित्य को कहा।

"गौतम जी, मैं आपसे कोई सहायता या रूपये पैसे मांगने नहीं आया हूँ।"

आदित्य, गौतम से निवेदन करते हुए बोला।

"मेरे पास टाइम नहीं है, चुपचाप यहाँ से निकल जाओ उसी में तुम्हारा भला है।"

"गौतम जी मुझे चेतन आनंद का कॉन्टैक्ट नंबर चाहिए था, प्लीज।"

"समझ नहीं आ रहा है क्या? चुपचाप यहाँ से निकल, मैं किसी चेतन आनंद को नहीं जानता।"

"प्लीज मुझे हिमांशु से मिलवा दो उसके पास चेतन का कॉन्टैक्ट नंबर है।"

"ठीक जबरदस्ती है, निकल यहाँ से, तू ऐसे नहीं मानेगा। हिमांशु पुलिस अधीक्षक मैंडम को कॉल कर। जिस तरह से राजवीर को जेल में बिठाया है वैसे इसको भी अंदर करवा दे।"

"पुलिस बुलाने की कोई जरूरत नहीं है, मैं जा रहा हूँ। आपको सिर्फ एक कांटैक्ट नंबर देने में परेशानी हो रही है। इतने खुदगर्ज मत बनो, गौतम।"

"उपदेश देना बंद कर, तेरे ही काम आयेंगे। निकल यहाँ से।" गौतम ने आदित्य की तौहीन कर घर से निकाल दिया। आदित्य को राजवीर की चिंता होने लगी थी। राजवीर जेल में है ये सुनते ही आदित्य ने सब काम छोड़कर पुलिस अधीक्षक के पास जाना ठीक समझा। आदित्य जिला पुलिस अधीक्षक उदयपुर के मुख्यालय पहुँच गया।

"पुलिस अधीक्षक से मिलना था।" आदित्य ने गेट पर खड़े सुरक्षा गार्ड से निवेदन किया।

"क्या आपके पास मैंडम को मिलने का अपॉइंटमेंट है?"

"नहीं।"

"मैंडम व्यस्त है आप उनसे नहीं मिल सकते।" गार्ड ने आदित्य से कहा। आदित्य ऑफिस के बाहर लगी बेंच पर बैठकर मैंडम के बाहर निकलने का इंतजार करने लगा। लगभग एक घंटा बीत गया मैंडम बाहर नहीं आए। आदित्य की आंख गेट पर ही लगी हुई थी। इतने में ऑफिस के आगे कार आकर रूकी जिसमें से राजवीर उतर कर बाहर आया। आदित्य की नज़र राजवीर पर पड़ी। आदित्य जैसे बिजली कौंध गई हो ऐसे खड़े होकर राजवीर के पास गया,

"राज!!!!!!!"

"आदि!!!!!!"

दोनों एक दूसरे के गले पड़ गए।

"आदित्य, तूने ये क्या हुलिया बना रखा है?"

"राज, पता नहीं तू कहाँ था। यहाँ तो पूरा परिवार तबाह हो गया है।"

"हां आदि, मैंने पूरी बात सुनी है, मैं तेरी ही चिंता कर रहा था। अच्छा हुआ तू मुझे मिल गया। चाचा और चाची दोनों कैसे है?"

"राज, घर में मम्मी के अलावा कोई नहीं है?"

"क्या?, अंकल को क्या हुआ?"

"मैं तुझे सब घटना बाद में बताऊंगा, मैं अभी बड़ी मुसीबत में हूँ। मुझे किसी भी स्थिति में चेतन का कॉन्टैक्ट नंबर चाहिए?"

"तुझे चेतन के नंबर की जरूरत क्यों पड़ गई?"

"मेरी बेटी सलोनी जिस बीमारी से ग्रस्त इसके इलाज का इंजेक्शन उसी के पास है।"

"हाँ, मैंने अखबार में पढ़ा था।"

"मैं चेतन का नंबर लेने के लिए हिमांशु के पास गया था लेकिन गौतम ने धक्के मारकर निकाल दिया।"

"मैं भी उनसे मिलने गया था लेकिन उन्होंने मेरे साथ भी बदसलूकी की।"

"बातों-बातों में गौतम ने बोल दिया कि राजवीर को तो जेल भेज दिया है। मैं यहाँ तुझे मिलने ही आया था।"

"आदित्य, मेरी बात ध्यान से सुन। अब हमारे दो ही टारगेट है, पहला चेतन से इंजेक्शन प्राप्त करना और दूसरा दादाजी के कातिल को सलाखों के पीछे पहुँचना।"

"राज, तू है तो सब मुमकिन है।"

"ऑफिस के अंदर चल, मैंडम मेरे मिलने वाले है।"

दोनों ऑफिस के अंदर चले गए,

"भैया, नाश्ता किया या नहीं।" निरंजना ने राजवीर से पूछा।

"तेरा कूक भी बिना खाए निकलने कहाँ देता है। ये मेरा छोटा भाई आदित्य है, निरंजना।"

"आदित्य जी, बैठो।"

"मैंडम, सिर्फ आदित्य, जी नहीं।" आदित्य ने मुस्कराते हुए कहा।

"निरंजना, आदित्य की बेटी को स्पाइन मस्कुलर अट्रॉफी डिसीज है। उसका इंजेक्शन चेतन आनंद के पास ही मिल सकता है। गौतम नंबर देने को तैयार नहीं है। तुम अपने किसी कार्मिक को इन्क्वायरी के नाम पर भेजो और चेतन का कॉन्टैक्ट नंबर मंगवाओगे।"

राजवीर ने निरंजना से कहा। निरंजना ने तुरंत इंक्वायरी टीम को भेज कर चेतन का नंबर प्राप्त कर लिया। चेतन का नंबर मिलते ही राजवीर ने बिना देरी किए चेतन को कॉल मिलाया,

"हैलो कौन?"

चेतन आनंद ने पूछा।

"चेतन, मैं राजवीर।"

"राजवीर भैया, मैंने अंकल जी की घटना सुनी, बहुत दुःख हुआ।"

"होनी को कौन टाल सकता है चेतन, हमारे परिवार पर जो आफत आई है ऐसी मुसीबत भगवान किसी को नहीं दे।"

"हाँ राज भैया। मैंने सब सुना।"

"चेतन, तुमको हार्दिक बधाई। मुझे तुम पर गर्व है। तुमने देश का गौरव बढ़ाया है। मानवता के लिए तूने जो काम किया है उसके लिए तुझे सैल्यूट।"

"थैंक्स भैया।"

"मुझे तेरे हेल्प की जरूरत थी, चेतन।"

"आदेश करो भैया, मैं आपके लिए क्या कर सकता हूँ।"

"चेतन, आदित्य की बेटी को स्पाइन मस्कुलर अट्रॉफी डिजीज है, तेरे इंजेक्शन की जरूरत है। अभी हम इस स्थिति में नहीं है कि इंजेक्शन का पेमेंट कर सके।"

"भैया, ऐसी बात मत करो, मुझे खुशी होगी कि मेरा इन्वेंशन मेरी भतीजी के काम आ रहा है। मैं आज ही फ्लाइट से डबोक हवाई अड्डे के लिए डिस्पैच कर रहा हूँ आप रिसीव कर लेना। सब डीटेल आपके मोबाइल पर सेंड कर देता हूँ।"

"थैंक्स चेतन।"

"भैया थैंक्स मत बोलो। क्या मैं परिवार का हिस्सा नहीं हूँ?"

"बिल्कूल हो चेतन, ठीक है मिलते है।"

चेतन आनंद द्वारा भेजी इंजेक्शन डोज को राजवीर और आदित्य ने डबोक एयरपोर्ट से रिसीव कर लिया।

"आदित्य अब तुझे वापिस मुंबई जाने की जरूरत नहीं है स्नेहा को फोन कर यहाँ उदयपुर बुला ले।"

"स्नेहा के पास फोन नहीं है पर उसके भाई जीवा के पास है। जीवा को कॉल करता हूँ कि स्नेहा और बच्ची को यहाँ छोड़ जाए।"

आदित्य ने जीवा को कॉल किया,

"जीवा, तेरी दीदी से बात करवा।"

"हाँ जियाजी करवाता हूँ।"

"हिमांशु ने चेतन का नंबर दिया आदित्य।"

स्नेहा ने आदित्य से पूछा।

"नंबर नहीं, अब तो इंजेक्शन आ गया है। राजवीर भी मिल गया है। जीवा को बोलो की आज ही तुमको लेकर उदयपुर आ जाए।"

“थैंक गॉड, प्रभु ने हमारी सुन ली। भगवान के घर देर है, अंधेर नहीं। मैं आज ही निकलती हूँ ताकि सलोनी को जल्दी से टीका लग जाए।” स्नेहा ने खुश होते हुए बोल रही थी।

अगले दिन सुबह जीवा के साथ स्नेहा और सलोनी उदयपुर आ गए।

“स्नेहा, तुमको बधाई। तुम मेरी भाभी बन गई।” राजवीर ने स्नेहा को बधाई देते हुए कहा।

“थैंक्स राज, आदित्य जैसा पति पाकर मैं धन्य हो गई हूँ।”

“राज, जब से मेरे से शादी की है इसने दुःख के अलावा कुछ देखा ही नहीं है। आज पहली बार इतनी खुश दिख रही है।”

आदित्य ने राजवीर से कहा।

“राज अब तुम भी अपने लिए लड़की देख लो। ”

स्नेहा ने राजवीर से मुस्कराते हुए कहा। आदित्य, राजवीर के सामने देखकर मुस्कराया।

“आदि तू इतना क्यों मुस्करा रहा है?”

“मुझे सब पता है, तू रहने दे।” आदित्य ने हँसते हुए बोल रहा था।

“फालतू के अनुमान मत लगा आदित्य।” राजवीर भी आदित्य के सामने मुस्करा रहा था।

“राजवीर मुझे ज्यादा मत बुलवा, भाभी ने मना कर रखा है इसलिए मेरे मुंह पर ताला लगा हुआ है।”

“क्या???? तुझे कैसे पता चला? आदित्य प्लीज बता दे, तेरी भाभी के लिए ही सही।”

राजवीर ने आदित्य से आग्रह करते हुए पूछा।

आदित्य ने अवंतिका के साथ एंगेजमेंट की पूरी बात करने के बाद कहने लगा,

“राज, अवंतिका ने शादी सिर्फ नाम की थी। तेरी अमानत उस समय उनके गर्भ में पल रही थी। वो उसी जिम्मेदारी को निभा रहे है। क्या तू अभी तक भाभी जी से मिला नहीं?”

“नहीं।” राज ने ना में सिर हिलाया।

“ये अवंतिका पर ज्यादती है। चुपचाप जा कर उनको लेकर आ।” आदित्य ने राजवीर को डांटते हुए कहा।

“मैं उसको गलत समझ रहा था। मैंने इस बारे में उससे बात करना भी ठीक नहीं समझा। अवंतिका मुझे माफ़ कर देना।”

“अब डॉक्टर के पास जाकर सलोनी को इंजेक्शन लगवा देते है फिर भाभी जी को कॉल करते है।” स्नेहा ने आदित्य से कहा।

दोनों भाई सलोनी को डॉक्टर के पास ले गए जहाँ जोलंगेसमा का इंजेक्शन दे दिया। स्नेहा और आदित्य ने अब जाकर राहत की सांस ली।

"अवंतिका, मैं राजवीर।"

राजवीर ने अवंतिका को कॉल पर बात करते हुए बोला।

"जी सर, आपका क्या ऑर्डर है?"

"अवि आई एम सॉरी।"

"सर, आपकी जानकारी के लिए बता दूं कि मेरा नाम अवि नहीं, अवंतिका है।"

"सॉरी अवि, मुझे माफ़ कर दो, मैं नहीं चाहता था कि तुम्हारे सेट परिवार को डिस्टर्ब करूं।"

"अच्छा तो आपने ये मान भी लिया कि मैंने परिवार सेट कर लिया होगा। अगर पूरा जीवन भी तुम्हारा इंतजार करना पड़ता तो मैं तुम्हारा इंतजार करती राज। मैंने शादी भी तुम्हारी जिद्द पर की थी वो भी सिर्फ डॉक्यूमेंट के लिए।"

"सॉरी अवि, मैं तुमको पहचान न सका। मुझे नहीं बताओगे की बच्चे का नाम क्या रखा है?"

"अविराज रॉय।"

"ओह,,,, मेरा पसंदीदा नाम।"

"मुझे पता है, आपकी पसंदगी और ना पसंदगी क्या है?" अवंतिका ने हँसते हुए कहा।

"मैं इसी मुस्कराहट के लिए कितना बेताब था, अवि,,,,,,,, मिस यू सो मच।"

"राज,,,,,,तुम बिन।" अवन्तिका ने लंबी सांस छोड़ते हुए कहा।

"अवि तुम आज ही छुट्टियां लेकर उदयपुर के लिए निकल आओ।"

"निकलती हूँ राज,,,मुझे भी तुम्हारा ही इंतजार था।"

"ठीक है अवि, मैं तुम्हारा इंतजार कर रहा हूँ।" राजवीर ने फोन रखते हुए कहा। राजवीर आदित्य से कहने लगा,

"आदित्य, में निरंजना के क्वार्टर पर जाकर आता हूँ।"

"ठीक है राज, तू मैंडम से मिल। मैं थोड़ी देर बाद तैयार होकर आता हूँ।"

रॉय फैमिली अभी उदयपुर के ट्रेजर टाउन में शिफ्ट हुई थी।

निरंजना ने राजवीर के आते ही पूछा,

"आओ भैया, आदित्य की बेटी को जोलंगेसमा का डोज लग गया क्या?"

"हाँ निरंजना, एक टेंशन तो दूर हुई। अब मुझे दादाजी की मर्डर मिस्ट्री का केस निपटाना है। ये बताओ कि इस केस में क्या प्रोग्रेस है?"

"राज भैया, मैं इस केस के पीछे पड़ गई हूँ लेकिन अभी तक कोई क्लू मिला ही नहीं।"

"दादाजी की पोस्टमार्टम रिपोर्ट से कोई क्लू मिल सकता है क्या?"

"भैया, आप आईबी ऑफिसर हो, आप भी ये अच्छे से जानते हो कि रिपोर्ट पैसों के बल पर किस प्रकार बदल दी जाती है।"

"निरंजना, डॉक्टर को रिमांड पर लेता हूँ, तोते की तरह उगल देगा।"

"अगर ये बात मीडिया में लीक हो गई तो मामला उलझ जायेगा, कोर्ट ये मान लेगा की हम गवाहों को प्रभावित कर रहे है, जजमेंट हमारे अपोज में आ सकता है।"

"बात तो तेरी सही है निरंजना, आपकी टीम ने रॉय विला की तलाशी ली थी क्या?"

"बहुत अच्छे से, मैं भी टीम के साथ थी। एक बात मुझे संदिग्ध लगी थी!"

"क्या संदिग्ध लगा निरंजना?"

"घर के सभी सीसी टीवी की हार्ड डिस्क खराब पड़ी हुई है। हमने गौतम और गणपत से पूछा तो उनका कहना था कि सीसी टीवी कैमरे लंबे समय से खराब पड़े है।"

"आपको ये गणपत और गौतम की किसी भी एक्टिविटी पर संदेह?"

राजवीर ने निरंजना से पूछा।

"इनसे क्रॉस क्वेश्चनिंग की लेकिन ऐसी कोई बात निकल कर नहीं आ रही है जिससे केस में आगे की राह खुले।"

"निरंजना, वेल्थ ट्रांसफर के डॉक्यूमेंट?"

"सभी पर रॉय साहेब के ही सिग्नेचर है, हमने ए.आई. से भी चेक करवा लिया कि सिग्नेचर फर्जी तो नहीं है।"

"तो फिर ये बताओ कि मालिक सामने क्यों नहीं आ रहा है?"

"हाईकोर्ट में पिटीशन लगा रखी है कि अगर मेरा नाम डिस्क्लोज हुआ तो रॉय फैमिली मेरा मर्डर करवा सकती है और कोर्ट ने पाया है कि डॉक्यूमेंट लीगल है इसलिए याचिकाकर्ता की बात को मान लिया गया है।"

"निरंजना, आदित्य की शादी की रिकॉर्डिंग और उदयविलास की सीसी टीवी रिकॉर्डिंग को चेक करवाओ। जिस समय दादाजी का मर्डर हुआ उसके ठीक पहले गणपत और गौतम उदयविलास से बाहर आए थे क्या? उन का मूवमेंट चेक करवाओ।"

"बिल्कूल मैं आज उदयविलास की सीसी टीवी रिकॉर्डिंग मंगवा कर चेक करवाती हूँ।"

"ठीक है मैं निकलता हूँ आदित्य डिनर पर मेरा इंतजार कर रहा होगा। कल दोपहर तक मैं वापिस आता हूँ।"

राजवीर ने निरंजना के क्वार्टर से निकलते हुए कहा।

निरंजना ने अगले दिन उदयविलास के सीसी टीवी फुटेज और आदित्य की शादी की रिकॉर्डिंग मंगवाई।

"टेक्निकल एक्सपर्ट मिस्टर शर्मा, तुम फुटेज और रिकॉर्डिंग की स्टडी कर मुझे रिपोर्ट करो, स्पेशल गौतम, गणपत और हिमांशु की।"

"जी मैंडम, ये फुटेज कंप्लीट कर इसको देखता हूँ।"

"नो फर्स्ट, रॉय केस पर फोकस करो।"

"ओके मेम।"

"मिस्टर खराड़ी आप रॉय साहेब की डेथ के प्रीवियस और सेम डे की कॉल डिटेल खंगालो। देखो इन दिनों में गणपत और गौतम की बात किस–किस से हुई है, शायद इससे कोई लीड मिल जाए।"

"मिस्टर पंड्या, आप मयूरियो गुची, रॉबर्ट एरिक वोन, सुनंदा पुष्कर, शीना बोहरा और नीरज ग्रोवर मर्डर केस की मोडस ऑपरेंडी का अध्ययन कर इस केस से लिंक कर के देखो कुछ क्लू तो मिलेगा।"

"जी मैंडम, संभावना बनती है। मैं आपको इवनिंग तक रिपोर्ट करता हूँ।"

निरंजना की तत्परता देखकर राजवीर ने कहा,

"निरंजना, तुम मेरे लिए जितना कर रही हो, उतना तो कोई अपना भी नहीं करता है।"

"अच्छा तो मैं पराई हूँ।" निरंजना ने हँसते हुए बोली।

"बोलनें में तो तुम्हारा कोई सानी नहीं, सुनो बाहर आदित्य आ गया है, तेरी भाभी को लेने हम डबोक एयरपोर्ट जा रहे है। आकर मिलता हूँ।"

"ठीक है भैया, इतने मे, मैं केस पर काम देख लेती हूँ।"

आदित्य और राजवीर अवंतिका को लेने डबोक एयरपोर्ट पहुँच गए। अवंतिका के साथ उसका बेटा आविराज भी था।

"ये आपकी अमानत।"

राजवीर घुटनों के बल बैठ गया और अविराज को गले लगा कर अपनी बाहों में समेट लिया,

"मेरा राजकुमार,,,,,,,,, दिल को आज सुकून मिला है, तेरे दीदार को ये नयन तरस रहे थे मेरे बेटे। लव यू बेटा,,,।"

फिर राजवीर ने अवंतिका को गले लगा लिया,

"अवि, मैंने एक–एक दिन कैसे निकाला है मेरे दिल से पूछो।"

अवंतिका ने राजवीर का कान दांतो से काटते हुए कहा,

"तुम्हारा दिल मेरे में धड़कता है, महसूस करती हूँ राज।"

"पागल,,,, ये क्या कर रही हो।"

"ये तुम्हारी सजा है, बिना बात किए उदयपुर निकल गए थे उसकी।"

अवंतिका ने हँसते हुए कहा।

आदित्य ने अविराज़ को उठा लिया,

"मेरे शिव की प्रतिकृति, मेरा बेटा अविराज। भाभी जी आपसे मिलकर बहुत खुशी हुई, पर मैं आपका एक वादा नहीं निभा पाया।" आदित्य ने अवंतिका से कहा।

"अगर तुमने वादा निभाया होता तो मुझे राजवीर वापिस नहीं मिलता, इसलिए तुम्हारी वादा खिलाफी भी मेरे लिए ही थी, थैंक्स आदित्य।"

"भाभी नो थैंक्स। राजवीर, अवंतिका ने तुमसे एक राज अभी तक छिपाए रखा है इसका तुम्हें पता है क्या?"

"नहीं तो, ऐसा क्या राज है?"

"अवंतिका वाडिया फैमिली से है।"

"क्या????"

राजवीर ने आश्चर्य व्यक्त करते हुए बोला।

"अवि तुमने इतनी बड़ी बात मुझसे छिपाए रखी।"

"मुझे ऐसे पति की जरूरत थी जो मेरी संपत्ति से नहीं अपितु मुझसे प्यार करें। इसलिए छिपाए रखा।"

चारों मुस्कराते हुए डबोक एयरपोर्ट से घर की तरफ़ जाने लगे।

"आइए राजवीर भैया।"

"निरंजना मैं तुमको खूब परेशान कर रहा हूँ।"

राजवीर ने हँसते हुए निरंजना से कहा।

"आप आते हो तो मेरा मन लगता है, मुझे लगता ही नहीं है कि मैं घर से दूर हूँ।"

"थैंक्स निरंजना, अब मुझे बताओ कि कैस की क्या प्रोग्रेस है?"

"राज भैया, मैं खुद भी आश्चर्य चकित हूँ, उदयविलास के सीसी टीवी फुटेज में गणपत, गौतम और हिमांशु वहीं पर है, कहीं गए ही नहीं है। दूसरा शादी की वीडियो रिकॉर्डिंग में इन तीनों से कोई संदिग्ध व्यक्ति मिलता हुआ भी नजर नहीं आ रहा है।"

"आश्चर्य है, मेरा प्राइम सस्पेक्ट इन्हीं पर था निरंजना।"

"आगे सुनो, तीनों की कॉल डिटेल पर स्टडी की गई, ऐसा कोई कॉल ही नहीं है जिस पर शक किया जा सके।"

"फिर भी निरंजना मुझे लगता है कि दादाजी का मर्डर हुआ है। दादाजी हमें बिना बात किए पूरी संपत्ति ट्रांसफर कर दे ये बात मुझे हजम नहीं होती है। मान लिया कि इन्होंने अपनी ईच्छा से संपति ट्रांसफर कर दी लेकिन उसी दिन उनकी मृत्यु होना, शक पैदा नहीं करता है क्या?"

"मेरे लिए भी ये केस, दिन ब दिन पेचिदा बनता जा रहा है। लेकिन आगे सुनो राज भैया वर्ल्ड फैमस जितने भी मर्डर हुए है उन सभी में मर्डरर की मोड्स ऑपरेंडी को यहाँ मिलाकर देखा गया। कोई भी मोड्स ऑपरेंडी कहीं भी फिट नहीं हो रही है। अब आप ही बताओ, मैं क्या कर सकती हूँ।

"निरंजना मेरा तो ये अनुभव है कि कुछ केस समय के साथ स्वतः ओपन होते है। लगता है इस केस में भी कुछ ऐसा ही होने वाला है।"

"वेट एंड वॉच, आप घर पर रेस्ट करो मुझे राजसमंद जाना है।"

"राजसमंद क्यों?"

"राज्यपाल महोदय, श्रीनाथ जी के दर्शन करने आ रहे है।"

निरंजना ने राजवीर से कहा।

"श्रीनाथ जी,,,,,,,, निरंजना,,,,,, निरंजना,,,,,,रुको,,,,,,,

श्रीनाथ जी ने क्लू दे दिया, निरंजना,,,,,।"

राजवीर ने उछलते हुए बोला।

"कौनसा क्लू राज भैया?"

निरंजना, राज की खुशी और उतावलेपन को देखकर अपनी चेयर से खड़ी हो गई।

"बताओ भी, ऐसा क्या क्लू मिल गया तुम्हें?"

"निरंजना, हमारे ड्राइंग रूम में श्रीनाथ जी की एक बहुत बड़ी गोल्ड की तस्वीर है।"

"हाँ, बिल्कुल है। मैं जब रॉय विला का विजिट करने गई थी तब दर्शन किए थे।"

"उस तस्वीर में श्रीनाथ जी की ठोड़ी पर एक हीरा लगा हुआ है।"

"अरे बाबा, इसमें क्या नया है? श्रीनाथ जी की प्रत्येक मूर्ति और तस्वीर में लगा होता है, आगे बोलो भैया।"

"उस तस्वीर में जो हीरा लगा हुआ है वो हीरा नहीं है।"

"तो फिर वो क्या है?"

"निरंजना, वो सीसी टीवी कैमेरा है।"

"अच्छा, क्या बात है भैया।"

निरंजना ने खुश होते हुए आश्चर्य व्यक्त किया।

"उसकी रिकॉर्डिंग हार्ड डिस्क उसी तस्वीर के अंदर है निरंजना।"

"राज भैया, इस फुटेज से केस की तस्वीर साफ़ हो जायेगी। सब कुछ क्लियर हो जाएगा कि रॉय साहेब की डेथ कैसे हुई? पर तुम्हें ये सब कैसे पता?"

"निरंजना, दादाजी दूरदर्शी थे मुझे ठीक से याद है उस समय मेरी उम्र मुश्किल से सात आठ साल की रही होगी। इस तस्वीर को लगाने के लिए दादाजी ने विदेशी एक्सपर्ट को घर बुलाया था। इस दिन घर के सभी नौकरों को छुट्टी कर दी गई थी। घर के सभी सदस्य किसी पार्टी में गए हुए थे। मुझे उस दिन बुखार था इसलिए दादाजी के साथ था। दादाजी ने उसी दिन हीरे की जगह कैमरा लगवाया था। मैं छोटा था तो मैंने उस हीरे को लेने के लिए दादाजी से जिद्द की थी,

"दादाजी ये हीरा मुझे चाहिए, प्लीज दो न बहुत सुंदर है।" तब दादाजी ने जो जवाब दिया था वो मुझे आज भी अच्छे से याद है। उन्होंने कहा था,

"बेटा ये श्रीनाथ जी की तीसरी आंख है। क्या हम किसी की आंख मांग सकते है?"

तुम्हारे श्रीनाथ जी बोलते ही ये सब मेरे दिमाग में कौंध गया।

निरंजना ने कोर्ट से आदेश करवाएं की वो केस की जांच के लिए रॉय विला की एक बार ओर विजिट करना चाहती है। कोर्ट ने निरंजना को अनुमति दे दी। निरंजना अपनी टीम और कारपेंटर और सीसी टीवी एक्सपर्ट को लेकर रॉय विला पहुँच गई। तस्वीर से उसने सीसी टीवी की हॉर्ड डिस्क निकालकर ऑफिस लेकर आ गई। राजवीर भी ऑफिस आ गया था फुटेज को देखने के लिए अत्यंत उत्सुक और उतावला हो रहा था।

"भैया आप, पूरी फुटेज को ध्यान से देखना, आपके पहचान की जरूरत पड़ेगी। आपके परिवार से जुड़े व्यक्ति या कार्मिक को आप ही पहचान सकते हो।"

"ठीक है आई एम रेडी, स्टार्ट करो।"

आदित्य, डॉली और रजनी के साथ घर से निकल रहा था वहीं से फुटेज रिकॉर्डिंग शुरू हुई। घर के सभी सदस्य और नौकर शादी के लिए जा चुके थे। इतने में ही एक व्यक्ति सूट-बूट में जिसकी उम्र लगभग शंकर रॉय जितनी ही थी। उसके बाल और दाढ़ी सफेद थी। उसने घर में प्रवेश किया उसके हाथ में काला बेग था।

"राज भैया, ये सफेद दाढ़ी वाला व्यक्ति कौन है?"

निरंजना ने वीडियो पोज करते हुए राजवीर को पूछा।

"निरंजना, इस व्यक्ति को मैंने अपने जीवन में कभी नहीं देखा, नेवर,,,,।"

"ठीक से देखो, और याद करो। मैं आगे का वीडियो चलाती हूँ।"

जैसे ही शंकर रॉय की नज़र उस अजनबी पर पड़ी शंकर रॉय का चेहरा खुशी से खिल उठा। शंकर रॉय इतने खुश दिख रहे थे कि अजनबी को देखकर खड़े होने की कोशिश करते नजर आ रहे थे लेकिन पैरालिसिस की वजह से वो उठ नहीं पाए। अजनबी झुक कर शंकर रॉय के गले लगा। दोनों आमने सामने बैठे हुए थे,उनके बीच कुछ वार्तालाप चल रहा था इतने में अजनबी ने खड़े होकर शंकर रॉय के सामने कागजात रखे, जैसे ही शंकर रॉय के सामने कागज रखे तब उनके चेहरे पर गुस्सा नजर आ रहा था। अजनबी शंकर रॉय के पास खड़े होकर चिल्लाता नजर आया। अजनबी ने शंकर रॉय की कनपट्टी पर पिस्तौल तान ली। शंकर रॉय की आंखे डर से फटी नज़र आ रही थी। अजनबी ने शंकर रॉय को इंक पैड और पैन दिया। शंकर रॉय एक-एक कागज पर हस्ताक्षर करते नज़र आ रहे थे साथ ही अपना अंगूठा भी लगा रहे थे। जब तक शंकर रॉय हस्ताक्षर कर रहे थे तब तक पिस्तौल उन पर तनी हुई थी। जैसे ही कागजात पर शंकर रॉय के सिग्नेचर हुए। अजनबी ने सभी कागजात और पिस्टल काले बैग में रखी। शंकर रॉय दोनों हाथ जोड़कर अजनबी के सामने गिड़गिड़ाते नज़र आ रहे थे। फिर अजनबी शंकर रॉय की व्हील चेयर के पीछे गया उसने अपने बैग से एक सीरिंज निकाली। जिसमें पहले से ही दवाई भरी हुई थी उस भरे हुए इंजेक्शन की सुई को शंकर रॉय की गर्दन में चुभो कर दवाई डाल दी। शंकर रॉय की गर्दन कुछ ही सेकंड्स में लटक गई। अजनबी ने सिरिंज अपने बैग में रखी फिर वो वहाँ से निकल गया।

"ओह माई गॉड, इसी व्यक्ति ने दादाजी का मर्डर किया है निरंजना।" राजवीर ने आश्चर्य व्यक्त करते हुए कहा।

"तुम्हारा शक सही था राज भैया। रॉय साहेब का मर्डर हुआ है साथ ही पिस्टल की नोक पर हस्ताक्षर किए गए है ये सिद्ध हो गया है।"

पुलिस अधीक्षक आई.पी.एस. ऑफिसर निरंजना ने राजवीर को कहा।

"पर ये अजनबी कौन है? दादाजी की हत्या करने के लिए किसी ने भेजा था क्या? कुछ समझ में नहीं आ रहा है?" राजवीर ने चिंता व्यक्त करते हुए बोल रहा था।

"भैया इस फोटो को आदित्य और उनकी मम्मी को दिखाओ, हो सकता है वो इस अजनबी को जानते हो। आदित्य की मम्मी शायद इस अजनबी को पहचान जाए।"

निरंजना ने राजवीर को सलाह देते हुए कहा।

राजवीर ने उस अजनबी की फोटो आदित्य और चाची रजनी को दिखाई पर दोनों में से किसी ने भी अजनबी को नहीं पहचाना।

"राज भैया, इस अजनबी से एक बात स्पष्ट हो रही है आपने गौर किया क्या?"

"कौनसी बात निरंजना?"

राजवीर ने उत्सुकतावश पूछा।

"ये व्यक्ति जो हम सब के लिए अजनबी है वो आपके दादाजी रॉय साहेब के लिए अजनबी नहीं है।"

"हाँ निरंजना, बिल्कूल सही बोल रही हो। उस व्यक्ति को देखते ही दादाजी प्रसन्न चित्त नज़र आ रहे थे।" राजवीर ने निरंजना की हाँमी भरते हुए कहा।

"राज भैया, ये व्यक्ति आपके दूर का कोई रिश्तेदार भी हो सकता है।"

"परंतु इसे परिवार मे कोई नहीं जानता है। निरंजना एक काम और करो।"

"क्या भैया?"

"मर्डर से लेकर आज दिन तक की फुटेज खंगालो और देखो की यह अजनबी दुबारा घर पर आया है क्या? अगर आया है तो उसके साथ अवश्य कोई और व्यक्ति भी होगा, जो हमारी पहचान का हो सकता है।"

"आपकी बात मार्केबल है भैया। मैं इस रिकॉर्डिंग को पांच टीम में डिवाइड कर देती हूँ ताकि जल्दी से रिजल्ट मिल सके।"

"वेरी गुड डियर सीस।"

राजवीर ने निरंजना से कहा।

कुछ ही घंटो में फुटेज चेक कर लिए गए लेकिन अजनबी मर्डर के बाद से दुबारा रॉय विला पर आया ही नहीं था।

"निरंजना, सब क्लू मिल जाने के बाद भी हम अंधेरे में तीर मार रहे है। अजनबी हमारे लिए पहेली बन कर रह गया है।" राजवीर ने चिंता व्यक्त करते हुए निरंजना को कहा।

"भैया चिंता मत करो, मैं ऐसा करती हूँ कि चूहा अपने आप बिल से निकल जायेगा।"

"ऐसा क्या कर रही हो, निरंजना?"

"शहर की गली-गली में वांटेड के पोस्टर लगा देती हूँ। पोस्टर लगाने से पहले शहर से बाहर जाने वाली प्रत्येक सड़क पर नाकाबंदी, रेलवे स्टेशन, हवाई अड्डे पर सर्विलेंस टीम लगा देती हूँ। जैसे ही अजनबी को पता चलेगा वो शहर से भागने की कोशिश में बाहर अवश्य निकलेगा। वैसे ही हम दबोच लेंगे।"

"आइडिया अच्छा है, पर वो अजनबी उदयपुर में नहीं होगा तो?"

"फिर हमारे खबरी इस पर काम करेंगे। अब आप निश्चिंत रहो। इस मर्डरर को मैं अब छोड़ूंगी नहीं, ये तय है भैया।"

निरंजना ने राजवीर को आश्वासन देते हुए कहा। योजना के अनुसार अजनबी के पोस्टर लगा दिए गए। सड़क मार्गों पर नाका बंदी कर दी गई। रेल और डबोक एयरपोर्ट पर सर्विलेंस टीम लगा दी गई। न्यूज पेपर और न्यूज चैनलों पर अजनबी का चेहरा प्रसारित कर दिया गया। पचास लाख की इनामी राशि रख दी गई ताकि जो काम पुलिस कर रही थी वो काम शहर का हर नागरिक करने लगे। पुलिस 24 × 7 काम पर लग गई। कुछ ही घंटो में मैंडम निरंजना के फोन की घंटी बजी,

"येस, मिस्टर रावल क्या न्यूज है?

"मैंडम, आपको बधाई। हमारी मेहनत सफल रही। वांटेड डबोक से दिल्ली की फ्लाइट में भागने की कोशिश कर रहा था। हमने समय रहते दबोच लिया है।"

"वेरी गुड रावल, इसको पूरी सिक्योरिटी के साथ मेरे सामने पेश करो। न्यूज मीडिया में लीक नहीं होनी चाहिए। इस बात का विशेष ख्याल रखे।"

"जी मैंडम।"

सर्विलेंस टीम के हेड रावल जी अजनबी को लेकर मैंडम के सामने आ गए थे। राजवीर और आदित्य को भी बुला लिया था।

"तुमने मेरे दादाजी को हत्या क्यों की?"

राजवीर ने गुस्सा करते हुए उस बूढ़े अजनबी से पूछा। अजनबी के दोनों हाथों मे हथकड़ियां थी, वो मुंह नीचे कर मुस्करा रहा था। अजनबी ने कोई जवाब नहीं दिया।

"निरंजना, गुस्सा तो इतना आ रहा है कि एक मुक्के में इसको ढेर कर दूं।"

"भैया मैंने आपको पहले ही कहा था, अपना धैर्य मत खोना वैसे भी इसको आजीवन कारावास ही भोगना है। तिल-तिल मरेगा साला।"

"मुझे गुस्सा इस बात का है कि इसने मेरे निर्दोष दादाजी को मार दिया। आखिरकार तू है कौन बूढ़े?"

"राज भैया, इसके पासपोर्ट से इसकी पहचान स्पष्ट हो गई है अब इसको कानून के हवाले कर देते है।" निरंजना ने राजवीर से कहा

"निरंजना बताओ ये है कौन?"

"भैया, इसको कोर्ट में पेश करने के कागजात तैयार हो गए है मैं चाहती हूँ कि वो सब जो इसने किया वो स्वयं बोले।"

निरंजना ने राजवीर को समझाते हुए कहा।

"ठीक है जैसा तुझे ठीक लगे।"

"आप सभी कार्मिक ध्यान से सुने। बाहर मीडिया तैनात है, कोई भी कर्मचारी मीडिया से बात नहीं करेंगा और न ही इस गुनाहगार को करने देगा।" निरंजना ने सभी कार्मिक को आगाह कर रही थी।

"येस मैंडम।"

अजनबी गुनाहगार, सभी अधिकारी और राजवीर आदित्य, सभी कोर्ट मे जाने के लिए निकल गए।

"माय लॉर्ड, ये रॉय विला की फुटेज जिससे स्पष्ट हो रहा है कि इसी अजनबी ने रॉय साहेब की हत्या की है और समस्त संपत्ति के कागजातों पर पिस्तौल की नोक पर हस्ताक्षर करवाएं गए थे। श्रीमान् अगर आपकी अनुमति हो तो वीडियो फुटेज कि आपको दिखाने हेतु प्रस्तुत करूं।"

सरकारी वकील ने जज साहब से अनुमति मांगी।

"अनुमति है।" जज साहेब ने सरकारी वकील को अनुमति देते हुए कहा।

"ऑपरेटर वीडियो रिकॉर्डिंग को दिखाया जाए।" सरकारी वकील ने जज साहेब को पूरी फुटेज रिकार्डिंग दिखाई।

"श्रीमान् ये विडियो फूटेज की वैद्यता का सर्टिफिकेट।"

वकील ने जज साहेब को सर्टिफिकेट देते हुए कहा।

"अदालत में पेश सबूतों के आधार पर ये स्पष्ट है कि विक्रम आनंद आपने शंकर रॉय की इरादतन हत्या की है साथ ही संपत्ति के समस्त कागजात पर आपने डरा धमका कर हस्ताक्षर करवाएं है। मैं अपना फैसला सुनाऊं इसके पहले आपको मौका देता हूँ कि आप अपना पक्ष रख सके। आप अगर चाहे तो आपकी पैरवी के लिए सरकारी वकील की अर्जी भी लगा सकते है।"

जज साहेब ने आरोपी विक्रम आनंद को कहा।

पूरा कोर्ट शांत था, सभी विक्रम आनंद को सुनना चाहते थे कि आखिरकार उसने अपने अजीज मित्र शंकर रॉय की हत्या क्यों की? साथ ही विक्रम आनंद की तो मृत्यु हो चुकी थी ये अचानक जिंदा कैसे हो गया? सभी के मन में अनेक प्रश्न चल रहे थे। विक्रम आनंद ने अपनी बात शुरू की,

"माई लॉर्ड, मुझे किसी भी वकील की जरूरत नहीं है मुझे ये कतई सिद्ध नहीं करना है कि मैं निर्दोष हूँ। योर ऑनर मैं विक्रम आनंद स्वीकार करता हूँ कि मैंने अपने अजीज मित्र शंकर रॉय की हत्या की है साथ ही पिस्टल के दम पर उससे जबरदस्ती संपत्ति के कागजात पर हस्ताक्षर करवाएं थे। माननीय न्यायाधीश महोदय मैं जिंदा कैसे हूँ वो मेरा बेटा चेतन आनंद बताएगा, वो पूर्ण रूप से निर्दोष है महोदय। इस अपराध में मेरे बेटे का कोई हाथ नहीं है।"

"विक्रम आप अपनी बात करें, हम चेतन को भी बोलनें का मौका देंगे। आप ये बताएं की आपने शंकर रॉय की हत्या क्यों की? " न्यायधीश महोदय ने विक्रम को बीच में टोकते हुए कहा।

"माई लॉर्ड इस परिवार को तबाह करने का प्लान वर्षो से बना रहा था ये कोई एक दिन की योजना नहीं थी। महोदय शंकर रॉय अमेरिका गए उस दिन उनकी पत्नी कलावती की मृत्यु भी मेरी प्लानिंग का हिस्सा थी। डॉक्टर वोहरा के सहयोग से मैंने शंकर रॉय की पत्नी कलावती को गलत इंजेक्शन लगवा कर मौत के घाट उतार दिया। मैं चाहता था कि कलावती के सहयोग के लिए कोई नहीं आए। घर पर दो ही लोग थे जो कलावती की सहायता कर सकते थे कमलनाथ और उनकी पत्नी शांति स्वरूपा। उनको घर से दूर करने के लिए मैंने एसोसिएशन के सेक्रेटरी से बात कर भीलवाड़ा में गेट टू गेदर रखवाया। जज साहेब मैं चाहता था कि कलावती की मृत्यु से आहत होकर शंकर रॉय तिल–तिल मरे। कमलनाथ और उसकी पत्नी भीलवाड़ा न जाकर कलावती को बचाने के लिए उदयपुर आने के लिए वापिस मुड़ गए। ये मेरे लिए चिंता का विषय था। माई लॉर्ड में कमलनाथ की कार को टक्कर मार कर सिर्फ उसे रोकना चाहता था लेकिन डंपर वाले ने गलती से बड़ा एक्सीडेंट कर दिया जिससे दोनों को मृत्यु हो गई। जज साहेब मैं कमलनाथ और उसकी पत्नी को मारना नहीं चाहता था मेरा उद्देश्य सिर्फ उनको रोकना था।"

"मैं तुझे नहीं छोडूंगा हत्यारे,,,,,,,।" बीच में राजवीर गुस्से से खड़ा हो गया। अभी तक सभी यही समझ रहे थे की उनकी एक्सीडेंट में मृत्यु हुई है लेकिन वास्तव में ये भी मर्डर ही था।

"मिस्टर विक्रम आनंद आपने एक नहीं अपितु पांच बेगुनाह लोगों की हत्या की है।"

"श्रीमान पांच नहीं चार लोगों की।"

"चुप रहो, ज्यादा बकवास मत करो, क्या कमलनाथ की कार का ड्राइवर नहीं मारा गया था।" जज साहेब ने विक्रम को फटकारते हुए कहा।

"मासूम चेहरा इतना भी भयानक हो सकता है वो हमें आज मालूम पड़ा।" बीच में वकील ने दलील देते हुए बोला।

"विक्रम एक परिवार की इतनी तबाही क्यों? तुमने ऐसे क्यों किया?"

"श्रीमान् मेरी कहानी सुनकर यहाँ कोर्ट में उपस्थित हर व्यक्ति की आंखे भर आएंगी।"

"अपने गुनाह को सही साबित करने की कोशिश मत करो विक्रम, सीधे-सीधे कारण बताओ।" जज साहेब ने विक्रम आनंद को फटकारते हुए कहा।

"श्रीमान् मेरे घर से मुझे, मेरे पिताजी केशव आनंद के द्वारा लिखी पुस्तक, "सफर: जिंदगी का..." मिली जिसमें उन्होंने पूरी हकीकत बयां की है। जिस दिन मैंने इस पुस्तक को पढ़ा मेरे पैरों तले ज़मीन खिसक गई जज साहेब।"

विक्रम आनंद फूट-फूट कर रोनें लगा। वकील ने विक्रम को टिश्यू पेपर दिया। विक्रम ने आँसु पौछते हुए फिर आगे बोलनें लगा,

"माई लॉर्ड, मेरे पिताजी राजस्थान के नामी बिज़नेस मेन थे। हमारे परिवार में खुशियों का बसेरा हुआ करता था। मुझे कॉन्वेंट स्कूल में पढ़ने के लिए रखा था जहाँ मेरा रूम पार्टनर शंकर रॉय था। यही से हमारे हँसते खेलते समृद्ध परिवार में एक शैतान का प्रवेश होता हुआ। माई लॉर्ड मेरे हॉस्टल रूम पार्टनर शंकर रॉय के होने के कारण उनके पिताजी रघुनंदन रॉय की दोस्ती मेरे पिताजी केशव आनंद से हो गई। रघुनंदन रॉय एक मार्बल व्यवसाई के वहाँ मजदूरी का काम करता था। उसकी हैसियत नहीं थी कि वो अपने बेटे शंकर रॉय को उस कॉन्वेट स्कूल में आगे पढ़ा सके। एक दिन रघुनंदन रॉय ने दोस्ती का नाजायज फायदा उठाते हुए, मेरे पिताजी केशव आनंद को धोखे में रखा और कुछ कागज़ातों पर हस्ताक्षर करवाएं जिसकी भनक मेरे पिताजी को नहीं लगी। इस प्रकार से हमारी करोड़ों की संपत्ति का मालिक रघुनन्दन रॉय बन गया। माय लॉर्ड, एक दिन में मेरा परिवार अर्श से फर्श पर आ गया। मेरी मम्मी इस सदमें को सहन नहीं कर पाई और उसकी अकाल मृत्यु हो गई। श्रीमान मेरे पिताजी एक-एक पैसे के मोहताज हो गए। वो इस स्थिति में नहीं थे कि मुझे इस महंगी स्कूल में मुझे आगे पढ़ा सके (विक्रम आनंद बिलख-बिलख कर रोते हुए) इसलिए मुझे फीस के अभाव स्कूल से निकाल दिया। माई लॉर्ड मैं स्कूल टॉपर था। पढ़ाई में अव्वल होने के साथ में मैं टेनिस में स्टेट लेवल का विजेता था। उस विक्रम को बचपन में ही जीवन यापन के लिए मजदूरी करनी पड़ी। मेरे पिताजी एक स्कूल में पढ़ाने जाने लगे उन्हें इतना भी नहीं मिलता था कि हमारे घर का खर्च निकल सके। एक अमीर समृद्ध परिवार सड़क पर था महोदय। मेरे पिताजी इन कठिन परिस्थिति से उभर नहीं पाए और एक दिन उनकी अचानक मृत्यु हो गई। मुझे अकेला मरने के लिए छोड़ गए। श्रीमान् मैंने अपना जीवन मजदूर के रूप में निकाला। मेरी चालीस वर्ष में शादी हुई। मुझसे शादी करता भी कौन? मेरे पास था क्या? जब मेरी शादी हुई मुझे लगने लगा की मैं अब शांति पूर्वक जीवन यापन करूंगा। महोदय चेतन गर्भ में था पत्नी को दवाईयों को जरूरत थी। मैं मेरी पत्नी का ईलाज नहीं

करवा पाया और उसकी डिलेवरी में ही मृत्यु हो गई। एक शिशु को मेरी गोदी में रखकर स्वर्ग सिधार गई। (विक्रम आनंद रोनें लगा, सामने बैठा चेतन आनंद भी रो रहा था।) माय लॉर्ड इस बच्चे को मैंने कैसे पाला है मेरा मन जानता है।"

विक्रम आनंद रोते हुए कटघरे में बैठ गया।

"माई लॉर्ड, मेरे परिवार की त्रासदी का कारण ही रघुनंदन रॉय था। जिसने मेरा बचपन भी बिगड़ा और मेरे बेटे का भी।"

विक्रम आनंद की बात सुनकर सभी की आंखे नम थी। अदालत का अधिकारी जोर से बोलनें लगा,

"चेतन आनंद, अदालत में उपस्थित हो।"

"चेतन आप आरोपी तो नहीं हो परंतु आप अपनी बात रख सकते है।" जज साहेब ने चेतन को कहा।

चेतन आनंद ने गीता पर हाथ रखते हुए कहा, मैं शपथ लेता हूँ कि जो कहूँगा, सत्य कहूँगा, सत्य के सिवाय कुछ नहीं कहूँगा। माय लॉर्ड मेरे परिवार पर जो बीता वो आज पहली बार सुन रहा हूँ। महोदय, मेरे पिताजी विक्रम आनंद ऐसा कुछ करने वाले है उसका मुझे थोड़ा भी अंदेशा रहता तो मैं उनको ये गलत कार्य नहीं करने देता। उनके साथ अन्याय हुआ था उसमे कोई दोहराय नहीं, परंतु उन्होंने जो किया वो भी सही नहीं है। ये बदला लेने का गलत तरीका है जिसका मैं समर्थन नहीं करता हूँ माई लॉर्ड। फिर रघुनंदन रॉय और विक्रम आनंद में अंतर क्या रह गया। मुझे पूरे घटना क्रम में सिर्फ इतना पता था कि पिताजी ने मुझे शंकर रॉय के पास भेजा था और इतना कहा था कि मैं उनको ये बताऊं कि विक्रम आनंद की मृत्यु हो गई है। महोदय इसके अलावा मेरी जानकारी में कुछ भी नहीं है। उसके बाद मेरी पिताजी से बात जरूर होती थी लेकिन एक पिता–पुत्र की तरह। अगर आपको लगता है कि मेरा इस घटना क्रम में कोई दोष है तो महोदय में सजा भुगतने के लिए तैयार हूँ। धन्यवाद माई लॉर्ड।" चेतन आनंद अपनी बात रखकर बैठ गया।

वकील ने जज साहेब से निवेदन किया,

"माई लॉर्ड आपकी अनुमति हो तो राजवीर रॉय अपना पक्ष रखना चाहते है।"

"अनुमति है।"

राजवीर रॉय ने गीता की शपथ लेने के बाद कहा,

"योर ऑनर, मेरे पर दादा रघुनंदन रॉय भी गलत थे और विक्रम आनंद भी। मेरी कोर्ट से गुजारिश है कि रॉय परिवार की समस्त संपत्ति को तीन भागों में समान रूप से बांट दिया जाए। मेरा और आदित्य के अलावा तीसरा भाग चेतन आनंद के नाम किया जाए, थैंक्स माई लॉर्ड।"

राजवीर अपनी बात रखकर बैठ गया। जज साहेब ने फैसला देते हुए कहा,

"मैं राजवीर की भावनाओ का सम्मान करता हूँ। ये वहीं लोग है जिन्होंने रक्त दान देकर मेरे बेटे की जान बचाई थी मैं आपका व्यक्तिगत शुक्रिया भी अदा करता हूँ राजवीर और संपत्ति के तीन बराबर हिस्से करने का आदेश भी देता हूँ। इस अदालत ने विक्रम आनंद को भारतीय दण्ड संहिता की धारा 302 के तहत शंकर रॉय, कलावती, कमलनाथ और शांति स्वरूपा की हत्या का दोषी पाया है आपको अदालत सश्रम आजीवन कारावास की सजा सुनाती है। साथ ही डॉक्टर वोहरा को कलावती को गलत दवाई लगाने के जुर्म में अदालत दस साल की सजा सुनाती है साथ ही ये अदालत डंपर के ड्राइवर को कमलनाथ उनकी पत्नी शांति स्वरूपा और उनके ड्राइवर की इरादातन हत्या के जुर्म में दस साल की सश्रम सजा सुनाती है। अदालत की कार्यवाही समाप्त होती है।

प्रकृति में कर्म का सिद्धांत है। जिस गति से दीवार पर गेंद मारेंगे उसी गति से गेंद वापस आयेगी। कर्म सिद्धांत में भी ऐसा ही है। जैसा कर्म करेंगे उसी अनुपात में फल भुगतने या प्राप्त करने के लिए तैयार रहना चाहिए। गीता में श्रीकृष्ण ने अर्जुन को कर्म करने के महत्व और उसके फल पर ध्यान न देने की शिक्षा दी है। उन्होंने कहा:

"कर्मण्येवाधिकारस्ते मा फलेषु कदाचन।

मा कर्मफलहेतुर्भूर्मा ते सङ्गोऽस्त्वकर्मणि॥"

अर्थात् तुम्हारा कर्म करने में ही अधिकार है, उसके फलों में कभी नहीं। इसलिए तुम कर्मफल के हेतु मत बनो और न ही कर्म न करने में आसक्त हो। आगे श्रीकृष्ण कहते है कि व्यक्ति को बिना फल की अपेक्षा के अपने कर्तव्यों का पालन करना चाहिए। कर्म करते समय हमें निष्काम भावना रखनी चाहिए। व्यक्ति को अपने कर्तव्यों का पालन करते हुए जीवन में आगे बढ़ना चाहिए। गीता में कहा गया है कि अपने स्वधर्म का पालन करना ही श्रेष्ठ है, चाहे वह कितना ही कठिन क्यों न हो। कर्म करते समय व्यक्ति को फल की चिंता नहीं करनी चाहिए। फल की इच्छा करने से मन में आशा और निराशा उत्पन्न होती है, जो व्यक्ति के मानसिक शांति को भंग करती है। कर्म करते समय मन में निष्काम भाव रखना चाहिए, अर्थात बिना किसी स्वार्थ या व्यक्तिगत लाभ की इच्छा के कर्म करना चाहिए। यह भावना आत्म-साक्षात्कार और मोक्ष की ओर ले जाती है। साथ ही यह स्पष्ट किया गया है कि हर कर्म का फल अवश्य मिलता है, परंतु फल की प्राप्ति का समय और स्वरूप परमात्मा के हाथ में है। फल की प्राप्ति का समय और स्वरूप ईश्वर के हाथ में है। रघुनंदन रॉय के बुरे कर्म की सजा का भुगतान पूरे रॉय परिवार को करना पड़ा। शंकर रॉय के अच्छे कर्म, चेतन आनंद की पढ़ाई का खर्च उठाना, आदित्य की बेटी सलोनी के जीवन सरंक्षण के रूप में फलीभूत हुआ। आगे कर्मो के दुष्परिणाम से बचने के लिए राजवीर ने संपत्ति को तीन भागों में बांटकर रॉय परिवार को कर्मफल से मुक्त किया।

www.ingramcontent.com/pod-product-compliance
Lightning Source LLC
LaVergne TN
LVHW090231051026
849517LV00001B/265